광마회귀
7

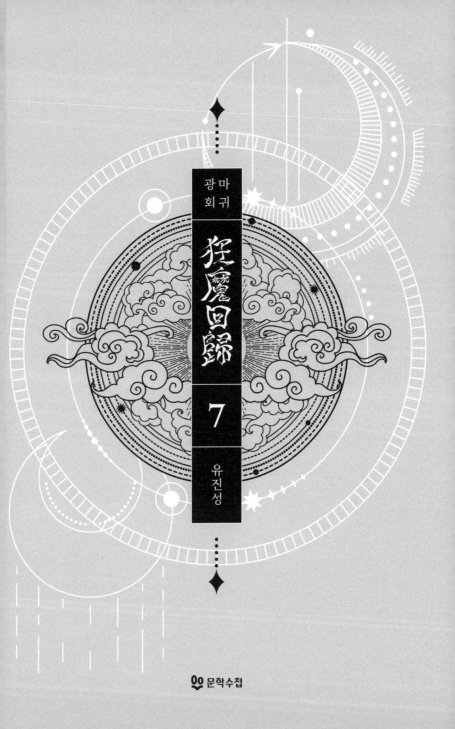

광마
회귀

狂魔回歸

7

유진성

문학수첩

목
차

◆ ······ 狂魔回歸

344.
불꽃은
그저 불꽃이었다

하늘을 쳐다보던 백의서생이 말했다.

"…봐라. 착해 빠진 놈들은 먼저 떠났다."

백의서생이 우리를 둘러보면서 말을 이어나갔다.

"결국에 악한 놈들이 오래 살아남는 법이지. 그렇지 않나?"

나는 고개를 끄덕였다.

"맞는 말이야."

굳이 반박할 필요가 없는 말이다. 이미 나도 알고 있는 사실이기 때문이다. 백의서생이 막군자를 떠올린다는 것은 어렵지 않게 알 수 있었다.

"…이 빌어먹을 사부 놈은 일부러 막내부터 죽였다. 나이는 우리보다 어렸지만, 지옥에서도 불평과 불만을 늘어놓거나 남 탓을 하지 않는 사내가 막내였지. 위아래가 모두 좋아하는 사람은 드물었다. 심지어 사부도 막내는 특이한 놈이라면서 감탄하곤 했었지. 그런 막내를 단 한 수에 죽인 흑선의 심리전이 무엇이겠나?"

나는 고개를 끄덕였다.

"기선제압. 반란을 일으킨 놈들에게 충격을 선사하고, 습격한 인원 중에서는 막내라서 실력도 가장 부족했을 테니 일격에 처리하려는 의도도 있었을 테고."

"맞다. 그 머릿속이 훤히 들여다보였기 때문에 평정심을 유지하는 게 쉽지 않았다. 차라리 우리가 모두 죽고 나서 막내가 이끌었어도 나쁘지 않은 흐름이었을 것이다. 그런 지옥에서도 서생다운 서생은 막내뿐이었다."

나는 백의서생을 바라봤다.

"네 잘못은 아니다."

"뭐?"

"사부와 수 싸움에서 졌다고 생각한 모양인데 꼭 그렇지는 않다고."

백의서생이 나를 노려봤다.

"무엇을 수 싸움이었다고 생각하나?"

나는 사대악인을 둘러보면서 말했다.

"백의가 막내까지 데리고 습격한 것은 사실 사부에게 충격을 선사하려는 의도였겠지. 이것 봐라. 안팎으로 두루 인망이 가장 좋은 막내까지 사부, 네놈이 죽기를 원한다. 심적인 타격을 가할 생각이었겠지만 애초에 사부라는 자는 네 예상보다 훨씬 더 완성된 악인이었어. 침상에 앉아서 너희를 둘러보다가 그저 가장 약한 놈을 먼저 죽여야겠다는 생각을 했을 뿐이야. 그게 재수 없게 막내였던 셈이지.

수 싸움에서 졌다기보다는 운이 나빴다."

백의서생은 심리전에서 우위를 가져갈 수 있는 싸움을 위해서 무력은 다소 부족한 막내까지 동원했던 모양이다. 그런데 사부에게 일격에 죽었으니 자존심에 상처를 입고, 이해하지 못한 사부의 정신세계에 충격을 받았을 것이다. 본인도 악의 성향을 지닌 사람이면서도 악인에 대한 증오심이 싹텄을 터였다. 굳이 내가 네 탓이 아니라고 했는데도 백의서생은 부정했다.

"내 탓이 맞다."

나는 고개를 끄덕였다가 백의서생을 바라봤다.

"그럼 네 탓으로 해. 너 때문에 막군자가 죽었다."

"..."

"막군자에게 평생 속죄해. 못난 사형이네."

그래도 백의서생이 막군자와 같은 훌륭한 제자를 키워낸다면 하늘에 있는 막군자도 기뻐할 것이라고 나는 생각했다. 하지만 이 똑똑한 사내에게 굳이 이런 말까지 전할 수는 없었다. 나는 모닥불을 쳐다보면서 말했다.

"그래서 더 강해져야 해. 강해져야 할 이유가 이만 팔천육백팔십 가지다."

"..."

사대악인을 바라봤다.

"우리도 마찬가지야. 이제는 아무도 우리를 함부로 대하지 못해. 하지만 우리도 다음 다리를 건널 시간이 왔어."

나는 최대한 진심을 담아서 백의서생에게 말했다.

"외나무다리를 걷다가 뒤를 너무 자주 돌아보면 다리를 건널 수 없다. 네 탓은 맞지만, 막군자도 외나무다리에 우두커니 서서 방황하는 사형을 보고 싶진 않을 거야. 그렇지 않나? 어차피 우리 다섯도 언젠가는 늙어서 떠난다. 사과는 그때 재회해서 해라."

백의서생은 대답이 없었다. 나는 백의서생의 사연을 듣다가 무공의 다음 경지를 생각했다. 내가 아는 감정적인 무공 혹은 다른 자들이 쉽게 흉내 내지 못하는 무공은 두 가지다. 내가 사용하는 자하신공과 임 맹주가 사용하는 육전대검이다. 하지만 백의서생의 사연에 따르면… 천악도 감정적인 무공을 사용했거나 아니면 막혀있었던 경지를 어떤 정신적인 각성 상태로 돌파한 것 같다는 생각이 들었다.

그렇다면… 지금의 나, 천악, 임소백, 사대악인이 더 높은 경지에 오르는 데 필요한 것은 무엇일까. 그중에서 특히 나는, 감정적인 상태에서 펼치는 무공의 경지를 극복해야 하는 것이 아닐까? 그러니까 내 추측은, 강호에서 보기 드물 정도로 감정적인 신공을 펼치더라도 그 수준이 삼재의 벽을 넘어서기란 한계가 있다는 뜻이다. 현재 나보다 수준이 높은 천악이 교주를 이기지 못하는 것처럼 말이다.

대화는 별다른 예고 없이 뚝 끊겨서 정적이 흐르는 동안에 우리는 각자의 생각에 빠졌다. 문득 자리에서 일어난 귀마가 어디론가 걸어가더니 평평한 돌을 하나 모닥불 주변에 내려놓았다. 우리는 말없이 귀마를 바라봤다. 귀마는 남은 두강주로 평평한 돌을 씻은 다음에 묵가비수를 꺼내더니 내공을 주입해서 몇 차례 찍고, 떼어내기를 반복하더니 납작한 석판을 만들었다. 석판을 바닥에 내려놓더니 남아있는 두 마리의 물고기를 올려놓고 조용히 손질했다.

귀마가 묵가비수를 휘두를 때마다 물고기의 형상이 반듯하게 변했다. 이어서 딱 젓가락으로 집어 먹기 좋을 크기로 물고기를 잘랐다. 봇짐에서 꺼낸 소금을 위에 살짝 뿌리고, 석판 구석에서 육포를 잘게 잘라내더니 그것을 다시 고기 조각 주변에 뿌렸다. 귀마는 석판을 자신의 화로로 가져와서 양념이 된 살점을 불에 익혔다. 커다란 물고기 두 개를 해체한 터라 양은 충분했다. 고기를 익히는 동안에 귀마가 말했다.

"각자 죽통을 들어봐."

"이렇게?"

"아니, 반듯하게 식판처럼 눕혀서."

귀마는 불을 더 지핀 다음에 익고 있는 고기를 바라봤다. 이제 보니까 고기는 죽통에 올려놓을 수 있을 크기로 잘라놓은 상태. 이제 내 코에도 귀마식 양념이 된 고기 살점의 냄새가 밀려왔다. 나는 콧구멍을 벌렁거리면서 냄새를 즐겼다.

"이야, 냄새 좋은데?"

그제야 일어난 귀마가 석판을 들고서 백의서생에게 다가갔다.

"백의, 죽통."

백의서생이 어정쩡한 표정으로 죽통을 내밀자, 그 위에 귀마가 노릇노릇하게 익은 고기 살점을 비수로 들어서 죽통에 내려놓았다. 다들 배가 불렀기 때문에 살짝 과한 양이었다. 귀마는 다시 검마, 나, 색마의 순서대로 죽통 위에 양념 고기를 배식하더니 남은 것을 들고서 본인의 자리로 돌아갔다. 우리는 만장애에 등장한 귀마 요리사를 쳐다봤다.

"…"

어쩐지 요리사가 먹어도 좋다는 신호를 줘야지만 먹을 수 있는 분위기였다. 귀마가 우리를 둘러보면서 말했다.

"앞서 먹은 것은 영약으로 하자. 영약의 기운이 아까워서 술도 마시지 못했지. 하지만 이번에 먹는 것은 그냥 맛있는 요리로 하자고. 맛있게 먹고, 남은 술도 다 해치우고. 맏형? 먹읍시다."

검마가 미소를 짓더니 고개를 끄덕였다.

"그래."

귀마가 백의서생을 쳐다봤다.

"백의, 일전에 구해줘서 고마웠네. 편히 먹게."

그러니까 이것은 온전하게 귀마가 백의서생을 위해서 준비한 음식이었다. 색마가 입맛을 다시다가 귀마에게 물었다.

"먹어도 돼?"

귀마가 고개를 끄덕였다.

"먹자."

나는 일부러 품에서 묵가비수를 꺼낸 다음에 칼날을 쓱 밀어서 고기를 들었다가 입에 넣었다. 소금과 육포의 짠맛이 느껴지다가 두툼한 고기의 육즙이 입 안에 퍼졌다. 본래 기름기가 철철 넘치는 물고기여서 씹는 와중에 단맛과 기름 맛이 맴돌았다. 먹느라 바빴지만 애초에 우리는 방진을 그리고 있었기에 서로의 표정을 구경하면서 죽통 위에 있는 고기를 하나하나 살수殺手처럼 깔끔하게 해치웠다. 정말 어디 가서 먹어본 적이 없는 요리였다. 나는 입에 묻은 기름을 닦으면서 말했다.

"대단한 맛이야."

검마가 색마에게 말했다.

"제자야, 꿍쳐 놓은 술 좀 마시자."

"예, 사부님."

색마는 그제야 자신의 봇짐에서 죽통을 꺼내더니 돌아다니면서 술을 분배했다. 우리는 고기를 올려놓았던 죽통에 술을 채운 다음에 서로의 얼굴을 구경했다. 딱히 할 말은 없었지만 실없는 웃음이 흘러나왔다. 인생은 새삼스럽게 뭐 별것 없구나, 하는 느낌이랄까. 모여서 고기를 먹고 술을 마시려니 그것으로 부족할 게 없었다. 나는 아무 말을 하지 못하는 사대악인과 백의서생을 보다가 말했다.

"…할 말 없으니까 그냥 마시자."

"그래."

나는 색마가 아껴서 먹으려던 두강주를 시원하게 들이켰다. 입안의 기름기가 두강주에 뒤섞여서 식도를 타고 내려가자 시원하다는 느낌과 뜨겁다는 느낌이 뒤섞였다. 나도 객잔 점소이 출신이지만 이렇게 맛있게 먹은 술은 또 처음이었다. 내가 이 정도인데 백의서생은 오죽할까…? 백의서생은 놀랍게도 맛있다, 시원하다, 술맛 좋다, 고맙다 등의 말을 전혀 하지 못하는 사내여서 그저 입을 다물고 있었다.

우리는 또 그것이 이해되어서 가만히 있었다. 다행히 타들어 가는 모닥불이 있어서 시선을 보낼 곳이 있는 게 서로에게 다행이었다. 이제야 우리는 잠시 마음을 편히 내려놓고 쉴 수 있게 된 것이 아닐까. 이것은 무척 오랜만의 휴식이었다. 저절로 호흡이 편해졌다. 나는 모닥불에 휘감긴 불꽃을 오랫동안 바라보다가 어느 순간 내가 저 불꽃을 바라보고 있으면서도 불길에 휩싸인 자하객잔을 떠올리지 않고 있다는 사실을 자각했다.

불꽃은 그저 불꽃이었다. 우리 같은 악인들에게도 온기를 나눠주는 불꽃일 뿐이다. 어처구니없게도 우리는 해가 질 때까지도 아무 말 없이 장작을 던져 넣으면서 불꽃을 쳐다봤다. 어둠이 내려앉아서 서로의 표정이 잘 보이지 않을 때쯤에서야… 백의서생의 목소리가 어둠에 반쯤 묻힌 채로 흘러나왔다.

"…맛있는 요리였네."

귀마가 대답했다.

"다행이군."

지극히 평범한 말이 너무 힘겹게 흘러나왔다. 이대로 밤새도록 야영을 할 수도 있었지만, 배 속에서도 불꽃이 춤을 추고 있었다. 술이 뒤섞였음에도 영약은 영약이었던 셈이다. 운기조식 이차전이 우리를 기다리고 있었다. 나는 자세를 가부좌로 바꾼 다음에 사대악인과 백의서생에게 말했다.

"눈을 감고서 어둠이 밀려왔을 때."

"…"

"죽음과 공포, 주화입마가 나를 끌고 가지 않기를 바란다. 홀로 외나무다리를 건너고 있을 때 돌풍이 불고, 높은 파도가 나를 삼키려고 해도 두려워하지 않기를 바란다. 오로지 온전한 운기조식에 몸과 마음을 맡긴 채로 외나무다리를 건너간다. 얼마나 길고, 얼마나 위험한 다리였나? 그것을 무사히 건너 다시 눈을 떴을 때 내가 바라는 것은 오로지 지금보다 더 강해지는 것. 그것이 죽어야 할 자를 살리고, 죽지 않아야 할 자들을 보호하고, 죽일 놈들을 반드시 죽이는 힘이 되기를 기원한다. 인생이 불공평하다고 느껴질 정도로 강한 상대를 만나더라도 내가 온전히만 싸울 수만 있다면 누구를 탓하랴."

나는 불꽃을 바라보다가 눈을 감자마자 금구소요공의 운기조식에 돌입했다. 삽시간에 세상이 어두워진 상태에서 나는 내내 지켜봤던 불꽃을 손에 든 채로 외나무다리에 발을 내디뎠다. 주변이 온통 칠흑이었다.

* * *

백의서생은 검마, 육합선생, 몽랑을 바라보다가 다시 하오문주를 쳐다봤다. 웬 염불 같은 것을 외우더니만 곧장 운기조식에 돌입해서 깊은 호흡에 빠져든 상태였다. 그 어느 때보다 평온한 얼굴이기도 했다. 하오문주의 말을 잠자코 듣고 있었던 검마가 이어서 운기조식에 돌입하고, 귀마도 곧장 자세를 바로 하더니 가부좌를 튼 채로 눈을 감았다. 백의서생은 마지막까지 눈을 뜨고 있는 몽랑을 쳐다봤다.

"…"

몽랑은 백의서생을 힐끔 바라보더니 양손을 자신의 무릎 위에 편히 얹은 채로 눈을 조용히 감았다. 삽시간에 모두가 운기조식에 돌입한 상태. 백의서생은 황당한 마음으로 네 사람을 둘러봤다.

'이런 어처구니없는 놈들이 있나…'

할 일이 없어진 백의서생은 모닥불을 보다가 주변을 둘러보기도 했다. 귀를 기울여서 작은 풀벌레 소리와 바람에 스쳐서 흔들리는 나뭇가지 소리도 들어보았다. 이 모든 소리가 대체로 평화로웠다. 할 일도 없고 경계할 것도 없는 상황에 놓인 백의서생은 결국에 고개를 들어서 밤하늘을 쳐다봤다. 갑자기 등장한 수많은 별이 쏟아질 것처럼 하늘에 가득 찬 상태로 각자의 빛을 발하고 있었다.

별을 바라보는 와중에 공포와 후회, 분노, 증오의 감정들이 평소와는 다르게 형체를 갖추지 못한 채로 흩어졌다. 별을 더 쳐다보다 산 죽은 자들을 생각하게 되고, 그것이 감상적인 마음을 불러일으킬 것 같다는 생각에… 백의서생은 다시 불꽃을 바라보다가. 가부좌를 틀고, 눈을 감은 다음에 운기조식을 시작했다.

만장애의 밑바닥에서는 호법이 필요 없다. 배 속에서 꿀렁대는 기운이 운기조식을 바라고 있었기 때문에 백의서생은 눈을 감은 채로 만장애에서 불기 시작한 차가운 바람에 몸을 맡겼다. 잠시 후 모닥불이 꺼졌지만… 어둠 속에 파묻힌 다섯 사람은 미동도 하지 않은 채로 운기조식에 집중했다.

345.
평범하게 운기조식을 한 날

이렇게 오랫동안 운기조식을 했던 적이 없다. 꿈에서 꿈을 꾸고, 꿈을 깼을 때도 꿈에서 빠져나오지 못하는 기분이랄까. 대신에 마음은 차분했다. 나는 오랫동안 외나무다리를 걷다가 도착한 미지의 영역에서 커다란 손을 발견했다. 부처님 손바닥이면 놀랐을 테지만 그냥 내 손이었다. 못에 찔린 상처가 보였기 때문이다.

갑자기 손바닥이 솟아있었지만. 나는 이곳을 무학의 영역, 그중에서 금구소요공의 초계임을 인식해서 이상하게 여기진 않았다. 팔짱을 낀 채로 내 손바닥을 노려보다가 새끼손가락에 목계의 기를 주입해 봤다. 신기하게도 거대한 새끼손가락이 금세 나뭇결의 빛깔로 뒤덮였다.

"..."

나는 어째서 이런 것을 어렵지 않게 예상하는 것일까. 그렇게 놀랄만한 일은 아니다. 어차피 내 내부에서 벌어지는 일이기 때문이다. 당연하게도 약지에는 염계를 휘감았다. 넷째 손가락에는 불꽃이 휩싸이면서 불기둥이 솟구쳤다.

"좋구나!"

순간 나는 주변을 둘러봤다. 외나무다리는 보이지 않고, 혈맥이 지도처럼 펼쳐져 있었다. 그 지도 위에 목계의 기氣가 지나온 길이 표시되어 있고, 지금은 불꽃으로 만들어진 길이 곳곳에서 빛을 발하고 있었다. 바보 천치가 아닌 이상은 매우 중요한 갈림길에 선 것임을 어렵지 않게 알아차릴 수 있었다. 나는 다시 커다란 손을 보다가 중시에 금구소요공의 투계를 휘감았다. 이번 투계는 명확하게 잿빛을 띠고 있었다.

"…목계, 염계, 투계로 삼행三行을 완성하고."

주변을 둘러보자, 단전에서 출발한 투계의 기운은 중지로 향하는 동안에 대지에서 솟구쳤다. 나무도 뚫고, 불길도 짓누르면서 솟구치는 힘이 투계의 본질이었다. 그 다음 단계인 초계는 애초에 지난 경지를 초월했다는 것을 말한다. 초월했다는 것은 세 가지의 기를 자유자재로 다루는 것을 포함해서 이런 현상이 벌어진 것 같았다. 나는 문제의 검지와 엄지를 노려봤다.

"…너희 둘에게 내 명줄이 달렸구나."

내 명줄이 달렸다는 건 하오문의 운명에도 영향을 끼친다는 뜻이다. 순식간에 짓누르듯이 내려앉는 부담감을 그대로 받아들이지 않은 채로 호흡을 내뱉어서 마음을 가볍게 만들었다. 이곳은 상상의 영역이어서 자칫하면 하늘에서 거대한 장검 한 자루가 떨어져서 내 정수리를 관통할 수도 있었다.

그것이 또한 주화입마다. 어렵게 얻은 이번 기회에 무학을 정리해야만, 이후의 싸움에서 살아남을 터였다. 설령 내 내공이 특정 고수보다 부족하더라도 이것을 완성하는 순간 어떻게든 승부를 이어나갈 수 있을 것이라 예상했다. 고민하다가 이렇게 결론지었다. 검지에 초계의 기를 넣을 필요는 없다. 초계는 목계, 염계, 투계의 관리자라서 그렇다.

나는 한참을 고민하다가 돌아서서 혈맥의 지도 너머를 주시했다. 결심을 마친 다음에 얼어붙은 대지에서 월영무정공을 호출했다. 시커먼 어둠 속에서 백색의 빛줄기가 상공으로 솟구치더니 이내 특정 혈맥이 얼어붙으면서 내가 있는 곳으로 질주했다. 돌아보자, 순식간에 찬바람이 스치더니 검지가 새하얗게 얼어붙었다.

'…이게 맞아?'

무인에게 가장 중요한 손가락이 검지다. 어쩌면 나만 그럴 수도 있다. 나는 검지에 월영무정공을 각인한 다음에 엄지손가락을 바라봤다. 엄지는 검의 방향을 바꿀 때도 있고 무게를 버티기도 한다. 짧고, 굵고, 튼튼하다. 나는 엄지에 들어갈 힘을 단전에서 호출했다. 보지 않아도 저 멀리서 하늘이 찢어지는 굉음이 터지더니. 백전십단공의 하얀 뇌기가 그 어느 때보다 빠르게 도착해서 엄지에 휘감겼다. 다섯 가지의 색에 휩싸인 거대한 손바닥을 바라보고 있으려니 뿌듯하기도 하고 신기하기도 했다.

나는 무학의 영역에 솟구친 오행지五行指를 쳐다봤다. 꿈에서 깨면 이 심득心得이 달아나지 않을까 하는 걱정이 밀려들었다. 그러나 이렇게 눈으로 확인했으니 언제든 다시 도달할 수 있을 터였다. 오행지를 동시에 펼쳐서 공격하면 그것이 오행장법五行掌法이다. 지법으로 사용할 수도 있고, 일월광천보다 조금 부족한 장력으로도 활용할 수 있겠다는 생각이 들었다.

어쩌면… 내가 그간 이것을 감정적으로 모든 수법과 원리를 뭉갠 채로 사용한 것이 자하신공 아니었을까? 혈맥과 혈맥 사이가 터져 나가서 핏물이 흐르게 되고, 그것이 외부로 발현되었을 때 무자비한 자줏빛이 되었던 셈이다. 문제는 눈깔의 핏줄마저도 다 터져나가서 세상이 온통 핏빛으로 보인다는 점이다.

자하신공을 마구잡이로 펼치면 내 몸에도 무리가 온다는 뜻이다. 그러니 눈깔이 뒤집히는 상황에 맞닥뜨렸을 때만 성질이 뻗쳐서 나도 모르게 펼친 셈이고, 때에 따라서 등장하지 않았던 이유이기도 하다. 내가 자유자재로 오행지를 다루면, 비어있는 무학의 공간을 내 이론으로 정립해서 자하신공에 직행할 수 있다. 이성적인 자하신공이 되는 길이랄까. 그러니까 만장애 밑에서의 심득은 비어있는 자하신공의 수법을 연구하고, 정리하는 과정이라 할 수 있었다.

'오늘은 여기까지… 무리하지 말자.'

조용히 눈을 떠보니 새벽의 어스름이 보이면서 나는 다시 천하天下에 놓였다. 밤새 외나무다리를 조심스럽게 건넜는데 다리나 발이 아픈 게 아니라 목과 어깨가 뭉친 상태였다.

"…"

귀마와 색마는 비스듬히 누워서 잠을 자고 있고. 검마는 어디선가 걸어오더니 장작을 집어넣었다. 근처에 있는 백의서생은 놀랍게도 여전히 가부좌를 튼 채로 눈을 감고 있었다. 나는 백의서생이 외나무다리에서 복귀하지 않았기 때문에 굳이 입을 열지 않았다. 온도가 굉장히 떨어진 상태였는데 검마가 모닥불을 되살리자 이내 온기가 밀려들었다.

나는 욕심내지 않는 것을 마음의 자세로 삼았다. 그만큼 중요한 순간이었다. 이상하게도 검마가 평온해 보이는 것은 그저 느낌일까? 나는 잠시 호흡에만 집중한 채로 검마와 백의서생을 쳐다봤다. 문득 검마와 눈을 마주쳤다가 고개를 한 번 끄덕였다. 내 표정을 읽은 검마가 미소를 짓더니 고개를 한 번 끄덕였다. 내가 성취를 얻었음을 알아챈 눈빛이었다.

"후…"

문득 옆에 있는 백의서생의 숨이 길게 흘러나왔다. 맏형과 나는 백의서생을 바라봤다. 이놈은 전신에 흩어져 있는 내공을 단전으로 갈무리하듯이 손을 움직이더니 다시 한번 숨을 길게 뱉었다. 그러자 백의서생의 정수리에서 하얀 김이 솟구치면서 전신도 한 차례 희뿌연 아지랑이에 휩싸였다.

이놈도 외나무다리를 건너 다음 영역에 발을 내디딘 모양새였다. 백의서생이 운이 좋은 것일까 아니면 우리의 운이 좋은 것일까? 나도 이런 합동, 단체, 연합, 합숙, 야영 기연은 처음이어서 어리둥절했다. 어느새 눈을 뜬 백의서생이 검마와 나를 쳐다보더니 새벽하늘을 주시했다.

"…아침인가?"

그제야 검마가 입을 열었다.

"셋째, 백의. 축하하네. 간밤에 두 사람의 성취가 남달랐던 모양이야."

나도 백의서생을 바라보다가 축하의 말을 건넸다.

"무제, 축하해."

백의서생이 고개를 갸웃하면서 물었다.

"무슨 일 있었나?"

검마가 나를 쳐다봤다.

"셋째는 새벽녘에 전신이 다섯 가지 색에 휩싸이더군. 각기 목木, 화火, 수水, 뇌雷였는데 중간에는 알아볼 수 없었네. 잿빛 기운이더군."

나는 고개를 끄덕였다.

"그것은 투계였을 거야 아마."

백의서생이 물었다.

"다섯 개의 색에 휩싸였다고? 오기조원五氣朝元 현상이 있었군."

오기조원에 대해서는 나도 들어본 적이 있으나, 정통 무학에 대한 지식이 부족해서 정확하게 무엇을 의미하는지는 알 수가 없었다.

"오기조원이 뭐야?"

백의서생이 말했다.

"특정 경지를 뜻한다. 보통 옛 무학에 따르면 오기조원을 삼화취정과 나란히 놓기도 하고, 일부 무학에서는 두 개의 우열을 나누기도 하는데 내 생각에는 큰 의미 없다. 무공과 내공에 따라 꽃이 피고 지는, 개화의 시기가 다를 뿐이라고 보면 돼."

"그렇군."

어쨌든 신경 쓰지 말라는 말인 것 같아서 마음에 와닿았다. 나는 이렇게 논리적으로 무엇이 옳다, 그르다 하는 것에 마음을 쓰기 싫다. 그리고 내 몸 상태를 정확하게 정의한 과거의 무학이 있을 리 없다. 어떤 미친놈이 천옥을 삼킨 채로 음과 양의 무공을 익히고 뇌기까지 다뤘겠는가? 내가 유일하기 때문에 옛 무공에서 굳이 지금의 상황을 껴 맞추긴 싫었다. 백의서생의 말이 이어졌다.

"더군다나 대부분의 오행은 금목수화토를 언급하지, 문주처럼 목화수뇌로 연계되는 사례에 대해서도 들은 바가 없다. 이것은 그러니까…"

백의서생이 나를 물끄러미 바라봤다.

"무학을 정리하여 전수할 수만 있다면 문주가 이미 일문의 대종사가 되었다는 뜻이야. 비슷한 무공은 있어도 자네가 펼치는 무공과 같은 것은 없을 테니."

대화가 이어지자 색마와 귀마도 일어나서 잠을 깼다. 하여간 점소이가 무학적으로 일문의 대종사가 되었다고 해도 나는 별다른 감정이 없었다. 그냥 그런가 보다 하는 심정이랄까. 실은 일문의 대종사가 되는 것이 중요한 게 아니라. 그저 살아남는 것이 더 중요하기 때문이다. 나를 죽이려는 놈들이 일문의 대종사가 되었다고 살려주지는 않을 테니 말이다. 색마가 잠이 덜 깬 표정으로 검마에게 물었다.

"셋째가 하룻밤 만에 일문의 대종사가 되었어요?"

검마가 고개를 끄덕였다.

"무제 말로는 그렇다는구나. 그럼 맞겠지."

색마가 나를 위아래로 쳐다보면서 말했다.

"촌뜨기 놈, 대단하네. 축하해."

귀마도 잠이 덜 깬 상태에서 웃으면서 말했다.

"셋째, 축하해."

사실 칭찬에 어색해서 어떻게 반응할지 모르는 사람이 있는데 그 것이 나다.

"…내가 대종사라니 어울리지 않아."

검마가 말했다.

"무제도 지난밤에 성취가 대단했던 것 같다. 그렇지 않나?"

백의서생은 지난밤의 꿈을 더듬는 것 같은 표정으로 고개를 끄덕 였다.

"나쁘지 않았다."

문득 우리는 어두운 협곡 아래로 비집고 들어오는 햇살의 흔적을 쫓아서 고개를 움직이다가 하늘을 바라봤다. 동이 트고 있었다. 색 마가 중얼거렸다.

"저도 간밤에 엄청난 사투를 벌였습니다."

검마가 대답했다.

"운기조식을 짧게 하고 밤새 떨면서 자더구나."

나는 새삼스럽게 검마를 쳐다봤다. 그러고 보니까 제자가 밤새 떨 어서 검마가 장작불을 넣고 있었던 모양이다. 누군가에게 온기를 나 눠주면 그 자신도 평온해지는 것일까. 검마의 분위기는 지난밤보다 훨씬 차분해진 상태였다. 색마가 말했다.

"밤새 꿈에서 설원을 걸었습니다."

우리는 서로의 얼굴을 바라보다가 색마에게 물었다.

"그게 끝이야?"

색마가 고개를 끄덕였다.

"놀랍게도 그게 끝이야. 그냥 밤새도록 설원을 걸었어."

검마가 물었다.

"심득은 자신만의 것이라 남이 단정하기 어렵다. 네 생각은 어떠하냐?"

색마가 곰곰이 생각하다가 대답했다.

"…그냥 버티라는 것 같습니다. 냉기 자체를, 끔찍한 고통에 익숙해질 때까지."

"출구는 없었고?"

"예."

나는 새삼스럽게 우리가 무학을 논하고 있음을 깨달았다. 말로 설명하기도 어려운 무학에 관한 이야기를 이렇게 나눌 수 있는 것 자체가 다행이랄까. 무공을 익히지 않은 자들에겐 미친 헛소리에 가까운 말들이었다. 우리는 잠자코 듣기만 하는 귀마를 쳐다봤다. 전부지난밤에 심득을 얻거나 경지를 돌파하는 기연이 있었던 게 아닐까 하는 생각이 들었기 때문이다. 귀마가 떨떠름한 표정으로 말했다.

"다들 내게 뭔가를 기대하나 본데…"

"맞아."

"나는 딱히 이상한 꿈이나 환상, 그런 것은 보지 않았다. 다만 운기조식을 마치고 나서 밤새 하나의 초식을 생각했지. 절기라고 해야할까."

내가 물었다.

"무엇인데?"

귀마가 대답했다.

"뭐 대단한 내용도 아니야. 그저 검풍劍風과 검기劍氣를 동시에 사용하는 절기를 고민했지."

백의서생이 귀마를 바라봤다.

"왜 그런 절기를 고민했나?"

귀마가 백의서생을 쳐다보면서 말했다.

"갑자기 옆에서 날아오는 젓가락을 검풍으로 튕겨내고, 눈앞의 적도 검기로 베려면 동시에 필칠 수밖에 없겠다는 생각이 들더군. 검풍은 기파와 베는 자세에서도 발산할 수 있게 수련하고, 검에서는 검기를 분출하는 것이지. 정확하게는 기파와 검기인데 경지를 가다듬으면 이것을 검풍과 검기로 동시에 펼칠 수 있지 않을까 해서… 말이 좀 꼬이는군."

나는 팔짱을 낀 채로 귀마를 바라봤다.

"괜찮은데?"

그러니까 귀마가 생각한 절기는 백의서생의 기습 때문에 고안한 절기였다. 만약 젓가락이 귀마를 노렸다면 그 순간에 죽는 것은 망령이 아니라 귀마였을 테니 말이다. 나는 백의서생에게 도움을 요청했다.

"백의, 뭔가 조언할 게 있는 표정인데?"

백의서생이 귀마를 쳐다봤다.

"꼼수다."

"꼼수라도 상관없네."

"일단 검기를 펼칠 때 진각震脚을 밟으면서 수련해. 돌무더기나 흙이 피어올라서 그것을 기파로 내보내면 검풍과 어느 정도 효과가 비슷할 것이다. 그게 익숙해지면 진각을 밟지 않은 채로 펼치고, 그것마저 익숙해지면 보법에 진퇴를 섞는다. 육합이 말한 절기를 전진하면서 펼칠 것이냐, 물러나면서 펼칠 것이냐 혹은 진각에 의해서 일순간 몸을 구름에 가리듯이 감출 것이냐. 선택의 수가 저절로 많아지겠지.”

나는 저절로 눈이 떠졌다. 이것은 해석에 따라서 백의서생이 아예 검법 하나를 선물한 것 같은 강의가 되었다.

“좋은데?”

백의서생이 말했다.

“자네는 특이하게 검법을 생각할 때 수비의 비중을 크게 두는군. 효과적인 수비의 절반 이상은 사실 보법이다. 가장 단순한 검법에도 보법을 넣게 되면 복잡해진다는 것을 자네도 알겠지.”

백의서생은 귀마가 앞으로 수련해야 할 검법의 방향을 제시하고 있었다. 귀마도 백의서생의 가르침을 받아들였는지 고개를 끄덕이면서 생각에 잠겼다. 나는 점점 밝아지는 만장애를 둘러보다가 일행에게 말했다.

“잠시 쉬었다가 밥은 만장애를 벗어나서 먹자고. 사람이 영약만 먹고 살면 안 돼.”

내 의견에 딱히 반대하는 사람은 없었다. 나는 깜박한 게 있어서 검마에게 물었다.

“맏형은 성취가 있었나?”

우리는 전부 검마를 바라봤다. 그러고 보니까 보기 드문 영약을 함께 나눠 먹은 검마는 어떤 기연이 있었는지 궁금했던 것. 검마가 우리를 둘러보더니 잔잔한 어조로 말했다.

"없었다."

조금 실망스러웠지만 검마의 분위기가 살짝 달라져 있었기 때문에 나는 느끼는 대로 물었다.

"그런데 왜 그렇게 실실 웃고 있어? 웃음이 나와? 뭐가 웃겨? 같이 웃어."

검마가 짤막하게 한숨을 내쉬더니 우리를 둘러봤다.

"그냥 무척 오랜만에⋯ 평범한 운기조식을 했다."

"⋯"

"혼령에게 시달리지도 않고 귀곡성도 들리지 않는 운기조식이었지. 호흡하면서, 어느 정도 내공을 쌓았다. 눈을 떴는데 아직 밤에 별이 보이고, 너희도 각자 운기조식을 하고 있었다. 그러고 나서도 밤새도록 아무런 일이 없더구나. 새벽에는 춥고, 아침에는 해 뜨는 것을 구경했다. 이 모든 것이 평범한 하루인데⋯ 솔직히 말해서 무척 놀라울 뿐이다. 이것은 무공의 기연이 아니라."

검마가 우리를 둘러봤다.

"삶의 기연이구나."

맏형의 소회는 덤덤했지만 나도 웃음이 절로 나왔다.

346.
그럴 리가 있겠습니까

사람이 지속적인 고통을 지닌 채로 지내면 표정이 단조로워진다. 그 단조로움이 계속되면 얼굴의 웃는 근육마저 퇴화한다. 한마디로 크게 웃지 못하는 사람이 되는데, 검마가 그렇다. 다행히 짧은 소회를 덤덤한 어조로 풀어내는 검마의 표정은 전과 달리 미세하게 풀려있었다. 무공의 성취를 기뻐하는 게 아니라. 삶의 변화를 기뻐하고 있다면 검마는 강해진 것일까?

그것까진 나도 모르겠다. 이 사람은 꽤 멀리 돌아왔다. 내가 이 사람을 맏형이라 생각하는 이유는 나이가 아니라 스스로 제 갈 길을 정해서 움직이기 때문이다. 그것도 삼재에 속한 교주를 상대로 말이다. 나머지는 각자 성취가 있었기 때문에 성취가 없었다는 검마의 말이 오랫동안 마음에 남을 것이라는 생각이 들었다. 어쨌든 밥을 배에 쑤셔 넣어야 할 시간이 오고 있어서 나는 만장애를 올려다봤다.

"…어쨌든 아침 겸 점심은 바깥에서 먹자고. 우리 다섯 명 중에서는 백의가 가장 잘 오르겠지."

귀마가 내게 물었다.

"계속 물고기를 먹으면서 수련하는 것은 어때?"

나는 고개를 끄덕였다.

"나쁘지 않아. 대신에 그것은 각자 하도록 해. 각자 수련하려면 이곳을 내려오는 게 아니라 올라가는 게 더 중요해. 그리고 내가 봤을 때는 같은 영약을 먹으면 계속 효과가 반감될 거야. 다음에 수련이나 내상 회복이 필요할 때 내려와서 물고기를 먹고, 저 앞쪽에 있을 하수오도 캐서 먹으라고. 오늘은 다시 바깥세상으로 나가는 수련을 하자."

백의서생이 절벽을 쳐다봤다.

"이렇게 높은 곳은 또 처음이군."

나는 사대악인을 둘러봤다.

"맏형도 잘 오를 것 같고. 똥싸개도 어떻게든 올라갈 것 같은데 육합이 걱정이네. 일단 백의랑 내가 등반하는 모습을 눈여겨보라고."

"알았다."

백의서생은 제운종으로 올라갈 터였다. 제운종을 쉽게 모방할 수는 없겠지만 동작의 간결함과 움직임을 직접 보는 것만으로 얻는 게 있을 터였다. 그러니까 사실 등반이 중요한 게 아니라 사대악인이 백의서생의 제운종을 직접 보는 게 더 중요하다. 이것은 보기 드문 경공이기 때문이다.

"첫째 등반은 무제, 두 번째는 나. 세 사람은 우리 둘이 만장애 오르는 모습을 보면서 자신에게 맞는 전략을 세워. 세 번째는 몽랑, 네 번째는 육합, 마지막이 맏형. 특히 둘째는 등반하기 전에 묵가비수를 손바닥에 붙여서 옷자락으로 단단히 묶어. 떨어지면 묵가비수를 벽에 찍어서 매달릴 수 있도록. 여기서 비수를 아까워하면 안 돼. 날은 어차피 다시 갈면 되니까."

"그래."

귀마는 옷자락을 찢더니 내 말대로 묵가비수를 손바닥에 휘감았다. 이렇게 붙여놔야 손가락이 자유롭다. 손가락을 사용해서 등반하다가 위험할 때만 비수를 붙잡고 벽을 찍는 식이다. 이곳은 만장萬 丈이라는 이름이 괜히 붙은 장소가 아니다. 누군가가 발을 헛디뎌서 추락해도 이상하지 않은 일이다. 하필이면 밥을 먹으러 가다가 떨어져서 낭패를 당하는 강호인이 될 수는 없기 때문이다. 백의서생이 절벽으로 걸어가면서 뒷짐을 지었다.

"먼저 간다."

"벌써?"

"이상하게 출출하군."

자세를 낮춘 백의서생이 공중으로 높이 솟구치더니 정점에 도달했을 때 느릿한 동작으로 절벽에 왼발을 붙이더니 멈췄다. 이렇게 보고 있으려니 정말 강호의 일절이라 부를 만한 경공이었다. 백의서생이 다시 솟구치면서 오른발을 절벽에 붙였다. 보면서도 신기하게 느껴지는 등반 동작이랄까. 정적인 움직임이 섞여있어서 더 신기하게 보이는 등반이었다. 어디 가서 본인이 쾌당주라고 해도 믿을 수밖에 없는 움직임이었다. 내가 설명을 보탰다.

"…균형이 더 중요하기 때문에 천천히 오르는 중이야. 높이가 절반 정도만 됐어도 빠르게 올랐을 텐데 저런 식으로 침착하게 올라가는 게 맞아."

색마가 황당하다는 어조로 말했다.

"아니, 어떻게 손도 쓰지 않고 올라가지?"

"저것까지 따라 하진 말도록 해라. 무제는 신체의 경중을 조절하고 있어서 가능한 등반이야. 나도 간다. 대신에 나랑 백의가 정상에 오르면 그때 출발해."

나는 천천히 걸어가다가 공중으로 솟구친 다음에 제운종으로 백의서생을 뒤쫓았다. 열 번을 솟구쳤는데도 올라가야 할 높이가 까마득해서 어쩔 수 없이 나도 속도를 늦췄다. 이후에는 양손을 이용해서 신중하게 벽에 달라붙었다가 디딤돌이 되는 부분을 찾아서 밟은 다음에 수직으로 솟구쳤다.

만장애를 오를 때마다… 한참 올라갔음에도 아직 멀었다는 점, 아래를 내려다보면 까마득하다는 점, 도저히 익숙해지지 않는다는 점, 이게 대체 뭐 하는 짓인가 하는 자괴감이 밀려든다. 하지만 인생의 고비를 등반을 통해 넘는다고 생각하면 이것도 나름 재미있다.

잠시 후 백의와 나는 거의 비슷하게 정상에 도착해서 아래를 내려다봤다. 어느새 내 경공이 백의서생을 엄청나게 따라잡았음을 알 수 있었으나 굳이 이 기쁨을 내색하진 않았다. 나는 까마득하게 멀리 있는 세 사람에게 올라오라는 손짓을 보냈다. 이렇게 있으려니 표정도 보이지 않고 대화도 나눌 수가 없었다.

이내 색마가 절벽에서 멀찍이 떨어졌다가 경공을 펼치더니 질주해서 높이 솟구쳤다. 어쨌든 우리는 먼저 올라왔기 때문에 자연스럽게 주변을 경계했다. 확실히 계곡에서 바라보는 풍경과 높은 곳에서 험지를 바라보는 감상은 제법 달랐다. 백의서생이 어처구니없는 질문을 던졌다.

"아무 때나 와도 되겠나?"

"백의, 이곳은 사유지가 아니야. 천악서생과 함께 와도 나쁘지 않겠지. 다만 물고기를 다 죽여서 멸종시키면 안 돼."

"그런 멍청한 짓을 누가 하겠나?"

"알잖아. 사람들이 의외로 멍청하다는 것을…"

백의서생이 고개를 끄덕였다. 잠시 후에 올라오는 색마를 물끄러미 바라보던 백의서생이 말했다.

"…밥 먹고 난 떠나련다."

"어디로?"

"본래 바쁜 몸이다."

나는 백의서생의 표정을 쳐다봤다. 표정이 썩 좋지는 않았다. 무언가 떠오르는 게 있었으나 굳이 묻진 않았다. 나는 바위에 걸터앉아서 올라오고 있는 사대악인을 구경했다. 잠시 이 바쁜 사내가 어디로 사라지려는 것인지 고민했다. 백의서생에게 바쁜 일이라는 게 있을까?

내 생각엔 이런 한량 놈에게 바쁜 일은 없을 것이란 생각이 들었다. 어차피 고되고 힘든 일은 제자와 수하들이 다 처리하기 때문이다. 무공의 성취를 얻자마자 어디론가 가겠다고? 나는 단순한 추리 끝에 백의서생이 천악을 만나러 간다는 것을 눈치챘다. 이유를 몰랐기 때문에 백의서생에게 물어볼 수밖에 없었다.

"무공의 성취가 있자마자, 천악을 보러 가는 이유가 있나?"

백의서생이 나를 보더니 황당하다는 표정으로 웃었다.

"황당한 놈."

절벽 아래에서 색마가 소리를 질렀다.

"…밧줄 없어?"

나는 중간쯤 올라온 색마에게 대답했다.

"없어."

나도 수련 중인 몸이긴 하나 이상하게도 사대악인을 데리고 다니면서 수련을 시키는 심정이 들었다. 그것이 꼭 무공만을 말하는 것은 아니다. 나는 문득 떠오르는 게 있어서 백의서생에게 물었다.

"설마 천악을 죽이러 가는 것은 아니겠지?"

사실, 이 질문은 함정이다. 백의서생이 보기 드물게 웃음소리를 내면서 나를 쳐다봤다.

"어느 누가 삼재를 쉽게 죽일 수 있단 말이냐? 내가 죽지 않으면 다행이지."

이로써 나는 백의서생이 천악을 만나러 간다는 것을 확신하게 되었다. 나는 백의서생을 슬쩍 떠봤다.

"밥 먹고 다 함께 가는 건 어때?"

"감당할 수 있겠나?"

"우리가 뭘 감당해야 하지? 싸우러 가자는 것도 아닌데."

백의서생이 생각에 잠겼다가 내게 말했다.

"천악은 낙이 없는 사내다. 나처럼 취미가 다양하지도 않아."

"그렇게 보여."

"유일한 낙이 싸우는 것이지. 그러나 비무를 감당할 고수도 없다. 내가 성취를 얻었으니 가서 좀 맞아주는 게 맞겠지."

나는 저절로 눈이 커졌다.

"…아, 강해졌으니까 비무 한판 해주러 가는 셈인가?"

나는 새삼스럽게 백의서생을 위아래로 쳐다봤다. 어쨌든 이 음험한 녀석도 천악만큼은 친구라고 생각하는 모양이었다.

"그렇다면 더더욱 우리가 함께 가면 안 될 이유가 있나? 맞아주는 건 우리도 할 수 있는데 말이야."

백의서생이 나를 쳐다봤다.

"문주, 네 마음이 무엇인지는 대충 안다. 하지만 천악은 친해질 수도 없고, 어느 정도 친해졌다고 한들 온전하게 백도나 서생을 도울 수 있는 전력이 되지 못해."

"어째서?"

"종종 본인도 본인을 감당하지 못하기 때문이야. 그럴 때마다 내가 마련해 준 안가에 스스로 갇혀서 바깥에 나오지 않는다."

나는 팔짱을 낀 채로 백의서생을 바라봤다.

"강요할 수는 없지."

"…"

"하지만 너도 천악서생을 그렇게 이용만 하지는 말라고."

"뭐?"

어느새 도착한 색마의 손이 낭떠러지 끝을 붙잡더니 창백한 표정으로 도착해서 바닥에 널브러졌다. 첫 등반이 이렇게 어렵다. 내공이 부족해서가 아니라 아마도 긴장한 탓에 기운이 빠졌을 터였다. 색마가 헉헉대면서 숨을 고르는 사이에 백의서생이 말했다.

"내가 천악을 이용하다니 그게 무슨 말이냐?"

"이봐, 백의."

"말해라."

"사람이 아무리 무공이 뛰어나도 그대가 마련해 준 안가에 스스로 갇혀서 외출도 삼가고, 만나는 사람도 없고, 대화할 사람도 없고, 무공을 교류할 사람도 없으면 미치는 게 당연하지 않나? 왜 천악을 그런 상태로 방치했나? 그리고 본인만이 천악과 대화할 수 있고, 가끔 맞아준다는 이유로 유일한 친구라고 생각하는 거야? 진정한 친구라면 천악서생이 정신적인 주화입마에서 벗어날 방법을 모색해."

"그러다가 사람들이 죽어나가면 네가 책임질 수 있겠나?"

나는 백의서생의 말에 웃었다.

"설마 천악이 아무리 뛰어나도 우리 다섯을 동시에 죽일 수 있을까? 만약 천악이 그렇게 뛰어나서 우리 다섯이 힘을 합쳐도 감당이 안 된다면 차라리 그 자리에서 다 같이 죽자. 이 못난 새끼들⋯ 그런 실력으로 나중에 어떻게 교주와 싸운다는 말이냐?"

나는 말을 던진 다음에 귀마를 쳐다봤다. 앞서 색마의 못난 꼴을 구경했는지 의외로 색마보다 더 안정적인 자세로 등반하는 중이었다. 나는 다시 백의서생을 갈궜다.

"내가 앞으로 천악을 이용하겠다고 만나러 가려는 게 아니다. 일전에 다퉜을 때 내가 술 한잔하자고 권유했더니 네가 끌고 갔었지. 나는 아직 대답을 듣지 못했다. 거절도 천악서생이 해야지. 네가 나서서 이래서 안 돼, 저래서 안 돼, 이런 말을 할 처지가 아니야. 자꾸 그런 식으로 천악을 통제하면 결국에 백의서생이 만든 감옥에 갇혀 있는 사내와 다를 바가 없어."

나는 손가락으로 백의서생을 가리켰다.

"특히 너는 그래선 안 돼."

"무슨 의미냐?"

나는 백의서생을 노려보면서 말했다.

"네가 진향 사매의 동귀어진을 예상하고도 말해주지 않았기 때문이야. 너는 천악에게 빚을 졌어. 그 빚을 이런 식으로 갚지 마라. 내가 생각하기엔 네가 천악을 친구로 생각하는 게 아니라, 천악이 너를 친구로 생각하는 것 같다."

"그건 또 무슨 말이냐?"

"천악 같은 사내가 그때 벌어진 일의 전후 사정을 알아내지 못했을까? 백의서생의 머리통을 여태 박살 내지 않은 게 너를 친구라고 생각하는 증거겠지."

"…"

백의서생이 한참이나 입을 다무는 사이에 귀마가 등반에 성공했다. 나는 손을 뻗어서 귀마를 붙잡았다.

"고생했어."

"와, 죽을 뻔했다."

귀마가 저절로 떨리는 다리로 몇 걸음을 걷다가 주저앉으면서 말했다.

"황당하구나. 영약을 먹지 못했으면 중간에 떨어졌을 것 같다."

"떨어지면 어때. 어차피 맏형이 받아냈을 거야."

내가 등반 순서를 군이 이렇게 정한 이유가 그것이다. 아래를 보니까 맏형은 꽤 빠른 속도로 올라오고 있었다. 이래저래 광명검과 관련된 주화입마를 제외하면 모든 것을 잘 해내는 사내가 맏형이었다. 나는 백의서생에게 말했다.

"백의, 함께 가서 물어나 보자. 내가 마구잡이로 떼를 쓰는 게 아니다. 괜히 천악에게 처맞으려고 가는 것도 아니다. 내가 바라는 것은 단순해. 어느 날 천악에게 손님들이 찾아와서 술을 한잔 마시자고 하는데, 네 생각은 어떠하냐? 하고 물어보도록 해. 네가 천악서생의 유일한 벗이라면 그 정도는 해줄 수 있잖아? 만약 천악서생이 싫다고 하면 우리는 미련 없이 떠나야지. 설마 우리가 천악을 겁박할리도 없고 말이야. 자꾸 착각하지 마라. 나는 빨리 죽을 생각이 없는 사람이야. 가늘고 길게 살아서 제자도 가르치고… 하여간 내 말 알아들었어?"

쓰러져 있었던 색마가 고개만 뻣뻣하게 들더니 나를 쳐다봤다.

"잠시만, 누굴 보러 가자고? 내가 잘못 들었나? 천, 뭐? 누구?"

귀마가 대신 대답해 줬다.

"천악."

색마가 몸을 일으키더니 나를 쳐다봤다.

"미쳤어?"

나는 색마와 눈을 마주쳤다가 고개를 살짝 끄덕였다.

"미친 지는 좀 됐지."

색마가 황당하다는 표정으로 웃더니 백의서생에게 말했다.

⋯

"무제, 갈 필요 없어. 무시하자고. 만날 사람이 없어서 삼재를 만나? 술 먹다가 뒈질 일 있나. 술이 목구멍으로 들어가는지 콧구멍으로 들어가는지, 술을 왜 남자랑 먹자고 지랄, 지랄을… 아이고, 내 인생아. 답답한 인간들아, 중생들아, 왜 그러고 사냐. 이해를 못 하겠네."

백의서생이 대답했다.

"일단 밥이나 먹자."

색마가 계속 낮술에 취한 놈처럼 중얼거렸다.

"생각을 해봐라. 아니, 차라리 마교에 가서 교주 놈 불러내지 왜? 교주가 깜짝 놀라서 왜 찾아왔냐고 하면 그냥 술 한잔 생각나서 왔다고 해. 지금 그거랑 천악 찾아가는 거랑 뭐가 달라? 같은 일이야. 내려가서 좋은 밥 먹고, 다시 차분히들 생각해 보자고. 알았어?"

혼자 떠들던 색마가 벼랑으로 가더니 등반하고 있는 맏형을 바라봤다. 잠시 우리도 대화를 멈춘 다음에 빠른 속도로 올라오는 맏형을 구경했다. 어느 지점에서 훌쩍 솟구친 검마는 우리가 있는 곳에 가볍게 내려섰다. 너무 출중한 실력으로 올라왔기 때문에 딱히 축하할 말도 떠오르지 않아서 잠자코 있었다. 색마가 질문했다.

"사부님, 왜 이렇게 능숙하게 올라오십니까?"

"본래 이런 환경에서 수련했다. 처음부터."

"그렇군요."

나는 맏형의 의견도 물어봤다.

"맏형, 백의가 천악을 만나러 갈 것 같은데 우리가 함께 가는 것에 대해 어떻게 생각해?"

검마가 백의서생을 바라봤다.

"…백의가 허락하고, 찾아가서 천악이 만나준다면야 못 갈 이유는 없지."

나는 백의서생의 대답을 기다렸다.

"그렇다는군."

백의서생이 맏형에게 물었다.

"자네도 천악을 보고 싶나?"

검마가 대답했다.

"천악은 우리보다 강한 고수야. 우리의 방문을 두려워할 이유가 없다. 다만 귀찮아할 가능성은 있겠지. 그러나 천악과 삼재라는 명성 때문에 과연 찾아오는 이가 있었을까 하는 생각은 드는군. 제법, 심심하지 않겠나?"

백의서생이 고개를 내저었다.

"내 말은 찾아갔다가 자네들이 죽을 수도 있다는 뜻이네."

검마가 백의서생을 바라봤다.

"백의, 자네가 더 잘 알겠지만. 우리 넷은 그렇게 쉽게 죽을 자들이 아니다. 상대가 천악이라 하더라도, 그곳에 다른 서생이 있더라도. 그대가 허락하면 함께 가보는 것도 나쁘지 않겠지. 일단 밥이나 먹으러 가자."

우리는 일단 백의서생의 대답을 듣지 못한 상태에서 만장애를 내려갔다. 산길을 내려가는 도중에 검마가 색마에게 말했다.

"제자야."

"예."

"천악이 두려우냐?"

"그럴 리가 있겠습니까."

우리는 동시에 색마를 쳐다봤다.

"…"

할 말이 딱히 안 떠올랐다.

347.
예의를 갖추려는 이유는

"고추잡채를 안 먹어봤어? 와…"

색마가 놀란 표정으로 나를 바라봤다. 놀란 표정에도 의도가 담길 때가 있는데, 색마는 날 놀리기 위해서 놀란 표정을 짓고 있었다. 사실 제대로 된 고추잡채(청초육사靑椒肉丝)는 소문만 들어봤다. 지역마다 음식이 다양한데, 어찌 내가 이것을 다 먹어봤겠는가? 나는 요리를 수련하는 사람이 아니라 무공을 수련하는 사람이다.

"안 먹어봤지. 나는 내려가서 탕초리척만 있으면 돼. 오늘은 세 접시를 먹겠다."

"그놈의 탕초리척은 안 물리나? 맨날 처먹네."

"그게 물리려면 아직 십칠 년은 더 먹어야 해."

"대단하네. 왜 그렇게 집착하는 거야?"

"다수와 싸울 때 한 놈만 패는 거랑 비슷한 거지."

"아, 이해했다."

만장애의 산길을 내려가면서 다 큰 놈들이 무얼 먹을 것인지 심도 있게 논의하고 있으려니 세상에서 가장 유치한 대화를 나누는 느낌이 들었다. 그래서인지 점잖은 귀마, 검마, 백의서생은 감히 이 유치한 대화에 끼어들지 못하고 있었다. 사실 나는 유치한 대화가 재미있다. 색마가 비웃으면서 말했다.

"흔해 자빠진 고추잡채도 못 먹어봤다니. 진짜 촌뜨기였네. 좋아. 내 눈썰미로 괜찮은 반점을 찾아낼 테니 나만 따라오도록. 제대로 된 고추잡채의 맛을 보여주마."

듣다 보니 살짝 기분이 불쾌해지는 것은 어떤 연유일까. 색마가 검마에게 물었다.

"사부님도 고추잡채 좋아하시죠?"

검마가 덤덤한 표정으로 제자를 쳐다봤다.

"못 먹어봤다."

"죄송합니다."

"네가 죄송할 일은 아니지."

"예."

만장애 아래에 갑자기 괜찮은 음식점이 나올 리가 없다. 우리는 반 시진이나 이동한 다음에 제법 발달한 상가 지역에 진입해서 끼니 해결할 곳을 찾았다.

* * *

"고추잡채 세 접시, 탕초리척 네 접시, 그냥 만두 다섯, 두강주 한

병, 분주 두 병, 우리한테 전부 옥미갱부터 내어주고, 규화계도 있나?"

색마의 물음에 점소이가 고개를 끄덕였다.

"있습니다."

"먹어보고 더 시킬 테니까 일단 이렇게 주게."

"예."

색마가 귀마를 쳐다봤다.

"이 정도면 되겠지?"

귀마가 대답했다.

"배 터질 일 있어?"

"이상하게 물고기가 식욕을 아주 자극하네. 느끼해서 그런가. 미칠 지경이야. 뭔가 몸에 안 좋은 온갖 양념이 그립단 말이지."

그것은 사실 나도 마찬가지다. 우리는 커다란 원형 탁자에 둘러앉아서 이 층 바깥을 구경했다. 제대로 된 객잔이나 반점을 찾으려고 했는데 결국 가장 규모가 큰 음식점으로 들어왔다. 여태 가만히 있던 백의서생이 조용히 물었다.

"다들 돈 있나?"

사대악인이 전부 나를 쳐다봐서, 내가 대답했다.

"있으니까 마음 놓고 먹어."

나는 새삼스럽게 백의서생이 여기까지 조용히 따라온 이유를 알게 되었다. 평소에 돈을 가지고 다니지 않는 모양이었다.

'황당한 거지새끼네.'

사실 나는 만장애에 떨어지든 동쪽 바다에 빠지든 간에 전낭은 항

...

상 신경을 쓰는 편이다. 어쨌든 밥을 먹으려면 돈이 있어야 하기 때문이다. 순식간에 옥미갱玉米羹부터 도착했다. 사실 음식점의 수준은 대체로 옥미갱의 맛만 봐도 쉽게 예상할 수 있다. 배 속에 따뜻한 옥미갱이 들어가자, 그제야 살 것 같다는 기분이 들었다.

나만 그런 건 아니었던 모양인지 다들 거지새끼처럼 옥미갱을 떠먹었다. 이 층 계단에서 사람들이 몰려와서 주변에 자리를 잡으면서 우리를 쳐다봤으나 먹는 게 바빠서 딱히 신경 쓰지 않았다. 술이 도착하고, 만두와 고추잡채가 새롭게 떠오르는 강호의 고수처럼 등장했다. 만두를 덮고 있는 목제 덮개를 벗겨내자, 이제 막 운기조식을 마친 만두의 정수리에서 김이 모락모락 피어오르고 있었다.

"오…"

색마는 커다란 만두를 손으로 가르더니 냄새를 맡았다. 그제야 깜짝 놀란 귀마가 나를 쳐다봤다.

"…평소처럼 확인을 안 했네."

백의서생이 물었다.

"독 말이냐?"

우리는 백의서생을 쳐다봤다. 혹시 이놈이 미리 검사했던 것일까? 백의서생의 말이 이어졌다.

"편히 먹어라. 독이 나오면 이곳을 몰살할 테니."

색마가 고개를 끄덕였다.

"맞는 말이야. 독 나오면 다 죽일 테다."

살벌한 백의서생과 색마의 말에 손님들이 전부 이쪽을 바라봤다. 괴상한 정적이 감돌아서 나도 주변을 둘러봤다. 동네에 작은 방파나 흑도 세력이라도 있는 것일까. 강호인처럼 보이기도 하고 아닌 것 같기도 한 애매한 자들이 뒤섞여 있었다.

색마는 반으로 가른 만두에 젓가락으로 집은 고추잡채를 잔뜩 쑤셔 넣었다. 나머지 만두로 그것을 덮은 다음에 두 손으로 붙잡더니 고추잡채 만두를 먹기 시작했다. 얼굴은 마치 이렇게 먹어봤어? 하는 표정을 짓고 있었다. 나는 똑같이 따라 했다. 만두를 가르고, 고추잡채를 만두피로 쑤셔 넣은 다음에 두 손으로 붙잡았다. 한입을 베어 먹으려는데 주변에서 낯선 음색이 끼어들었다.

"…촌뜨기들."

나는 잠시 입을 벌린 채로 고개를 돌려서 함부로 주둥아리를 놀리는 자들을 바라봤다. 일부가 나와 눈싸움을 하겠다고 대기하고 있었다. 황당한 마음으로 만두를 먹으면서 쳐다봤으나, 입에서 퍼지고 있는 고추잡채의 맛 때문에 이내 신경을 껐다.

"와, 괜찮은데?"

색마랑 나만 고추잡채 만두를 먹고, 나머지는 젓가락으로 고추잡채를 집어먹었다. 나는 두강주를 들어서 자그마한 술잔 다섯 개에 따른 다음에 안쪽에서 돌아가는 원형 탁자를 회전시켰다. 밥을 먹고 있었던 사대악인과 백의서생이 술잔을 하나씩 붙잡았다. 최대한 작은 목소리로 말했다.

"왜 이렇게 말 한마디에 목숨을 거는 자들이 많을까."

귀마가 타이르듯이 말했다.

"조용히 먹고 떠나자."

"그래야지."

하필이면 색마와 내가 창가를 등진 채로 앉아있고 귀마, 검마, 백의서생은 다른 손님들에게 등을 내보인 채로 앉아있어서 우리 일행이 젊어 보이긴 할 터였다.

"탕초리척 나왔습니다."

나는 금세 화가 가라앉았다. 뭐 때릴 생각도 없었지만, 여하튼 탕초리척이 사람 한 명 살린 셈이다. 색마가 말했다.

"셋째가 세 접시를 먹는다고 해서 네 접시 시켰다."

나는 백의서생을 바라봤다.

"백의, 많이 먹으라고. 세상 재미없는 사람처럼 깨작대고 있네."

백의서생은 코웃음을 치더니 변함없이 깨작대고 있었다. 그러거나 말거나 우리는 열심히 먹었다. 탕초리척 세 접시는 무리였다. 한 접시 반을 먹고 나자, 세상만사가 귀찮아지는 느낌이랄까. 이런 곳에서 천악에 대해서 떠들 수는 없었기 때문에 주로 만장애 등반에 관한 이야기를 나눴다. 남들에겐 그저 등산 이야기로 들릴 터였다. 배를 채우고 나서야 백의서생이 조용한 어조로 물었다.

"…정말 다들 보러 갈 셈이냐?"

백의서생의 질문에 전부 나를 쳐다봤다. 나는 두강주를 한 모금 마신 다음에 고개를 끄덕였다.

"내가 봤던 느낌으로는 세상 심각한 분위기가 맏형과 비슷하고. 사제나 사매를 잃은 사연은 둘째와 비슷해. 광증이 있다면 그것은 또한 나랑 비슷한 처지겠지. 이용할 생각도 없고, 잔머리나 술수에 당할 사람도 아니야. 평범한 술자리여도 상관없다."

나는 백의서생을 쳐다봤다.

"가서 좀 만나자. 세상 사람들이 이해할 수 없는 사람도, 이상한 말이지만 우리는 이해할 수 있어. 우리 같은 놈들이 이해한다고 위로가 되진 않겠지만, 나는 이런 생각이 든다. 마치 감옥에 갇힌 사람을 면회하러 가는 것 같은 기분이야. 무슨 말인지 알겠어?"

"……"

"네가 간수看守처럼 구는 것 같단 말이다."

백의서생이 고개를 끄덕였다.

"좋다. 가보자. 내가 간수라니, 오해는 풀어지지."

대화가 끊겼을 때 조금 떨어진 곳에서 손님들의 대화가 흘러나왔다.

"…죄수 면회 가는가 봅니다."

"그러게."

색마가 미간을 좁힌 채로 손님들에게 말했다.

"왜 남의 대화에 멋대로 끼어드나? 정신들 나갔어?"

나는 색마를 쳐다봤다. 내 광증이 이놈에게 옮겨간 것일까. 벌써 강호인들이 두 번이나 빈정대고 있었기 때문에 검마와 귀마도 잠자코 있었다. 내가 바라보자… 여기저기에 외지인을 바라보는 강호인들이 색마를 노려보고 있었다. 누군가가 색마의 말에 대답했다.

"언제 대화에 끼어들었다고 그러나?"

우리는 조용히 일어나는 색마를 바라봤다. 나도 말릴 생각이 없었다. 어쩐지 검마도 제자를 진정시키지 않았다. 이렇게 보고 있으려니 색마에게 모조리 팔다리가 부러져도 이상하지 않을 분위기였다. 이 층이 제법 넓은 터라 삼사십 명의 손님들이 전부 색마를 쳐다보고 있었다. 색마는 다른 놈의 탁자에서 술병을 천천히 붙잡더니 모두가 지켜보는 가운데 술을 바닥에 쏟았다. 하지만 술병에서 쏟아진 술은 바닥에 닿기도 전에 모조리 얼어붙었다.

쩍-!

마치 크기를 축소한 겨울 폭포처럼 얼어붙은 상태. 술병을 검의 손잡이처럼 붙잡자, 얼어붙은 술은 이내 허연 칼날이 되었다. 색마는 얼어붙은 칼날을 붙잡은 채로 탁자 사이를 천천히 돌아다니면서 강호인들을 쳐다봤다.

"…나한테 더 할 말 있는 사람 있나?"

"…"

"없어? 개인적인 바람으로는 있으면 좋겠는데. 쥐새끼처럼 찍찍대지 말고 용기 있게 일어나 보도록. 무슨 말이 하고 싶었던 건지 도무지 모르겠네."

색마는 얼어붙은 술병을 붙잡은 채로 이 층을 천천히 누비다가 한놈의 얼굴에 대고 뾰족한 얼음을 내밀었다.

"할 말 있어?"

사내는 고개를 저었다. 사람이 이렇게 많은데도 잡음 하나 들리지 않는 것이 신기했다. 색마가 돌아다니면서 말했다.

"밥들 처먹어라. 맛있는 음식점이야. 좋은 밥 먹고, 좋은 술 마시고 나서 다른 사람들에게 시비나 처 걸지 말고."

색마가 얼어붙은 술을 본래 있는 자리에 탕- 소리가 나도록 올려놓더니 귀환했다. 객잔이 한결 조용해진 상태였다. 색마가 자리에 앉자, 검마가 물었다.

"어쩐 일이냐? 한바탕하는 줄 알았더니."

색마가 대답했다.

"참아봤습니다."

검마가 팔짱을 끼더니 헛웃음을 한 번 지었다. 이어서 귀마는 탁자를 살짝 두들기면서 소리 내어 웃었다. 나도 팔짱을 낀 다음에 색마를 바라봤다.

"…똥싸개 새끼, 다 컸네. 대견하다. 백응지의 망나니는 이제 전설로 남겠구나. 그걸 참네."

결국에 검마와 귀마가 소리 내어 웃는 사이에 백의서생은 이상한 표정으로 웃음을 참았다. 우리 앞에서 웃기 싫은 모양새였다. 색마가 중얼거렸다.

"나는 정말…"

"…"

"다 큰 놈이 똥싸개라고 이렇게 집요하게 오랫동안 놀릴 줄은 몰랐습니다."

색마와 나의 대결을 대충 아는 검마와 귀마가 웃음을 더 크게 터트렸다. 귀마가 말했다.

"셋째한테 함부로 덤비면 대체로 결말이 좋지 않다. 탕초리척도 십칠 년을 더 먹겠다는 사내다. 똥싸개도 앞으로 십칠 년은 더 우려먹을 것이야."

색마가 대답했다.

"어쩌란 말이야. 우리끼리 있을 때는 상관없어. 일봉이선과 같은 미인 앞에서는 자제를 좀 해줘. 부탁할게. 미리 부탁한다."

나는 색마를 불렀다.

"넷째야."

"왜?"

"셋째 형님, 이렇게 불러봐라. 둘째 형한테도 존댓말 쓰고."

색마가 고개를 끄덕인 다음에 대답했다.

"엿이나 처먹어."

"그래."

검마가 일어나면서 말했다.

"가자."

검마의 말에 우리는 전부 일어났다. 나는 전낭을 꺼내면서 말했다.

"먼저 내려가. 계산하고 갈 테니."

나는 점소이를 불러서 계산하고 거스름돈까지 챙긴 다음에 주변을 둘러보다가 얼어붙은 술병으로 다가갔다. 색마도 성취가 있었던 모양인지 여전히 살벌한 모양새로 얼어붙어 있었다. 나는 촌동네 강호인들이 지켜보는 와중에… 술병을 검지와 중지로 툭 건드렸다. 뾰족하게 솟아있던 겨울 폭포가 삽시간에 허물어지면서 일부는 술병에, 일부는 탁자에 튀었다. 사대악인과 백의서생은 객잔 바깥으로 빠져나간 상태. 당연하게도 이 층에 있는 자들은 전부 나를 쳐다보고 있었다. 나는 손님들을 둘러보면서 말했다.

"하오문주 이자하다. 동네 조금 산책하다가 떠날 생각인데, 괜히 상인들 괴롭히는 무리가 있으면 일행들과 개박살을 낼 생각이니까 그렇게 알고 있어. 방금 잔망스럽게 빙공을 쓴 놈은 일행 중 막내다. 나머지가 어떤 자들인지는 굳이 말할 필요도 없겠지?"

"…"

대답하는 사람이 아무도 없어서 나는 옆에 있는 사람의 어깨를 붙잡았다. 어깨를 붙잡힌 사내가 경련하듯이 움찔했다. 이놈이 아까 우리를 향해 촌뜨기라고 했던 놈인데, 나는 당연하게도 기억하고 있었다. 나는 사내에게 속삭였다.

"알아들었어? 대답."

"예."

나는 사내의 등을 툭 치면서 말했다.

"여기는 탕초리척보다 고추잡채가 더 맛있네."

"아, 예. 그렇습니다."

"촌뜨기 간다. 잘 있어라."

객잔 바깥으로 나오자 일행이 날 기다리고 있었다. 이렇게 보니까 행색이 다들 초라해 보였다. 만장애를 고생스럽게 오르내렸기 때문이다. 다들 나를 쳐다보는 도중에 나는 일행에게 제안했다.

"내가 옷 한 벌 사줄 테니, 전부 새 옷으로 갈아입고 출발하자."

귀마가 물었다.

"옷은 왜?"

나는 백의서생을 바라봤다. 이 깔끔한 사내의 의복에도 곳곳에 먼지와 흙이 묻어있었다. 네 사람에게 말했다.

"우리 모두 백의白衣로 갖춰 입자고. 옷이 엉망진창으로 허름해서 더 무시를 받았던 모양이야."

나는 일행과 뭉쳐서 일단 거리를 걸었다. 걷는 와중에 색마가 물었다.

"왜 갑자기 옷을 사 입자는 거야?"

나는 상가를 둘러보면서 대답했다.

"당대의 최고수를 만나는데 그 정도 예의는 지켜야지. 그냥 다섯 명이 깔끔한 백의로 갈아입으면 어쩐지 기분이 더 좋아질 것 같기도 하고. 닥치고 하라면 해. 내가 사잖아."

"알았다."

어쨌든 나는 사소한 예의라도 갖출 생각이었다. 천악에 대한 예의도 물론 있지만, 백의서생의 친구이기 때문에 더더욱 그렇다.

348.
술 없어?

무복은 백의로 맞추고 겉옷은 각자 취향에 따라서 골랐다. 내 예상대로 검마는 시커먼 장삼을 위에 걸쳤으나, 나머지는 적당하게 백의무복과 어울리는 색을 골랐다. 나는 잠시 사대악인과 백의서생을 바라봤다.

"음."

새삼스럽게 신수가 훤한 사내들로 변한 상태. 다들 무공이 고강한 터라 군살이 없고 분위기까지 독특해서 명문 정파의 사형제들이라고 해도 이상하지 않은 모습이었다. 나만 놀란 것은 아니다. 나만큼이나 놀란 표정으로 서로의 복장과 차림새를 구경했다.

"…"

색마가 말했다.

"다들 차려입으니까 사람이 달라 보이네. 사부님도 정말 잘 어울리십니다."

내 눈에 가장 멋있게 뒤바뀐 사람을 꼽으라면 귀마다. 나름 못생긴 사내였지만 골격 자체가 각지고 튼튼해서 그런지 꼬장꼬장한 백도의 장문인 혹은 대사형처럼 보였다. 표정도 딱딱하고 근엄한 편이어서 완전히 다른 사람이 서있는 것 같았다. 정작 옷을 사 입자고 한 것은 나였는데, 내가 가장 놀라는 중이랄까.

"옷이 정말 중요하긴 하구나."

검마가 말했다.

"백의가 까다롭게 가게를 고른 이유가 있었군."

백의서생의 안목 때문에 몇 차례나 구경만 하고 나오기를 반복하다가 어렵사리 의복을 맞췄다. 자신의 취향대로 백의를 갖춰 입은 백의서생이 우리를 둘러보면서 말했다.

"이제야 좀 동네 거지들하고 다니는 것 같지 않구나."

백의서생의 말에 우리는 전부 웃었다. 대체 우리는 어떤 인생을 살았던 것일까? 옷 한 벌에 뜻하지 않은 기분을 느끼면서 잠시 길거리를 걸었다. 가장 훌륭하게 변신한 귀마가 말했다.

"나는 이렇게 좋은 옷을 입어본 적이 없어서 어색하다."

나는 혼자 앞서 걷다가 돌아선 다음에 뒤로 걸으면서 나란히 걷는 네 사람을 감상했다. 전생의 악랄했던 악인들을 잘도 모았다는 생각이 들었다. 물론 나도 마찬가지다. 이렇게 보니까 새하얀 의복이 유난히 빛나는 이유를 알 것 같다. 본래 색마는 얼굴이 잘난 편이고. 백의서생은 고강한 실력과 잘난 척이 온몸에 배어있는 고고한 분위기가 있어서 독특했다.

하지만 이렇게 나란히 보아도, 검마와 귀마가 유난히 돋보이는 이유는 장검 때문이었다. 광명검은 검마의 흑의장삼과 어울리는 묵직한 분위기가 있고, 묵가에서 받은 육합검도 명검이었기 때문에 귀마의 복장에 빛을 더했다. 나는 네 사람에게 물었다.

"이 정도면 예의는 충분히 갖춘 것이겠지?"

내 질문에 다들 고개를 끄덕였다. 나는 그제야 천악에게 줄 의복도 맞춰서 가져가는 게 낫지 않았을까 하는 후회가 들었다. 하지만 다짜고짜 선물까지 주는 것은 내가 바라는 관계가 아니었기 때문에 금세 잊었다. 나는 백의서생을 쳐다봤다.

"안가까진 멀어?"

백의서생이 대답했다.

"이렇게 어느 세월에 간단 말이냐? 경공으로 가야지."

"그러자고."

내가 사대악인을 쳐다보다가 웃자, 색마가 물었다.

"왜 갑자기 처웃어?"

확실히 이번 동행은 이상한 점이 한두 개가 아니다. 단순히 천악을 만나러 가는 데도 수련하는 느낌이 들었기 때문이다.

"무제의 경공이 무척 빠르잖아. 다들 고생 좀 할 것 같아서."

색마가 대답했다.

"고생은 네가 하겠지. 평지에서의 경공은 자신 있다."

의외로 가장 고전할 것 같은 귀마도 이렇게 말했다.

"…나도 장거리는 자신 있다."

검마가 백의서생을 쳐다보면서 말했다.

"경공은 다들 무제에게 한 수 배우자꾸나."

백의서생이 우리를 둘러보더니 뒷짐을 진 자세로 앞서 나갔다.

"저녁은 봉양의 백학루에서 먹을 테니 열심히 따라오도록 해라."

백의서생의 보폭이 점점 엿가락처럼 늘어나기 시작하더니 어느새 제운종을 펼치면서 앞으로 질풍처럼 뻗어나갔다. 정말 살벌하게 빠른 속도였다. 우리는 숨을 크게 들이마시자마자 입을 다문 채로 백의서생을 다급하게 뒤쫓았다. 삼십여 걸음을 맹렬하게 달려서 따라잡았을 때 백의서생이 다시 한번 속도를 높였다. 귀마가 탄식을 내뱉었다.

"아, 이것 참."

나도 다른 사람을 신경 쓸 수 있는 상황이 아니어서 곧장 제운종으로 백의서생의 뒤를 쫓았다. 내가 물고기를 괜히 처먹인 것일까? 지난번보다 백의서생의 속도가 더 빨라진 상태여서 농담 한마디를 내뱉을 수가 없었다. 어쨌든 이것도 수련이라고 생각하면서 죽어라 달릴 수밖에 없는 상황. 우리 모두 자존심 하나만큼은 강호의 십대고수 안에 들어가는지라 전원이 입을 닥친 채로 백의서생을 뒤쫓았다.

* * *

천악이 사람이 많은 곳에 있을 것 같지는 않았는데 예상대로였다. 전속력으로 경공을 펼치다가 도중에 밥을 다섯 번이나 처먹고 잠도 한 번 잤다. 너무 빠른 속도로 먼 거리를 주파한지라 마치 다른 나라에 방문하고 있는 것 같은 착각이 들었다. 우리는 백의서생을 뒤쫓아서 백운산에 올랐다. 산세도 험하고 도중에 자욱하게 깔린 안개 때문에 길이 종종 보이지 않았지만, 백의서생은 뒷산에 오르는 것처럼 거침없이 걸었다.

잠시 후 짙게 깔린 운해雲海를 벗어나자 시야가 갑자기 확 트이더니 깎아 내지른 절벽으로 둘러싸인 넓은 평지가 나왔다. 그 절벽을 등진 채로 자연경관과 뒤섞인 장원 한 채가 보였다. 백의서생은 장원으로 당장 다가가지 않은 채로 호흡을 골랐다. 주변을 둘러보니 험한 산세와 안개에 의해서 감춰져 있는 안가처럼 보였다. 백의서생이 우리를 둘러보다가 장원을 향해 말했다.

"…집에 있나?"

나는 이렇게 멀리 떨어져서 방문을 보고하는 사람을 본 적이 없다. 장원에서 이제 막 잠에서 깬 것 같은 천악의 나른한 목소리가 흘러나왔다.

"무슨 일이냐?"

백의서생이 땅을 쳐다보더니 그답지 않게 말을 얼버무렸다.

"음, 그러니까."

우리는 일제히 장원의 입구를 주시했다. 엉망진창이 된 머리카락으로 얼굴을 반쯤 뒤덮고 있는 천악이 걸어 나오더니 우리를 둘러봤다. 머리카락 때문에 눈빛이 잘 보이지 않았다. 백의서생이 우리를 소개하기 위해서 손을 내밀었다.

"이쪽은."

백의서생이 무어라 말하기도 전에 천악이 입을 열었다.

"잘도 긁어모아서 데려왔구나. 이제야 내가 쓸모없어진 것이냐?"

백의서생이 대답했다.

"그게 무슨 개소리냐? 손님을 데리고 왔는데."

분위기가 이상했기 때문에 즉시 내가 끼어들었다.

"천 선배, 하오문주 이자하요."

천악이 손으로 머리카락을 쓸어 넘기더니 딱 봐도 미친 인간처럼 보이는 눈빛으로 나를 주시했다.

"너구나. 백가 놈에게 낚여서 여기까지 오다니 운이 없어."

"운이 없다니?"

천악이 슬며시 웃으면서 말했다.

"제법 고수들을 잘 모았다만 겨우 다섯으로 날 감당할 수 있겠느냐?"

"그냥 술 한잔 마시려고 온 거니까 개소리는 당신 친구한테나 해."

천악이 낮게 깔린 웃음을 내뱉었다.

"어떤 미친놈들이 나를 찾아와서 술을 마시자고 한단 말이냐. 거짓말도 정도껏 해야지."

우리가 단체로 미친놈들이라는 것을 효율적으로 설명할 방법이 없어서 미칠 노릇이었다. 나는 한숨을 내쉬었다가 백의서생을 노려봤다.

"이 썩을 놈이 대체…"

친구를 왜 이런 상태로 방치하는 것일까. 나도 성질이 있는 대로 뻗치는 기분이 들었다. 백의서생이 나를 쳐다봤다.

"누누이 말했지 않나? 잘 안 믿는다고."

천악이 우리 쪽으로 걸어오는 동안에 나는 자리에 가부좌를 틀고 앉았다.

"나도 모르겠다."

내가 앉자 눈치 빠른 색마가 급히 앉고, 이어서 귀마와 검마가 천천히 거리를 벌리더니 바닥에 앉았다. 싸울 의사가 없다는 것을 온몸으로 표현하려면 이 방법밖에 떠오르지 않았다. 우리가 전부 주저앉자, 걸어오던 천악이 우리를 구경했다. 백의서생이 앞으로 걸어가면서 말했다.

"의심도 적당히 해라. 하오문주가 술을 마시고 싶다고 떼를 써서 데리고 오게 되었다. 연통을 넣을 수도 없고. 미리 물어볼 수도 없어서 데려왔을 뿐이다. 내가 자네를 왜 갑자기 죽이겠나? 죽일 수 있는 것도 아닌데."

다가오던 천악이 실실 웃으면서 대답했다.

"누가 네 속을 알겠느냐? 갑자기 이런 고수들이 나와 술을 마시겠다고?"

천악 앞에 가까이 다가간 백의서생이 고개를 삐딱하게 한 채로 대답했다.

"네가 날 안 믿으면 대체 누굴 믿으려고?"

순간, 옷자락이 펄럭인다고 느꼈을 때 이미 천악이 손등으로 후려치고 그것을 막은 백의서생이 수평으로 날아갔다.

콰아아아아앙!

겨우 우장으로 받아친 백의서생이 공중에서 몸을 회전하더니 바닥에 가볍게 내려섰다. 우리는 움직이지 않았다. 본래 친구끼리는 싸우면서 우정이 돈독해지는 법이다. 물론 저 정도 우정이면 백의서생이 맞아 죽을 수도 있다. 하지만 내심 천악이 백의서생을 때려죽일 것 같지는 않다는 생각이 들었다. 일단은 우리가 백의서생과 함께 합공하러 온 것이 아님을 보여줄 필요가 있었다. 나는 두 사람을 쳐다보다가 말했다.

"무제, 맞아 죽는 거 아니야?"

천악이 나를 쳐다봤다.

"무제?"

"얼마 전에 백의서생이 서문무제를 꺾었소. 무제라는 칭호도 넘겨받고."

천악이 백의서생에게 물었다.

"이 허약한 놈이 무제란 말이냐?"

백의서생이 냉랭한 어조로 대답했다.

"내가 무제다."

"대단한 별호네. 시건방진 놈."

색마가 나를 쳐다보면서 물었다.

"정말 맞아 죽는 거 아니야?"

문득 백의서생의 표정에 살기가 감돌더니 색마를 노려봤다. 나는 그제야 백의서생이라는 사내는 자존심이 하늘을 찌르는 인간임을 새삼스럽게 알게 되었다. 백의서생이 천악에게 말했다.

"오랜만에 먼지 좀 마셔볼까?"

천악이 황당하다는 표정으로 웃었다.

"무제께서 오랜만에 영약이라도 처먹었나?"

나도 당황스러워서 검마를 바라봤다. 그러자 만형이 개입하지 말자는 것처럼 고개를 저었다.

"…보자."

이때, 백의서생이 먼저 움직이더니 가만히 서있는 천악의 가슴에 발차기를 꽂아 넣었다. 픽- 소리는 요란했으나 천악은 뒤로 조금 밀려나는 것에 그쳤다. 우리는 저 소리를 듣자마자 서로의 얼굴을 구경했다.

"음."

이내 천악과 백의서생이 동시에 달려들면서 맞붙었다. 장법과 각법이 섞이더니 놀랍게도 박치기까지 등장했다. 제법 맹렬하게 맞붙는 와중에 간간이 백의서생이 이곳저곳을 아프게 처맞았다. 실로 이상한 싸움이었다. 땅이 파이지도 않고, 타격이 너무 자주 상대의 몸에 적중했다.

주로 백의서생이 처맞긴 했으나⋯ 때때로 천악도 발차기에 맞아서 휘청거리고, 백의서생이 내민 손가락에 눈까지 찔렸다. 그러니까 요약하면, 내공이 없는 싸움이었다. 싸움이 길어지자 백의서생이 이곳저곳을 날아다니면서 굴러다녔다. 서로 수법의 고명함은 비슷한 수준이었는데, 천악의 외공이 힘으로 짓누르듯이 수법을 무력화시켰다. 타격 횟수가 비슷해도 계속 날아가고 구르는 쪽은 백의서생이었다. 이제 보니까 외공으로만 싸우게 되면 백의서생이 훨씬 불리했다.

그것을 타개하기 위해서 백의서생은 시종일관 얍삽하고 음험한 수법을 펼쳤다. 하지만 그것이 또 천악의 성질머리를 건드리는 것처럼 보였다. 어느 시점부터는 천악의 일방적인 폭행이 이어졌다. 아무리 내공이 없다지만 강호 최고수의 공격을 아무런 고통 없이 막아낼 리가 없다. 그야말로 엉망진창으로 처맞고 있었는데도 백의서생은 악착같이 다시 덤볐다. 나는 두 사람이 꽤 오래전부터 이렇게 싸웠다는 것을 알아차렸다. 이제 덩치만 커졌을 뿐이다.

칠팔 세부터 만나서 이런 식으로 자주 싸웠다는 흔적이 곳곳에서 보였다. 멱살을 붙잡으면 곧장 수도로 쳐내고, 균형을 무너뜨리기 위해 후려차기를 펼치면 발을 들어서 막는 등 서로의 수법을 너무 잘 알고 있었다. 장법을 펼치면, 금나수법으로 무력화하고. 금나수법을 역이용해서 서로의 팔을 꺾더니, 어느 순간에는 백의서생이 천악의 어깨를 가차 없이 물어뜯었다. 우리는 동시에 입을 벌렸다.

"와… 뭐야."

천악은 어깨를 물어뜯기는 와중에도 어깨를 튕겨서 백의서생의 얼굴을 떼어놓더니 박치기, 주먹, 발차기, 멱살을 잡고 바닥에 패대기치는 것까지 선보였다. 그 와중에 백의서생은 등이 바닥에 닿자마자, 한 발로 땅을 박차더니 거꾸로 일어나서 천악의 멱살을 틀어쥐더니 괴상한 체술로 집어던졌다.

백의서생이 달려가자… 한 손으로 바닥을 짚었다가 솟구친 천악이 이번에는 회전하는 발차기로 백의서생의 얼굴을 가격했다. 퍽- 소리와 함께 이번에는 백의서생이 날아갔다. 대충 싸우는 줄 알았는데 그게 아니었다. 내공만 없을 뿐이지, 서로 최선을 다하고 있었다.

어느새 피투성이가 된 백의서생이 먼지를 털면서 일어났다. 내가 사준 백의도 엉망진창이 된 상태. 이 싸움을 말려야 하는지, 말아야 하는지도 결정할 수 없었다. 또다시 맞붙는가 싶더니 수십 대를 처맞은 백의서생이 멀찍이 날아갔다가 이번에는 천천히 일어났다.

이렇게 보니까 또 지독한 독종이었다. 백의서생이 고개를 이리저리 움직이더니 상의를 벗었다. 장삼만 벗는가 싶더니 아예 무복까지 벗어내자 맨살이 드러났다. 예상은 했지만, 백의서생의 몸에는 길쭉한 채찍 자국이 문신처럼 빼곡하게 새겨져 있었다. 마치 지도에 표시된 붉은 도로처럼 보였다.

두 사람이 또 맞붙었다. 외공에서 밀리는 백의서생은 아예 추잡함의 끝을 내보였다. 천악의 머리카락을 붙잡았다가 얼굴을 처맞고, 바짓가랑이를 붙잡았다가 천악에게 들려서 바닥에 처박혔다. 한참을 곤죽을 만들 듯이 백의서생을 흠씬 두들겨 패던 천악이 나지막이 말했다.

"…그만해라."

백의서생은 곧장 욕설로 대꾸했다.

"뭐 이 개새끼야?"

욕을 하자마자 백의서생은 더 처맞았다. 결국에 서너 장을 떼굴떼굴 굴러가던 백의서생이 바닥에 엎어진 채로 누워있더니 양손으로 땅을 밀어내면서 일어섰다. 코와 입에서 흙이 섞인 찐득한 피가 걸쭉하게 떨어졌다. 사실 이쯤 해서 나는 백의서생을 말릴 생각이었는데, 저놈의 표정을 보자마자 말이 쏙 들어갔다.

"…"

어처구니없게도 나는 이런 생각이 들었다. 우리를 안내하기 싫었던 게 아니라, 그냥 백의서생이 천악을 만나기 싫어했던 게 아닐까. 이 싸움에는 우리가 알 수 없는 온갖 감정이 피, 흙, 먼지와 엮여있었다. 순간, 나는 무언가 떠올라서 이마를 붙잡았다.

'아, 염병할…'

결국에 다시 천악에게 덤빈 백의서생은 의미 없는 주먹을 몇 대 더 처맞고, 공중을 거꾸로 돌아서 바닥에 처박히더니 천악의 정권을 정확하게 이마로 맞이한 다음에 기절했다. 백의서생이 바닥에 널브러지자… 그 옆에 주저앉은 천악이 팔짱을 끼더니 우리를 쳐다봤다.

"너희는 뭐 하러 온 것이냐?"

다들 할 말을 찾지 못한 상태에서 나를 쳐다봤다. 나는 기절한 백의서생과 천악을 보다가 그냥 내 성질대로 대답했다.

"술 한잔 처마시려고 왔다. 왜?"

천악이 나를 노려보고 있었기 때문에 곧장 다시 주둥아리를 열었다.

"왜? 한판 붙을까?"

나를 쳐다보던 천악은 갑자기 어깨를 움직이면서 한참을 웃었다. 뭐가 저렇게 웃긴 것일까. 한참을 웃던 천악이 기절한 백의서생의 뺨을 후려쳤다.

찰싹!

죽었는지 살았는지 확인하는 모양새였다. 이내 백의서생이 눈을 뜨더니 아무 말 없이 하늘을 쳐다봤다. 이미 곤죽이 되도록 처맞은 상태였기 때문에 천악도 백의서생을 더 건드리지 않았다. 나는 두 사람을 쳐다보다가 나름의 결론을 내렸다. 내가 이상한 것일까 아니면 내 상상력이 특이한 것일까. 이렇게 보고 있으려니 두 사람의 애증이 무엇이었는지 알 것 같다.

그러니까 요약하면… 백의서생도 진향 사매를 좋아했던 모양이다. 그런데 왜 동귀어진하게 내버려 뒀을까? 그것까진 나도 모른다.

다만, 저런 감정을 섞지 않으면 이렇게 싸우는 이유를 설명할 길이 없다. 희한하게도 여기까지 상상하자, 다음 사정도 어느 정도 유추했다. 그러니까 흑선과 대사형을 가장 먼저 죽이고 싶어 했던 사람은 백의서생이 아니다.

두 악인을 죽이려는 자가… 처음부터 진향 사매였다면 이 모든 복잡한 감정의 실타래가 어느 정도 풀린다. 악에 받친 채로 싸우던 백의서생의 표정이 내게 많은 것을 말해주고 있었다. 나는 천악을 바라보다가 물었다.

"술 없어?"

349.
방심하다가 당했다

저렇게 자존심이 강한 사내가 피투성이가 된 채로 있는 것을 보고
있자니 기분이 묘했다. 사실 상대가 삼재인 천악인 데다가 백의서생
의 친구라서 어쩔 수 없었을 터였다. 그러니까 이 정도면 백의서생
도 충분히 정정당당하게 싸운 셈이랄까? 비록 외공 싸움의 수법은
비열했지만 사실 제대로 싸우면 더 음험한 놈이기 때문이다. 갑자기
엉망진창이 된 얼굴로 일어난 백의서생이 천악 옆에서 우리를 쳐다
보더니 뜻밖의 말을 꺼냈다.

"내가 이겼다."

"…뭐?"

나는 실로 백의서생의 괴상한 승리 선언에 갑자기 등골이 서늘했
다. 너무 처맞아서 머리가 갑자기 돈 게 아닐까? 내가 물었다.

"처맞은 얼굴은 딱 봐도 이미 진 거 같은데 어떻게 이겼대? 상당
히 궁금하네."

백의서생은 뻔뻔한 표정으로 자신의 승리를 설명했다.

"다들 봤겠지만 싸우던 도중에 이 손가락으로 천악을 실명시켰다."

백의서생이 손가락 두 개를 내밀었다.

"…"

"내공이 없어서 싸움이 길어졌을 뿐이지 이미 내 승리였던 셈이다."

천악이 한심하다는 표정으로 백의서생을 바라봤다.

"그래. 네가 이긴 것으로 해라."

백의서생이 차분한 표정으로 중얼거렸다.

"봤나? 이제 이십일 승 팔십이 패로군."

나는 속으로 백의서생이 대단하다고 생각했다. 천악과 백의서생은 서로의 숨구멍이 될 정도의 친구 사이는 맞는 모양이었다. 이십일 승 팔십이 패라니? 읊조리는 승패의 전적이 아주 묘하게 들렸다. 어쨌든 저런 천악을 상대로 스물한 번이나 이긴 것이 신기할 지경이랄까. 물론 어렸을 때 이긴 승부를 셈해서 저렇게 됐을 터였다. 나는 백의서생이 내팽개친 옷을 주워서 두 사람에게 다가갔다.

"…내가 비싼 돈 주고 사준 옷인데 엉망이 됐네."

근처에 갔다가 괜히 천악에게 맞을 것 같다는 생각이 들어서 옷을 던졌다. 여기까지 달려오는 동안에도 먼지 한 톨이 안 묻어있었던 백의는 어느새 넝마가 되어있었는데 백의서생은 그것을 주섬주섬 입었다. 나는 사실 싸움을 지켜보면서 천악을 이길 수 있는 계획을 세웠었다.

일단 내가 외공으로 덤벼서 힘을 최대한 빼놓은 다음에 귀마가 덤빈다. 내가 알기로 귀마도 이런 싸움에서는 당연히 악착같이 싸울 터였다. 이어서 색마가 보기 드물게 추잡스럽게 싸우고 나면, 마지막으로 검마가 외공으로 천악을 두들겨 패는 전략을 세웠다.

하지만 다시 생각해 보니까 내공을 억제한 싸움은 서로 간에 신뢰가 있어야 가능한 일이다. 백의서생과 천악처럼 말이다. 굳이 천악이 우리에게까지 내공을 아낄 이유가 전혀 없다는 생각을 하자마자 계획을 포기했다. 설령 그렇게 차륜전으로 이겨봤자 우리한테도 좋을 게 전혀 없기 때문이다. 천악이 팔짱을 끼더니 고갯짓을 하면서 나를 불렀다.

"문주, 이리 와봐라."

"음."

호랑이가 맛 좀 볼 테니, 와보라는 것처럼 들렸다. 어쩔 수 없이 나는 뺨을 한 번 긁은 다음에 다가가서 천악의 맞은편에 앉았다. 천악이 내게 물었다.

"어찌 된 일이냐? 네가 백가 놈과 어울리는 것도 이상하고, 술을 마시러 왔다는 것도 이상한데."

당장은 나를 때릴 생각은 없어 보여서 나도 팔짱을 낀 채로 대답했다.

"물론 이상한 일이긴 하지. 정상적인 일은 아니야."

"설명을 해."

"아시다시피 내가 정상적인 놈은 아니라서."

"그건 알고 있다."

"그럼 답이 됐지 않소? 일전에 싸웠을 때 내가 이미 술 한잔하자고 권했는데."

"그런데?"

"오늘 그 대답을 들으러 온 셈이지. 백의서생이 안내해야 찾아올 수 있지 않겠소? 어디 사는지 내가 어떻게 알겠나?"

천악이 사대악인을 보면서 말했다.

"너는 그렇다 치고. 저 떨거지들은 무엇이냐?"

나는 눈을 부릅떴다.

"감히 떨거지라니?"

"그러니까 왜 이런 전력을 갖춘 채로 왔느냐고. 초면인 자들인데."

이것은 어떤 표현일까? 천악은 사대악인을 전부 고수로 인정하는 모양이었다. 나는 사대악인을 소개했다.

"소개하리다. 맏형 검마, 둘째 육합선생, 막내 몽랑. 내가 셋째. 이런저런 사연 때문에 함께 다니고 있소. 망령들과도 대판 싸우고 그전에는 사도제일인도 함께 죽였지. 무림맹에서 백도 고수들과 비무도 몇 차례 벌였지. 그때 서문무제를 꺾은 백의서생과도 재회했다가 여차여차하다 보니 함께 영약도 나눠 먹고, 고기도 구워 먹고, 술도 마셨소. 그래서 내가 물어본 거요. 천 선배랑 술 한잔할 수 있겠냐고. 사실 백의서생은 끝까지 오기 싫어했는데 그 이유는 지금 알았소. 매번 이렇게 처맞았으면 무제도 오기 싫었겠지."

세상에 이렇게 깔끔하게 지난 일을 정리할 수 있는 사람이 있을까? 나다. 오직 나만이 이렇게 정리할 수 있다. 나는 엉망진창이 된 백의서생을 쳐다봤다.

"서문세가의 가주를 꺾은 무제가 이렇게 처맞을 줄이야. 내가 다 미안하네. 이 얼굴 좀 보시오. 속이 좀 후련하긴 하네."

백의서생이 나를 노려봤다.

"뭐?"

나도 백의서생을 노려봤다.

"왜 지랄이야? 원래 우리 같은 놈들은 흠씬 처맞은 사내의 얼굴을 보면 좋아하기 마련이야. 내가 맞은 것은 아니니까."

"염병할 놈."

그러니까 일전에 백의무제가 갈 곳이 있다고 했을 때 표정이 안 좋았던 이유는 지금 벌어진 일을 어렵지 않게 예상했기 때문일 터였다. 내 말을 들은 천악이 백의서생을 바라봤다.

"이 빌어먹을 놈을 안 죽이는 게 어디냐?"

나는 고개를 끄덕이면서 천악을 응원했다.

"옳소."

백의서생 대신에 내가 대답했다.

"하지만 그것은 무제도 마찬가지 아니겠소?"

천악이 나를 노려봤다.

"…무슨 말이냐?"

"알지 않소? 평소에 입고 다니는 옷만 하얗지. 속은 철저하게 시커먼 사내라는 것을. 음험한 성격에 계획도 철저하게 세우는 편이고. 성향도 집요해. 정말 누군가를 죽일 생각이었다면 더 많은 것을 준비했겠지. 아마 동원할 수 있는 수하들과 고수, 돈으로 고용한 낭인과 온갖 수법을 동원해서 습격했을 거요. 이렇게 대놓고는 안 찾아오지. 싸우더라도 한참을 지켜보다가 마지막에 나섰을 거야."

천악이 살짝 놀란 표정으로 나를 쳐다봤다.

"네가 백가 놈을 잘 아는구나. 맞다."

천악이 사대악인을 둘러보면서 말했다.

"그러고 보니까 신개는 안 왔구나."

대화를 나누다 보니까 화가 좀 풀린 모양이었다. 천악도 사람은 사람인 모양이었다. 나는 그제야 안도의 숨을 살짝 내쉬었다. 천악이 맏형을 쳐다봤다.

"교주와 다툰 좌사인가?"

검마가 대답했다.

"그러하네."

당연하게도 맏형은 천악에게 존댓말을 쓰지 않았다. 말투에는 전혀 신경을 쓰지 않는 천악이 이번에는 색마를 쳐다봤다.

"너는 좀 재수 없게 생겼구나."

색마가 떨떠름한 표정으로 대답했다.

"그렇습니다. 선배님."

천악이 귀마에겐 이런 말을 했다.

"너는 못생긴 놈이고."

귀마가 고개를 삐딱하게 한 채로 대답했다.

"그쪽도 그렇게 잘생긴 편은 아니외다."

"..."

우리는 전부 귀마를 바라봤다. 천악이 눈을 껌벅이다가 나를 쳐다봤다.

...

"문주야, 너는 정말 끼리끼리 다니는구나. 다들 목숨이 두 개인 것처럼 행동하는군."

나는 고개를 끄덕였다.

"인정하겠소. 하지만 내가 삼재와 술을 마시려고 왔는데 아무렴, 아부나 떨어대는 자들을 데려왔을까. 이것이 우리요."

그제야 천악이 허탈하다는 듯이 가볍게 웃었다. 그래도 웃을 줄은 아는 사내라서 참 다행이었다. 내가 생각하기에 천악 같은 성격을 가진 사내들은 아부 떠는 놈들을 혐오한다. 천악이 조용히 일어나더니 장원으로 향했다. 이대로 사라지려나? 말없이 입구에 도착한 천악이 장원 내부를 쳐다보더니 누군가에게 말했다.

"하복, 손님 왔다."

안쪽에서 누군가가 대답했다.

"예, 장주님."

천악이 사라진 입구에서 하인으로 추정되는 사내가 등장하더니 종종걸음으로 다가오면서 말했다.

"아이고 백 공자님, 괜찮으십니까?"

"안 괜찮다. 너도 아직 목숨이 붙어있구나. 최장기 복무 중인 하인이다."

"제가 뭐 별일이 있겠습니까."

백의서생이 손을 뻗자, 하복이 백의서생을 일으켜서 부축했다. 하복이 무제를 부축한 채로 우리에게 말했다.

"손님들도 들어가시지요. 어서 오십시오. 정말 반갑습니다. 사람 보는 일이 드물어서."

백의서생이 중얼거렸다.

"시끄럽다."

"예."

우리는 그제야 장원으로 향하면서 두 사람의 대화를 들었다.

"적당히 하시지. 왜 또 성질을 긁어서 싸우셨습니까."

"내가 아니면 누가 천악을 상대하겠느냐?"

"그건 그렇습니다."

"이십일 승 팔십이 패다."

"멋지십니다. 매번 처맞으시던데 언제 이십일 승을 하셨습니까."

백의서생이 쩔뚝거리자, 하복이 아예 백의서생을 업었다. 걷는 모습을 보아하니 하복도 무공을 익힌 사내였다. 나는 대화를 들으면서 과연 천악을 상대로도 살아남을 수 있는 하인이라는 생각이 들었다. 붙임성이 보통이 아니었는데 그렇게 비굴한 어조를 사용하지도 않았다. 우리는 입구에 들어가서 장원 내부를 구경했다.

"…와."

"이게 다 뭐야?"

"외공 수련할 때 쓰는 기구들인가?"

"그런 것 같다."

주변 경관은 꽃이나 연못이 있을 것 같은 분위기였는데 내부는 온통 수련장이었다. 각종 병장기가 나열되어 있고, 외공을 수련하는 묵직한 철제 기구가 곳곳에 정돈되어 있었다. 나는 잡다한 기구를 보자마자 어쩐지 권왕 사제가 이곳에 오면 엄청나게 좋아할 것 같다는 생각이 들었다.

내가 알기로 권왕은 산에서 주로 큰 통나무에 밧줄을 묶은 기구를 사용하곤 했는데, 천악의 거처에는 온통 묵직한 강철이 가득했다. 종일 저런 것이나 들었다 놨다, 흔들어 대고 있었으니 어찌 백의서생이 외공으로 겨룰 수 있었겠는가? 처맞는 것이 당연하게 보였다.

꽃, 연못, 식물처럼 감상할 만한 건 전혀 보이지 않는 장원이라서 더욱 특이한 산장이었다. 굳이 내 식대로 이름을 붙이자면… 강철의 산장이랄까? 걸어가면서 보니 한쪽에는 표적이 설치되어 있고, 반짝이는 암기가 담긴 커다란 상자까지 보였다. 내심 광증에 사로잡혀서 무공도 괴상망측하게 수련할 줄 알았는데, 웬만한 문파는 견줄 수도 없는 수련 환경이 세밀하게 마련되어 있었다.

이상하게도 나는 천악이라는 사내가 외공 수련을 이렇게 열심히 할 것이라는 예상은 전혀 하지 못했기 때문에 놀랄 수밖에 없었다. 그래도 탁자와 의자는 다행히 있어서 하복은 백의서생을 의자에 내려놓았다. 하복이 우리에게 말했다.

"잠시 쉬고 계십시오. 안에 가서 준비한 다음에 말씀드리겠습니다."

본채 너머에서 물 뿌리는 소리가 들렸다. 천악은 우물로 가서 몸을 씻는 모양이었다. 우리는 대충 탁자 주변에 둘러앉아서 폐인처럼 앉아있는 백의서생을 바라봤다.

"…"

조금 떨어진 곳에서 하복과 천악의 대화가 들렸다.

"뭘 준비할까요?"

"술."

"안주는요?"

"닭 잡아라."

"알겠습니다."

어쩐지 술상 준비가 늦어질 것 같아서 나는 수련장을 둘러봤다. 처음 보는 기구들이 많았는데 대부분 무게가 무거워 보였다. 딱히 할 일이 없었기 때문에 수련장을 돌아다니면서 철제 기구를 한 번씩 들어봤다. 무거운 병장기일까 아니면 외공 수련을 하는 기구일까.

나는 수련장을 돌아다니다가 이상한 생각이 들었다. 마치 최후의 결전 장소처럼 보이는 것은 왜일까? 주변에 있는 철제 기구들은 이대로 천악이 사용하는 암기가 될 수도 있었다. 대규모 습격이 있더라도 수백이 넘는 고수들이 장원에 진입하려다가 맞아 죽을 것 같은 살벌한 분위기였다.

이렇게 수련장을 바라보고 있으려니 천악과 백의서생의 차이를 알 것 같았다. 애초에 백의서생은 책을 보거나 비급을 옮기는 작업에 주력했던 사람이고, 천악은 처음부터 끝까지 장수처럼 무공에만 집중했던 사내라는 것을 알 수 있었다. 백의서생은 본질이 책사에 가까운 사내인데 무력까지 높은 유형이고. 천악은 그러니까 애초에 장비나 여포와 같은 부류였다. 안에서 하복의 목소리가 들렸다.

"들어와서 차부터 드시지요."

일행과 백의서생이 먼저 들어가고, 나는 주변을 둘러보다가 뒤늦게 합류했다. 본래 이곳에는 기관진식이 설치되어 있고, 그것을 열 수 있는 유일한 방법은 백의서생이 처맞는 것이었던 것 같다. 다행히 집은 사람이 사는 곳처럼 꾸며놓아서 수련장과는 분위기가 전혀 달랐다. 어쩌면 이 사람다움도 하복이라는 사내의 작품이 아닐까 하는 생각이 들었다. 나는 천악의 거처를 둘러보다가 잠시 멈춰서 우측 벽으로 걸어갔다. 갑자기 오감이 멈춘 것처럼 기분이 묘했다. 벽에는 여인의 그림이 걸려있었다.

"…"

초상화일까. 대상을 맞은편에 앉혀두고 자세히 그린 것처럼 세밀한 그림이었다. 나는 우두커니 서서 한참을 쳐다봤다. 무엇보다 미인이었다. 백의에 손에는 쥘부채를 쥐고 있었는데 그림을 너무 자세히 그린 터라 관상을 볼 수 있을 지경이었다. 웬만한 사내들은 좋아하지 않는 것이 힘든 미인이었는데 표정은 제법 무뚝뚝했다. 얼음장처럼 차가운 여인이랄까. 대사형과 동귀어진했을 정도면 실력도 무척 대단했을 터였다. 그림에는 하단에 누가 그렸는지를 표기하는 경우가 많은데 이 그림에는 그런 것이 없었다.

하지만 나는 그림을 보다가 어렵지 않게, 백의서생이 그린 것임을 알아차릴 수 있었다. 나는 사대악인이나 백의서생과 대화하지 않은 채로 그저 우두커니 서서 그림을 계속 들여다봤다. 물론 그림의 여인은 진향 사매다. 백의서생이 그리고, 천악이 보관한 모양이다. 살면서 그림에 감탄한 적은 없는데, 지금은 기습을 당한 것처럼 감탄하는 중이었다. 백의서생이라는 악인은 예술을 아는 사내인 모양이다.

"왜 그렇게 계속 쳐다보는 것이냐?"

나는 대답을 하지 않은 채로 그림을 여한 없이 쳐다봤다. 내가 궁금해했던 천악과 백의서생의 자세한 사연은 그저 이 그림으로 해소했다. 물어볼 게 있고, 물어둬야 할 게 있다. 나는 이 그림이면 충분하다는 생각이 들었다. 문득 주변이 너무 조용해져서 뒤를 돌아보니 전부 나를 보고 있었다. 심지어 옷을 갈아입고 나온 천악까지 벽에 기댄 채로 나를 보는 중이었다.

"…"

검마가 조용한 어조로 물었다.

"왜 그렇게 한참을 본 것이냐."

나는 백의서생을 슬쩍 쳐다봤다가 덤덤한 어조로 대답했다.

"너무 잘 그려서? 보기 드문 미인이시네."

색마가 물었다.

"아는 분이야?"

"모르지. 당연히."

나는 돌아서서 그림 속의 진향 사매를 향해 포권을 취했다.

"미인 누님, 하오문주 이자하가 인사드립니다. 오늘 술 한잔 얻어먹고 가겠습니다."

진향 사매에게 예를 갖추는데, 이미 나는 술에 취한 기분이 들었다. 방심했다가 그림에 당할 줄이야. 사대악인에게 합류하면서 말했다.

"훌륭한 그림이야."

나는 빈자리에 앉아서 아직도 나를 바라보는 사람들에게 말했다.

"뭘 봐? 술이나 마시자."

내 말을 들은 일행이 그제야 다시 그림을 일제히 쳐다봤다. 우리와 함께 백의서생과 천악도 그림 속의 미인을 바라보고 있었다.

350.
강철의 산장에서

술판을 벌인 것까지는 좋았지만, 술자리에 한 사람이 더 끼어든 기분이 들었다. 사대악인과 서생들의 술자리가 아니라. 그림 속에 있는 진향 사매도 우리들의 술자리에 끼어든 분위기랄까. 술이 독했다. 그래서인지 특히 천악에게 처맞고 나서 정신을 못 차리고 있었던 백의서생은 진향 사매를 몇 차례 쳐다보면서 술을 마시다가 가장 먼저 몸을 가누지 못했다.

술에 약을 탄 것은 아닐진대⋯ 술도 삼키고, 추억도 몇 차례 삼킨 것처럼 마시던 백의서생이 결국에는 먼저 취했다. 종종 그림을 쳐다보던 백의서생은 하복에게 업혀서 기절하러 떠나고, 다음 차례에는 의외로 검마가 조용히 일어나더니 바깥 공기를 마시겠다면서 나갔다.

천악은 말없이 술만 마셨다. 이런 분위기가 될 줄은 나도 예상하지 못했다. 천악이 술로 찍어 누르는 분위기처럼 느껴졌다. 귀마는 애초에 닭을 노리고 있었는지 배를 적당히 채우고 나서는 손을 몇 번 휘저어 대면서 바깥으로 나가고. 색마, 천악, 나만 술자리에 남은 상태. 천악이 아무 말을 하지 않아도 술이 떨어질 때마다 하복이 커다란 술독을 들고 와서 탁자 옆에 내려놓았다. 색마가 고개를 흔들더니 천악에게 물었다.

"선배님, 이거 대체 무슨 술입니까. 이렇게 독한 것은 처음인데."

천악이 고개를 슬쩍 돌리더니 안쪽에서 대기하는 하복에게 물었다.

"하복아, 무슨 술이냐?"

"곡부에서 사 온 공부가주입니다."

"그렇다는군. 그래도 너희 둘은 잘 마시는구나."

실은 천악이 더 잘 마셨다. 아마 심후한 내공을 보유하고 있어서 취기 같은 것이 신체에 미치는 영향이 덜한 것처럼 보였다. 그러니까 웬만한 독은 저절로 해독할 수 있는 신체일 테니 말이다. 새로 가져온 공부가주를 뜯어서 또 절반쯤 마셨을 때 결국에 색마도 취했는지 탁자 밑에 쓰러졌다가 네 발로 어디론가 기어갔다. 너무 많이 마셨기 때문에 천악도 이해한다는 눈치였다. 결국에 둘만 남자 천악이 내게 물었다.

"문주야, 너는 왜 안 취하냐."

나는 공부가주를 한 잔 더 마신 다음에 체내에서 취기를 천옥으로 흡수했다. 천옥흡성대법의 꼼수다. 물론 이 독한 술을 온전히 해결할 수는 없었다.

"꼼수 좀 부렸소."

꼼수를 부렸음에도 아랫배를 쳐다보니 술배가 볼록 튀어나와 있었다. 나는 술을 깨기 위해서 그림 속의 진향 누님을 한번 쳐다봤다. 그러자 천악이 물었다.

"왜 그렇게 쳐다보는 게냐?"

나는 천악을 바라봤다.

"혹시… 아름답다고 말하면 내가 실수하는 건가?"

"그렇진 않다."

"다행이네."

나는 진향 사매를 보면서 말했다.

"백의도 그렇고 선배도 그렇고 일전에는 노예였다기에… 지난 대화에서 무제가 사형제들과 함께 사부인 흑선을 죽였다는 얘기를 들었소."

"저놈이 그런 이야기까지 꺼낼 리가 없는데?"

"어쩌다 보니 그렇게 됐지."

"그런데?"

"백의는 내가 기억하지 못하리라 생각해서 흘리듯이 말했겠지만 흑선을 치던 제자 중에 진향 사매가 있다는 것을 기억하고 있었소. 그림을 보니까 이 누님인 것 같아서. 아닐 수도 있고. 하지만 미모를 보니까."

"…"

"흑선에게 노예 취급을 받았던 자들에겐 진향 사매가 있는 것만으로도 살아가고 버티는 이유가 되었을 것 같아서. 숨구멍이랄까? 그 정도로 아름다운 누님이야. 저 그림, 진향 누님이 맞소?"

나는 순간 천악에게 한 대 맞을 것 같다는 생각을 했다. 하지만 천악은 호흡 두어 번에 흥분을 가라앉히더니 고개를 끄덕였다.

"맞다."

"혹시 무제가 그렸소?"

천악이 고개를 끄덕였다.

"그린 줄도 몰랐는데 어느 날 가지고 왔지."

나는 술에 취했기 때문에 할 말을 딱히 고르지 않고 내뱉었다.

"어쩐지 나는 저 그림이 흑선을 치기 직전에 그린 것 같아. 무제가 그리겠다고 한 것은 아니고 진향 누님이 그려달라고 했을 깃 같군."

"그것도 맞다."

나는 천악을 바라봤다.

"그럼 싸우기 전에 이미 누님은 죽음을 각오했나 보군."

천악은 대답 없이 술을 마셨다. 나도 술을 한 잔 마시는데 머리가 어지러울 정도로 취기가 밀려들었다. 천악이 내게 물었다.

"왜 싸우기도 전에 죽음을 각오한 것인지 예상하느냐?"

나도 진향 누님에게 그걸 물어보고 싶었다. 그림을 보다가 대답했다.

"미안한 말이지만… 흑선과 대사형조차도 진향 사매를 못 죽인다는 것을 누님이 알지 않았을까. 자신이 남자들의 선망하는 사람이라는 것을 스스로 잘 알지 않았나 싶은데. 자신이 나서지 않으면 전부 사부에게 죽을 가능성이 있다고 예측하셨을 수도 있고. 본래 성정이 과격하셨을 수도 있고."

나는 뒤통수가 얼얼해지는 것을 느끼면서 천악을 바라봤다.

"선배."

"말해라."

"진향 누님이 시황제를 죽이려던 형가의 마음을 가지고 있었다면… 어떻게 생각해. 자신을 희생해서라도 사형제를 살리려는 협객의 마음가짐이었다고 추론하면 너무 앞서 나간 것인가? 억지인가? 나는 만난 적이 없으니까."

천악이 나를 쳐다봤다.

"사매가 우리를 살리겠다고?"

나는 대답을 하지 않은 채로 천악과 함께 진향 사매를 바라봤다. 당연하게도 그림 속의 진향 사매는 내 말에 대한 답을 주지 않았다.

"흑선은 흑도 서생 세력에서는 시황제나 다름이 없었을 테니까. 무공이든 권력이든 간에…"

문득 천악이 술자리에서 처음으로 웃었다.

"그러고도 남을 사매지. 네 말이 옳다."

나는 천악의 술잔에 술을 따르고, 내 잔에도 따랐다. 술잔을 들고 천악을 바라봤다.

"누님을 위해."

"…"

"못난 사형들을 구원한 여협을 위해."

천악이 말없이 술을 마신 다음에 빈 그릇 하나를 자신의 앞에 끌고 왔다. 소매를 걷어서 검지와 중지를 내밀더니 호흡을 하면서 술을 떨궜다. 수분은 흡수하고 술은 응축해서 버리는 것처럼 보였다. 여태 잘 마셔놓고 왜 저러는지는 나도 모를 일이다. 나도 빈 그릇을 가져와서 체내에 있는 취기를 손가락 끝에 모은 다음에 빈 그릇을

가리켰다. 내 방식대로 취기를 해소해 봤으나 내 물줄기는 비교적
얇았다. 내 손목이 천악의 손목보다 얇은 것처럼 말이다. 천악이 말
했다.

"마시자."

"술은 왜 버렸소."

"더 취하면 너를 때릴 것 같구나."

"때릴 수도 있지. 마십시다."

우리는 공부가주를 또 나눠 마셨다. 손등으로 입을 닦은 천악이
말했다.

"세상 소식을 백가 놈을 통해 들으니 편협해진 지도 오래되었다.
그래도 삼재 소식이 아니면 응하지 않았으니 괜찮으리라 생각했지.
그러나 일전에 개방 방주를 합공하고 나서는 내 기분이 불쾌하더구
나."

"어째서 불쾌하셨소."

"신개는 흑선과 다른 사람이라서 불쾌했겠지. 그때 복귀해서 생각
을 좀 정리했는데 앞으로 내가 합공에 나서는 일은 없을 것이다."

신개한테는 좋은 소식이지만 나는 말의 의도가 다른 것 같아서 되
물었다.

"설마?"

천악이 고개를 끄덕였다.

"교주도 마찬가지다. 교주가 병력을 잔뜩 끌고 와서 서생을 친다
면 내가 도울 생각이지만, 어느 순간 백도와 서생이 연합해서 교주
를 상대한다면 그 자리에는 내가 없을 것이다. 그런 불쾌함은 두 번

이나 겪었으니 충분해. 사부도 나 혼자서 찢어 죽였어야 했는데 내가 부족했다. 얼마 없는 맞수들에 대한 예의다."

그러니까 천악은 내가 지원 요청을 하러 온 사람이라 생각한 모양이다.

"선배, 나는 선배에게 도와달라는 부탁을 하러 온 사람이 아니오."

"그러냐?"

"선배는 교주든 신개 선배든 간에 일대일로 꺾고 싶은가 보군."

"물론이지."

"나도 그러길 바라겠소. 그전에 교주가 세력을 데려와서 괴롭게 되면 언제든 도움을 요청하시고."

천악이 웃었다.

"네게 도움을 요청하라고? 내가 말이냐?"

나도 웃으면서 대답했다.

"왜? 못할 거 있나. 떨거지들은 떨거지들끼리 싸워야지."

천악이 말했다.

"언제든 혼자 싸우다가 죽으련다. 사부를 그렇게 죽게 했으니 나도 그렇게 죽는 것이 맞다. 내 무공은 사부가 준 것이니 같은 식으로 돌려줄 수밖에. 교주가 교도를 몰고 오든, 임소백이 무림맹을 이끌고 나를 찾아내든, 백가 놈이 배신해서 제자들을 끌고 오든 간에 혼자 싸우다가 죽을 생각이다."

이 무슨 천하에 홀로 놓인 중립인中立人이란 말인가? 마교, 무림맹, 서생이 모두 자신을 죽일 가능성이 있다고 믿고 있으니 천하 전체를 적으로 돌린 채로 살아가는 사내이기도 했다.

"임 맹주가 선배를 칠 이유는 없소."

"내가 무림공적 명단의 첫째 줄을 차지하는데 어찌 장담하느냐?"

"선배 입으로 이야기했지 않소. 백가 놈 때문에 세상을 보는 눈이 편협해졌다고. 임 맹주의 생각을 잘 알고 있는 사람은 백의서생이 아니라 나요. 나라고."

나는 손으로 내 가슴을 두드리면서 천악을 바라봤다.

"선배. 나라고, 나. 하오문주 이자하가 임소백의 마음을 더 잘 안다고."

"임소백의 마음이 무엇인데?"

나는 천악을 쳐다봤다.

"수하 한 명이라도 임무 도중에 죽으면 며칠 잠을 못 이루는 사내가 되겠소. 선배를 죽이려면 무림맹 검대가 대부분 죽어나가도 이상한 일이 아니야. 임 맹주는 그럴 용기가 없어. 너무 과대평가하지 말자고. 나랑 같이 고작 산적 놈들 잡을 때도 선봉대 제일 앞에서 돌진하던 사람이야. 맹주란 사내가 그렇게 싸우면 안 되는데 말이지. 동호에서 내가 고전할 때 특작대를 보내놓고도 마음이 안 놓이는지 직접 달려와서 싸우던 사람이라고. 겁이 많아. 흑선과 다른 부류야."

"그러냐."

"백의가 임소백을 어찌 알겠어? 그리고 무제의 배신도 신경 쓸 필요가 없어."

"그건 어째서냐?"

나는 술을 따르면서 대답했다.

"전력이 너무 약해졌어. 내 손에 제자들도 좀 죽었고. 실명도 수하들을 잔뜩 이끌고 날 죽이려다가 당했지. 추명은 한 차례 붙잡았었는데 임 맹주가 그냥 보내주더군. 그 사람도 염치가 있는 사내야. 자중하는 시기일 테지. 더군다나 나는 묵가와 농가와는 친분이 생겼는데 이런 일에 나설 사내들이 아니야. 일전에 봤던 얍삽한 놈들… 음양가주? 그런 놈들이나 합류하겠지. 하지만 무제가 그냥 선배를 죽일 생각이 없는 게 맞겠지."

천악이 나를 물끄러미 바라봤다.

"왜."

"뭘 왜야. 무제가 친구라고 생각하는 사람이 선배가 유일하니 그렇지. 하지만 교주가 삼재를 제거할 명분은 확실해. 걸림돌이 될 테니. 선배, 교주는 어떤 사람인가?"

천악이 고개를 갸웃한 채로 생각에 잠겼다가 대답했다.

"완벽해지려는 사람 같다. 무리를 해서라도."

"무공?"

"그렇지."

"그렇다면 아직 완벽한 것은 아닌가?"

"완벽하다면 이미 내가 죽었겠지. 너도 죽고, 임소백도 죽을 것이다."

나는 여러 가지를 상상한 다음에 손을 올려서 어떤 경지를 표현했다.

"이 정도… 삼재는 딱 한 단계가 남았나? 무공에 관해서 완벽한 수준에 이르기까지."

천악이 살짝 웃으면서 말했다.

"문주야, 무공에 완벽이란 없다. 이미 우리 셋은 지난날에 겨뤘을 때보다 강해진 상태다. 정확하게 이렇게 표현하마. 내가 지금 과거의 교주를 상대한다면 충분히 찢어 죽일 수 있는 상태다. 하지만 그놈도 발전했겠지. 신개도 마찬가지. 실력이 더 늘었더구나. 우리 셋은 서로를 생각하면서 오랫동안 달리는 중이다. 완벽이라니, 가당치 않은 소리."

나는 고개를 끄덕였다. 교주가 인간을 포기한 이유가 어쩌면 이런 벽을 넘기 위해서가 아니었을까.

"마도魔道라서 그 완벽함에 다가가는 방법에 한계를 두지 않겠군."

"그럴 것이다."

"바깥에 쇳덩이는 다 뭐요? 보자마자 좀 놀랐소."

천악이 술을 마신 다음에 일어났다.

"너무 많이 마셨다. 일어나라. 보여줄 테니."

나도 이제 막 정신 줄이 끊어지려는 찰나여서 술잔을 내려놓고 일어났다. 천악과 함께 바깥으로 나가보니 맏형은 바닥에 가부좌를 튼 채로 눈을 감고 있었다. 일부러 바깥에서 경계를 서고 있는 게 아닐까 하는 생각이 들었다. 천악은 수련장을 가로질러서 걷다가 가장 큰 쇳덩이 앞에서 멈췄다. 강철로 된 장창의 양쪽에 둥그런 쇳덩이가 달라붙어 있었다.

"세상에… 이런 병장기도 있나?"

드러누울 수 있는 낮은 침구를 끌어당긴 천악이 내게 말했다.

"누워서 들어 올려봐라."

"뭘?"

"쇳덩이."

나는 잠시 천악을 노려봤다. 내가 이렇게 암살당하는 것일까?

"좀 무서운데?"

"하라면 해. 처맞기 전에."

술에 안 취했을 때도 감당이 안 되는 사내였는데, 지금은 술에 취한 천악이 노려보고 있어서 어쩔 수가 없었다. 나는 침구에 누웠다. 그러자 천악이 거대한 쌍철중봉雙鐵重棒을 들더니 내 가슴께로 가져왔다.

"붙잡아라."

나는 술에 취한 채로 쌍철중봉을 붙잡았다. 술기운이 몰려드는 와중에 실로 무거운 것을 들고 있자니 기절할 것 같았다. 기절하면 죽을 것 같아서 그럴 수는 없었다. 천악이 손을 거두자, 쌍철중봉의 무게가 양팔을 짓눌렀다. 천악이 말했다.

"가슴께로 내렸다가 천천히 올려라."

좋은 술 처먹고 대체 이게 뭐 하는 짓이지? 나는 외공으로 쌍철중봉을 가슴께로 내렸다가 올렸다. 천악이 웃으면서 말했다.

"제법 수련했구나. 다시."

재차 반복하자, 천악이 말했다.

"지금 네 자세가 무엇이지?"

"쌍장을 겨룰 때의 자세."

"같은 내공을 보유한 고수들이 쌍장을 겨룬다고 하면 어느 쪽이 튕겨날까?"

"당연히 외공이 부족한 쪽."

천악이 고개를 끄덕였다.

"들어 올려. 그래. 내려. 다시 천천히 올려. 내려, 올려, 내려."

"그만합시다."

온몸에서 땀이 삐질삐질 새어 나오고 있었는데, 그 땀에서 술 냄새가 풍겼다. 그러나 위에서는 천악이 내려다보면서 술 냄새를 풍기고 있었다.

"…죽고 싶으냐?"

"그렇진 않소."

"내려, 이번에는 천천히 올려라. 장력을 겨룰 때 외공을 압도하고 있으면 변수가 발생해도 유리하다. 손바닥을 붙이고 떼는 결정을 네가 할 수 있기 때문이야. 외공을 왜 수련하느냐? 내공을 더욱 자유롭게 다루기 위해서다. 올려, 천천히 올리라고. 다시 내려."

나는 쌍철중봉을 올렸다 내렸다 하면서 천악에게 사과했다.

"선배, 아까 주제넘은 말은 사과하겠소."

"내려… 올려. 내려… 올려. 더 천천히 올려."

"미안하다고. 내 말 안 들려?"

"내려."

"팔이 좀 떨리는데?"

"당연한 현상이다. 올려, 천천히, 이번만 올리면 봐주마."

"알겠소."

나는 부들부들하는 팔로 쌍철중봉을 힘겹게 올렸다. 천악이 고개를 끄덕였다.

"그래도 내공을 안 쓴 것 같으니 봐주마. 한 개만 더하자."

"…"

"죽고 싶으냐?"

나는 쌍철중봉을 내렸다. 천악이 얼굴을 가까이 가져다 대면서 속삭였다.

"머리통을 박살 내기 전에 천천히 올려라."

저절로 입에서 기합이 터져 나왔다. 괴성을 지르는 사이에 하도 땀을 많이 흘렸더니 술이 깨는 기분까지 들었다. 내가 살아있는 게 맞을까? 그제야 천악이 쌍철중봉을 거둬갔다. 나는 숨을 몰아쉬면서 주변을 둘러봤다가 고개를 돌린 맏형과 눈을 마주쳤다. 맏형이 처음으로 내게 안쓰러운 표정을 짓더니 덤덤한 어조로 말했다.

"…고생이 많다."

나는 말이 안 나와서 고개만 끄덕였다.

351.
최초의 무공을 목격한 느낌

색마와 귀마는 얼마나 눈치가 빠른 사내들일까? 이제 보니까 애초에 나만큼이나 술이 센 색마 놈은 일부러 개처럼 기어서 어디론가 도망을 친 것 같고. 행적이 묘연해진 귀마도 일찌감치 술자리에서 빠진 것처럼 보였다.

"..."

술로 흥한 적도 없는데 술로 망하는 기분이랄까. 잠시 어지러움이 가라앉았을 때 천악의 말이 흘러나왔다.

"문주야, 백가 놈과 내가 경공을 겨루면 누가 이길까?"

사실 백가 놈의 경공도 만만치가 않은데 상대가 삼재이다 보니까 답이 쉽게 나왔다. 여우보단 호랑이가 빠르지 않을까? 나는 천악을 곁눈질로 보면서 대답했다.

"아무래도 선배가 백가 놈보단 더 빠르지 않겠소?"

"내가 더 빠르다."

"축하합니다."

어느새 바짝 다가온 천악이 호랑이 앞발로 내 머리를 툭 친 다음에 말했다.

"이유가 무엇일까?"

"빠르면 빠른 거지. 이유가 딱히…"

천악이 자신의 허벅지를 손가락으로 찌르면서 말했다.

"허벅지다."

대충 봐도 백가 놈의 허벅지보다는 두 배 정도 굵어 보였다. 이럴 때는 또 눈치 빠른 게 그다지 좋진 않다. 나는 인생을 체념한 상태에서 고개를 대충 끄덕였다.

"아하, 허벅지였군."

"신체에서 가장 큰 근육이 자리 잡고 있지."

"혹시 취하셨소?"

"다 깼다. 하여간 경공뿐만이 아니라 공방전이 길어지고 격렬해질수록 다양한 움직임의 중심이기도 하고, 화력火力을 높이는 곳도 이곳이다."

나는 천악을 바라보다가 고개를 끄덕였다. 천악이 쌍철중봉을 발로 밀어서 내 쪽으로 보냈다.

"들어라. 목의 뒷덜미에 올려서 양손으로 붙잡아라."

나는 당황한 다음에 무심코 맏형을 바라봤다. 맏형은 나랑 눈을 마주치자마자 차분하게 눈을 감더니 운기조식을 준비했다.

"…"

저것은 운기조식이 아니라 운기조식을 가장한 외면의 눈감기였으나 굳이 이런 분위기에서 확인할 방법은 없었다. 여기서 나는 깨달음을 얻었다. 나 혼자 천악을 상대하겠다고 열심히 술을 마시는 동안에 나머지 사대악인은 앞으로 벌어질 일을 예상하고 전부 피신해 있었던 상황이라는 것을… 술이 이렇게 무섭다. 나는 손가락으로 천악을 가리켰다.

"좋아. 못할 것도 없지. 또 재미있는 것을 시키는군."

나는 일어나서 몸을 좀 푼 다음에 쌍철중봉을 들어서 목과 어깨에 올려놓았다. 인생이 이처럼 무거운 것이었던가? 짓누르는 묵직함이 아주 마음에 들었다. 천악이 팔짱을 끼더니 나를 쳐다보면서 말했다.

"앉아라. 기마 자세로."

"좋아. 그럴 것 같았어."

나는 쌍철중봉을 짊어진 채로 앉았다. 천악이 자세를 교정해 줬다.

"완전히 앉지 말도록. 그래. 엉덩이가 조금 뜬 상태. 거기서 출발해서 일어나. 좋다. 경공과 외공 수련을 제법 했구나."

인정을 받는데도 기쁘지 않을 때가 있다. 천악의 말이 이어졌다.

"앉아. 일어나."

"그래야지."

"일어나."

"일어나야지."

"힘이 좀 더 남았나?"

"남았소."

"일어나."

천악은 침상에 앉더니 말하는 게 귀찮았는지 손가락으로 반복운동을 시켰다. 나는 내공을 사용하지 않은 채로 천악이 시키는 대로 앉았다 일어나기를 반복하다가 쌍철중봉을 휘두르면서 덤비면 천악을 제압할 수 있을 것인지 잠시 고민해 봤다. 어림없는 얘기라서 고민이 길진 않았다. 술은 이미 깬 상태. 십여 차례를 반복시키던 천악이 고개를 끄덕였다.

"좋다. 내려놓아라."

나는 내공을 써서 쌍철중봉을 내려놓은 다음에 호흡을 가다듬었다. 어디선가 불어오는 바람이 꽤 시원했다. 술기운을 땀으로 배출하는 것이 손가락으로 빼내는 것보다 더 효율적이라는 것도 이제 알았다. 나를 물끄러미 바라보던 천악이 말했다.

"문주야, 외공은 격이나 단계의 구분이 쉽다. 하지만 내공은 단계를 구분하는 것이 애매해. 쓰임새나 종류가 다양하기 때문이야. 하지만 외공은 다르지. 이유가 무엇일까."

나는 수련장에 있는 다양한 크기의 쇳덩이를 둘러본 다음에 대답했다.

"백 근을 들고, 이백 근을 들고. 무게를 계산할 수 있으니 단계별로 격을 수치화할 수 있다는 뜻 같소. 꽤 구체적인 셈이지."

"맞다. 네 나이에 그 정도면 외공의 수준이 높은 편이다. 내가 설정한 수준에서도 말이다. 한 가지를 말해주자면, 예전은 물론이고 지금도 외공의 격은 내가 개방 거지 놈이나 교주보다 높다."

나는 마저 남아있던 취기가 확 달아나는 느낌을 받았다.

"음, 정말이오?"

"하지만 나는 그 두 사람보다 내공이 부족했지. 두 사람은 내 외공 때문에 고전했고, 나는 그 둘의 내공 때문에 고전했다. 하지만 각자의 총합이 서로를 넘어설 수 있을 정도로 압도적이진 않았어. 세월이 더 흐르면 어찌 될까?"

"그것참 애매하네."

나는 생각을 정리하다가 어리둥절한 표정으로 말을 이어나갔다.

"시간이 너무 흐르면 선배가 가장 약해지지 않겠소?"

천악이 고개를 저었다.

"그렇지는 않다. 거지도 나이가 제법 많으니 말이야. 하지만 확실히 외공은 세월의 흐름에 따라 퇴화하는 면이 있지. 외공의 한계다."

"음."

"두 사람의 외공이 퇴화하는 시기도 가늠해야지. 반면에 내공은 순차적으로 쌓이는 힘이라서 세월이 흐른다고 약해지진 않는다. 그렇기에 오히려 나는 외공 수련을 게을리할 수가 없다. 어쨌든 유지한 상태에서 교주를 상대해야 할 테니. 우리 셋은 길이 달라. 누가 옳은지는 알 수가 없다."

나는 바닥에 주저앉아서 천악의 말을 경청했다.

"그렇군."

"본래 삼재들의 수준이면 내가 밀리는 게 당연하다. 내공은 애초에 내가 가장 얕았기 때문이야. 그러나 두 사람보다 뛰어난 외공이 승부를 이어나갈 수 있게 만들었다는 것에 대해 너도 고민해야 할 게다. 내공과 외공이 조화롭게 맞물렸을 때 폭발하는 지점이 있고. 그것이 각각의 격을 뛰어넘는 순간을 만들어 낸다. 이것은 직접 외공의 격을 올린 자들만이 확인할 수 있는 경지여서 말로 설명하는 것은 무의미해. 너는 기억하고 있어라."

이제 보니까 천악은 무거운 것을 들게 해서 내 외공의 수준을 자신의 기준으로 계산하고 있었던 모양이다. 그러니까 외공 분야에서도 어느 정도 발전이 더 있으리라 생각해서 조언해 주는 중이었다. 그러니까 처음 내가 천악의 싸움을 목격했을 때 괜히 호랑이를 떠올렸던 게 아닌 셈이다. 단순히 무공이라 일컫는 움직임과 궤가 다른 무언가가 있었다.

그 느낌에서 야수가 떠올랐기 때문에 호랑이가 연상되었던 셈이다. 그래서 현재 천악의 신체는 일반적인 강호의 고수들과도 격차가 있다. 신체가 높은 수준으로 완성되었기 때문에 보자마자 격과 위압감을 느끼는 셈이랄까? 천악이 내게 과제를 던지듯이 말했다.

"너는 확실히 젊은 나이가 무색할 정도로 강해졌으나 지금 네 외공과 내공은 각각 다른 삼재보다 수준이 낮다. 이길 방법이 있느냐? 내 말은 하나라도 따라잡아야 한다는 뜻이다. 물론 두 가지 총합을 넘겨버리면 네가 삼재의 윗줄이 되는 것이겠지. 그게 언제인지는 모르겠다만."

나는 천악에게 물었다.

"선배, 혹시 그 찢어 죽인다는 표현이 입버릇이 아니라 일종의 초식이었던 셈인가?"

천악이 고개를 끄덕였다.

"눈치가 있구나. 호신공을 아무리 익혔다고 한들, 찢어지는 어긋난 압력에는 약하기 마련이야. 피부와 근육이기 때문에 그렇다. 그러니 신개나 교주도 내 두 손에 붙잡히면 자신의 육체가 찢어질 수 있다는 것을 어렵지 않게 예상했겠지. 팔을 붙잡히면 팔이 찢어지고, 관절이 있는 곳을 붙잡으면 비틀어서 뽑아낼 수 있다."

천악이 손가락으로 자신의 머리를 가리켰다.

"내공만 믿고 날 상대하다간 금방 죽을 수 있다는 것을 싸우면서 인지하더군. 보통 고수들이 아니다. 더군다나 외공에 대한 압박은 두 사람도 처음이었을 테니 승부를 내는 것이 더 곤란했겠지. 심리전의 우위를 가져간 것은 나였으나 그것은 어느 정도 동귀이진을 염두에 둔 수법이었기 때문에 결코 두 사람이 나보다 아래 수준이라고는 할 수 없다."

나는 고개를 끄덕였다.

"그랬군."

그러고 보니까 나도 동귀어진을 강요해서 심리전의 우위를 가져간 적이 있어서 무슨 말인지 확실하게 이해할 수 있었다. 그야말로 천악은 잘 싸우는 맹수 같은 사내였다.

"내공 수련도 하고 계시오?"

"하고 있다만 어차피 내가 내공을 쌓는 속도로는 두 사람을 따라잡기 어려워. 격차를 더 벌리지 않는 선에서 따라가는 정도지."

나는 천악과의 대화에서 엄청나게 많은 것을 배웠다. 천악이 팔짱을 풀면서 말했다.

"어쨌든 오늘은 첫날이니 이 정도만 하고. 쉬어라."

첫날이니까 이 정도만 하자고? 첫날이라면, 둘째 날도 있다는 말이 아닌가? 술에 취한 호랑이가 벌떡 일어나더니 호랑이 굴로 돌아갔다. 나는 눈을 껌벅이다가 검마를 바라봤다.

"…"

천악이 사라지고 나서야 검마가 눈을 뜨더니 나를 물끄러미 바라봤다.

"…구구절절 옳은 말이라 뭐라고 해야 할지 모르겠구나."

"음?"

"지난날에 개방 방주를 도왔다가 어느 정도 무학에 관한 이야기도 나눴다고 했지 않았나."

"그렇긴 했지."

"그렇다면 삼재 중 두 사람에게 무학에 관해 배운 사람이 당대에 있겠느냐? 이것도 운명이라고 생각하고 받아들여야지."

"차라리 다 함께 배우면 좋지 않겠어?"

검마가 슬며시 웃으면서 대답했다.

"진심으로 하는 말이냐? 저 성격에?"

"음."

"세상의 무학들이 오묘하고 복잡한 것을 논하는데 천악의 무학은 그저 신체의 반복적인 고통, 육체의 단련을 말하는군. 그것이 다른 자의 주장이라면 충분히 무시해도 좋겠지만 하필이면 삼재다. 도저히 지나칠 수 없는 말이라는 것은 너도 알겠지."

맏형의 말은 항상 옳은 편이라서 나도 부정할 수가 없었다. 나는 고개를 끄덕였다.

"좋아. 죽지만 않으면 돼."

검마가 고개를 끄덕였다.

"날이 밝는 대로 제자와 둘째를 데리고 백응지에 가있으마. 그곳의 거처와 재산도 좀 정리해야 하고. 어쨌든 우리는 자리를 피하는 게 옳아. 하다못해 네가 여기서 무거운 쇳덩이를 다루는 방법만을 배우더라도, 훔쳐보지 않는 게 맞다. 그나마 여기선 백응지가 가까우니, 충분히 배울 것은 배우고 나중에 합류하자."

나는 맏형과 동시에 생각에 잠긴 채로 몇 차례 눈을 마주쳤다. 물론 옆에서 검마도 함께 천악의 이야기를 들었기 때문에 느끼는 바가 많았을 터였다. 아니나 다를까, 잠시 고민하던 검마가 이런 말을 써냈다.

"이상하게도."

"응."

"마공의 완벽한 대척점에 있는 무학을 천악이 익혔구나. 마치 최초의 무공을 목격한 느낌이다. 서로 가용할 수 있는 힘이 비슷했기 때문에 초식이나 검법, 권법 등이 복잡하게 발전했다면 천악의 무학은 아예 힘의 기준을 높여버렸어. 어쨌든 외공만큼은 현재 천하제일이라는 뜻이 아니더냐?"

나는 검마의 말을 듣고 있다가 팔뚝에 소름이 돋는 것을 내려다봤다.

"그렇네. 이것은 최초의 무공이구나."

최초의 무공은 육체를 단련하는 것이고. 그 목적은 검劍도 만들어내지 못하는 시절에도 맹수를 상대해야 했기 때문일 터. 어찌 보면 육체의 한계를 확인하지 않은 상태에서 적당히 꼼수 같은 것이 발전한 게 일부 무공의 초식들이라는 생각이 들었다. 강철의 산장에 와

보지 않았더라면 도달할 수 없는 생각들이기도 하다.

신기하게도 천악은 내게 이런 것을 가르쳐 준다는 어떤 과시도 없었다. 그저 첫날이 있고, 다음 날이 있을 것이라는 예고만 했을 뿐이다. 허례허식이 아예 존재하지 않는 사내였다. 사실 천악이 갑자기 내게 왜 자신의 무학 일부를 가르치려는지도 이유가 명확하지 않다. 그냥 술에 취한 행동처럼 느껴지기도 했기 때문이다. 너무나 자연스럽게 벌어진 일이라서. 이것이 술을 마시다가 일어난 일인지 강호인들이 말하는 기연인지도 구분할 수가 없었다. 문득 어디선가 등장한 색마가 허리를 숙인 채로 다가오다가 검마 옆에 털썩 쓰러지듯이 앉았다.

"사부님."

"왜?"

색마가 머리가 깨질 것 같다는 표정과 몸짓을 하면서 말했다.

"생각해 보니까 곧 제사가 있어서… 백응지에 잠시 다녀와야 할 것 같습니다."

나는 맏형과 함께 한심한 표정으로 색마를 쳐다봤다. 색마가 게슴츠레한 눈빛으로 우리를 쳐다봤다.

"…"

검마가 물었다.

"많이 마셨느냐?"

"예. 꼼수가 안 통할 것 같아서 다 받아먹었더니."

"제사가 있어?"

"예."

"그럼 가야지."

이번에는 귀마가 멀쩡한 모습으로 걸어오더니 내 옆에 앉았다.

"셋째가 고생 좀 해라."

"그래."

문득 색마가 술이 좀 깬 얼굴로 우리를 둘러봤다. 이렇게 보니까 색마는 어디선가 구토를 하느라 천악과의 대화를 듣지 못했고, 귀마는 근처에서 다 듣고 있었던 모양이다. 맏형이 낮은 어조로 상황을 정리해 줬다.

"아무래도 삼재의 일원이 문주에게 가르칠 게 있나 본데, 남의 무학을 근처에서 쳐다볼 수 없으니 우리는 잠시 백응지에 머무르고 있자."

색마가 평소 어조로 대답했다.

"아, 알겠습니다."

검마가 내게 당부하듯이 말했다.

"단기간에 외공이 강해지는 것을 바라는 게 아닐 것이다. 무학에 관한 생각 자체를 공유한다는 게 맞겠지. 그것 또한 어떤 검법이나 심법보다도 어쩌면 더 중요한 것이라서 앞으로 천악에겐 예의를 갖추는 게 맞겠다. 가르치는 자나 배우는 자나 예의가 대체로 없는 사람인 것은 맞지만, 너는 배우는 처지라서 좀 다르다."

검마, 색마, 귀마가 나를 쳐다봤다. 막상 벌어진 일이 이해되지 않아서 신기할 때가 있는데 이런 심정은 나뿐만이 아닌 것 같았다. 색마가 조용한 어조로 속삭였다.

"갑자기 어떻게 이렇게 진행될까요. 보통 사건이 아닌데."

귀마가 중얼거렸다.

"설마 그림 때문에?"

나도 한마디를 거들었다.

"나도 몰라. 왜 이렇게 흘러가는지."

우리는 맏형에게 답을 구하듯이 쳐다봤다. 그러자 검마도 조용한 어조로 말을 이어나갔다.

"근래 천악과 이렇게 길게 대화한 사람은 셋째가 처음이겠지. 물론 무제를 제외하면 말이야. 일단은 어떤 자들과도 대화가 통한다는 것이 내가 본 셋째의 장점이다. 점소이들과도 종일 떠들 수 있고, 삼재와도 종일 떠들 수 있다면 그것 자체가 능력이겠지."

검마가 색마에게 말했다.

"너는 백웅지에 무슨 일이 생기든, 이곳에 무슨 일이 생기든 간에 최대한 빠르게 연계할 수 있도록 백웅지에 가서 사람 좀 고용해라. 준비는 해둬야지."

색마가 고개를 끄덕였다.

"알겠습니다."

검마가 나를 쳐다봤다.

"셋째는 수련하고."

나는 고개만 끄덕였다.

352.
나는 폭발이다

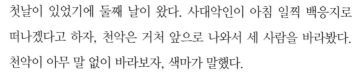

첫날이 있었기에 둘째 날이 왔다. 사대악인이 아침 일찍 백웅지로 떠나겠다고 하자, 천악은 거처 앞으로 나와서 세 사람을 바라봤다. 천악이 아무 말 없이 바라보자, 색마가 말했다.

"선배님, 그럼 가보겠습니다."

천악이 고개를 끄덕이더니 검마를 바라봤다.

"검마."

맏형이 고개를 끄덕였다.

"말하게."

"스스로 교를 뛰쳐나왔다고 한 사내의 별호는 내내 기억하고 있었다. 내가 같은 처지였더라도 그랬을 테지. 살펴 가라."

검마가 천악을 보다가 미소를 지었다.

"가겠네."

나는 사대악인을 한 번씩 쳐다보는 것으로 작별의 말을 대신했다.

세 사람이 강철의 산장을 벗어나자마자, 천악이 수련장의 낮은 침상에 앉더니 주먹을 오므렸다 폈다 하면서 나를 불렀다.

"문주, 이리 와서 앉아봐라."

나는 천악의 맞은편 바닥에 앉았다. 아직 아침도 먹지 않은 상황인데 천악이 내게 주먹의 크기를 자랑하다가 손바닥을 폈다.

"외공과 내공을 가장 조화롭게 펼칠 수 있는 부위가 있다."

나는 잠자코 듣기만 했다. 천악이 자신의 커다란 손을 보여주면서 내게 물었다.

"어디냐?"

"장심掌心?"

어쩐지 너무 쉬운 대답이어서 정답이 아닐 것이라는 예감이 들었다. 천악이 말했다.

"장심도 틀린 말은 아니지만, 네 수준에서는 아직 아니다. 내공과 외공이 가장 완벽하게 어우러지는 순간…"

천악은 내게 생각할 시간을 줬다. 나는 순간 이상한 기분이 들어서 쉽게 답을 하지 못했으나 아무리 머리를 굴려봐도 답은 하나였다.

"중지中指?"

천악이 나를 쳐다봤다.

"어째서 중지냐? 설명을 해보도록."

괜히 내 생각을 말했다가 처맞는 게 아닐까? 내가 생각해도 답이 이상했기 때문에 살짝 망설여졌다. 천악이 말했다.

"틀려도 상관없다."

나는 헛기침을 한 다음에 대답했다.

"…그러니까 딱밤을 때릴 때 중지가 가장 강하지 않나 해서."

"음."

호랑이가 눈싸움하자는 것처럼 노려봤으나 나는 피하지 않았다. 강호에서 가장 강한 사내 중 한 명에게 딱밤 이야기를 하다니… 나도 참 대책이 없다고 생각하는 와중에 천악의 말이 이어졌다.

"맞다."

"뭐, 뭐요?"

"정답이라고."

"아니, 어떻게 딱밤이 정답이지?"

천악이 손가락을 보여주면서 설명했다.

"네 말에 이미 답이 다 들어가 있다. 내공과 외공이 조합해서 폭발하는 지점이 있다고 어제 말했지."

"그렇소."

"수련을 깊이 하지 않은 자가 그나마 가장 큰 폭발력을 발휘할 수 있는 부위가 겨우 중지 하나다. 생각해 봐라. 새끼손가락으로 딱밤을 사용하는 경우, 약지로 사용하는 경우, 검지와 엄지도 마찬가지. 중지의 파괴력이 미세하게나마 우위에 있다."

"음?"

"적에게 손가락으로 딱 한 번의 공격을 성공시킬 수 있다고 가정했을 때. 너는 무엇으로 타격할 참이냐. 이것은 사람마다 다르다. 어떤 자는 싸우다가 중지가 잘렸을 수도 있으니 그런 자는 검지나 약지가 되겠지."

"그렇소."

"중지에 내공을 담아서 네가 말한 딱밤의 형식을 갖춘 채로 타격했을 때. 여러 문파에서 말하는 탄지공의 일격이 펼쳐지겠지. 이 다섯 손가락을 봐라. 길고 짧음의 차이가 그리 크지 않은데도 일점 공격을 펼쳤을 때 중지가 가장 강하다. 이것이 우연이든 아니든 간에 중지는 완성된 형태야."

"…"

"중지의 굵기와 길이가 어쩐 조화인지는 모르겠으나 내가 말하는 외공과 내공을 조합하기에 적절한 신체 부위라는 뜻이야. 엄지로 중지의 진격을 잠시 묶었다가, 힘과 내공을 응축한 채로 일순간에 폭발하는 식이지. 여기까진 이해했나?"

"이해했소. 매번 하던 짓이라."

"그렇다면 이것을 신체 전체로 확장해서 생각해 보면…"

"음."

"나머지 신체는 외공과 내공을 조합할 준비가 되지 않았다는 뜻이다."

"아, 그럼 겨우 중지만 가능한 상태라는 뜻인가?"

"그런 셈이다. 연습하지 않았으니 수련을 하지 못하고, 수련하지 못했으니 싸울 때도 적용을 못 하는 셈이지. 대다수가 이 폭발력을 겨우 중지로만 국한해서 사용하고 있다는 뜻이야. 네가 말한 장심의 폭발력을 외공과 조합했을 때 중지를 사용하는 탄지공의 완성도를 따라잡을 수 있을까. 단순히 충격의 힘을 말하는 게 아니다. 조합적인 측면에서."

나는 잠시 천악의 말을 정리했다. 그러니까 내가 내공과 외공을 사용해서 손가락으로 커다란 바위를 박살 내야 한다면 어떤 방식을 사용할 것인지 고민해 봤다. 물론 주먹이나 장력으로 바위를 부술 수는 있다. 하지만 천악이 말하고자 하는 것은 내공과 외공이 조화롭게 맞물린 공격의 완성도다.

군더더기 없이 일점에 집중하여 폭발하는 것을 말한다. 다른 신체를 사용해서 펼치는 공격에도 중지탄지공처럼 완성도를 끌어올려야 한다는 뜻이었다. 이때, 거처에서 하복이 나오더니 두 손을 앞에 모은 채로 대기했다. 천악이 쳐다보자, 하복이 그제야 입을 열었다.

"식사를 준비했습니다."

천악이 대답했다.

"머리통 크기 돌멩이 두 개 가져와라."

"예."

하복이 잽싸게 어디론가 뛰어가더니 금세 큼지막한 돌멩이를 가져와서 천악 앞에 내려놓았다. 천악이 돌멩이를 왼손으로 붙잡더니, 오른손의 중지를 엄지에 걸었다. 탄지공이었다. 엄지가 중지의 진격을 잠시 틀어막자, 중지의 손톱이 하얗게 변했다. 힘을 응축하던 천악이 중지의 진격을 허락하자, 팍- 소리와 함께 돌멩이가 박살이 났다. 천악이 나를 쳐다봤다.

"근접 거리에서 주먹과 손바닥의 진격은 팔과 어깨의 움직임으로 예상할 수 있다만 중지의 이동 경로는 눈으로 따라잡기 힘들다. 이는 속도와 궤적마저도 이상적이라는 뜻이야. 박살 내라."

나는 같은 크기의 돌멩이를 왼손으로 붙잡은 다음에 중지에 목계의 기를 불어넣었다. 잠시 손가락을 거둔 다음에 검지, 약지, 소지에 실리는 힘을 가늠해 봤다. 확실히 중지가 가장 안정적이면서도 힘이 많이 걸리는 느낌이 들었다. 나는 내공을 주입했다가 탄지공으로 돌멩이를 가격했다. 퍽- 소리와 함께 돌멩이가 쪼개졌으나 천악이 부순 것보다는 잔해의 구성이 굵었다. 천악이 부순 것은 자잘하게 박살이 난 반면에 내가 부순 것은 서너 조각으로 쪼개진 느낌이랄까. 그제야 천악이 하복에게 물었다.

"아침은 뭐냐?"

"닭입니다. 아, 그리고 장주님. 저는 바로 장을 좀 보겠습니다."

"다녀와."

"예."

천악이 일어나더니 앉아있는 나를 발로 툭 건드렸다.

"가자. 닭 먹으러."

"선배, 중지 타격의 느낌을 전신으로 확장한다는 게 가능한 이야기요? 너무 어려운데."

"어려우니까 수련을 하는 것이지. 쉬우면 뭐 하러 쇳덩이를 들고 지랄을 한단 말이냐."

"그건 그렇소."

"개념을 먼저 이해해야만 외공을 수련하는 목적이 명확해진다."

닭을 먹으러 가면서도 천악의 설명이 이어졌다.

"단순히 힘을 증량하는 것이 최종 목적은 아니다. 중지는 그 자체로 완벽한 활시위다. 다른 신체 부위도 그렇게 만드는 셈이지. 탄력, 적당한 굵기, 이동 경로의 반복 수련, 타격하는 힘, 내공이 담겼을 때의 느낌까지 확인하면서. 이 모든 것을 일점一點에 때려 박듯이… 폭발하는 것이다. 네가 이미 익힌 잡다한 무공들이 외공이라는 활시위에 걸린 채로 뻗어나가서 표적을 관통하는 과정을 수련하는 셈이지."

"와… 하."

나는 무의식적으로 코를 긁었다. 단순하면서도 대단한 무학이라는 생각이 들었다. 한편으로는 내가 그동안에 이미 여러 무공을 익히고, 내공을 쌓고, 외공도 적당히 수련했었기 때문에 이해할 수 있는 무학이기도 했다. 외공이 활시위의 역할을 한다니? 대체 이런 무학을 누가 제대로 배울 수 있겠는가? 웬만한 고수들은 천악의 말이 이해되지 않아서 몇 번 고개만 끄덕였다가 맞아 죽어도 이상하지 않을 정도로 오묘한 무학이기도 했다. 나는 옆에 천악이 있었지만, 생각을 거듭하다가 혼잣말처럼 중얼댔다.

"엄청난데?"

본래는 나름대로 외공을 중요하게 여기는 편이라 생각했는데 천악은 아예 외공에 대한 접근방식과 이해도의 수준이 나보다 더 깊었다. 내가 중요하게 여기던 것의 전문가를 만난 느낌이니 감회가 남다를 수밖에… 안에 들어가 보니… 얼굴 여기저기에 멍이 들어있는 백가 놈이 닭을 열심히 처먹고 있었다.

"깜짝이야."

식탁을 바라보니 일인일계一人一鷄였다. 나는 내 앞에 놓인 닭 요리를 보다가 적잖이 놀랐다. 닭이 어째서 강철의 거북이가 되는가 했더니… 내가 지금 그 과정을 겪고 있지 않은가? 기성자는 싸움닭을 훈련시키는 취미를 가지고 있었는데, 이래서 금구의 경지를 뚫은 게 아닐까 하는 이상한 생각이 들었다.

강철의 산장에서 이틀째 닭을 처먹고 있으려니 감회가 남달랐다. 더군다나 옆에서는 전생의 내게 금구소요공을 몰래 줬던 놈이 맛있게 닭을 처먹고 있어서 더욱 기분이 이상했다. 내 인생은 왜 이렇게 극적일까. 백의서생이 열심히 닭 다리를 쪽쪽 빨아가면서 말했다.

"하복이 장을 보러 간다더라."

"들었다."

백의서생이 젓가락으로 국물을 뒤적거리면서 말했다.

"오늘은 대추가 없네."

나는 닭을 건져 먹다가 대추를 발견하자마자 젓가락으로 눌러서 감췄다.

"…"

백의서생이 천악에게 물었다.

"장 보러 가면 점심때는 돌아오나?"

"경공이 늘었으니 돌아오겠지."

백의서생이 웃으면서 말했다.

"검마도 참 고지식한 인물이야. 아침도 안 먹고 떠나다니. 출신은 마교인데 생각하는 것은 정파의 장문인 같은 면모가 있어."

천악은 말없이 먹었다. 나는 그릇을 두 손으로 든 다음에 안에 들어있는 것을 모조리 씹어 먹었다. 천악이 말했다.

"외공을 가르친다고 아무나 따라 할 수는 없다. 이놈을 봐라."

이놈이란 당연히 백의서생이다.

"천성이 게을러서 수련을 견뎌내지 못한다."

백의서생이 천악의 말을 정정했다.

"견디지 못하는 게 아니라 다른 방향으로 가는 것이지. 네 방식은 수련하다가 죽을 수도 있어."

닭 뼈가 목에 걸리는 것 같은 느낌이 바로 이런 것일까. 어쨌든 우리 셋은 닭을 깨끗하게 해치웠다. 생각해 보니까 이제 아침을 먹었다. 둘째 날은 아직 시작도 안 한 것 같다는 불길한 예감이 들었다. 수련하다가 죽는 사람, 그것은 내가 아니다. 어쩐지 어제보다 훨씬 즐거운 표정을 짓고 있는 백의서생이 일어나더니 나를 묘한 눈빛으로 내려다봤다.

"고생 좀 해라. 어디를 가도 배울 수 없는 무학이다. 기연이야, 기연. 감사해야지. 암, 문주가 운이 참 좋네."

배 속에서 닭고기가 출렁대는 느낌이 들고 있었는데 천악이 일어났다.

"나가자."

나는 온갖 분노를 응축시켜서 한마디를 내뱉었다.

"벌써?"

"소화시켜야지. 산책하러 가자꾸나."

"아, 다행이네. 산책 좋지."

바깥으로 나가려는데 백의서생이 실실 웃고 있는 모습이 자꾸 눈에 밟혔다. 나는 식사를 마치자마자 호랑이와 산책했다. 본래 없던 산길 같은데 천악이 수도 없이 이동했던 모양인지 조그만 오솔길이 이리저리 뻗어있었다. 대충 산등성이를 내려갔다가 오르기를 반복하자 어디선가 폭포 소리가 들렸다.

...

"폭포가 있네?"

천악이 제법 큰 폭포로 향하면서 말했다.

"외공은 뭐라고?"

"활시위가 되겠소."

"그럼 화살은?"

"우리겠지. 신체 그 자체."

"내가 말하는 길이 어느 정도 보이느냐?"

폭포 앞에서 천악이 갑자기 웃통을 까더니 나를 쳐다봤다. 나는 확실히 느끼는 바가 있었기 때문에 고개를 끄덕였다.

"보이는 것 같소. 이것은 또 다른 경지야. 많은 고수가 주목하지 않았던 무학의 틈새이자, 무학의 본질이기도 하군. 맏형의 표현에 의하면 최초의 무공처럼 보인다는군."

"최초의 무공이라…"

천악은 이내 물로 들어가더니 용소龍沼를 건너서 벼락이 내려치듯이 떨어지는 물줄기로 들어갔다. 이렇게 보고 있으려니 정말 미친놈이 따로 없었다.

'저길 왜 들어가는 거야, 대체.'

천악은 쏟아지는 폭포를 정수리로 맞아가면서 나를 쳐다보고 있었다.

"문주야."

"말씀하시오."

"네가 내게 무언가를 배운다면 적어도 이 짓거리는 완벽하게 해내야 할 것이다. 나는 물줄기를 거슬러 올라가는 화살이다."

"…"

나는 눈을 크게 뜬 채로 천악을 주시했다. 천악이 폭포 속에서 몸을 살짝 웅크리더니 이내 쏟아지는 폭포를 향해 솟구쳤다.

좌르르르르르르르릑!

쏟아지는 물줄기를 온몸으로 뚫은 천악이 어느새 폭포 위로 비상하듯이 떠올랐다. 직선으로 내리꽂히던 폭포수는 지랄발광하듯이 흩어졌다. 미친 호랑이가 광증에 사로잡혀서 폭주하는 것처럼 보이기도 하고, 용이 승천하는 모습을 두 눈으로 보는 것 같았다. 어느새 길쭉한 폭포를 단박에 뚫어낸 상태에서도 더 높이 솟구쳤던 천악이 폭포의 우측에 도착해서 나를 쳐다봤다.

"올라와."

올라오라는 말에 나는 잠시 다리에 힘이 풀려서 엉덩방아를 찧었다.

"…"

"때려죽이기 전에 올라오는 게 좋을 것이야. 실패해도 괜찮다. 네 외공과 내공의 총합을 가늠한다고 생각해라."

나는 천악을 쳐다봤다.

"방법이라도 알려줘야지."

"알려줬지 않느냐? 내공과 외공의 폭발이다. 활시위다. 화살이고, 폭발이야."

아무런 의미 없는 단어의 나열이 내게는 의미 있게 들리는 것도 염병할 노릇이었다.

"그렇군. 이해했다."

나는 웃통을 깐 다음에 용소를 뛰어넘어서 폭포에 진입했다. 쏟아

116　　　…　　　광마회귀7

지는 폭포가 내 온몸을 강타했다. 너무 황당해서 웃음이 절로 나왔다. 나는 쪼그려 앉아서 주먹 하나를 바닥에 댄 다음에 내공과 외공을 하체에 집중했다. 폭포수를 향해 온몸의 내공과 외공을 쥐어짜듯이 폭발해서 솟구쳤다.

나는 폭발이다. 나는 활시위이면서 동시에 화살이다. 쏟아지는 거친 물줄기를 찢어발기면서 솟구쳤다. 이상하게도 기분이 나쁘진 않았으나… 일단은 어림도 없었다.

353.
반복해야 언젠가 폭발한다

당연하게도 폭포에서 한 번만 뛰진 않았다. 쏟아지는 물줄기를 맞아 가면서 십여 차례나 솟구치고 있을 때, 지켜보던 천악이 뛰어내리더니 내게 말했다.

"문주야, 그만 나와라."

나는 별생각 없이 폭포에서 솟구쳤다가 용소 너머에 내려섰는데, 이상하게도 평소보다 먼 거리를 뛴 기분이 들었다. 물줄기가 없는 곳을 이동하는 것이 이렇게 편한 일이었을 줄이야. 마치 새가 된 기분이랄까? 새삼스럽게 놀라워서 쏟아지는 폭포를 바라봤다.

"…신기하네."

물론 애초에 외공과 내공을 두루 수련했기 때문에 가능한 일이다. 물줄기를 단박에 가르지 못했을 뿐이지, 아직 백 번은 넘게 더 솟구칠 힘이 남아있었다. 사람이 이렇게 간사하다. 폭포라는 족쇄를 풀어낸 것처럼 느껴지고 있으니 말이다. 나는 폭포를 바라보다가 천악에게 말했다.

"선배, 또 와야겠는데?"

"수준을 높인 다음에 가끔 확인하는 게 낫다. 발전해서 뛰어넘은 격차가 눈으로 보일 테니…"

길쭉하고 튼튼한 나뭇가지를 꺾은 천악이 폭포를 올려다보다가 중간쯤 되는 지점에 던졌다. 쏜살같이 날아간 나뭇가지가 폭포 옆에 있는 바위 틈바구니에 꽂혔다.

퍽!

"네가 도달한 높이다."

이렇게 보니까 또 제법 높은 것 같기도 하고, 나도 나름 깊은 내공을 가진 상태인 것을 고려하면 낮은 것 같기도 했다. 천악이 상의를 한쪽 어깨에 걸치면서 말했다.

"가자."

나도 벗어놨던 상의를 어깨에 걸친 다음에 천악을 뒤따랐다. 그러니까 어제부터 천악이 내게 보여줬던 행동과 말에는 일관적인 뜻이 있었다. 장력을 겨루는 동작에 무게를 더해서 압박을 가하고. 쌍철 중봉을 짊어진 채로 허벅지에 압력을 가했다. 오늘은 내공과 외공을 조합해서 폭포를 거슬러 올라갔으며. 아침을 먹기 전에는 중지탄지 공으로 외공과 내공의 조화를 설명해 줬다. 사실, 이 정도로 설명을 해줬으면. 다음 수련은 나 혼자 해도 무방할 정도로 자세한 설명이 기도 했다. 천악이 걸으면서 말했다.

"힘이 수직, 일직선으로 솟구치는 느낌을 기억해라. 엄지로 손가락을 각기 걸었을 때, 중지만이 올곧은 일직선으로 뻗어있다. 나머지 검지, 약지, 소지는 방향이 비틀려 있거나, 혹은 엄지의 위치가 안정적이지 못하다."

나는 천악의 말을 들으면서 손가락들의 탄지공을 점검했다. 천악의 말대로 엄지에서 출발한 중지만이 직도直刀가 뻗어나가는 것처럼 아주 반듯했다. 천악의 말이 이어졌다.

"문파의 권법, 검법, 장법 등을 수련할 때 흔히 말하는 초식은 일종의 고정된 형식形式이다."

"그렇소."

"실제로 싸울 때도 그런 형식을 한 치의 오차도 없이 따라 한다면 그놈은 고수일까, 바보일까."

"당연히 바보가 되겠소."

"다들 상황과 자신이 당장 행해야 할 자세에 맞춰서 변주變奏를 펼치지. 그렇지 않나?"

"맞소."

천악이 걸음을 멈춘 채로 나를 쳐다봤다.

"그런데 왜 수많은 문파는 그 고정된 형식을 매일매일 연습하고, 반복하고, 수련하는 것이냐?"

나는 눈을 크게 떴다.

"변주를 위해서가 아니라 그것의 반복에서 조화롭고 이상적인 공격을 수련하기 위해? 중지탄지공을 수련하듯이."

천악이 고개를 끄덕였다.

"최초에는 그랬겠으나 지금도 과연 그럴까. 사부나 사형이 시키기 때문에 하는 것이겠지. 정작 중요한 목적은 인지하지 못한 채로 말이다. 결국에 다른 신체도 외공과 내공의 조화를 이루게끔 수련해야 한다. 의미 없는 발차기의 반복도 중지탄지공의 완성도를 따라잡으면 의미가 부여되는 식이야."

"…"

"초식의 고명함만으로 남들을 이기려고 하는 것은 헛된 욕심이다. 비실비실한 놈이 제법 유명한 장법을 펼친다고 하더라도, 그보다 격이 두어 단계 높은 무식한 역사力士에게 붙잡히면 팔다리가 모조리 부러지고 말겠지. 그렇다면 초식의 고명함이라는 것이 무슨 소용이냐. 그 뒤로 발전한 것이 내공이다. 단순한 타격의 힘만 높이면 제법 강해 보였겠지만 그것이 완벽함은 아니다."

나는 고개를 끄덕였다. 천악의 말이 이어졌다.

"그래도 본능적으로 이런 행동의 무의미함을 깨달은 자들은 수련을 통해 자신의 길과 의미를 찾아내곤 한다. 너도 그런 유형일 것이야. 목적을 알지 못한 채로 고되게 수련하다가, 수련 자체의 깨달음 때문에 뒤늦게 목적을 알아내는 자도 있으니 말이다. 늦은 셈이지만 그런 자들도 고수가 되긴 하지."

"맞소."

"하지만 처음부터 목적을 알았던 자들과는 격차를 좁힐 수 없다. 명문 세력이 명문인 이유는 비급에 적힌 글귀보다 이런 구체적인 구전이 많기 때문이다. 쉽게 약해지는 법이 없지."

우리는 대화를 하면서 다시 산길을 내려오다가 잔잔하게 흐르는 강을 만났다. 폭이 꽤 넓어서 도도하게 흐르는 강이었다. 천악이 강가로 향하면서 말했다.

"시간이 아주 많이 흘러가면 무공은 점점 사라지거나 퇴화할 것이다."

"그건 또 어째서 그렇소?"

"대다수 인간의 본성이 게으르거나 고통을 싫어하기 때문이겠지. 백가 놈만 해도 뛰어난 오성을 지녔는데 고통을 자처하는 수련보다는 쥘부채 같은 도구를 개조해서 암기나 만드는 잡학에 흥미를 느끼고 또 그것에 많은 시간을 할애한다. 백가 놈의 조화는 예전에 멈췄어. 본인도 알고 있다."

강물을 쳐다보던 천악이 내게 물었다.

"너도 조화를 포기할 셈이냐?"

이 질문은 마치 이렇게 들렸다. 너는 적당히 강해졌을 때 수련을 멈출 셈이냐고. 나는 이처럼 강렬한 질문을 받아본 적이 없다. 어쩌면 이 질문에 대한 대답의 마음가짐이 이후의 한계를 결정하는 게 아닐까. 나는 천악 옆에 서서 흐르는 강물을 바라봤다. 단순한 질문이지만 쉽게 답할 수가 없었다. 왜냐하면, 나조차도 내가 생각하던 것만큼 강해졌다고 느꼈을 때 어쩐지 상황에 만족하면서 유유자적하게 살 것 같았기 때문이다. 그렇다면, 딱 거기까지만 발전하게 된다는 것을 천악은 경고하고 있었다.

"선배는, 늙어 죽을 때까지 수련할 셈이오?"

천악이 팔짱을 낀 채로 대답했다.

"나는 늙어서 죽지 않아. 천하제일로 향하다가 죽겠지."

"…"

"목적이 분명하면 늙거나 병드는 것도 여정을 방해할 수 없다."

…

수련해서 강해진 것은 뒤의 결과이고. 애초에 이런 마음가짐이 고수가 된 시발점인 것처럼 느껴졌다. 이제껏 살다가 마음가짐을 겨룬다고 가정했을 때 내가 밀린다고 생각한 사람은 많지 않았는데 천악도 추가되었다. 이렇게 황당할 수가… 삼재는 삼재인 모양이다. 천악의 무공보다 천악의 마음가짐이 더 무섭다고 느끼는 중이었다.

'대단하네.'

천악은 내게 화두를 던진 다음에 당장 대답을 강요하진 않았다. 쪼그려 앉은 천악은 자그마한 돌멩이 하나를 줍더니 중지탄지공으로 날렸다. 팍- 하는 소리가 터지면서 날아간 작은 돌멩이가 도도히 흐르는 강물 위를 뻗어나갔다. 내가 종종 하던 물수제비와는 달랐다.

돌멩이가 수면에 아예 닿지 않은 상태였으니 말이다. 그런데도 뻗어나가는 돌멩이의 기세에 잔잔했던 수면은 일직선의 금이 가고 있었다. 순식간에 날아간 돌멩이는 결국에 반대편의 땅에 도착해서 굴러다녔다. 당장은 내가 따라 하기 힘든 탄지공이었다. 나는 돌멩이 하나를 주워서 돌팔매질로 물수제비를 펼쳤다. 낮게 깔린 돌멩이가 물을 튕겨내면서 뻗어나가다가 반대편에 도착했다.

생각해 보니까… 나는 이런 곳에 갇혀서 구도자처럼 수련만 할 수가 없다. 내공과 외공, 둘의 조화를 추구하기 위해 세상과 단절된 채로 수련에만 집중할 수가 없는 성격이다. 하오문의 문주라서 그렇다. 그렇다고 게으름에 빠지겠다는 것도 아니다. 천악은 천악대로 질문을 던졌고, 나는 나대로 답을 내놓아야 하는 순간. 천악에게 내 생각을 전했다.

"선배처럼은 못하겠소."

"그러냐?"

"십 년이 걸릴 수도 있고. 그 이상이 걸릴 수도 있겠지. 하지만 조화는 품어보겠소. 내공과 외공의 조화는 물론이고. 극양과 극음의 조화도 추구해 보고. 내 삶의 개인적인 행복과 임소백의 책임감도 조화롭게 섞어보고. 하오문을 지켜보고 어린 제자가 성장하는 것도 지켜줘야지. 홀로 동굴에 들어가 세상을 외면할 수 있는 성격은 아니오. 오지랖이 넓어서… 선배의 지독함과 거지 선배의 내려놓음을 조화롭게 받아들이고. 어느 날, 무세처럼 한계를 느끼면 그때는 선배들에게 배운 것을 제자에게 전해야지. 제자의 제자, 그 제자의 제자, 제자의 친구, 친구의 아들 중에서는 내가 가르친 것을 이어받아 천하제일이 한 명쯤은 나오지 않을까."

천악은 나를 한 번 바라봤다가 다시 강물을 쳐다봤다.

"…"

"천하는 계속 이어질 테니까 선배가 알려준 조화도 이어지게 만들어야지."

천악이 말했다.

"그것이 네가 백가 놈에게 말했다던 천년의 협객이냐."

"그렇소."

"거창하구나."

천악이 돌멩이를 하나 줍더니, 내가 했던 것처럼 물수제비를 던졌다. 이렇게 보니까 과거에 물수제비를 많이 했던 것처럼 동작이 무척 자연스러웠다. 천악이 던진 돌멩이가 수면을 스치듯이 날면서 파동을 일으켰다. 문득 천악이 콧바람을 내면서 웃었다.

"…못한다고 인정하는 것도 네 길이다. 누가 천하제일이 될 것인지는 알 수가 없지. 사람의 힘만으로는 도달할 수 없기에 천운이 따라야 하는데, 네게 천운이 있길 바란다. 돌아가자."

천악과 함께 강철의 산장으로 향했다. 강물을 쳐다보면서 나눴던 대화와는 무관하다는 태도로 천악이 말했다.

"백가 놈이 너를 이곳에 데려왔다는 것은 네가 서생들의 적이 아니라는 뜻이다."

"적은 아니지."

"임소백과 서로 돕고 있다면 네가 백도의 적도 아닌 셈이고."

"그것도 맞지만 나는 항상 누군가의 적이야. 살육으로 따지면 선배보다도 더 많이 죽였겠지. 나는 평화로운 사내가 아니라서."

사실 내가 세상을 외면한 채로 어딘가에 틀어박혀서 수련에만 집중했다면 천악도 만나지 못했을 터였다. 결국에 내 기조는 변함이 없다. 수련의 마음가짐은 오히려 천악과 교주가 비슷할 터였다. 나는 같은 방식으로 두 사람을 넘을 수 있으리라는 기대는 하지 않는다. 거지 선배처럼 일종의 공空의 마음가짐으로 깨달음을 추구할 수도 없다.

걸레를 든 채로 탁자를 닦다가 손님들의 말을 엿듣고, 가끔 참견하거나, 종종 성질에 못 이겨서 날도둑 같은 놈들과 다투는 것이 나다. 우리가 수련장에 도착했을 때. 백의서생은 쇳덩이를 붙잡은 채로 물구나무를 서서 팔굽혀 펴기를 하고 있었다. 천악이 말했다.

"왜 지랄이냐? 갑자기."

백의서생이 팔굽혀 펴기를 이어나가면서 대답했다.

"여기에 왔으면 당연히 수련해야지. 바깥에 나가면 바빠서 수련하는 것이 힘들다."

천악은 호랑이처럼 어슬렁거리면서 몸을 풀다가 쌍철중봉을 붙잡았다. 나는 적당해 보이는 쇳덩이를 양손에 쥔 다음에 조금 넓은 곳으로 가서 앉았다 일어나는 것을 반복했다. 어쨌든 하복이 점심을 만들어 줄 때까지는 이러고 있을 생각이었다. 새삼스럽게 우리 셋을 객관적으로 바라보고 있으려니… 세상 미친놈들이 따로 없었다.

어쨌든 강철의 산장을 허신힐 수 있는 목표점은 정해둔 상태. 이곳에서 폭포는 뚫고 올라갈 생각이다. 어쨌든 그 짓거리에 성공하려면 누가 시키지 않아도 쇳덩이를 더 들어야 한다. 백의서생은 세상을 거꾸로 쳐다본 채로 움직이고. 천악은 아예 쌍철중봉을 든 채로 봉법을 펼치기 시작했다. 그 와중에 나는 세상사를 잊은 한량처럼 쇳덩이를 짊어진 채로 앉았다, 일어나는 것을 반복했다. 반복해야 언젠가 폭발하기 때문이다.

* * *

백응지에 복귀한 색마는 검마의 거처에서 나온 다음에 집으로 향했다. 얼마 만에 복귀하는 것인지도 헤아릴 수가 없었다. 복귀하는 길에 낯선 놈들이 몇 차례 쳐다보는 느낌을 받았기 때문에 사부의 거처 주변을 몇 차례 둘러보다가 복귀하느라, 해가 어느새 진 상태였다. 오랜만에 걷는 동네 길이었으나… 변한 것은 아무것도 없었다. 예전에는 주로 술을 마신 채로 새벽녘이나 아침에 걷던 길인데 너무 일찍 집에 들어가는 것이 아닐까 하는 생각이 들었다. 어둑해진 길을 걷던 색마는 문득 걸음을 멈춘 다음에 뒤를 돌아봤다.

"…"

하필이면 길 양쪽에 골목이 있는 장소였는데 셋째 놈과 싸웠을 때 이동하던 경로이기도 했다. 색마는 고개를 이리저리 천천히 움직였다가 말했다.

"…나와라."

"…"

"나오라고 병신 같은 놈들아."

욕설이 끝나자마자 양쪽 골목에서 똑같이 생긴 늙은이들이 걸어 나왔다. 색마가 코를 만지면서 말했다.

"뭐야? 망령이냐? 쌍둥이네."

복장, 외모, 특색, 걸음걸이까지 같은 보기 드문 쌍둥이들이었다. 한 놈이 색마에게 말했다.

"몽 공자, 자네가 빙공을 익혔다는 소문이 있던데."

색마가 대답했다.

"그런데?"

"사실인가 보군."

색마는 쌍둥이를 쳐다보다가 고개를 끄덕였다.

"너희 둘, 망령이 아니구나. 쌍둥이 얘기를 어디서 몇 번 들었는데…"

색마는 기억을 더듬다가 두 사람에게 말했다.

"음양가주?"

두 늙은이가 동시에 웃었다. 한 놈이 색마에게 말했다.

"몽 공자, 겨뤄보겠나? 두려우면 지금 달려가서 사부를 불러라. 육합인지 뭔지 하는 놈까지 부르도록. 삼 대 이로 상대해 주마."

"너희 둘 왜 나를 찾아왔지? 마교에 들러붙었나? 아니면."

"아니면 뭐."

"내 내공이라도 쪽쪽 빨아먹게? 빙공을 배우고 싶으면 절부터 올려라. 제자로 삼아주마. 이 버르장머리 없는 늙은이 새끼들."

쌍둥이의 안색이 동시에 붉어지자… 색마는 이빨을 드러낸 채로 웃었다.

354.
망나니, 잘 놀다 갑니다

색마는 품에서 묵가비수를 뽑으면서 말했다.

"겨우 너희 둘이 끝이냐?"

음양가주가 웃었다. 쌍둥이가 동시에 일보를 전진하자마자, 색마는 똑같은 간격으로 일보를 물러나면서 말했다.

"너희 둘, 동호에도 왔었지?"

"…"

"애초에 목적이 셋째와 나였구나. 빙공 때문에…"

색마는 오른손을 등으로 대놓고 숨긴 다음에, 묵가비수에 빙공을 주입했다. 묵가비수에 하얀색의 냉기로 된 장검이 천천히 솟구치자마자 얼어붙었다. 빙공으로 소리장도笑裏藏刀를 펼친 색마는 빙신氷神처럼 웃었다. 쌍둥이 음양가주가 동시에 달려들자… 색마는 왼쪽 발로 땅을 밀어내면서 좌장으로 장력을 흩날리듯이 분출했다. 장풍도 아니고, 장력도 아닌 분사 형태의 냉기가 쌍둥이의 시야를 가렸다.

쌍둥이의 대처는 똑같았다. 두 늙은이가 소매를 휘둘러서 냉기를 날리는 사이에 간격을 좁히듯이 전진한 색마는 묵가비수를 내지르면서 동시에 좌측에서 밀려드는 장력을 받아쳤다.

픽!

음양가주가 동시에 뒤로 밀려났다. 장력을 겨뤘던 놈은 주먹을 쥐더니, 휘감기고 있는 냉기를 부수고. 길이가 갑자기 늘어난 묵가비수에 손을 관통당한 놈은 자신의 손바닥을 바라보고 있었다. 일합에 기습을 성공한 상황. 음양가주가 어리둥절한 표정으로 색마를 바라봤다. 장력을 겨뤘을 때의 느낌은 내공이 거의 비슷한 수준인 것 같았는데 어처구니없이 중상을 입었으니 놀랄 수밖에 없었다. 색마가 혼잣말을 중얼거렸다.

"죽이기 전에 고문하면 좋겠는데…"

한 놈이 공중으로 솟구치는 사이에 다른 놈은 땅을 박차면서 달려들었다. 색마는 내공을 아낀 채로 묵가비수를 휘두르고, 음양가주는 색마를 포위하는 구도로 장력을 쏟아내면서 움직였다. 색마는 이들이 자신을 붙잡으려는 의도로 움직인다는 것을 눈치챘다. 극음의 내공을 빼앗기 위해 온 셈이다. 짧은 공방전이 오고 갔는데도 손을 꿰뚫린 놈이 흘린 피가 색마의 옷을 적셨다.

색마는 서생 세력에 속한 음양가주가 어째서 내공을 빼앗을 수 있는 사마외도의 수법을 가지고 있는 것인지가 의문스러웠다. 하지만 애초에 이들을 칭하는 말이 음양가주라서 그게 또 크게 이상한 일은 아니었다. 색마는 내공을 아낀 채로 회피하는 것에 중점을 두고, 위험할 때만 장력을 쏟아내거나 묵가비수로 적의 공격을 끊어내듯이 대응했다.

　장법의 특징, 움직임의 버릇, 합공의 완성도를 살펴보고 있는 상황. 삽시간에 골목의 담장이 장력에 부서지고, 음양가주의 보법에 땅이 파일 정도로 공격이 거세지고 있었으나 색마는 시종일관 침착하게 대응했다. 휘파람이나 내공 섞인 목소리로 제법 떨어진 곳에 있는 사부와 둘째를 부를 수도 있었지만, 싸우다 보니까 지원군을 부를 마음이 사라진 상태. 왜 그런지는 색마 본인도 알 수가 없었다.

　색마는 무공을 익힌 어린 시절부터 누구에게 진다는 생각은 한 번도 하지 않았기 때문에 그냥 싸웠다. 순간 툭- 하는 소리가 나더니 쌍둥이의 소매에서 은색으로 빛이 나는 아주 얇은 강철 줄이 튀어나왔다. 두 사람이 강철 줄을 휘두르자 금세 색마가 입고 있었던 옷자락 끝부분들이 잘려나갔다. 강철 줄은 달빛을 튕겨내고 있었는데, 오히려 그래서 더욱 궤적이 잘 안 보였다. 상대를 기습으로 붙잡아서 강철 줄로 목을 휘감거나. 특정 순간에는 던져서 발목이나 손목을 묶을 수도 있는 병장기로 보였다.

　색마는 종종 냉기를 분사噴射 형태로 만들어서 흩날렸으나, 이마저도 강철 줄이 움직일 때마다 냉기가 흩어졌다. 어느 순간 묵가비수에 강철 줄이 빠르게 휘감겼다. 색마는 음양가주가 잡아당기는 강철 줄이 팽팽해지기 전에 묵가비수를 허공에 띄웠다가 장력으로 비수의 손잡이를 쳤다.

　퍽!

　쐐액!

　한 놈이 황급하게 고개를 젖히자, 묵가비수가 담장에 박히고. 그

사이에 맨손이 된 색마는 전방을 향해 쌍장을 내밀었다. 색마의 양손이 하얗게 물들자 음양가주가 동시에 방어 자세를 취하면서 잔뜩 긴장했다. 하지만 이것은 허초였다. 장력을 내보이지 않은 색마는 양손을 늘어뜨린 채로 음양가주를 바라보다가 웃었다.

"…"

이미 공방전을 통해 한 놈의 가슴을 냉기로 뚫을 수 있다고 확신했는데, 그다음이 문제여서 수법을 잠시 고민했다. 이렇게 죽이면 고문은 할 수가 없다는 게 아쉬웠다. 색마는 쌍둥이의 뒤편을 주시하면서 물었다.

"…사부님은?"

순간, 오른쪽 쌍둥이만 고개를 살짝 돌렸다. 동시에 색마는 왼쪽 쌍둥이를 쳐다보면서 양손을 합쳤다.

착!

양손을 서로 붙잡은 상태에서 두 개의 검지만 검처럼 삐죽 빠져나온 상태. 장심에서 각기 분출한 냉기가 두 개의 검지를 통해 지법으로 뻗어나갔다.

"안 돼!"

푹!

이번에는 냉기를 극성으로 올린 상태여서 삽시간에 뻗어나간 빛살 형태의 냉검冷劍이 오른쪽 쌍둥이의 목을 관통했다.

"끅…!"

그 와중에도 오른쪽 쌍둥이는 손을 들어서 막았으나 손과 목이 동시에 뚫린 상황. 왼쪽에 있는 쌍둥이는 냉기를 막기 위해 강철 줄을

　　　　　　…

휘둘렀으나 한 박자나 늦었다. 색마는 전진해서 좌장을 내지르면서 동시에 왼쪽 발로 상대의 발을 밟았다. 이런 와중에도 한쪽 손으로 목을 붙잡은 늙은이가 귀신처럼 색마를 공격했다. 삽시간에 난전이 벌어지는 와중에도 색마는 셋째가 이름을 붙인 빙신보를 펼치면서 양손을 휘둘렀다.

퍽! 퍽! 퍽! 퍽!

달라붙은 검지와 중지에서 칼날 냉검이 뻗어 나왔다. 그 칼날 냉기가 상대의 몸에 부딪혀서 부서지는 순간에도 손가락이 순식간에 늘어나는 것처럼 다시 생성됐다. 음양가주의 발악을 피했다가, 달려들고 물러나는 와중에도 냉검을 계속 휘둘러서 음양가주의 다리, 팔, 몸통, 얼굴, 눈을 계속 공격했다.

처음에는 송곳에 찔린 정도의 피를 내뿜던 음양가주는 서서히 허우적대면서 싸웠다. 동작이 느려지고 있었는데 곧 얼어붙을 것처럼 보였다. 이미 색마는 온몸을 두 사람의 피로 적신 상태. 전신이 온통 새빨갛게 변하고 나서야 공격을 멈춘 색마가 두 사람을 쳐다보면서 물었다.

"늙은이들, 왜 졌는지 모르겠지?"

"..."

이미 한 놈은 무릎을 꿇고, 목이 뚫렸던 놈은 바닥에 쓰러진 상태. 괴상한 싸움이었는지 패배한 자들의 얼굴에 공포보다는 당혹감이 더 많이 서려있었다. 냉검은 손으로 막아도 냉기가 온몸에 퍼지고, 피했다고 생각한 순간에는 비수처럼 날아와서 몸에 부딪혔다. 무공에 패배한 게 아니라 빙공에 패배한 것 같은 느낌이랄까. 색마는 음양가주 주변을 천천히 돌면서 말했다.

"누가 보냈어? 내가 막내니까 나부터 죽이라더냐? 대답이 없네. 협박을 받았나."

무릎을 꿇고 있는 음양가주가 색마를 보면서 입을 열었다.

"…적의인."

무어라 말을 이어나가려던 음양가주는 그대로 얼어붙었는지 입을 벌린 채로 굳었다. 색마는 일장을 날려서 머리통을 박살 낸 다음에 먼저 바다에 쓰러져 있던 놈은 목 뒷덜미를 밟아서 숨통을 끊어냈다. 음양가주를 때려죽인 색마는 밤 고양이처럼 잠시 주변을 둘러보다가 중얼거렸다.

"적의인이 누구야."

혼잣말이라서 대답해 주는 이가 없었다. 색마는 시체를 바라보다가 조용히 움직여서 담벼락에 박힌 묵가비수를 챙긴 다음에 집으로 향했다.

* * *

오랜만에 집에 도착하자 사람들이 전부 몰려나왔다. 가문의 회의라도 하고 있었던 모양인지 활짝 열린 대청 문에서 사람들이 계속 쏟아져 나왔다. 결국에 가주와 이복형까지 등장해서 황당한 표정으로 색마를 바라봤다. 색마는 셋째가 사준 백의에 온통 피를 묻힌 상태. 풍운몽가의 몽비蒙飛 가주가 입을 반쯤 벌린 채로 차남을 바라봤다.

"…대체 그게 무슨 꼴이냐?"

색마가 고개를 한번 숙인 다음에 대답했다.

"오는 길에 습격을 받아서 꼴이 좀 이렇습니다."

색마는 오랜만에 보는 가솔들과 아버지, 형의 얼굴을 천천히 둘러봤다. 자신이 피를 뒤집어쓰고 왔는데도 누구 한 명 다쳤냐고 묻는 자가 없어서 웃음이 절로 나왔다. 우애라곤 전혀 없는 이복형이 입을 열었다.

"지금 웃음이 나오느냐?"

색마는 한숨을 내쉰 다음에 대답했다.

"옷 좀 갈아입고 씻은 다음에 이야기를…"

몽비 가주가 소리를 버럭 내질렀다.

"대체 바깥에서 뭘 하고 돌아다니는 게야! 술이나 퍼마시고 처자들 희롱하는 것도 모자라서 이제 사람까지 죽이고 다니는 게냐?"

색마는 표정이 굳은 상태에서 아버지를 바라봤다.

"어떻게 아셨습니까. 수도 없이 죽였습니다. 강호에 엮이면 그렇게 됩니다."

"내가 너 때문에 장군들 볼 낯이 없다."

색마가 허탈한 웃음을 내뱉으면서 대답했다.

"가주님, 지금 세상에 나라가 어디 있고 장군이 어디 있습니까. 꿈에서 좀 깨시지요. 아직도 본인을 장군이라고 생각하십니까? 전쟁에 나가본 적도 없는 장군이 대체 어디 있습니까?"

좌중의 분위기가 찬물을 끼얹은 것처럼 냉랭해졌다. 색마는 오랜만에 집에 돌아와서 돈이나 짐을 챙겨서 나갈 생각이었는데 이 순간 옛날부터 품었던 마음을 굳혔다.

"가주님, 이 몽연은 앞으로 몽 씨를 사용하지 않겠습니다. 호적에서 파주십시오. 바깥에서 사고만 치고 돌아다니니 위대한 풍운몽가에 누가 되는군요. 그 잘난 장군가 사람들에게도 치남을 호적에서 팠다는 소식 좀 전해주시고."

"네가 가문을 나가겠다고?"

"그래야 서로 좋지 않겠습니까? 원래 내놓은 자식이니 나가는 게 맞겠지요."

몽비가 싸늘한 어조로 말했다.

"나가더라도 옥화공은 내놓고 나가라."

순간, 얼굴이 하얗게 질린 색마가 가주를 노려봤다.

"…"

속으로 터져 나오는 욕을 수도 없이 삼켰다.

'이것들이 돌았나.'

분노에 휩싸인 채로 형과 가솔들을 하나하나 노려보자, 좌중이 금세 고요해졌다. 여기서 또 가족을 패면 사부에게 맞아 죽을 것 같다는 생각이 들어서 색마는 가까스로 분노를 억눌렀다.

"가주님, 옥화빙공은 어머니가 내게 준 것이니 풍운몽가에 전달할 이유가 없습니다. 구전으로 익힌 것이라 줄 방법도 없습니다. 그래도 옥화빙공이 탐이 나시는 분들은 나를 죽일 때까지 때린 다음에 빼앗도록 하시고. 어머니 유품만 챙겨서 나갈 테니 이제 서로 험한 말 하지 맙시다. 정말 대단히 염치가 없는 가문이네."

색마는 자신의 거처로 향하면서 막아서고 있는 가솔들에게 말했다.

"비켜라. 뒤지기 싫으면."

길이 좌우로 열렸다. 심지어 자신의 거처는 본당에서 가장 멀리 떨어진 우측 끝에 있었다. 당연히 그 주변에는 가솔들의 거처가 나란히 붙어있는 곳이었다. 말이 가솔이지, 풍운몽가의 하인들이나 다름이 없는 자들이었다. 어렸을 때는 삶이 왜 이렇게 개판인가 싶었는데, 바깥세상을 돌아다녀 보니 이 정도는 그냥 흔한 일이라는 것을 알게 되었다.

그냥 조금 운이 없었을 뿐이다. 가족은 선택할 수 있는 것이 아니기 때문이다. 그러나 삶의 방향은 스스로 선택할 수 있는 나이가 되었다. 오랜만에 거처에 들어간 색마는 보자기를 하나 가져와서 어렸을 때 가지고 놀던 장신구와 어머니의 유품, 금붙이, 돈이 되는 것만 챙겨서 넣었다. 집을 떠나겠다고 마음을 먹었는데도 슬프다는 감정은 전혀 없었다.

피 묻은 옷을 전부 벗어서 집어던진 다음에 백응지에서 처자들과 놀 때 자주 입던 옷으로 갈아입었다. 집에 돌아오고 나서야 색마는 자신이 왜 어렸을 때부터 백도의 개새끼들을 싫어했었는지가 떠올랐다. 하지만 이것도 이제 부질없는 미움이었다. 임소백 같은 사내도 있고, 풍운몽가의 가주 같은 사람도 있는 법이니까 백도 전체가 문제일 수는 없었다. 색마는 잠시 아무도 없는 방 안에서 작별을 고했다.

"어머니, 저 갑니다."

색마는 봇짐을 하나 짊어진 다음에 풍운몽가와도 영원히 작별했다. 어쨌든 자신이 떠나야 강호의 크고 작은 일에 가문이 휘말리지 않을 테니, 색마로서는 떠나주는 게 최선의 선택이었다. 정문 앞에 도착한 색마는 풍운몽가를 향해 내공 섞인 목소리로 말했다.

"…풍운몽가 여러분, 잘들 계시오."

색마는 정문을 발로 차서 연 다음에 중얼거렸다.

"망나니, 잘 놀다 갑니다."

색마는 이상하게도 어렸을 때 느끼던 것보다 좁아진 골목길을 걸으면서 숨을 크게 한 번 내쉬었다.

* * *

색마가 봇짐을 짊어진 채로 검마의 거처에 도착하자, 마당에 나와 있던 사부와 둘째가 자신을 물끄러미 바라봤다. 검마는 피 냄새를 맡았기 때문에 색마를 위아래로 살피다가 물었다.

"…다친 곳은?"

색마가 대답했다.

"없습니다."

귀마가 이어서 물었다.

"밥은?"

"아직."

귀마가 턱짓으로 단상을 가리켰다.

"앉아라."

색마는 낮은 단상에 앉아서 그제야 호흡을 골랐다. 분명 피 냄새가 날 텐데도 당장 무슨 일이냐고 묻는 사람이 없었다. 귀마가 음식을 준비하러 들어가자, 색마를 쳐다보던 검마가 말했다.

"좀 씻고 먹어라. 누구의 피 냄새인지 모르겠다만."

색마가 일어나면서 말했다.

"예, 가문은 아닙니다. 가던 도중에 습격을 받아서…"

검마가 고개를 끄덕였다.

"당연히 가문은 아니어야지."

"예."

색마는 뒤편으로 가서 얼굴과 이곳저곳에 묻은 피부터 닦았다. 이상하게도 사대악인만이 자신을 사람 취급해 주는 게 아닐까 하고 생각했다. 그런데 생각해 보면 분노를 억누르지 못해서 가문의 사람들을 때렸다면 사대악인은 물론이고 백도도 자신을 사람 취급하지 않았겠구나 하는 생각이 뒤늦게 들었다. 색마가 한숨을 내쉬었다.

'용케 참았네…'

355.
어두운 것에도
향기가 있더냐?

오늘은 옆으로 누워서 쏟아지는 폭포를 구경했다.

"…"

폭포가 마음 수양에 도움이 된다는 것을 예전에는 몰랐다. 폭포의 물줄기 밑에 불에 타고 있는 자하객잔을 가져다 놓으면 불이 금세 꺼져서 그런 것일까. 시원했다. 문득 폭포의 꼭대기를 쳐다보면 삼재가 나를 내려다보고 있고, 그 아래에는 튀어나온 암석에 임소백과 백의서생, 검제, 권왕 등의 고수들이 서있었다. 하지만 아무리 쳐다봐도 내 위로는 열 명이 넘지 않았다.

상상을 덧붙이자 검제가 있던 곳에서 누군가가 막무가내로 등장하더니 검제를 어깨로 밀어서 폭포 아래로 떨어뜨렸다. 어떤 난폭한 자인가 했더니 광승이었다. 물론 내가 생각하는 서열과 폭포 곳곳에 자리 잡은 고수들의 실제 순서는 다를 것이다. 전생의 광승이 강호를 주유했을 때 삼재와 직접 부딪혔으면 어떻게 됐을까.

벌어지지 않았던 일이라서 나도 모르겠다. 지금의 나보다도 수준이 높은 자들의 싸움을 멋대로 예상하기란 어려운 일이다. 나는 일어나서 가부좌를 튼 다음에 폭포를 하염없이 주시했다. 이곳에서 대체 며칠을 머무른 것일까. 사십여 일이 흘렀을 때부터는 날짜 세는 것을 잊었다. 삼시 세끼 대부분을 왜 주로 닭만 먹는지도 궁금하지 않게 되었다.

강철의 산장에서 매번 외공만 수련하진 않았다. 그 어느 때보다 운기조식을 길게 하고, 그 어느 때보다 정신 줄을 놓은 채로 길게 자고, 어떤 때보다 더 격렬하게 비무를 벌였다. 주로 백의서생과 내가 천악에게 동시에 덤비는 구도였지만, 천악도 때때로 무언가를 연구하고 있는지 우리에게 각자의 역할을 정해주기도 했다.

예를 들면 왼손으로는 나랑 내공 대결을 벌이고, 오른손으로만 백의서생과 겨루기도 했다. 혼자서는 수련할 수 없었던 가상의 싸움을 우리는 서로에게 적용했다. 종종 삼각 구도로 앉아서 장력 대결을 벌이기도 했는데, 이때는 또 백의서생이 무언가를 연구하고 있었는지 우리 둘에게 이런저런 것을 구체적으로 요구했다. 천악과 나는 이해력이 좋은 편이라서 백의서생이 무얼 말하는 것인지 대부분 빨리 알아들었다.

그러니까 우리는 홀로 수련하는 게 아니라… 서로의 수련과 연구에 도움을 주면서 개인 수련을 병행하고 있었다. 우리 셋의 무공을 정리하면 이렇다. 천악은 내공과 외공의 조합으로 폭포의 가장 밑단에서 솟구쳐 거친 물줄기를 모두 가른 다음에 정상까지 올라갈 수 있다. 나는 스치는 대화를 통해 알게 된 것이 있는데 천악은 흑선의 제자가 되지 않았더라도 강자가 되었을 사내였다. 왜냐하면, 흑선이 생각하는 혹독한 수련을 견뎌낼 수 있는 자질을 갖춘 아이를 수없이 많은 곳을 돌아다니면서 찾아낸 것이 어린 천악이었기 때문이다.

예전에 노예였다는 말은 그 뜻이었다. 태생 자체가 무언가 격이 다른 신화 속의 영물을 보는 느낌이랄까. 나는 천악을 가까이서 지켜보다가. 옛 대장군들이 전쟁터에서 단기單騎로 수천, 수만의 적진을 자유롭게 누볐다던 믿기 힘든 언급을 믿게 되었다. 격이 다르면 가능하다. 병사는 칠팔 세 정도의 어린이이 같있을 것이고. 기마병은 십 대 초반의 소년들 같았을 것이다. 아무리 적이 많아도 낡은 장창에 달릴 수 있는 말 한 필이면 전쟁터를 뒷산에서 내려가듯이 손쉽게 돌파했을 터였다.

천악이 그런 사내다. 옆에서 지켜본 바로는 웬만한 강호 고수 백명, 이백 명이 몰려와도 천악을 감당하긴 어려워 보였다. 그러니까 흑선이 장악하고 있었던 세력 내부에서 살육을 저지르던 천악을 무림맹이 공적의 첫머리에 올려놓았음에도 불구하고 치지 않은 것은 옳은 판단이었다.

반면에 백의서생의 진가도 더 알게 되었다. 이놈은 천악의 말대로 외공과 내공의 조합에는 관심이 없었다. 일찌감치 자신의 길을 정한 사내랄까. 백의서생이 추구하는 무공의 핵심은 경중輕重을 자유자재로 다루는 것이었다. 제운종을 더욱 세밀화, 전문화해서 발전시키는 것이랄까. 이 경중의 묘리로 시도하는 것은 상대방의 힘이나 내공마저도 자신의 경중으로 짤막한 시간에 갈무리했다가 되돌려 주거나, 순식간에 방향을 비트는 무학을 연구하고 있었다. 그러니까 백의서생의 이상만큼은 천악이 바라는 궁극의 신체만큼이나 수준이 높은 무학이었다.

길은 이처럼 다양하다. 처음에는 저 똑똑한 백의서생도 갈피를 못 잡은 채로 이론만 떠들어 댔는데… 천악이 조언하고, 내가 종종 헛소리로 가다듬어 주고. 우리가 때때로 백의가 바라는 대로 공격과 수비를 펼쳐주자, 백의서생도 연구의 방향을 결정짓고 하나의 무학으로 체계를 잡아가고 있었다. 이를 옆에서 지켜보던 천악마저도… 네 연구를 완성하면 일대종사라 불려도 손색이 없겠다는 말을 백의서생에게 했다.

백의서생은 칭찬에 가까운 말을 천악에게 처음으로 들었다고 하니, 천악도 백의서생이 추구하는 방향이 의미가 있다고 인정한 모양새였다. 어쨌든 이것은 백의서생이 혼자서 창안할 수 없는 무학이어서 끊임없이 천악과 내가 꼭두각시처럼 상대해 줘야 하는 번거로움이 있었다. 종종 나는 백의서생과 일대일 비무를 하다가 이런 생각까지 했다. 처음부터 끝까지 강맹한 천악의 공격을 흘려내기 위해 고안한 무학 같다고. 그러니까 천악이 없었더라면 아예 생각조차 하지 않았을 무학이 점차 만들어지고 있는 셈이었다.

내가 바라보고 있는 저 폭포를 다시 주제로 끌어당기면. 백의서생은 저렇게 거센 폭포의 물줄기마저 바꾸고 싶어 하는 변종이었다. 애초에 무공을 바라보는 관점이 천악과는 전혀 다른 셈이랄까. 어느 날부터 백의서생은 비무를 멈추더니 온종일 명상만 거듭하다가 이렇게 말했다. 이 무학은 자신이 온전하게 완성하지 못할 수도 있겠다고. 강호인이 몰입하다 보면 종종 주화입마에 빠지곤 하는데… 백의서생은 그럴 때마다 그냥 생각을 멈춘 채로 술을 마시거나, 천악을 따라서 외공을 수련하는 영민함까지 갖춘 사내였다.

그런 의미에서 나는… 그냥 폭포를 쳐다보는 게 좋았다. 이 뜻하지 않은 사십여 일이 내겐 일종의 휴식이기 때문이다. 지금의 내 무학은 천악이나 백의서생과도 무척 다르다. 사실 나는 지금이라도 일어나서 일월광천을 펼치면 눈앞에 보이는 폭포와 폭포를 둘러싸고 있는 암석들까지 깨끗하게 날릴 수 있다. 하지만 이런 것이 가능하다고 하여, 지금 내 수준이 삼재나 다른 고수들과 비슷한 것이냐고 묻는다면 그것은 조금 애매하다. 이 강자들은 내게 이런 기회를 주지 않을 게 뻔한 자들이기 때문이다.

"…"

발걸음 소리가 들려서 고개를 돌려보니 온몸에 땀을 덕지덕지 붙이고 있는 천악과 백의서생이 나타나서 폭포로 향했다. 우리 셋은 각자 알아서 수련하고 있었기 때문에 외공을 수련하든, 아니면 나처럼 폭포를 구경하든 간에 서로 신경을 쓰지 않았다. 천악이 용소에 몸을 담근 채로 내게 물었다.

"문주야, 그렇게 쳐다보면 폭포에 오를 수 있을 것 같으냐?"

나는 고개를 끄덕였다.

"곧 오를 것 같소."

"네 방식대로?"

"내 방식대로."

천악이 백의서생에게 말했다.

"백가야, 네가 한번 보여줘라."

"그럴까?"

저 백의서생은 내가 알던 백의서생이 맞는 것일까? 천악과 이야기를 나눌 때면 격이 한참 떨어져 보였다. 백의서생이 폭포의 중심으로 들어가더니 자세를 웅크렸다가 폭포로 솟구쳤다. 딱 봐도 어림없는 속도와 힘이었는데 정점을 찍었을 무렵에 갑자기 장풍이라도 쏟아냈는지 물줄기가 중간에서 터졌다. 그 반동으로 폭포를 뚫고 솟구친 백의서생이 정상에 도착하더니 세상 오만한 표정으로 천악과 나를 내려다봤다.

"봤느냐?"

천악이 중얼거렸다.

"너는 평생 꼼수를 쓰는구나."

"무슨 수를 써서라도 올라왔으면 된 것이지."

백의서생이 코웃음을 치더니 그대로 가부좌를 튼 다음에 눈을 감았다. 운기조식을 하려는 것인지 생각을 정리하려는 것인지는 당장 알 수가 없었다. 이내 천악이 폭포에 진입하더니 매번 그랬던 것처럼 단박에 폭포를 뚫고 올라가서 백의서생의 맞은편에 자리를 잡더니 이내 눈을 감았다. 새하얀 폭포의 물줄기 위에서 가부좌를 틀고 있는 두 사람을 보고 있자니… 신선神仙들을 보는 것만 같았다.

물론 저 둘은 사악한 신선들이다. 나는 성향이 전혀 다른 두 사람의 행보와 수련, 생각의 영역과 사고방식을 지켜보다가 나 자신을 객관적으로 보게 되었다. 나는 지금 사실 폭포를 단박에 뚫고 올라갈 수 있다. 사십여 일이 길다면 길고, 짧다면 짧은 시간이다. 고작 사십여 일을 이곳에서 수련해서 방법을 깨달은 것이 아니라 전생부터 이어지는 내 수련 기간에 사십 일이 추가되었을 뿐이다.

나는 해법을 찾았다. 그것은 내적 폭발이다. 개념조차도 내가 만든 것이고 어떤 비급이나 서책에서 본 적도 없었기 때문에 이름조차 없는 무학이다. 여기서 수련하면 환경과 주변 고수들 덕분에 나날이 더 강해진다. 나는 본래 하오문주였는데 지금은 면벽수련面壁修練을 하는 원숭이가 된 기분이랄까. 바깥세상이 총체적으로 걱정이 되긴 했지만. 나는 맏형을 믿기로 했다.

분명 큰 문제가 생기면 직접 찾아오거나 사람을 보낼 터였다. 그러니까 내 수련 시간은 사대악인이 벌어다 주는 것이라고 나를 설득했다. 그렇게 믿고 있어야만 싱숭생숭했던 마음이 좀 가라앉았다. 나는 내적 폭발의 이름을 고민하고, 원리를 정리하고, 스스로 터지지 않기 위해서 신중하게 연구했다.

자하신공이 이미 화마에 휩싸인 자하객잔 상태라면. 이 내적 폭발은 횃불에서 객잔으로 옮겨가는 첫 불길의 느낌이다. 그러니까 어쩔 수 없이 자하신공의 위력을 초반에 끊어 치듯이 잘라내어 신법에 적용하는 원리랄까. 스스로 자하신공을 통제하는 것이 힘들었기 때문에… 다시 출발점으로 돌아가서 극음과 극양의 내공을 부딪치는 순간, 내 식대로 표현하면 불꽃이 생성되는 순간을 폭발력으로 삼는다.

그렇게 되면 어처구니없게도 이것이 자하신공의 일단一段이다. 문파에 따라서는 일성이라는 표현을 쓰기도 한다. 나는 팔짱을 낀 채로 천악과 백의서생, 두 악인을 쳐다보면서 내적 폭발의 작명을 고민했다. 제자가 우리와 다른 협객이 되길 바라는 마음에서 이 고생을 하는 중인데 무공 이름에 악惡을 쓸 수는 없다. 다만 저 어두운 인간들과 부대끼면서 단서를 하나하나 긁어모아서 창안한 무공이기 때문에 가장 먼저…

암暗(어둡다)을 떠올렸다. 나는 저 어두운 악인들에게도 각자의 쓸모가 있다고 믿는다. 다만 백의서생은 한 문파의 장문인을 할 수 있는 그릇이 아니다. 그릇이 작은 게 아니라 아예 쓰임새가 다르다. 천악 정도 되는 사람에게만 사람대접을 해주는 놈이지, 안하무인의 인격을 갖춘 놈이라서 그렇다. 제자가 똑똑하기만 하다면 오히려 궁합이 좋지 않고, 보기 드물게 맑은 마음을 지닌 사람이어야 백의서생의 무공을 온전하게 배울 수 있을 터였다. 먼저 떠난 막군자와 같은 사제가 적합한 인물이었을 것이다.

그러니까 저놈은 여전히 악한 인물이지만, 군자 같은 사내에겐 마음을 열 수 있는 특이한 사내인 셈이다. 순수한 악, 그 자체는 아니어서 나름의 향香이 있는 사내랄까. 문득 나는 생각을 멈춘 채로 일어나서 용소를 건넌 다음에 세차게 떨어지는 폭포를 정수리로 맞이했다. 폭포 위에서는 어두운 향을 내뿜는 인간들이 가부좌를 틀고 있고. 나는 내 식대로 내적 폭발을 준비했다.

일월광천을 양손에서 조합하려면 어쨌든 단전에서 두 가지의 내공을 끌어올려야 한다. 내공이 이동하는 경로를 거리나 순서로 따지면. 내적 폭발, 자하신공, 일월광천인데… 나는 내가 생각해도 이상한 놈이라서 일월광천, 자하신공, 내적 폭발의 역순으로 무공을 창안하고 있다. 나는 웅크렸다가… 솟구치면서 내가 원하는 대로 내적 폭발을 시도했다. 쏟아지는 폭포 속을 질풍처럼 뻗어나가서 뚫었다.

좌르르르르륵!

분명 폭포를 뚫고 있는데, 깊은 물에 빠르게 처박히는 기묘한 느낌을 받았다. 어느 순간 전신에 닿는 물의 느낌이 사라지더니 맑은 공기가 들어왔다. 호흡을 한 번 내뱉는 순간… 어느 정도 솟구친 것인지는 모르겠으나 아래에서 천악과 백의서생이 가부좌를 틀고 있는 모습이 보였다. 이것은 내 식대로 펼친 내적 폭발이다. 나는 백의서생과 천악의 중앙쯤에 있는 바위에 내려서 폭포 아래에 펼쳐진 산천을 주시했다. 생각해 보니까 사십여 일 만에 처음 올라와서 구경하는 장관이기도 했다.

"…"

문득 백의서생이 눈을 뜨더니 내게 물었다.

"네 식대로 올라온 것이냐?"

나는 고개를 끄덕였다. 이어서 천악도 눈을 뜨더니 궁금하다는 표정으로 물었다.

"며칠 계속 고민하더니 성취가 있었구나. 새로운 무공이냐?"

"새로운 무공이지."

"이름은?"

천악의 말에 질풍처럼 솟구치던 모양새를 더해서, 내적 폭발이 적용된 신법의 이름을 두 사람에게 들려줬다.

"암향표^{暗香飄}."

백의서생이 천악을 바라보더니 이렇게 말했다.

"어쩐지 암^暗은 우리를 말하는 것 같은데 그저 내 느낌인가?"

천악은 대답 대신에 내게 물었다.

"문주야, 어두운 것에도 향기가 있더냐?"

나는 바위에 앉은 다음에 고개를 끄덕였다.

"있었지."

"왜 과거형이냐?"

나는 천악을 바라보면서 말했다.

"진향 누님에게도 향이 있었고."

백의서생을 바라봤다.

"막내 사제에게도 군자의 향이 있었지."

나는 팔짱을 낀 다음에 두 사람에게 말했다.

"잊어선 안 되는 향이야. 군자라 불리던 사제와 진향 누님의 향이 두 사람에게 남아있지 않았다면, 진작에 나는 선배나 무제에게 죽었을 테니까. 그렇지 않나?"

백의서생과 천악이 나를 물끄러미 바라봤다.

"…"

나는 두 사람을 보면서 암향표를 다시 정의했다.

"표에는 질풍이라는 뜻도 있지만 나부낀다는 뜻도 있어. 신법이나 경공의 이름으로는 어울리지 않지만, 내가 또 그런 걸 세세하게 따지는 성격은 아니라서. 본 적은 없지만, 진향 누님과 막군자는 나도 기억할 생각이야. 어두운 시절의 향기가 나부껴서 나를 살렸으니 암향표는 앞으로도 여러 사람을 살리는 신법이 되겠지."

나는 사실 천악과 백의서생 때문에 암향표를 만들 수 있었다. 하지만 그 전에, 내가 지금 멀쩡히 살아있는 이유는 진향 사매와 막군자 덕분이다. 그 둘이 이 악인들에게 미약하게나마 인간다움의 향을 남겨놓았기 때문이다.

"…"

꽤 오랫동안 이 악인 놈들은 아무런 말이 없었다.

356.
이래라저래라 하시다

폭포 소리를 들으면서 잠자코 있었던 천악이 입을 열었다.

"결국에, 그 말이 하고 싶어서 우리와 함께 시간을 보낸 것이냐?"

나는 고개를 끄덕였다.

"같은 말이라도 사십 일 전에 했으면 말의 의미가 달랐겠지. 나름 대로 버텨봤소. 이곳에 와서 암향표를 만들고, 비무를 통해 몇 가지 깨달음을 얻은 것은 그저 부차적인 운이었지만. 막군자와 진향 누님 이 나를 살렸다는 말은 꼭 할 생각이었지."

다행히 내 마음이 어느 정도 두 사람에게 전달된 모양이다. 두 사 람의 표정과 침묵 때문에 알 수 있었다. 천악과 백의서생이 서로를 쳐다보더니 동시에 바람이 빠지는 듯한 표정으로 웃었다. 백의서생 이 짤막하게 한숨을 내쉬면서 말했다.

"너도 참 대단한 인간이다. 내가 너를 인정하마. 그 인정이 무엇이 든 간에 너는 내가 아는 자들 가운데서 가장 황당한 사내다."

백의서생의 말을 이어받듯이 천악이 말했다.

"암향표의 뜻이 그러하다면 하늘에 있는 막내 사제와 진향 사매도 기뻐할 것이다. 그 말을 하기 위해 이곳에서 버텼다니. 그저 강해지기 위해 이곳에 잠시 머무르고 있다고 생각했는데 그것은 내 편협한 생각이었구나."

두 사람이 내 뜻을 이해했다는 것만으로도, 나는 두 사람에게 큰 절이라도 올리고 싶었다. 나는 사십여 일 동안이나 이 두 사람과 겨뤘다. 이런 대결에는 대체 어떤 이름을 붙여야 할까? 농호에서의 싸움 못지않은 힘겨운 싸움이기도 했다. 단순히 누가 이겼는가를 가리는 싸움이 아니라서 더 힘들었다.

백의서생은 똑똑하고. 천악은 격이 높은 사내다. 이 똑똑하고 격이 높은 사내들에게 이 이상의 조언이나 잔소리는 필요 없다고 생각했다. 이쯤에서 잔소리를 멈추는 게 옳다는 생각을 하자마자, 강철의 산장을 떠나야겠다는 생각으로 이어졌다. 그런데 신기하게도 이런 생각을 하자마자, 내 표정을 바라보던 천악이 이렇게 물었다.

"…바로 떠날 셈이냐?"

내 속을 읽은 천악의 질문이 우스워서 나는 헛웃음을 지었다.

"떠나야겠소."

"계획은?"

나는 고개를 저었다. 나는 구체적인 계획 같은 것을 세우는 사람이 아니다. 다만 무공에 관해서는 할 말이 조금 있었다.

"암향표를 익혔으니 기존에 알고 있던 검법에 섞는 수련을 해야지. 결국에 내공으로 단기간에 삼재를 따라잡으려는 것은 욕심임을

…

깨달았소. 그것은 하루하루 정진해야 할 분야라서 서두르지 않을 생각이오. 하지만 검법은 달라."

"어떤 면에서 다르냐."

나는 잠시 생각을 정리한 다음에 대답했다.

"세상에 여러 고수와 무공이 있지만 내가 이들을 따라잡으려면 어쨌든 검부터 집중해야겠지. 내 내공이 부족하고, 내 속도가 느리고, 내 수법이 전부 읽히더라도 검은 밀릴 생각이 없소. 그래야…"

나는 두 사람에게 부탁하듯이 말했다.

"재수 없게 교주를 마주치게 되더라도 팔 하나는 끊어놓을 수 있겠지. 내가 당하면 아마도 사대악인이 전부 나서서 복수전을 치르게 될 거야. 손가락 몇 개, 발가락 몇 개, 운이 좋으면 팔이라도 하나 더 자를 테지. 그때 선배가 나서주시오. 그렇게 되면 당대의 천하제일은 신개 선배와 자웅을 겨뤄서 결정하게 되겠지."

백의서생이 내게 물었다.

"그게 하오문주의 공식적인 유언이냐?"

내가 고개를 끄덕이자, 백의서생도 고개를 끄덕였다.

"알았다."

천악이 나를 쳐다봤다.

"네 성격이면 미련 없이 도망부터 칠 것 같은데 어째서 그런 유언이 필요하단 말이냐?"

"잘 보셨소. 그래도 항상 최악의 상황을 가정해야지. 그것이 강호에 대한 예의고, 수장의 역할이야."

뜻밖에도 천악이 나를 걱정해 줬다.

"너는 너무 젊다. 그 젊은 나이에 당대의 최고수와 생사결을 치르는 건 무리야. 잘 도망 다니도록 해라."

백의서생이 놀란 표정으로 천악을 바라봤다.

"언제는 대갈통을 박살 내서 죽이려고 하더니 웬 걱정이냐?"

천악이 백의서생을 바라봤다.

"마찬가지, 아니더냐?"

"문주가 없으면 좀 심심하긴 하겠지만 그 정도는 아니야."

나는 두 사람에게 말했다.

"부탁이 몇 가지 있는데…"

백의서생이 황당하다는 표정으로 바라봤다.

"하나도 들어줄까 말까인데 몇 가지?"

"좀 닥치고 일단 들어봐. 일단 천악 선배."

천악이 대답했다.

"말해라."

"백의서생의 제자는 반드시 군자여야 해."

천악이 어리둥절한 표정으로 대답했다.

"그걸 왜 나한테 말하느냐?"

"무제는 그간 악인을 고문해서 노예로 만든 다음에 시키는 일을 문제없이 수행할 수 있는 제자를 선호했어. 제자를 고르는 조건이 이상하게 비틀렸던 셈이지. 공통점은 똑똑하거나 무공 습득이 빠른 자를 선호했을 거야."

"확실히 그랬다."

"그래선 안 돼. 그런 놈은 결국에 무제의 무학을 제대로 익힐 수 없어. 잔머리를 굴리는 놈은 언젠가 맞아 죽게 될 거야. 아니면 강호를 돌아다니다가 나 같은 놈에게 죽든가. 선배도 알겠지만, 백의서생은 뼛속까지 이기적인 사내야."

백의서생이 떨떠름한 표정으로 나를 쳐다봤다.

"…"

"뼛속까지 이기적인 사내가 자신이 알고 있는 것을 모두 전수하려면 어떤 제자여야 할까?"

천악이 물었다.

"그게 군자란 말이냐?"

나는 고개를 끄덕였다.

"계산하지 않는 놈이어야 해. 무공을 빨리 익히는 놈이나 머리가 똑똑한 놈은 사실 많아. 하지만 마음이 군자와 같은 사내는 무척 드물어. 막군자와 같은 사내를 제자로 맞이하지 않으면 무제의 무학은 대가 끊길 거야. 이것은 무제 개인의 문제가 아니라 각종 무공을 두루 연구한 서생 측의 무공이 끊기는 것이라고 봐야 해."

천악이 여전히 의아한 눈빛으로 나를 바라봤다.

"그걸 나한테 말하는 저의는 무엇이냐?"

"말했잖아. 사람은 쉽게 안 변해. 무제는 계속 똑똑한 사내를 선호할 거야. 그게 답이 아니라고. 선배가 봤을 때 군자의 자질을 갖췄다고 생각하는 녀석이 나타났을 때 그놈이 무제의 제자라고."

"음."

"선배가 대신 기억하고 있으라는 뜻이야. 선배의 안목이면 어떤 놈이 군자인지 알 수 있을 테니 말이야. 백의 대신에 검사해 주라는 말이지."

천악이 고개를 끄덕였다.

"알았다."

이번에는 백의서생을 바라봤다.

"그런 의미에서 천악 선배의 제자는 말이야."

백의서생이 눈을 껌벅였다.

"뭐?"

"..."

"일단 얘기해 봐라."

나는 헛기침을 한 다음에 뻔뻔한 태도로 말을 이어나갔다.

"군자여선 안 돼."

백의서생과 천악은 살짝 넋이 나간 표정으로 서로를 바라봤다. 아무튼, 나는 말을 이어나갔다.

"군자 같은 놈을 데려오면 답답해서 천악 선배가 주화입마에 빠질 거야."

"그럼?"

"고아로 데려와. 흑선이 하던 짓거리처럼 강제로 만들어 낸 고아 말고. 정말 부모를 잃은 불쌍한 고아를 말하는 거야. 그렇다고 데려오자마자 무공부터 가르치면 안 돼."

"그럼 뭐 하러 데려온다는 말이냐?"

"하복 형이 가르치는 일부터 배우게 해야지. 혼자서 너무 일이 많고 바쁘더라고. 요리도 가르치고, 청소는 뭐 말할 필요도 없지. 무거운 쇳덩이들 정리하는 것도 시키고. 그러니까 내가 하고 싶은 말은 이거야. 하복 형의 마음에 쏙 드는 녀석이면 돼. 하복 형이 하는 일을 전부 다 잘 해낼 수 있으면서도 태생적으로 골격이 뛰어난 놈이면 더 좋겠지. 곰 같은 놈인데, 생각하는 것까지 곰 같으면 안 돼."

백의서생이 인상을 찌푸렸다.

"아니, 왜 이렇게 어려워? 그런 놈을 어디서 구한단 말이냐?"

"황당하네."

"뭐가 황당해?"

나는 정색하는 표정으로 대답했다.

"삼재의 제자를 그럼 아무 놈이나 데려온단 말이냐?"

"음."

"강호를 통틀어도 적수가 드문 삼재의 제자잖아. 내가 뭐 천 년에 한 번 등장하는 천재를 구해오라고 했어? 그건 아니잖아. 여우 같으면서도 곰 같은 놈 몰라? 아는 게 뭐냐. 한심한 인간아."

백의서생이 입을 다물었다.

"…"

"그리고 더 중요한 것은 고맙다는 감정을 충분히 아는 놈이어야 해. 지붕이 있는 집이 생긴 것을 기뻐하고. 하복 형이 만들어 주는 밥을 고맙게 생각하고. 춥지 않은 곳에서 자는 것을 당연히 여기지 않는 놈. 무엇보다 이런 운이 생긴 것에 대해 감사하면서 천악 선배를 의부로 모실 수 있는 놈이면 더 좋겠지."

나는 백의서생에게 심부름을 시키듯이 말했다.

"나가서 천악 선배의 의붓아들을 구해와."

백의서생이 고개를 삐딱하게 한 채로 중얼거렸다.

"별 거지 같은 놈이 이래라저래라…"

"내가 뭐 명령을 한 것도 아니고. 그래서 부탁이라고 하는 거잖아."

천악이 내게 물었다.

"부탁은 그 두 가지냐?"

"하나 더. 만약 흑선과 같은 폭군이 등장하거나 서생 세력 전체에 위협을 가할만한 위기가 발생하면 내가 도울 생각이야. 대신에 서생 세력은 나중에라도 무림맹을 도와줘. 사소한 일까지 매번 간섭하면서 나서달라는 말이 아니야. 아예 기둥이 뿌리 뽑힐 정도로 심각한 위기가 닥치면 그때 한 번만 도와주라고."

천악이 말했다.

"네가 서생을 돕는데, 서생은 왜 무림맹을 도우란 말이냐?"

"뭐 사실 같은 일이야. 내가 위험하면 임 맹주가 날 도울 테니까. 그리고 하오문은 사실 실체가 없어. 어디에 하오문이라고 적힌 간판도 없어. 지금도 없고, 앞으로도 없을 예정이야."

"그런 세력이 문파란 말이냐?"

"뜻만 이어지면 돼."

"서생이 무림맹을 도와야 할 명분은?"

"무림맹이 썩었다고 느끼면 돕지 않아도 돼. 그러나 임소백은 강호인들의 도움을 받을 자격이 있는 사내야. 이것은 내가 당장 증명할 길이 없지. 그래서 부탁하는 것이고."

두 사람은 섣부르게 알았다는 답은 하지 않았다. 잠시 내 말을 곱씹던 백의서생이 뜬금없는 말을 꺼냈다.

"그런데 문주야."

"왜."

"너는 왜 천악에겐 천악 선배, 심지어 하복에게도 하복 형이라고 부르면서 나한테는 매번 반말이냐. 이것이 이치에 맞는 일이냐?"

나는 슬쩍 웃었다.

"뭘 개소리야? 우리는 동지잖아. 동지끼리 높고 낮음이 어디 있나? 동지는 동지다. 우리는 본래 싸가지가 없는 인간들이니까. 동지의 일관된 뜻과 태도는 존중해 줘야지."

하도 억지를 부렸더니 말이 잘 안 통했다. 백의서생이 황당해하는 와중에 천악이 대신 웃었다. 천악이 웃었으면 됐다. 반말하든 쌍욕을 하든 무슨 상관이랴. 동지 사이에 그런 것은 아무 의미 없다. 이제 강철의 산장에서의 내 역할이 끝났음을 알게 되었다. 나머지는 운에 맡기는 것이지, 사람의 힘으로는 한계가 있다. 이것은 운명의 흐름이기 때문이다. 백의서생이 폭포의 물줄기를 바꾸기 위해 고민하는 사이에 나는 두 사람의 운명을 바꾸기 위해서 나름대로 노력했다. 다소 시원섭섭한 마음으로 먼저 일어나서 두 사람에게 작별을 고했다.

"선배, 그리고 백의 동지. 또 봅시다. 나는 가겠소."

천악이 고개를 끄덕였다.

"잘 살아남아라."

백의서생도 나를 쳐다보더니 고개를 끄덕였다.

"꺼지도록."

나는 폭포 위를 걷다가 암향표를 펼쳐서 공중으로 솟구쳤다. 어느 방향으로 갈 것인지는 정하지 않았으나, 일단 하산한 다음에 아무 곳이나 들어가서 닭을 제외한 요리를 시켜 먹을 생각이었다. 사람이 어떻게 닭만 먹고 산단 말인가? 빌어먹을…

* * *

"속을 알 수 없는 놈이다."

"…"

백의서생은 대답이 없는 천악의 뒷모습을 바라봤다. 천악은 거처에 돌아오자마자 진향 사매의 그림을 물끄러미 바라보고 있었다. 말 없이 그림을 쳐다보던 천악이 짤막하게 한숨을 내쉬더니, 진향 사매의 그림을 내려서 돌돌 말았다. 백의서생은 놀란 표정으로 천악을 바라봤다. 천악이 돌아서더니 백의서생에게 그림을 내밀었다.

"가져가."

"왜 갑자기?"

"너무 오래 쳐다봤다. 잊지 않는 것이 사매에 대한 정과 의리라고 생각했는데 이런 식으로 기억할 필요는 없었다. 심마心魔의 원인이어서 수련에 방해된다. 가져가. 문주가 다녀가고 나서야 심마는 스스로 자처해서 얻은 것임을 알게 되었다."

백의서생은 천악의 마음이 이해되어서 그림을 손에 쥔 다음에 말했다.

"며칠 쉬어라."

천악은 폭포 위에서 했던 대화가 떠올라서 이렇게 대답했다.

"꺼지도록."

백의서생은 자신이 하오문주에게 했던 말을 되돌려 받자, 헛웃음을 지었다. 이어서 천악이 명령조로 백의서생에게 말했다.

"하복이 마음에 들어 할 만한 놈으로 구해와."

"왜 지랄이냐? 제자 받을 마음도 없으면서."

"누가 제자라더냐? 하복의 일부터 배워야 하는데."

백의서생이 한숨을 내쉬었다.

"아, 이래서 너희 둘을 만나지 않게 하려 했는데."

천악이 고개를 끄덕였다.

"이것도 운명이라면 받아들여야지."

"운명 같은 소리 하고 있네. 간다."

백의서생이 이내 거처에서 사라졌다. 천악은 홀로 남아서 그림이 있던 자리를 물끄러미 바라봤다. 문득 눈을 감은 채로 깊숙이 숨을 들이마시자, 진향 사매의 향이 떠올랐다. 아무도 없는 곳에서 천악이 중얼거렸다.

"내 너를 잊은 것이 아니다. 나중에 재회하면 될 일이야."

눈을 뜬 천악은 며칠 쉬라는 백의서생의 말을 가볍게 무시한 다음에 강철이 있는 곳으로 향했다.

357.
신新 연홍객잔

모처럼 혼자 걸었다. 내공은 운기조식, 근육은 휴식으로 회복되곤 하지만 이름을 붙이기 어려운 어떤 정신적인 것은 이렇게 혼자 있어야 회복되는 것 같다. 그냥 내 느낌이다. 그것이 혼이든 정신이든 간에 회복할 수 있는 시간을 주기 위해서 천천히 걸었다. 백응지로 가서 사대악인과 합류해도 되고, 일양현으로 가서 며칠 쉴 수도 있었지만.

당장은 목적지를 정하지 않은 채로 백운산을 벗어났다. 암향표를 생각하다가 무공에 관한 고민도 잠시 접었다. 왜 그런지는 모르겠으나 사람이 수련만 하면 바보가 될 확률이 높다. 사십여 일을 수련만 했으면 하루 이틀은 쉬어주는 게 답이다. 하늘에 떠다니는 구름을 쳐다보고, 조금 떨어진 곳에서 나랑 같은 속도로 흘러가는 강물을 보기도 하고, 길가에 놓인 돌멩이를 가끔 발로 쳐서 날리기도 했다.

여러 가지 부담과 걱정도 내려놓은 채로… 그냥 걸었다. 오랜만에 일양현의 점소이가 된 마음가짐으로 걷다 보니 내가 무공이 고강한 사람이란 사실도 잊고, 무림맹에서 백도의 군웅들과 뒤섞여서 깝죽대던 기억도 잊었다. 산적, 수적과 싸우던 기억도 잊고, 그보다 힘들었던 망령과의 싸움도 지웠다.

그 싸움보다도 더 깊이 새겨졌던 누군가의 표정들도 이내 지웠다. 빗속에서 봤었던 사천왕의 표정과 천악이 보기 드물게 웃던 모습이 떠오르기도 하고, 백의서생이 천악에게 두들겨 맞은 다음에 핏물을 뱉어내던 표정도 떠올랐으나 이내 지웠다. 그렇게 배가 고플 때까지 걷다 보니 여러 거리와 가게를 지나치다가 손님이 유난히 많이 몰려 있는 가게를 바라봤다. 해가 질 무렵이었는데 이른 저녁을 먹는 사람들이 많이 보였다.

"맛집인가?"

빈자리에 앉아서 잠시 기다리는데도 점소이가 당장 달려오지 않을 정도로 분주해 보였다. 탁자에 목검을 올려놓은 다음에 물을 마시면서 주변을 둘러보다가 대부분 남자 손님들이라는 것을 알게 되었다. 나는 손님들의 표정과 시선을 보고 나서야 주방에서 누군가가 나오고 있다는 것을 알았다. 뒤에서 웬 여인이 반말을 내뱉으면서 다가왔다.

"뭐 먹으려고?"

누구한테 하는 말인가 싶었는데 긴 머리카락을 뒤로 한 번 묶은 처자가 날 보자마자 눈을 크게 떴다.

"아, 죄송합니다."

젊은 처자였는데 점소이인지 주인장인지 구분을 할 수가 없었다.

점소이라기엔 태도가 너무 당당했고, 주인장이라기엔 너무 젊었기 때문이다. 더군다나 무엇을 팔고 있는지를 적어놓은 것도 없어서 주문도 어려웠다.

"국수 하나, 작은 병으로 두강주 되겠소?"

"예. 국수에 술은 좀 그러니까 탕초리척이나 계정鷄丁 하나 더 시키세요. 두강주 작은 병으로는 없어요. 중간 크기 정도."

"닭은 당분간 안 먹을 생각이라 그럼 탕초리척으로."

"알겠습니다."

좀 특이한 주문 과정이 이어진 다음에 처자가 사라지자, 사람들이 날 쳐다봤다. 조금 떨어진 곳에서 손님으로 있는 여인이 누군가에게 속삭였다.

"사형, 목검은 왜 들고 다니는 걸까요?"

언제부터 내 귀가 이렇게 예민해진 것일까.

"단순한 목검이 아니다."

신경을 집중하자 대화가 더 잘 들렸다.

"그래요? 몰랐어요."

"남의 병장기에 대해서 대놓고 물어보지 마. 그런 질문은 밥을 먹고 나가서 해라."

"알겠습니다."

잠시 기다리고 있으려니 두강주와 시키지도 않은 마른안주가 도착해서 탁자에 놓였다. 이번에는 주방에서 나온 소년이었다. 별생각 없이 두강주를 한 잔 따라 마시는데 술이 제법 차가웠다. 그늘에 보관했거나 우물에 빠뜨렸다가 건져 올린 것 같았다. 물맛과 술맛만 맛봤는데도 맛집임을 알아차릴 수 있었다.

'맛집이네.'

주방에서는 처자가 소년에게 계속 이것저것을 시키는 소리가 들렸는데 농담과 갈굼, 호통과 웃음이 뒤섞여 있었다. 나는 마른안주를 씹으면서 객잔 바깥을 구경했다. 거리가 제법 활기차고, 지나는 사람들도 밝은 편이었다. 근처에 무관이라도 있는지 단체로 복장을 맞춰 입은 젊은 사람들이 저녁을 먹기 위해 이동하는 모습도 보였다. 그 무리에서 한 놈이 객잔으로 들어오더니 빈자리가 없는 것을 확인하자마자 실망한 표정으로 나가서 고개를 저었다.

"꽉 찼어. 가자."

이어서 꽤 잘 차려입은 사내 셋이 가게에 들어오더니 빈자리를 찾았다. 내가 탁자를 혼자 차지해서 그런 것일까. 한 놈이 내게 와서 물었다.

"합석해도 되겠소?"

나는 괜찮다는 뜻으로 의자를 가리켰다. 그러자 세 사람이 좁은 탁자의 둘레에 앉아서 한 놈이 엉덩이로 나를 슬쩍 밀었다. 나는 탁자에 놓았던 목검을 끝으로 치운 다음에 밀려나서 두강주를 한 잔 마셨다. 이번에는 소년이 주문을 받으러 오자, 내 탁자를 차지한 자들이 능숙하게 이것저것을 주문하면서 말했다.

"요리 좀 빨리 배워라. 네 누님 혼자 이게 무슨 고생이냐?"

소년이 대답도 하지 않은 채로 주방으로 가자, 사내가 중얼거렸다.

"저 싸가지 없는 새끼, 대답도 안 하네."

"욕하지 마. 연홍이가 싫어해."

처자의 이름이 연홍인 모양이었다. 이내 욕을 싫어하는 처자가 주방에서 나오자 사내들의 시선이 일제히 모였다. 이마에 흰 띠를 두르면서 나온 처자가 우리 탁자로 오더니 사내들에게 말했다.

"…두부 떨어졌어. 다른 거 먹어."

"그럼 뭐 먹을까."

"바쁘니까 빨리 말해."

"기다려 봐라. 닭 먹을까?"

"아니? 탕초리척 먹이. 그게 지금 가장 빨라."

"알았어."

어쩐지 내가 먹을 탕초리척에 양을 더 담아서 사내들에게도 나눠 줄 것 같은 분위기였다. 처자가 사라지자 사내 셋이 또 떠들었다.

"쟤는 왜 저렇게 항상 당당할까?"

"그러게 말이다."

"그쪽은 처음 오셨소?"

누구에게 하는 말인가 싶었는데 이번에도 나였다. 이 사내 셋도 젊었는데 새삼스럽게 생각해 보니까 지금 내 나이도 젊다. 순간, 어떤 말투를 써야 하는지 고민하다가 대충 고개만 끄덕였다. 한 놈이 밥상머리에서 검을 뽑더니 옷자락으로 칼날을 닦았다. 마침 옆 탁자의 손님들이 빠지고 있었기 때문에 나는 두강주와 마른안주를 들고선 일어났다.

"내가 옆으로 옮기겠소."

"그러시오."

나는 빈 탁자에 두강주와 마른안주를 놓은 다음에 목검을 가지러

갔다. 이때, 한 놈이 나보다 먼저 목검을 붙잡더니 손잡이를 빼냈다. 검집에서 은빛 칼날이 등장하자, 세 사람이 놀란 눈빛으로 바라봤다.

"…"

나는 목검을 들고 있는 사내에게 말했다.

"거, 왜 남의 병장기를 함부로."

손을 내밀자, 목검이 놓였다. 세 놈이 나를 위아래로 쳐다보면서 말했다.

"멋진 병장기요."

"살수가 사용하는 병장기 같네."

"어디서 사셨소?"

나는 자리로 돌아와서 대답했다.

"선물 받은 거라. 가격은 모르겠네."

문득 커다란 접시에 탕초리척을 담아서 가져오던 처자가 말했다.

"어? 이러면, 야! 작은 접시 가져와."

처자가 먼저 탁자에 탕초리척을 내려놓더니, 소년이 가져온 작은 접시에 탕초리척을 담았다. 그런 다음에 내 탁자에 내려놓자, 그와 동시에 소년은 국수를 내 탁자에 놓았다. 내 쪽에 탕초리척이 꽤 많이 담긴 것을 본 사내가 말했다.

"그쪽에 왜 저렇게 많이 주는 거야? 우리는 셋인데."

처자가 사내 셋을 쳐다보면서 말했다.

"그냥 좀 먹으면 안 되겠니?"

"알았다."

처자가 사라지자 사내 한 명이 중얼거렸다.

"…연홍이는 정색할 때가 가장 예뻐."

나는 탕초리척을 집다가 갑자기 웃음이 터져서 혼자 낄낄댔다. 내가 웃자 사내 셋이 젓가락질을 멈춘 채로 나를 쳐다봤다.

"너무 노골적으로 웃는 거 아닌가?"

나는 웃는 표정을 싹 지운 다음에 세 사람을 바라봤다.

"…"

그러자 세 사람도 이내 젓가락을 움직이너니 탕초리척을 씹어 먹었다. 그제야 나도 이곳이 맛집인지 아닌지를 탕초리척을 통해 확인했다. 감상이 저절로 나왔다.

"맛집이네."

사람이 많은 이유가 있었다. 더군다나 처자의 분위기도 묘해서 인근 사내들에게 인기가 많은 모양이었다. 나는 국수를 먹으면서 간판을 찾았는데, 둘러보니 이름도 없는 가게였다. 이른 저녁을 먹고 있었던 손님들이 좀 빠지자 그제야 가게가 좀 한산해졌다. 등 뒤에서 처자의 목소리가 들렸다.

"오늘 식사 끝이야. 밥 손님은 받지 말자."

"알았어."

소년이 가게 앞으로 가더니 문 옆에 있는 푯말 같은 것을 뒤집었다. 어느새 다가온 처자가 내게 물었다.

"맛있어요?"

나는 젓가락으로 탕초리척을 집은 다음에 대답했다.

"탕초리척?"

"예."

"훌륭해."

"국수는요?"

나는 반쯤 먹다 남은 국수를 본 다음에 대답했다.

"맛없어. 나뭇가지에 물 말아 먹는 것 같다."

내가 처자랑 대화하자, 옆에 있는 사내가 끼어들었다.

"당신 왜 연홍이한테 반말이야? 아는 사이야?"

나 대신에 처자가 대답했다.

"시비 걸지 마. 탁자 엎기 전에."

"이게 돌았나? 어디 손님 탁자를 엎어? 주인장이."

처자가 실실 웃더니 손짓으로 소년을 불렀다. 소년이 떨떠름한 표정으로 다가오자, 처자가 국수를 가리키면서 말했다.

"반도 안 드셨다."

소년이 한숨을 푹 내쉬더니 나를 향해서 고개를 살짝 숙였다.

"죄송해요. 맛없어서."

소년이 시무룩한 표정으로 지나가자, 처자가 내게 말했다.

"죄송해요. 바빠서 동생한테 시켰어요."

"별말씀을. 국수는 값에서 빼주나?"

"그건 아니고요."

"그래야지."

처자가 맞은편에 앉더니, 두강주를 손가락으로 툭 건드렸다. 나는 탕초리척을 씹다가 처자에게 술을 한 잔 따라줬다. 술을 받은 처자도 젓가락을 뽑더니 내 탕초리척을 눈앞에서 훔쳐 먹은 다음에 두강주를 마셨다. 옆에 있는 사내들이 웃으면서 말했다.

"또 손님 술, 음식 다 털어먹는다."

나는 사내들을 봤다가 다시 처자의 표정을 구경했다. 바빠서 아직 밥을 먹지 못한 채로 일을 했던 모양이라고 생각해서 물어봤다.

"동생은 밥 먹었나?"

처자가 대답했다.

"아직요. 이따가 나가서 사줄 거예요. 내가 만든 건 먹기 싫어해서."

처자가 탁자에 있는 목검을 툭 건드려 보더니 내게 물었다.

"무공이 강하세요? 아니면 그냥 호신용이에요?"

갑자기 우당탕탕 소리가 들리더니 주방에서 뛰어나온 소년이 목검과 나를 쳐다보다가 이렇게 물었다.

"싸움 잘해요?"

"…음."

나는 헛기침을 한 번 한 다음에 술을 따랐다. 내가 대답을 하지 않자, 소년이 연홍에게 말했다.

"누나, 이 형님 싸움 잘할 것 같아."

"왜?"

"분위기에서 느낌이 왔어. 맞죠?"

이럴 때는 대체 뭐라고 대답해야 할까.

"못하진 않지."

"거봐, 내 말이 맞지? 어느 정도 잘해요?"

나는 고민하다가 대충 대답했다.

"나보다 강한 사람이 그래도 스무 명은 넘지 않을까? 워낙 고수가 많으니까."

소년이 실망한 기색으로 대답했다.

"아, 그래요? 엄청나게 강한 건 아니네요."

"그 정도면 강한 거 아니냐?"

"그런가요? 그냥 적당히 강한 수준 아닌가."

"포부가 남다른 놈이네."

소년이 다시 주방으로 향하자, 처자가 나를 물끄러미 바라봤다. 옆에 있는 사내들도 웃으면서 말했다.

"스무 명은 어떻게 계산한 거야."

"그러게 말이다."

처자가 사내들을 바라봤다가, 내게 물었다.

"손님?"

"왜."

"제 동생은 이 동네에서 싸움 잘하시냐고 물은 것 같은데요. 물론 그 정도도 엄청나게 강하신 것은 맞는데."

"그런데?"

"혹시 대답은 천하에서 스무 명 정도밖에 없다는 거 아니었어요?"

"아마도?"

"어떤 의미예요? 아마도라는 게."

"다 만나보지 않아서 모른다고. 더 있을 수도 있고, 실제로는 더 적을 수도 있고. 대충 스무 명이라는 뜻이지."

"정말이에요?"

말이 계속 겉도는 느낌을 받았으나 나로서는 이렇게 대답할 수밖에 없다. 내가 모든 고수와 전부 싸워본 것도 아니고, 심지어는 만나지 않은 고수도 많기 때문이다. 그렇다고 마냥 백대고수 정도라고 하는 것도 과한 겸손이다. 도왕과의 비무에서 비길 수 있는 고수가 많지 않은 데다가… 생사결로 가면 내 서열이 더 오르기 때문이다.

처자가 내게 물었다.

"동생이 계속 무공을 배우고 싶어 하고, 고수가 되고 싶다는데 누나로서 어떻게 해야 할까요? 돈이 없어서 무관에 보내는 것은 형편상 어려운데."

옆에서 사내들의 질문이 끼어들었다.

"당신이 강호 백대고수에 들어간단 말이오?"

나는 고개를 끄덕였다.

"그렇지."

"…"

나는 세 사람을 바라봤다.

"강호 백대고수한테 뺨따귀 한 대 맞아볼래? 대화에 자꾸 멋대로 끼어들지 마."

세 사람이 동시에 웃음을 터트렸다.

"하하하하…"

"풉."

한참을 처웃더니 한 놈이 처자에게 말했다.

"여기 얼마야?"

처자가 탁자를 본 다음에 바로 대답했다.

···

"이십."

사내가 품에서 철전을 꺼내서 탁자에 올려놓은 다음에 일어섰다.

"가자."

나는 깔끔하게 계산을 하고 나서 빠져나가는 세 놈을 쳐다보다가 말했다.

"참 밝은 동네네. 사람들이 해맑아. 그냥 가네."

세 놈이 바깥에 나가서 사라지는가 싶었는데 갑자기 소리를 버럭 내질렀다.

"연홍객잔에 강호 백대고수가 출몰했소! 엄청난 고수요!"

"백대고수면 정협문正俠門과 양의문兩儀門도 안중에 없다는 소리인가?"

"대단한 고수 납셨네."

저 외침을 듣고 있으려니, 마냥 해맑은 새끼들은 아니었다는 것을 알게 되었다. 처자가 나를 안심시켰다.

"별일 없을 거예요."

"다행이네."

"이곳에는 정협문과 양의문이 양대 거두로 있고 무관도 많아요. 그래서 큰 사고는 없는 편이죠. 흑도 세력도 예전에 자취를 감췄고요."

"무관武館이 많은 이유가 혹시 두 문파가 문도를 뽑을 때 무관武官 시험을 치르듯이 선별하기 때문인가?"

"맞아요. 어떻게 아셨어요?"

"그냥 예상이었어."

나는 기억 속에서 두 문파의 이름을 더듬었으나 내 활동지역이 아니어서 떠오르는 게 없었다. 그렇다고 천하에 소문이 자자한 수준의 문파는 또 아니어서 모르는 게 이상한 일은 아니었다. 이번에는 내가 처자에게 물었다.

"동생이 왜 무공을 익히려고 하지?"

처자가 시원한 어조로 대답했다.

"저 때는 다 그렇지 않아요?"

나는 고개를 끄덕였다.

"제대로 익히려면, 동생을 자주 만나지 못하게 될 거야."

"왜요? 무관에 다니는 동생 친구들도 많은데."

"이 동네에서 스무 번째 정도로 강해지려면 무관을 갔다가 정협문이나 양의문으로 들어가면 되겠지."

"천하에서 손꼽을 정도로 강해지려면요?"

"그럼 먼저 천하에 뛰어들어야지."

"자주 못 보겠군요."

나는 주방 쪽에 있는 소년을 불렀다.

"이리 와봐라."

소년이 오자마자 나는 손을 뻗어서 체격과 골격, 손 모양을 확인했다. 신체는 부모에게 물려받는 것이라서 체형이 정해져 있다. 무공에 적합한 신체인지 아닌지는 태어날 때부터 정해지는 셈이다. 이 소년에게 적합한 사부들을 떠올려 봤으나 한 명도 없었다. 그렇다고 골격이 좋은 편도 아니었다. 천악의 제자를 쉽게 구할 수 없는 것처럼 나 자신이나 사대악인의 제자를 얻는 것도 보통 어려운 일이 아니라는 생각이 들었다. 소년에게 물었다.

"싸움 좀 하냐?"

"아니요."

"누님 속 썩이지 말고. 요리에는 소질이 없는 것 같으니까 무관부
터 다녀라."

나는 전낭에서 음식 값과 무관에 다닐 등록비까지 더해서 탁자에
올려놓았다. 내가 봐도 살짝 과한 돈이었다. 처자가 물었다.

"왜 이렇게 많이 주세요?"

"맛집이라서."

나는 객잔을 한번 둘러본 다음에 말했다.

"연홍객잔이라고 하던데 남는 돈으로 간판도 달고. 허풍이 통할지
는 모르겠다만 대처하기 어려운 일이 생기면 하오문에 속하는 객잔
이라고 말해. 밑져야 본전이야."

처자와 소년이 서로의 얼굴을 보더니 놀란 표정으로 나를 바라봤
다. 처자가 물었다.

"하오문에서 누구신데요?"

나는 어리둥절한 마음으로 대답했다.

"하오문을 알아?"

이번에는 소년이 대답했다.

"무림맹에서 제왕들과 겨루고도 패하지 않은 젊은 고수라던데요?
하오문주가 후기지수 중에 최강자라는 말을 손님들이 자주 했어요."

소문이 이렇게 빠르다. 그렇게 놀랍지도 않았다.

"그렇구나. 또 다른 소문은?"

"모든 젊은 고수들의 목표래요. 이 동네에는 무관이 많아서 무림 맹 이야기를 자주 해요. 요새는 또 하오문주라고 안 부르고, 줄여서 부르는 게 유행이에요."

"뭐라고."

"하왕下王요. 제왕급의 고수래요."

내 소식을 타인에게 들으니까 신선했다. 나는 다시 길을 떠날 생각으로 일어나서 처자와 소년을 바라봤다.

"간다."

연홍객잔을 나서는데 뒤에서 소년이 물었다.

"누구시냐니까요? 알아야 나중에 돈을 갚죠."

나는 돌아서서 소년을 쳐다봤다.

"내가 하오문주다. 하왕이라는 말은 쓰지 마."

"왜요?"

나는 웃으면서 말했다.

"너무 강하게 느껴지는 별호잖아. 그 정도는 아니야."

나는 연홍객잔을 나온 다음에 하품을 늘어지게 했다.

"왕이 왜 이렇게 많은가 했더니, 나도 일조를 하고 있었네. 염병…"

더 오래 있으면 어쩐지 정협문과 양의문의 고수들이 밀려올 것 같아서 미리 몸을 피했다. 명성이 높아지는 것을 경계해야 하는데, 쉬운 일은 아니라는 생각이 들었다.

358.
누가 두려워하더냐?

걸어가면 제법 오래 걸리고, 경공으로 가면 제법 빨리 갈 수 있는 곳이 백응지다. 그만큼 내 경공도 빨라졌다. 마음을 단단히 먹은 채로 미친놈처럼 달리면 마차나 명마名馬를 따돌릴 정도로 빠르다. 정상적인 일은 아니다. 아마도 내 경공 서열만큼은 강호에서 이제 십 위안에도 들 터였다. 어째서 그것이 가능해졌냐면 놀랍게도 암향표 덕분이었다.

암향표로 몸의 한계를 시험해 봤다. 지속해서 암향표를 펼칠 수있는지, 내공은 얼마나 빠르게 소모되는지, 펼치고 나서 몸이 감당해야 할 부담감은 어느 정도인지… 새로 창안한 무공과 신체의 조합을 연구하면서 복귀했다. 너무 달려서 내공이 온전하게 회복되지 않을 때가 오면 일부러 한적한 산에 올라서 운기조식을 한 다음에 내려왔다.

나는 본래 의심이 많기 때문이다. 이상하게도 객잔에서 잠을 청했을 때는 밤새도록 잠이 오지 않았었다. 귀가 밝아졌더니 위층의 발소리에 의미를 부여할 때도 있었고. 얼핏 얕은 잠에 빠졌다가, 복도의 발소리에 잠을 깨기도 하고 지붕을 때리는 빗소리에 발소리가 섞인 것 같은 착각이 들기도 했다.

무공이 깊어지면 주화입마에서 자유로운가? 그렇지 않다는 것을 알게 되었다. 오감이 발달한 상태에서 그 오감이 의심과 조합되면 하룻밤을 편히 자는 것도 힘들어지기 때문이다. 물론 그 밑바탕에는 나를 노리는 살수들이 있을 것이라는 확신이 깔려있었다.

나는 과연 앞으로 평범한 자들과 뒤섞여서 일상을 보낼 수 있는 사람이 될 수 있을까. 종종 아무도 나를 찾을 수 없는 깊은 산에 들어가서 여생을 보내는 상상에 빠졌다. 옛 개파조사들이 괜히 산에서 문파를 만든 게 아닌 것 같다. 일단 산 자체가 지닌 기운이 달라서 운기조식에 유리하고. 문파의 터를 평평하고, 넓게 잡으면 기습을 막는 것도 수월하다. 편한 잠을 자기 위해서 많은 것을 준비해야 한다는 뜻이었다.

놀랍게도 나는 무공이 한층 고강해진 상태였지만 또 다른 주화입마의 근처에서 배회하는 중이었다. 당연한 것은 아무것도 없다는 것처럼 좋은 일과 좋지 않은 일이 내게 교차했다. 그리고 보니까 천악이나 백의서생과 같은 고수들과 있을 때 편한 마음으로 단잠을 잘 수 있었고, 사대악인이 돌아가면서 호법을 설 때도 온갖 걱정을 내려놓은 채로 잠을 잘 수 있었다.

내가 이래서 악인들과 친하게 지내는 것일까? 서서히 상태가 악화되고 있었기 때문에 되도록 빠르게 복귀했다. 백응지에 가까워질수록 잠을 깊이 이루지 못해서 눈이 뻑뻑해진 상태. 백응지에 도착하기 전 마지막 식사라 생각하고 들어간 한적한 객잔에서 음식을 주문하자마자 의자에서 잠시 졸았다.

'인생 참 피곤하구나.'

이제 눈을 감으면 망령이 쫓아오고. 나보다 약한 살수들이 용감하게 기습을 시도하는 상상에도 빠졌다. 점소이의 발소리를 들으면서 눈을 떴을 때 평범한 국수 한 그릇이 탁자에 놓였다. 모양새만 봐도 맛이 없어 보이는 국수였다.

'이걸 사람이 먹으라는 건가?'

식욕도 무용지물일 정도로 상태가 심각한 국수였다. 젓가락을 찔러 넣어서 휘젓고 있을 때 객잔 내부가 어두워지더니 입구를 틀어막은 누군가가 나를 주시했다.

"…"

얼굴은 보이지 않았지만, 허리에서 내려온 검붉은 색의 장검은 햇살이 튕겨내고 있어서 아주 잘 보였다. 눈꺼풀이 감겨도 이상하지 않을 만큼 피곤한 상태였는데 느긋하게 걸어오는 사내를 보자마자 잠이 확 달아났다. 갑자기 등장한 광명우사가 맞은편에 앉으면서 말했다.

"어디를 그렇게 바쁘게 돌아다녔나? 하오문주."

내가 말없이 바라보자, 광명우사가 점소이를 쳐다봤다.

"같은 거로."

"예."

광명우사가 나를 쳐다봤다.

"잔뜩 놀랐나 보군. 어서 먹게나. 배는 채워야지."

광명우사가 앞에 있어서 입맛이 뚝 떨어졌다. 젓가락을 붙잡은 채로 물었다.

"…포위했어?"

우사는 내 질문에 대답하지 않은 채로 자신이 하고 싶은 말만 내뱉었다.

"백웅지로 귀환할 것이라곤 예상했는데 그게 언제인지는 알 수가 없었지. 입맛이 없으면 술이라도 한잔하겠나?"

하필이면 이런 강자가 왜 이렇게 피곤할 때 등장한 것일까. 당연히 술을 마실 기분도 아니었다. 백웅지는 백도에 속한 문파, 무관, 가문이 많은 곳인데 그리 멀지 않은 곳에서 이렇게 광명우사가 등장한 것도 무척 대담한 행동이었다. 하지만 광명우사의 무력을 고려했을 때 자유롭게 돌아다니는 것도 크게 이상해 보이지 않았다. 어쨌든 백의서생도 쉽게 상대할 수 없는 강자이기 때문이다. 광명우사가 나를 쳐다봤다.

"문주, 무척 피곤해 보이는군."

나는 고개를 끄덕였다.

"피곤하네."

"왜? 잠을 설쳤나?"

"혹시 네 수하들이 내내 나를 따라왔나? 이상하게 잠이 안 오던데."

광명우사가 웃었다.

"찾고 있었으니 그랬을 수도 있겠지."

…

이어서 점소이가 다가오더니 광명우사 앞에 국수를 내려놓았다.

"국수 나왔습니다."

광명우사가 손을 뻗더니 젓가락을 잡자마자 내 앞에서 호로록 소리를 내면서 국수를 먹었다. 밥도 안 먹을 것 같은 인간이 평범하게 식사하는 모습을 보고 있자니, 기분이 좀 이상했다. 졸려서 그런 것일까. 내 국수보단 맛있어 보였다. 나는 광명우사가 부담되어서 국수도 못 먹고 있는데 이놈은 천하태평한 태도로 국수를 아주 잘 먹었다.

갑자기 오기가 생겨서 나도 국수를 먹을까 했으나 가까스로 참았다. 광명우사가 국수를 먹으면서 점소이에게 술을 주문했다. 나는 도망갈 생각이 없었지만 당장 싸울 마음도 없었다. 그저 잠시 직접 만나는 게 무척 어려웠던 광명우사의 모습을 구경했다. 뒤에서 대기하고 있는 점소이의 목소리가 들렸다.

"…어서 오십시오."

입구를 바라보니 놀랍게도 전생에 본 적이 있었던 사내가 들어왔다. 이름까지 기억이 났다. 아마도 홍목한이라는 사내일 것이다. 광명우사의 수하이자, 교에 들어갔을 때 나를 시종일관 침착하게 안내하던 사내였다. 홍목한이 조금 떨어진 곳에 앉더니 나를 보자마자 고개를 살짝 끄덕였다.

"문주님."

광명우사는 홍목한을 보지도 않은 채로 말했다.

"배고프면 뭐 좀 먹어라."

홍목한이 대답했다.

"괜찮습니다."

나는 젓가락으로 내 국수 그릇을 두드렸다.

"이거라도 먹을 테냐?"

홍목한이 나를 보더니 미소를 지으면서 대답했다.

"괜찮습니다."

나는 광명우사에게 물었다.

"언제는 포위 안 했다며?"

"그런 말은 히지 않았네."

"그랬나. 그나저나 백응지에 있는 내 지원군 좀 부른 다음에 싸우면 안 되겠나?"

광명우사는 점소이가 가져온 술을 한 잔 따르면서 대답했다.

"그것까진 허락할 수 없네."

허락이라고 하는 것을 보아하니, 사대악인이 아직은 멀쩡하게 살아있는 모양이었다. 사실 광명우사의 세력이 홀로 백응지를 칠 수 있을 것 같진 않았다. 일이 무척 커지기 때문이다. 나는 딱히 할 일이 없어서 한숨을 내쉬었다.

"곤란하네."

광명우사가 나를 쳐다보면서 말했다.

"나도 곤란하군. 일단 도망을 치면 이 객잔에서 일하는 자들부터 다 죽이겠네. 자네는 무고한 자들이 죽는 것을 싫어하는 것 같으니 혼자 내빼진 않겠지."

"나를 잘 아네?"

"수하들이 몇 번 수소문하면 쉽게 알아낼 수 있는 내용이지."

나는 손짓으로 점소이를 부른 다음에 말했다.

"나도 술 좀 줘라."

"예."

"바깥에 나갔다가 죽을 수도 있으니 그냥 대기하고 있어."

"알겠습니다."

나는 대답을 듣자마자 점소이도 광명우사의 수하임을 알게 되었다. 어조가 너무 침착했기 때문이다. 황당해서 말이 안 나왔다. 광명우사를 쳐다보자… 광명우사가 씨익 웃으면서 말했다.

"들켰나? 대응이 너무 침착했군."

"우사."

"말하게."

"지금 나랑 싸우면 일단 네 수하는 모조리 죽을 텐데 괜찮겠나?"

광명우사는 고개를 저었다.

"네게 기대했던 대답이 아니다. 천하의 하오문주도 당황스러운 모양이군. 네가 죽인 교도 중에서 어느 누가 죽음을 두려워하더냐? 한 명이라도 죽음 앞에서 네게 살려달라고 빌었다면 그것은 내 잘못이겠지. 아마도 그런 자는 없었을 게야."

나는 고개를 끄덕였다.

"그렇긴 하네. 없었지. 당장 덤비지 않고 고민에 빠져있는 이유는?"

내 말을 무시한 광명우사가 홍목한에게 물었다.

"다 도착했느냐?"

홍목한이 대답했다.

"문주의 경공이 뛰어나서 넓게 포진했습니다."

광명우사가 고개를 끄덕였다.

"들었다시피 포위했다."

"이제 한바탕하면 되나?"

광명우사가 살짝 미간을 좁히더니 홍목한에게 말했다.

"대공들이 온 모양인데 잠시 네가 막고 있어라. 문주랑 둘이 할 이야기가 있다."

"알겠습니다."

홍목한이 바깥으로 나가는 것을 보다가 물었다.

"대공도 왔어? 양 대공?"

광명우사가 고개를 끄덕였다.

"다른 대공도 왔네."

양 대공만 해도 삼 일 밤낮은 충분히 겨룰 것 같은데 다른 대공도 있다면 전력이 상당했다. 당연히 누군지는 짐작이 가지 않았다. 내가 이렇게 이런 곳에서 당하나? 광명우사가 말했다.

"문주야, 내가 너를 어찌하면 좋겠느냐?"

목숨이 제법 위태로운 상황이었지만 고민 상담에는 친절한 사내, 그것이 나다.

"고민이 뭐야? 털어보도록."

광명우사가 웃으면서 말했다.

"너를 산 채로 교주님 앞에 끌고 가는 것은 쉬운 일이 아니다."

"잠시만, 그럼 죽여서 끌고 가는 것은 가능하단 말이냐?"

광명우사가 고개를 끄덕였다.

"그런 셈이지. 이미 여러 기회를 놓쳤다. 사천왕과 망령들까지 실패하고, 흑의인도 실패했지."

"음."

"교주님은 인내심이 깊은 사람이지만 수하들이 이렇게 실패할 줄은 예상하지 못하셨을 것이야."

"그런데?"

"너를 여기서 곱게 죽일 생각이 없다. 어차피 생포해서 데려가지 못하면 죽여야 할 테지만, 너 같은 놈을 그저 죽이는 것으로 끝내는 것은 아쉽지. 내가 흡수할 생각이야."

"기왕 죽일 거, 네가 흡수하겠다는 말이네?"

광명우사가 나를 쳐다봤다.

"그렇게 되면 그간의 실책을 눈감아 준 교주님의 분노가 내게 향할 수도 있겠지. 내가 과연 꽤 완성된 음양지체를 흡수하고 나서 삼재를 넘어설 수 있겠느냐?"

제법 솔직한 사내였다. 그러니까 이놈은 지금 나를 뒷마당에서 키우는 닭으로 보고 있었다.

"그건 나도 모르지."

광명우사가 고개를 끄덕였다.

"그것이 고민의 지점이다. 살려서 데려가긴 어렵고, 죽이자니 아깝고. 내가 흡수하면 항명이고. 어찌하면 좋을까?"

"이야…"

괴상한 논리에 담긴 뜻은 이렇다.

"결론은, 나더러 반항하지 말고 곱게 교로 가자는 말이네?"

광명우사가 웃음을 터트렸다.

"하하하."

명백한 비웃음이었다. 그러고 보니까 포위해 놓고 나를 실컷 놀리는 중이었다. 광명우사가 웃는 것을 보고 있자니 나도 웃음이 나왔다.

"괜히 우사가 아니구나."

역시 맏형과 한때는 명성을 나란히 했던 사내답다는 생각이 들었다. 광명우사가 말했다.

"대공들, 들어오라고 해라."

일이 이 지경이 됐는데도 나는 다른 대공이 누구인지 궁금했다. 혼잣말을 하면서 대공을 기다렸다.

"누굴까. 기대되네."

먼저 양 대공이 등장하더니 밝은 표정으로 나를 쳐다봤다.

"하오문주, 오랜만이군."

나는 빈자리를 가리켰다.

"어서 와라."

이어서 다시 한번 입구가 통째로 막히더니 뜻밖에도 젊은 사내가 등장해서 걸어왔다. 오랫동안 웃지 않았는지 안면 근육이 굳은 놈처럼 보였다. 이렇게 젊은 놈이 대공이라면… 누군지는 뻔하다. 나는 새롭게 등장한 대공을 올려보면서 말했다.

"장남이냐, 차남이냐?"

순간, 손이 날아올 것 같았는데 조용히 움직이던 대공이 옆자리에 앉아서 나를 쳐다봤다. 구도가 참 완벽했다. 눈앞에 광명우사, 오른

쪽에 양 대공, 왼쪽에는 교주의 아들이 앉아있었다. 점소이는 애초에 광명우사의 수하였고 바깥에는 넓은 포위망이 완성된 상황이었다. 양 대공의 수하도 있을 테고, 교주 아들의 수하들도 뒤섞여 있을 터였다. 양 대공이 광명우사에게 말했다.

"생포하라 하셨소."

광명우사가 고개를 끄덕였다.

"협상 중이오."

이번에는 교주 아들놈이 대답했다.

"무슨 협상?"

나는 탁자를 손으로 여러 차례 두드리면서 이목을 집중시켰다. 일단 내가 파악한 게 있기 때문에 교주 아들놈에게 광명우사의 비리를 보고하는 게 전략상 좋아 보였다.

"대공, 일단 알려줄 게 있다. 호칭이 헷갈리니까 차남인지 장남인지부터 말해."

양 대공이 대신 대답했다.

"차남이시네."

나는 고개를 끄덕인 다음 일단 꼰지를 생각으로 말의 순서를 고민한 다음에 일목요연하게 고자질했다.

"광명우사가."

"…"

"애써 공들여서 키워낸 망령들의 제자, 흑의인을 흡수했다. 멋대로. 우사는 내공이든 뭐든 흡수할 수 있는 마공을 익혔고, 분명 내 눈앞에서 흑의인을 멀쩡히 데려갔었는데 실패했다고 말을 하는 것을 보니까 확실하다."

내 말이 끝나자 양 대공이 턱을 쓰다듬고, 마교주의 차남이 나를 쳐다봤다. 광명우사도 별다른 표정 변화가 없었다. 양 대공이 내게 말했다.

"어쩌라고. 문주야, 뭐 어쩌란 말이냐?"

마교주의 차남도 큰 반응은 없었다.

"고자질쟁이로구나. 우사가 흡수했다면 그럴만한 사정이 있었겠지."

양 대공이 광명우사에게 말했다.

"흡수하셨소?"

광명우사가 고개를 끄덕이자, 양 대공이 말했다.

"축하드리오."

광명우사가 덤덤한 어조로 대답했다.

"별말씀을."

나는 이제 한숨도 나오지 않았다. 여전히 눈은 뻑뻑하고, 졸리고, 만사가 귀찮고, 딱히 뾰족한 수도 없었다. 광명우사가 나를 타이르듯이 말했다.

"문주, 살다 보면 승산이 없을 때도 있다. 잠을 잘 수 있는 약을 줄 테니 곱게 이동하자꾸나."

나는 손을 내밀면서 말했다.

"잠시만, 그 전에."

나는 품에 손을 넣은 다음에 묵가비수를 꺼내서 탁자에 박았다.

푹!

광명우사, 양 대공, 차남이 탁자에 박힌 비수를 바라봤다. 광명우사가 내게 물었다.

"이게 무슨 의미인가?"

나는 탁자에 박힌 묵가비수를 바라보면서 말했다.

"우리 동네에서 생사결을 치르자고 제안할 때."

"…"

나는 광명우사를 쳐다봤다.

"이렇게 시작해."

359.
사람 살려

묵가비수를 쳐다보던 차남이 말했다.

"유언 있나?"

"내 유언은 어디에 쓰려고."

차남이 나를 쳐다보면서 말했다.

"네 지인에게 하오문주의 유언을 들려줘야지. 물론 죽이기 전에."

차남의 말에 웃음이 나왔다.

"병신 같은 놈. 쓸데없는 걸 물어보네. 생각 좀 해보자. 아, 그전에 한 가지는 말해주마. 너희는 이미 졌어. 내가 이미 천악의 마음도 살짝 돌려놨어."

"…"

"이제 너희가 국지전을 벌이든 총공세를 펼치든 간에 천하를 잡을 방법이 없어졌다는 뜻이야. 틀어박혀서 무공만 수련하면 그렇게 돼. 내가 이 자리에서 죽거나 네가 내 유언을 떠들고 다녀도 대세에는 지장이 없다는 뜻이지."

양 대공이 놀란 표정을 지었다.

"…대단히 미친놈이네."

차남이 딱딱한 표정으로 말했다.

"그러냐? 천악은 애초에 적이었는데 무슨 마음을 돌렸다는 것인지 이해할 수 없구나."

"교주 아들놈이 세상일에 대해서 뭘 알겠나."

"그 천악과 신개가 교주님을 감당할 수 있겠느냐? 시간이 제법 흘렀다. 네가 정세 파악을 좀 했나 본데, 우리와는 생각이 좀 다르군."

희한하게도 이 새끼는 자신이 하고 싶은 말만 내뱉었다. 물론 나도 그런 편이라서 크게 이상하진 않았다. 나는 고개를 끄덕였다.

"때 되면 알겠지. 내가 동분서주 뛰어다녀서 판을 잘 깔아놨다. 그전에 너희 셋은 이곳에서 죽게 될 거야."

양 대공이 물었다.

"문주, 왜 그런 망상에 빠져있나? 제정신이 아닌 것은 예전부터 알았다만."

"양 대공, 기다려 보면 알게 된다. 운이 아주 좋은 놈만 살아남을 거야. 아, 그럼 유언도 남겨야지."

나는 세 사람에게 유언을 남겼다.

"살아서는 하오문주, 죽어서는 광마. 그것이 나다. 이게 내 유언이야. 너희 셋은 유언이 있나? 있으면 말해. 교주한테 전해줄게."

잠자코 있던 광명우사가 잔잔한 미소를 띤 채로 말했다.

"문주, 네 정보를 취합해 보면 음양으로 역천逆天을 만드는 수법을 알아낸 모양이구나. 그런데 그것을 천하에서 너만 알고 있다고 생각하는 것이냐? 그런 역천의 수법을 쓰던 자들은 이미 예전에도 교주님에게 죽었다. 또한, 역천의 수법은 교주님도 연구하셨지."

"그래?"

"신개와 천악도 이제 감당하기 어려울 것이다. 살아서는 하오문주, 죽어서는 광마라… 그렇게 하도록."

양 대공이 얄밉게 웃으면서 말했다.

"그럼 이제 놀아볼까?"

세 사람은 충분하다 느낄 정도로 나를 노려봤다. 나는 잠시 선공을 받아치기 위해 기다렸지만 세 사람 모두 먼저 나설 생각이 없어 보였다. 그제야 나는 이 셋은 서로의 서열이 동등하다고 여기고 있음을 확인했다. 한 놈은 공신, 한 놈은 교주 아들, 한 놈은 교의 권력자이기 때문이다. 나는 묵가비수를 보다가 광명우사를 향해 장력을 내보냈다. 튕겨나가기에 적절한 수준의 힘이었다.

콰아아아아아아앙!

물론 내가 튕겨난다는 뜻이다. 장력의 충격파에 양 대공과 차남이 물러나는 순간… 나는 빠른 속도로 밀려나서 공중에서 검을 뽑자마자 국수를 엿같이 만든 가짜 점소이의 목을 쳐냈다.

푸악!

그 목이 바닥에 떨어지기 전에 조리하는 곳으로 돌진했다. 예상대로 구석에 본래 일하던 자들의 시체가 힘없이 널브러져 있었다. 대기하고 있었던 서너 명의 교도들을 목검으로 모조리 도륙한 다음에 좌장을 날려서 벽을 뚫은 다음 전진했다. 국수를 엿같이 만든 것도 복수하고, 죽은 자들에 대한 복수도 마쳤다. 상황이 상황인지라 졸음도 잊고, 배고픈 것도 잊었다. 넓게 포위망을 구축했다더니, 정작 바깥에 나오니까 대기하고 있던 교도들이 사방에서 몰려왔다. 하지만 사방이 탁 트인 곳이라 도망치는 것은 수월했다.

내가 과연 경공으로 강호십대고수의 서열에 들어갈 수 있을까? 목검을 넣은 다음에 사정없이 달렸는데도 양 대공, 광명우사, 차남이 아주 잘 따라왔다. 어쩐지 백응지 근처에 병력이 진을 치고 있을 것 같다는 예감이 들었기 때문에 반대 방향으로 달렸다. 멀리 돌아서 도망치다가 백응지로 향하는 게 맞다.

거리가 제법 있었기 때문에 뇌기를 사용해서 알리거나, 내공을 섞은 고함을 질러도 백응지에는 닿지 않는 상황. 사대악인이 합류하면 전세를 뒤집을 수 있을 것 같았는데 합류하거나 지원을 요청할 수 있는 뾰족한 수가 없어서 일단은 그냥 달렸다. 운이 좋아야 누군가가 탁자 위에 꽂혀있는 묵가비수를 볼 터였다. 일단은 경공에 집중하다가 힘이 남아도는 거 같아서 소리를 질러봤다.

"사람 살려!"

공중에 떴다가 몸을 회전해서 추격조의 상황을 살펴보니 양 대공, 광명우사, 차남이 삼대장처럼 선두에 서있고. 다음은 홍목한을 비롯한 중진이, 후미에는 교도들이 몰려오고 있었다. 내가 아무리 미친 놈이라지만. 정정당당하게 삼대장을 이길 것 같지는 않다. 달리다 보니까 흥이 잔뜩 올라서 자하신공이 등장할 가능성도 거의 없었다. 나는 왜 이렇게 도망을 칠 때마다 기분이 좋아지는 것일까. 오감이 발달해서 그런지 광명우사의 목소리가 귀에 꽂히듯이 잘 들렸다.

"…백응지로 네 인원 데리고 이동해. 검마가 합류하려 들면 백응지로 들어가서 무고한 자들부터 학살해라. 가라."

"알겠습니다."

대답하는 목소리를 들어보니 홍목한이었다. 이번에는 양 대공의 목소리가 점점 가까워졌다.

"언제까지 도망칠 것이냐?"

나도 아직은 여유가 있어서 양 대공의 말에 대답해 줬다.

"유언은 취소야. 그런 거 없다. 나는 일대일이 좋아."

"좋다. 내가 일대일을 할 테니 멈춰라."

"미친 새끼, 지랄."

백응지 근처의 지형은 이제 익숙하다. 나는 최대한 인적이 드문 장소를 향해 달렸다. 달리면서도 기분이 좋은 이유는 경공의 경지가 전생보다 깊어졌기 때문이다. 이번에는 광명우사의 목소리가 들렸다.

"문주, 이 정도면 네가 원하는 장소 아니더냐? 한적한 곳이다. 더 도망을 치면 병력을 따로 빼서 민가부터 학살할 것이다."

나는 코웃음이 절로 나왔다.

"염병할 놈, 왜 그렇게 치졸하게 사냐."

광명우사의 말에 흔들리지 않으려면 더 빨리 도망치는 게 낫다. 나는 공중으로 뛰어서 왼발을 내디뎠다가 폭포를 거슬러 오르듯이 암향표를 펼쳐봤다. 물론 도주하는 방향이다. 흙먼지로 된 폭포가 발끝에서 터지면서 파도처럼 일어났을 때 나는 암향표로 전방을 향해 뻗어나갔다. 거세게 쏟아지던 폭포를 단박에 뚫어내던 암향표다.

신선들이 사용하는 축지법을 쓴 것처럼 온몸이 바람에 휩싸였다.

내 생각은 이렇다. 무조건 이런 개새끼들하고는 쉽게 싸워주면 안된다. 한 사나흘은 개의 꼬리처럼 달고 다니는 게 낫다. 그래서 최선을 다해서 달렸다. 거리를 벌렸기 때문에 다시 공중에서 회전했다가 몰려오는 자들의 달리기 순서를 확인했다. 백응지가 점점 멀어지고, 인적은 드물어지고 있었으나 허공에 대고 외쳐봤다.

"…사람 살려!"

단언컨대, 역사상 나보다 큰 목소리로 사람 살리라는 말을 외쳤던 사람은 없었을 것이다. 내가 생각해도 우렁찬 목소리여서 근처에 산이 없는데도 메아리가 쳤다. 무공이 강해지면 허허벌판에서도 메아리를 칠 수 있는 것일까? 나는 "사람 살려"라는 말에 단조로운 음을 넣어서 도주하는 내내 노래를 불렀다. 명색이 하오문주인데다가, 온갖 분위기를 다 잡은 채로 탁자에 비수도 박고, 죽어서는 광마가 될 것이라는 허풍도 쳤지만 사실 나는 함부로 죽을 마음이 전혀 없다.

문득 광명우사, 마교주의 차남, 양 대공이 아무리 빠르게 쫓아와도 따돌릴 수 있는 무공, 내공, 경공을 얻은 것에 그저 감사하는 마음이 들었다. 워낙 속도가 빨라졌기 때문에 이대로 무림맹으로 도망을 쳐도 될 것 같았다. 이 생각을 하자마자 광명우사의 명령이 떨어졌다.

"고 조장, 우측으로 이동하면 벽천현이 나온다. 개 한 마리 남기지 말고 도륙해라."

"명을 받듭니다."

나는 광명우사의 말을 듣자마자 멈춰서 돌아섰다.

"…"

그러자 삼대장은 물론이고 나를 따라오던 마교의 전 병력이 멈췄다. 삼대장이 호흡을 가다듬고, 나머지는 헐떡이면서 다가오고 있었다. 나는 오른손을 든 채로 광명우사에게 말했다.

"내가 졌다. 항복하마. 황당할 정도로 악독하네."

그것을 실행에 옮길 놈들이라서 정말 어처구니가 없었다. 하필이면 나도 이곳의 길을 대충 알아서 금세 벽천현이 나온다는 점을 잘 알고 있었다. 양 대공이 앞으로 나서면서 말했다.

"무릎부터 꿇어라."

무릎을 꿇으라는 말에 나는 솟구쳐야겠다는 생각이 들었다. 갑자기 등줄기가 짜릿했다. 천악을 만나면 큰절이라도 한번 올려야 하는 게 아닐까. 내 머리 위로 쏟아지는 물줄기가 없다는 게 이렇게 행복하고 자유로운 일이었나? 나는 천악을 떠올리면서 중얼거렸다.

"선배, 우리의 수련이 꽤 멋진 일이었구나."

나는 자세를 숙였다가 폭포를 소멸할 수 있을 정도의 온 힘을 다해서 암향표를 펼쳤다.

'나보다 높이 뛸 수 있는 놈은 따라오도록 해라.'

창공으로 뻗어나가다가 겁도 없이 따라서 솟구치는 일부 교도를 향해 염계대수인을 쏟아냈다. 그사이에 백의서생과 신개 선배가 조언해 준 경중의 묘리를 펼쳐서 염계대수인의 반동을 몸으로 받아들였다. 그러니까 나는 암향표와 염계대수인의 힘을 더해서 솟구치는 중이다. 이 정도면 되지 않을까? 나 혼자서는 도달할 수 없었던 높은 곳에서 마교의 병력을 구경했다.

내가 이런 곳에서 일월광천에 죽는 것일까? 아무런 고민도 없이, 기다려 준 마교 병력을 향해 일월광천을 준비했다. 사실 엄청난 피해를 고려해서 적당한 것을 만들었어야 했는데 이미 강철의 산장을 다녀온 이후로 무공이 한층 더 깊어진 모양이다. 나는 공중에서 금구소요공과 월영무정공으로 만들어 낸 태극을 붙잡고 있었다. 광명우사가 말한 역천의 묘리로 일월광천을 완성하려는 순간에 양손의 엄지에서 백전십단공을 일으켰다.

파지지지지지지지지직!

나는 한숨이 절로 나왔다.

"…아, 사람 살려."

사실 하오문주를 죽이는 것은 나 자신이었나 보다. 그것이 광마인 셈이다. 금구소요공, 월영무정공, 백전십단공이 조합된 삼색三色의 일월광천을 최대한의 힘을 짜내서 떨어트렸다. 그럼 나는 어떻게 될까? 내가 비록 불가의 제자는 아니지만 나도 모르게 중얼거릴 수밖에 없었다.

"…나무아미 염병할."

일월광천을 던지지 않은 게 다행이다. 맹렬하게 회전하는 일월광천을 보면서 두 박자 정도 뒤늦게 떨어지던 나는 정말 병신이 따로 없을 정도로 손짓을 해가면서 대수인의 장력을 허공에 연달아 쏟아 냈다. 전방으로 쏟아내고, 발밑으로도 쏟아냈으나 일월광천의 여파를 피할 수 있을 정도의 거리를 벌리는 것은 애초에 불가능한 발악인 것처럼 느껴졌다.

이 순간, 내 눈에는 마교 병력이 개미 떼처럼 흩어지고 있는 게 보였다. 무엇보다, 복장이 남다른 삼대장들이 가장 빠르게 도망치고 있었다. 어쨌든 절기 한 방에 마교의 광명우사, 양 대공, 차남이 도망치는 것을 보고 있자니 그렇게 보람찰 수가 없었다. 생각해 보니까 이제 내가 살아남으려면 두 가지 방법밖에 없었다. 이상하게도 도전 정신이 들어서 조금 더 위험한 방법을 택했다.

일월광천의 여파를 내 무공으로 감당해야 하는 순간이다. 나는 오른손을 내밀고, 왼손을 그 뒤에서 보조했다. 귀가 먹먹해신다고 생각했을 때… 새끼손가락부터 내가 익힌 무공을 호출했다. 목계, 염계, 투계, 만월, 백전을 다섯 손가락에 휘감아서 형체도 소리도 없는 일월광천의 충격파를 오색장법五色掌法으로 받아쳤다.

순간, 체내에서 무언가가 거꾸로 올라오더니 입 밖으로 터져 나왔다. 방향에 대한 감각을 먼저 잃고, 그다음엔 청각과 시야가 사라졌다. 정신을 잃은 채로 떨어지면 온몸이 부러질 텐데, 하는 걱정이 들었다. 그래도 정신이 끊길 것 같아서 온몸에 월영무정공을 휘감아야겠다는 생각이 최후의 판단처럼 느껴졌다. 이미 설의고독을 펼쳐 봤었던 터라, 아주 어렵지는 않았다. 대체 나는 언제 철이 드는 것일까? 광마가 결국에 하오문주를 죽이는구나, 하는 생각이 들었을 때 정신을 잃은 채로 바닥에 부딪혔다. 고통 때문에 혼절과 정신 차리는 것을 짤막하게 반복했다.

그래도 내가 일양현의 사내는 맞는 모양이다. 내뱉은 말은 지켰다. 온몸이 부서질 것 같은 고통을 느낀 채로 구르다가 멈췄을 때 맑은 하늘이 보였다. 만약 운이 너무 좋아서 일월광천에서 살아남은

삼대장이 있다면 지금 다가와서 나를 죽일 수 있을 터였다. 설의고
독도 너무 짧게 펼친 터라 온몸이 굳진 않았다. 하지만 당장은 움직
일 수가 없었다. 어찌 된 노릇인지 움직일 수가 없는데도 주둥아리
는 살아있었다.

"…사람 살려."

주둥아리가 살아있다면 오히려 좋다. 침상에 누운 채로 활동해도
마교를 무너뜨릴 수 있겠다는 생각이 들었다. 그렇게 되면 내 별호
는 와룡광마臥龍狂魔가 되지 않을까. 사실 정확한 내 유언은 사람 살
려다. 이대로 죽을 수는 없었다. 움직일 수 있는 신체 부위부터 움직
여 봤다. 손가락과 발가락을 꿈틀댄 다음에 목이 부러지지 않았는지
부터 점검했다. 입으로 호흡을 하자마자 먼지가 뿜어져 나왔다. 고
개를 살짝 들어서 살펴보니 나는 구덩이 같은 곳에 반쯤 파묻힌 상
태였다. 아마도 내 신체가 땅에 부딪혀서 만들어 낸 구덩이 같았다.

"…"

나는 비틀대는 몸을 추슬러서 강제로 일어났다. 이상할 정도로 지
평선이 깨끗했다. 일월광천의 여파라면 시체가 산처럼 쌓여있어야
하는데 말이다. 도망가자는 생각과 어떻게 된 일인지 궁금하다는 생
각이 자웅을 겨뤘으나 늘 그렇듯이 궁금함이 앞서서 전방으로 걸었
다. 몸에 힘이 없었기 때문에 허리춤에 멀쩡하게 매달려 있는 목검
을 뽑았다.

앞으로 가서 확인해 보니 땅이 있어야 할 곳에 땅이 안 보였다. 온
통 구덩이였다. 마치 눈앞에 만장애의 막내 제자가 생긴 것 같은 구
덩이가 보였다. 가늠이 되지 않을 정도로 넓고 또한 깊었다. 놀랍게

도 내가 있는 곳에서 가장 먼 지점에 가부좌를 튼 채로 앉아있는 광명우사가 보였다.

양 대공과 차남은 당장 보이지 않았으나 광명우사가 가부좌를 틀고 있는 것을 보자마자 다리에 힘이 풀려서 나도 자연스럽게 가부좌를 틀었다. 대체 어떻게 살아남았을까? 눈치가 빨라서 경공으로 최대한 빠르게 거리를 벌렸던 것일까? 아니면 나처럼 장력으로 피해를 최소화한 것일까. 사실 내가 일월광천을 떨어뜨렸을 때부터 삼대장은 기장 먼저 경공으로 달아나고 있었다.

'지독하네.'

광명우사도 나를 쳐다보고 있었는데 당장은 움직일 생각이 없어 보였다. 엉망진창인 내 상태를 가늠해 봤을 때 광명우사도 제법 다친 것처럼 보였다. 나는 멀리 떨어져 있는 광명우사에게 물었다.

"…이봐, 우사."

"…"

"심각한 표정으로 유언을 고민하는 중인가? 수하들 다 죽으니까 어때?"

나는 저놈이 대답하지 않는 상황 자체가 웃겨서 낄낄댈 수밖에 없었다.

360.
악의 본질은 남 탓

일월광천의 여파에 내가 더 다쳤을까 아니면 광명우사가 더 다쳤을까. 일단은 나도 잘 모르겠다. 확실한 것은 나도 당장 일어나는 게 버겁고, 광명우사도 당장은 일어나서 나를 향해 달려오진 않고 있다. 광명우사는 살짝 넋이 나간 것 같기도 하고, 고민에 빠진 사람처럼 보이기도 했다. 어쨌든 일월광천이 이렇게 무섭다. 이때, 광명우사의 좌측에서 온몸에 피를 뒤집어쓴 양 대공이 등장하더니 구덩이의 가장자리에 서서 나를 노려봤다.

"…"

"이런…"

본래 하얗던 양 대공의 머리가 새빨갛게 물들어 있었다. 수하들을 마구잡이로 붙잡아서 시체로 만든 다음에 방패로 대체한 것일까? 그렇지 않고서야 저렇게 많은 양의 피를 뒤집어쓸 수는 없었다. 나는 두 사람을 쳐다봤다.

"이제 이 대 일이냐?"

광명우사가 고개를 돌리더니 양 대공에게 물었다.

"괜찮으신가?"

양 대공이 고개를 젓더니 가부좌를 튼 채로 나를 쳐다봤다.

"…황당하군. 황당해."

목소리가 꽤 안정적이라는 생각이 들었다. 정적이 감도는 와중에 이번에는 구덩이의 중간 벽면에서 퍽- 소리와 함께 흙무더기가 터져 나왔다. 나는 자연스럽게 욕이 튀어나왔다.

"아이, 제기랄. 더 있어? 누구냐? 어떤 놈이냐."

구덩이 중간에 시커먼 동굴이 생겼다. 보기 드물게 덩치가 큰 두더지가 튀어나오면 얼마나 좋을까? 그런 일은 벌어지지 않았다. 동굴에서 너덜너덜해진 시체의 잔해가 튀어나오더니 차례대로 구덩이에 빠졌다. 몇 구의 시체인지는 가늠할 수가 없었다. 형체를 알아보기 힘든 사체였기 때문이다.

이내 온몸에 흙을 뒤집어쓴 사내가 구덩이 바깥으로 빠져나오더니 손으로 얼굴을 닦았다. 교주의 아들이 저런 꼴을 당했는데도 양 대공과 광명우사는 호들갑을 떨지 않았다. 마치 살아남을 것이라고 믿고 있었던 모양이다. 양 대공이 차남에게 반말로 물었다.

"…괜찮으냐?"

차남이 구덩이를 오르면서 대답했다.

"오른팔이…"

차남이 왼손을 내밀자, 양 대공이 끌어당겨서 부축했다가 옆에 앉혔다. 양 대공이 달라붙어서 팔과 어깨를 만지더니 이내 뼈 맞추는 소리가 들렸다. 당연하게도 차남은 비명을 내지르지 않았다. 귀를 기울여 보니까 이런 말을 속삭이고 있었다.

"…팔뚝은 부러지고, 어깨뼈는 완전히 박살 났다."

나는 일월광천의 참극에서 살아남은 세 사내를 향해 박수를 보냈다.

짝짝짝짝짝짝짝…

"축하한다. 살아있으면 됐지."

세 사람이 생존한 이유는 이제 알 것 같다. 일월광천의 위력이 한층 더 강해진 것까진 좋았는데, 내가 너무 높이 솟구쳤던 모양이다. 그러니까 저 정도 고수들이라면 일월광천이 높은 곳에서 낙하하는 시간 동안에 제법 먼 거리를 도망치거나, 교도들을 이용해서 피해를 줄일 시간이 충분했던 셈이다. 우습게도 여전히 구도는 삼 대 일이었지만… 광명우사와 대공이라 불리는 놈들이 구덩이를 가로질러서 넘어오진 않고 있었다. 그렇다고 당장 도망칠 생각도 없어 보였다. 내 상태가 정확하게 어떤지, 저 셋도 모르기 때문이다. 나는 세 사람에게 말했다.

"애초에 나를 찾아와서 일대일을 하자고 했다면 이런 피해는 없었을 거야. 일대일을 피할 내가 아니다. 결과를 봐라. 왜 항상 이런 실수를 반복하는 거지?"

대답하는 놈이 없어서 우리는 잠시 구덩이를 중앙에 둔 채로 대치했다. 문득 저 셋이 도망가지 않는 이유를 하나 더 알아냈다.

"백응지로 갔었던 놈들이 이곳에 도착하는 게 빠를까. 아니면 백응지에 있는 내 지원군들이 오는 게 빠를까. 어떻게 생각하나?"

양 대공은 내 말을 무시한 다음에 광명우사를 바라봤다.

"우사, 멀었소?"

광명우사도 내 말을 무시한 채로 입을 열었다.

"무엇이?"

"회복했느냐고."

"아직. 나는 그대처럼 교도들을 방패 삼지 않아서 말이지."

"음. 굳이 이런 상황에서 빈정대야겠소?"

"사실을 말했을 뿐이야."

양 대공이 나를 쳐다봤다.

"분명히 저놈도 부상이 깊을 거요. 잡을 수 있소."

양 대공이 차남에게 말했다.

"너는 여기 남아라. 우사와 내가 잡아 올 테니."

양 대공의 제안에는 내가 대신 대답했다.

"두 사람이 나한테 오면 차남부터 죽일 거야. 이 구덩이를 봐라. 이곳에선 경공 싸움을 벌여야 해. 아까도 따라잡지 못했는데, 이번에는 가능할 것 같으냐? 한 놈은 차남을 지키고 있고, 한 놈만 이쪽으로 와라. 그러면 내가 좋아하는 일대일이야. 어때?"

광명우사가 갑자기 내 걱정을 해줬다.

"문주, 도망가지 않고 뭐 하느냐? 도망갈 힘도 없나?"

나는 고개를 내저었다.

"아니지. 우리 목숨은 운에 맡겨보자고. 아까 그놈이 오면 내가 곤란해지고, 사대악인이 오면 너희 셋은 죽은 목숨이야."

나는 옆에 있는 돌멩이를 주워서 왼손으로 붙잡은 다음에 손을 올려서 돌멩이를 조준했다. 이상하게도 몸은 정상이 아니었지만… 손가락은 어느 정도 힘이 돌아온 상태. 그러니까 전신의 기운이 싹 빠졌을 경우, 주둥아리가 가장 먼저 회복되고 그다음은 손가락인 듯싶었다. 확인.

그중에서도 하필이면 중지와 엄지가 가장 멀쩡했다. 그 뜻은 무엇이냐? 천악이 말한 중지탄지공을 수련할 시간이라는 뜻이다. 내가 지금 꽤 멀쩡하다는 허세를 부리기 위해서는 이보다도 더 좋은 무공이 떠오르지 않았다. 나는 왼손으로 붙잡은 돌멩이를 중지탄지공으로 가격했다.

펵!

경쾌하게 날아간 돌멩이가 가부좌를 틀고 있는 광명우사의 정수리로 향했다. 거리가 너무 멀었던 탓일까. 광명우사가 고갯짓으로 돌멩이를 어렵지 않게 피했다. 하지만 날아간 돌멩이는 한참을 더 뻗어나갔다. 내가 봐도 내 몸이 완벽하게 회복된 게 아닐까 싶을 정도로 빨랐다. 나는 숨을 들이마신 다음에 주둥아리를 열었다.

"아무튼 축하한다. 이번에도 병력을 잔뜩 끌고 왔는데 몰살당했네. 말했다시피 너희 셋이 죽든 말든 간에 대세에는 지장이 없다. 서생과 무림맹, 하오문, 남천련과 제천맹, 백도와 흑도, 점소이와 무고하게 죽은 자들의 형제, 자매, 옆집 친구들까지 대동해서 마교를 상대할 거야. 아, 세가와 제왕들도 잊으면 안 되겠지."

광명우사가 대답했다.

"전세가 여전히 너희에게 불리하다는 것은 대전이 벌어지고 나서야 알 것이다."

"그러냐?"

나는 일어나서 세 사람을 바라봤다. 대화를 나눠보니까 이상하게도 광명우사의 상태가 나보다 훨씬 멀쩡하다는 생각이 들었다. 그런데도 일부러 움직이지 않는다는 의구심이 들었다. 흑의인도 광명우사에게 당해서 흡수당했다는 것을 고려하면 내 의구심에는 충분한 근거가 있다. 나는 한쪽 팔이 완벽하게 부러진 차남을 쳐다보다가 일단 이간질을 시도했다.

"차남."

"…"

"너 조심해라. 흑의인도 흡수한 광명우사야. 네놈이 교주 아들이라고 봐줄 분이 아니시다. 그렇게 되면 네 아비는 어쩔 수 없이 대공자를 후계로 점찍겠지. 양 대공, 어떻게 생각해? 네가 차남의 외숙부지? 차기 교주의 외숙부가 되려면 조금 더 잘 보필해야 할 거야."

광명우사가 싸늘한 어조로 대답했다.

"그런 같잖은 이간질이 통할 거라 보느냐?"

나는 고개를 저었다.

"같잖은 이간질? 누가 함부로 흑의인을 흡수하라고 하더냐. 그게 교주의 명령이었어? 아니야. 차남, 양 대공. 말해봐라. 교주의 명령이었나?"

"…"

"우사는 객잔에서 너희가 들어오기 전에 내게 물었다. 나를 흡수하면, 삼재를 넘어설 수 있을 것 같냐고 말이야. 내가 생각하기엔 삼재와 비슷해질 것 같아. 너희는 어떻게 생각해? 나를 생포해도 교주에게 데려갈 놈이 아니다."

차남은 아무 말이 없고. 양 대공은 고개를 돌리더니 광명우사를 바라봤다.

"신경 쓸 것 없소. 저런 이간질에 누가 당하겠소."

광명우사가 고개를 끄덕이자, 양 대공의 말이 이어졌다.

"그건 넘어갈 수 있겠는데 아무리 봐도 아직 여력이 남은 것 같아서 말이오. 우사가 처리해 주면 안 되겠소?"

이것은 믿는다는 말일까, 안 믿는다는 말일까. 함께 들은 나도 알쏭달쏭해지는 말이었다. 광명우사가 말했다.

"문주는 계략에 밝아서 힘을 아끼고 있소. 당장 끝내지 못하는 사이에 좌사나 그의 제자가 올 수도 있고."

양 대공이 말했다.

"그럴 수도 있겠군. 그럼 나는 조카와 먼저 퇴각하겠소."

양 대공의 말에 광명우사가 눈을 크게 떴다. 결국에는 의심을 하고 있다는 소리였기 때문이다. 일단 나는 그렇게 해석했다. 광명우사가 되물었다.

"퇴각?"

양 대공이 말했다.

"퇴각도 그대의 허락을 맡아야 하나?"

"적이 남아있는데 어째서 함부로 퇴각한단 말인가."

"당신이 제법 멀쩡한 상태임에도 나서질 않으니 퇴각할 수밖에. 교주님에게 보고하고 다시 오는 게 좋겠소."

나는 미소가 절로 나왔다.

"ㅎㅎㅎㅎ."

이간질이 이렇게 통할 줄이야. 하지만 내 기쁨은 오래가지 않았다.

"음."

날씨가 여러 차례 오락가락하는 것처럼, 갑자기 홍목한을 비롯한 교도들이 대거 등장해서 구덩이의 가장자리에 도착했다. 내가 알기로 홍목한은 광명우사의 수하다. 홍목한은 도착하자마자 넋이 나간 표정으로 구덩이를 바라보고 있었다.

"이게 대체…"

내가 세상을 잘못 산 것일까. 아니면 백응지에 무슨 일이 생긴 것일까. 아무리 거리가 멀어도 일월광천의 굉음은 마른하늘에 날벼락과 같아서 백응지에서도 소리가 들렸을 터였다. 광명우사가 홍목한에게 말했다.

"생포해라."

명령을 받은 홍목한이 수하들을 이끌고 구덩이의 가장자리를 크게 돌아서 내 쪽으로 달려왔다. 그사이에 광명우사가 말했다.

"두 사람은 퇴각하시오. 좌사가 오면 살려주기 어렵소."

나는 다가오는 홍목한을 향해 말했다.

"무슨 생각으로 오는 것이냐? 멍청한 놈들."

나는 헛기침을 한 다음에 검을 뽑았다. 뒤로 물러나다가 휘청거리는 연기를 한 번 펼쳤다. 사실 연기가 아니라 정말 다리에 힘이 살짝 풀린 상태였다. 일월광천을 펼쳤기 때문에 내공이 온전하게 남아있을 이유가 없었다. 그러니까 내가 일월광천의 위력을 멋대로 결정하는 게 아니라, 조합되고 있는 일월광천이 내공을 퍼내서 쓰는 구조였다.

…
광마회귀7

뛰어올랐을 때 흥이 너무 과했던 모양이다. 온몸이 **뻐근한** 상태였지만, 다행히 검은 휘두를 수 있었다. 나는 다가오는 홍목한을 보면서 목검을 쥐고 있는 오른손을 계속 쥐었다 폈다 하면서 외공과 내공을 쥐어 짜냈다. 홍목한 일행이 근처까지 왔을 때 나는 숨을 크게 내쉬면서 자리에 주저앉았다.

"후…"

어느새 거리를 좁힌 색마가 공중에 떠있는 상태였다. 나는 잠시 목검을 내려놓은 다음에 갑작스럽게 등장한 색마를 향해 박수를 보냈다.

짝짝짝짝짝…

살다 살다, 색마의 등장에 내가 박수를 보낼 줄이야.

"색마 등장."

박수를 보내면서 구경하고 있으려니 공중에서 냉기가 펑펑 잘 터졌다. 어느새 홍목한 일행이 색마를 둘러싼 채로 공격을 퍼붓고 있었는데, 색마는 평소와 다르게 두 자루의 비수를 휘두르고 있었다. 묵가비수 두 자루였다. 하나는 색마의 것이고, 다른 하나는 탁자에 박아 넣었던 내 것인 모양이다. 나는 광명우사가 있는 곳을 쳐다봤다.

"…"

어느새 양 대공과 차남의 모습은 보이지 않고, 광명우사는 이쪽을 관전하고 있었다. 나는 여전히 퇴각하지 않고 있는 광명우사에게 말했다.

"우사, 아직도 미련이 남았나? 내가 이겼어. 운도 내 편이야. 이 실패한 인생아."

자리에서 일어난 광명우사가 팔짱을 끼더니 나를 보면서 웃었다.

"문주, 내 걱정 하지 말게. 내가 좌사보다 빠르니."

"그러냐?"

나는 이상하게도 광명우사가 무슨 생각을 하고 있는지를 이제야 알 것 같았다.

"우사, 차남도 노리고 나도 노리고 있었나? 진짜 악독한 놈이네."

건너편에서 어물쩍거렸던 이유는 차남을 흡수하기 위해서 기회를 엿봤던 게 아닐까 하는 생각이 들었다. 양 대공도 눈치가 좀 있고, 내가 어떤 상태인지 몰라서 실행에 옮기지 않았던 셈이랄까. 광명우사가 말했다.

"문주, 네가 만든 이 참상을 봐라. 네가 악인인지, 내가 악인인지. 모르겠구나. 나도 느끼는 바가 많았다. 내가 진정한 비인非人의 길을 걷는다면 그것은 네 덕이겠지. 나조차도 경계했던 길인데 네가 문을 열어주는구나."

"왜 또 내 탓이야? 너는 본래 그런 놈이야. 남 탓하지 말도록."

광명우사가 손을 내밀더니 나를 가리켰다.

"퇴각하마. 어느 길로 갈지는 나도 모르겠다. 어느 마을로 갈지도 모르겠고. 내키는 대로 가마. 문파가 있는 곳으로 갈 수도 있고, 일양현으로 갈 수도 있다. 혹은 흑도 세력이 즐비한 곳으로 갈 수도 있겠지. 내가 어디로 갈까? 나도 모르겠구나."

나는 숨을 크게 들이마셨다가 경공을 펼쳐서 구덩이의 외곽을 달렸다. 예상대로 광명우사는 경공을 펼치면서 사라졌다. 지금까지 들은 이야기를 종합하면 광명우사는 곧장 학살을 저지르겠다는 뜻이었다. 그것도 비인의 길을 걸어서 강호인과 무고한 자들까지 마구잡이로 흡수하겠다는 말이나 다름이 없다. 그러니까 일월광천으로 일으킨 참사를 목격한 탓에 광명우사가 인간의 길을 포기하겠다는 뜻이기도 하다. 이 무슨 개 같은 논리인가 싶다가도⋯ 내 탓이 있는 것 같아서 황당했다.

361.
내 탓을 하더라고

경공을 펼쳐서 달리는 와중에 구덩이가 너무 넓다는 생각이 들었다. 우사는 처음부터 반대편에 있었기 때문에 따라잡는 것은 어려워 보였다. 추격을 잠시 멈춘 다음에 구덩이를 바라봤다.

"…"

내가 만든 작은 지옥에 교도들의 잔해와 흙먼지가 뒤섞여 있었다. 구덩이를 보고 있으려니 누가 더 악인이냐는 질문에는 쉽게 답할 수 있었다. 물론 나다. 그래서 어쩌라고? 나는 평소와 다른 웃음이 흘러나왔다. 웃어야겠다는 생각을 하면서도 웃음은 물론이고 표정도 억지스러웠다.

광명우사의 말이 내 급소 어딘가를 찌른 모양이지? 나는 잠시 급소가 찔린 마음을 가라앉힌 채로 구덩이 건너편에서 흉목한 일행을 학살하는 색마를 바라봤다. 예전에 봤던 것보다 훨씬 잘 싸우는 것 같아서 도울 필요가 없었다. 가부좌를 튼 다음에 구덩이를 쳐다보면서 죽은 놈들을 배웅했다. 손으로 흙을 긁어서 움켜쥔 다음에 구덩이에 뿌렸다.

"…잘 가라. 누군가가 개미 떼를 밟아도 너희처럼 깨끗하게 소멸하진 않을 거야. 재수가 없었지. 나랑 싸우면 대체로 그렇게 된다. 마교도 예외는 없어."

제왕들과 서생, 천악의 마음까지는 제법 빛이 내리쬐는 곳으로 돌렸지만, 그에 대한 반대급부가 생긴 것처럼 광명우사는 비인非人의 길을 걷겠다고 선언했다. 이것을 어찌 막겠는가? 사실 검劍은 막을 수 있지만 마음이 변하는 것을 막을 방법은 없다. 교주가 검마의 발걸음을 되돌릴 수 없었던 것처럼 말이다.

광명우사가 내 탓을 하고. 그것 때문에 학살이 벌어진다면, 내 탓도 있겠지. 교도들을 학살했기 때문에 저들에게 복수의 명분을 준셈이랄까. 광명우사가 지랄하는 것보다는 복수의 명분을 줬다는 게 매우 불쾌했다. 다만 임소백과 무림맹이 멀쩡하다. 곳곳에 서생들이 숨어있고, 제왕들도 멀쩡한 강호다. 큰 흐름이 올바른 방향으로 이어진다면, 나 혼자서는 막지 못할 일들도 다른 자들이 해결할 것이라는 믿음으로 마음을 다스렸다.

이 강호에는 협객들이 있다. 협객이 아니더라도 선을 넘지 않으려는 자들이 있다. 만약, 지금 당장 내가 천하제일의 무공을 가졌더라도 광명우사의 비틀린 마음에서 비롯된 일을 막을 수 없다면… 그래서 더더욱 제자들을 배출해야 하는 것이 아닐까 하는 생각이 들었다.

결국에는 협객이 가장 강하다고? 그것은 맞는 말이다. 천하제일

고수도 해내기 어려운 일이 생기더라도 협객들은 해낼 수 있기 때문이다. 기성자가 말한 협객은 단 한 사람을 말하는 게 아니었던 셈이다. 늙어서 죽을 때까지 임소백이 혼자서 뛰어다닐 수는 없지 않겠는가? 나는 다시 흙을 움켜쥔 채로 구덩이에 뿌렸다.

"잘 가라. 시키는 대로 살던 놈들아… 불쌍한 새끼들."

여태 색마가 날뛰는 것을 보아하니 홍목한 일행도 제법 강했던 모양이다. 그러나 어느새 합류한 귀마가 육합검을 휘두르자, 상황이 빠르게 정리되고 있었다. 어느새 등장한 검마가 내 옆에 앉더니 나를 쳐다봤다.

"…다친 곳은?"

나는 검마를 쳐다봤다가 앓는 소리를 내뱉기 싫어서 손으로 가슴을 두드렸다. 심마心魔를 해결하는 중이라는 손동작이다. 맏형이 무슨 의미로 받아들였는지는 모르겠으나, 고개를 한 번 끄덕인 다음에 나처럼 구덩이를 쳐다봤다.

"누가 왔더냐?"

"차남, 양 대공, 광명우사."

검마가 한숨을 내쉬었다.

"용케 버텼구나. 잘했다."

"잘한 거 맞아?"

검마가 미간을 좁히더니 내 눈을 들여다보면서 말했다.

"이 이상 어떻게 더 잘한단 말이냐?"

"음."

검마는 구덩이를 쳐다보면서 말했다.

"이 절기를 쓰지 않았다면 우리가 합류하는 것도 불가능했을 것이야. 제자 놈이 마른하늘에 날벼락이 쳤다고 하니까, 둘째는 날벼락 치고는 소리가 너무 크다고 했다."

나는 검마를 쳐다봤다.

"그래서?"

검마가 덤덤한 어조로 말했다.

"우리 셋이 무작정 달렸지. 어디로 가는지도 모른 채로."

나는 그제야 웃음이 흘러나왔다.

"우사를 놓쳤어. 아, 아니군. 양 대공과 차남도 놓쳤지."

"놓치는 게 이상한 일은 아니다. 우사도 바닥을 내보인 적 없었던 사내야. 단순히 놓쳤다는 이유로 네가 이렇게 울적해할 리가 없지. 우사가 뭐라고 하더냐?"

어쩐 일인지 맏형은 상황을 얼추 다 이해하고 있었다. 맏형에게 우사의 말을 전달했다.

"내 일월광천에 정신적인 충격을 받은 모양인지 비인의 길을 걷겠다고 하더군. 내 탓이라고 하면서 말이야."

검마가 고개를 끄덕이면서 대답했다.

"우사도 평정심을 잃을 때가 있구나. 그따위 말을 하다니. 하지만 신경 쓸 필요 없다."

"왜?"

"인제 와서 비인의 길을 걷겠다는 것은 염치가 없는 발언이지. 오래전부터 그렇게 강해졌던 사내야. 사라졌다가 나타나면 어느새 기도가 달라져 있었다. 나도 알고 교주도 알았지만, 굳이 묻진 않았다.

나는 우사를 어느 정도 알아. 백응지에서 올 지원군을 피할 생각으로 도주하고, 동시에 너를 끌어낸 다음에 한적한 곳에서 반격했겠지. 차라리 쫓지 않은 게 잘한 일이다. 경계심이 많은 놈이라서 혼자 추격전을 벌일 수도 있겠지. 심마는 누구에게나 온다. 우사도 예외는 아니야."

"사실 따라갈 기운도 별로 없었어. 어쩐지 나보다 힘이 더 남아도는 것 같더라고. 일월광천의 여파도 제법 잘 견뎌내고."

색마와 귀마가 호흡을 가다듬으면서 디기왔다. 귀마가 오자마자 내 얼굴을 쳐다보면서 말했다.

"다친 곳은? 안색이 병든 닭처럼 안 좋구나. 닭만 먹어서 그런가?"

나는 귀마의 농담에 혼자 웃었다. 색마는 피가 잔뜩 묻은 묵가비수 두 자루를 내게 내밀었다.

"뭐가, 네 것이냐? 손잡이에 하오문주라고 적든가. 아니면 그냥 미친놈이라고 적든가. 구별이 안 되잖아. 미친놈아."

둘 다 똑같은 묵가비수인데 내가 어찌 알겠는가?

"아무거나 줘."

색마가 묵가비수 한 자루를 내게 던졌다. 나는 비수를 받은 다음에 칼날에 묻은 피를 옷소매에 닦았다. 당연하게도 사대악인에게 신호를 남기려면 섬광비수보다는 묵가비수가 알아보기 쉬웠을 터였다. 우리는 잠시 가장자리에 나란히 앉아서 깊은 구덩이를 구경했다. 색마가 검마에게 말했다.

"사부님, 교에 인재가 확실히 많나 봅니다. 제법 강했습니다."

검마가 고개만 끄덕이자, 귀마가 말했다.

"구덩이가 왜 이렇게 크냐? 보고 있는데도 안 믿기네. 셋째의 마음에도 구멍이 뚫렸나?"

귀마의 말에 색마가 고개를 내밀더니 나를 쳐다봤다.

"원래 뚫려있지 않았나? 아님 말고."

나는 고개를 끄덕였다.

"원래 뚫려있었지. 이 구덩이처럼 크진 않았지만."

나는 세 사람에게 부탁하듯이 말을 이어나갔다.

"…하루만 쉬자."

색마가 대답했다.

"이틀 쉬어도 된다. 할 일도 없는 놈이."

"우사가 비인의 길을 걷겠다고 하더군. 어디서 사고를 칠지는 모르겠지만 뒤쫓아야지. 찾을 수 없더라도 찾는 시늉이라도 해야지. 헛걸음이라도 해야 해. 마치 형체가 없는 악惡을 뒤쫓는 느낌이야."

색마가 말했다.

"셋째, 상태가 안 좋은데요?"

검마가 고개를 끄덕였다.

"본래 안 좋았으니 큰 걱정하지 않아도 된다."

"예."

귀마가 손을 내밀더니 구덩이 어딘가를 가리켰다.

"와, 저기 봐라. 사람 손이 솟아있다. 죽었겠지? 가볼까?"

귀마의 말이 끝나자마자 모래가 허물어지듯이 움직이더니 팔 하나가 힘없이 쓰러져서 아래로 굴러갔다. 검마가 내게 물었다.

"왜 이렇게 빨리 복귀했느냐? 적어도 일 년은 수련할 것이라 예상했는데."

나는 고개를 저었다.

"사람이 닭만 먹을 수는 없지. 닭이 분노할 거야. 이제 천악과는 함께 밥을 먹고, 술을 마시고, 농담할 수 있는 사이가 됐어. 그 정도면 됐어. 내가 괜히 더 나댔다간 평소처럼 헛소리를 할 수 있었기 때문에 적절한 시점에서 그냥 물러난 셈이야."

나는 그제야 숨을 크게 들이마셨다가 내쉬었다. 문득 우리 넷은 동시에 하늘을 쳐다봤다. 하늘이 번쩍였다. 먼 곳에서 먹구름도 몰려오는 중이었다. 이어서 일월광천이 아닌 벼락이 어딘가에 떨어지더니 빗방울이 한두 개씩 떨어졌다. 내 감상 때문에 사대악인이 비를 처맞을 이유는 없어서, 내가 먼저 일어났다.

"가자고."

몇 걸음을 걷지도 않았는데 빗줄기가 굵어지더니 어느새 폭우가 쏟아졌다. 나는 사대악인과 나란히 걸으면서 쏟아지는 비를 처맞다가, 마음을 새롭게 다잡았다.

"…개새끼가 내 탓을 하더라고."

"…"

"내 탓인 걸로 하자. 찾아서 죽여야지."

색마가 두리번거리다가 말했다.

"근데 어디로 가는 거야? 백응지가 아닌데."

나는 계속 걸으면서 말했다.

"뒤쫓아야지. 가면서 쉬면 돼."

내 단순한 계획에 먼저 맏형이 동의해 줬다.

"좋다. 가자."

색마가 중얼거렸다.

"사부님, 이렇게 무작정 걸어서 찾을 수 있을까요?"

검마 대신에 내가 대답했다.

"찾지 못하더라도 찾으러 가야지. 세 사람이 날 찾아낸 것처럼."

색마가 중얼거렸다.

"아, 그런 거냐?"

그다음에 우리는 아무 말 없이 빗속을 걸었다.

* * *

광명우사는 쏟아지는 비를 맞으면서 걷다가 평소보다 자주 뒤를 돌아봤다. 폭우가 쏟아지고 있어서 오감이 평소와 달랐다. 길을 걷는 도중에 녹사의綠蓑衣를 팔고 있는 늙은이가 보여서 다가갔다.

"얼마인가?"

주름이 자글자글한 늙은 상인이 광명우사를 보면서 말했다.

"죽립까지 하시면 석 냥입니다."

"석 냥? 왜 그렇게 비싼가. 공용 은자 석 냥? 비가 내린다고 바가지를 씌우는구나."

늙은 상인이 놀란 표정으로 대답했다.

"예? 철전 석 냥입니다."

광명우사는 전낭 안을 뒤적거리다가 늙은 상인을 바라봤다.

"철전?"

"예."

전낭에 철전은 없었다. 얇게 잘린 공용 은자 하나를 꺼내서 내밀자, 늙은 상인이 곤란한 표정으로 말했다.

"그냥 가져가십시오."

광명우사가 고개를 갸웃하면서 대답했다.

"왜?"

"거스름돈이 없습니다."

광명우사는 늙은 상인을 노려보다가 물었다.

"너도 하오문이냐?"

"하오문이 뭡니까. 그냥 가져가십시오. 은자를 받을만한 물건은 아닙니다."

광명우사는 머리에 죽립을 쓰고, 녹사의를 걸친 다음에 주변을 한 차례 둘러봤다. 처마 아래서 쳐다보고 있는 상인들이 몇 명 있었다. 때마침, 길에서 시커먼 옷을 입은 강호인 두 명이 걸어오더니 늙은 상인에게 말했다.

"구 노야, 무슨 일이야?"

늙은 상인이 손을 내저으면서 대답했다.

"아, 아무 일 아닙니다. 여기 잔돈이 없으셔서."

늙은 상인이 입을 거의 움직이지 않은 채로 광명우사에게 속삭였다.

"흑도 놈들이니 어서 가세요."

"흑도가 있어?"

근처까지 다가온 흑의인이 광명우사를 쳐다봤다.

"뭐라고 중얼대는 것이냐?"

···

광명우사는 죽립을 내려서 눈빛을 가린 다음에 흑의인들을 위아래로 살피다가 결국에는 통용 은자를 꺼내서 늙은 상인에게 던졌다. 늙은 상인이 화들짝 놀라면서 말했다.

"아이고, 이렇게 안 주셔도 됩니다. 거스름돈을 제가…"

"됐다."

광명우사는 배를 채울 곳이 없는지를 살펴보면서 빗속을 걸었다. 딱히 들어가고 싶은 곳이 안 보여서 골목으로 들어가자, 예상했던 대로 뒤따라온 흑의인들의 목소리가 등 뒤에서 들렸다.

"멈춰라."

광명우사가 돌아선 다음에 죽립을 살짝 들어서 흑의인을 바라봤다.

"무슨 일인가?"

한 사내가 시답지 않은 소리를 내뱉었다.

"왜 남의 구역에 들어와서 돈 자랑이냐. 돈이 그렇게 많아? 많으면 적선 좀 해라."

광명우사는 전혀 다른 말을 내뱉었다.

"…너희 문파는 전부 몇 명이냐?"

"뭐?"

"귀가 잘 안 들리나? 전부 몇 명이냐고. 안내해라."

"미친놈인가?"

광명우사가 한숨을 내쉰 다음에 손가락으로 가리키자, 한 사내의 귀가 별다른 소리도 없이 반듯하게 잘리면서 뒤쪽으로 날아갔다. 쏟아지는 빗물에 귀에서 터진 핏물이 뒤섞이면서 비명이 터지려는 순간, 광명우사가 다시 손을 휘두르자 이번에는 목이 날아갔다. 텅-

소리와 함께 동료의 목이 떨어지자, 옆에 있던 흑의인이 눈을 부릅 뜬 채로 동료의 목을 바라봤다.

"…"

광명우사가 말했다.

"안내해라. 두 번 말하게 하지 말고. 그리고 시끄러운 것도 싫어하 니까. 비명도 지르지 말고, 주둥아리도 다물도록 해. 앞장서라."

흑의인이 돌아서더니 비를 맞으면서 걸었다. 광명우사가 나란히 걸으면서 물었다.

"몇 명이냐?"

"팔십삼… 팔십이 명입니다."

"한 놈이 방금 죽었으니 그래야지. 한곳에 다 모여있나?"

"그렇진 않습니다."

"부르면 오겠지. 내가 돈이 많아 보여서 따라왔나?"

"예."

"과연 흑도로구나. 흑도는 대부분 돈 때문에 죽곤 하지."

흑의인이 물었다.

"그런데 누구십니까?"

광명우사가 흑의인을 바라봤다.

"나는 광명우사라 불리는데, 들어봤나?"

문득 걸음을 멈춘 흑의인이 창백한 낯빛으로 광명우사를 쳐다봤 다.

"…"

광명우사가 고개를 끄덕였다.

"들어본 모양이군. 죽음을 각오한 표정이야. 안내하지 않을 셈이냐? 어차피 물어보면 그만이다."

흑의인이 짤막하게 한숨을 내쉬었다가 그대로 칼을 뽑았다. 시커먼 칼이 반쯤 뽑혔을 때, 흑의인의 팔과 칼이 동시에 땅에 떨어졌다. 광명우사가 오른손을 들었다. 손바닥에서 여러 갈래의 붉은 실선으로 된 장력이 뻗어 나오더니 흑의인의 상반신을 뒤덮었다. 흑의인의 상반신이 녹아내린 것처럼 사라지더니, 나머지 신체가 흙탕물에 떨어져서 이내 빗물에 뒤섞였다. 광명우사는 다시 한번 주변을 천천히 둘러봤다.

"..."

발을 몇 차례 움직여서 시체를 흙탕물에 담그다가, 이미 골목에도 시체가 있어서 이곳에 오래 머무르면 안 될 것 같다는 생각이 들었다. 어쩐지 하오문주가 따라오는 것 같아서 마음이 무척 불편한 상황. 한곳에 오래 머물 수가 없다고 판단한 광명우사는 죽립을 눌러쓴 다음에 다시 빗속을 걸었다.

362.
당신이 교주인가?

큼지막한 그릇에 밥, 잡다한 나물과 정육精肉이 들어가 있는 것을 왼
손에 든 사내가 젓가락으로 열심히 퍼먹고 있었다. 정육점의 주인장
인 주괄周佸이라는 사내였는데 직접 도살한 돼지의 고기를 해체하다
가 일부를 구워서 밥을 먹는 중이었다. 주괄은 밥을 급하게 먹었다.
목이 막히면 술을 마셔서 넘기고, 목구멍이 편해지면 다시 밥과 고
기를 삼켰다. 양이 꽤 많았는데 빠른 속도로 사라지는 중이었다. 큼
지막한 그릇에 담겨있는 밥이 절반 정도 남았을 때, 시커먼 옷을 입
은 사내가 급히 들어오면서 말했다.

"주 대형."

주괄이 밥을 씹으면서 대답했다.

"왜 그렇게 급하냐."

"염평이 목이 잘린 채로 발견되었습니다."

주괄이 젓가락을 내려놓은 채로 대답했다.

"누구 짓이야?"

"일단 염평만 죽은 게 아닙니다. 길 한가운데 시신이 있는데 상반신이 아예 없었다고 합니다. 일지를 보니까 정삼인 것 같습니다."

주괄이 보고자를 바라봤다.

"정삼이? 상반신이 없어?"

"예, 바닥에 잘게 잘린 잔해가 많았습니다. 완전히 박살이 난 모양이에요. 폭우 때문에 씻겨 나가서 하반신만 남은 것처럼 보였습니다. 그리고 염평의 머리에는 귀가 반듯하게 잘려있었습니다."

주괄은 자신이 만든 잡탕밥 위에 놓여있는 정육을 바라봤다.

"…주변에서는 뭐래? 지켜본 놈들, 목격자, 숨어서 엿본 놈들."

"구 노야가 낯선 사내에게 죽립과 녹사의를 팔았는데 철전을 안 가지고 다닐 정도로 돈이 많고 분위기가 무서웠답니다. 붉은 장검을 차고 있고, 염평과 정삼이 골목까지 쫓아갔다가 바로 당한 모양입니다."

주괄이 마른세수를 하면서 물었다.

"붉은 장검을 들고 다니는 고수는 금시초문인데. 다른 정보는?"

"골목 옆에 사는 등 노인이 집에서 엿보고 있었는데 얼핏 너희 전부 몇 명이냐고 물어본 것 같다고 합니다."

"너희? 우리를 말하는 거냐."

"예. 어떻게 할까요? 일단 소식은 전해서 다 모이고 있습니다."

주괄이 물었다.

"상반신을 날린 게 장력이야?"

"그건 모르겠습니다. 장력으로 그렇게 할 수 있습니까?"

"나는 못 하지."

주괄이 일어나서 탁자에 놓인 도축 칼을 집더니 허리춤에 찔러 넣었다.

"방향은?"

"나산로에서 죽평로로 이동했습니다."

주괄이 나서자, 보고자가 뒤따르면서 말했다.

"전부 모아서 뒤따르겠습니다."

주괄이 멈춘 다음에 말했다.

"아니야. 나 혼자 갈게."

"예?"

주괄이 사내를 보면서 말했다.

"붉은 장검을 쓰는 고수는 이곳 사람이 아니다. 대흥방大興幫도 아니고 삼원방三元幫 놈들도 아니다. 외부에서 온 고수야. 그냥 이동하다가 재수 없게 걸린 것 같은데 내가 쫓아가서 찾은 다음에 어떻게 할지 결정하마."

"예."

"만약 내가 내일 정오까지 돌아오지 않으면 가게는 네가 맡아라."

"대형, 조심하세요."

주괄이 손을 내저으면서 정육점을 빠져나갔다.

* * *

두 시진 후. 주괄은 문이 반쯤 열려있는 삼원방에 들어섰다. 입구에서 대청까지 온통 시체가 가득했다.

"…"

평소에 사이가 좋지 않은 방파였는데 이렇게 몰살한 것을 보아하니 기분이 이상했다. 심지어 아는 얼굴이 제법 많았다. 이때, 대청에서 누군가의 목소리가 들렸다.

"…하오문이냐?"

주괄이 대청을 바라보면서 되물었다.

"하오문? 나산방의 주괄이다."

주괄은 이대로 도망을 칠까 하다가 대청 안이 궁금해서 움직일 수가 없었다. 더군다나 이런 실력자라면 이곳에서 도망을 쳐도 이내 따라잡힐 것 같았다. 철벅거리는 핏물을 밟으면서 걸어가서 대청 문을 밀자, 바람에 섞인 피비린내가 코를 찔렀다. 주괄은 대청에 앉아 있는 사내를 바라봤다. 상의를 벗은 채로 등을 내보이고 있었는데 온몸에 피가 묻어있었다. 심지어 어떻게 된 노릇인지 머리카락에서도 핏물이 뚝뚝 떨어지는 중이었다.

"…"

바닥에는 그간 정육점에서도 본 적이 없었던 참상이 벌어진 상태. 시체들이 조각나 있었는데 무언가가 불에 익은 듯한 이상한 냄새가 났다. 주괄은 이것도 피 냄새라는 것을 알았다. 탁자에는 예상대로 붉은 장검이 놓여있었다. 광명우사가 고개를 돌리더니 주괄에게 말했다.

"…다들 하오문은 아니라고 하더구나. 상관없다."

주괄은 태어나서 처음으로 사람이 무섭게 보이고 있었다. 얼굴에도 피를 뒤집어쓰고 있었는데, 눈빛까지 붉은 사람은 처음이었다.

주괄이 물었다.

"마도魔道냐?"

광명우사가 고개를 끄덕였다.

"보다시피… 자네는?"

주괄이 허리춤에 있는 도축 칼을 뽑으면서 대답했다.

"흑도黑道다."

광명우사가 웃었다.

"그렇구만. 하오문은 아니고, 그럼 제천맹주의 수하인가?"

주괄이 탁자로 걸어가면서 대답했다.

"아니."

탁자를 중앙에 둔 채로 대치한 주괄이 광명우사에게 물었다.

"왜 이렇게… 다 죽였지? 무공 때문에?"

광명우사가 고개를 끄덕였다.

"무공 때문이기도 하지."

"다른 이유는?"

광명우사가 코를 킁킁댄 다음에 말했다.

"자네 왜 이렇게 역한 냄새를 풍기고 있나? 돼지, 소, 똥과 쓰레기
냄새가 뒤섞여 있군."

주괄이 대답했다.

"그래? 나는 네 피 냄새가 더 역겨운데. 다른 이유는?"

광명우사가 떨떠름한 표정으로 대답했다.

"하오문주 때문에."

"하오문주? 혹시 그 사내한테 졌나? 왜 화풀이를 우리에게 하지?"

"너희가 무공을 모르는 자들에게 하는 행동을 우리는 무공을 아는 자들에게 할 뿐이야. 그 차이다. 화풀이라니? 하오문주는 아직 내 적수가 아니다. 그나저나 제법…"

광명우사가 손을 내밀더니 주괄을 위아래로 가리켰다.

"강단이 있는 사내로군. 살 방법을 알려주마."

"무엇인데?"

"교도가 되겠다면 죽이진 않으마."

주괄이 되물었다.

"교도? 무슨 교도."

광명우사가 바닥을 가득 채운 핏물을 가리키면서 말했다.

"보아라. 혈교血敎다."

"혈교?"

"그래."

주괄이 물었다.

"당신이 교주인가?"

광명우사가 고개를 끄덕이자, 주괄이 대답했다.

"미안한데 나는 이미 돼지 똥 냄새 교敎에 가입했어. 이 이상의 역겨움은 나도 참지 못해. 거절하겠다."

광명우사가 갑자기 어깨를 움직이면서 웃었다.

"어처구니없는 친구로군. 거절했으니 나중에 교도를 보내서 나산방에 속한 놈들을 하나하나 다 죽여주마. 거절에 대한 답이다."

"뭐 이런 쓰레기 같은 놈이…"

광명우사가 숨을 크게 내쉰 다음에 일어섰다.

"모처럼 웃었으니 너는 살려주마. 친구들이 올 것 같아서 다시 떠나야겠구나."

광명우사가 몸을 돌리는 순간에 주괄은 도축 칼을 휘둘렀다. 광명우사가 좌장을 휘두르자, 주괄은 장력에 튕겨 나가서 대청 벽을 뚫고 날아갔다. 광명우사는 뚫린 벽을 보다가 고개를 절레절레 저었다.

"히여간 흑도 놈들…"

광명우사는 핏물을 철벅대면서 걷다가 주변을 둘러보면서 시체들에게 말했다.

"독립할 때가 되었구나. 이래라저래라 명령을 듣는 것도 지겹고. 이 정도면 오래 버텼느니라. 그렇게 미리 죽여 없애라고 권해도 생포하라고만 주장하던 마교의 교주 놈 때문에 너희가 죽은 것으로 알면 된다. 다들 자신이 왜 죽었는지 잘 알아들었느냐?"

혈교 교주께서 새빨간 핏물을 둘러봤으나, 당연하게도 대답을 할 수 있는 시체는 없었다.

"…"

* * *

찰싹!

"…"

주괄은 찰싹- 소리에 눈을 겨우 떴다. 온몸이 부서진 것처럼 고통

…   광마회귀7

스러웠으나 새삼스럽게 뺨도 얼얼했다. 한쪽 무릎을 꿇고 있는 사내가 자신을 바라보고 있었다. 도대체 누구였더라 하고 기억을 더듬는 와중에 사내가 중얼거렸다.

"이것 봐. 살아있잖아."

근처에서 누군가가 대답했다.

"기절한 사람 뺨을 그렇게 세게 치냐."

주괄은 정신을 차리자마자 눈앞에 있는 사내에게 말했다.

"누구야?"

주괄은 주변을 둘러봤다. 자신이 왜 갑자기 이곳에 누워있는 것인지도 생각나지 않았다. 가까스로 일어나서 벽을 등진 채로 앉은 다음에 상황을 파악했다.

"염평과 정삼이 죽어서 쫓다가 대흥방과 삼원방이 몰살… 붉은 장검을 가진 사내를 봤나?"

주괄이 엉망진창으로 중얼거리자, 젊은 사내가 대답했다.

"광명우사를 봤어?"

"광명우사? 혈교 교주라던데."

"혈교 교주?"

주괄은 그제야 눈앞에 있는 사내의 얼굴과 눈빛을 찬찬히 뜯어봤다.

'이놈도 미친 거 같은데…'

기절에서 깨어나자마자 또 죽을 수 있겠다는 생각이 들었다. 언제든지 죽을 각오를 하고 살았다고 자부했는데, 실제로 죽었다가 깨어난 기분이 들자 과거의 생각이 오만이었음을 깨달은 상태였다. 눈앞에 있는 사내가 자신보다는 어린 것 같았으나 나름 조심스럽게 질문했다.

"누구신지…"

사내가 대답했다.

"나는 하오문주라는 사람이야. 광명우사를 뒤쫓고 있다. 봤나?"

"봤소."

"시체와 피 상태를 보니까 떠난 지는 한 시진이 넘은 것 같다. 도움이 될 만한 거 알면 말해주고."

"그런데 왜 반말을…"

"버릇이야. 넘어가자고."

"알았다. 정신이 나간 거 같던데. 나더러 혈교에 가입하라고 했다. 그 전에 내 아우 두 명을 죽였고. 아, 생각해 보니까 무공 때문에 이런 학살을 벌였고. 그리고 하오문주 때문이라고 하더군."

"나 때문에?"

주괄이 고개를 끄덕였다.

"너 때문에."

하오문주가 되물었다.

"내 탓이야?"

주괄이 고개를 끄덕였다.

"네 탓이야."

주괄은 대답하자마자 하오문주에게 뺨따귀를 처맞았다.

철썩!

주괄은 저절로 뺨을 붙잡을 수밖에 없었다. 하오문주가 주괄을 노려보면서 말했다.

"그게 왜 내 탓이야. 개새끼야. 광명우사가 미친 거지. 내 탓이야?
한 번만 더 나불대 봐라."

주괄은 뺨을 붙잡고 있다가 대답했다.

"아닌 걸로 하자."

"아니지?"

주괄은 뚫린 벽에서 새롭게 등장한 사내를 바라봤다. 혈교 교주
도 무섭게 생겼는데, 뚫린 곳에서 등장한 사내의 분위기도 무척 남
달랐다.

"셋째야, 가자."

하오문주가 일어나더니 주괄을 내려다봤다.

"여기 죽은 사람들, 동료냐?"

"그건 아니고."

"그럼."

"경쟁 방파인데…"

"아우들이 죽었다며."

"여기에 오기 전에 죽어서 내가 따라온 셈이지."

"그렇군."

하오문주가 고개를 한 번 끄덕이더니 이렇게 말했다.

"뭐 어쨌든 복수해 주마. 쫓는 중이다. 잘 안 잡히네. 간다."

"이봐, 하오문주."

뚫린 곳으로 나가던 하오문주가 대답했다.

"왜."

"조심하라고, 완전 미친놈이었다. 정신이 나간 것처럼 보이더라

고."

하오문주가 이내 사라지더니, 목소리만 들렸다.

"나도 마찬가지야."

주괄은 무언가가 떠올라서 급히 일어난 다음에 대청으로 나갔다가 하오문주를 뒤쫓았다. 두 명인지 알았는데 네 사람이 삼원방을 빠져나가고 있었다. 주괄이 물었다.

"하오문주, 도울 일 없나? 나도 복수해야 해."

하오문주기 멈춰시 돌아서더니 주괄을 바라봤다.

"제천맹주에게 좀 연락해 봐라. 이러다 이쪽 흑도는 죄다 몰살당해. 광명우사가 지금 흑도 순회 중이다. 가는 곳마다 이 지경이 될거야."

"우리는 연이 없는데?"

하오문주가 주괄을 바라봤다.

"연이 없어도 연락해. 흑도에서 제일인이라 불리는 놈이 이런 학살을 외면해서야 되겠어? 그럼 제일인이라는 칭호부터 내려놓아야지…라고 하오문주가 말했다고 전해라."

주괄이 고개를 끄덕였다.

"그대로 전달해 주마."

"그러든가 말든가. 어쨌든 상대는 광명우사다."

하오문주가 다시 세 사람과 이동하면서 물었다.

"만형."

"왜."

"제천맹주랑 우사랑 싸우면 누가 이길까?"

···

"내가 어떻게 알겠느냐. 붙어본 적이 없어 모르겠다."

"나는 붙어본 적이 있지."

"누가 이길 것 같으냐?"

"우사. 하지만 제천맹주가 혼자 싸울 사내는 아니야. 늑대 집단이랄까."

주괄은 이상하게도 네 사람의 대화가 궁금해서, 대놓고 엿듣다가 문까지 따라가서 귀를 내밀었다. 이번에는 젊은 놈이 시답지 않은 소리를 내뱉었다.

"…호랑이랑 곰이랑 싸우면 누가 이기는지 아냐?"

"누가 이기는데."

"덩치 큰 놈이 이기지. 멍청한 놈아. 그때그때 달라요."

여태 말 한마디 없던 사내가 한심하다는 것처럼 한숨을 내쉬었다.

"정말 너무 유치해서 못 들어주겠군. 이게 진정 다 큰 사내놈들의 대화란 말이냐?"

그러자 하오문주가 혼자 낄낄대면서 웃었다. 주괄은 이상한 감정이 들어서 네 사람을 향해 외쳤다.

"어이, 네 사람. 너희 정체가 뭐야?"

하오문주 옆에 있는 젊은 놈이 등을 내보인 채로 대답했다.

"우리는 사대악인이다."

주괄이 고개를 끄덕이면서 대답했다.

"와, 유치하네."

"근데 저 흑도 나부랭이 새끼가 죽으려고 환장했나?"

젊은 놈이 돌아서자, 그제야 얼굴을 확인할 수 있었다. 기생 오라버니 같은 재수 없는 놈이 인상을 쓰고 있었다. 주괄이 손을 흔들었다.

"…어쨌든 제천맹주에게 알리겠소. 살펴 가시오. 사대악인."

주괄이 팔짱을 낀 채로 지켜보고 있자, 묵직한 목소리가 흘러나왔다.

"제자야."

"예."

"어디 가서 대놓고 사대악인이란 말은 하지 말자꾸나. 유치한 것은 사실이다."

"셋째가 종종 말하는 거잖아요."

"네가 말하면 어쩐지 좀 더 유치하구나."

"알겠습니다."

하오문주와 중앙에 있는 사내가 동시에 웃음을 터트리자, 기생 오라버니 같은 놈이 한숨을 내쉬었다. 주괄은 저도 모르게 웃었다가, 지금은 웃을 때가 아니란 생각이 들어서 다시 정색하는 표정으로 돌아왔다. 일단 하오문주가 말한 대로 제천맹주에게 연락해야겠다는 마음을 먹자마자 어디론가 성큼성큼 걸어갔다.

363.
내가 생각하는 최악은

나산방의 주괄은 정육점에서 밥을 먹다가 나온 그 복장으로 직접 달려와서 제천맹에 도착한 상태였다. 안내를 받아서 대청에 들어갔더니 제천맹의 간부들이 자신을 쳐다보고 있었다. 전부 잘 차려입은 데다가 멋지게 보이는 사람들이 많았고 병장기도 좋아 보였다. 주괄은 다소 주눅이 들었으나 최대한 감정을 드러내지 않은 채로 대기했다.

"..."

한 사내가 주괄에게 물었다.

"맹주님이 오셔야 말을 할 생각인가?"

주괄이 고개를 끄덕였다.

"그렇소."

"곧 나올 테니 잠시 기다리게."

주괄은 의자를 가져다주는 사람도 없고, 앉으라고 권하는 사람이 없어서 그냥 바닥에 앉았다. 팔짱을 낀 다음에 제천맹주를 기다렸다. 대놓고 노려보는 간부들이 있었지만 신경 쓰지 않은 채로 잠시 눈을 감았다.

'물도 안 주고 개새끼들…'

주괄은 발소리를 듣자마자 벌떡 일어나서 걸어오는 제천맹주를 바라봤다. 소문보다 덩치가 훨씬 큰 사내였다. 흑도에서는 나름 살아있는 전설이었기 때문에 간부들과 있을 때와는 달리 자연스럽게 주눅이 들었다. 제천맹주가 태사의에 앉으면서 물었다.

"…하오문주 놈이 전하는 말이 있다고?"

주괄이 대답했다.

"그렇습니다. 맹주님, 뵙게 되어 영광입니다. 나산방의 주괄이라 합니다."

제천맹주가 고개를 끄덕였다.

"같은 성씨로구나. 먼 길을 온 것처럼 보이는데 물은 마셨나?"

"괜찮습니다."

제천맹주가 손을 내밀었다.

"물부터 줘라."

"예."

주괄은 수하가 가져온 물을 마신 다음에 제천맹주를 바라봤다.

"맹주님, 순서대로 말씀드리겠습니다."

"말하게."

"나산방에 속하는 제 아우 두 명과 대홍방에 속하는 사람들, 저희와 경쟁 관계에 있었던 삼원방에 속한 자들이 모두 광명우사라는 사내에게 죽었습니다."

"광명우사?"

"예, 대흥방과 삼원방은 제가 있는 곳에서 북상하는 경로에 있는 문파입니다. 저는 삼원방에 들어가서 광명우사라는 사내를 만났는데, 마공을 수련하는 모양인지 정신이 나간 놈처럼 보였습니다. 일단 안광이 붉었습니다. 스스로 혈교 교주라 말하면서 제게 입교를 권유하기도 했습니다. 거절하고 칼을 한 번 휘둘렀다가 정신을 잃었는데, 하오문주의 따귀를 맞고 일어났습니다."

제천맹주가 고개를 끄덕였다.

"계속하게."

"하오문주는 세 사람과 동행 중이었는데 광명우사를 쫓는 중이라고 하더군요. 문주가 이르길 동천원 일대의 흑도 전체가 광명우사에게 죽을 수도 있으니 맹주님에게 연락하라고 했습니다."

제천맹주가 물었다.

"하오문주가 그렇게 멀쩡하게 말했을 리는 없는데. 뭐라고 했나? 정확하게."

주괄이 다시 대답했다.

"죄송하지만 하오문주의 말이 너무 불손해서 제가 생략했습니다."

"불손한 것은 이미 알고 있다. 내뱉은 대로 전해."

"예."

주괄이 숨을 크게 마신 다음에 대답했다.

"…일단 그 문주 놈이 무시무시한 일행과 이런 대화를 나눴습니다. 맏형, 제천맹주랑 우사랑 싸우면 누가 이길까? 모르겠다. 하오문주가 답합니다. 나는 알 것 같아. 둘 다 붙여봤거든. 내 생각엔 광명우사가 좀 더 강한 것 같아."

제천맹주가 놀란 표정으로 주괄을 바라봤다.

"…"

주괄의 말이 이어졌다.

"하지만 제천맹주가 혼자 싸울 사내는 아니지. 늑대 집단이니까. 하여간 주괄, 너는 제천맹에 좀 전해라. 이러다가 이쪽 흑도 다 죽게 생겼다. 광명우사는 지금 노골적으로 흑도를 순회하면서 학살 중이야. 흑도제일인이라는 놈이 이런 학살을 외면한다고? 미친놈인가? 만약 소식을 전해도 외면한다면 제일인이라는 칭호부터 내려놓으라고 해…라고 말하면서 기분이 또 불쾌했는지 제 뺨을 때렸습니다. 맹주님…"

주괄은 자신의 왼쪽 뺨을 내밀었다. 아직도 희미하게 손바닥 자국이 남아있었다. 주괄이 손가락을 하나씩 펴면서 말했다.

"기절했다가 깨울 때 한 번, 제천맹주에게 연락하라면서 한 번… 제가 맹주님의 수하인지 알았던 모양입니다. 총 두 대를 맞았습니다."

제천맹주가 주괄을 바라봤다.

"너 같은 수하는 둔 적이 없는데."

"그러니까 말입니다."

제천맹주가 간부들을 바라봤다. 간부들은 주괄의 말을 듣자마자 전부 얼굴이 새빨갛게 익은 상태였다. 주괄은 거짓말을 한 다음에 손가락으로 목을 긁는 습관이 있었는데, 지금은 목이 아주 새빨간 상태였다. 하지만 이런 버릇이 있다는 것은 주괄 본인도 모르고, 제천맹주도 당장은 알 수가 없었다. 한 사내가 중얼거렸다.

"…여전히 언행이 불손하군요."

"본래 그런 사내이긴 합니다."

제천맹주가 말했다.

"그러니까 마교의 광명우사가 살짝 미친 상태고. 본인을 혈교의 교주라 칭하면서 주로 흑도 지역의 고수들을 학살한다는 뜻이로군."

"예, 맹주님. 완전히 피를 뒤집어쓰고 있었습니다."

"상황은 알겠다. 그런데 너는 어떻게 살아있지?"

"그게 저도 잘 모르겠습니다. 입교를 거절하겠다고 할 때 좀 거칠게 말했더니 제가 우스웠던 모양입니다. 모처럼 웃어서 살려주겠다는 말을 내뱉긴 했습니다. 피를 뒤집어쓴 채로 운기조식을 한 모양인지 타들어 가는 피 냄새가 났습니다. 무언가 성취가 있어서 흡족해진 기분 때문에 살려줬던 모양입니다."

제천맹주가 잠시 주괄을 노려봤다. 새삼스럽게 하오문주의 말이 귓가에 맴돌아서 잠시 분노를 다스릴 시간이 필요했다.

"자네가 광명우사에게 먼저 칼을 휘둘렀나?"

"예."

"왜 그런 무모한 짓을 했지?"

주괄이 대답했다.

"제 아우들이 당했으니까요."

"칼이 안 보이는군."

주괄은 등허리 쪽에서 도축 칼을 뽑은 다음에 제천맹주에게 내보였다. 제천맹주가 말했다.

"자네, 도축업에 종사하나?"

"예."

제천맹주가 짤막하게 한숨을 내쉬더니 수하에게 말했다.

"내 수련장에서 흑철黑鐵을 하나 가져와라."

"예, 맹주님."

제천맹주가 주괄에게 말했다.

"자네에게 시킬 일이 있다."

"분부하십시오, 맹주님."

"맹의 정문을 나가서 정합산을 건너면 주산현이 나온다."

"알고 있습니다."

"주산현에 가면 황구 다리라는 곳이 있다. 거기 다리 위나 아래에 있는 자들은 개방에 속한 거지들이야. 어린놈에게 말하지 말고 되도록 나이가 좀 있는 거지에게 말을 전해라."

"예."

"네가 아는 것을 다 말해주면 된다. 할 수 있겠나?"

주괄이 대답했다.

"아, 개방과 연합하는 것입니까?"

"그것은 개방이 결정할 일이다. 다만 네가 말한 경로로 북상하면 개방의 지부도 피해를 받을 위험이 있다. 개방이 당하면 그쪽에서 늙은 거지가 튀어나오게 되고, 재수가 없으면 내가 이 나이를 먹고 머리통을 처맞게 돼."

"저런… 그럴 리가요. 감히 어떤 거지가."

···   광마회귀 7

"우사는 마공을 익히다가 미친 모양인데, 미치지 않았어도 본래 마교에서 손꼽히는 강자다. 마치 옛 야화에서나 듣던 미치광이 마도 고수를 보는 것 같군. 빨리 막을수록 피해가 적을 것이다."

"알겠습니다. 저는 그럼 바로 떠나겠습니다."

"기다려라."

수련장에 갔었던 수하가 시커먼 직도直刀를 들고 오자, 제천맹주가 말했다.

"주괄에게 줘라."

주괄은 의아한 표정으로 시커먼 빛이 감도는 칼 한 자루를 받았다. 제천맹주가 말했다.

"내가 수련장에서 종종 사용하던 흑철도黑鐵刀다."

주괄이 어리둥절한 표정으로 대답했다.

"이것을 제게 왜."

제천맹주가 말했다.

"너는 광명우사에게 이길 생각으로 도축 칼을 휘둘렀느냐?"

"그건 아닙니다."

"그런데 왜 그랬지?"

"말씀드렸다시피 제 아우들이 당해서…"

제천맹주가 고개를 끄덕였다.

"그 칼질에 대한 선물이다. 네가 써라. 도축 칼보단 나을 테니."

"알겠습니다. 감사합니다."

제천맹주가 말했다.

"나산방, 대흥방, 삼원방에는 수하를 보내서 수습하겠다. 네가 전령으로 뛰어다니고 있으니 광명우사의 경로를 틀어막거나 상황을 보고할 사람이 추가로 필요하다. 동의하나?"

"예, 맹주님."

"이만 가보도록."

주괄은 흑철도의 칼끝을 아래로 내린 다음에 칼을 붙잡은 채로 포권을 취했다.

"가겠습니다, 맹주님. 칼도 잘 쓰겠습니다."

"살펴 가라."

"예."

주괄이 사라지자, 제천맹주가 간부들을 바라봤다.

"간부들…"

"예, 맹주님."

제천맹주가 무슨 말을 하려다가 본인도 황당한 모양인지 슬쩍 웃으면서 물었다.

"광명우사와 내가 붙으면 누가 이기겠나?"

"음."

"으흠."

놀랍게도 간부들은 아무런 대답이 없었다. 광명우사의 실력을 모르는 것도 있는 데다가, 이런 질문에 괜히 아부로 대답할 사람들도 없었기 때문이다. 그러니까 침묵의 의미는 모르겠다는 뜻이었다. 간부들이 일제히 침묵하자, 제천맹주가 고개를 끄덕였다.

"…찾아내라. 나도 궁금하구나."

"명을 받듭니다."

"일부는 하오문주부터 찾아서 주괄이 모르는 내용이 있는지 물어
보도록."

"예."

제천맹주가 태사의에서 일어났다.

"나도 나갈 채비를 하겠다."

제천맹주가 움직이고 있는 사이에 한 간부가 조심스럽게 물었다.

"맹주님, 무림맹에도 소식을 전할까요?"

"됐다. 멀어서, 오는 도중에 상황이 끝날 게다."

"알겠습니다."

* * *

나는 품에서 묵가비수를 꺼낸 다음에 탁자에 박아 넣었다. 객잔
바깥 자리에서 음식을 주문하고 종종 거리를 바라보는 중이었다. 뜬
금없이 내가 묵가비수를 박아 넣자, 귀마가 말했다.

"왜 그래?"

나는 묵가비수를 바라봤다.

"운향문주 여운벽을 부르면 지금 상황에서 딱 좋을 것 같은데 부
를 방법이 없네. 불러도 거리가 너무 멀어."

색마가 고개를 끄덕였다.

"맞다. 그 사람이 우사에게 원한이 있었다고 했었지. 무슨 원한이
려나, 사부님은 혹시 아십니까?"

검마가 대답했다.

"우리에게 이 비수를 선물한 묵가가 운향문이었나?"

"예."

검마가 잠시 생각하다가 대답했다.

"교주가 폐관 수련에 들어가면 일 년 정도 나오지 않을 때도 있다. 우사가 바깥 구경을 하러 가서 지금과 같은 학살을 몰래 벌이더라도 알 방법이 없다. 더군다나 교로 복귀하면 무림맹도 접근을 할 수 없으니, 그때 생긴 악연이 아닐까 싶구나."

나는 검마를 바라봤다.

"…"

오늘따라 검마를 바라보고 있을 때의 기분이 이상했다. 그러니까 우사는 지금 검마가 가장 싫어하고 경계했던 길을 걷고 있었다. 검마가 품에서 묵가비수를 꺼내더니 탁자에 박았다.

"우리끼리 해결하자. 우리도 못 찾고 있는데 지원을 부를 필요는 없어. 다만 우사의 실력 때문에 우리가 흩어져서 찾을 필요는 없다."

결국에 귀마와 색마도 묵가비수를 꺼낸 다음에 탁자에 박았다. 네 자루의 비수를 탁자 동서남북 가장자리에 꽂고 있으려니 정말 미친 놈들이 따로 없었다. 음식을 들고 오던 점소이가 화들짝 놀라더니 우리를 쳐다봤다.

"…"

나는 점소이를 손으로 불렀다.

"신경 쓰지 말고. 내려놔."

"아, 예."

이상하게도 객잔의 손님이 점점 줄었다. 밥을 먹던 자들이 서둘러서 일어나기도 하고, 어떤 손님들은 의자에 앉았다가 바로 일어나기도 했다. 나는 굳이 신경 쓰지 않았다. 어차피 우리와 같이 있다가 재수 없게 싸움에 엮일 가능성이 조금은 있었기 때문이다. 손님들이 자꾸 떠나자, 점소이가 울상을 짓고 있었다. 나는 점소이와 눈을 마주쳤다가 밥을 먹으면서 말했다.

"빨리 먹고 갈게."

"예."

밥을 먹던 검마가 조용한 어조로 내게 물었다.

"셋째야, 며칠 계속 흑도 세력을 살피지 않고 이런 길로만 다니는 이유가 있는 거냐?"

나는 술을 한잔 마신 다음에 고개를 끄덕였다.

"오면서 곰곰이 생각해 보니까 문파 학살이 사나흘에 한 번 정도… 방향은 처음부터 끝까지 종잡을 수가 없지만, 시체가 발생한 시점으로 계산하면 그래. 한 번 학살하면 하루 이틀은 어딘가에 틀어박혀서 운기조식을 하는 모양이야."

나는 평범한 길거리와 늘어선 객잔, 다루, 기루 등을 둘러보면서 말했다.

"아마 운기조식은 고수들이 없는 평범한 곳에서 하고 있겠지. 마음이 편해야 할 테니까."

나는 무언가를 생각하다가 이렇게 말했다.

"결국에는 못 찾지 않을까 싶은데… 이런 생각이 들어."

"어떤?"

"우사가 먼저 우리를 부르지 않을까. 준비를 마친 상황에서."

귀마가 말했다.

"놈이 아무리 강해져도 우리 넷을 감당할 수 있나?"

나는 귀마의 말에 대답하지 않았다. 감당할 수 있는 방법은 사실 많기 때문이다. 지금 광명우사는 한마디로 미쳐서 날뛰는 중이다. 수단과 방법을 가리고 있지 않기 때문에 최악의 상황이 오지 않기만을 속으로 바라고 있었다. 이 최악의 상황에 대해서는. 사대악인들에게도 공유하지 않았다.

일단 내 추측이기 때문이고, 그저 추측에서 끝나기만을 바라기 때문이다. 그러니까 간단하게, 요약하자면… 광명우사는 내 성향을 파악하고 있어서 인질극을 벌일 수도 있었다. 그리고 광명우사급의 고수가 인질극을 벌이게 되면 사실 나로서도 방법이 없다. 광명우사가 원하는 대로 해줄 수밖에 없다는 뜻이다. 그리고 나는 광명우사가 원하는 게 무엇인지 알고 있다.

나다. 이것이 내가 생각하는 최악의 상황이다. 그래서 나는 미친 놈처럼 추격하는 추태를 부리고 싶진 않았다. 오히려 차분하게 마음을 가라앉힌 채로 휴식할 기회가 생기면 사대악인을 믿은 채로 운기조식에 집중하면서 광명우사를 뒤쫓고 있었다. 색마가 내 쪽에 있는 탕초리척을 작은 접시에 담더니 검마 앞에 내려놓았다.

"사부님, 드세요."

검마가 대답했다.

"셋째 먹으라고 시켰는데 왜 이렇게 많이 가져와?"

"입맛이 없답니다."

"언제 그러더냐?"

"저 표정을 보십시오."

나는 밥을 먹는 검마, 색마, 귀마를 바라보다가 바람이 빠지는 것처럼 웃음이 흘러나왔다. 문득, 술을 마시면서 이런 생각을 했다. 광명우사에게 한 조각의 양심만 남아있으면 좋겠다고. 그렇게 된다면 광명우사가 내게 일대일을 청해도 피할 마음이 없다. 강호인의 일은 강호인끼리 해결하면 되기 때문이다.

364.
일월광천은
아무것도 아니다

"문주님, 계십니까?"

객장에서 이제 막 늦은 아침을 먹기 위해 나가려는데 문 밑에 사람의 발그림자 두 개가 보였다.

"누구냐."

"제천맹의 안표라 합니다."

"…"

목소리가 묘했다. 애써 침착하려는 것처럼 들렸기 때문에 무슨 일이 일어났다는 것을 바로 알아차렸다. 문을 열자, 안표라는 사내가 어두운 표정으로 나를 바라보고 있었다. 안표가 나를 확인하더니 고개를 살짝 숙였다.

"문주님."

나는 안표의 표정을 바라보다가 손을 내밀었다.

"갑시다."

"예."

나는 안표와 함께 복도를 걷다가 방문을 두드리면서 말했다.

"가자."

"나간다."

"가자고."

"알았다."

계단을 내려가는 도중에 사대악인이 전부 방에서 빠져나오더니 말없이 나를 뒤따랐다. 바깥에 나와서야 안표가 내게 물었다.

"문주님, 무슨 일인지 안 물어보십니까?"

나는 고개를 끄덕였다.

"뭐 광명우사, 이 미친놈이 사고를 쳤겠지. 안 무인의 안색이 심히 안 좋을 정도의 사고."

"그렇습니다."

나는 잠시 멈춰서 일행을 기다렸다. 검마, 귀마, 색마가 나란히 선 다음에 안표에게 말했다.

"무슨 일인지 들어봅시다."

안표가 우리를 둘러본 다음에 말했다.

"문주님, 통천방通天幇을 아십니까?"

나는 당황함을 느끼면서 답했다.

"통천방은 당연히 알고 있소."

일단 흑도가 아니다. 이쪽 지역에 있는 문파도 아닌 것으로 안다. 하지만 강호에서 제법 유명한 방파다. 정보를 사고파는 방파로도 유명하고, 이권 사업도 나름 정상적으로 운영하려고 애를 쓰는 정사지간의 묘한 문파였다. 일단 무엇보다 방幇이라는 이름을 붙인 세력 중에서는 상위권 세력이다. 그리고 상위권이라는 뜻은 방에 속한 자들이 많다는 이야기라서 한숨이 나왔다. 안표가 말했다.

"통천방의 본진이 광명우사에게 모조리 당했습니다. 시체와 피가… 뭐 설명할 필요도 없겠지요."

"그럼 이미 상황이 끝난 통천문에 같이 가자는 것인가?"

안표가 고개를 저었다.

"상황이 아직 안 끝났습니다. 광명우사가 문주님을 불러오라고 했습니다."

"음."

여태 내가 불안하게 여기던 게 그저 상상으로 끝나지 않은 모양이었다. 안표에게 물었다.

"그렇다면, 인질?"

안표가 대답했다.

"예, 전부 여인들과 통천방의 아이들입니다. 사내들과 방주, 무인들은 전부 광명우사에게 죽었습니다."

"제천맹이 포위했나?"

"포위는 의미가 없습니다. 일부가 도망을 쳐서 지원을 요청했는데 그렇게 해서 다시 도착한 인근의 방파와 흑도 세력까지 모조리 죽었습니다. 일단 저희 맹주님도 통천방으로 향하고 계실 겁니다."

제천맹주는 멀쩡한 모양이다. 말을 제법 아끼고 있었지만 안표의 말에서 통천방의 학살이 끔찍한 수준이라는 것을 알게 되었다. 검마가 물었다.

"인질은 어떻게 가두고 있나?"

"넓은 마당에 모여있습니다. 담벼락은 부서진 상태고 일부 담벼락과 지붕까지 빨랫줄이라고 해야 할까요? 거미줄 같은 것이 어지럽게 엉켜있습니다. 인질이 그 밑에 있는 셈입니다. 흑도 쪽에서 한 고수가 진입하려고 하자, 광명우사가 공력을 주입한 줄을 하나 떨어뜨렸다고 하더군요. 밑에 있던 사람들이 급히 피했다고 합니다. 닿으면 웬만한 고수들도 신체가 녹는 모양입니다. 통천방 본 건물의 지붕에서 가부좌를 튼 채로 몰려든 자를 조롱하고 있습니다. 그 붉은 줄이 전부 내려가면 밑에 있는 아이들이 다 죽을 겁니다."

나는 씁쓸한 어조로 말했다.

"그리고 나서 날 불렀다고?"

"예, 대충 어디까지 쫓아왔는지 파악하고 있더군요. 이쪽을 찾아보라고 했습니다."

색마가 다시 상황을 파악했다.

"공력을 주입할 수 있는 빨랫줄이 지붕에 닿아있고, 우사가 그것을 언제든지 한꺼번에 떨어뜨릴 수 있다는 뜻으로 알면 되겠소?"

"몽 공자, 그렇소."

나는 사대악인을 바라봤다. 사대악인이 내 주변에 모여서 입을 다문 채로 나를 바라봤다. 검마가 내게 물었다.

"방법이 있나?"

나는 뒷머리를 긁었다.

"없어. 일단 가보자. 나한테 할 말이 있겠지."

우리는 안표와 함께 멸문을 맞이한 통천방으로 향했다. 입에서 쉴

새 없이 한숨이 흘러나왔다.

"진짜 미친놈이 되었네."

"그러게 말이다."

"미쳐도 저렇게 미친놈은 되지 말아야 해."

이제 보니까 광명우사의 의도를 조금 알 것 같다. 혼자 미치기 싫은 모양이다. 그러니까 이놈은 나도 완전히 미치게 할 생각으로 이런 짓을 벌이고 있었다. 한참을 이동하다가 귀마가 물었다.

"셋째야, 방법이 있나?"

오는 내내 고민했던 나는 고개를 저었다.

"없어. 우사가 내게 뭘 바라는지 들어보고."

이 대화를 끝으로 우리는 한마디도 하지 않은 채로 통천방으로 향했다. 사실 나는 이런 파국을 예상하긴 했다. 실은 이것이 내 약점이기 때문이다.

* * *

통천방에 도착하고 나서야, 안표가 표현을 자중했다는 것을 알게 되었다. 상상하던 것보다 훨씬 끔찍한 참극이 펼쳐져 있었다. 일단 어떻게 싸웠는지는 모르겠으나 통천방 바깥에도 핏자국과 시체가 많았다. 굳이 통천방에 진입할 필요는 없었다. 이미 담벼락 곳곳이 무너져서 내부가 훤히 보였다. 그러니까 통천방의 저항도 무척 격렬했던 모양인지 전쟁터의 한가운데를 보는 것 같았다.

군데군데 기둥처럼 솟아있는 담벼락에는 안표가 말한 **빨랫줄이**

엿가락처럼 늘어진 채로 솟구쳐서 통천방 본단의 지붕에 닿아있었다. 그 통천방 건물의 외부는 흑도와 제천맹, 통천방을 돕겠다고 온 정사지간의 세력이 조금 떨어져서 방진을 펼치고 있었다. 이 정도면 혈교와 강호 연합의 전쟁이라고 봐도 무방할 정도로 사태가 커진 상태. 색마가 탄식했다.

"…전쟁터구나."

어디선가 광명우사의 목소리가 들렸다.

"문주, 왜 이렇게 늑장을 부렸나? 너 때문에 몇 명이 죽었는지 살펴보도록 해라."

이 미친놈이 어디서 떠드는 것인가 하고 둘러보는 와중에 광명우사가 지붕 위에 불쑥 등장했다. 지붕에 구멍을 뚫어서 위아래를 오고 가는 모양이었다. 나는 지붕에 있는 광명우사를 바라봤다.

"…"

광명우사가 나를 바라보면서 웃었다.

"왔는가?"

"왔다."

나는 그제야 빨랫줄 아래에 있는 여인들과 아이들을 쳐다봤다. 주로 여인들이 아이들을 감싸고 있었다. 우는 것도 지친 것일까. 아니면 우사의 협박이 있었던 것일까. 울고 있는 아이가 한 명도 없었다. 주변에는 수많은 흑도 사내와 통천방을 대신해서 복수를 해주기 위해 온 사내들이 전부 우리 쪽을 바라보고 있었다.

흑도가 왜 이렇게 많은가 했더니 광명우사의 학살극을 쫓아서 온 자들이란 생각이 들었다. 이미 여러 방파가 무너졌기 때문이다. 그래서 나를 바라보는 눈빛이 호의적이냐 하면, 전혀 그렇지가 않았다. 이유는 어렵지 않게 알 수 있었다. 광명우사가 계속 하오문주 때문에 이런 학살극을 벌였다고 떠들었겠지. 광명우사가 주변을 한 차례 둘러보더니 교도들에게 말하는 것처럼 말했다.

"…다들 앉아라. 예외는 없다."

그러자 안표가 급히 우리를 붙잡더니 바닥에 앉았다. 물론 나도 급히 앉았다. 정말 이럴 수밖에 없는 분위기였기 때문이다. 우리는 전부 혈교의 교도가 된 것처럼 차가운 바닥에 앉아서 지붕에 있는 교주를 하염없이 바라봤다.

"…"

또 일장 연설이 시작되는 것일까? 대체 나는 언제부터 강제로 혈교의 교도가 된 것일까. 오랜만에 광명우사와 재회한 만형도 뾰족한 수가 없었다. 재회의 말도 나누지 않은 채로 우리와 함께 앉아서 교주를 바라봤다. 우사는 맨살에 길쭉한 장삼을 걸치고 있었는데, 온통 피에 절어있었다. 아무튼, 아이들을 인질로 삼고 있었기 때문에… 앉으라면 앉고, 일어서라면 일어서야 하는 신세가 되었다.

그 와중에도 나는 담벼락에 붙은 빨랫줄의 재질, 길이, 지붕까지 거리, 빨랫줄의 개수, 주변 상황 등을 끊임없이 살폈다. 삼재 세 명이 동시에 지붕으로 날아가면서 기습을 펼쳐도, 광명우사는 손쉽게 빨랫줄을 떨어뜨릴 수 있을 것 같았다. 그러니까 방법이 정말 없었다. 나는 다시 어린아이들을 둘러보면서 이런 생각을 했다.

차라리 너희가 전부 무사히 살아남아서 교도가 됐으면 좋겠다고. 살아남아서 나쁜 짓도 하고, 교주에게 충성도 하다가, 어떤 날 문득 맏형처럼 삶에 대한 진지한 고민에 빠져서 혈교를 탈주했으면 좋겠다고 말이다. 그러면 얼마나 좋을까? 그러니까 무슨 삶을 살든 간에 나는 이 아이들이 그저 살아있기만을 바란다. 유난히 나를 뚫어질 것처럼 바라보는 아이와 눈을 마주쳤다가 나도 모르게 손을 살짝 흔들면서 중얼거렸다.

"…별일 없을 거다."

그러자 옆에 있는 여인이 아이를 감싸면서 속삭였다.

"쳐다보지 마."

아이를 보호하고 있는 여인은 나를 광명우사 바라보듯이 쳐다보고 있었다. 지붕에서 교주가 공력을 담은 목소리로 입을 열었다.

"…하오문주가 이 자리에 왔다. 이 학살극의 원흉이자 시작이 도착한 셈이다. 모두 저쪽에 앉아있는 젊은 하오문주를 보아라."

어느새 광명우사의 말투와 어조가 예전과는 달라져 있었다. 정말 미친 교주다운 말투랄까. 붙잡혀 있는 여인들, 아이들, 도우러 온 흑도, 방파의 무인들, 제천맹의 무인, 사대악인까지 일제히 나를 바라봤다. 교주가 나를 가리켰다.

"뒤쪽에 있는 사람은 자네를 볼 수 없으니 일어서도록."

나는 어쩔 수 없이 혼자 일어섰다. 정말 나는 죄가 없는 사람이 맞을까? 나를 바라보는 시선들이 정말 따가웠다. 마치 여러 사람이 이미 눈빛으로 내게 사형선고를 내린 것 같은 기분이었다. 세상에서 가장 증오하고 싫어하는 사람을 쳐다보는 눈빛들을 하고 있었는데, 그것이 전부 나를 향했다. 교주가 말했다.

"하오문주 이자하, 그래도 눈치는 있구나. 피를 좀 본 다음에 얌전해질 줄 알았더니. 그 나불대던 주둥아리가 오늘은 참으로 조용하군. 마음에 드는구나."

"…"

"너는 이십여 일 전에 함부로 내 교도를 대거 학살했다. 인정하는가?"

"네 교도?"

"백웅지 아래에서 내 수족들이 죽었지. 깊은 구덩이에 함께 묻혔다. 네 절기에 의해 내 수족들도 죽고, 정신 나간 마교의 교도들도 몰살당했지. 네 짓이 아니란 말이냐?"

이것이 심판을 받는 기분인가? 나는 고개를 끄덕였다.

"내가 죽였다."

옆에서 색마가 검마에게 속삭였다.

"사부님, 집 안에도 아이들이 있어요."

검마가 조용히 고개만 끄덕이자, 광명우사가 색마를 바라봤다.

"몽 공자, 조용히 해라. 미쳤느냐?"

색마가 광명우사를 바라보더니 낮은 어조로 대답했다.

"죄송합니다."

나는 색마의 존댓말을 무척 오랜만에 들었다. 교주가 내게 물었다.

"교도들을 그렇게 허망하게 죽음으로 몰아넣었던 절기의 이름이 무엇이냐?"

"일월광천."

광명우사인지 혈교 교주인지 모를 놈이 말했다.

"하오문주는 이 자리에 있는 모든 교도에게 일월광천의 원리와 구

258　　　　　…　　　　　광마회귀7

결을 설명해라. 함께 듣겠다. 네가 거짓 구결을 읊거나 상황을 모면하기 위해 쓸데없는 소리를 하면 혈사血絲 한 줄을 어린 교도들에게 떨굴 것이다. 하오문주가 거짓을 고하면, 교도들이 대신에 벌을 받게 되는 셈이지."

교주의 말에 혈사 아래에 놓여있는 몇 명의 여인들이 흐느꼈다. 그러자 교주가 말했다.

"닥쳐라. 하오문주는 어서 고해라."

나는 교주를 바라보면서 말했다.

"이것은 내가 창안해서 습득한 무공이라 따로 구결이 없는데…"

"문주, 이런 상황에서도 농담이 나오는가?"

"농담이 아니라 사실이 그렇다. 원리는 설명할 수 있어. 하지만 이것도 몸이 먼저 습득한 것이라서 다소 난해하다. 물론 알아들을 수 있는 고수들은 일월광천을 배우는 데 도움이 되겠지. 실력이 높은 고수일수록 내 말이 무슨 뜻인지 더 잘 알 테고. 교주, 구결이 없음을 양해하게. 내가 왜 이런 상황에서 농담을 던지겠나? 미친놈도 아니고."

교주가 문득 고개를 돌리더니 누군가를 보면서 말했다.

"제천맹주, 어서 와라. 자네도 늦었군."

제천맹주가 수하들과 함께 등장해서 멈춰 서더니 상황을 살폈다. 안표가 급히 네 발로 움직여서 제천맹주에게 다가갔다.

"맹주님…"

제천맹주는 손을 들어서 안표의 말을 끊었다. 사정을 대충 알고 있다는 눈치였다. 제천맹주가 지붕 위에 있는 교주에게 말했다.

"우사, 꼭 이렇게 해야 직성이 풀리겠나?"

교주가 자신의 귀에 손을 대더니 나른한 어조로 대답했다.

"…주극, 한마디만 더 떠들어 보게. 자네에게 보여주고 싶은 게 있어. 자네도 젊은 시절에는 하오문주 못지않게 많은 경쟁자를 죽였지. 놀라운 광경은 아닐 것이다."

제천맹주가 당황하는 사이에 안표가 무엄하게도 맹주의 팔을 붙잡더니 바닥에 앉혔다. 그러자 화들짝 놀란 수하들도 다 함께 앉았다. 제천맹주도 예외는 없다. 이런 맹장 같은 사내도 이 자리에서는 어쩔 수 없이 교도가 되었다. 나는 제천맹주와 그제야 눈을 마주쳤다가 동시에 고개를 살짝 끄덕였다.

"…"

인사를 나눌 수 있는 상황도 아니었다. 교주가 그제야 내게 관심을 다시 돌렸다.

"문주는 떠들어 보도록. 내가 유심히 듣겠다."

여태 서있던 교주가 가부좌를 틀더니 나를 주시하다가 손가락을 들어서 앞쪽에 있는 혈사를 툭 건드렸다. 그러자 거미줄이 핏물을 머금더니 사방으로 퍼져나갔다. 다행히 저것을 떨어뜨리진 않았는데 이렇게 보고 있으려니 혈교 교주의 내공이 엄청나게 깊어졌다는 것을 어렵지 않게 알 수 있었다. 나는 주변을 한번 둘러보면서 숨을 크게 들이마셨다.

이제 일월광천을 설명할 시간이다. 그렇다는 것은 이 자리에 있는 모두를 내 제자로 삼는다는 뜻이다. 제천맹주와 맏형, 색마, 귀마까지 예외는 없다. 전부 내 제자다. 그러니까 혈교 교주는 높은 곳에서 우리 전체를 교도로 삼았고. 나는 낮은 곳에서 이 자리에 있는 모든 사람을 내 제자로 삼았다. 사실, 일월광천은 아무것도 아니다. 내 제자들이 살아남을 수만 있다면, 기꺼이 내 모든 것을 제자들에게 알려줄 수 있기 때문이다.

365.
제자들은 들어라

나는 주변을 둘러보다가 오른손을 들었다.

"극양."

왼손도 들었다.

"극음. 둘은 본래 음과 양으로 머무르려는 성질이 있다. 본질이라
한다. 체내에서 끌어낸 음과 양을 충돌시켜서…"

나는 양손에 자그마한 공을 쥔 것처럼 말아 쥐었다가 합쳤다.

"충돌한다. 물이나 불처럼 형체를 갖춘 것은 소멸하겠지. 하지만
이것은 기氣라서 다르다. 수많은 작은 기의 미립자微粒子라고 해야 할
까? 하늘의 별처럼 많지만, 형체가 무척 작다. 개별적으로는 보이지
않아."

"…"

"먼지 하나하나가 각자의 성향으로 존재하기 위해서 버티는 셈이
야. 하지만 주최자인 나는 계속 음과 양으로 충돌을 강제하겠지. 그

래도 아주 작은 것들이 본질을 유지하려는 근원적인 힘으로 저항한다. 이 원리까지 설명할 방법이 없어. 그냥 그것이 세상의 본질인 모양이지. 아주 작은 것들이 동시에 성질머리를 폭발하는 것이지."

교주가 고개를 끄덕이는 것을 본 다음에 말을 이어나갔다.

"수많은 미립자가 동시에 폭발, 폭발, 폭발, 폭발… 수도 없이 폭발한다. 그 와중에도 나는 또 힘을 불어넣고 있는 셈이지. 결국에 일월광천이 완성되어서 터지는 순간에는 내가 가진 내공의 한계를 아득하게 뛰어넘는 폭발력이 생기게 된다. 교주, 여기까진 이해했나? 나는 최대한 성심성의를 다해서 설명했어."

교주가 다행히도 고개를 끄덕였다.

"개념은 이해했다. 하지만 그런 추상적인 말을 듣고 어찌 일월광천을 펼칠 수 있겠나? 그것은 원리이지 무공의 구현을 설명한 게 아니다. 더 구체적으로 설명하도록."

나는 내 뺨을 한 대 후려쳤다.

'죽겠네. 진짜…'

사실 이게 전부다. 구결이 없는 무공의 구결을 어찌 읊는다는 말인가? 나는 고개를 숙인 채로 땅을 바라봤다가, 문득 한 아이를 바라봤다.

"…너도 이해하기 힘들어?"

한 아이가 고개를 저으면서 대답했다.

"이해는 했어요. 하지만 말씀하신 대로 내공이 생겨도 문주님처럼은 못할 것 같아요."

"그래?"

"예."

나는 교주에게 물었다.

"직접 시범을 보여도 되나? 완성하진 않겠다. 여기서 터지면 다함께 죽을 테니까. 이것은 협박이 아니다. 나는 죽을 마음이 없거든."

교주가 고개를 끄덕였다.

"해봐라."

색미가 옆에서 불안한 어조로 밀했다.

"조심해라, 제발."

"조심해야지."

나는 오른손에 염계를 휘감았다. 아주 작은 불꽃이 손바닥에서 기의 형태로 춤을 췄다. 왼손에는 월영무정공으로 새하얀 불꽃을 만들었다. 두 개를 천천히 합쳐서 손바닥으로 틀어막는 순간, 이상한 소리가 들렸다. 아주 먼 곳에서 굉음이 터졌는데 이곳까지는 거리가 멀어서 미세하게 들리는 듯한 소리였다.

"…"

체내에서 내공을 뽑은 다음에 손바닥의 공간을 양쪽에서 폭포가 쏟아지는 용소龍沼로 만들었다. 이 이상 주입하면 진짜 일월광천으로 전개되기 때문에 급히 손을 거뒀다.

"자, 내공이 단전에서 출발해 경로를 따라서 장심으로 빠져나온다. 통로가 생긴 셈이지. 하지만 충돌 때문에 강제적으로 내공이 뽑히는 기분이 들어. 음과 양이 스스로 존재하기 위해서 발악하려는 힘 때문에 내 의지나 단전의 상태가 무시되는 셈이지. 특정 순간에는 일월광천이 주도권을 가진 채로 내 내공을 사용한다. 역전 현상이다. 태극은 보통 조화로움을 뜻하는데, 이 절기는 주객이 뒤바뀐 역전 현상에서 폭발한다. 그래서 역태극易太極이라는 말도 안 되는 말을 붙일 수 있겠지. 교주?"

혈교의 교주가 고개를 끄덕였다.

"이해했으나 부족해."

"이 절기는 끔찍한 것이야. 말 몇 마디로 완성할 수 없는 게 당연해. 그렇지 않겠나? 일단 상반된 기를 보유해야 해. 실은 이 조건부터가 어렵다. 여기서 주의할 점…"

나는 아이들을 바라보면서 양손의 검지를 합쳤다.

"반드시 동등한 힘이어야 해. 극양의 힘이 더 강하면 그저 극음의 기를 집어삼키고 남은 찌꺼기가 나올 테니까. 그러니까 동등한 힘을 끌어올려서 팽팽함을 유지하다가 일월日月에게 주도권을 내줘야 한다. 두 근원의 충돌이 빛을 내뿜을 수 있도록…"

교주 놈이 강의 시간에 무엄하게 끼어들었다.

"그래서 마교주 놈이 그렇게 자주 수련에 돌입했구나. 균형을 맞추기 위해."

"교주는 내공이 깊어서 더더욱 균형을 맞출 시간이 필요했겠지. 그대도 마찬가지다. 반드시 반대 지점을 찾아야 해. 어쩌면 그것을 찾는 것이 일월광천의 시작이자 끝이 아닐까? 그대가 일월광천을 어려워하는 건 한 가지의 본질만을 깊이 파고들었기 때문이야. 그것이 예를 들어 혈기血氣였다면 그것만으로는 역태극을 꿈꿀 수 없다."

내 말을 들은 교주가 잠시 침묵했다.

"…"

이제야 무언가를 깨달은 표정을 하고 있었다. 더불어, 내 말에서 허점이나 빈틈을 찾으려는 모양인데, 나는 상황이 위험하다고 판단해서 정말 진실을 고했다. 왜냐하면, 교주뿐만이 아니라 아이들도 듣고 있었기 때문이다.

"내가 왜 구결이 없는 무공이라고 했는지는 이해하겠나? 원리를 깊이 아는 것에서 출발해서 각자의 상황에 맞게 수련해야 해. 모든 일이 그렇다."

교주가 고개를 끄덕였다.

"더 말해보도록."

나는 혈교 교주의 마음가짐이 살육을 저지르던 미치광이에서 무공을 익히려는 제자의 입장으로 돌아왔다는 것을 깨달았으나 가까스로 내색은 하지 않았다. 그 와중에 나는 다시 사부에서 교도로, 교도에서 사부로 역할을 오락가락하는 중이었다. 이번에는 일부러 아이들을 바라보면서 말했다.

"잘 들어."

"…"

"논리적으로 일월광천은 두 사람이 펼칠 수 있어."

교주가 끼어들었다.

"갑자기 왜 다른 말이냐?"

나는 손을 내밀어서 교주의 말을 끊었다.

"그렇지 않겠나? 원리가 그렇다고. 음양지체는 드물어. 극양과 극음의 내공을 동시에 보유한 고수도 드물다. 비효율적이라서 그래.

대다수가 한 분야를 깊이 연구하거든. 내 말이 틀렸나?"

교주가 고개를 끄덕였다.

"맞다."

"설명하기 쉽게 남자 고수는 극양을 익히고, 여자 고수는 극음을 익혔다고 치자. 이 두 사람은 내 설명을 듣고 나서 이론적으로는 충분히 일월광천을 펼칠 수 있다. 다만 이 손바닥 안에서 벌어지는 일은 서로 합의하고, 조율해야 해. 사실 내가 일월광천을 만들기 전에는 세상에 없었기 때문에 이름도 없었지. 실체가 없었던 절기인 셈이야. 한 사내가 한 여인을 만났는데, 지금까지 느껴보지 못했던 감정을 가지게 되었다면 그것의 이름은 무엇일까?"

교주가 끼어들었다.

"그게 일월광천과 무슨 상관이냐."

나는 교주의 말을 무시한 채로 아이들에게 집중했다.

"…세상에 없었던 일월광천처럼 음양의 조화가 실체화된 게 너희들이다. 음양의 조화는 역태극이 아니야. 자연스러운 일이지. 그러니까 남녀 두 사람이 조화롭게 만나서 탄생한 일월광천이 너희들이다. 감히 이 사부의 일월광천도 비할 바가 못 돼. 너희는 하나하나가 일월광천보다 더 대단한 기적이다. 이 사부는 무슨 일이 있어도 너희를 살려줄 테니 두려워할 필요 없다."

나는 이성을 잃은 채로 헛소리를 중얼대다가 온 세상이 자줏빛에 물든 것을 확인했다.

"…"

이 상태에서 암향표를 펼치면 떨어지는 혈사를 어떻게든 내 몸으로 막을 수 있을 것 같았다. 일부러 교주를 향해 일보一步를 전진했다. 다행히 교주는 내 일보에 깊은 의미를 부여하지 않았다. 교주가 대답했다.

"그것은 대체 무슨 무공이냐?"

"이것은 자하신공이다. 미리 말하지만 이것까진 설명할 수 없어."

"어째서 그런가?"

"이것은 구결도 없고, 원리도 없기 때문이지."

교주가 중얼거렸다.

"구결도 없고, 원리도 없는 무공을 대체 어떻게 펼쳤단 말이냐?"

"그래서 내 이름을 붙였다. 다들 자신의 이름을 붙인 자기만의 무공을 창안하도록 해. 이것은 내 마음에서 출발한 무공이라서 가르쳐 줄 도리가 없다. 우사, 아니 교주. 부탁을 하나 해도 될까."

"해보게."

나는 자하신공을 유지한 채로 숨을 내쉬었다.

"네가 아이들을 죽이면 너도 여기서 살아남지 못해. 이것은 명백한 사실이다. 지금 내 상태를 봐라. 나뿐만이 아니야."

나는 일부러 동지들을 가리키면서 일보를 더 전진했다.

"제천맹주와 흑도, 검마, 귀마, 색마의 얼굴을 봐라. 네가 아이들을 죽이면 너도 이 자리에서 죽는다."

"과연 그럴까."

나는 고개를 내저었다.

"오늘만큼은 서로 운에 기대지 말자. 네가 만드는 혈교가 어떻게 될지 모르겠다만 이런 일로 시작하지 말았으면 한다. 기왕이면 마

교 교주나 무림맹주, 다른 삼재와 나조차도 두려워하는 마도의 대종
사가 됐으면 한다. 사실은 여기에 있는 흑도 사내가 칼 한 자루를 쥔
채로 미치게 되면 이런 학살극을 똑같이 벌일 수 있다. 이것은 필부
도 할 수 있는 못난 행동이야. 대단한 일이 아니야. 필부도 할 수 있
는 일을 혈교의 교주가 왜 하고 있나?"

"…"

"네가 삼재를 꺾을 수 있는 천하제일이 되길 바란다. 여기에 있는
아이들을 해치지 않는다면 이 자리에서는 그냥 작별하자. 그간 내공
을 일순간에 깊이 쌓아서 모처럼 긴 수련이 필요할 것이다. 일월광
천도 깊이 연구해라. 혈기에만 매달리면 도달할 수 없는 영역이야.
충분히 연구한 다음에 나를 찾아오도록. 우리 승부는 그때 가리자.
마도의 고수라고 무조건 존중을 받지 못하는 것은 아니다. 대종사가
되면 경외감이라는 게 생기기 때문이야. 내가 검마 선배를 맏형이라
부르면서 존중하는 것도 같은 이유야. 이미 한 단계를 더 올라갈 조
건은 다 마련하지 않나? 내게서 일월광천의 묘리를 들은 다음에 일
단은 날 죽일 생각이었겠지."

교주가 고개를 끄덕였다.

"잘 아는구나."

"나는 결코 쉽게 죽지 않아. 내 상태를 보면 알 것이다. 만인에게
손가락질을 받는 괴물보다는 마도대종사가 더 어울리는데… 교주,
부탁하네. 어린 교도들을 살려주게."

교주가 고민에 빠진 표정으로 나를 쳐다보기도 하고, 주변을 둘러
보기도 했다. 찰나가 마치 영원처럼 느껴지는 긴 시간이기도 했다.

문득 교주가 미소를 짓자, 저놈의 눈도 새빨갛게 돌변했다. 내가 이미 자하신공을 펼쳐서 온 세상이 자줏빛으로 물들었는데도 교주의 눈이 핏빛처럼 진하게 보였다. 저놈은 대체 어떤 괴물이 된 상태일까? 나는 교주에게 말했다.

"혹시 나를 흡수하거나 죽이지 못하면 마교 교주가 나를 흡수할까 두려운 것이냐?"

"옳은 지적이다."

"그렇다면 너는 이런 짓을 벌이고 있는 게 나 때문이 아니라, 그간 우사 노릇을 하면서 교주에게 받았던 고통을 폭발한 셈이야. 결코, 나 때문이 아니다. 그리고…"

나는 일보를 전진한 다음에 검지로 내 관자놀이를 찍었다.

"내 상태를 봐라. 내 성질머리를 알지 않나? 나는 네게 죽을 마음도, 교주에게 흡수당할 마음도 없다. 그런 순간에는 체내에서 일월광천을 터트려서 교주와 소멸하고도 남을 사내가 나다. 그러니 너는 걱정할 필요가 없어."

교주가 내게 말했다.

"내 학살도 마교 교주 탓이라는 것이냐?"

"나뿐만이 아니라 너도 그렇다. 내가 언제 마교를 찾아가서 교도를 학살했나. 항상 너희가 날 죽이려고 찾아왔다가 당했지. 방법이 옳지 못했다. 날 죽이는 방법은 무척 간단해. 어느 날 네가 홀로 나를 찾아와서 생사결을 치르자고 말하면 돼. 수하를 대동할 필요도 없다. 어차피 내 일월광천에 몰살당한 다음에 시작하겠지. 하지만 네가 혼자 오면 나는 받아들일 수밖에 없겠지. 왜냐하면, 그대가 오늘 내 부탁을 들어줘서 여기에 있는 자들을 살려줬기 때문이야."

"..."

"나는 은원이 확실한 사내다. 장소는 휑하고 넓은 곳으로 정하자. 거기서 강호인 둘이 아무런 방해도 간섭도 받지 않는 생사결을 치르자고. 그것만이 나를 죽일 수 있는 유일한 방법이야. 이외의 방식으로는 나는 절대 죽지 않아. 이것이 최종 협상이다. 다른 조건은 붙이지 말도록."

교주가 웃었다.

"너희들의 합공이 예상되는구나."

나는 고개를 내저었다.

"최종 협상은 여기 있는 모든 사람에게 말하는 것이다. 이미 다들 내 절기를 배웠어. 사용할 수 있고 없고는 개개인의 문제지만 내게 배웠으면 빚을 진 것이다."

나는 주변을 둘러봤다.

"이들도 마찬가지야. 일월광천을 사용할 수 있는 사람은 드물어."

나는 자하신공을 유지한 상태에서 교주에게 말했다.

"네가 필부가 되겠다면 내가 지금 그곳으로 날아가마. 일월광천은 네 몸으로 직접 경험해 보도록 해. 그 본질을 깨닫는 순간, 너는 네가 죽인 자들 가운데서 눈을 뜨게 될 거야. 그 옆에는 나도 있겠지. 그 지옥에서 네 혼까지 다시 소멸시켜 주마. 너는 필부냐, 아니면 마도의 대종사냐?"

나는 문득 제자들의 얼굴이 보이지 않아서 자하신공을 스스로 거뒀다. 본연의 색色이 돌아온 세상에서 아이들이 전부 나를 주시하고 있었다. 문득 생각나는 대로 광명우사에게 말했다.

"우사…"

"말하게."

"어쩌면 그대도 일월광천을 직접 펼치는 건 어려울 것이다."

"단정하지 말도록."

"그대가 익힌 무공의 반대 지점에 놓여있는 무공을 익힌 여인을 만나서 교주의 후계자를 얻도록 해. 그러면 일월광천의 뜻을 조금 더 이해할 수 있겠지. 세상에 없었던 아이를 눈으로 직접 보게 되는 순간, 오늘 이 자리에서 물러난 것을 자존심 상해하거나 후회하지 않을 것이라고 내가 맹세한다."

지붕에서 광명우사의 웃음이 길게 퍼졌다. 갑자기 광명우사의 전신에서 핏빛의 날개가 뻗어 나오더니, 너덜거리던 장삼의 옷자락이 좌우로 펼쳐졌다. 나는 자하신공과 암향표를 동시에 폭발해서 움직였다고 생각한 순간, 아이들 틈에 뒤섞여서 엉켜있는 빨랫줄을 올려다보고 있었다.

"…!"

색마가 뒤이어서 도착한 모양인지, 올려다보고 있는 빨랫줄이 일제히 순식간에 얼어붙었다. 더불어서 검마와 귀마가 내 좌우에서 검을 뽑았다. 여전히 촘촘하게 얼어붙은 그물망의 틈새로 교주가 얼핏 보였다. 온통 핏빛에 휘감긴 교주가 정확하게 나를 내려다보면서 말했다.

"문주야, 내가 필부로 보이느냐?"

나는 고개를 내저었다.

"…그럴 리가 있겠소."

교주가 슬쩍 웃더니… 공중으로 솟구치자마자, 멀찍이 뻗어나갔다. 곡선으로 솟구치던 혈교주의 핏빛 장삼이 날개의 형상처럼 펼쳐지더니, 신형을 회전하면서 거리를 한 번 더 벌렸다. 어느새 얼어붙은 빨랫줄 아래에는 제천맹주와 흑도의 사내들이 몰려와서 우두커니 서있었다. 나는 물러난 혈교주를 떠올리면서 중얼거렸다.

"더럽게 말 안 듣는 새끼한테 무공 하나 가르쳐 줘버렸네. 이게 잘한 짓이냐?"

대답해 주는 사람이 없어서 혼잣말이 되었다. 심신이 지쳤기 때문에 주저앉았다. 자하신공을 거두자, 주변에 있는 사람들이 눈에 들어왔다. 내가 생각하던 것보다 아이들이 많았다. 누군가의 명령으로 얼어붙은 거미줄이 사라지자, 평범한 햇살이 쏟아졌다. 무리해서 일순간에 공력을 쏟아낸 모양인지 안색이 창백해진 색마가 가부좌를 틀자마자 눈을 감은 채로 운기조식에 돌입했다.

"…"

그것을 본 제천맹주가 손짓을 하자, 우리를 포위하고 있었던 흑도의 사내들이 전부 등을 내보인 채로 돌아서더니 방진을 유지한 채로 경계에 돌입했다. 나는 흑도 사내들의 등을 쳐다보다가 그제야 안도의 한숨을 한 번 내쉬었다. 그대로 드러누워서 평범한 하늘을 바라보다가, 통천방의 아이들에게 말했다.

"얘들아."

"…"

"일월광천은 아무것도 아니다. 정말로 아무것도 아니야."

366.
예외는 아니다

사실 일월광천을 사용하려면 금구소요공과 같은 극양 계열의 무공을 하나 습득해야 한다. 거기서 경지를 올려야 하고, 그다음에는 월영무정공 같은 극음의 무공을 얻어야 한다. 여기서 대다수가 막힌다. 극양 계열의 무공을 수련하다가 상성의 무공을 파고들어야 하기 때문이다. 불가능에 가까운 일인 셈이다.

얻었다고 하더라도, 상성의 기운 때문에 본래 쌓았던 내공마저 흩어지게 되거나 주화입마에 빠질 가능성이 매우 짙다. 운이 좋거나 기연이 있어서 두 가지의 상반된 내공을 보유했다고 치자. 교주처럼 균형을 맞춰야 할 시간이 필요하다. 이는 광명우사도 예외는 아니다. 이렇게 말도 안 되는 험난한 과정을 겪고 나서도 운이 좋아야 절기를 얻을 수 있다.

그런데 나는 왜 이것이 가능했나? 애초에 천옥을 품은 채로 주화입마를 경계하면서 무공 수련을 다시 출발했기 때문이다. 따라서 금구소요공을 익히는 과정은 전생에 이미 겪었고, 추가된 월영무정공은 천옥을 기반으로 세밀하게 금구소요공과 균형을 맞춰가면서 수련했다. 그래서 일월광천은 타인이 함부로 욕심을 내면 안 되는 무공이다. 그런 의미로 따져보아도 일월광천은 아무것도 아니다. 욕심을 내면 주화입마에 빠질 테고. 연구하다가 막히게 되면 내게 물어볼 수밖에 없다. 나는 창공을 바라보면서 슬쩍 웃었다.

'우사야, 세상일이 쉬워 보이더냐? 네 앞길에 가시밭길이 가득하길 기원하마.'

내가 전한 말에는 함정이 있다. 혈교주가 일월광천을 꿈꾸려면 혈기 쌓는 것을 이제 멈춰야 한다. 이미 수준이 꽤 높을 테니 말이다. 반대 지점의 무공을 찾아야 할 텐데, 쉽지 않을 것이다. 결국엔 혈교주도 일월광천을 사용하기 위해서는 조화를 꿈꾸고 순리를 따라서 살아야 한다. 내가 말한 대로 어쩌면 혈교주의 후인은 가능할지도 모르겠다. 거기까진 내가 설계할 수 없다. 제자들에게 뒷일을 맡길 수밖에…

색마가 운기조식을 하고 있어서 우리는 조용히 기다렸다. 우리에게 닥쳤던 참사 직전의 일이 너무 긴박했기 때문에 고요한 침묵이 그저 반가웠다. 마음을 차분하게 가라앉힌 다음에 일어나자… 주변의 귀마, 검마, 제천맹주가 나를 쳐다봤다. 아이들과 여인들은 조금 떨어진 곳에 모여서 놀란 마음을 가라앉히고 있었다. 눈을 마주친 제천맹주가 말했다.

"통천방은 우리에게도 종종 정보를 제공하곤 했지."

"그랬소?"

제천맹주가 고개를 끄덕였다.

"내가 알기로 그간 한 번도 그 정보의 값을 치르지 않은 것으로 안다. 우리는 통천방이 이것저것 알려주는 것을 당연하게 여겼으니 말이야."

"맹주답소."

제천맹주가 통천방의 아이들을 바라봤다.

"…제천맹이 보호하고, 후원하마."

제법 그릇이 크다고 여겨지는 결정이었다. 필짱을 낀 제천맹주의 말이 이어졌다.

"하지만 제천맹에 있기 싫은 아이들도 있겠지. 보살피다가 물어보고, 아이들의 뜻에 따라서 문주가 있는 하오문으로 보내든지, 임 맹주에게 보내든지 하마. 개방으로 보내는 것은 안 될 일이고. 문주, 그 정도는 감당할 수 있겠나?"

나는 주극을 쳐다봤다. 괜히 우두머리가 된 사내는 아니라는 생각이 들었다.

"그렇게 합시다. 제천맹과 하오문이 함께 후원하는 것으로 결정."

나는 혼자서 박수를 세 번 쳤다.

짝짝짝–

가장 중요한 것을 빠르게 결정한 다음에서야 제천맹주가 검마를 바라봤다.

"이제 옛 좌사로군. 검마, 반갑네."

맏형이 제천맹주를 쳐다보더니 고개를 끄덕였다.

"반갑소, 주 맹주."

…

"검왕과 비무에서 무승부를 했다지? 소문이 자자해서 나도 들었네."

우리는 검마가 이겼다는 것을 알고 있었으나 잠자코 있었다. 제천맹주가 말했다.

"…어쩐지 이제는 비무를 할 수 있는 시기가 아닌 것 같구나. 우사의 폭주를 쳐다보고 있으려니 나조차도 정신이 혼란할 지경이야. 별일이 없었으면 언젠가 자네를 초대해서 비무를 한번 해보고 싶었네. 내가 자네를 꺾으면 군검왕까지 내 밑으로 깔릴 테니 말이야."

제천맹주가 가벼운 어조로 말하는 것인지라, 맏형도 보기 드물게 소리 내면서 웃었다.

"군검왕과는 무승부였으니 틀린 말은 아니로군."

제천맹주가 눈을 감고 있는 색마를 바라봤다.

"백응지에서 가장 사고를 많이 치는 문제아라 들었는데 뜻밖이다. 아까 우리가 동시에 달려들었을 때 문주 다음으로 대응이 빨랐네. 경공보다 눈치가 더 빠른 녀석이야."

나는 새삼스럽게 안색이 창백한 색마를 바라봤다.

"…"

무공에 관해서는 오성이든 뭐든 간에 최정상의 인물이 맞다. 내가 자하신공과 암향표를 동시에 펼쳤는데도 한 박자 정도 뒤늦게 따라잡아서 거미줄을 모조리 얼렸으니 말이다. 어쨌든 색마도 최선을 다해서 모든 공력을 쥐어짜듯이 폭발했다는 뜻이다. 내가 지쳐서 지금 앉아있는 것과. 무리한 덕분에 운기조식을 해야 하는 정도의 격차가 있을 뿐이다.

비록 똥이나 싸지르는 못난 놈이지만 아이들이 죽지 말았으면 한다는 공통적인 마음가짐에서는 벗어나지 않은 넷째라는 것을 나도 이참에 확인했다. 똥싸개를 어떻게든 빨리 영입한 것이 다행이라는 생각이 들었다. 아무리 생각해도 광마狂魔 혼자서는 해결할 수 있는 일이 많지 않기 때문이다. 나는 여전히 우리를 포위한 채로 경계를 서고 있는 제천맹주의 수하들을 바라보다가 말했다.

"이제 앉아도 되지 않소?"

제천맹주가 수하들을 바라봤다.

"…쉬어라."

"예, 맹주님."

딱히 달라진 건 없었다. 서있던 자들이 등을 내보인 채로 앉아서 방진을 유지했다. 제천맹주가 문득 귀마를 쳐다봤다.

"자네는 실제로 보니까 인상이 더 대단하군, 육합선생."

귀마가 고개를 끄덕였다.

"맹주께서도 보통 인상은 아니시오."

주극이 묘한 표정을 지으면서 말했다.

"자네가 육합선생이라는 별호로 서너 개의 방파를 박살 냈을 때 한 곳은 권 단주가 입맹을 검토하던 자들이었다."

귀마가 눈을 크게 떴다.

"음."

주극의 말이 이어졌다.

"사정을 알아보라고 지시했더니 이미 여러 놈이 사고를 쳐서 육합문이 사라진 뒤에 벌어진 학살극이자 복수였더군. 은원은 당사자들

　　　…　　　광마회귀7

끼리 해결하라고 했었지. 권 단주의 개입은 내가 막았었다. 그렇지 않았더라면 자네는 제천맹과도 싸울 뻔한 셈이야. 이렇게 나타나서 하오문주와 어울리고 있을 줄은 몰랐구나. 실력도 당시에 보고받았던 것보다 훨씬 강해진 것 같고."

귀마가 고개를 끄덕였다.

"홍산회주를 죽일 때, 그놈이 내게 오래 살아남지는 못할 거라고 하더니… 그 의미를 이제 알았소."

제천맹주가 고개를 끄덕였다.

"홍산회주, 생각나는구나. 당주로 들어오고 싶어 한다기에 권 단주가 일종의 심사를 보고 있었을 것이다. 정확하게는 아직 제천맹 소속이 아니었지. 심사 도중에 자네에게 죽은 셈이로군."

나는 대화에 끼어들었다.

"강호에서 살아남는 게 쉽지 않고. 그때 맹주께서 성질이 뻗쳐서 권 단주에게 죽이라는 명령을 내렸으면 우리도 육합과 다니지 못했을 확률이 높았겠네."

제천맹주가 귀마를 쳐다보면서 웃었다.

"모를 일이지. 육합이 멀리 도망갔다가 이렇게 고수가 되어서 돌아왔을 수도 있는 게 강호 아닌가? 내가 보기에 육합, 자네는 지금 권 단주와 비교하더라도 수준이 낮아 보이진 않네. 강자가 되었군."

문득 제천맹주가 고개를 돌리더니 명령을 내렸다.

"문 당주, 신 당주."

사내 둘이 일어나서 돌아서더니 고개를 살짝 숙였다.

"예, 맹주님."

"이제 쫓아가라. 동북 방향이다. 발견해도 너희끼리 쳐선 안 돼. 행적과 이동 경로를 파악하는 것이 목적이다. 사람들의 말을 들으면서 느릿하게 추적해. 알다시피 반쯤 미쳐있는 데다가, 너희들이 상대할 수 있는 자가 아니다. 마지막 대화를 들어보니 당장은 학살을 다시 벌이지 않을 가능성이 크다. 그래도 파악은 하고 있어야지. 지금 이동해라."

"명을 받듭니다."

"오 단주."

"예, 맹주님."

다른 사내가 일어나자, 제천맹주가 명령을 내렸다.

"임시로 통천방 일대를 전부 장악해라. 이곳의 생존자는 제천맹주가 후원자로 있을 것이라고 일대의 방파, 흑도 놈들에게 전부 전달해."

"예."

"개방에 소식을 전하러 갔던 주괄이 돌아오면 임시로 이곳의 방주를 맡으라 하고. 시간이 조금 흐르면 통천방의 새로운 방주는 이곳에 본래 속해있었던 여인 중 한 명에게 권하겠다. 그전까지 통천방의 사업과 이권에 손을 대는 자들이 없도록 해. 모두 통천방의 생존자들이 이어받아야 할 사업이야. 제천맹도 예외는 아니다."

"알겠습니다."

우리를 둘러싸고 있었던 방진이 느슨해지더니 여러 사람이 한꺼번에 움직였다. 명령이 다시 떨어졌다.

"적호赤虎야."

한 젊은 사내가 돌아서더니 제천맹주를 바라봤다.

"예, 사부님."

"광명우사의 인상착의와 특징을 종합해서 용모파기를 만든 다음에 개방과 무림맹에도 전달하고 우사가 제천맹의 제일공적第一公敵임을 주변에 알려라. 이 미친놈이 교도를 끌어모을 가능성이 있는데, 그나마 나를 더 두려워하는 놈들은 못난 종교에 참여하지 않도록 적절하게 협박의 말을 널리 퍼뜨려라."

"알겠습니다."

"이번 우사의 학살극을 상세히 기록하고, 혈교가 발호했을 때 소속과 무관하게 연합해서 대응하자는 뜻도 주변에 전달해. 너도 이동해라."

적호가 제친맹주를 향해 포권을 취했다.

"예, 다녀오겠습니다."

이렇게 보니까 주극도 맹주는 맹주였다. 때마침, 색마가 숨을 길게 토해내더니 가부좌를 유지한 채로 눈만 떴다.

"후우…"

우리는 잠시 색마의 표정을 구경했다. 색마는 눈을 뜨자마자 주변을 한 차례 둘러본 다음에 우리에게 물었다.

"다친 사람은?"

검마가 대표로 대답했다.

"없다."

"예."

색마가 이상한 질문을 던졌다.

"놓쳤습니까?"

검마가 고개를 갸웃한 다음에 대답했다.

"정신을 잃었었느냐? 우사가 물러나는 것을 봤을 텐데."

색마가 놀란 표정으로 대답했다.

"음… 그간 최대 공력은 제가 사용하는 월광일섬을 펼칠 때가 고점高點이었는데, 무리해서 더 끌어 쓰다 보니까 한기가 밀려들면서 선 채로 잠시 정신을 잃었던 모양입니다. 혹시 지금 저만 춥습니까?"

우리는 고개를 들어서 멀쩡한 해를 바라봤다. 웃통을 벗어도 제법 따스한 날처럼 느껴졌다. 나는 색마에게 말했다.

"너만 춥다."

"그러냐? 하지만 난 물고기를 먹었기 때문에 겨우 버틸 수 있었지. 얼어 죽을 뻔했네. 꿈에서 헤엄치는 물고기를 봤어."

무슨 말인지 이해를 하지 못한 제천맹주가 눈을 껌벅이면서 나를 쳐다봤다.

"…주화입마인가?"

"그냥 헛소리요."

"그렇구나."

색마의 헛소리를 듣고 나서야 나는 우리에게 휴식이 필요하다는 것을 알았다. 정작 우사와 싸우지도 않았음에도 이래저래 심력을 많이 소모한 셈이다. 이처럼 무공은 항상 남을 때리고 해치는 것만이 아니라 그 자신을 갉아먹기도 한다. 이것은 광명우사도 예외는 아니다. 나는 자하신공을 펼칠 때마다 만만치 않은 피로감을 느꼈는데,

광명우사도 몸의 한계를 무시하는 마공을 사용하는 것처럼 보였다.

외부로 발현된 혈기를 어찌 날개처럼 활용할 수 있단 말인가? 그 순간만큼은 아무도 따라잡지 못했을 엄청난 경공을 펼쳤겠지만, 여파는 광명우사의 몸으로 전달됐을 것이다. 나는 통천방의 아이들을 잠시 바라봤다. 당장 가족을 잃은 아이들에게 내 제자를 하라거나, 제천맹으로 가라는 것도 말이 안 되는 상황이다. 나는 초췌한 아이들을 보면서 중얼거렸다.

"물도 마시고, 밥도 먹어야지."

솔직히 이제 어찌해야 할지 모르겠다는 생각을 하고 있을 때. 한 여인이 돌아다니면서 아이들을 챙기고, 다른 여인들까지 다독였다. 제천맹주와 함께 이렇게 쳐다보고 있으려니… 살짝 앞서 나간 예상이지만, 저 여인이 다음 통천방주가 될 것 같다는 예감이 들었다. 한 여인의 활약을 말없이 지켜보다가 고개를 돌려보니…

세상 못난 새끼들이 나처럼 할 일 없는 표정으로 두리번대고 있었다. 진짜 싸움밖에 모르는 한심한 새끼들이 배가 고픈 모양인지 손으로 배를 쓰다듬기도 하고. 술이라도 한잔 마시고 싶은데, 심각한 분위기 때문에 술 마시자는 말도 못 꺼내는 것처럼 보였다. 나는 그냥 떠오르는 대로 검마, 귀마, 색마, 제천맹주를 싸잡아서 욕했다.

"에휴, 평생 싸움박질밖에 모르는 한심한 새끼들…"

물론 나도 예외는 아니다. 내가 갑자기 욕을 하자, 다들 나를 물끄러미 바라봤다. 결국에 내가 먼저 일어섰다. 나는 앉아있는 색마를 발로 툭 찬 다음에 말했다.

"밥이나 먹으러 가자. 먹어야 또 싸우지. 가자고. 일어나. 못난 형제 새끼들아, 밥 처먹을 시간이다. 그러고 보니까 오늘 한 끼도 못 먹었네."

제천맹주가 일어나면서 검마에게 내 상태를 문의했다.

"주화입마인가?"

검마가 고개를 내저었다.

"원래 저렇소."

제천맹주가 고개를 끄덕였다.

367.
악인 대 악인 대 악인

"우사는 왜 저렇게 미친 건가?"

밥을 먹는 도중에 제천맹주가 내게 물었다. 나는 젓가락으로 이 것저것 열심히 집어 먹으면서 대답했다.

"우사를 전부터 알고 계셨소?"

"소문은 종종 들었지. 광명좌우사자가 교에서 가장 점잖은 사내 들이라고 말이야. 그래서 오늘의 광경이 더 충격적이로군. 원래 저 런 사내였나?"

제천맹주의 질문에 맏형이 대답했다.

"그렇진 않소."

맏형이 점잖은 사내라는 것은 익히 하는 사실이었는데 우사도 성 향이 비슷했던 모양이다. 나는 제천맹주에게 우사가 미친 이유를 알려줬다.

"백웅지 인근에서 우사가 데려온 병력을 내가 몰살했소."

제천맹주가 고개를 끄덕였다.

"혹시, 많았나?"

"많았지. 대부분 한순간에 죽었소. 흔적도 없이⋯ 그때 나머지도 다 죽였어야 했는데. 사람이 믿기지 못할 광경을 두 눈으로 목격하고, 자신이 알던 자들과 수하들이 일순간에 죽으면 우사 정도 되는 인물도 충격을 받을 수밖에 없겠지."

문득 젓가락을 내려놓은 제천맹주가 내게 말했다.

"그 절기가 일월광천이있구나. 순순히 알려준 이유는?"

제천맹주는 입맛이 떨어진 모양이지만 나는 밥을 먹으면서 대답했다.

"처음부터 싸울 마음이 없었으니까."

"어째서?"

"우사의 눈빛을 봤지 않소?"

"봤지."

"우리와 제천맹이 연합해서 공격했더라면 아마 우사는 왼손에 아이들을 안은 채로 우리와 격전을 벌였을 거요. 그러다 아이가 죽으면 다른 아이를 품에 안은 채로 싸웠겠지. 누군가가 다른 아이들을 구출하려고 달려들어도 쉽지 않았을 거요. 손을 한 번 휘둘러서 혈사를 떨궜겠지. 아마 다 죽게 된 다음에는 마지막까지 살아있는 아이를 안고선 나를 협박했겠지."

"⋯"

"일월광천의 비밀을 말해보라고⋯ 애초에 상황 자체가 지는 싸움이었소. 그렇다면 우사가 원하는 것을 들어줄 수밖에."

홀로 식사를 멈춘 제천맹주는 술을 따라서 사대악인에게 돌렸다.

"혹시 자네가 제천맹의 팔 할을 죽일 수 있다고 장담했던 것이 일월광천 때문이었나?"

옛 호언장담에 대한 근거를 이제야 말하게 되었다.

"제천맹이 한꺼번에 덤볐다면 그랬겠지만. 맹주가 홀로 일대일을 하겠다기에 비무로 전환이 되었지."

제천맹주가 황당한 표정으로 고개를 끄덕였다.

"그래서 네가 우사에게 일대일을 청하는 게 널 죽일 수 있는 가장 쉬운 방법이라고 했던 것이고?"

"맞소."

그러니까 우사에게 벌어졌던 일은 제천맹주에게도 똑같이 벌어질 수도 있었던 셈이다. 이제 그간의 여러 사정을 우사를 통해서 단박에 이해하게 된 제천맹주가 고개를 끄덕거리면서 나를 욕했다.

"여러모로 미친놈이야."

"맹주께서 사내답게 잘 막으셨소. 물론 신개 선배도 적절하게 도착하셨었고."

"제천맹이 망할 뻔했지 않느냐?"

나는 슬쩍 웃으면서 제천맹주를 바라봤다.

"그러게 말이오. 흑도 쪽에는 이런 내 소문 좀 적절하게 전해주시오. 하오문을 건드리면 찾아가서 팔 할 정도만 몰살하겠다고."

제천맹주나 되는 사람도 한숨이 나오는 모양이었다.

"황당한 노릇이구나. 수하들이 사라지면 나도 맹주가 아니다. 그런 식으로 내가 망하면 다음에는 어찌하려고 했지?"

"뭐 별일 있었겠소? 도망친 다음에 임 맹주에게 힘을 실어주려고 했지. 여하튼 허언은 아니었소. 그 팔 할이라는 표현이."

"인정하마. 밥맛이 떨어지는군. 많이 처먹어라."

"별말씀을."

나는 아무렇지도 않게 사대악인과 밥을 먹었다. 이번에는 검마가 제천맹주에게 물었다.

"동북 방향으로 갔는데 잡을 수 있겠소?"

"어렵겠지."

색마가 질문했다.

"어째서 어렵습니까?"

제천맹주가 우리를 둘러보면서 말했다.

"다들 봤겠지만 따라잡을 수 있는 속도도 아니었지. 그리고 동북은 땅덩어리가 중원만큼이나 넓다. 중원에는 세가와 무림맹이 있고. 서북 어딘가에는 마교가, 이남 지역에는 우리도 있고 오래된 방파가 즐비해. 굳이 동북으로 향했다면 강자들이 드문 곳에서 정말 혈교라도 만들 생각이 아닐까."

나는 문득 생각나는 게 있어서 술잔을 붙잡은 채로 일전에 봤던 광경을 떠올려 봤다.

"내가 생각하기엔 당장 잠적하진 않을 것 같고."

"…"

다들 날 바라봤다. 나는 광명우사의 눈빛을 떠올리면서 악인의 마음을 헤아려 봤다.

"사고를 한 번 더 칠 것 같은데…"

귀마가 물었다.

"무슨 사고? 쫓아가야 하는 거 아니냐?"

나는 사대악인과 제천맹주를 바라보다가 고개를 갸웃했다.

"우사의 방식대로 마교주와 작별하지 않을까?"

굳이 내 추측을 말하진 않았다. 내가 악인들의 마음을 너무 잘 헤아리고 있다는 것을 이들에게 굳이 알려줄 필요까진 없었다.

* * *

광명우사는 동북 방향으로 경공의 한계를 시험하듯이 달렸기 때문에 당연히 아무도 따라올 수 없다는 것을 알았다. 민가에 들어가서 아무렇지도 않게 빨랫줄에 걸려있는 옷을 챙겨서 나오고, 흐르는 냇물에서 몸을 씻고 갈아입는 동안에도 따라붙는 자들이 없었다.

비인非人의 길을 걷겠다고 마음을 먹었기 때문에 도중에 마주치는 평범한 사람과 말을 섞지 않았다. 사람이 지나가는 것은 가축이 지나는 것과 같았다. 하지만 동북 방향으로 나아가진 않았다. 옷을 여러 차례 바꿔 입고, 낮에는 운기조식과 잠으로 보내고, 밤에는 다시 서남 방향으로 이동했다. 해와 달이 일곱 번 교대했을 시점에는 익숙한 안가에 멀쩡한 모습으로 도착한 상태. 안가에 들어서자, 마당을 쓸고 있던 사내가 고개를 숙였다.

"오셨습니까."

광명우사는 대청으로 향하면서 물었다.

"양 대공은?"

"안에 계십니다."

광명우사는 대청 문을 열기 전에 멈춰서 빗자루질하는 사내를 바라봤다.

"별다른 소식은 없었나?"

"예."

광명우사는 사내의 표정을 확인한 다음에 대청에 들어갔다. 넓은 대청에서 홀로 밥을 먹고 있었던 양 대공이 놀란 표정으로 말했다.

"우사, 오셨소. 어째서 그렇게 소식이 없으셨소? 식사는?"

광명우사는 양 대공의 맞은편에 앉으면서 대답했다.

"같이 합시다."

양 대공이 안쪽에 있는 시비에게 말했다.

"식사 좀 더 준비해라."

"예."

양 대공이 밥을 씹으면서 광명우사를 바라봤다.

"대체 어떻게 된 거요?"

광명우사가 대답했다.

"좌사 일행이 따라와서 따돌리느라 시간이 좀 지체됐군. 거기에 제천맹까지 달라붙어서."

"제천맹까지?"

양 대공이 고개를 끄덕이면서 광명우사를 위아래로 훑었다.

"고생이 많으셨군. 그나저나 이번 실패를 대체 어떻게 보고해야 겠소? 엄두가 나지 않아서 복귀를 하지 못하겠소. 하오문주의 목이라도 들고 가야 용서해 주실 것 같은데. 내가 돈이 없는 것도 아니고 살수라도 고용해야 하나. 우사께선 어떻게 생각하시오. 아무리 생각해 봐도 생포는 어렵소."

광명우사가 고개를 끄덕였다.

"생포는 어려운 일이지. 이제 교주님이 직접 나서시는 수밖에. 병력도 잃고, 망령도 약화되고, 양 대공과 내 수하들까지 많이 잃었으니. 나도 이제껏 살면서 이렇게 큰 실패는 처음이외다. 교주님이 나서지 않을 생각이시라면 당분간 중원 진출은 하지 않는 게 낫소. 이런 형세면 거꾸로 총단이 공격을 받아도 이상하지 않은 상황이라서 그렇소."

양 대공은 고개를 저었다.

"총단은 저들도 무리요. 임소백의 성향에도 맞지 않는 일이고."

시비가 커다란 받침에 밥과 몇 가지 반찬들을 가지고 와서 광명우사 앞에 내려놓았다. 세 명의 시비가 찬과 밥을 내려놓고 나서야 광명우사는 젓가락을 집은 다음에 시비에게 말했다.

"물도 가져와라."

"예."

시비가 급히 고개를 숙이더니 종종걸음으로 물러났다. 양 대공이 말했다.

"아, 이곳에 복귀해서 들었는데 결국 위郭씨 놈이 좌사가 되었다는군."

"그랬군."

"우사, 위가 놈이 십 년 정도는 후배 아니오?"

"그 정도였나?"

"칠팔 년? 어쨌든 우사와 명성을 나란히 할 연배는 아닌데."

"교가 언제 연배를 따졌나. 실력을 따졌지. 위가 놈이면 좌사에 앉을만하지. 출신도 나쁘지 않고."

양 대공이 고개를 내저었다.

"차라리 우사께서 이참에 공석인 총사 자리에 오르시고. 좌우사 자는 젊은 놈들에게 물려주는 게 어떻겠소? 우사께서도 위가 놈을 제법 싫어하는 것으로 아는데 어찌 같은 서열의 자리에서 공을 다 투려고 하시오."

광명우사는 시비가 가져온 물을 마신 다음에 밥과 찬을 뒤적거렸다.

"…"

광명우사가 밥을 먹기 전에 젓가락으로 헤집고 있는 것을 보고 있던 양 대공이 중얼거렸다.

"독 없으니 편히 드시오."

광명우사가 대답했다.

"총사 자리에는 그대가 관심을 내보이지 않았나?"

"내가 어찌 그렇게 높은 자리에 앉겠소."

광명우사가 고개를 한번 끄덕이더니 밥을 깨작대면서 물었다.

"그나저나 이 공자는 괜찮은가?"

양 대공이 자신의 어깨를 가리켰다.

"완전히 박살이 났소. 손목도 짓눌려서 어긋나고. 그래도 뼈가 잘 붙고 있어서 다행이지. 거동이 불편해서 운기조식에만 집중하고 있소."

광명우사가 혀를 차면서 대답했다.

"고생이군. 나는 병문안을 하고, 먼저 교로 복귀하리다."

"뭐 병문안을 할 것까진 없소."

"그래도 여기까지 왔는데 이 공자 얼굴은 보고 가야지."

광명우사는 밥맛이 없다는 것처럼 깨작대다가 아무런 말을 하지 않고 있는 양 대공을 쳐다봤다. 양 대공이 자신을 물끄러미 바라보고 있었다.

"…"

"양 대공, 왜 그렇게 쳐다보는가?"

한참을 말없이 광명우사를 바라보던 양 대공이 입을 열었다.

"우사."

"말씀하시게."

"병문안은 허락할 수 없소."

"허락?"

양 대공이 고개를 끄덕였다.

"조용히 복귀하시오. 나중에 교에 들어가서 뵙겠소."

"내가 이 공자를 보겠다는데 자네의 허락까지 맡아야 하나? 양 대공, 대공이 언제부터 좌우사자의 위에 있었나?"

양 대공이 대답했다.

"대공이 위에 있진 않지만 아랫사람도 아니지. 우사와 이 공자가 각별했던 관계도 아니고 병문안을 하지 않는다고 큰일이 날 것도 아닌데. 편히 생각합시다. 폐관수련 중이라 생각하시고. 실제로 운기조식만 하고 있어서 사람 오가는 것을 싫어하더군."

광명우사가 젓가락을 내려놓더니 콧소리를 내면서 웃었다. 광명
우사가 웃으면서 대청을 이리저리 훑어보자, 양 대공이 물었다.

"왜 그렇게 웃으시오. 우사나 나나 지금 웃으면 안 되는 상황 같
은데. 먼저 복귀하셔서 교주님에게 말씀 좀 잘해주시오. 그래도 교
주님은 우사를 항상 존중하지 않소."

"양 대공."

"말씀하시오."

"교주님에게 보고하려면 당연히 이 공자의 상태도 전해야 한다.
병문안을 막는 진짜 목적이 무엇이냐."

"진짜 이유랄 게 있겠소."

광명우사가 어조를 달리해서 말했다.

"말해라."

양 대공이 의자에 기대더니 한숨을 길게 내쉬었다.

"진짜 이유가 없진 않지."

"…"

양 대공이 자신의 코를 손가락으로 막으면서 말을 이어나갔다.

"우사, 대청에 들어올 때부터 피 냄새가 진동을 하던데. 그렇다고
씻지 않은 것은 아니고. 이게 대체 어떻게 된 노릇인가? 혹시 방파
를 돌아다니면서 혼자 학살을 저질렀나? 교주님의 명령에 그런 내
용은 없었던 것 같은데. 뭐 내가 보고를 받아야 할 입장은 아니니까
넘어가겠소. 복귀해서 교주님과 잘 논의해 보시고. 내 안가에서는
우사의 피 냄새가 상당히 불쾌하군."

진짜 이유를 들은 광명우사가 미소를 짓더니 양 대공을 노려보는 와중에 팔소매를 들어서 냄새를 맡았다. 아무런 냄새가 나지 않아서 팔소매를 걷은 다음에 팔뚝 냄새를 다시 맡았다.

"…"

부인할 수 없을 정도로 혈향血香이 짙었다. 아예 피부에 새겨진 모양이었다. 양 대공이 헛기침을 한 다음에 뒤편에 대고 말했다.

"우사께서 가신다."

시비가 아닌 사내의 목소리가 들렸다.

"예."

이어서 대청 문이 벌컥 하고 열리더니 양 대공의 수하들이 대청을 바라봤다. 광명우사가 둘러보자, 대청 안쪽에서도 수하들이 나오고 대청 바깥에도 안가에 머무르고 있었던 병력이 하나둘씩 모였다. 광명우사가 일어나면서 말했다.

"가겠네."

양 대공이 고개를 끄덕였다.

"살펴 가시오. 위가 놈한테도 축하한다고 좀 전해주시고. 이 공자가 쾌차하면 함께 복귀하겠소."

광명우사는 대청에 나온 양 대공의 수하를 둘러보다가 바깥으로 나와서 몰려온 자들을 바라봤다.

"…"

다들 고개를 뻣뻣하게 든 채로 자신을 바라보고 있었다. 광명우사가 말했다.

"너희는 교도가 아니더냐?"

몰려온 자들이 그제야 고개를 숙이면서 말했다.

"살펴 가십시오."

양 대공의 수하들이 좌우로 갈라지더니 안가 바깥으로 나가는 통로를 만들어 냈다. 광명우사는 포위망처럼 된 중앙길을 걷다가 멈춰서 대청을 바라봤다. 양 대공이 입구 앞에 서서 자신을 바라보고 있었다. 광명우사가 물었다.

"이게 전부냐?"

양 대공이 한숨을 내쉬었다.

"…그러지 맙시다. 미치셨소?"

광명우사가 허리춤에 있는 장검을 뽑으면서 말했다.

"양 대공, 두 명을 지목해서 이 공자를 데리고 복귀하라고 명령해라. 본래 다 죽일 생각이었는데 교주가 그간 내게 예의를 잃지 않았던 것에 대해서는 감사를 표해야지. 그놈도 자식 걱정을 하는가는 모르겠다만 선물이다."

양 대공이 놀란 표정으로 대답했다.

"이놈, 완전히 돌았구나. 철종, 벽사. 이 공자를 데리고 복귀해라. 교주께 우사가 주화입마에 빠졌다고 보고하고."

"명을 받듭니다."

광명우사가 손가락으로 양 대공을 가리켰다.

"아니지. 그것은 올바른 보고가 아니다. 우사가 깨달음을 얻어 독자적인 탈마의 길을 걷는 중이라고 전하면 된다. 교주는 무슨 말인지 알겠지."

두 사람이 빠르게 움직이자, 양 대공이 말했다.

"죽여라. 상대는 광명우사가 아니다. 입마에 빠진 배교자다."

광명우사는 양 대공의 말이 끝나자마자 두 눈부터 새빨갛게 붉어졌다.

368.
지옥행 마차

"교주님."

한 사내가 한쪽 무릎을 꿇은 채로 고개까지 숙이고 있었다. 사내는 자신의 발만 바라보고 있는 채로 교주의 말을 기다렸다.

"위 좌사."

위 좌사라 불린 사내는 고개를 들지 않은 채로 대답했다.

"예."

"신교의 좌사라는 자가 그렇게 납작 엎드려 있으면 다른 교도들은 대체 어찌하란 말이냐? 바닥에 달라붙겠구나. 일어나라."

"죄송합니다."

위 좌사는 사과를 한 다음에야 일어나서, 두 손을 공손히 앞으로 모았다. 일어나서도 교주를 똑바로 쳐다보진 않았다. 시선을 아래로 내린 채로 입을 다물었는데, 용모가 그리 뛰어난 사내는 아니었다. 무골처럼 느껴지는 분위기도 없으나 다만 신장이 제법 컸다. 눈매가 아래로 축 처진 것이 인상의 특징이었고, 귀가 보통 사람보다 큼지막한 데다가 청각이 발달된 게 아닐까 싶을 정도로 과도하게 꺾여있었다. 그래서 전체적으로 체형이 길쭉한 원숭이가 서있는 것처럼 보였다. 교주는 태사의에 앉아 한 손에 턱을 괸 채로 말했다.

"좌사가 됐으면 과한 예의는 삼가라."

"예."

"가솔은?"

위 좌사가 대답했다.

"두 차례에 걸쳐서 입교하고 있습니다. 선발대에 속한 자들이 이미 입교했고, 후발은 각지에 있는 사업체를 후임에게 인수인계를 한 다음에 입교할 예정입니다. 늦어져서 죄송합니다."

교주가 말했다.

"후발까지 입교할 필요는 없다. 자네 사업에 지장을 줄 정도로 가문 전체가 입교할 필요는 없으니."

위 좌사가 고개를 살짝 숙였다.

"관대하신 배려에 감사드립니다."

"위 좌사, 자네는 사업할 때도 그렇게 저자세였나? 굽신대는 꼬락서니가 역겹구나."

위 좌사가 미소를 지으면서 대답했다.

"실은 어디 가서 저자세로 살아본 적이 없습니다. 교주님, 점차 익숙해지겠습니다."

교주가 심드렁한 표정으로 대답했다.

"자네 가문인 명천위가明天韋家는 듣자 하니 오대五代에 걸친 거상이라 하던데 중원의 부호들과 비교하면 위치가 어느 정도인가? 천하제일거상이라도 되는가?"

"천하제일까진 아니옵고 그래도 곳곳의 재물을 긁어모으면 열 손가락 안에는 꼽을 수 있습니다. 천하에 워낙 숨은 부호들이 많아서 정확하게 견줄 수는 없습니다. 다만 교도들 중에서는 가장 많은 돈을 벌기 위해 애를 썼습니다."

"재산으로 따지면 교보다 많고, 돈으로 낭인만 고용해도 교의 병력과 견줄 수 있다는 소문은 누가 냈는가?"

위 좌사가 고개를 숙인 채로 대답했다.

"교주님, 그것은 저희가 퍼뜨린 소문이 아닙니다."

"알아보았나?"

"외당에서 퍼뜨린 소문으로 압니다."

"누가?"

"외당 금호대주, 금호대주와 함께 일하는 중천상단에서 퍼뜨린 이야기로 압니다."

"어떻게 대처했나?"

"서찰을 보내서 오해임을 말씀드리고. 소문 퍼뜨리는 것을 자중해 달라는 요청을 했습니다."

"뭐라던가?"

"답장은 따로 없었습니다."

교주가 웃었다.

"자네가 광명좌사가 되었다는 소식에 금호대주와 중천상단이 가장 놀라겠군."

"아마도 그럴 것입니다."

"새롭게 경고라도 보낼 참인가. 권력이 생겼는데."

위 좌사가 바로 대답했다.

"가만히 있겠습니다."

"이유는?"

"서찰을 보낸 이후로 오해를 살만한 소문이 더 퍼지진 않았습니다. 제가 과분하게도 교주님에게 좌사 일을 수행하도록 명령을 받았으니 금호대주 측도 조심할 것이라 생각합니다."

위 좌사의 말에 교주가 웃었다.

"우사가 자네를 왜 싫어했는지 알 것 같군."

"예."

"알고 있었나?"

"몇 차례 들었습니다."

"이유도 알고 있나?"

위 좌사가 고개를 살짝 움직이더니 바닥을 쳐다보면서 대답했다.

"돈에 미친 놈들이라 하여 싫어하신 것으로 압니다."

"우사가 복귀하면 잘 지낼 수 있겠나? 어쨌든 내가 없을 때는 두 사람이 교의 대소사를 협의해서 챙겨야 하네."

"잘 협의하겠습니다."

"우사가 하잔 대로 끌려가라고 앉힌 자리는 아니다."

"예. 명심하겠습니다."

이때, 바깥에서 수하의 목소리가 들렸다.

"교주님, 부르셨던 대공자가 도착했습니다."

"대기해."

"예."

교주가 미소를 지은 채로 말했다.

"좌사는 오대에 걸쳐 그렇게 많은 돈을 긁어모아서 뭘 하려고 했나. 소국小國이라도 하나 세우려고 했나?"

위 좌사가 대답했다.

"돈을 벌다 보면 강물에 휩쓸리는 것 같은 느낌이 있습니다."

"무슨 의미지?"

"처음에는 쪽배 하나로 만족을 했는데 더 큰 물고기를 잡기 위해 점차 넓은 강으로 나아가고. 어느새 멀미를 할 것 같아서 조금 더 큰 배를 구입합니다."

"다음에는?"

"사람이 늘어 배가 여러 척이 필요하고. 물줄기를 따라 돌아다니다 보면 제가 가진 배보다 더 좋은 남들의 배를 보게 됩니다. 어쩐지 돈은 그쪽으로 더 많이 흘러가는 것처럼 보이지요. 그러면 저도 직접 더 큰 배를 만듭니다. 결국에는 좁은 강은 오가지도 못할 정도로 큰 배를 가지게 되지요. 그래서 이번에는 바다를 건너게 됩니다. 그제야 비로소 천하가 넓다는 것을 인지하면서 같은 고생을 하는데도 저보다 훨씬 많은 부를 축적한 부호들이 있음을 알게 됩니다."

교주가 물었다.

"그 부호들을 바다에 빠뜨렸나?"

"필요하다 판단하면 그렇게 했습니다. 제 배가 침몰하면 함께 가라앉을 가솔이 많아서 그렇습니다."

"돈을 긁어모은다는 것은 끝이 있는 길인가?"

"끝이 없습니다."

"그렇다면 돈을 더 모으기 위해서 무공도 익혔겠군."

위 좌사가 고개를 끄덕였다.

"결국에는 그렇습니다."

"좌사 자리도 돈으로 산 셈이고."

"부인하지 않겠습니다."

손가락으로 태사의를 두드리던 교주가 말했다.

"위 좌사, 앞으로 해야 할 일을 명하겠다."

"경청하겠습니다."

교주가 한 손을 이리저리 움직이면서 말했다.

"전권을 휘둘러라."

"…"

"교를 이용해서 돈을 더 벌고, 곳곳의 빈자리는 좌사 사람으로 채워 넣도록. 횡포를 부려라. 우사나 다른 대공들과 다퉈도 좋다. 사천왕 자리도 네 멋대로 채우고. 교도들의 반발을 얻어도 무관하다. 좌사라면, 좌사 자리에 어울리는 힘을 갖도록 해. 그리고."

"예."

"좌사에게 주어지는 증표는 광명검밖에 없는데 그것은 전 좌사가 지니고 있다. 그대가 사용하도록."

위 좌사가 고개를 살짝 들더니 교주를 바라봤다.

"알겠습니다."

"물러가라."

"예."

위 좌사는 고개를 살짝 숙인 채로 세 걸음을 물러나서 돌아섰다. 스스로 문을 열어서 나온 다음에 대기하고 있는 교주의 장남과 눈을 마주쳤다. 먼 길을 다녀온 모양인지 얼굴이 농부처럼 붉게 그을린 상태였다. 위 좌사는 대공자가 옆구리에 끼고 있는 작은 상자를 보면서 말했다.

"…대공자, 오랜만입니다."

대공자가 고개를 끄덕였다.

"좌사가 되셨다고?"

위 좌사가 문을 가리키면서 대답했다.

"예. 들어가시지요. 기다리고 계십니다."

대공자가 지나치면서 말했다.

"돈벌레가 좌사 자리에 오르다니 출세했구나."

위 좌사가 웃으면서 대답했다.

"감사합니다. 일대공一大公."

대공자는 직접 문을 닫는 동안에 위 좌사를 노려봤다. 위 좌사는 문이 끝까지 닫힐 때까지 미소를 지었다. 문이 닫히고 나서야, 위 좌사는 무뚝뚝한 표정으로 주변을 둘러보다가 느릿느릿한 걸음으로 움직였다. 위 좌사는 걷는 동안에도 커다란 귀를 버릇인 것처럼 꿈틀대고 있었다. 하지만 교주와 일대공의 대화는 들리지 않았다. 전각을 빠져나오고 나서야 수하들이 좌사에게 다가왔다.

"가주님."

위 좌사가 입교한 수하들을 둘러보면서 말했다.

"광명검을 얻어야 진정한 좌사인 모양이야. 그렇게 알고 있도록."

"예."

"가주라는 호칭은 지금부터 쓰지 말도록."

"알겠습니다."

좌사가 앞서 나가면서 말했다.

"바빠져서 좋구나. 할 일도 많고."

* * *

마교주의 차남이 숲을 향해 오줌을 누고 있었다. 오른팔 전체와 어깨까지 하얀 헝겊으로 동여맨 상태라서 패잔병이 복귀하는 것처럼 보였다. 오래 참은 터라 물줄기가 제법 길어졌다. 멈출 만하면 또 나오기를 서너 차례 반복하다가 바지춤을 끌어올린 차남은 쩔뚝거리면서 마차로 향했다. 마차에 들어와서 앉은 다음에 문을 닫으면서 말했다.

"출발하자."

"예."

잠시 기다리던 차남이 다시 말했다.

"출발하자고."

차남은 무슨 말을 하려다가 마차 문을 바라봤다. 갑자기 마차 문이 열리더니 보자기를 든 사내가 마차 안으로 들어왔다. 차남이 화들짝 놀란 상태로 바라보자…

"…"

피를 뒤집어쓴 광명우사가 맞은편에 앉아서 차남을 바라봤다.

"너무 뻔한 길로 복귀하는 거 아니냐, 이 공자."

차남은 왼손에 공력을 밀어 넣으면서 광명우사의 모습을 살폈다. 손으로 피를 닦은 얼굴만 멀쩡하고 나머지 신체와 옷에는 피가 묻어 있었다. 광명우사가 고개를 저으면서 말했다.

"양 대공에게 너는 살려준다고 했다. 네 아비가 내게 예의를 갖췄으니 그 정도는 해줘야지."

차남이 대답했다.

"그럼 왜 따라오셨소."

광명우사가 보자기를 자신의 무릎에 올려놓은 다음에 풀었다. 차남은 보자기 안에 양 대공의 머리가 들어있을 것이라 생각했다. 그러나 광명우사가 풀어낸 보자기 안에는 하얀 만두 여러 개와 죽통에 담긴 술이 들어있었다. 차남은 하얀 만두를 보자, 이상하게도 정신이 나갈 것 같았다. 광명우사가 만두를 붙잡자, 피가 묻었다. 그 피 묻은 만두를 먹으면서 광명우사가 말했다.

"…양 대공이 도망쳤어. 수하들이 죽어가는데도 어찌 그렇게 빨리 도망칠 수 있단 말이냐? 나는 너를 살려주겠다고 했지. 양 대공을 살려주겠다고 한 적은 없다."

만두 하나를 게 눈 감추듯이 해치운 광명우사가 새로운 만두를 집어서 이 공자에게 내밀었다.

"먹을 테냐?"

"됐소."

차남은 놀란 마음을 가까스로 가라앉힌 다음에 말했다.

…

"그래서 어쩌시려고. 갑자기 왜 이러는지 모르겠군. 교주님께 무어라 말씀드리려고 양 대공의 수하들을 죽였소."

광명우사가 만두를 씹다가 물었다.

"지금 책망하는 것이냐?"

"책망이 아니라 사정을 알아보는 거요."

광명우사가 술을 마신 다음에 말했다.

"너는 살려주고, 양 대공은 죽이려 했다. 이게 조건이야. 양 대공이 도망쳤으니 다른 자들이 감당해야지. 심원곡으로 안내해라."

"..."

광명우사가 말했다.

"그곳에 양 대공이 있으면 죽이고. 없으면 심원곡의 강호인들이 죗값을 받아야지. 걱정 말아라. 안가에서도 시비들은 살려뒀다. 그들은 죄가 없지."

차남은 만두를 고르는 광명우사의 손을 바라봤다. 만두를 헤집을 때마다 만두가 붉게 변하고 있었다. 광명우사가 만두를 하나 집어서 차남을 향해 내밀었다.

"...심원곡으로 안내하겠느냐? 아니면 네가 도망친 양 대공의 죗값을 대신 치를 테냐. 마교주의 차남이면 제법 똑똑한 선택을 하겠지. 네 아비는 이런 선택조차 주지 않았어. 모조리 죽였지. 하오문주같은 놈이 나타나는 것을 보면 세상이 변했다. 여인과 아이는 건드리지 않으마. 네가 죽든가, 양 대공이 죽어야 해. 너, 어찌할래?"

차남은 광명우사를 노려보다가 갑자기 손가락에서 떨어지는 만두를 주시했다. 동시에 광명우사가 고개를 옆으로 젖히자, 마차의 벽면을 뚫고 장검이 불쑥 튀어나왔다. 광명우사는 손가락으로 장검의 날을 붙잡더니 그대로 힘을 실어서 장검을 뽑아냈다. 피할 수 없을 정도로 빠르게 튀어나온 장검이 차남의 어깨에 푹 소리를 내면서 박혔다.

"끅…"

차남이 장검을 바라보자, 광명우사가 말했다.

"봤느냐? 이게 너희 부자들의 운명이다."

"…"

"마부는 자중해라. 너까지 죽으면 마차 몰 사람을 또 구해야 한다."

광명우사는 배를 채우자마자 남은 만두를 바닥에 던진 다음에 차남을 바라봤다.

"결정했나? 누가 죽을지."

차남은 지옥에 빠진 것 같은 표정으로 광명우사를 바라봤다. 숨을 쉴 때마다 역한 피 냄새가 코를 찌르고 있었다. 광명우사는 고개를 이리저리 움직이면서 차남의 표정을 유심히 살폈다.

"…네게도 착한 구석이 있었구나. 이렇게 고민할 줄이야. 그럼 네가 죗값을 대신해서."

차남이 마부에게 말했다.

"심원곡으로 출발해."

"…"

차남이 소리를 버럭 내질렀다.

"어서!"

"예."

광명우사는 손을 내밀어서 차남의 어깨에 박혀있는 장검을 뽑았다. 그 장검을 구멍에 도로 집어넣으면서 마부에게 말했다.

"네 장검이다. 무엄하게 이 공자를 찔렀구나. 교주가 알면 너는 사형이야."

"…"

광명우사는 자신의 말이 웃겼던 모양인지 홀로 웃음을 터트렸다. 한참을 웃다가 차남에게 물었다.

"양 대공이 심원곡에 있을까?"

차남은 헝겊을 풀어냈다가 다시 어깨 부위를 동여매면서 대답했다.

"모르겠소."

"상관없다. 기다리고 있으면 언젠가는 오겠지. 양 대공이 눈치를 채고 도망가지 않도록 다들 협조해야 한다. 알겠느냐? 이 공자, 대답을 해야지."

"알겠소."

광명우사가 웃으면서 말했다.

"마교주 차남이라는 놈의 꼬락서니가 참. 내가 너라면 혀를 깨물고 자결했을 것이다. 부끄러우면 자결하도록 해라. 심원곡은 마부와 함께 찾아갈 테니."

차남은 광명우사를 노려보다가 바닥에 떨어진 만두를 하나 주워서 왼손으로 먹었다. 피 맛이 감질나게 맴도는 만두였다.

"일단 갑시다."

광명우사는 차남이 의지를 불태운 다음에 심원곡에서 덤빌 것 같다는 생각을 하자마자, 웃음이 흘러나오려는 것을 손으로 막았다. 차남은 궁지에 몰린 나머지 유치한 말을 입에 담았다.

"우사, 교주님의 분노를 감당하실 수 있겠소?"

광명우사가 황당하다는 표정으로 말했다.

"네가 아직 네 아비를 잘 모르는구나. 너는 네 아비가 진정으로 분노하는 광경을 본 적 있느냐? 나는 아직 보지 못했다."

"…"

"있느냐?"

"없소."

광명우사가 고개를 끄덕였다.

"없어. 즐기는 자에겐 분노가 없어. 유희遊戲라고 하는 것이다. 자신의 목이 날아갈 때까지도 웃으면서 죽을 사내다. 마음을 많이 비웠기 때문이다. 우사였을 때는 몰랐는데 교주가 되고 나서야 네 아비의 마음이 어느 정도 이해되는구나. 나중에 너와 네 아비가 살아 있으면 만나서 술이라도 한잔해야지."

"지금 교로 복귀해서 허심탄회하게 한잔하시는 게 어떻겠소."

광명우사가 진지한 표정으로 고개를 내저었다.

"오늘은 아니야. 너도 더 정진해라."

차남은 광명우사를 물끄러미 바라봤다. 정말 미친놈이 따로 없다는 생각이 들었다.

369.
역사상
가장 화려하게 망하는 문파

"주 맹주와 무슨 대화를 그렇게 오래 해?"

귀마의 질문에 나는 사대악인에게 말했다.

"가면서 이야기하자."

"어디로?"

"백응지 방향으로 일단 걷자."

제천맹주가 통천방을 수습하는 과정을 지켜보다가 떠난 다음에 우리도 어디론가 출발했다. 제천맹주와는 통천방에 관한 이야기도 나누고 하오문에 관한 이야기도 나눴다. 나는 천천히 백응지로 향하면서 생각을 정리하고, 정리하는 와중에 사대악인과 잡담을 나눴다. 잡담을 나누다가 몇 가지 계획을 떠올린 다음에 본론을 꺼냈다.

"통천문은 제천맹과 하오문이 투자하기로 했어."

"그랬지."

색마가 고개를 갸웃하면서 내게 물었다.

"그런데 하오문에 그렇게 돈이 많아?"

나는 색마를 쳐다봤다.

"나도 잘 몰라."

"네가 문주인데 왜 몰라."

"총관들은 대충 알겠지. 많은 것은 사실이야. 일단 내가 죽인 대나찰은 돈이 많았어. 수선생인가? 그놈도 돈이 많았지. 그런데 패검회는 이 둘을 합친 것보다 훨씬 돈이 많았어. 하지만 그것도 남악녹림맹의 일부 재산에 비할 바는 아니었지. 이것이 하오문에 쌓여있으니 하오문엔 돈이 많아."

우리 네 사람이 길을 걷고 있을 때면 자연스럽게 거리가 한산해지는 기분이다. 뭐 어쩔 수 없었다. 누가 봐도 평범한 사람들처럼 보이진 않을 테니 말이다. 나는 네 사람에게 제천맹주에게 전달했던 이야기를 축약해서 들려줬다.

"…주 맹주에겐 통천방뿐만이 아니라 하오문에도 투자하라고 했어."

"왜 갑자기? 돈도 많다면서."

"엮는 거지. 흑도는 특히 돈이 중요하거든."

조용히 있던 맏형이 내게 물었다.

"제천맹의 투자금으로 무엇을 하려고."

나는 길을 가리키면서 말했다.

"백응지 아래에 우사 일행이 점거했었던 객잔을 우리가 점거하자. 어차피 우사 놈이 그쪽 사람을 다 죽였으니 어떻게든 복수를 해줘야지. 휑한 장소인 데다가 내가 일월광천으로 만든 구덩이까지 있고 어쨌든 터가 넓은 곳이야."

사대악인이 동시에 멈추더니 나를 쳐다봤다.

"그래서?"

나는 세 사람을 둘러보면서 말했다.

"일단 나는 당분간 일양현으로 갈 수 없어. 우사 놈이 한 짓거리를
봐. 내가 있는 곳은 피해가 클 거야. 하지만 괜찮아. 어차피 내가 있
는 곳이 하오문이니까."

색마가 고개를 끄덕였다.

"어쩐지 요 며칠 요란이가 보고 싶었는데 네 말이 맞다. 지금 돌아
갈 수는 없어. 그렇지 않습니까, 사부님?"

검마가 고개를 끄덕였다.

"맞다."

귀마도 동의했다.

"무공 수련도 중요하지만, 아직 어리니까 지금은 평범한 일상을
보내는 것이 더 중요하지. 지금 우리가 가면 일양현 전체가 강호에
엮일 수 있다."

나는 세 사람의 동의를 얻은 다음에 다시 길을 가리켰다.

"그래서 어쨌든 주 맹주에게 하오문에 투자하라고 했어. 대신에
투자금은 많지 않아도 돼. 남는 말이 있으면 말을 줘도 되고, 마차를
받아도 돼. 공사 인원을 지원해 줘도 되고, 알아서 하라고 했지. 그
래도 맹주라는 체면이 있으니까 쥐꼬리만 한 투자는 못 하게 될 테
지. 단, 제천맹이 투자했다는 증표를 요구했어."

"증표?"

"깃발을 달라고 했지. 뭐라고 적혀있냐고 물었더니 그냥 제천齊天이래. 그래서 우리가 인수한 객잔에 가장 먼저 제천의 깃발을 꽂아도 되냐고 물었더니 괜찮다고 하더군. 그게 무슨 의미인지 아냐고 물었더니… 주 맹주가 나 하고 싶은 대로 해보라고 하더군. 눈치가 빨라서 대충 무슨 의미인지는 아는 모양이야."

귀마가 길에 있는 다루를 쳐다보면서 말했다.

"잠시만. 도저히 걸으면서 나눌 이야기가 아니다. 맏형, 차나 한잔 마십시다."

"그러자."

우리는 다루의 탁자 하나에 둘러앉아서 주문한 다음에 이야기를 이어나갔다. 귀마가 들은 내용을 정리해서 내게 말했다.

"그러니까 그 비어있는 객잔을 하오문이 인수할 생각인데 그곳의 재건축을 제천맹주에게 투자하라고 했단 말이지? 투자 증표로는 깃발을 내놓고."

"맞아. 혹시 연고자가 나타나서 객잔을 내놓으라고 하면 값을 쳐줘야지. 그건 내가 알아서 할 테니 신경 쓰지 말고. 재건축은 화려하게 할 생각이야."

사대악인은 점소이가 가져온 차를 한잔 마신 다음에 나를 쳐다봤다. 다들 내가 무슨 말을 하려는지 대충 눈치를 챈 모양이었다. 나는 오랜만에 마시는 뜨거운 차를 삼킨 다음에 말했다.

"…무림맹에도 연락해서 하오문에 투자하라고 할 거야. 이번에 우사가 벌인 행각을 요약해서 전달해 주고. 임 맹주에게도 적절하게 돈을 뜯어내야지."

…

"음."

"마찬가지로 금액은 크게 상관없어. 물자로 지원받아도 돼. 다만 증표는 반드시 받아야 해. 깃발로 받는 게 낫겠지. 제천의 깃발 옆에 맹盟이라고 적힌 깃발을 나란히 놓을 생각이야. 객잔이 어느 정도 완성되었을 때 두 맹주를 불러다가 술이나 차를 대접하자고. 투자자들이니까 한 번쯤 와서 차를 마시는 것도 나쁘지 않겠지."

세 사람이 놀란 표정으로 나를 바라봤다.

"그게 가능할까?"

"둘을 봐서 알잖아. 차 한잔 마시는 거 무서워하거나 꺼릴 사람들이 아니지. 차를 마시다가 둘이 말싸움해서 한판 붙으면 오히려 좋아. 우리는 차 한잔 만들어 주고 어디 가서 보기 힘든 싸움 구경을 할 테니까."

색마가 물었다.

"누가 이길까?"

"자, 동시에 손을 올리는 거야. 임 맹주가 이길 것 같다, 오른손. 주 맹주가 이길 것 같다, 왼손. 하나, 둘, 셋."

우리 넷은 동시에 오른손을 올렸다. 검마가 손을 내리면서 말했다.

"세력으로 붙으면 서로 출혈이 크겠다만 비무로 붙으면 임 맹주를 이길 수 없다."

나도 동의한다.

"맞아. 어쨌든 양쪽의 맹에 투자를 요구하겠지만 그게 끝은 아니야."

"…"

나는 귀마를 쳐다봤다.

"둘째는 운향문주가 선물한 육합검을 여태 잘 쓰고 있는데, 한 번쯤 방문할 때가 되었어."

"음."

"육합검에 대한 감사의 인사도 전하고. 묵가의 상황도 보고. 내 말도 좀 전해줘."

"뭐라고?"

"하오문주가 백응지 아래에 본진이라고 생각하는 객잔을 하나 만들 생각인데 투자 좀 하라고."

내 말이 끝나자마자 여태 참고 있었던 세 사람이 웃음을 터트렸다.

"하하하…"

나는 진지한 표정으로 세 사람을 바라봤다.

"왜 웃어? 진지하게 말하는데. 운향문주에게 얻어야 할 건 뭐겠어?"

귀마가 대답했다.

"운향雲香의 깃발이겠지."

"운향문주에게 부탁 좀 해. 백의서생에게 연락해서 하오문주가 투자금을 내놓으라고 했다고. 만약 운향문주가 연락이 잘 안 된다고 하면, 둘째가 직접 천악 선배의 산장까지 찾아가도록 해. 어쨌든 내가 바라는 것은 백의서생의 돈이 아니라 무제武帝의 깃발이야."

객잔 투자로 시작된 일이 점점 판을 키웠다. 더불어서 사대악인의 눈도 점점 더 커지고 있었다.

"음."

나는 세 사람을 둘러보면서 말했다.

"내 눈으로 보고야 말겠다. 객잔의 담벼락이든 지붕이든 간에 무림맹, 제천맹, 무제, 운향의 깃발이 펄럭이는 것을 구경할 생각이야. 귀한 투자자들인데 이렇게라도 내색해 줘야지."

검마가 말했다.

"셋째가 강호 전체를 상대로 돈을 뜯어내는구나."

색마가 두리번대면서 말했다.

"무림맹에는 누가 전달하지?"

우리 셋은 말없이 색마를 바라봤다. 색마는 검마와 눈을 마주쳤다가 고개를 끄덕였다.

"제가 다녀오겠습니다, 사부님."

"그래야지."

검마가 말을 이어나갔다.

"대충 의도는 알겠다. 하지만 우리가 예상하는 것과 당사자가 생각하는 목적은 다를 수 있겠지. 자세히 들어보자. 그리고 저들도 무엇에 투자하게 되는 것인지는 알아야지."

나는 고개를 끄덕였다.

"우리가 만드는 것은 일종의 관문關門이야."

나는 세 사람을 둘러보다가 말을 이어나갔다.

"관문에서 북동 방향으로 나가면 무림맹, 북쪽에는 백응지, 남동 방향에는 제천맹, 조금 더 떨어진 곳에는 백의서생과 천악까지. 재건축을 하는 객잔이 관문인 셈이지. 어차피 지금은 내가 마교의 제일공적이야. 우사가 저렇게 이탈하고, 맏형도 우리와 함께 있으니 뭘 어떻게 생각하든 간에 내 탓이야. 당분간은 마교가 전열을 정비할 수도 있고, 후임이 광명좌우사자 자리를 차지할 수도 있겠지만 충돌은 벌어지겠지."

"…"

"시간이 걸리면 오히려 좋아. 나는 계속 수련할 생각이니까. 다만, 적과 아군에게 확실하게 전달하고 싶다. 투자를 받아서 새롭게 확장해서 짓는 건물의 형태나 구조는 객잔이겠지만, 이곳은 하오문의 본진이라고 말이야. 그간 본진을 만들지 않았는데 이번에 처음 만드는 셈이지. 나는 여기서 받아칠 거야. 여기서 버텨야만 의미가 있어."

귀마가 점소이를 부르더니 술을 주문했다. 나는 검마를 바라봤다.

"맏형, 좌우사자의 후임이 정해지겠지?"

"그렇겠지."

검마가 고개를 끄덕이는 것을 보고 질문했다.

"예상할 수 있겠어?"

검마가 생각에 잠겼다.

"글쎄다. 당장은 양 대공이 한자리를 맡을 수도 있고. 대공자의 외가에서 사람을 보낼 가능성도 있다."

"대공자의 외가가 어디인데?"

검마가 고개를 내저었다.

"알 수 없다. 대공자의 외가만큼은. 그곳은 교주가 가장 먼저 손을 뻗어서 혈연으로 동맹한 가문이야. 둘째의 외가 쪽인 양 대공도 처음에는 모습을 드러내지 않았었다. 이렇게 등장한 것도 사실 의외의 상황인 셈이지. 셋째 측의 외가는 일전에 네가 죽였다던 늙은이가 아마 최고수였을 테니 그쪽은 신경 쓸 필요가 없고."

"아, 그 늙은이."

색마가 물었다.

"어떻게 죽였는데?"

나는 귀마를 쳐다보면서 말했다.

"일월광천에 뛰어들던 늙은 불나방 같은 마두가 있었지. 소멸했다. 어쨌든 후임은 공을 세워야 할 테니 어떤 방식으로든 다시 내 앞에 나타날 거야. 아니면 맏형의 광명검을 회수하러 올 수도 있고. 내가 하오문의 본진을 만들면 본진으로 오겠지. 이곳에 내가 있으니까. 생각해 봐."

나는 손가락으로 커다란 원을 그렸다.

"백도, 흑도, 서생들의 돈과 하오문의 돈을 합쳐서 넓고, 화려하게 지을 생각이야. 대신에 강호인 이외의 손님은 받지 않아. 맹주나 장문인, 혹은 왕이라 불리는 자들이 가끔 와서 차나 술을 마시는 곳으로 만들어야지. 이름은 객잔이지만 누구나 이곳이 하오문이라는 것을 알게 되겠지. 우리는 이곳에서 처음이자 마지막으로 화려한 삶을 살자. 무공을 수련하는 장소도 천악 산장 못지않게 만들고…"

색마가 물었다.

"그다음엔?"

나는 귀마가 따라주는 술을 마신 다음에 웃었다.

"하오문에 속한 세력의 깃발을 연달아서 꽂아야지. 남천련, 남명회, 흑선보, 흑묘방은 물론이고 제천맹에 속한 흑도 세력의 깃발도 하나하나 가져오라고 할 셈이야. 그리고 임 맹주는 알아서 백도 세력에게 연락을 돌리는 거지. 남궁, 서문, 백리세가의 깃발도 근처에 꽂을 수 있도록. 그렇게 되면 강호 역사상 가장 화려한 객잔이 완성된다. 총천연색의 깃발이 휘날리는 객잔이랄까."

나는 술을 따르면서 말했다.

"관문의 이름, 하오문의 본진, 온갖 투자자를 이끌어 낸 객잔의 이름은 신新 자하객잔이야. 이곳에서 우리는 계속 수련하자. 나는 주로 검을 수련할 생각이야. 내공은 충분하지만 내공만으로는 한계가 있어."

세 사람에게 우리의 앞날을 들려줬다.

"어느 날, 도저히 막을 수 없는 병력이 등장하면 싸우다가 자하객잔은 불길에 휩싸일 거야. 관문이 뚫리는 셈이지. 그렇게 화려하게 지었던 객잔이 안타깝게도 화마에 휩싸이고, 담벼락이 무너지고, 천장도 와르르 내려앉겠지. 그렇게 되면…"

색마가 중얼거렸다.

"망하는 거 아니야?"

나는 고개를 내저었다.

"거기서부터 진짜 하오문이 시작하는 셈이야. 우리는 역사상 가장 화려한 객잔에서 가장 화려하게 싸우다가 쫄딱 망하는 거지. 무림맹, 제천맹, 서생, 흑도, 백도의 깃발이 마도의 진격에 싸잡아서 불에 탈 거고. 투자자들도 투자한 돈을 회수하지 못했다는 것을 알게 되겠지. 하오문의 본진이 완전 망했다는 소문이 강호 전체에 퍼져야 해. 그때부터 쫄딱 망한 하오문을 기리는 연합이 출발해서 반격을 펼쳐야지. 이렇게 하지 않으면 난립한 세력이 연합하지 못해. 내가

…   광마회귀 7

먼저 망하고, 연합은 그다음이야. 그래서 돈부터 뜯어내야 하는 거야. 돈이 이래서 중요해."

"..."

"하오문이 내 예상대로 바닥으로 추락하면. 그제야 나는 조금 편한 마음으로 일양현에 가거나 요란이를 볼 수 있겠지. 제자를 보러 가는 게 이렇게 힘겨운 일이다."

검마는 고개를 끄덕이는 와중에 웃었다.

"힘든 일이구나."

귀마가 내게 물었다.

"언제 출발할까."

나는 둘째에게 내 생각을 말해줬다.

"아무 때나 내킬 때 출발해. 수련하다가 어느 날 문득 이제 떠나야겠다는 생각이 들면 그때 다녀와. 우리는 방향만 정해서 살자. 나머지는 신경 쓸 필요 없어. 왜냐하면 운이기 때문이야. 빨리 간다고 좋은 것도 아니고, 느리게 간다고 뒤처지는 것도 아니야. 목적은 온갖 세력이 동참하는 하오문을 세우는 것이고. 최선을 다해서 막다가 망하는 것이지."

색마가 말했다.

"왜 계속 망하는 거야? 안 망할 수도 있지."

"어느 날 교주가 직접 병력과 함께 등장하면 망할 수밖에 없지 않겠어?"

"그건 그렇지."

나는 형제들에게 직접 술을 따라준 다음에 물었다.

"…다들 망할 준비됐나?"

검마, 귀마, 색마가 술잔을 들었다. 나는 마지막으로 따른 술을 든 다음에 말했다.

"강호 역사상 가장 화려하게 망해보자."

"좋다."

"원래도 망했는데 또 망해보자고."

"다 함께 망한다고 생각하니까 기분이 나쁘지 않네요."

술잔을 든 재보 섬마, 귀마, 색마가 차례대로 말했다. 나는 처망한 인생들의 대표이자 장문인이다. 아직 만들지도 않은 자하객잔이 벌써부터 망하는 것을 꿈꾸면서 악인들과 함께 술을 털어 넣었다. 다행히 술맛은 달았다.

370.
나쁜 소식이면
술을 가져와라

귀마는 운향문이 있는 거리에 도착해서 주변을 둘러봤다.

"…"

셋째의 권유로 오는 도중에 옷차림도 깔끔하게 갈아입은 상태. 일부러 육합검과 어울리는 묵빛의 옷으로 갖춰 입었다. 기억에 의존해서 찾아온 터라 길이 제법 낯설기도 하고, 어디서 본 것 같기도 한 상태. 하지만 일전에 운향문주와 함께 술을 나눠 마셨던 객잔을 발견하자마자 제대로 찾아왔다는 것을 알 수 있었다.

'잘 찾아왔구나.'

희한하게도 탁자를 보니까 운향문주의 표정과 대화가 떠올랐다. 꽤 점잖은 사내였다. 그러니까 이곳에 올 인선으로는 셋째와 넷째가 어울리지 않고, 맏형이나 자신이 오는 게 맞다는 생각이 들었다. 당시에 둘러앉아서 이야기를 나눴던 탁자가 똑같은 자리에 있는 것이 신기했다. 그 탁자를 보면서 운향문주에게 할 말을 잠시 정리했다.

"음."

셋째는 하오문에 관한 이야기를 전달하라고 했지만, 생각해 보니까 광명우사에 관한 이야기도 들려줘야겠다는 생각이 들었다. 탁자를 물끄러미 보고 있을 때 뒤편에서 누군가의 목소리가 들렸다.

"육합선생, 안녕하십니까."

귀마가 뒤를 돌자, 처음 보는 사내가 맞은편에서 허리춤에 있는 수건에 손을 닦으면서 다가왔다. 당연히 운향문주의 수하일 것이라고 생각해서 고개를 끄덕였다. 사내가 다가오더니 귀마의 허리춤을 가리켰다.

"육합검은 어떠십니까?"

귀마는 육합검을 붙잡은 다음에 대답했다.

"안 그래도 문주님에게 감사 인사를 하러 왔소. 이것이 내 목숨을 여러 차례 살렸소. 어떤 병장기와 부딪혀도 부러지거나 꺾이지 않았소. 육중한 병장기까지 어렵지 않게 튕겨내는 것을 보고, 내가 정말 얻기 힘든 명검을 얻었다는 것을 알게 되었소."

귀마가 말을 하는 사이에 무뚝뚝해 보이던 사내가 그야말로 함박웃음을 지었다. 기뻐하는 감정과 뿌듯해하는 표정이 너무 잘 드러나는 사내였다.

"다행입니다. 문주님도 심혈을 기울여서 만드신 장검이라서 기뻐하실 겁니다. 제가 안내할 테니 가시지요."

"갑시다."

사내가 길을 향해 손을 내밀었다. 귀마는 운향문의 사내와 함께 길을 걷다가 얼핏 흘려들은 말이 이상하게 느껴져서 사내에게 질문했다.

"그런데."

"예."

귀마가 걸음을 멈춘 다음에 물었다.

"문주님이 심혈을 기울여서 만드셨다는 말이 혹시 직접 만드셨다는 말씀이오?"

사내가 대답했다.

"저희는 각자 밥을 먹고살 수 있는 기술을 익히고 있습니다. 대다수가 자신만의 분야에서 장인이 되길 바라는 사람들입니다. 당연히 문주님도 장인이시죠. 더군다나 검의 제작에 관해서는 말할 것도 없지요. 무공을 배우는 제자보다는 검 제작을 배우고 있는 제자들이 더 많습니다. 당연하게도 직접 만드셨습니다. 좋은 검을 선물해야 했을 테니까요."

운향문주 여운벽이 직접 만든 검인지는 몰랐던 귀마는 잠시 감정과 표정을 추슬렀다. 속으로 놀라는 중이었지만 어쩐지 내색하는 것이 부끄러운 순간이었기 때문이다.

"직접 만드신 줄은 몰랐소."

사내가 이해한다는 것처럼 웃었다.

"예, 잘 표현을 안 하시는 분입니다. 가시지요. 선생이 오신 것을 아시면 무척 반가워하실 겁니다. 아, 그 무뚝뚝한 표정만 보시고 오해하시면 안 됩니다. 표정은 항상 무뚝뚝하신 편입니다."

사실 그것은 귀마 자신도 마찬가지였다. 고개를 끄덕인 다음에 손을 내밀었다.

"갑시다."

운향문으로 향하는 도중에 몇 차례나 평범해 보이는 사람들이 귀마를 향해 고개를 살짝 숙이거나, 일부는 아예 대놓고 인사를 했다.

"육합선생, 오셨습니까."

귀마는 뒤섞여 있는 묵가의 장인들, 운향문의 제자들과 인사를 나눌 때마다 끊임없이 등줄기에서 소름이 돋았다. 어느 순간, 귀마는 얼굴이 벌게진 상태에서 이마를 붙잡았다. 불현듯 못난 행동을 일삼았던 옛 생각이 스치듯이 지나갔기 때문이었다.

'아…'

귀마는 자신의 뺨을 한 대 때리고 싶었으나 가까스로 참았다. 다만 셋째가 가끔씩 자신의 뺨을 스스로 때리는 게 생각났다. 왜 그런지는 귀마 본인도 잘 알 수가 없었다.

* * *

무림맹 근처에 도착한 색마는 셋째가 준 돈으로 옷부터 사 입었다. 이곳에 와서 알게 된 사실인데 무림맹과 관련된 사내들은 대부분 옷을 잘 입었다. 그 심리는 당장 알 수 없었지만 포목점과 수선을 해주는 가게가 많은 것을 보면 단순한 유행이나 사치 때문에 그런 것 같지는 않았다.

어쨌든 새로 산 옷은 색마에게도 잘 어울렸다. 옅은 회색의 무복에 감청색 장삼을 위에 걸친 상태. 주인장의 말에 따르면 백의는 웬만하면 입지 않는 것이 좋다고 했다. 왜 그러냐고 물었더니 일을 안

하는 자들이나 입는 색이라는 것이 이유였다. 색마는 백의서생 놈을 떠올리면서 주인장의 말에 공감했다. 당장은 무림맹으로 들어가지 않은 채로 주변을 기웃거렸다. 모처럼 사부님도 없고, 똥싸개라고 집요하게 놀리는 셋째도 없었기 때문에 마음이 편했다.

"똥싸개가 웬 말이냐?"

잠시 길거리를 돌아다니면서 꼬실 여인이 없는지를 물색했다. 꼬신다는 게 단순히 어떻게 해보겠다는 뜻은 아니다. 그저 시간이 맞으면 차나 한잔 마시고, 여유로운 날이면 술이나 마실 수 있는 처자 정도의 의미랄까. 당연하게도 남녀가 술을 마시다 보면 취하기 마련이고, 취한 상태에서 서로를 바라보면 없던 감정이 싹트기 마련이라는 생각을 하는 와중에 누군가의 목소리가 들렸다.

"몽 공자가 아니십니까?"

"예?"

색마가 돌아보자, 얼굴이 온통 시커먼 놈이 다가왔다. 젊은 놈인지 자신보다 나이가 많은 놈인지 가늠이 되질 않았다. 햇살에 얼굴이 그을린 상태인 데다가 태생적으로 노안인 것처럼 보이기도 했다. 색마가 물었다.

"누구?"

사내가 색마에게 포권을 취했다.

"무림맹의 장산이라 합니다."

색마는 얼떨떨한 표정으로 답례했다.

"반갑소, 장 무인."

장산이 웃으면서 물었다.

"무림맹에 오셨습니까? 혼자 오신 모양입니다. 문주님은 잘 계십니까?"

색마는 장산을 물끄러미 쳐다보면서 이런 생각을 했다.

'왜 이렇게 귀찮게 묻지. 이 새끼.'

조금 둘러보다가 입맹할 생각이었는데 길거리를 돌아다니는 맹원이 자신을 알아볼 줄이야. 장산이 물었다.

"제가 안내해도 될까요?"

"아, 바쁘지 않소? 괜찮은데."

"저도 괜찮습니다."

색마는 떨떠름한 표정을 지었다가 고개를 끄덕였다.

"갑시다, 그럼."

"예."

색마는 장산과 나란히 걸었는데 말을 하고 싶지가 않아서 그냥 주둥아리를 다물었다.

"…"

옆에서 걷던 장산이 뜬금없이 이렇게 속삭였다.

"공자님."

"왜요."

"저도 잠시 하오문에 있었습니다."

"어?"

"정확하게는 흑묘방에서 머무르고 있었죠."

"오호? 어째서?"

"아, 제가 나이가 어리니 말씀 편히 하셔도 됩니다."

"그래. 흑도였나?"

장산이 색마를 쳐다보면서 대답했다.

"아니요."

"그럼?"

장산이 대답했다.

"남악녹림맹의 산적이었습니다."

색마는 잠시 걸음을 멈춘 다음에 장산을 위아래로 쳐다봤다.

"산적이었다고?"

"예."

"전혀 그렇게 보이지는 않는데?"

"어떻게 보이시는데요?"

색마가 대답했다.

"무림맹원."

색마의 말에 장산이 그야말로 밝게 웃었다.

"아, 그렇습니까? 예전에는 누가 봐도 산적 같다는 말을 들었습니다. 심지어 흑묘방에서도 형제들이 저를 보면 혹시 태어날 때부터 산적이 아니었냐고 묻기도 했었지요."

두 사람은 다시 무림맹으로 향하다가 색마가 물었다.

"그런데 어쩌다 맹원이 되었지? 산적이었으면 입맹하는 것이 힘들었을 텐데."

이번에는 장산도 소리 내어 웃었다.

"그러게 말입니다. 저도 잘 모르겠습니다."

"본인 일인데도 모르겠다고? 아, 셋째가 추천했나 보군."

"셋째가 누굽니까?"

색마는 뒷머리를 긁으면서 대답했다.

"하오문주. 하오문주가 셋째야."

"아, 그래요? 그럼 몽 공자께서는?"

"나는 넷째지."

"아, 예."

잠시 길을 걷던 장산이 조심스럽게 물었다.

"혹시 그 셋째, 넷째라는 것이 의형제 같은 걸 말합니까?"

"의형제? 뭐 비슷하지."

"부럽습니다."

"부럽기는."

색마는 장산의 안내로 무림맹에 들어가서 장산이 갈 수 있는 곳까지는 아주 편하게 이동했다. 막는 사람도 없었고, 색마에게 누구냐고 묻는 사람도 없었다. 장산이 안내를 맡았기 때문인 것처럼 보였다. 그러나 맹주전 앞에 도착해서는 장산도 걸음을 멈췄다.

"여기서부터는 저도 들어가지 못합니다. 앞에 계신 위사 선배들에게 말씀드리고 저는 가겠습니다."

색마는 고개를 끄덕였다.

"안내해 줘서 고맙다. 장 무인."

장산이 색마를 바라보면서 말했다.

"몽 공자님, 문주님이 절 궁금해하실 것 같진 않지만 혹시 말씀 좀 전해주실 수 있겠습니까?"

색마가 고개를 끄덕였다.

"뭐라고 전해줄까."

문득 장산이 자신의 옷매무새를 단정하게 만지더니 반듯하게 서서 색마를 바라봤다.

"문주님, 저 흑묘방에 있었던 장산입니다."

"…"

색마는 장산의 표정을 물끄러미 바라봤다. 사람이 진심을 다해서 말을 할 때가 있는데, 지금 장산의 표정이 그러했다. 장산이 말했다.

"소식은 간간이 듣고 있습니다. 무엇보다 건강하게 지내십시오. 저는 문주님의 말을 잊지 않고 있습니다. 덕분에 무림맹에 들어와서 하루하루 노력하고 있습니다."

하오문주에게 전하는 말이었지만, 색마는 본인이 궁금해서 물어볼 수밖에 없었다.

"문주가 뭐라고 했기에?"

장산이 낮게 깔린 어조로 읊조렸다.

"대장부로 태어났는데 산적이 웬 말이냐."

"음."

"이 말을 마음에 품고 있습니다. 제가 고마워하고, 또한 잊지 않고 있다는 말을 전해주십시오. 몽 공자님."

색마는 별다른 말을 하지 못한 채로 고개를 끄덕였다.

"알았다."

"예."

장산이 고개를 살짝 숙인 다음에 돌아서더니 맹주전의 위사에게 다가갔다. 색마는 말을 전하고 이동하는 장산을 계속 쳐다봤다. 장산이 걸어가다가 뒤를 돌더니 색마를 보면서 환하게 웃으면서 맹주전을 가리켰다. 어서 들어가 보시라는 수신호처럼 보였다. 색마도 멋쩍게 웃으면서 장산을 향해 손을 흔든 다음에 맹주전으로 걸어가자 위사가 말했다.

"몽 공자."

"예."

"갑자기 오셨기 때문에 좀 대기하셔야 합니다. 일단 들어갑시다."

색마는 위사와 함께 맹주전에 들어갔다.

* * *

색마는 아무도 없는 맹주전의 대기실에서 한 시진을 기다렸다. 생각해 보니까 누구를 만나기 위해서 한 시진을 기다려 본 적은 지금이 처음이었다. 하지만 상대가 무림맹주라면 이상한 일도 아니다. 강호에서 가장 바쁜 사내일 테니까 말이다. 더군다나 신경을 집중해서 소리를 들어보면 회의를 하는 중이라는 사실을 어렵지 않게 알 수 있었다. 가끔, 임소백 맹주의 호통 소리가 바깥으로 빠져나오기도 했다. 그런데 수하들도 성질머리가 제법 있는 모양인지 맹주만큼 큰 목소리로 대들기도 했다.

'…다들 성질이 있구나.'

장산의 말도 떠올리고, 맹주에게 전할 말도 다시 정리해 봤다. 문득 무림맹주에게 돈을 뜯어내는 것이 정상적인 상황은 아니라는 생각이 들었다. 셋째 놈이 너무 쉽게 말한 것이 아닐까? 갑자기 무림맹에 찾아와서 무림맹주에게 하오문에 투자하라는 미친 말을 하게 될 줄이야. 이게 먹힐까?

대기 시간이 길어질수록 색마는 때때로 한숨이 길게 흘러나왔다. 나는 누구고, 대체 여기는 어디인가. 문득 발소리가 들려서 쳐다보니 맹주 집무실에서 빠져나온 맹원들이 대기실 옆을 지나가고 있었다. 이제 조금만 더 기다리면 임소백 맹주를 만나겠구나 하는 생각을 하는 와중에 위사가 등장해서 말했다.

"몽 공자, 들어가시오."

"예."

색마는 벌떡 일어나서 맹주의 집무실로 향했다. 위사가 먼저 문을 두드리더니 이렇게 보고했다.

"맹주님, 몽연 공자가 방문했습니다."

"들어와라."

색마는 문을 열어주는 위사에게 고개를 끄덕인 다음에 집무실로 들어갔다. 책상에 앉아있던 임소백이 색마를 물끄러미 바라보면서 말했다.

"…몽랑아."

"예, 맹주님."

임소백이 손으로 다탁을 가리켰다. 색마가 쳐다보자, 임소백의 말이 이어졌다.

"나쁜 소식이면 술을 가져오고, 나쁘지 않은 소식이면 물주전자 좀 가져와라."

"예."

색마는 다탁에 가서 물주전자와 물잔을 들고 책상으로 돌아왔다. 임소백이 물주전자를 보더니 고개를 끄덕였다.

"앉아라."

색마가 가만히 있자, 임소백이 자신의 앞에 놓여있던 물잔을 붙잡더니 가볍게 두드렸다. 그제야 색마는 임소백의 물잔과 자신의 것에 물을 따랐다. 임소백은 색마가 따라준 물을 한 번에 다 들이켠 다음에 숨을 길게 내쉬었다.

"니쁜 일은 아닌가 보구나."

색마도 물을 마신 다음에 대답했다.

"예."

임소백이 색마를 지그시 쳐다보다가 말했다.

"마지막으로 봤을 때보다 더 강해진 것 같은데 내 착각이냐?"

색마는 그제야 표정을 좀 풀면서 대답했다.

"더 강해진 게 맞습니다."

"들어볼까?"

색마는 막상 임소백과 일대일로 마주하자 말문이 좀 막혔다. 오는 동안에도 생각을 정리하고, 대기실에서도 수십 번이나 곱씹었는데 말문이 잘 안 열렸다. 어쩌면 임소백의 무거운 표정을 이렇게 가까이서 쳐다봐서 그런지도 모를 일이었다. 머릿속이 복잡한 상태였기 때문에 색마는 가까스로 입을 열었다.

"맹주님."

임소백이 고개를 끄덕이는 것을 본 다음에 색마가 본론을 꺼냈다.

"…하오문주가 돈 좀 달랍니다."

임소백이 놀란 눈빛으로 색마를 바라봤다.

"…!"

색마는 말을 내뱉자마자 한숨이 절로 나왔다.

'아…'

이렇게 중요한 얘기를 이렇게 안 중요한 것처럼 느껴지는 말로 전달하는 것도 재주라면 재주였다. 색마는 자신의 말을 정정했다.

"맹주님, 그게 그러니까… 제가 다시 설명을 해보겠습니다."

"몽랑아."

"예, 맹주님."

임소백이 손으로 다탁을 다시 가리켰다.

"술 좀 가져와라."

"아, 예."

색마는 다탁으로 향하면서 중얼거렸다.

"그러니까 이게 그렇게 나쁜 일은 아닙니다."

"시끄럽고. 술부터 가져와."

"예."

색마는 일단 술부터 맹주의 책상으로 옮겼다. 맹주가 아니라 일단 본인부터 술을 마셔야 할 판국이었다.

371.
비밀로 해주마

색마는 술을 내려놓으면서 맹주의 표정을 살폈다.

"…"

어쩐지 어디서 봤던 표정이라는 생각이 들어서 기억을 더듬어 보니 사부의 표정이 종종 저랬다는 것을 깨달았다. 한바탕 잔소리가 이어지겠다는 것을 직감했다. 색마는 먼저 술을 채운 다음에 맹주의 맞은편에 앉았다.

"제가…"

"몽랑아."

"예, 맹주님."

"일단 마시자."

둘은 술을 마신 다음에 서로를 노려봤다. 이럴 때 입을 함부로 놀렸다가 사부에게 머리통을 처맞았던 기억이 떠오른 색마는 일단 입을 다물었다. 임소백이 말했다.

"이제 내가 말 좀 해도 될까?"

"그럼요. 맹주님."

임소백이 술잔을 만지작거리면서 말했다.

"문주가 돈 좀 달라고 했다고?"

"예."

"줘야지."

"예?"

"준다고. 문주는 허튼 곳에 돈을 쓸 사내가 아니다."

"음."

이번에는 임소백이 술을 따라주면서 말했다.

"너도 알겠지만 남악녹림맹에서 얻은 재물을 문주가 무림맹에 대부분 양보했다. 돈에 욕심이 많은 놈이라면 그때 그러지 않았겠지. 더군다나 나는 당시에 남악을 정리하자마자 북상해서 목령채를 쳤다. 그러니까 문주가 돈을 빼돌릴 시간은 충분했다. 그런데 산적들을 이끌고 거기에 있는 재물을 군이 긁어모아서 형산 지부로 가져왔다고 하더군."

"예, 대충 들어서 알고 있습니다."

"몽랑아, 그때 문주가 가져온 돈은 어떻게 됐을까?"

색마가 이마를 긁은 다음에 대답했다.

"잘 모르겠습니다."

"대부분 그대로 있다. 아, 조금 쓰긴 했지. 문주가 형산 지부에서 사마학 가주에게 중상을 입혔거든."

임소백이 비밀을 말해주듯이 어조를 낮춘 채로 말했다.

"평소에 싫어하던 놈인데 어떻게 알고 문주가 그렇게 팼을까. 어쨌든 그것은 개인적인 감정이고. 동맹 세력의 가주가 중상을 입었기 때문에 치료비를 두둑하게 전달했다. 물론 남악녹림맹의 돈으로."

"예."

"합의한 비무였으니 이후에 하오문과 사마세가가 다투지 말라는 뜻도 있었다."

"그렇군요."

"그래서 어쨌든 간에 문주가 내게 돈을 좀 달라고 하면 주는 게 맞다. 지켜본 바로는 돈에 욕심이 없는 사내이기 때문이야. 내가 왜 이런 이야기를 하는 것 같으냐."

"글쎄요."

"그냥 주는 돈이 아니다. 문주는 내게 돈을 달라고 할 자격이 있고. 나도 돈을 내줄 명분이 충분하다는 말을 하는 거다. 이제 돈이 필요한 이유를 들어보자."

색마는 그제야 마음이 좀 가라앉았다.

"예. 백응지 남쪽의 횅한 장소에 객잔이 한 곳 있는데 그곳에서 문주가 습격을 받았었습니다. 광명우사 일행에게요. 일단 병력은 대부분 죽였는데 우사는 놓쳤습니다."

색마는 임소백이 진지하게 경청하는 것을 본 다음에 말을 이어나갔다.

"복귀하는 길에 문주가 그 객잔을 점거하겠다고 하더군요. 처음에는 단순히 복수를 해주려고 하나? 이런 심정이었는데."

"그런데?"

색마는 책상 끄트머리에 있는 종이와 붓을 바라봤다.

"저것 좀 써도 되겠습니까?"

"써라."

색마는 얇은 붓에 먹을 적신 후에 종이를 가져와서 임소백 앞에 내려놓았다. 붓으로 중앙에 동그라미를 하나 그린 다음에 말했다.

"이곳이 객잔 위치입니다."

색마는 붓을 움직이면서 설명을 이어나갔다.

"위로 백응지, 북동으로 무림맹, 남동에 제천맹, 이쪽 부근의 동과 남으로 서생 세력과 세가, 백도 세력이 난립해 있습니다. 문주는 이 객잔을 관문이라 했습니다."

"관문?"

"예, 서쪽을 보시면 남서에는 마교가, 서북에는 옛 총본산이 있습니다. 문주는 자신이 마교의 제일공적이라는 것을 알고 있습니다. 또한, 제 사부가 지금 광명검을 가지고 있어서 계속 표적이 된다는 것도 알고 있고요. 이번에는 새롭게 재건축을 하는 자하객잔에서 움직이지 않을 모양입니다."

"이름이 자하객잔이냐?"

"예."

임소백이 곰곰이 생각하다가 말했다.

"그럼 하오문의 본진인데?"

색마가 고개를 끄덕였다.

"그렇습니다. 일단 제천맹주에게 투자하라고 한 모양입니다."

"주극에게? 그놈이 승낙했다고?"

"예. 문주 생각은 제천맹의 투자, 무림맹의 투자, 서생 측의 투자도 바라고 있습니다. 하오문에 속한 크고 작은 방파도 참여시키겠지요. 투자하는 곳의 깃발을 반드시 받아오라고 했습니다. 그러니까 사실 돈의 액수는 상관없습니다. 이곳은 제천맹과 무림맹이 투자한 하오문의 본진이다, 수많은 문파가 하오문의 설립을 도왔다는 것을 총천연색의 깃발로 뽐내고 싶은 모양입니다."

색미의 이야기를 잠자코 듣고 있었던 임소백의 시선이 지도로 향했다. 아무것도 없는 휑한 장소에 동그라미가 그려져 있는 모습이 무척 위태롭고 또한 외롭게 느껴졌다.

'그런데 관문이라고?'

임소백이 고개를 들더니 색마를 쳐다봤다.

"…문주가 망할 생각이라더냐?"

색마가 고개를 끄덕였다.

"예."

"온갖 세력에게 투자하라고 종용한 다음에 자하객잔이 마교에게 박살 나는 구도인가?"

색마는 짤막하게 한숨을 내쉬었다.

"예, 정확하게 보셨습니다."

무림맹주라서 그런지 이해가 무척 빠르다는 생각이 들었다. 색마는 맹주의 표정을 구경했다. 입을 다문 채로 생각에 잠겨있는데, 이번에는 도저히 말을 건넬 수가 없었다. 색마는 그제야 일전에 봤었던 것보다 임소백의 머리카락에 흰머리가 늘었다는 것을 알았다.

임소백이 의자에 비스듬히 앉더니 한 손으로 턱을 만졌다.

"그럼 주극도 문주의 의도를 아는 셈인가?"

"아마 알 겁니다."

"문주가 짜는 판이 너무 크고 위험하구나. 깃발을 내주고, 투자하는 것은 부차적인 일이야. 문주가 너무 위험해지는데. 무슨 감정으로 전략을 세운 것인지는 대충 알겠다만 갑자기 왜 그렇게 화가 났지?"

"예?"

"문주가 왜 그렇게 화가 났냐고."

"왜 화가 났다고 생각하십니까?"

"내가 아는 자는 남 골탕 먹이는 것을 좋아하는 성향이라 괴롭히고, 치고 빠지는 전략으로 마교를 내내 괴롭히리라 생각했다. 그것이 문주의 성향이야. 임기응변에 뛰어나서 혼자 날뛰어도 마교의 일부 병력을 끌고 다니다가 몰살할 수 있어."

"음."

"생각해 봐라. 만약 문주가 무림맹의 적이었어도 잡는 게 쉽지 않아. 내가 직접 칼을 갈고 나서지 않는 이상 잡는 게 무척 어려울 것이다. 수하들의 피해만 커질 테니 도중에 멈추라고 했을 테고. 마교도 마찬가지다. 물론 교주 놈의 성향은 나와 다르겠지."

"그렇습니다."

"어쨌든 지금 문주가 말한 전략은 본인이 선봉장을 서겠다는 것이다. 자신이 가장 잘하는 전략, 그러니까 골탕 먹이는 전략을 포기하겠다는 뜻이야. 머리 꼭대기까지 화가 나지 않고서야 자신의 성향을 어찌 포기한단 말이냐?"

"음, 그렇군요."

"전쟁이 시작되지도 않았는데 중원의 한복판에 하오문의 깃발을 꽂은 셈이다. 마교에게 생사결을 신청한 셈이지 않느냐? 도망치지 않겠다는 마음가짐으로."

색마는 탁자에 비수를 박아 넣던 셋째의 표정이 떠올랐다.

"…"

"결국에 하오문만으로는 마교를 막을 수 없으리라 판단하고 미리 마교와 싸울 생각이 있는 자들의 깃발을 모은 셈이다. 자하객잔이 무너지면 참여했던 깃발이 함께 불길에 휩싸일 테니 말이다."

"그렇습니다."

"몽랑아."

"예."

"대의와 명분이 뚜렷해서 내 개인적인 감정과는 무관하게 문주의 전략에 동참할 수밖에 없다. 다만, 문제는 자하객잔에 있을 자들이 위험해지는데… 그것에 대한 다른 언질은 없었나?"

"예, 없습니다. 그리고 셋째, 아니 문주가 화가 났던 일에 대해서는 말씀드리겠습니다."

"들어보자."

"광명우사를 쫓다가, 우사 놈이 통천문에서 인질극을 벌였습니다. 사내들은 죽이고 여인과 아이를 인질로 삼아서 문주를 부른 다음에 일월광천이라는 절기를 설명하라고 하더군요."

"…일월광천."

"그때 문주가 제 예상과는 다르게 일월광천을 설명한 다음에 계속 타일러서 우사를 보내줬습니다. 말로 설명하기 어려운 대화와 설득이었는데, 여하튼 결과는 그렇습니다."

"여인들과 아이들은?"

"다행히 다 살았습니다. 이때 통천방을 도우러 온 제천맹주와 함께 통천방 재건에 대한 공동 투자를 약속하고. 그다음에 오랫동안 생각에 잠겨있다가 꺼낸 전략입니다. 맹주님 말씀대로 화가 많이 났던 모양이네요. 평소에 웃고 있을 때가 많아서 감정을 헤아리지 못했습니다."

색마는 맹주의 술잔에 술을 채웠다. 임소백이 술잔을 바라보면서 중얼거렸다.

"업무 시간에 이렇게 많이 마시면 안 되는데."

하지만 내뱉은 말과는 다르게 임소백은 술을 또 마셨다. 술잔을 내려놓은 임소백이 색마에게 말했다.

"투자도 진행하고, 깃발도 내주마."

"예."

이때, 바깥에서 위사가 문을 두드렸다.

"맹주님, 공손 군사가 뵙기를 청해서 말씀드립니다."

임소백이 대답했다.

"반 시진 이후에 다시 오라고 해."

"알겠습니다."

임소백이 말했다.

"몽랑아, 네 사부는 문주 곁을 떠나지 않을 것이다."

"알고 있습니다."

"어쩐지 네가 아는 이유와 내가 아는 이유는 조금 다른 것 같은데."

"그렇습니까?"

임소백이 색마의 표정을 살피다가 말했다.

"내 추측도 섞인 것이지만 들어볼 테냐?"

"예."

"네가 태어나기 전에 비슷한 일이 있었다."

색마는 선혀 기대하지 않았던 말을 임소백에게 들었다. 임소백의 말이 이어졌다.

"그때는 장소가 옥화궁이었지."

"…그 일과 사부님의 행보가 상관이 있습니까?"

"왜 상관이 없다고 생각하지? 정확하게는 옥화백도 연합의 패배였다. 옥화궁에 속한 자들을 살리겠다고 백도가 나섰으나 옥화궁도 화마에 휩싸이고, 궁주도 그때 죽었다. 마교는 배교자를 처리하고 돌아간 셈이지. 그때는 네 사부가 좌사가 아니었을 것이다. 젊었을 테니 말이다. 참전 여부도 알지 못하겠다."

"…"

"세월이 흘러서 좌사가 되었겠지. 옥화궁의 생존자가 무척 드물다. 글 몇 줄로 남아있는 기록이지만, 당시 참사를 목격했던 자들은 마교가 왜 마교인지 알았을 테지. 도와주러 갔었던 백도의 고수들도 많이 죽었다. 당연히 지금 제왕이라 불리는 자들의 아버지나 사부들도 섞여있었지. 그런데도 어쨌든 많이 구하진 못했다. 시간의 흐름이 다소 뒤섞이긴 했다만 어느 날 네가 싸우는 모습을 보고 있으려니 강호에서 보기 드문 빙공을 사용하더구나.”

색마가 임소백을 바라봤다.

“예.”

“또 시간을 거슬러 올라가서 어느 날, 마교의 광명좌사가 교를 이탈했다는 소식이 전해졌다. 놀랍게도 백응지에 머물고 있다고 하더군. 잡으러 가야 하는 게 아니냐는 수하들의 의견이 있었는데 솔직히 나는 좀 혼란스럽더구나. 배교자면 마교에서 벗어난 인물일 테니 말이다.”

“그렇습니다.”

“제자를 한 명 얻은 모양인데 풍운몽가의 차남이라는 보고를 들었다. 본부인과 다른 여인의 자식이라고 하더군.”

색마는 눈도 껌벅이지 않은 채로 임소백을 바라봤다.

“…”

임소백이 말했다.

“좌사였던 사내가 마교를 벗어나서 가장 먼저 한 일이 옥화궁의 생존자를 찾는 일이었다면 그 의도가 무엇이냐? 그 생존자의 자식을 제자로 받아들이는 의도는 무엇이냐. 속죄인가? 아니면 마도를 걷지 않겠다는 선언일 것일까. 혼자 궁금해하던 참에 무림맹엔 전 좌사를 건드리지 말라고 명령했다. 기습을 받을 수도 있었기 때문에 특작대도 몇 명 보내놨었지. 큰일은 없었으나 보고할 게 없었는지 제자 놈의 행실에 대해서는 몇 차례 보고가 들어오더구나.”

“…예.”

“뜻밖에도 나중에 검마가 비무를 청하더구나. 그때, 네 사부를 보자마자 알았다. 어리석은 사내가 아니라는 것을 말이야. 명성이나 단순한 호승심 때문에 내게 덤비려는 게 아닌 것처럼 보였다. 마검을 놔두고, 목검이라니? 시건방진 제안이었지. 그 비무를 네게 보여주려는 것 같았다. 물론 문주도 함께 지켜봤겠지만. 한편으로는 말이 좀 이상하다만 새롭게 검을 익히는 사람처럼 보이기도 했지."

임소백이 색마를 쳐다보면서 말했다.

"어때? 네가 생각하는 이유와 내가 생각하는 이유는 좀 다르지 않으냐? 분주가 백응지 아래에 깃발을 꽂았다면 네 사부도 거기서 피하지 않을 것이다. 항상 마교를 상대하다가 죽을 자리를 찾아다니고 있었을 테니 말이다."

색마는 옆으로 시선을 돌렸다가 중얼거렸다.

"그게 그러니까…"

말문이 막힌 색마는 갑자기 책상에 이마를 떨궈서 부딪혔다. 무림맹주가 쳐다보고 있는데도, 색마는 한 손으로 머리통을 붙잡은 채로 고개를 들지 않았다. 잠시 후에 고개를 든 색마가 임소백을 바라봤다.

"…죄송합니다."

임소백이 술을 따라주면서 말했다.

"몽랑아, 사실 나는 네가 얼마나 강한 사내인지 알고 있다. 무공 말이다. 시간이 흐르면 네 마음도 그 빙공처럼 단단해질 것이라고 믿으마. 문주에게 전해라. 투자금은 얼마든지 날려도 좋아. 나도 어떤 식으로든 지원하겠지만 너희는 전략만 성공시킨 다음에 잘 도망쳐야 한다. 객잔이 불에 타는 것이지, 너희까지 휩싸일 필요는 없다. 다 같이 모여서 반격하자. 이것은 명령이야."

"알겠습니다, 맹주님."

둘은 술을 나눠 마신 다음에 숨을 크게 내쉬었다. 임소백이 색마를 물끄러미 바라보면서 말했다.

"다 큰 놈이 눈물 좀 흘린 것은 비밀로 해주마."

색마는 엄지로 눈 주변을 닦으면서 대답했다.

"아, 안 울었는데요. 먼지가 제법 큰 게 들어갔습니다."

임소백은 그제야 처음으로 웃었다.

"그래."

372.
만두 속 터지게
만들지 말고

밥을 먹기 위해 맏형과 백응지에 도착했다. 점거한 객잔에서 내가
만든 음식을 몇 차례 먹은 맏형이 인생에 관한 회의감을 가지는 것
같아서 외식을 선택했다. 사실 여기가 밥 먹겠다고 편히 오갈만한
거리는 아니다. 하지만 어차피 해야 하는 경공 수련을 이것으로 대
체했다. 즉, 굶어 죽지 않기 위해서 수련을 한다는 가장 이상적인
과정을 아침이나 점심마다 반복하려니까 근육도 탄탄하게 붙고 죽
을 맛이다.

어차피 인생은 고통이다. 달리다 보면 배가 더 고파지고, 배가 고
프면 밥이 더 맛있고. 돌아오는 도중에 또 소화가 잘되어서 긍정적
인 과정이었다. 맏형은 어쨌든 내가 만들어 주는 음식이 싫었는지,
군말 없이 잘 따라왔다. 기억해라. 맛없는 음식이 이렇게 무섭다.
검마라 불리는 사내도 밥을 먹기 위해서는 뛰어다녀야 할 정도로
말이다. 마교 병력보다 내가 만든 국수가 더 무섭다는 뜻이다.

"…뭐 먹을까?"

검마가 나를 쳐다봤다.

"좋을 대로 골라라. 뭐든 괜찮다."

내가 만들지 않은 음식이면 뭐든 괜찮은 모양이지만 그것은 나도 마찬가지. 맏형과 백응지의 거리를 천천히 걸으면서 구경했다. 맏형과 내가 음식점을 고르는 취향은 비슷하다. 손님이 많아서 번잡한 곳은 가장 먼저 거른다. 그렇다고 손님이 아예 없는 곳도 들어가지 않는다. 십중팔구 주방에는 나 같은 놈이 있기 때문이다. 적당하게 손님이 있는 가게이거나, 오래된 음식점이 낫다.

한적한 반점에 자리를 잡아서 음식을 주문한 다음에 길거리를 구경했다. 탁자에 목검과 광명검을 나란히 세워뒀다. 음식을 기다리는 동안에 빈 의자를 앞에 두고, 다리를 올려놓았다. 맏형과 나는 별다른 대화 없이 지나가는 사람들과 상인을 구경하기도 하고, 평범한 하늘과 평범한 일상을 쳐다봤다. 밥이 나올 때까지 정적을 유지했다. 주문한 음식들이 탁자에 놓이자, 맏형이 물었다.

"너무 많이 시킨 거 아니냐?"

"먹다가 남기지 뭐. 어차피 요새 한 끼밖에 안 먹잖아. 최대한 많이 쑤셔 넣자고."

이것저것 주문한 음식을 먹는 도중에 맏형이 젓가락으로 탕초리척을 가리켰다.

"이건 왜 그렇게 좋아하는 거냐?"

나는 검마를 쳐다봤다.

"우리 객잔에는 없었어."

"음."

검마가 고개를 끄덕였다. 나는 밥을 먹으면서 내가 탕초리척을 좋아하게 된 별거 아닌 계기를 말해줬다.

"먹기가 어려웠지. 어느 날엔 내가 재료를 사다가 직접 만들어 봤지. 생각보단 어렵지 않더라고. 그릇에 딱 담아서 옆에는 두강주 작은 병을 하나 놓고, 젓가락으로 하나를 딱 집어먹은 다음에 생각했지. 탕초리척은 사 먹는 게 맞다. 다시는 만들지 않겠다고 맹세했지. 내가 또 맹세는 잘 지키거든."

검마가 젓가락으로 탕초리척 하나를 집었다.

"이게 그렇게 만들기 어려운 것이냐?"

"내 실력이 없는 것이겠지."

검마가 탕초리척을 씹으면서 말했다.

"너무 달아서 많이 못 먹을 것 같은데."

나는 점소이가 가져온 두강주를 받아서 술잔에 따랐다.

"단맛을 넘겨야지."

맏형이 두강주를 마시더니 입 안을 헹군 다음에 삼켰다.

"교에서는 말이야. 음식에 독을 타는 사건이 내부에서 벌어지면 주방에 있던 자들과 그 삼족까지 멸하게 돼. 그리고 음식을 내가기 전에 시식하고, 나간 다음에도 시식하는 자들이 따로 있다. 그렇게 하면 음식에 독을 타는 사건이 없어졌을까?"

나는 고개를 저었다.

"그래도 있지 않았을까?"

"있었다. 그래도 정한 원칙이 그랬으니 삼족이 멸문을 피할 수가 없었지. 좌사가 되고 나서 여러 하인이 생겼는데 그중에 가장 나이가 어린 놈이 있었다. 나중에 알게 된 것인데 내가 그놈 이름도 물어본 적이 없더군. 어느 날 보이지 않아서 주변에 물어보니 평소에 잘 대답하던 놈들이 당황하더군."

나는 맏형에게 술을 따라주면서 이야기를 들었다.

"재차 물어보니 내가 먹을 식사를 먼저 시식하다가 죽었다고 하더군."

"죽었다는 사실을 감췄네?"

검마가 말을 이어나갔다.

"그런 셈이지. 그제야 하인들이 전부 몰려와서 내가 뭐라고 하기도 전에 전부 무릎을 꿇은 채로 대기하고 있더군. 내 말 한마디에 하인들이 전부 죽거나, 일이 커지면 음식을 만든 자들이 몰살당할 수도 있는 상황이었으니."

"어떻게 했는데?"

맏형이 덤덤하게 대답했다.

"넘어갔다."

"쉽지 않았을 텐데?"

"쉽진 않았지."

"찾았어? 지난 일이라 들추기도 어려웠나?"

검마가 고개를 저었다.

"못 찾았다. 들추게 되면 내 하인들이 죽는 게 아니라 주방에 있던 자들이 모조리 죽게 될 테니."

"그게 또 그렇게 되네. 그럼 하인들이 함구한 이유가 여러 가지였네."

맏형이 밥을 먹다가 음식들을 물끄러미 바라봤다.

"…어느 날 밥을 먹는데 죽은 하인이 생각나더군. 이름을 물어보지 않은 것도 기분이 이상하고. 나 대신에 죽은 것도 이상하고. 가족이 있으면 챙겨주려고 했는데 가족도 연고도 없었다. 그냥 독을 먹고 허망하게 죽은 셈이지. 대충 예상은 한다. 좌사 자리를 두고 생사결을 치르던 놈들의 가족, 형제, 제자였겠지. 문제는 의심할 수 있는 놈들이 너무 많았다. 이름 모를 하인의 죽음이 대체 어디서부터 시작된 것인지… 아무리 거슬러 올라가도 끝이 보이지 않고 결론도 얻지 못했다."

나는 맏형의 표정을 바라봤다. 맏형이 말했다.

"원인을 찾다 보면 결국에 내가 죽인 자들이 떠오르더군. 죽이면 어떤 식으로 되돌아온다는 것을 알게 되었지. 그것이 설령 내가 살아남기 위해서 했던 짓이라도 말이다. 교주와 내가 죽였던 자들은 전부 교주 자리를 경쟁하던 놈들의 가문이거나 일파였으니, 나와 교주를 향한 암살 시도는 물 흐르듯이 자연스러운 일이라는 것을 알게 되었지."

"끝없이 반복되는 일이겠네."

"교에서 모두가 교주나 나를 두려워하는 줄 알았는데 사실 인간은 그렇지가 않다. 어느 순간 자신의 목숨을 내놓을 수 있다는 결심을 하게 되면 교주도 그저 평범한 사람으로 보이는 셈이지. 마도에는 목숨을 내놓은 놈들이 많아. 교주도 일인자의 자리에 올랐을 무렵에는 끊임없이 암살 시도에 시달렸다. 갑자기 등장해서 교주에게 도전하고, 교주에게 죽을 때까지도 아무도 정체를 알아내지 못한 암살자도 있었다. 그러나 실력은 교주에게 도전할 정도로 강자였지."

"그런 것을 보면서 무슨 생각을 했는데."

"일인자가 된다고 하더라도, 삶의 방향을 자신의 입맛대로 정할 수는 없다. 죽고 죽이는 선에 덩그러니 놓여서 계속 죽이면서 전진하는 거지. 죽을 때까지 말이다."

나는 고개를 끄덕인 다음에 맏형과 마저 밥을 먹었다. 아까보다 밥이 잘 넘어가진 않았는데 어쨌든 쑤셔 넣었다. 음식의 절반이 남았다. 점소이가 그릇을 치운 다음에 다시 발을 의자에 올려놓은 채로 쉬었다. 당과를 파는 노인장을 바라보다가 맏형에게 물었다.

"교는 재산이 많은가?"

"많지."

"왜 많은데?"

"본래 있었던 가문이 아니고 외부에서 입교하려면 재산의 절반을 내놓아야 하니까."

"절반이나? 굳이 그렇게 재산을 갖다 바치고, 들어가야 할 이유가 있나?"

"굳이 들어가야 할 가문도 있지. 옛 총본산에서 서역과 교역할 수 있는 특정 경로를 장악하고 있으니. 상단이라면 입교해서 교역로를 이용하면 기존에 바쳤던 절반의 재산과는 비교할 수 없을 정도로 막대한 부를 축적할 수도 있다."

"그렇게 해서 돈을 좀 만진 가문이 있나 보네?"

"몇 곳 있다. 저희끼리 연합해서 규모를 늘리기도 하고."

"어디야?"

"대표적으로는 명천위가와 비록상단祕錄商團."

"굳이 마교와 손을 잡고 그 경로를 고집해야 하나?"

맏형이 고개를 끄덕였다.

"할 게 많아진다. 서역에도 종교 때문에 박해를 받는 자들이 많아. 이들을 중원으로 이주시키기도 하고, 노예도 거래한다. 금기 물품까지 들여와도 아무런 제재가 없고 문제가 발생하면 옛 총본산이 나서서 무력으로 해결하니까."

"혹시 대공자의 외가가 그쪽 세력이지 않을까? 교주가 가장 먼저 손을 잡았다면 돈이 많은 가문일 수 있어."

"그럴 수도 있다."

"무공에 미친 자들이 돈에 미친 자들을 거느리고, 돈에 미친 자들이 다시 무공을 익히면 그것이 또 막강한 마도네. 어쨌든 마교를 완전히 거덜 내는 것은 불가능에 가까운 일이겠어."

"어떤 점이 그러하냐?"

"상인들은 본래 돈이 많을수록 신중하고 똑똑해. 마도가 밀리면 상인 행세를 하고, 마도가 득세하면 교에 속하는 이중적인 태도를 보이겠지. 돈이 되는 일은 무엇이든지 할 테니까 상도商道에도 마도魔道가 있겠지."

나는 길거리에 앉아있는 노인장과 눈을 마주쳤다가 맏형에게 물었다.

"맏형, 당과나 하나 먹을까?"

"단 거 안 먹는다."

"뭐 매일 먹나."

나는 노인장에게 가서 당과를 산 다음에 돌아왔다. 탁자에 쏟아 낸 다음에 막대기에 달라붙어 있는 둥그런 엿을 하나 골라서 입에 물었다. 맏형은 뒤적대다가 가장 작은 것을 하나 골라서 입에 넣었다. 나는 노인장을 보면서 말했다.

"달달하구만."

나는 맏형을 바라봤다.

"당과에도 독이 있을까 불안하지?"

맏형은 노인장을 쳐다보고 있었다. 노인장이 맏형을 향해 멋쩍게 웃으면서 고개를 한 번 끄덕였다. 그러자 맏형도 고개를 한 번 끄덕였다.

"독이 없구나. 당연한 일인데…"

나는 지나가는 점소이를 불러서 당과를 가리켰다. 그러자 점소이가 당과를 둘러보다가 하나를 집으면서 말했다.

"감사합니다."

잠시 후 손님이 없는 모양인지 점소이도 근처에 앉아서 우리와 함께 길거리를 구경했다. 당과를 씹어 먹던 맏형이 말했다.

"요새 말이다."

"응."

"요새 죽음을 떠올리는 횟수가 줄었다. 이런 마음가짐이면 내가 예전보다 강해진 것인지 약해진 것인지 알 수 없다."

나는 웃으면서 대답했다.

"우울증도 아니고 그게 뭔 개소리야?"

맏형도 웃으면서 말했다.

"그러게 말이다."

맏형도 자신의 앞에 빈 의자를 하나 놓더니 두 다리를 올려놓았다. 세상 부러울 것 없는 할 일 없는 사내들, 그것이 우리다.

"죽음이 떠오르면 내가 만들어 준 국수를 생각해. 그게 지옥이지."

맏형이 결국에 웃음을 터트렸다. 나도 함께 웃으면서 당과를 빨아먹었다. 옆에 있는 점소이 놈이 웃으면서 대화에 끼어들었다.

"…음식 솜씨가 형편없으신가 봐요."

나는 점소이를 쳐다보면서 대답했다.

"시끄러워."

"예."

"먹어봤어?"

"아니요."

"여기 만두는 어디가 맛있나?"

점소이가 길 너머의 골목을 가리켰다.

"안쪽으로 가시면 만둣집 있습니다. 심부름 값 좀 챙겨주시면 제가 지금 사 올게요. 손님도 없는데."

"그럴래?"

"예."

나는 전낭을 꺼내면서 말했다.

"그럼 네 만두랑 주인장, 숙수 먹을 것까지 넉넉하게 사 와라. 우리 것은 들고 가기 좋게 포장 좀 해주고. 달려가다가 만두 속 터지게 만들지 말고."

"알겠습니다."

돈을 받은 점소이가 만둣집으로 향했다. 맏형이 다른 당과를 고르면서 중얼거렸다.

"이게 또 중독성이 있구나."

"형, 이빨 썩겠어. 그만 먹어."

맏형이 둥그런 엿을 고르더니 입에 넣었다. 잠시 후에 점소이가 양손에 만두가 담긴 보자기를 든 채로 골목에서 나타났다.

"아니, 만두가 왜 저렇게 많냐."

나는 달려오는 점소이를 향해 말했다.

"너 이 새끼, 만둣집 아들이지?"

"아닌데요? 돈을 많이 주셨으니 많이 사 왔죠."

"그래도 너무 많잖아."

점소이가 보자기 하나를 탁자에 내려놓고, 다른 보자기는 주방으로 배달한 다음에 돌아왔다.

"잘 먹겠습니다."

"그래."

이때, 골목에서 허리 굽은 노파가 종종걸음으로 나오더니 무어라 중얼대듯이 호통을 내질렀다.

"동섭아, 잔돈… 잔돈, 잔돈 가져가야지."

점소이는 길을 건너오는 노파를 향해 소리를 버럭 내질렀다.

"아니, 할매. 그냥 가지라니까 그걸 뭘 또 가져와."

노파도 소리를 지르면서 응수했다.

"잔돈이 만두 산 것보다 많아 이놈아. 심부름이야? 잔돈 드려."

노파가 점소이에게 잔돈을 맡기더니 나를 쳐다봤다.

"만두 심부름 시키셨어요?"

나는 고개를 끄덕였다.

"예."

"돈을 왜 이렇게 많이 주셨어?"

"할머니."

"예."

"돈 지랄이라고 들어보셨어요?"

"들어봤죠."

"돈 지랄하는 젊은이가 나요."

노파가 박수를 쳐대면서 크게 웃었다. 호탕한 할매였다. 나는 동섭이에게 말했다.

"다시 드려라."

동섭이가 할매에게 잔돈을 다시 건넸다. 잔돈을 움켜쥔 할매가 손을 슬쩍 올렸다.

"횡재했네?"

"갑시다."

동섭이가 할매를 부축하더니 다시 만둣집으로 향했다. 두 사람이 서로에게 잔소리를 퍼붓고 있었다.

"그냥 가지라니까 뭘 여기까지 또 뛰쳐나와서. 그러다가 허리 삐끗하면 약값이 더 들겠다."

나는 당과를 빨다가 말했다.

"저게 대체 어디서 굴러온 돈일까. 흑묘방에 있던 돈이니까 대나 찰이 긁어모았던 돈일 가능성도 있고. 남악녹림맹이 쌓아뒀던 돈일 수도 있고. 정체를 모르겠네."

문득 나는 맏형과 함께 골목을 주시했다. 누군가의 발차기에 엉덩이를 처맞은 동섭이가 밀려 나오고 있었다. 이어서 두 놈이 나타나더니 동섭이의 머리를 한 대 후려쳤다.

"봤으면 인사를 해. 이 새끼야."

잘 차려입은 동네 한량들이었다. 나는 약속을 한 것처럼 맏형과 눈을 마주쳤다가, 한량들을 불렀다.

"야… 야!"

이어서 소리를 버럭 내지르자, 한량들이 나를 쳐다봤다. 안색이 조금 굳은 한량들이 골목을 쳐다보자, 골목에서 서너 명이 더 나왔다. 이어서 대여섯 명이 몰려오면서 내게 말했다.

"왜…?"

"왜!"

총 여섯 명이 맏형과 내 앞에 서서 온갖 분위기를 잡다가 목검과 광명검을 발견했는지 분위기가 일순간에 뒤바뀌었다. 무엇보다 일부는 맏형을 보자마자 입을 열지 못하고 있었다. 나는 동네 한량들을 둘러보다가 말했다.

"왜 때리고 지랄이야. 뒤지고 싶으냐?"

여섯 명이 떨떠름한 표정으로 뺨을 긁거나 내 시선을 피했다. 나는 여섯 명의 차림새와 나이, 잔망스러운 표정, 분위기를 살피다가 말했다.

"너희 얼굴 다 기억했다."

"..."

"나 몽랑이 형인데 너네 두고 보자. 일러바쳐야지."

한 사내가 그제야 놀란 표정으로 나를 쳐다봤다.

"예?"

"몽랑이 형이라고."

여섯 명이 갑자기 자세를 바로 했다.

"아, 죄송합니다. 형님. 몰라봤습니다."

"죄송합니다."

"죄송합니다, 형님."

신기하게도 여기서는 맏형와 분위기보다 몽랑의 이름이 더 무서운 모양이었다. 허구한 날, 동네를 돌아다니면서 남자는 줘패고, 여자는 어떻게든 꼬시려고 했으니 백응지의 몽랑은 중원십대고수에 필적하는 악명이 있었을 터였다. 나는 동섭이를 가리켰다.

"동섭이는 몽랑이가 아끼는 동생이다. 사과해. 똥싸개 새끼 데려오기 전에."

한심한 한량 놈들이 동섭이에게 사과하는 것을 본 다음에 말했다.

"싹 꺼져라."

"예."

한심한 놈들이 사라진 다음에 맏형과 눈을 마주쳤다. 맏형도 황당하다는 표정을 하고 있었다.

"맏형, 제자 놈 악명이 대단한데?"

"그러게 말이다."

나는 맏형과 함께 시원하게 웃음을 터트렸다.

373.
그것은
네가 알 필요 없다

만두를 든 채로 맏형과 천천히 백응지를 구경하면서 걷다가 말했다.

"맏형, 오늘은 걸어가자고."

"왜? 오래 걸릴 텐데."

"그래도 해 떨어지기 전에는 도착하겠지."

나는 최대한 아무 일이 없는 일상의 풍경을 눈에 담았다. 선택과 집중을 해서 하루를 보낸다고 생각했을 때, 오늘은 아무것도 하지 않는 게 정답이라고 느꼈다. 사실 나는 이런 일상에 익숙하지만 맏형은 그렇지가 않다. 오늘은 맏형이 모처럼 내게 이런저런 말을 많이 한 날이다. 밥을 먹자마자 다시 경공을 펼쳐서 인생의 고단함을 느낄 필요는 없었다.

일부러 맏형과 천천히 걸으면서 복귀했다. 백응지를 벗어나서도 걸음 속도를 높이지 않았다. 맏형은 본래 말수가 적은 사람이어서 내가 딱히 떠들 필요도 없었다. 맏형은 대체로 뒷짐을 진 채로 걷고.

광마회귀7

나는 손에 만두를 든 채로 휘적거리면서 걸었다. 한참 후에야 맏형은 궁금한 것이 있었는지 입을 열었다.

"무림맹과 제천맹은 어떻게든 투자할 것 같다만 서생 놈들도 참여할 것 같으냐?"

"모르지. 둘째는 말실수를 안 하는 편이라서 설명은 제대로 하겠지만 설득력이 있는 편은 아니라서. 모를 일이야."

"그러고 보니까 개방에는 연락하지 않았구나."

나는 고개를 끄덕였다.

"거지들한테 돈을 뜯어낼 수는 없지."

"그럼 신개는 이번 싸움에서 일부러 배제한 것이냐?"

"저번에 보니까 삼재 중에서는 나이가 가장 많으시더라고. 그리고 거지 선배의 성향이 동귀어진도 아무렇지 않게 생각하는 유형이었어. 되도록 배제하는 게 낫지. 우리가 밀린 다음에 거지 선배가 좌우에 맹주들을 거느리고 반격하는 모습도 나쁘지 않아."

도중에 걸음을 멈춘 맏형이 나를 바라봤다.

"셋째야."

"응?"

맏형이 나를 물끄러미 보다가 말했다.

"도망칠 마음은 아예 없는 것이냐?"

"도망을 왜 쳐? 교주가 등장하지 않는 이상은 우리가 밀리지 않아. 그리고 이제 어디로 가겠어? 우사 같은 놈이 또 등장할 수도 있고. 솔직히 말하자면 아무도 지원을 오지 않아도 나쁘지 않아. 그게 사실 가장 낫지. 일단은 싸워야지. 맏형과 내가 죽인 놈들에 대한 예의를 지켜야 할 테니까."

맏형이 잔잔한 미소를 지었다.

"맞다. 우리가 죽인 놈들에 대한 예의가 아니지."

우리는 다시 길을 걸었다. 나는 길옆에 피어있는 들꽃을 보면서 말했다.

"대부분 나보다 약한 놈들이 와서 덤비다가 죽었어. 물론 망령과 일부 고수는 그렇지 않았지만. 어쨌든 우리도 그 꼬락서니를 당해봐야지."

나는 맏형과 눈을 마주쳤다가 별 의미 없이 웃었다. 한참을 걷던 우리는… 아직 확장 공사도 시작하지 않은 하오문의 본진을 바라봤다. 손님도 없고, 점소이도 보이지 않는 객잔의 모습은 폐사당처럼 보였다. 어쨌든 나는 이곳에서 적을 기다리고 더불어서 아군도 기다릴 생각이었다.

색마는 무림맹을 나와서 복귀하던 도중에 객잔에 홀로 앉아 음식을 주문했다. 탁자 옆에는 천으로 돌돌 말아서 운반 중인 깃발이 하나 세워져 있었다. 직접 깃발을 하오문으로 옮기는 중이었다.

귀마는 운향문주에게 하오문에 대한 투자를 약속받은 다음에 말을 한 필 빌려서 맹렬하게 달리는 중이었다. 물론 목적지는 천악의 산장이었다. 운향문주와 대화하던 도중에 이런 이야기는 서찰이나 남을 시켜서 전달할 수 없는 이야기라는 것을 깨달았기 때문이다. 직접 전령이 된 채로 찾아가서 정중하게 부탁하는 것이 도리에 맞는

…

일이었다. 귀마는 말의 박차를 가했다.

임소백의 책상에는 무림맹 주변이 표시된 큰 지도가 깔려있었다. 목재를 깎아서 만든 깃발 하나를 백응지 아래에 내려놓은 다음에 공손월을 바라봤다. 공손월이 고개를 갸웃한 다음에 물었다.

"정말 제천맹도 참가할까요?"

임소백은 고개를 끄덕였다.

나는 맏형과 함께 오래된 객잔을 직접 부수고 해체한 다음에 지저분한 잔해를 일월광천으로 만들었던 구덩이에 옮겨서 파묻었다. 수련만 할 수는 없었기 때문에 해가 뜨면 자하객잔이 지어질 장소의 터를 마련했다. 가장 먼저 색마와 함께 도착한 무림맹의 깃발을 중앙에 꽂아둔 다음에 아무것도 없는 곳에서 다시 시작했다. 아무것도 없는 곳에서 시작하고, 그렇게 시작한 일이 다시 망할 수도 있다는 사실을 잘 알고 있다. 하지만 이런 것이 본래 하오문이다.

* * *

심원곡을 차지한 광명우사는 대청에서 홀로 식사를 하고 있었는데 시중을 드는 자들이 온통 여인들뿐이었다. 그야말로 일국의 왕이 부럽지 않은 진수성찬을 즐기던 도중에 닫혀있는 대청 문을 바라봤다. 누군가가 대청 문을 두드리더니 한숨과 함께 등장해서 광명우사를 바라봤다. 마교주의 차남이었다. 광명우사가 차남을 보자마자 웃었다.

"…찾았나?"

차남이 대답했다.

"아직 못 찾았소."

광명우사는 손으로 큼지막한 다리뼈를 뜯으면서 말했다.

"못 찾았는데 무슨 염치로 등장했지?"

"…"

광명우사가 시비들을 둘러보면서 말했다.

"아무래도 너희 중에 차남의 정인情人이나 이복 여동생이라도 있
는 거 아니냐? 저런 놈이 마교주의 차남이라니 너희는 어떻게 생각
하느냐?"

일상적인 어조였는데도 시중을 들던 시비들이 기겁하듯이 놀라더
니 단체로 엎드렸다.

"살려주십시오. 교주님."

광명우사가 밥을 먹다 말고 웃었다.

"식사 시간에 왜들 그러느냐? 이 공자."

"말씀하시오."

"양 대공이 교에 복귀했을 리는 없어. 조심성이 많고 교주의 변덕
을 경계하거든. 제 발로 호랑이 굴에 들어가진 않았을 테지. 분명히
안가에 숨어있다."

"내가 아는 안가는 샅샅이 찾았소."

"네가 모르는 안가가 있는 모양이지. 아니면 고수들을 좀 모아서
심원곡을 탈환할 계획을 세울 수도 있겠고. 물론 그렇게 되면 여기

있는 아이들은 다 죽게 되겠지만. 네 생각은 어떠하냐?"

"모르겠소."

"몰라? 아는 게 없구나. 아는 게 없어. 부족한 놈. 자신이 마교주의 아들이라고 대단한 존재인지 알았을 거야. 실은 형편없는 쓰레기에 불과한데 말이야. 높이 쳐줘봤자 무공이 약간 고강한 반푼이 놈밖에 안 돼. 네놈은 뭘 할 수 있나? 네놈 아비에겐 알렸느냐?"

"알리지 않았소."

"왜?"

"어차피 알게 되시면 심원곡이 어떻게 되든 간에 다 죽이라고 하실 테니까."

광명우사가 웃음을 터트렸다.

"그것이 너와 네 아비의 차이점이다. 둘째 부인의 가족이 있든 말든, 둘째 아들이 있든 말든 간에 신경 쓰지 않아. 하오문주의 동향은?"

"백응지 아래에 머무른다는 소문이 있소."

"거기서 뭐 하는데?"

"객잔을 짓고 있다고 하오."

"객잔?"

"우리가 점거했었던 객잔을 재건축하는 모양이외다."

광명우사가 차남을 쳐다봤다.

"아, 그래? 정말 점소이 출신이었나 보군. 이상한 일을 벌이는구나."

차남이 조심스러운 어조로 말했다.

"우사, 지금이라도 늦지 않았소. 양 대공을 잡는 것보다는 함께 정비한 다음에 하오문주를 죽이는 게 어떻겠소? 그럼, 일이 전부 해결되는데… 그렇게 해준다면 심원곡의 재산을 전부 써도 상관없소. 아시다시피 이곳에 쌓은 재물도 꽤 많아서."

광명우사가 웃으면서 대답했다.

"이렇게 하자. 이제부터 네가 나를 한 번이라도 우사라고 부르면 시비가 대신 죽는 것으로."

차남은 엎드려 있는 시비들을 바라봤다. 광명우사가 심원곡의 여인들을 모두 인질로 잡은 상태였기 때문에 도망치는 것도 의미가 없었다. 더군다나 내키는 대로 이런저런 심부름을 보내는데 그럴 때마다 꼭 복귀 기간이 정해져 있었다. 그 시간이 늦어지면 시비가 또 죽는다. 차남은 심신이 지친 상태에서 광명우사를 바라봤다.

"그냥 날 죽이시오."

밥을 먹던 광명우사가 손으로 탁자를 한 번 내려친 다음에 손가락질했다.

"넌 죽일 가치도 없어. 이 쓰레기 같은 새끼. 마교주의 아들이라는 놈이 뭐 하나 제대로 해내는 게 없구나. 십사 일을 주마. 하오문주가 무슨 생각으로 백응지 아래에서 객잔을 다시 짓고 있는지 상세하게 알아 와라. 그리고 돈을 써서 양 대공이 숨어있는 안가도 찾아내. 십오 일이 되는 아침부터 이곳의 식구를 하나씩 줄이겠다. 물러가라."

차남이 돌아서자, 광명우사가 말했다.

"그게 명령을 받은 놈의 예의냐? 대답은 하고 가야지. 교에서 네 아비가 그렇게 가르치더냐?"

차남이 광명우사를 본 다음에 고개를 살짝 숙였다.

"알겠소."

"알겠소?"

"알겠습니다."

"알겠습니다?"

차남은 정신이 나갈 것 같은 표정을 지었다가 광명우사를 향해 다시 대답했다.

"알겠습니다, 교주님."

"멍청한 놈, 물러가라."

차남이 사라지자 광명우사가 시비들에게 말했다.

"일어나라."

"예."

"겁먹을 필요 없다. 차남이 처신을 똑바로 하면 너희에겐 손을 대지 않을 생각이야."

"감사합니다, 교주님."

"밥을 먹고 오늘은 계곡으로 물놀이를 가자꾸나. 다 함께 갈 것이니 너희도 배를 채우고 준비들 하고 있어라."

"예."

그제야 시비들이 종종걸음으로 대청을 빠져나갔다. 그것을 또 광명우사가 다시 불러 세웠다.

"애들아."

"예, 교주님."

"혹시라도 너희 중에서 양 대공의 안가를 아는 사람이 있다면 내가 큰상을 내릴 생각이야. 큰상이 무엇이냐? 자유를 주마. 심원곡을 떠날 수 있는 자유. 생각이 안 나는 사람도 깊이 고민해 보아라. 이번 일은 양 대공이 죽어야 끝이 난다."

"예, 교주님."

광명우사는 귀찮은 파리를 내쫓듯이 손을 내저었다.

* * *

"교주님, 금호대주가 뵙기를 청합니다."

"들어와라."

계단을 올라서 교주전에 진입한 금호대주가 멀찍이 떨어진 채로 무릎을 꿇었다.

"웬일이냐?"

금호대주는 교주 옆에 서있는 명천위가의 가주를 보자마자 어금니를 살짝 물었다. 괜히 무릎을 꿇었다는 생각이 들었기 때문이다. 금호대주의 보고가 이어졌다.

"교주님, 알아본 바로 광명우사, 이 대공, 양 대공이 실패해서 뿔뿔이 흩어졌고. 이후에 광명우사는 흑도 지역의 문파를 이유 없이 몰살한 다음에 사라졌다고 합니다. 목격자가 많습니다. 셋이 끌고 갔던 병력도 다 죽은 것 같습니다."

교주가 태사의에 비스듬히 앉아서 대답했다.

"알았다. 우사가 독립한 모양이지. 외당에 속한 가문들에게 연락해서 우사 후보를 내세우라고 전해라."

"예."

"내당 쪽 대표가 한 명 정해지면 생사결 한 번으로 후임 우사를 정하겠다. 그전에 외당 쪽 대표는 너희끼리 정하도록."

"알겠습니다."

"다른 보고는?"

"배교자 검마와 척살 대상인 하오문주가 백응지 아래에서 움직이지 않고 있습니다. 공사 인부가 점점 늘고 있는데 건물을 하나 짓는 모양입니다."

"무슨 건물인데."

"아마도 객잔 같습니다."

"객잔?"

"예, 그리고 공사가 진행되는 곳의 한쪽에 깃발이 꽂혀있습니다. 차례대로 맹, 제천, 흑묘, 남명, 운향이라는 글귀가 적혀있습니다."

"그게 무슨 의미인가?"

"객잔 건설에 동참하는 세력의 깃발 같습니다."

"하오문에 동참하는 세력이 아니고?"

"아, 같은 의미인 모양입니다."

"알았다. 다른 보고 없으면 물러가도록."

"예."

금호대주가 일어나자, 교주가 깜박했다는 것처럼 위 좌사를 소개했다.

"아, 둘은 구면이지? 인사해라."

위 좌사가 금호대주를 보면서 짤막하게 말했다.

"금호대주, 오랜만이네."

금호대주가 살짝 놀란 표정으로 대답했다.

"위 좌사를 뵙습니다. 뒤늦게 축하드립니다."

"나도 잘 부탁하네."

"예."

교주와 위 좌사는 금호대주가 물러나는 것을 말없이 지켜봤다. 교주가 웃자, 위 좌사가 물었다.

"왜 웃으십니까?"

"금호대주가 자네를 싫어하는 게 너무 잘 보이는군."

"그러게 말입니다. 아, 우사의 이탈은 예상하셨습니까?"

교주가 고개를 내저었다.

"예상하지 못했다. 검마도 떠났으니 크게 이상한 일은 아니지."

"왜 갑자기 떠났을까요?"

"하오문주에게 놀림을 받은 모양이지."

"고작 그런 이유로 이탈했을까요. 이해가 되지 않습니다."

교주가 위 좌사를 바라봤다.

"자네는 성인이 된 이후로 조롱을 받아봤나?"

"받은 적이 없습니다."

"우사도 마찬가지겠지. 사천왕이 실패할 때는 그렇게 한심해하던 놈이 본인이 실패하니까 눈깔이 돌은 모양이야. 완벽주의자가 실패를 맛보면 종종 병신이 된다. 둘째와 양 대공이 위험하고 심원곡에도 일이 발생할 수 있으니 좌사가 사람 좀 보내서 자세히 알아봐라."

"알겠습니다."

......

"또 궁금한 거 있나?"

위 좌사가 잠시 고민을 하더니 조심스러운 어조로 물었다.

"아, 일전에 대공자가 옆구리에 끼고 있던 물건은 무엇입니까?"

교주가 위 좌사의 눈을 빤히 바라보면서 말했다.

"그것은 네가 알 필요 없다."

"예."

위 좌사는 고개를 숙인 다음에 교주전에서 물러났다. 교주는 물러
나는 위 좌사의 등을 빤히 바라보고 있었다.

374.
이봐, 검마

나는 주로 도끼로 장작을 패면서 시간을 보냈다. 그간 소군평과 남가락도 소식을 듣고 찾아왔으나 함께 술이나 퍼마시다가 돌려보냈다. 대신에 두 사람에게도 어떻게든 깃발을 모아달라는 뜻을 전달했다. 어차피 사대악인 정도의 실력을 지닌 강호인이 아니라면 이곳에 머무를 필요가 없다. 내가 정한 제한 자격이다. 적이 사대악인도 감당하기 어려운 세력이라서 그렇다.

운향문의 깃발과 자금 지원도 도착하긴 했지만, 정작 귀마는 아직 소식이 없었다. 차라리 잘됐다는 생각이 들었다. 이상하게도 귀마는 오지 않았으면 하는 생각도 들었기 때문이다. 장작을 패는 와중에 주로 금구소요공을 고민했다. 자하객잔 공사는 인부를 고용해서 진행 중이었으나 나는 개입하지 않았다. 나는 건축 전문가가 아니라서 그렇다. 대신에 장작을 마련해 두면 어떻게든 쓸 곳이 많아서 단순한 일에 집중했다. 맏형은 주로 명상에 빠져있거나 수련에 집중하고, 나는 방문했던 지인들을 애써 돌려보낸 다음에 장작 패는 것에만 하루하루 집중했다.

주로 목계의 공력과 외공을 조합해서 장작을 반듯하게 갈랐다. 그러니까 강철의 산장에서 배운 내공과 외공의 조합을 겨우 장작 패는 것에 활용하는 중이라는 뜻이다. 아직 천하제일고수는 되지 못했지만 장작의 완성도만 보면 천하제일 나무꾼 정도는 된 것 같았다. 장작이 너무 일정하고 반듯하게 쪼개지자, 가끔 인부들이 쉬는 시간에 몰려와서 나를 구경하기도 했다.

"..."

정작 나는 장작 패는 일에 집중하느라 인부들과 잡담할 시간이 없었다. 배가 고프면 인부들과 함께 밥을 먹고, 도끼날을 다듬고, 잠시 쉬었다가 다시 장작을 팼다. 이렇게 일하는 이유는 자하객잔이 무너질 것을 알고 있어서다. 그 사실을 인부들은 모르고 있다. 다들 꽤 넉넉한 보수를 받아서 건축에 참여하고 있었는데, 그것이 얼마 안 가서 무너질 수 있다는 얘기는 해줄 수가 없었다. 그래서 나는 인부들과 함께 일하는 것을 택했다.

인부들 사이에서 내 별명이 새로 생겼는데… 부문주斧門主(도끼 문주)가 대표적이었다. 내 나이가 어려서 그런지 정확하게 내가 누구인지 모르는 사람도 많았다. 가끔 넉살이 좋은 인부들은 나를 셋째라 불렀다. 다들 맏형은 무서워하면서도 나는 셋째 동생처럼 느껴지는 모양이었다. 놀랍게도 색마는 무림맹의 깃발을 가지고 복귀했다가 다시 경공 수련을 한답시고 떠났다. 물어보진 않았는데 다른 백도 세력을 찾아가려는 것처럼 느껴졌다.

뭔가 심경의 변화가 일어난 것일까? 맏형과 나는 굳이 묻지 않았
다. 우리는 사실 독립적인 인간들이지, 명령을 주고받는 사이가 아
니기 때문이다. 목계의 공력을 사용하면서 기성자의 말을 매일 곱씹
다가… 다른 무공과 금구소요공의 차이점을 새삼스럽게 다시 인지
했다. 보통 대다수의 무공은 입문 과정에서 기초적인 것을 강론하고
경지가 깊어질수록 어려운 것을 설명하기 마련인데… 금구소요공이
목계에서 강조하는 것은 주로 마음가짐이다.

그러니까 목계란 단순하게 나무 닭을 말하는 것이 아니라, 싸움닭
의 거친 마음가짐이 나무로 된 닭처럼 평온해진 상태를 말한다. 즉
잘 싸우려면 먼저 마음의 평정심을 유지하는 것이 가장 중요하다는
뜻이다. 그렇다면 마교의 병력을 기다리고 있는 내 마음 상태는 지
금 목계인 것일까? 그럴 리가 없지. 싸움닭이다. 그래서 나는 계속
장작을 패면서 평정심을 유지하기 위해 노력했다. 말 그대로 나무
닭이 되기 위해서 수행했다.

이 시점에서 교주가 나보다 강하다는 것도 안다. 이는 불안 요소
라서 내 마음을 괴롭게 했다. 하지만 싸우기 위해서는 이를 무시하
거나 받아들여야 했다. 전면전이 벌어지면 많은 사람이 어쩔 수 없
이 죽는다. 하지만 그것 또한 강호인의 숙명이라서 나는 받아들였
다. 금구소요공은 특이하게도… 무공을 익히는 자의 마음가짐이 어
때야 하는지를 가장 강조한다. 실력이 어떻고, 높은 수준의 기예가
어떻고 하는 문제는 다음 차례인 셈이다.

그러니까 염계, 투계, 초계는 기술적인 영역이다. 반복적으로 장
작을 패면서 금구소요공의 핵심은 오히려 목계가 아닐까 하는 생각

이 들었다. 왜냐하면, 나는 전생에도 심마를 자주 겪은 상태로 수련했기 때문에 염계, 투계, 초계의 단계마다 주화입마를 겪었다. 내가 익혔던 무공의 본질도 모른 채로 수련해서 그런 것일까?

기성자는 이미 내게 정답을 알려줬는데도, 그 정답을 무시한 채로 잘못된 길에 빠져든 게 아닐까 하는 의구심이 들었다. 장작을 패면서 나는 목계를 수련하고, 수행했다. 내가 생각에 빠져있어서 그런지 맏형도 밥을 먹을 때를 제외하곤 말을 걸지 않았다. 그러나 목계에 빠진 채로 장작을 패던 어느 날, 인부들이 내게 찾아와서 이런저런 이야기를 늘어놓았다.

"…셋째 문주님, 조금 떨어진 곳에 막사를 짓는 사람들이 있습니다."

도끼 문주와 셋째가 합쳐져서 이제는 셋째 문주가 된 모양이다. 나는 인부를 바라봤다.

"막사요?"

"예. 그리 멀지도 않습니다. 옆에 깃발까지 있더라고요. 뭐라고 적혀있었지?"

다들 고개를 갸웃했다.

"무슨 상단이라고 하던데."

나는 도끼를 어깨에 걸친 다음에 공사가 진행되는 구역을 빠져나와서 주변을 둘러봤다. 인부들 말대로 조금 떨어진 장소에 막사를 짓는 공사가 진행되고 있는 게 보였다.

'황당하네.'

도끼를 든 채로 접근해 보니 인부들 말대로 깃발 하나가 펄럭이고 있었다.

"중천상단…"

들어본 적이 없었던 상단이다. 그렇다는 것은 인근 세력은 아니라는 뜻이다. 내가 근처에 와서 구경하는데도 크게 경계하는 사람이 없었다. 전부 자하객잔에서 일하고 있는 인부들과 다를 바가 없는 공인工人처럼 보였다. 다만 막사의 모양새는 어쩐지 전쟁터에서 사용하는 야전 막사처럼 보였다. 내가 도끼를 어깨에 걸친 채로 구경하고 있사… 그제야 한 인부가 내게 고개를 까닥하면서 말했다.

"문주님, 안녕하십니까?"

나는 인사를 받은 다음에 대답했다.

"어디서 오셨나?"

"저희는 중천상단에 고용된 일꾼들입니다."

"날 알아보는 이유는?"

"그 막사를 지어달라고 한 위치가 이쯤인데 인근에 하오문주님이 객잔을 만드시고 있다고 들었습니다. 그곳과 대치할 수 있는 지점에 만들어 달라고 하더군요. 그리고 저희뿐만 아니라 곧 다른 일꾼들도 대거 몰려와서 이곳에 막사를 여러 개 지을 예정입니다."

"막사 여러 개를 짓는다는 말인가?"

"예, 여러 상단에서 일꾼을 고용한 것으로 압니다."

"상단에는 누가 의뢰했는지 아시는가?"

인부가 나를 쳐다봤다.

"그게 저희도 잘 모르겠습니다. 윗분들은 아실 텐데."

나는 막사를 구경하면서 주변을 한 바퀴 돌았다. 인부들 틈에 강호인이 있으면 당장에 알아봤을 터였는데 전부 평범한 사람들로 보였다. 나는 한숨이 절로 나왔다.

"대단한 전략이네. 수고들 하시고."

"예, 문주님."

나는 다시 자하객잔으로 복귀하다가 현장 입구에 서있는 맏형과 눈을 마주쳤다. 맏형이 내게 물었다.

"뭐라더냐?"

"막사를 짓는 모양이야."

"막사? 누가?"

"마교가…"

"뭐?"

맏형이 막사 짓는 사람들을 주시했다. 나는 고개를 저었다.

"강호인은 없어. 명령만 받은 모양이야. 그러니까 전부 일하는 사람들인 셈이지. 막사를 여러 개 지어서 자하객잔과 대치할 생각인 것 같아."

"의도가 무엇이기에?"

나는 중천상단이라 적힌 깃발을 바라봤다.

"교에 속한 상단이나 무력을 쓰지 않는 단체들의 깃발을 꽂지 않을까?"

"막사가 아니라 군영軍營처럼 보이는구나."

"맞아. 군영이겠네."

나는 근처에 있는 평상에 맏형과 앉아서 건설되고 있는 군영을 바라봤다. 생각해 보니까 저 짓거리의 의도를 바로 간파할 수 있는 사내는 임소백이나 백의서생 정도밖에 없겠다는 생각이 들었다.

"맏형, 교주가 시킨 것인지 다른 놈이 시킨 것인지는 모르겠는데 장기판을 만들라고 지시한 것 같아."

"음."

"상인들이 뒤섞여서 저렇게 상단 깃발을 세워버리면 일단 내가 진격해서 몰살하는 게 어려워."

맏형도 그제야 의도를 이해했는지 고개를 끄덕였다.

"그렇다면 자하객잔을 무너뜨리지도 않을 생각인가?"

"그렇겠지. 내가 너무 나댔나? 내 의도를 다 파악한 놈이 있다는 뜻인데. 우리 깃발을 보고 내 의도를 짐작한 모양이야."

솔직히 한 방 먹은 심정이었는데 목계를 수련하고 있어서 그런지 평소보다 마음이 덤덤했다. 맏형과 잡담을 나누는 사이에 새로 등장한 마차와 수레 행렬이 개미 떼처럼 줄지은 채로 이동하더니 군영 주변에 멈춰서 다시 인부들과 자재들을 쏟아냈다. 군영을 짓는 것이라서 그런지 속도가 무척 빨라 보였다. 감탄이 절로 나왔다.

"음."

일전에 마교가 천리객잔 주변에서 했던 것처럼 줄을 하나 쥐면서 이동하더니 아주 크게 구획을 나누듯이 움직였다. 잠시 후에는 자하객잔과 군영이 사각형의 구획에 갇힌 꼴이 되었다. 정말 장기판을 만드는 모양새였다. 마교에게 고용된 인부들을 죽일 수는 없었기 때문에 그냥 내버려 뒀다. 그렇다면 대체 백도, 흑도, 마도의 구분은 무엇일까. 그 밑에서 돈을 벌기 위해 일하는 자들은 저 구분을 신경 쓰지 않을 터였다. 나는 길쭉한 장작을 몇 개 가져와서 섬광비수로 목검을 깎았다. 그러자 맏형이 내게 손을 내밀었다.

"줘봐라."

맏형은 묵가비수로 손수 목검을 만드는 과정을 내게 보여줬다. 나는 그것을 보면서 따라 했다. 우리는 목검을 만들면서 간간이 대화를 나눴다.

"…마교가 저렇게 나올 줄은 몰랐네."

검마가 군영을 바라보면서 말했다.

"대장군 막사라도 지어지면 교주가 직접 등장할 수도 있겠다."

황당해서 실소가 흘러나왔다.

"왜 웃어?"

"인부들이 저렇게 섞여있으면 나도 일월광천을 쓰지 못해."

맏형이 나를 쳐다봤다.

"셋째야."

"응?"

"일월광천은 아무것도 아니다."

나는 오랜만에 웃음을 터트렸다. 맏형이 뭔가 계획이 있어서 하는 말은 아닌 것 같았다. 그저 검마의 농담이랄까. 나는 군영을 쳐다보면서 말했다.

"교주가 원래 저렇게 똑똑한 사람이었나?"

"교주가 멍청했다면 이미 후계자 다툼 때 죽었겠지. 마음이 물러터진 사내였다면 후계자 다툼이 시작되기도 전에 죽었을 테고. 그전에 이미 멍청한 사내였다면 후계자 중의 한 명인 대공에도 임명되지 않았을 것이다. 형제들이 많았지만 전부 대공이라 불렸던 것은 아니야."

"그래? 씁쓸하군."

"무엇이?"

"결국에 강호 생활을 형제들부터 죽이면서 시작했다는 뜻이 아닌가. 아니면 형제들에게 위협을 받으면서 시작했을 수도 있고. 나는 피를 나눈 형제는 없지만, 도저히 형제는 내 손으로 끝장내지 못했을 것 같아. 차라리 내가 강호를 떠나고 말지."

"멀쩡한 상태로 강호를 벗어나기도 쉽지 않았을 것이다."

"그렇겠지. 마교니까."

우리는 목검을 금세 완성한 다음에 서로를 바라봤다. 맏형은 내 목검을 가져가더니 한 번 더 다듬은 다음에 돌려줬다. 우리는 별말 없이 공터로 나갔다. 맏형이 먼저 멈춰 서고, 나는 조금 더 이동한 다음에 돌아섰다. 각자 지금 만든 목검을 오른손에 쥔 상태. 나는 맏형이 입을 열기 전에 먼저 말로 공격했다.

"이봐, 검마."

맏형이 고개를 끄덕였다.

"하오문주."

나는 맏형을 노려보다가 말했다.

"목검으로 하면 내가 유리하지 않겠어?"

검마가 고개를 저었다.

"너는 본래 다양한 무공, 임기응변, 경공이 장점이다. 검으로만 싸우면 네가 불리하지."

나는 코를 만지면서 대답했다.

"시건방진 소리를 하네. 나는 강호에 등장한 이후로 패배한 적이 없어."

검마가 대답했다.

"운이 좋았구나."

"운도 실력이야. 전 좌사께서는 패배의 경험이 있나?"

"몇 차례 있지."

"용케 살아남았네?"

검마가 미소를 지었다.

"목숨을 건 싸움에서는 패배한 적이 없다는 뜻이지."

"좋아. 서로 무패의 검객이로구나. 날 상대할 자격이 있다."

상대가 연장자였기 때문에 나는 목검을 아래로 내린 상태로 먼저 예의를 갖췄다. 검마는 가볍게 고개만 끄덕였다. 선수를 양보할 생각인 것처럼 보였다. 언젠가는 붙어봐야겠다고 생각했었는데, 그게 오늘이다. 물론 한 번만 붙진 않을 터였다. 나는 일부러 천천히 거리를 좁혔다가 목검을 내밀었다. 직선으로 뻗어나가던 내 목검이 퍽 소리를 내면서 방향을 잃는 와중에 검마의 목검이 내 목으로 들어왔다. 순간, 나는 땅을 밀어내면서 밀려났던 검을 회수했다. 이어서 검마는 독고중검을 펼치면서 내게 돌진했다.

저 기세를 흘려보낼 방법이 암향표밖에 없었다. 거리를 순식간에 벌린 다음에 추격하듯이 따라온 검마의 목검을 향해 외공과 목계를 조합한 초식으로 대응했다. 목검 두 자루가 부딪치면서 쩍- 소리를 울렸다. 각자 공력을 주입하고 있었기 때문에 단박에 부러지진 않았으나, 먼저 부러지는 쪽이 패배할 확률이 높았기 때문에 고려해야 할 게 많았다.

나는 검마의 표정을 살피고, 보법에 먼저 반응하고, 검을 쳐내면서 반격을 준비했다. 그간 익혔던 검법이 전혀 통하지 않는 상태. 검마도 내 내공을 가늠하면서 서서히 목검에 주입하는 힘을 더하고 있는 모양인지 점점 검이 더 묵직해졌다. 어느 순간 눈앞에서 목검이 교차하듯이 부딪치자… 옥수산장에서 그랬던 것처럼 검마가 좌장을 내질렀다. 나는 목계의 공력만 담아서 검마의 장력을 받아쳤다.

퍽!

검마가 공력을 더 깊이 담았던 모양인지, 손에서 전달되는 충격 때문에 서너 걸음을 뒤로 물러나자… 검마도 검을 잠시 거뒀다.

"…괜찮으냐? 장력을 너무 자제했구나."

나는 밀려나서 검마를 쳐다봤다. 어느새 검마는 맏형의 표정으로 나를 쳐다보고 있었다. 맏형에게 물었다.

"내가 장력을 더 끌어올릴까?"

맏형이 고개를 끄덕였다.

"그래라."

나도 고개를 끄덕인 다음에 다시 검마를 도발했다.

"덤벼."

검마가 실소를 내뱉더니 다시 내게 돌진했다. 맏형의 목검이 도착하기도 전에 내 머리카락들이 검마의 기세에 휘날렸다.

375.
밤길을 달리던 사내

맏형과의 비무에는 암묵적인 규칙이 있다. 서로 크게 다치지 않는 것. 그래서 이처럼 장력의 힘을 조절하고, 싸우던 도중에 멈춰서 의견을 교환해야만 했다. 어쨌든 목계의 공력만으로는 맏형을 상대할 수가 없었다. 맏형과 내가 맞붙고 있으려니 인부들이 일을 멈춘 채로 달려 나와서 우리를 구경했다. 싸움 구경은 어쩔 수 없는 본능이라서 내버려 뒀다.

맏형은 독고중검을 앞세운 공격 일변도의 움직임을 선보였는데, 안타깝게도 나도 독고중검의 묘리를 안다. 대부분의 공격과 변화를 어렵지 않게 예상했다. 그렇다고 내가 맏형의 허점을 쉽게 찾아낼 것 같진 않았다. 결국에 우리는 목검이 버틸 수 없을 정도로 공력을 조금씩 높여갔다. 검이 부딪히는 횟수만큼이나 맏형과 나는 시선을 자주 교환했다. 이제 말을 하지 않아도 대화가 가능한 것처럼 뜻이 통했다.

'조금 더…'

우리는 눈빛을 확인한 다음에 공력을 더 끌어올렸다. 이제 맏형의 몸에서도 투기가 발현되자 기도가 거세지고, 나 역시 투계에 돌입해서 목검을 휘둘렀다. 비무가 먼저 끝날 것인지. 목검이 먼저 부러질 것인지 알쏭달쏭한 무렵에… 내 어깨를 공격하던 맏형의 검로劍路가 급격하게 휘어지더니 내 오른쪽 목덜미에 떨어졌다. 나는 내 목검을 맏형의 가슴에 찔러 넣으면서 동시에 왼손으로는 중지탄지공으로 맏형의 목검을 정확하게 쳐냈다.

팍!

맏형의 목검이 박살 나는 순간, 내 목검은 맏형의 가슴에 도착한 상태. 하지만 맏형은 그것을 또 검지와 중지로 붙잡자마자 손목을 회전해서 목검을 두 동강 냈다. 우리는 부러진 목검의 손잡이를 한 번 봤다가 고개를 끄덕였다. 맏형이 내게 물었다.

"대체 어떻게 튕겨낸 거냐?"

"중지탄지공. 맏형도 일부러 손가락으로 잡았나?"

진검이라고 생각하고, 손가락으로 칼날을 붙잡은 것처럼 보였다. 이때, 갑자기 구경하던 인부들이 소리를 지르면서 동시에 박수를 보냈다.

"와아!"

인부들의 눈에는 우리가 신기한 사람들처럼 보이는 것일까? 나는 맏형과 다시 평상에 앉았다. 맏형이 궁금하다는 것처럼 물었다.

"탄지공으로 그걸 박살 낼 수 있나?"

"외공과 내공을 섞은 찰나에 일점─點으로 폭발했어. 궤적을 끝까지 보고 있었기 때문에 정확하게 때릴 수 있었지. 뭐 목검이라서 어렵지 않게 타격한 것도 없지는 않아."

우리는 덤덤한 표정으로 서로를 바라보다가 다시 비수를 손에 쥔 채로 목검을 깎기 시작했다. 맏형은 보기 드물게 흡족한 표정으로 비수를 움직이면서 나무의 결을 벗겨냈다. 어쩐지 비무가 마음에 들었던 모양이다. 나도 목검을 만드는 것에 집중했다. 우리는 새로운 목검을 하나씩 완성한 다음에 휴식을 취했다. 호흡이 점점 편해졌다.

어느새 평범한 하루가 끝나듯이 해가 저물고 있었다. 마교에 고용된 일꾼들은 불을 밝힌 채로 막사를 계속 짓고, 자하객잔의 인부들은 일을 멈춘 다음에 공터에 모여서 저녁을 준비하기 시작했다. 항상 맏형과 내 것까지 만들어 주기 때문에 이렇게 시간을 축내고 있으면 밥을 먹으라는 소리가 들릴 터였다. 어쨌든 간에 맏형에게 내가 만든 음식을 먹이지 않게 된 것은 다행이라는 뜻이다.

나는 평상에 걸터앉아서 맏형과 함께 노을을 처음부터 끝까지 구경했다. 마음에 평화가 찾아오는 경우는 그리 많지 않았는데 오늘은 제법 평온했다. 또한, 맏형의 마음도 평온한 상태라는 것을 알기에 새삼스럽게 호흡이 무척 편해지고 있었다. 나는 가슴에서 무언가가 벗겨지는 듯한 기분을 느껴서 헛기침을 한 번 내뱉었다.

"흠…"

맏형이 나를 쳐다보면서 물었다.

"왜?"

"아니야."

다음에는 머리 쪽에서 무언가 얇은 껍질 혹은 막이 한 꺼풀 벗겨지는 듯한 기분이 들어서 자세를 바로 해서 똑바로 앉았다. 평생 느껴보지 못했던 감각이었기 때문에 속으로 적잖이 놀라는 중이었다.

'뭐지?'

내가 똑바로 앉은 다음에 가부좌를 틀자, 맏형이 옆에서 나를 물끄러미 쳐다봤다. 맏형이 내 표정을 보다가 물었다.

"왜 그래?"

"감각이 이상해서. 나쁜 느낌은 아니야."

"운기조식을 해야 하나?"

"잠시 명상 좀 할게."

"그래라. 편한 마음으로."

나는 눈을 감은 채로 호흡에 집중했다. 신체에서 무슨 일이 벌어지고 있었는데 경험해 보지 못한 현상이라서 당황스러웠다. 마음을 가라앉힌 채로 신체 내부를 관조하자 똑같은 현상이 느껴졌다. 가슴을 감싸고 있었던 막이 한 차례 벗겨지고, 머리에서도 무엇인지 모를 한 꺼풀이 다시 벗겨졌다. 이 현상을 반복할 때마다 호흡이 미약하게나마 더 편해지면서 가슴이 가벼워졌다.

딱히 명상이 필요하지 않은 상태인 것 같아서… 다시 눈을 떴다. 맏형이 옆에서 나를 쳐다보고 있었는데 주변은 컴컴해진 상태. 하늘을 쳐다보니까 별이 빼곡했다. 역시 조금 떨어진 곳에서는 막사를 짓고 있는 사람들이 밝힌 불빛이 아주 잘 보였다. 어쩐지 주변의 빛이 모두 선명하게 잘 보였다. 그러니까 눈꺼풀에 있었던 얇은 막도 벗겨진 기분이 들었다. 무엇보다 청각을 집중하자, 막사를 짓고 있

···

는 사람들의 말소리가 희미하게 들렸다. 그제야 나는 오감이 다소 확장되었다는 것을 깨달았다. 맏형이 내 상태를 짐작해서 말했다.

"주화입마는 아닌 것 같은데."

나는 고개를 끄덕였다.

"갑자기 오감의 수준이 미약하게나마 올랐네."

"그리고?"

내 몸에 생긴 변화를 맏형에게 털어놓았다.

"가슴이 좀 시원하고. 머리도 좀 맑아진 느낌이야. 시력도 좋아지고, 전보다 더 선명하게 보이는 느낌이네."

"있어 봐라."

"응."

맏형이 일어나서 인부들에게 건네받은 횃불을 가져오더니 내 얼굴을 자세히 살폈다.

"호흡은 어때?"

"호흡도 편해."

"어제 혹은 이전과 비교해서 마음의 상태가 어떠한지 말해봐라."

"마음의 상태? 마음의 상태가 뭐 별다를 게 있나. 똑같은데."

"혹시 단전에서 무언가가 꿈틀대거나 신체의 변화가 느껴지면 곧장 운기조식을 준비해라. 호법은 내가 설 테니 걱정하지 말고. 대신에 이 평상은 조금 불안하니까 안쪽에 들어가서."

"음. 별일은 없는데 일단 먼저 들어가자고 그럼."

나는 평상에서 일어난 다음에 인부들이 있는 곳으로 향했다. 인부들이 우리를 보면서 말했다.

"곧 식사 준비됩니다. 이쪽으로 오세요."

맏형이 인부에게 횃불을 건네면서 대답했다.

"먼저 드시오."

"예."

나는 문득 걸음을 멈춘 채로 공사 중인 자하객잔을 눈에 담았다. 이제 겨우 뼈대가 선 상태였고, 군데군데 주춧돌이 놓여있거나 기둥이 솟아있었다. 한쪽에는 무림맹, 제천맹, 흑묘, 남명, 운향의 깃발이 보였다. 상상력을 더하사 완성된 자하객잔의 모습이 꿈을 꾸는 것처럼 보였다.

"..."

이제 자하객잔이 다시 불길에 휩싸여도 후회하거나, 분노하거나, 애통해하거나, 증오의 감정에 휩싸이지 않게 되었음을 알게 되었다. 그냥 어떤 결과든 간에 받아들일 준비가 된 상태였다. 자하객잔을 보고 나서야… 나는 내 마음을 온통 옥죄고 있었던 광기의 한 꺼풀이 벗겨졌음을 깨달았다. 살짝 황당했다. 전생은 물론이고 현생까지. 아니, 맏형과 비무를 벌이고 있었던 바로 전의 순간까지.

나는 단 한 번도 정상인 적이 없었다는 사실을 깨달았다. 내내 미쳐있었던 모양이다. 사람이 어떻게 그럴 수 있었을까? 눈을 뜨고 있을 때도 미친 사람이었고, 눈을 감은 채로 잠을 자고 있을 때도 미친 사람이었다. 새삼스럽게 놀랄 일은 아니었으나 오늘은 제법 기분이 달랐다. 물어볼 사람이 옆에 있는 맏형밖에 없었다.

"맏형."

"응?"

...

"그동안에 내가 많이 미친놈이었나?"

맏형이 또 이럴 때는 솔직하게 대답해 줬다.

"적당하게 미친놈은 아니었지. 심마心魔와 평상심의 경계에서 늘 아슬아슬하게 줄타기를 했다."

"지금은 어때?"

맏형이 나를 쳐다보면서 대답했다.

"네 마음에서 벌어지는 일이라서 모르겠다. 어떠하냐?"

나는 맏형과 시선을 맞춘 채로 대답했다.

"나쁘지 않아."

내 말을 들은 맏형이 기분 좋은 표정으로 웃었다.

"그럼 됐다. 우리 같은 놈들이 무엇을 더 바랄까? 나쁘지 않으면 된 것이지. 혹시 모르니 가부좌를 틀고 운기조식해라. 내가 호법을 설 테니."

나는 공사 중인 자하객잔 앞에 주저앉아서 눈을 감은 다음에 맏형에게 물었다.

"이 현상을 뭐라고 하지? 분명 이런 상황을 뜻하는 말이 있을 거야. 그런데 생각이 나질 않는군."

눈을 감은 상태에서 맏형의 목소리가 들렸다.

"지금 네 상태를 설명하는 말은 백도나 정종의 무학에는 없는 것 같다."

"그럼?"

"마도魔道에는 있지."

"무엇인데?"

나는 마음을 가라앉힌 채로 맏형의 대답을 기다렸다. 맏형의 목소리가 귀에 꽂혔다.

"아마도 탈마脫魔의 현상이겠지."

이렇게 어처구니가 없을 줄이야. 탈마라니? 나는 짤막하게 한숨을 내쉰 다음에 명상에 잠겼다. 그동안에 내가 걷고 있는 길이 마도魔道였다는 뜻인가? 굳이 바득바득 우겨서 아니라고 하는 것도 우습다. 어쨌든 나는 무공을 익히는 내내 주화走火와 입마入魔에 시달렸기 때문이나. 선생에도 그랬고, 현생에도 그랬다. 더군다나 자하신공은 주화입마의 과정에서 발휘되었다.

그러니까 자하신공이 발현되기 직전 상태가 주화. 자하신공을 펼칠 때의 상태는 입마다. 이래서 마음먹은 대로 펼칠 수 없었던 모양이다. 사실 내가 벌였던 일부 행동은 광기에 사로잡혀서 강호인을 죽여대던 것이어서 마도에 가깝다. 인정하자. 이것이 마도가 아니면 무엇이 마도이겠는가?

평생 미쳐있다가… 마음이 정상으로 돌아오고 나서야 내가 심각하게 미쳐있었음을 깨달았다. 이것은 내가 평소에 미친놈이라고 인지하고 있었던 것과는 다소 궤가 다른 깨달음이었다. 말이 좀 우습지만… 정상이었던 적이 드물었다는 뜻이다. 몇 개의 기억이 주마등처럼 스쳤다.

이미 죽은 흑선보주의 머리통을 박살 내던 기억, 운우회의 부회주를 도끼로 쪼개던 기억, 호숫가에서 사류곡 출신의 살수들을 죽였을 때의 심정, 봉우리에서 교영 처자의 멱살을 붙잡아서 벼랑 아래로 던지던 기억, 일월광천을 사용하고 자하신공을 펼치던 기억, 때때로 무너질 것 같은 몸 상태로 잠에 빠져들던 순간과 사천왕을 죽이고 나서 빗속에서 춤을 추던 때의 심정까지… 이것이 주화입마고, 이것이 마도다. 이게 마도가 아니라면 세상 그 무엇도 마도가 아닐 것이다. 대체 나는 얼마나 먼 길을 돌아와서 마도에서 벗어났는가?

* * *

모용백을 구원하고, 차성태를 끌고 다니고, 임소백을 이해하게 되고, 검마를 조금이라도 더 웃어보게 하려고 애를 썼다. 귀마를 죽이려다가 가까스로 포기하고, 색마를 갈구면서도 끝내 멀어지게 만들진 않았다. 결국에 이들보다 내가 나은 점이 별로 없다는 것을 알고 있었기 때문이다. 지난날을 후회하는 상남자 선배를 보면서 내 과오를 떠올리고. 다시 태어나도 흉내조차 못 낼 개방 방주에게서 마음의 격을 느끼고. 항상 나보다 더 열심히 수련하고 있었던 천악에게선 경외감을 느꼈다. 백의서생 놈은 잘 모르겠다.

어쨌든 내가 어떻게든 바꾸려고 했던 것은 여러 사람의 운명이었는데. 결국에 그 사람들이 내 심마를 조금씩 치유했던 모양이다. 정작 나는 내내 밤길을 달리고 있었는데, 이 사람들이 나를 조금씩 빛으로 돌려세운 모양이다. 극음과 극양의 조합을 알고. 외공과 내공의 조합을 알게 되었지만. 사람과 사람의 관계에 대해서는 여전히 미숙한 것이 나다. 심마를 떨쳐내는 것은 기예도 아니고, 내공도 아니며, 신공절학도 아니었으니 말이다.

무언가 모를 후회가 가슴 깊숙이 들어왔다가 한숨으로 내뱉는 순간에… 천옥 혹은 단전을 감싸고 있는 둑이 무너지는 느낌을 받았다. 무언가가 밀려드는 것일까? 이것을 대체 어떻게 받아들여야 할까. 광승과 함께 바라보던 대해大海를 떠올렸다. 언젠가는 이 거대한 물길을 내가 받아내길 바랐던 것일까. 온갖 후회와 지난날의 과오가 출렁이는 물결에 휩쓸려서 신체 이곳저곳으로 퍼져나갔다.

이것을 받아들이고 감당하려면 내 속 좁은 마음을 애써 넓히는 수밖에 없었다. 기성자 사부가 서책에 남긴 말이나, 때때로 광승이 내 머리통을 후려갈기면서 했던 말이나… 그 마음은 같았을 것이다. 제자들은 본래 듣고 싶어 하는 말만 듣는 경우가 흔한데, 내가 그렇다. 꿈인지 상상인지 모를 공간에서 전생의 광마가 어두운 밤길을 달리면서 무림맹과 마교에게 쫓기고 있는 게 보였다.

나는 어째서 저렇게 살았을까. 밤새 도망치고 있는 나를 보면서 비통한 마음을 느꼈다. 대체 어디로 도망치는 중이냐? 광마는 자꾸만 어두운 밤길을 달렸다. 저런 와중에도 죽음이 두렵지 않다고 말하는 꼬락서니가 우스워 보였다. 죽음이 두렵지 않다면 애초에 밤길을 달리지도 않았겠지. 정작 본인이 세상에서 가장 미친 원숭이 중 하나인데 다른 미친 원숭이들을 증오하면서 밤을 헤맸다.

나는 광마를 따라갔다. 불길에 휩싸인 자하객잔을 바라보고 있는 내 표정이 보였다. 어느새 광마가 아니라 일양현의 점소이가 분노한 표정으로 자하객잔을 노려보고 있었다. 그 무엇도 할 수 없다는 무기력한 눈빛에는 어느새 타오르는 자하객잔의 불꽃이 담겨있었다. 이자하는 광마로 돌변하자마자 어두운 곳으로 달리면서 미친놈처럼 중얼거렸다. 돌아와서 다 때려죽이고 말겠다는 맹세였다. 밤길을 달리던 나는 어느새 시커먼 파도에 휩쓸려서 허우적댔다. 출렁이는 망망대해 속에서 맏형의 목소리가 들렸다.

"…집중해라. 셋째야."

나는 상념을 떨친 다음에 천옥의 물줄기를 받아들이기 위한 운기조식을 시작했다.

376.
만류귀종으로 얻은
자하신공

금구소요공의 운기조식을 마쳤을 때 전신에서 근육통과 열감이 느껴졌다. 그러나 고통이 있다고 해서 멈출 내가 아니다. 아직 출렁이는 물길에 잠겨있었기 때문에 월영무정공으로 전환해서 차분하게 물줄기를 받아냈다. 근육통과 열감에 더해서 오한이 겹쳤다. 정확하게는 열감과 오한이 반복되었다.

이 고통이 상상력에 의한 고통인지 실제 고통인지는 구분하기가 어려웠다. 어느새 출렁이던 대해는 얼어붙어 있어서 하반신은 춥고, 정수리로 갈수록 뜨거웠다. 어느 순간부터는 백전십단공의 운기조식에 돌입했다. 뜨거운 기운과 차가운 기운을 동시에 찢어발기는 느낌이 들어서 좋았지만 이내 온몸이 경련에 휩싸였다. 이래서 신체의 격이 준비되지 않으면… 내공도 깊이 쌓을 이유가 없었던 것일까.

운기조식을 하다가 승천할 것 같다는 두려움이 자리를 잡았다. 그래도 정신은 멀쩡했다. 준비가 되어있지 않으면 최고의 선물도 받지 못하는 것인가? 열감, 오한, 경련을 버티면서 다시 금구소요공의 운기조식에 재차 돌입했다. 내 몸을 불살라서 허망한 죽음을 막을 수 있다면 정신이 끊어질 때까지 운기조식을 하겠다고 결심했다. 저절로 얼굴을 찌푸려졌다. 세 종류의 고통이 밀려왔기 때문이다. 이런 고통도 곧 지나갈 것이라고 믿는 와중에 누군가의 목소리가 들렸다.

"…힘들어?"

누군지 모를 목소리였지만 일단 대답해 봤다.

"이 정도는 괜찮은데."

"왜 반말이냐?"

"누구신데요."

"눈을 떠라."

나는 운기조식 도중에 눈을 떴다. 사방이 바다였다.

"…"

끝없이 펼쳐진 물 위에 내가 서있었는데, 전방에 목소리의 주인이 보였다. 순간, 상공에서 거대한 기둥이 쏟아지더니 사내를 둥그렇게 포위했다. 기둥이 곧 감옥의 철창처럼 보였다. 그곳에서 옛 무복을 입고 있는 사내가 뒷짐을 진 채로 나를 바라보고 있었다. 사내는 하늘에서 떨어진 감옥 기둥에 이마를 댄 채로 나를 쳐다봤다.

"…이렇게 빨리 면회를 올 줄은 몰랐는데. 설마 죽은 것은 아니겠지?"

나를 과거로 돌려보냈던 선배였다.

"저 아직 안 죽었습니다. 오랜만에 뵙습니다."

사내가 손가락으로 귀를 만지더니 고개를 갸웃했다.

"잘 안 들린다. 아직 네 격이 충분하게 완성되진 않은 모양이야."

나는 사내의 표정과 입 모양을 통해서 우리의 의사 교환이 원활하지 않다는 것을 알아차렸다. 사내는 철창에 머리를 댄 채로 나를 계속 쳐다보고 있었는데 표정이 묘했다. 기특하게 쳐다보는 것처럼 느껴지기도 하고, 오랜 감옥 생활에 지쳐있는 것처럼 보이기도 했다. 하지만 눈빛에서는 예나 지금이나 끝 모를 자신감이 엿보였다. 사내가 말했다.

"내 능력이 많이 없어져서 네가 어떻게 활약했는지 알 수 없구나. 가까이 와라."

나는 발목까지 잠기는 물을 첨벙대면서 이동한 다음에 사내를 가까이서 쳐다봤다. 사내가 웃었다.

"자하야."

"예."

"오랫동안 사람을 못 보면, 사람만 봐도 반갑게 된다. 그것이 악인이든 선인이든 간에 말이야."

무슨 개소리인지는 당장 알 수가 없었지만 어쨌든 무척 고마운 사내여서 말 상대를 해줬다.

"그렇습니까? 제가 면회를 자주 올 수 있을까요?"

사내가 손가락으로 철창을 두드렸다.

"안 될 일이지. 이걸 봐라. 면회를 허락했을 뿐이야. 주변 꼬락서니를 보니까 네가 경계에 서있는 모양이다. 이 꿈에서 깨면 면회를 왔었다는 사실도 잊을 것이다. 표정이 괴로워 보이는데 수련 중이었나?"

"예."

"말해다오. 무엇을 수련하고 있었는지."

"금구소요공, 월영무정공, 백전십단공입니다."

사내가 껄껄대면서 웃었다.

"잡다하게 많이도 익혔구나."

사태가 이 지경이 되었는데도 나는 웃음이 나왔다.

"그러게 말입니다."

사내가 나를 쳐다보면서 이렇게 권했다.

"자하야, 하나로 합쳐라."

"어떻게요?"

사내가 자신의 관자놀이를 손가락으로 툭툭 치면서 말했다.

"너는 참 순박한 놈이야. 그걸 내가 어찌 알아. 네 몸에서 일어나는 일인데. 네가 해결해야지. 무공은 항상 만류귀종萬流歸宗을 추구해야 한다. 예외는 없어."

"그러다가 죽으면 모든 게 물거품이 됩니다."

사내가 고개를 끄덕였다.

"네 말이 옳다. 물거품이 될 수도 있지."

"그래도 시도합니까?"

"알지 않느냐? 너 정도면 알 것이다. 시도하지 않으면 아무런 일도 일어나지 않아. 목숨을 걸어야만 답을 내주는 경우가 있다. 다만, 네가 하려는 일이 목숨을 걸 정도의 가치가 있느냐, 없느냐의 결정만 네게 달린 셈이지."

"시도할게요."

"그래야지. 일전에 지난 네 인생을 잠깐이나마 봤었다. 너는 가만히 있을 놈이 아니야. 그랬다면 어디선가 점소이나 하고 있었겠지. 이처럼 경계에 놓여서 나를 면회하는 일도 없었을 것이고. 대견하다. 할 말이 많지만, 시간은 제한적이야. 밝게 살아라. 벌을 받게 된 것조차도 나는 후회하지 않고 있다. 나는 후회하는 사람이 아니다. 너는…"

사내는 말을 하던 도중에 철창과 함께 감쪽같이 사라졌다. 나는 사내를 한 번 불러봤다.

"사부님?"

이대로 면회가 끝나는가 싶었는데 목소리가 울렸다.

"내가 왜 네 사부냐. 그냥 형님이라고 불러."

"형님? 어떻게 하면 꺼내드릴 수 있을까요. 어이, 무신 형님?"

사내의 웃음소리가 길쭉하게 터지더니, 어느새 그 웃음소리마저 점차 끊기고 있었다. 나는 주변을 보면서 중얼거렸다.

"언변으로 사기를 치고 가네. 어떻게 합치란 말이냐. 누굴 멍청한 점소이로 아나."

분명 내 상태를 알고 한 말은 아니다. 금구, 월영, 백전을 어떻게 합친다는 말인가. 경로가 다르고 특성이 다른 무공이다. 나는 점소이 때 잔머리를 최대한 활용해서 궁리했다. 합치는 게 불가능하면, 합치지 않는 것이 맞다. 개별적인 운기조식으로 천옥의 힘을 온전하게 흡수할 수 없어서 벌어진 현상이다.

방법은 자하신공밖에 없는데… 자하신공의 운기조식은 내가 모른다. 모르는데 어떻게 사용했지? 실은 그것이 나도 궁금하다. 하지만 사용했다는 것은 내공을 이동한 경로가 이미 있다는 뜻이다. 입마入 魔 상태에서 펼친 무공의 세세한 경로를 어찌 알아낼 수 있을까.

문득 이런 생각이 들었다. 나는 몰라도 천옥은 알고 있겠다고… 왜냐하면, 천옥의 힘은 내가 길을 지정하지 않아도 스스로 움직였기 때문이다. 그러니까 만류귀종은 본질적인 법칙이다. 처음부터 끝까지 내가 할 일은 그저 마음을 연 채로 받아들이는 수밖에 없었다. 신체의 격이 부족해서 북이 찢어지듯이 터지더라도 이것은 무신의 말대로 목숨을 걸 가치가 있는 일이었다.

나는 출렁이는 바다 위에 가부좌를 틀고 앉아서 금구, 월영, 백전의 운기조식을 멈춘 다음에 밀려드는 천옥의 물줄기를 몸과 마음으로 받아들였다. 이것이 점소이의 꼼수라면… 이처럼 황당한 무공 창안 방식도 없을 터였다. 나는 출렁이는 물길의 흐름에 목숨을 맡겼다. 어느새 내 주변에는 내가 죽인 자들이 잔뜩 등장해서 나와 함께 헤엄을 치고 있었다.

내가 병신으로 보였나? 덤비는 놈의 머리통을 붙잡아서 물밑으로 집어넣었다. 어느새 나는 거대한 물줄기에 휩쓸려서 천옥이 이동하는 경로를 기억하고, 눈에 담고, 확인하다가 덤비는 놈들의 뺨을 후려치고 발로 쳐냈다. 나는 절대 잊지 않는 사내라서 온갖 혈맥을 천옥과 함께 미끄럼틀을 타듯이 돌아다녔다. 새삼스럽게 서로 합친 물이 넓은 바다로 향하는 것처럼 느껴졌다.

대도大道에 몸과 마음을 맡겼다. 이는 자하신공을 뜻대로 펼칠 수 있는 경로였다. 그제야 천옥의 물줄기도 제법 잔잔해졌다. 새로운 무공을 창안한 게 아니라, 이미 펼쳤던 무공의 대도를 발견했다는 사실이 신기했다. 물줄기는 잠잠해졌으나 계속 무리하면 과한 욕심인 것 같아서 미리 단계를 설정해 뒀다. 그러니까 나는 천옥의 힘으로 자하신공의 일성을 정복하자마자 눈을 떴다. 이렇게 되면… 금구, 월영, 백전의 경지가 높아지고. 뜻한 대로 자하신공까지 펼칠 수 있게 된 셈이다.

"과연…"

맏형이 눈앞에 등장하더니 손을 뻗어서 내 얼굴을 붙잡은 채로 이리저리 살폈다.

"과연 뭐?"

"과연 내 적수가 있을까?"

맏형이 손가락으로 내 눈을 위아래로 벌리더니 눈빛을 확인했다.

"…탈마가 아닌가?"

"…"

"밤새 얼마나 강해졌기에 적수가 없다고 하는 것이냐? 적수야 있겠지."

"그런가? 데려오도록 해. 뺨따귀부터 후려치고 싸울라니까."

맏형이 웃음이 터트리더니 내 어깨를 붙잡았다.

"고생했다."

문득 주변을 둘러보니 칸막이가 쳐져있었다. 운기조식을 하는 내내 바다 위에 앉아있다는 느낌이 있었는데 실제로 철벅거리는 물이 엉덩이 밑에 잔뜩 깔려있었다.

"이게 뭐지? 오줌치고는 양이 너무 많은데."

"네 전신이 얼어붙었다가 녹는 것을 반복하다 보니 이렇게 더러워

　　　…

졌다. 오줌이었으면 참…"

나는 맏형을 바라봤다.

"참, 뭐?"

"셋째는 오줌싸개, 제자는 똥싸개. 오줌똥의 향연이다."

"음."

나만 깨달음을 얻는 게 아닌 모양이다. 나는 이렇게 말을 많이 하는 맏형을 본 적이 없다. 주화입마가 온 것일까? 왜 이렇게 수다스러워졌지.

"맏형, 괜찮아? 온전한 정신이 아닌 것 같은데."

"냄새나니까 먼저 씻어라."

자리에서 일어나는데 온몸에서 근육통이 느껴졌다. 씻으러 가면서 내 광기의 일부가 맏형에게 옮겨간 게 아닐까 하는 생각이 들었다. 광기는 전염병이었단 말인가. 실은 나조차도 무공이 강해진 것은 확실한데, 그 전염병에서 온전하게 회복한 것 같진 않다는 생각이 들었다. 왜냐하면, 혼자 우물에서 씻는 동안에 어쩐지 내가 예전보다 더 잘생겨진 것 같은 기분이 들었기 때문이다. 무공이 고강해지면 외모에도 빛을 더하는 경우가 종종 있는데 내가 그런 것은 아닐까?

"…혹시?"

씻다 보니까 알게 된 사실인데 갈아입을 옷이 없었다. 나는 내공을 섞은 목소리로 인부들에게 도움을 요청했다.

"옷 한 벌 주시오. 갈아입을… 내 말 들리나?"

아침이라서 그런지 다행히 인부 한 명이 옷을 들고 왔다. 좋은 옷인지 아닌지 가릴 처지가 아니라서 대충 입었다. 몸에는 딱 맞았지만 방금 씻은 것이 무색할 정도로 지저분한 옷이었다. 그러니까 인부가 이것을 입고 오랫동안 공사에 참여하다가 도저히 못 입을 것 같아서 벗어놓은 걸 가져온 모양이었다.

어차피 사내는 의복이 중요하지 않다. 하지만 돈은 중요하기 때문에 내 옷에서 전낭을 챙겼다. 공사 현장으로 나와 보니 맏형은 평상에 비스듬히 누워서 눈을 감고 있었다. 밤을 지새운 것 같아서 내버려 뒀다. 누워있는 맏형의 뒤에 복검을 내려놓고. 인부들을 둘러보다가 도끼를 어깨에 걸친 채로 자하객잔의 공사 현장을 벗어났다.

아직은 이른 아침이었다. 길을 걷는 도중에 머리카락을 좀 풀어헤치고, 더러운 상의도 바깥으로 빼내고, 소매도 걷었다. 크게 돌아서 걷다가 한껏 늘어난 마교의 막사 공사 현장에 진입해서 장작 팰 일이 없는지 찾아봤다. 다행히 전날에 누군가가 패다 남은 장작이 보여서 일거리를 얻을 수 있었다. 며칠 지켜본 바로는 자하객잔과 다르게 막사 일행은 새벽까지 일하고 정오까지 잠을 자는 습성이 있었다.

더군다나 이미 상단의 깃발도 늘어난 상태. 다양한 곳의 일꾼을 고용했기 때문에 장작 패는 사람이 누구인지 정확하게 알 수가 없을 터였다. 무엇보다 내 옷이 이들보다 더 더럽다. 나는 별생각 없이 마교의 공사 현장에서 도끼로 장작을 좀 패다가 막사의 개수도 세어보고 어떻게 지어지고 있는 것인지 살펴보기도 했다. 자하객잔과 반대 방향으로 이동해서 살펴보니 정말 커다란 막사가 지어지고 있었다. 대장군의 군영처럼 보였다.

입구를 열어서 살펴보니 인부들이 누워서 잠을 자고 있었다. 대체 누가 오기에 이렇게 요란스럽게 군영을 설치하는 것일까. 배도 고프고 잠도 솔솔 왔기 때문에 나는 사람이 없는 작은 막사에 들어가서 도끼를 품은 채로 잠을 청했다. 일단 밥 먹으라고 깨울 때까지는 일어나지 않을 생각이었다. 마교가 먼저 인부들만 보내서 자리를 잡게 한 모양이지만, 인부들만 보냈기 때문에 나도 수월하게 잠입할 수 있었다.

당장 누구를 죽이겠다… 이런 마음도 없이 그저 잠을 청했다. 이쪽의 책임자가 누구인지는 사실 궁금한 상황. 아침잠을 청하는 와중에 나는 이런 생각이 들었다. 어차피 삼재가 오지 않는 이상은 누가 와도 날 상대하기 어렵다. 이것은 자만심도 아니고, 과한 자신감도 아니다. 지금 내 상태와 현실이 그렇다. 탈마 상태에서 만류귀종과 천옥으로 인한 자하신공을 온전하게 얻었기 때문이다.

377.
해방전선의
이 조장이다

도끼를 품은 채로 잠을 자다가 종소리에 눈을 떴다. 두 시진 정도를 잔 것 같은데 피로는 제법 풀린 상태. 눈곱을 떼지 않은 채로 막사 바깥으로 나와 보니 인부들이 어디론가 이동하고 있었다. 일어나서 얼굴에 부기가 안 빠진 느낌이 들 때가 있는데 지금이 그렇다. 잔뜩 부었다.

  "…"

  나는 게슴츠레한 눈으로 귀신처럼 줄지어 이동하는 인파에 뒤섞여서 걸었다. 앞서 걷던 자들이 나무로 된 그릇과 젓가락을 챙기기에 나도 따라 했다. 일단 그릇의 상태가 좋지 않아서 잠이 좀 깼다. 내가 음식 솜씨는 없어도 그릇은 잘 닦는 편이었는데, 이것은 모래를 퍼 담는 그릇인지 음식을 담는 그릇인지 모를 지경이었다. 어쨌든 배는 고팠기 때문에 얌전히 줄을 섰다. 배식을 받는 것일까? 내 차례가 오자 나처럼 지저분한 옷을 입은 사내가 국자로 멀건 죽과 만두 세 개를 그릇에 담아줬다. 나는 잠이 확 달아나서 멀건 죽과 음식 퍼주는 사내를 번갈아 가면서 바라봤다.

"…"

음식 퍼주는 사내가 불쾌한 표정으로 내게 말했다.

"이동해. 다음."

이것이 식사였다. 앞선 줄을 따라가자 인부들이 이곳저곳에 앉아서 밥을 먹고 있었다. 나는 잠시 배식 받은 그릇을 든 채로 인부들을 구경했다. 황당해서 말문이 좀 막혔다.

'이걸 먹고 일을 할 수가 있나?'

그제야 나는 여기서 일하고 있는 자들이 상단 소속이 아님을 알게 되었다. 그러니까 상단이 또 고용한 자들이었다. 정식으로 상단에 소속된 자들이라면 이따위 밥을 먹지 않을 터였다. 그러니까 가장 밑바닥에 있는 자들이었다. 나는 사람들과 조금 떨어진 곳에 앉아서 중얼거렸다.

"이따위를 먹으라고 주다니."

작게 중얼댔는데도 주변의 인부들이 밥을 먹으면서 나를 쳐다봤다. 잠도 달아나고, 입맛도 떨어져서 그릇을 옆에 내려놨다. 그러자 한 손에 그릇을 든 사내가 내게 다가오더니 이렇게 물었다.

"…혹시 안 먹을 거야?"

버리기도 좀 그래서 내 것을 사내에게 넘겼다. 그러자 내가 보는 앞에서 내가 받은 배식을 자신의 그릇에 모두 담더니 제자리로 돌아갔다. 나는 앉아서 밥 먹는 사람들을 조용히 둘러봤다. 근처에 있는 사내와 눈을 마주쳤다가 물어봤다.

"음식이 왜 이래?"

사내가 대답했다.

"새삼스럽게 왜 그러나? 새로 왔어?"

나는 고개를 끄덕였다.

"굴다리 거지 놈들도 이것보단 잘 먹겠다."

복장이 조금 다른 사내가 지나가다가 이쪽으로 오더니 밥 먹는 인부들을 둘러보면서 말했다.

"누가 떠들었나?"

사내의 시선이 닿을 때마다 인부들이 고개를 숙인 채로 밥을 먹었다. 그러다가 고개를 숙이지 않고 있는 나와 눈을 마주쳤다. 사내의 시선이 내 그릇에 향했다가 다시 내 얼굴로 향했다.

"먹는 것에 불만 있나? 먹여주고, 돈도 주고, 재워주는데도 불만이 있단 말이냐? 일어나."

나는 도끼를 붙잡은 채로 일어났다. 그러자 사내가 고갯짓을 하더니 내게 말했다.

"따라와라."

"왜요."

"불만이 있으면 조장에게 말해. 혼자 구시렁대지 말고. 말했지 않나? 불만이 있으면 그때그때 말하라고 말이야."

나는 사내를 따라서 어디론가 이동했다. 제법 큼지막한 막사의 입구에 도착한 사내가 안을 향해 말했다.

"탁 조장님."

안에서 누군가의 목소리가 들렸다.

"왜?"

"배식에 불만이 있는 것 같아서 데려왔습니다."

"들어와라."

사내가 돌아서더니 내게 손을 내밀었다.

"도끼."

내 도끼를 건네받은 사내가 다른 손으로 막사의 입구를 열었다. 나는 막사로 들어가 봤다. 삼십여 명 정도가 누울 수 있는 규모의 막사 안에는 탁자까지 놓여있었다. 막사의 주인도 일어난 지 얼마 되지 않은 모양인지 부스스한 모습으로 밥을 먹고 있었다. 멀쩡한 밥과 국, 고기, 나물, 잡다한 반찬과 과일까지 놓여있었다. 탁 조장이라는 사내가 젓가락질을 하면서 내게 말했다.

"어디서 고용됐나?"

나는 탁 조장을 보면서 대답했다.

"중천상단입니다."

탁 조장이 고개를 끄덕이면서 말했다.

"사정은 들었을 텐데. 고용한 분들의 사정이 있어서 백응지에서는 음식을 조달할 수 없다. 대신 보수를 넉넉하게 쳐주겠다고 했을 텐데. 인제 와서 먹는 게 불만인가?"

나는 탁자로 다가가면서 대답했다.

"음식을 조달할 수 없는데 이건 다 뭐지?"

탁 조장이 웃으면서 말했다.

"나도 너희랑 같은 것을 먹으란 말이냐?"

나는 가까이 가서 탁 조장을 내려다봤다. 탁 조장이 젓가락을 내려놓은 다음에 입을 닦더니 옆에 있는 비수를 붙잡았다.

"젊은이, 일하기 싫으면 나가면 돼. 먹는 게 불만이면 나가면 된다. 경고했을 텐데, 나갈 땐 조용히 나가라고. 누가 다른 인부들 앞에서 그따위 말을 떠들라고 했나?"

이 미친놈이 갑자기 밥을 먹다 말고 일어났다. 그저 밥맛이 없다고 했을 뿐인데 비수로 협박을 할 모양새였다. 기다란 탁자를 돌아서 걸어오더니 내 앞에서 비수를 내밀었다. 나는 비수를 낚아채면서 왼손의 검지와 중지로 탁 조장의 가슴을 찍었다. 빙공을 수입한 다음에 왼손으로 탁 조장의 입을 막았다.

"쉿."

일단 탁 조장에게서 뺏은 비수를 들이댄 다음에 협박을 해봤다.

"떠들면 비수를 입에 먹여주마. 목소리가 불쾌해."

바깥에서 나를 데려왔던 사내의 목소리가 들렸다.

"…탁 조장님?"

나는 입구로 걸어가면서 말했다.

"들어와라."

입구를 젖히고 들어오는 사내의 뺨따귀를 한 대 후려쳤다. 퍽- 소리가 나더니 사내가 바로 기절했다. 나는 빙공 때문에 바들바들 떨고 있는 탁 조장을 다시 붙잡아서 보고하는 자리에 세운 다음에 상석에 앉았다. 젓가락 통에서 새것을 뽑은 다음에 아침 겸 점심을 먹으면서 탁 조장을 바라봤다. 안색이 창백해진 상태였는데 뻣뻣하게 선 채로 바들바들 떨고 있었다. 밥 먹으면서 보기에 좋은 광경은 아니었다.

　　　…　　　광마회귀 7

하지만 밥맛이 있었기 때문에 상관없었다. 제법 잘나가는 상단이라면 이 정도는 한 끼로 먹어줘야 한다. 이렇게 보니까 마교 측 인물은 아닌 것 같고, 상단에서 나온 인부 관리자 정도로 보였다. 이놈들이 과연 인부들에게 제대로 된 돈을 지급할 것인지는 의문이다. 사실 여기에 있는 자들은 이곳에 오자마자 나한테 전부 죽을 가능성도 없지 않았다. 그러니까 공사 인부들이기도 하고 칼받이가 될 확률이 여전히 높았다. 나는 밥을 먹으면서 탁 조장에게 말했다.

"…이 새끼를 어떻게 죽이지? 밥 다 먹으면 넌 죽을 줄 알아라. 숨 쉴 시간이 내 식사 시간만큼 남았네. 어떻게 하냐? 탁 조장."

탁 조장의 턱이 심각하게 부딪히더니 무어라 중얼대는 와중에 침이 뚝뚝 떨어졌다. 나는 밥을 먹으면서 인상을 찌푸렸다.

"뭐라는 거야. 으어어어… 뭐?"

대충 밥을 먹은 다음에 탁자에 두 발을 올려놓은 채로 과일을 깎아 먹었다. 과일을 씹으면서 탁 조장에게 말했다.

"거, 볼 때마다 때려죽이고 싶다는 생각이 드는 거 보니까 탈마가 아닌가?"

"…"

생각해 보니까 나는 득도를 해서 머리를 깎고 절에 들어갔다가 술이 마시고 싶어서 파계승이 되었거나 동료 승려의 머리카락을 붙잡고 싸웠을 놈이다. 문득 불가의 비밀을 깨달았다. 서로 머리를 쥐어뜯으면서 싸우지 말라고 승려들이 삭발한 모양이다. 아, 아님 말고. 과일을 먹다가 뒤편을 둘러보니까 천으로 덮어놓은 무언가가 보였다. 일어나서 천을 걷어보니 궤짝이 하나 있었다. 궤짝 안에는 줄로

꼬아놓은 통용 철전이 가득했다.

"횡재했네. 올해에는 재물 운이 있어요, 내가. 아마 내년에도 재물 운이 있을 거야. 문제는 재물 운만 있을 것 같다는 예감인데, 염병…"

나는 중얼거리다가 궤짝 옆에 있는 천을 바라봤다. 이 천은 그냥 바닥에 덮여있었다. 천이 왜 바닥에 놓여있을까? 나는 탈마를 했든 안 했든 간에 심사가 꼬인 사내라서 이런 걸 그냥 지나치지 못한다. 끝부분을 발로 찍어서 당기자, 땅을 파놓은 곳에 밀봉된 작은 항아리가 보였다. 나는 항아리를 노려보다가 고개를 들어서 탁 조장을 노려봤다. 탁 조장의 눈빛도 항아리를 향했다가 심히 요동치고 있었다.

"…"

나는 탁 조장에게 험한 말을 하지 않았다. 대신에 파묻어 놓은 항아리를 꺼내서 탁자에 올려놓은 다음에 밀봉을 뜯었다. 옅은 회색의 가루가 들어있었다. 언뜻 무언가를 태워서 만들어 낸 재처럼 보이기도 했다. 솔직히 이것이 무엇인지 나는 모르겠다. 순수한 마음으로 무엇인지 알아내기 위해 물잔을 집어넣어서 가루를 퍼서 담았다. 가루만 먹게 하면 목이 막힐 것 같아서 주전자의 물을 혼합했다. 물잔을 손목으로 열심히 흔들어 댄 다음에 탁 조장에게 다가갔다.

"…이거 뭐야?"

탁 조장은 심각하게 턱을 떨었다.

"명… 명령만… 받은 겁니다."

"무엇인지는 모르고?"

…

"예, 예… 예."

나는 탁 조장의 턱을 붙잡은 다음에 눈을 마주쳤다.

"탁 조장아, 내가 바보로 보이냐? 진짜 바보로 보여? 옷이 허름해서 바보로 보였나? 내가 뒷산의 촌뜨기 나무꾼 같아? 생각이 바뀌기 전에 말해. 이거 누가 먹는 거야."

탁 조장이 대답을 못 하고 있어서 나는 답을 알아내었다. 공사가 끝난 다음에 배식에 섞이는 가루인 것 같았다. 마지막 기회를 줘봤다.

"얘기 안 할 거야?"

"…"

나는 탁 조장과 마지막으로 눈을 마주쳤다.

"대단한 악인을 발견했네. 어디 숨어있다가 등장했냐. 놀랍도다. 인생의 오묘함이야."

나는 가루약을 섞은 물을 탁 조장의 입에 부었다. 꺽- 소리와 함께 대번에 거품이 생기더니 온몸이 얼어붙은 와중에도 이것을 뱉어내기 위해서 애를 썼다. 나는 탁 조장의 입을 손으로 막은 다음에 목울대가 꿀렁이는 것을 바라봤다.

"…그냥 정신을 잃는 정도의 가루면 너도 사는 거고. 그렇지 않으면 재수가 없는 거고. 네가 올해에 재물 운은 없나 보다. 탁 조장. 돈 벌려고 이 지랄을 했을 텐데. 물거품이 되었어."

내 말은 혼잣말이 되었다. 탁 조장이 선 채로 승천했기 때문이다. 붙잡고 있었던 턱을 놓아주자 탁 조장이 옆으로 쓰러졌다. 동시에 빰따귀를 처맞고 기절했었던 놈이 정신을 차리자마자 나와 눈을 마주쳤다. 나는 놈에게 물었다.

"너무 살살 때렸나?"

"…누구십니까?"

나는 사내가 갑자기 도망치지 못하도록 다가갔다가, 막사를 젖힌 다음에 땅바닥에 놓인 도끼를 주워서 다시 들어왔다. 도끼를 쥔 채로 사내에게 다가가면서 대답했다.

"나는 노예해방전선의 이자하 조장이다. 넌 누구냐. 상단이야?"

나는 도끼를 천천히 치켜들었다.

"이봐, 슬슬 내답을 해줘야 할 순간 같은데… 딱 조징 곁으로."

"중천상단의 모집책입니다."

"모집책? 네가 인부를 모았어?"

"예. 여러 상단에서 동시에 모았습니다."

"공사가 끝난 다음에 인부들을 죽이려고 했나?"

나는 사내의 동공이 놀란 달팽이의 몸집처럼 움직이는 것을 확인하자마자 도끼로 때려죽였다.

"탈마고 지랄이고 나발이고."

노예해방전선의 조장에게 그따위 감상적인 단어는 필요 없다. 무공의 경지나 몸 상태를 뜻하는 말이 내 삶을 규정지을 수는 없기 때문이다. 나는 피 묻은 도끼를 들고 일어나서 철전이 담긴 궤짝을 한 손으로 든 다음에 막사를 빠져나왔다. 발로 차서 궤짝을 연 다음에 이곳저곳에서 일하고 있는 인부들을 바라봤다. 막사가 완성된 날, 마지막 배식을 먹다가 죽을 사람들이었다. 웃음이 절로 나왔다. 나는 줄로 엮은 철전 한 꾸러미를 붙잡은 다음에 근처의 인부를 불렀다.

"이봐."

나는 인부에게 철전을 던졌다. 양손으로 철전을 받아낸 인부가 어리둥절한 표정으로 나를 쳐다보자, 근처에 있었던 인부들이 배식을 받는 사람들처럼 몰려들었다. 나는 오는 순서대로 철전 꾸러미를 꺼내서 수당을 지급했다. 마교 돈이 내 돈이다. 일일이 나눠주는 게 귀찮아서 궤짝을 들었다가 땅바닥에 내팽개쳤다. 그러자 꽤 많았던 철전이 알아서 사라졌다. 철전을 한 꾸러미씩 들고 있는 인부들이 나를 쳐다봤다. 나는 인부들을 둘러본 다음에 말했다.

"해방이다."

"…"

"이곳 관리자들의 윗줄에 마교가 있다. 그거 가지고 흩어지도록. 그리고 흩어지는 와중에 돈이 되는 것은 전부 가져가도록. 해산."

반쯤 넋이 나간 인부들을 향해 피 묻은 도끼를 내밀었다.

"…해산하라고. 다 처 죽이기 전에."

인부들의 머리에 생존이라는 단어가 급히 치솟았는지 이내 뿔뿔이 흩어졌다. 마치 손에 쥐고 있는 철전 때문에 본능적으로 경공을 새로 익힌 것 같은 몸짓이었다. 분명 탁 조장의 수하들이 더 있을 텐데, 인부들 틈에 뒤섞여서 도망치는 것 같다는 생각이 들었다. 굳이 쫓지는 않았다.

감히 내 앞에서 막사를 짓고, 깃발을 꽂아대다니? 나는 도끼를 쥔 채로 공중으로 솟구쳤다가 군데군데 꽂혀있는 깃발을 모조리 회수했다. 잠시 후 나는 예닐곱 개의 깃발을 한데 뭉쳐서 어깨에 걸친 다음에 마교의 명령으로 세워지고 있었던 막사에 불을 질렀다. 제법 잔머리를 굴린 놈이 나랑 대등하게 싸우려고 무언가를 꾸민 모양인데, 사실 구체적인 계획이 무엇이었는지는 알아낼 필요도 없다.

　그 음모가 무엇이었든 간에 막사와 함께 불길에 휩싸였다. 이것이 바로 화공火攻이다. 동남쪽이 어디인지 몰라서 동남풍이 불고 있는지는 확인할 수가 없었다. 나는 상단의 깃발을 어깨에 걸친 채로 오랜만에 불난 집을 구경했다. 밥도 먹고, 노예도 해방하고, 오랜만에 불구경도 하고. 일석삼조一石三鳥. 확실히 내 경지가 오르긴 한 모양이다.

378.
네 기분이
네 목숨보다 중요한가?

깃발을 챙겨서 복귀하는데 잠에서 깬 맏형이 평상에 앉아있는 게 보였다. 맏형은 잠이 덜 깬 표정으로 불길을 바라보다가 나를 쳐다봤다.

"셋째야."

"응?"

"네가 지른 불이냐?"

나는 고개를 끄덕였다.

"싹 다 태웠지."

맏형이 내 목검을 건네면서 말했다.

"왜?"

나는 도끼와 깃발을 내려놓은 다음에 목검을 챙겼다.

"잠입했었는데 인부 관리자 놈의 막사에 독이 섞인 가루가 있었어."

맏형이 고개를 끄덕였다.

"죽이고 불태웠구나. 기분이 어떠하냐?"

나는 맏형과 나란히 앉아서 치솟는 불길을 바라봤다. 아마도 내심마가 어떤 상태인지를 묻는 것 같았다. 나는 타오르는 불꽃을 보다가 있는 그대로 대답했다.

"아무렇지도 않아. 저 관리자 놈들은 작업이 끝나고 막사 짓던 사람들을 죽였을 테지. 하루 벌어서 하루 입에 풀칠하는 자들을 죽이려 들다니… 인부들에게 주는 음식이 어땠는지 알아?"

"어땠는데."

"내가 만든 것보다 맛이 없었어."

"심각하구나."

"어쩌면 죽인 다음에 우리에게 죄를 덮어씌웠을 거야. 이것 봐라. 하오문주와 검마가 일하는 자들을 죽였다. 돈을 써서 여론을 장악했을 가능성도 있어. 사람들은 나쁜 소식에 민감해. 이 깃발을 가진 상단이 돈을 써서 그런 소문을 퍼트리면 맏형과 나는 꼼짝없이 죄를 뒤집어쓰는 거야. 생각해 보니까 이건 마교의 방식이 아닌데. 그 깃발 좀 봐봐."

맏형이 깃발의 문양과 글귀를 살폈다.

"외당에 속하는 명천위가가 총단에 들어온 모양이군."

"어떤 가문인데?"

맏형은 살짝 불쾌한 어조로 말했다.

"우사와 내가 싫어하던 가문이다."

"왜?"

맏형이 팔짱을 낀 채로 말을 이어나갔다.

"교의 병력을 이용해서 부를 쌓은 가문이지. 교에 들어오기 전부터 서역을 오가는 거상이기도 했고. 보기 드문 대부호라고 보면 된다."

"그럼 병력이 꽤 많겠네?"

"가문의 재산을 꺼내서 동원하면 꽤 많다고 봐야겠지."

이해되지 않는 것이 있어서 맏형에게 물었다.

"그렇게 돈이 많은데 굳이 교에 들어갈 필요가 있었나?"

"부자들의 생각을 그렇게 계산하면 안 되겠지. 교에 들어가면 재산을 더 불릴 수 있는가? 그것이 핵심이지 않았을까. 실제로 명천위가의 재산은 헤아릴 수 없다. 교에 바치는 재물이 가장 많은 가문 중하나였으니 말이야. 내가 좌사로 있을 때도 교역 때 발생한 분쟁을해결하겠다고 병력을 요청한 적이 있었다. 교도들이 많이 지원할 정도로 평판이 좋았지."

"보수가 확실해서?"

"그런 셈이지. 하지만 피를 묻히는 일은 교도를 이용하고, 자신들은 계속 상단 세력으로 남았다. 이런 짓을 몇 차례 했기 때문에 우사와 나는 명천위가를 싫어했다. 하지만 교의 간부들에겐 지극히 저자세로 나오거나 항상 넉넉하게 선물과 자금을 뿌렸기 때문에 돈의 위력에 대해 다시 생각하게 만든 가문이기도 하다."

"선물과 자금이라는 게 뇌물이었다는 뜻이지?"

"그런 셈이지."

"음, 돈 지랄에 익숙한 놈들이구나."

그렇다면 교주는 대체 무슨 생각을 하고 있는지가 궁금했다.

"그런 명천위가에 대한 교주의 반응은?"

맏형이 대답했다.

"그저 돈을 보관하는 자금 관리자 혹은 돈이 필요할 때 갖다 바치는 놈들로 여겼던 것 같다. 실제로도 그랬지."

나는 그제야 상황을 파악했다.

"그렇다면 이놈들은 교의 총관과 같은 위치에 있는 가문이네. 나름 상석인데? 강자를 대우하는 분위기 때문에 천대를 받았던 가문이기도 하고. 백도나 흑도에 속했다면 무시 못 할 권력을 가진 가문이야."

맏형이 나를 쳐다봤다.

"총관? 너는 정말 생각이 특이한 편이다. 그렇게 생각할 수도 있겠구나."

마교에 속하면서도 마교에서 천대를 받은 가문. 그런 가문이 갑자기 좌사나 우사, 혹은 사천왕의 일원이 되었다면 굉장히 특이한 사건이라고 봐야 할 터였다. 나는 맏형을 바라봤다.

"그것 이외에도 또 싫어하는 이유가 있나?"

맏형이 미소를 지었다.

"있지. 돈에 움직이는 칼잡이나 최상위 살수들은 모두 명천위가와 친하다. 주변에 돈에 꼬인 벌레들이 많다는 뜻이지. 나와 우사가 있을 때는 기를 펴지 못하던 놈들인데, 우리 둘이 이탈하자마자 전면에 나서다니… 교주가 직접 불렀다면 좌사나 우사 자리를 차지했을 것이다. 다른 대공들도 싫어하는 가문인데. 전보다 더 한심해지는군."

나는 맏형이 불쾌해하는 이유를 알 것 같았다.

"그러니까 고수들과 싸우는 기분이 아니고, 돈과 싸우는 기분이 들어서 싫어하는 것이겠군. 돈과 싸우는 것이야말로 끝이 없는 싸움이지."

"맞다."

"명천위가도 임자를 만났네. 우리 같은 거지를 상대하게 되다니…"

그제야 표정이 좀 풀어진 맏형이 슬쩍 웃다가 안쪽에서 일하고 있는 인부들을 바라봤다.

"…이제 인부들은 돌려보내자."

"음."

"명천위가의 하수인 정도도 안 되는 자들이 막사에서 하는 짓을 봐라. 겉이 상단일 뿐이지 잔혹함으로 따지면 다른 가문에 못지않은 자들이야. 인부들이 객잔 공사를 더 진행하는 건 의미가 없다. 다음에 올 것은 막사도 없는 병력이거나 돈을 받은 살수들이겠지. 우리야 맞서서 죽이면 그만이지만 이자들까지 살릴 수는 없을 거다. 오히려 이자들을 붙잡아서 우리를 협박하게 될 거야."

나는 고개를 끄덕였다.

"어쩔 수 없지. 그러자고."

나는 뼈대 공사가 진행되고 있는 자하객잔을 바라봤다. 이렇게 보니까 먹다 남은 거대한 물고기 뼈를 바라보는 것 같았다.

"대신에 당장 오늘은 별일 없겠지. 백응지에 가서 식량과 술을 좀 조달해 달라고 부탁한 다음에 해산시킬게."

"그래라."

"이것 참 먹고살기 힘들구만."

나는 맏형처럼 팔짱을 낀 채로 타오르는 막사의 불꽃이 꺼질 때까지 구경했다.

* * *

대청에서 홀로 밥을 먹던 광명우사가 고개를 들더니 문을 주시했다. 천천히 열린 문에서 작은 사내가 햇빛을 등진 채로 등장하더니 문을 활짝 열었다. 광명우사가 웃으면서 말했다.

"이게 누구신가? 양 대공, 도망치는 것은 자네답지 않은 행동이었다. 들어와라."

문을 연 양 대공이 아무런 대꾸도 없이 우사를 쳐다봤다.

"..."

우사는 빛을 등지고 있어서 양 대공의 얼굴이 보이지 않았다.

"양 대공, 설마 또 병력을 모아서 왔나?"

"..."

"이렇게 어리석은 사내였나? 의미가 없다는 것은 자네가 더 잘 알 텐데."

아무 말 없이 비스듬히 돌아선 양 대공이 풀이 죽은 사람처럼 고개를 살짝 숙였다. 광명우사는 낌새가 이상하다고 느끼자마자, 웃는 표정을 싹 지운 다음에 일어났다.

"…"

발소리는 들리지 않았는데 누군가가 오고 있다는 것을 인지했다. 이어서 넓은 대청 문을 통해서 들어오던 햇빛이 한 사내의 등장으로 순식간에 다시 새카맣게 어두워졌다. 광명우사는 젓가락을 내려놓자마자 검을 붙잡았다. 처가妻家를 방문한 사내가 자신의 집처럼 편하게 걸어오면서 말했다.

"우사, 식사 중이었나?"

광명우사는 눈살을 찌푸리다가 빛을 주시하다가 생긴 눈부심을 회복하는 데 시간을 잠시 허비했다. 강자를 앞에 두고 아주 잠깐이지만 눈이 멀었었다고 생각하자 등골이 서늘했다. 이미 도망갈 기회는 놓친 상태였다. 바깥에도 병력이 밀려오고 있었기 때문이다. 사물을 또렷하게 인지했을 때는 마교주가 탁자의 맞은편에서 자신을 쳐다보고 있었다. 광명우사는 마교주를 보면서 물을 한 모금 마셨다.

"…오셨소?"

마교주는 오랜만에 방문한 처가의 대청을 둘러보다가 다시 광명우사를 쳐다보면서 일상적인 어조로 말했다.

"양 대공은 자네가 주화입마에 빠진 것 같다고 하면서 걱정하던데."

그제야 광명우사가 억지로 대답했다.

"그럴 리가. 게으르신 분이 여기까진 어떻게 방문하셨지?"

"양 대공이 솔직하게 말하더구나. 상대하기 어렵다고."

광명우사가 떨떠름한 표정으로 대답했다.

"양 대공은 넘어섰지. 교주가 보기엔 어떻소?"

광명우사의 두 눈에 핏빛이 감돌기 시작하자, 마교주가 보기 드물게 소리를 내면서 비웃었다.

"눈이 벌겋구나. 잠을 충분히 자도록."

"…"

"나는 네가 고지식한 인물인지 알았는데. 내가 사람 보는 눈이 부족한 것인지, 사람들이 변하는 것인지 모르겠구나. 이런 모습을 미리 봤다면 좋았을 것을."

"미리?"

마교주가 우사의 맞은편에 앉으면서 말했다.

"그러면 네 독립을 더 빨리 도와줬겠지."

광명우사는 마교주를 노려봤다.

"…그게 뭔 개소리지?"

마교주가 광명우사를 지그시 바라보면서 말했다.

"네가 교에서 헌신한 세월이 있는데 그 정도는 해줘야지. 독립하더라도 교도는 함부로 죽이지 말도록. 그간의 노고를 생각해서 대운검을 반납하면 죽이지 않고 네 독립을 허락할 생각이다."

우사도 자리에 앉으면서 마교주를 노려봤다.

"그대는 대체 무슨 생각을 하고 사는 사람인지 모르겠군."

"작별의 순간이 오고 나서야 예의도 내던지고, 궁금한 것도 생기고, 표정도 바뀌는구나. 내가 너를 우사로 대우하면서 존중했던 것을 잊었느냐?"

광명우사가 고개를 삐딱하게 기울인 채로 대답했다.

"어차피 날 죽이겠다고 찾아온 거 아닌가."

"그랬다면 이렇게 대화부터 나누진 않겠지."

광명우사가 웃었다.

"교주, 혹시 주화입마에 빠져서 무공을 잃으셨나? 도저히 속을 모르겠군."

"대운검을 반납해라."

광명우사가 허리춤에서 대운검을 끌러내더니 마교주 앞에서 검을 반쯤 뽑았다.

"이거? 이게 그렇게 중요한 검이더냐? 가져가라. 어차피 나도 이제 검에 얽매이는 경지는 벗어났다."

광명우사는 마교주 앞에 대운검을 툭 던졌다. 그러자 마교주가 입을 열었다.

"양 대공."

"예, 교주님."

바깥에서 대기하고 있었던 양 대공이 성큼성큼 들어왔다. 마교주가 말했다.

"대운검을 신임 우사에게 전달해라."

"알겠습니다."

양 대공은 탁자에 놓인 대운검을 가져가면서도 광명우사를 쳐다보지 않았다. 그저 명령만 수행한 다음에 다시 나가서 대청 문을 닫았다. 광명우사는 이 꼬락서니를 지켜보다가 식탁에 있던 음식들을 손으로 날려버렸다. 와장창 소리와 함께 그릇이 깨지고 음식이 쏟아지더니 금세 난장판이 되었다. 광명우사가 교주를 쳐다보면서 말했다.

"그래서…? 이제 한판 붙으면 되나?"

교주는 표정의 변화가 없는 상태에서 광명우사에게 물었다.

"궁금한 게 있으면 물어보도록."

"…"

"자네가 모르는 것도 많을 텐데, 물어보는 대로 답을 해주겠네."

광명우사가 황당하다는 표정으로 대답했다.

"황당하네. 좋아. 물어봐야지. 전대 교주 때와 비교해서 교의 세와 권위가 많이 약해졌다. 당대의 교주 덕분인 것 같은데 어떻게 생각하나?"

"약해졌다는 것엔 동의할 수 없군."

"사천왕이 죽고, 검마는 이탈했다. 은퇴했던 망령들까지 수도 없이 죽었어. 그 밑에 있는 수하들은 말할 것도 없고."

교주가 대답했다.

"그 죽음과 전력이 무슨 상관인가? 덕분에 자네가 이렇게 더 강해졌는데. 전력이 약해진다는 것은 자네가 교를 떠나야 발생하는 일이지. 안 그런가?"

"죽은 놈들보다 나 한 명이 더 큰 전력이었다? 뭐 그런 말인가?"

"그것은 지금 네가 더 잘 알 것이다. 사실상 교의 전력이 약해진 사건은 검마가 이탈한 것과 네가 독립을 선언한 것. 이 두 가지다."

광명우사가 중얼거렸다.

"황당한 계산이로군."

"더 정확하게 말하면 본교의 전력은 그대로야."

"어째서."

마교주가 옛 수하를 바라보면서 말했다.

"내가 있는데 대체 어느 세력과 비교해서 전력이 약해졌다는 말이냐."

우사가 코웃음을 치면서 대답했다.

"그런 분께서 하오문주는 왜 안 죽이고 저렇게 놔뒀나? 교주 실력이면 진작 죽였을 텐데. 애꿎은 수하들만 죽어 나갔어. 덕분에 내 수하들도 잃었고."

마교주가 대답했다.

"그렇군. 그런데 내가 언제 하오문주를 죽이라고 했나?"

"뭐?"

"데려오라고 하지 않았나. 그 명령이 왜 자의적인 해석이 더해져서 죽이라는 명령으로 변했나?"

우사가 탁자를 내려치자, 탁자가 대번에 반으로 쪼개졌다.

"그걸 말이라고 해? 순순히 끌려올 사내가 아니다. 당연히 죽일 수밖에."

교주가 웃으면서 대답했다.

"총법 일 항에 교도가 아닌 자도 함부로 죽이지 말라고 언급되어 있다. 왜냐하면, 처음부터 교도였던 자는 없기 때문이야. 어떤 자들이든 간에 먼저 교도로 만들라는 것이 총법의 첫머리에 적혀있다. 문주는 그런 의미에서 주시하던 사내였다."

"함부로 죽이지 말라고? 그것은 또 무슨 개소리인가. 수도 없이 죽였으면서."

"누가?"

우사가 손가락으로 마교주를 가리켰다.

"너 말이다. 잊었느냐? 수도 없이 몰살했지 않느냐? 내가 모를 줄 알았나? 내 출신은 진홍도다. 나는 도주島主 일가인 홍가紅家였고. 숨기면 못 찾아낼 줄 알았더냐?"

"그것은 전대 교주가 반기를 든 가문을 학살한 것이지 내가 아니다. 물론 내가 벌인 학살도 전부 마도 가문이었지. 경쟁 가문과 이복형제의 외가. 공통점은 모두 경쟁자거나 교주 결정에 승복하지 않은 채로 반기를 들었던 가문이다. 교주를 정하는 시기의 생사결이나, 다툼은 총본산과 합의한 총법과도 관련이 없다. 교주가 된 이후로는 학살할 필요도 없었지. 함부로 교도가 아닌 자들의 목숨도 빼앗지 않았다. 기억을 더듬어 봐라. 근래 누가 내 손에 죽었더냐?"

우사가 고개를 절레절레 젓더니 마교주를 향해 말했다.

"정신이 나간 인간이네."

"우사."

"내가 왜 아직도 우사인가."

"홍예紅乂야. 네 상태가 지금 주화입마다. 이렇게 냉정함을 잃다니. 말해주기 어려웠던 진실을 알려주는데도 이게 무슨 태도냐? 네 기분이 네 목숨보다 중요하다는 뜻이냐? 네가 언제부터 이렇게 감정적이었지?"

"..."

교주는 낮게 깔린 웃음을 길게 내뱉다가 말했다.

"전대 교주는 진홍도를 말살하지 않았다. 가주를 따르던 일파만 죽였지. 네가 가주로 복귀해라. 내 예상과 다르게 세력이 막강할 수도 있으나 네 실력이면 충분히 장악하겠지. 너도 알다시피 밀교의 일부 종파는 물론이고, 변방으로 밀려난 소국의 대종사들과도 교류가 아직 끊어지진 않았다. 네가 살아있는 이유는 독립하겠다는 선언 때문이다. 교의 갈래가 다른 식으로 확장되는 것을 막지 않을 셈이야."

우사가 대답했다.

"그건 내가 알아서 하고. 검마는 대체 왜 살려뒀나?"

"놀라운 말을 하는군. 은근히 살려두는 것이 어떻겠냐고 제안하던 것은 너였다. 이제는 기억까지 온전하지 않은 모양이구나."

"…"

"물론 내게도 이유는 있었다. 검마는 본교의 차기 교주로 적합한 사내라서 살려뒀다. 자식들이 다음 교주를 맡는 것보다 검마가 더 적합했지. 성격과 무공까지. 누구보다 교주 자리에 어울리는 사내를 내가 왜 함부로 죽이겠나?"

"왜 미리 말하지 않았나?"

"떠날 것을 예상하지 못했는데 어찌 미리 말하겠느냐?"

"그럼 나는?"

"검마가 거절하면 자네가 다음 후보였지. 그래서 좌우사자로 내 곁에 둔 게 아닌가. 본래 교주가 부재중일 때는 두 사람이 부교주 역할을 하기로 되어있고 실제로 자네 둘은 그렇게 행동했는데. 무엇을 의심했나?"

"…"

"교주가 된 이후로는 교도를 이유 없이 죽인 적이 없고 큰 실수를 해도 기껏해야 옛 총본산으로 귀양을 보내는 게 무거운 형벌이었지. 내가 언제 교도를 함부로 죽이고, 또한 교도가 아닌 자들의 목숨을 가볍게 여겼나? 어차피 교도들의 살육마저도 내가 다 뒤집어쓰게 되어있음을 알고 있다. 그리고 네가 실패해서 복귀했어도 너를 탓할 생각은 없었다. 오히려 문주를 계속 압박하는 과정 자체가 명령을 잘 수행하는 것이었는데… 이해력이 이렇게 낮아서야."

"그렇게 계속 압박하면 무엇을 얻는데?"

마교주가 손가락을 관자놀이 부근에서 빙빙 돌렸다.

"지금 너처럼 자제력을 잃고 미쳤을 것이다. 가장 깊은 절망에 빠졌을 때 내가 직접 구원해 주려고 했건만, 뜻대로 되지 않는구나."

"하오문주를 네가 왜 구원한다는 말이냐?"

"그것이 교주의 역할이다. 멍청한 놈, 네가 문주에게 완벽하게 패배한 셈이야. 네 꼴을 보아라. 네 마음이 누구 때문에 흐트러졌는지를 생각해라."

우사가 한숨을 내쉬었다.

"너는 내가 아는 교주가 아니다. 언제부터 이런 생각을 하고 있었지?"

마교주가 진지한 표정으로 우사를 바라봤다.

"…너희 대다수는 약해 빠진 놈들, 제멋대로 명령을 곡해하는 놈들, 제 한 몸 간수도 제대로 못 하는 자들, 주화입마에 허덕여서 옛 총본산이나 오가는 놈들, 살육이나 일삼는 놈들, 갱생이 안 되는 놈들. 무엇 하나 제대로 완성하지 못한 자들, 이런 것들이 교도다. 너희는 대다수가 쓰레기들이야. 오로지 공포에만 반응하지. 교를 떠난 검마나 독립을 선언한 너를 제외하면 하나같이 저열하고, 바닥에 납작 엎드려 있는 쓰레기 같은 벌레들이란 뜻이야."

마교주가 손가락으로 우사를 가리켰다.

"네 독립을 허락하는 이유다. 왜냐. 그중에서 조금 나은 쓰레기라서 그렇다. 이 벌레 같은 놈. 태어나서 처음으로 사내다운 선택을 한 기분이 어떠하냐?"

"…"

"진홍도로 가서 혈교를 만들고, 교도를 늘리도록. 그러고 나서 내가 부르면 밤이든 낮이든, 교도들을 이끌고 개처럼 달려오도록 해. 오지 않으면 네 혈교, 네 교도, 진홍도에 숨어있던 네 가문과 네가 인지하지 못했던 가족들까지 모조리 말살한 다음에 그 시체 위에 네 사지를 찢어서 장식해 놓으마."

"…"

교주는 딱딱하게 굳은 우사의 표정을 보다가 웃었다. 할 말이 끝났다는 것처럼 일어난 교주가 앉아있는 우사를 내려다봤다.

"홍예야, 내가 왜 너를… 우사로 임명했겠느냐?"

교주는 다가가서 왼손으로 우사의 얼굴을 이리저리 살폈다. 잘린 돼지머리를 점검하는 것 같은 손동작이었다. 마교주가 우사의 머리에 손을 얹었다.

"기특한 벌레였으니 임명한 것이다. 독립을 허락하마."

우사는 대체 어떻게 해서 자신이 움직일 수 없는지를 이해하지 못했다. 당장 장력으로 반격을 하려다가도 참을 수밖에 없었다. 어쨌든 마교주에게 먼저 머리가 뽑힐 것 같다는 판단이 들었기 때문이다. 무공이 더 강해졌음에도 아직 교주의 격이 자신보다 높다는 것도 알고 있었다.

"…"

"제법 잘 컸어."

대청으로 향하는 마교주의 등을 바라보던 전 광명우사 홍예는 실제로 자신이 벌레가 아닐까 하는 착각에 빠졌다. 옛 버릇대로 살펴 가시라는 말이 목구멍까지 올라왔다가 가까스로 억눌렀다. 그제야 홍예는 자신이 이제껏 교주의 노예로 살아왔었음을 깨달았다. 또한, 교주는 이제껏 벌레 같은 놈들을 미워한 적이 없었다는 것을 알게 되었다. 왜냐하면… 그냥 벌레이기 때문이다.

379.
일양현의
장요란입니다

장득수는 오늘따라 기분이 싱숭생숭해서 비가 내리는 창밖을 종종 쳐다봤다. 세찬 빗줄기는 아니었는데 한 번도 멈추는 법 없이 계속 비가 내렸다. 손님도 적고 길거리를 오가는 사람도 드문 날이었다. 홍신과 요란이에게 밥을 차려준 다음에 쳐다본 길거리는 더욱 한산 했다. 조금 떨어진 곳에서 보기 어려운 마차 한 대가 다가오고 있었 는데 그 뒤로 여러 필의 말이 뒤따르고 있었다. 방향이 하필이면 자 하객잔이었다.

"…"

장득수는 요란이와 홍신을 당분간 개방 지부에 보내야겠다는 마 음을 먹은 채로 멈춰 선 마차를 바라봤다. 처음 보는 복장을 갖춘 사 내들이 마차 주변을 완전히 틀어막은 구도로 서있었는데 비를 피할 생각이 전혀 없어 보였다. 어쩐지 이들을 보자마자 한숨이 저절로 흘러나왔다. 잠시 후 창밖을 하염없이 바라보던 장득수의 뒤에서 누군가의 목소리가 들렸다.

"…식사할 수 있겠나?"

장득수는 돌아서서 손님을 확인했다. 보자마자 아래에서 대기하고 있는 자들이 모두 이 사내의 수하라는 것을 알았다. 장득수가 대답했다.

"예, 편한 곳에 앉으십시오."

이 층을 둘러보던 사내가 창가 자리에 홀로 앉더니 장득수를 바라봤다.

"자네가 자하객잔의 숙수인가?"

"그렇습니다."

장득수는 두 손을 공손히 모은 다음에 사내를 바라봤다. 어쩐지 이 사내와 말을 섞는 건 지금이 처음이자 마지막이라는 것을 알았기 때문이다. 쳐다보는 것만으로도 두렵다는 생각이 드는 경험도 처음이었다. 애써 마음을 가라앉힌 다음에 물었다.

"무엇을 준비할까요?"

사내가 고개를 가볍게 끄덕인 다음에 대답했다.

"하오문주나 검마가 자주 먹던 것으로 준비해 줬으면 하는데. 가능한가?"

장득수는 입술을 살짝 깨물었다가 대답했다.

"예, 그럼 준비하겠습니다. 시간이 좀 걸릴 수도 있습니다."

"천천히 하게."

장득수는 주방으로 들어간 다음에 안쪽에 있는 방까지 이동해서 문을 연 다음에 쉬고 있는 홍신을 바라봤다.

"신아, 귀한 손님이 오셨는데 바깥으로 나오지 말도록 해. 오늘은 노래도 부르지 말고."

"귀한 손님이요?"

장득수는 손가락을 자신의 입에 댔다. 홍신은 눈이 동그랗게 커진 채로 고개를 끄덕였다. 장득수가 물었다.

"요란이는?"

"일 층에 있어요."

"쉬고 있어."

장득수는 문을 닫은 다음에 주방으로 가서 재료를 확인했다. 하오문주가 즐겨 먹던 것이라면 돼지통뼈가 있는데, 다행히 재료는 충분하게 남아있었다. 하지만 돼지통뼈만 내가면 안 될 것 같아서 여러 음식을 동시에 준비했다. 이미 자하객잔이 포위되어 있었기 때문에 음식을 맛있게 만드는 것 이외에는 자신이 할 수 있는 게 없었다.

그 어느 때보다 빠르게 음식을 준비하면서도 실수를 하지 않기 위해서 정신을 바짝 차렸다. 홀로 앉아있는 손님은 아무리 생각해도 자하의 적이라는 생각이 들었기 때문이다. 근거는 딱히 없다. 어쩐지 그냥 보자마자 알 수 있었다. 분명히 나오지 말라고 했음에도 문소리가 들리더니 앞치마를 두른 홍신이 다가와서 장득수에게 말했다.

"…같이 해요."

장득수는 바빠서 대꾸할 여력이 없었다. 홍신은 여러 가지 음식이 준비되는 것을 보자마자 끼어들어서 그릇을 미리 준비하고, 아직 썰지 않은 채소를 다듬기 위해서 칼질을 시작했다. 홍신이 물었다.

"…먼저 된 것부터 나가요?"

"그래. 물부터 좀 드리고."

"아니, 물도 안 드렸어요?"

"깜박했다."

홍신이 물 주전자를 붙잡자, 장득수가 홍신을 쳐다봤다.

"실수하지 마."

"예."

장득수는 요리에 집중했다. 둥그런 솥에 담긴 기름과 야채를 섞다가, 양념을 더한 다음에 불을 더욱 거세게 지폈다. 이후에는 돼지통뼈를 집어넣어서 양념을 골고루 묻혔다. 그사이에 물을 가져다준 홍신이 창백한 표정으로 돌아오더니 아무 말 없이 준비하는 것을 도왔다. 장득수와 홍신은 눈을 마주쳤다가 사태를 이해했다는 것처럼 고개를 한 번 끄덕였다. 무공으로 따지면 홍신이 일양현에서는 최고수였는데, 그런 홍신도 이번에는 장득수와 크게 다를 바 없는 상태였다. 요리를 준비하던 홍신이 입 모양으로 물었다.

'누굴까요.'

장득수는 고개를 저었다.

'모르겠다.'

장득수는 넉넉하게 돼지통뼈를 접시에 담은 다음에 직접 주방을 나가서 손님에게 다가갔다. 깜박한 게 있어서 홍신에게 말했다.

"밥도 좀 부탁해."

"예."

장득수는 돼지통뼈를 내려놓은 다음에 물었다.

"술도 하시겠습니까?"

사내가 고개를 끄덕였다. 장득수는 무슨 술을 마실 거냐는 식의 추가적인 질문을 삼간 채로 간략하게 대답했다.

"예."

홍신과 장득수가 주방을 드나들면서 손님의 탁자 위에 급하게, 그러나 정성스럽게 준비한 식사를 내려놓았다. 손님은 탁자 위에 있는 음식을 바라보기만 하다가 먼저 술을 따랐다. 장득수는 손님과 한 번 눈을 마주쳤다가 고개를 살짝 숙였다.

"…그럼 편히 식사하십시오."

장득수는 홍신을 데리고 다시 주방으로 들어갔다. 정신없이 식사를 준비한 다음에서야 장득수는 놀란 표정으로 홍신을 바라봤다.

"…요란이."

"제가 데려올게요."

"아니야. 일 층에서 자고 있을 수도 있으니."

어쩐지 손님이 식사할 때는 번거롭게 하지 않는 게 가장 중요해 보였다. 장득수는 자신보다 무공이 훨씬 강한 홍신을 가볍게 안아준 다음에 등을 두드렸다. 한숨 섞인 중얼거림이 저절로 흘러나왔다.

"이게 대체…"

고수들은 귀가 밝다고 들은 터라, 내뱉던 말도 도중에 멈췄다.

* * *

교주는 술을 한잔 마신 다음에 돼지통뼈를 바라봤다. 젓가락으로 먹자니 불편해 보이고, 손으로 먹자니 양념이 너무 과한 음식이었다. 결국에 돼지통뼈를 일단 놔둔 다음에 젓가락으로 다른 음식부터 먹었다. 대충 맛만 본 다음에 젓가락을 내려놓을 생각이었다. 안주 삼아 회과육을 먹다가 다시 술을 한잔 마시면서 입을 헹궜다. 계단에서 잠시 삐걱대는 소리가 나더니 어린아이가 고개를 불쑥 내민 채로 자신을 쳐다봤다.

"…"

교주와 눈을 마주친 요란이는 손가락으로 자신의 입을 막았다. 조용히 해달라는 신호였다. 이어서 요란이는 고양이가 움직이는 것처럼 발소리를 최대한 죽인 채로 교주에게 다가왔다. 탁자에 도착한 요란이가 교주에게 속삭이는 어조로 자신을 소개했다.

"…일양현의 장요란입니다."

교주는 고개를 한 번 끄덕인 다음에 음식을 씹었다. 장요란이 이번에도 속삭이듯이 물었다.

"맛이 어떠세요?"

교주가 대답했다.

"나쁘지 않다."

교주가 입을 열자 주방에서 우당탕 소리가 나더니 장득수가 화들짝 놀란 표정으로 등장했다.

"요란아."

이때, 요란이가 고개를 홱 돌리더니 장득수를 바라봤다. 장득수는 놀란 표정으로 요란이와 교주를 번갈아 가면서 바라봤다. 교주가 장득수에게 말했다.

"괜찮네."

"아, 예."

장득수가 요란이에게 당부하듯이 말했다.

"손님을… 귀찮게 하면."

요란이가 고개를 끄덕였다.

"알겠어요. 들어가세요."

요란이와 눈빛을 교환하던 장득수가 이상한 표정으로 들어가자, 교주가 요란이에게 말했다.

"안 닮았구나."

"예."

요란이는 교주가 밥을 먹는 것을 보다가 돼지통뼈를 가리켰다.

"이건 왜 안 드세요? 이건 손으로 드셔야 하는데. 여기 양쪽을 손으로 붙잡고 드세요. 다 못 드실 것 같으면 저도 하나 주세요."

"먹어라."

"감사합니다."

요란이는 다른 탁자에 있는 작은 그릇을 가져온 다음에 젓가락으로 돼지통뼈 하나를 옮겼다. 교주의 맞은편에 앉았는데, 키가 작은 터라 탁자 위로 얼굴만 겨우 내놓은 상태에서 돼지통뼈를 뜯기 시작했다. 교주가 물었다.

"술은?"

"아직 안 마셔봤어요."

교주는 돼지통뼈를 뜯는 요란이를 구경하면서 술을 마셨다. 요란이는 돼지통뼈를 뜯으면서 말했다.

"아까 밥을 먹었는데 또 들어가네요."

요란이는 손에 양념을 거의 묻히지 않은 채로 돼지통뼈를 해치운 다음에 손가락을 한 번씩 쪽쪽 빨았다. 이빨 사이에 낀 살점을 오물거리면서 빼내던 요란이가 교주에게 물었다.

"셋째 사부님의 적이시죠?"

"셋째 사부가 누구이기에."

"하오문주요."

교주가 고개를 끄덕이면서 재차 물었다.

"사부가 여럿인 모양이지?"

"예."

"나머지는 누구냐."

요란이가 대답했다.

"검마 대사부가 첫째, 둘째는 육합 사부, 넷째는 몽랑 사부입니다."

"몽랑은 검마의 제자인데, 스승과 제자를 동시에 사부로 모시고 있다고?"

"예."

"어째서."

"저도 잘 몰라요. 그렇게 되었어요."

"사부가 넷인데 하필이면 왜 나를 하오문주의 적이라고 봤지?"

요란이가 돼지통뼈를 가리키면서 말했다.

"그거 드시면 설명해 드릴게요."

"이걸 왜?"

요란이가 교주를 똑바로 바라보면서 대답했다.

"맛있어서요."

교주는 젓가락 하나를 든 다음에 돼지통뼈의 중앙에 찔러 넣었다. 나무젓가락이 단단한 통뼈의 중앙에 부드럽게 박혔다. 그런 다음에 교주는 돼지통뼈의 살점을 뜯었다. 요란이가 물었다.

"하나 더 먹어도 돼요?"

"먹어라."

요란이는 젓가락으로 돼지통뼈를 다시 옮긴 다음에 교주가 한 것처럼 젓가락 하나를 두 손으로 붙잡고 통뼈에 찔러 넣었다. 통뼈가 단단해서 당연하게도 젓가락이 들어가질 않았다. 요란이는 계속 젓가락을 통뼈에 쑤셔대면서 물었다.

"맛이 어떠세요?"

교주가 대답했다.

"손으로 먹어라."

"알겠습니다."

요란이는 젓가락을 바로 내려놓은 다음에 돼지통뼈를 손으로 붙잡았다. 교주가 돼지통뼈의 살점을 씹으면서 말했다.

"왜 셋째냐. 답을 해야지."

요란이가 돼지통뼈를 씹으면서 말했다.

"대사부와 비슷한 분위기가 있으세요. 완전히 같은 느낌은 아니에요. 그냥 조금 비슷하세요. 제외했어요."

"그리고."

"둘째 사부보다 훨씬 강하신 것 같아요. 제외했어요."

"넷째는."

"넷째 사부는 지나가는 말로 무공이 완벽해질 때까지는 큰 사고를
치지 않겠다고 하셨어요. 아마 큰 사고를 아직 안 치셨을 거예요."

"큰 사고란?"

"잘 모르겠어요. 큰 싸움 같은 게 아닐까요. 지는 게 세상에서 가
장 싫으시대요."

"그것과 셋째 사부가 관련이 있나?"

"예."

"무엇인데."

"들어보니까 셋째 사부는 항상 사고를 치시는 것 같아요. 여기저
기 돌아다니면서 가장 많이 싸우셨다고 들었어요. 가끔은 종일 일어
나지 못한 채로 주무시기도 하고요. 잠을 많이 주무셔도 그다지 기
분이 좋아 보이지도 않고. 마지막에 봤을 때는 제가 엿들었는데 동
호로 또 싸우러 가신다고. 딱 봐도 이곳저곳에 적이 많으시구나, 생
각했어요."

교주가 술을 마신 다음에 물었다.

"다른 이유도 있나?"

"셋째 사부님의 성격이면 바깥에서 수하들이 비를 맞게 하지 않으
셨을 거예요."

그제야 교주가 미소를 지었다.

"조금은 이해가 가는구나. 괜찮은 추리였다."

"감사합니다."

교주가 객잔 내부를 둘러보면서 말했다.

　　　…

"이곳이 자하객잔이구나. 보고받은 적이 있어서 한번 와봤다."

요란이가 대답했다.

"맛은 어떠셨어요? 돼지통뼈라고 사부님들이 가장 좋아하는 요리 예요."

"검마도?"

"그럼요."

교주가 요란이를 물끄러미 바라봤다.

"사부가 넷이나 되는데 어디까지 강해질 생각이냐."

요란이가 대답했다.

"저는 천하제일이 될 생각입니다."

뜻밖의 대답이라고 생각했는지 교주가 고개를 내저으면서 말했다.

"쉽지 않다. 가능하겠느냐."

"예. 사부님들이 늙으면 제가 지켜드려야죠."

"네 사부들이 그렇게 약한 자들은 아니다."

"알고 있어요."

교주는 고개를 끄덕였다.

"검마와 육합은 검법이 뛰어나고 하오문주는 음양의 기를 잘 다룬 다. 몽랑은 보기 드문 빙공을 익히고 있지. 각자의 특성이 다른데 네 명에게서 무엇을 배워야 천하제일이 될 수 있을까. 잡다하게 익히면 하나도 제대로 완성하지 못할 수도 있는데."

"저는 넷째 사부의 빙공만 익힐 생각이에요."

"이유는?"

"빙공만 완성해도 천하제일이 될 수 있다고 하셨어요. 제가 익히기에도 본인보다 더 적합한 무공이라고 하셨고요."

"빙공의 이름을 아느냐?"

"예. 옥화빙공입니다."

교주가 고개를 끄덕이더니 요란이의 눈을 들여다봤다. 주인장 내외와 달리 색목(色目)임을 알 수 있었다.

"본교에서 가장 아름답고 뛰어난 여인들이 머무르던 곳이 옥화궁이다. 지금은 사라지고 없다. 네가 강호에서 활동하게 되었을 때 사용할 별호를 지어주고 싶은데 받겠느냐?"

요란이가 교주를 바라봤다.

"마음에 들면요."

"옥화선자라는 별호다."

이번에는 요란이가 웃었다.

"마음에 들어요. 제가 써도 될까요?"

"마음에 든다면 네가 써야지."

교주가 일어나자, 의자 소리를 들은 장득수가 홍신과 함께 나왔다. 가까이 다가온 장득수가 복잡한 표정으로 요란이를 감싸더니 교주를 바라봤다.

"교주님, 계산은 하지 않으셔도 됩니다."

"자네 딸인가?"

"예."

교주가 장득수와 홍신을 바라보면서 말했다.

"잘 키우게. 다음 시대의 천하제일이 될 여인이니."

장득수가 겨우 대답했다.

"말씀, 감사합니다."

요란이도 고개를 숙였다.

"별호, 감사합니다."

교주는 고개를 가볍게 끄덕인 다음에 계단을 내려가서 여태 비를 맞고 있는 수하들을 말없이 지나치더니 마차에 올라탔다. 한 교도가 자하객잔을 슬쩍 쳐다본 다음에 교주에게 물었다.

"…교주님, 어떻게 할까요."

마차에서 교주의 목소리가 흘러나왔다.

"옥화궁의 명맥이 이어지고 있으니 내버려 둬라. 누구도 건드리지 말라고 전달하고."

"명을 받듭니다."

"가자."

"출발하겠습니다."

* * *

창밖을 바라보던 장득수와 홍신이 안도의 한숨을 내쉬더니 돌아서서 요란이와 눈높이를 맞췄다. 홍신은 여전히 긴장이 풀리지 않은 표정으로 요란이에게 물었다.

"요란아, 대체 왜 그런 거야? 일부러 그랬니?"

"예."

"왜?"

요란이가 대답했다.

"사부들의 강적인 것 같아서 아부를 좀 했어요."

홍신이 요란이를 안고, 이 두 사람을 다시 장득수가 안았다. 장득수가 두 사람을 토닥이면서 말했다.

"잘했다. 우리 딸, 천하제일 아부꾼이다. 아부는 내가 가르쳤나? 아닌데."

어쨌든 요란이가 일양현 전체를 살렸다는 것은 장득수와 홍신이 잘 알고 있었다. 요란이가 새삼스럽게 확인하듯이 물었다.

"강적, 맞죠?"

장득수가 고개를 끄덕이더니 손가락 세 개를 폈다.

"예전부터 가장 강한 세 명 안에 들어가는 사람이다."

"지금은요?"

장득수가 고개를 내저었다.

"지금은 모르지."

"대사부보다 더 어려운 사람은 처음 봤어요."

장득수는 홍신과 눈을 마주쳤다가 고개를 끄덕였다.

"나도 처음 봤다. 둘은 들어가서 좀 쉬어."

장득수는 두 사람을 들여보낸 다음에 그릇을 정리하다가 씁쓸해진 자신의 마음을 들여다봤다. 언젠가는 요란이가 부모의 품을 떠나서 강호로 향할 것 같다는 생각이 들었는데 그게 또 크게 이상한 일은 아니라는 생각이 들었다. 어쨌든 요란이도 평범한 딸과는 거리가 멀었기 때문이다.

380.
살의는
용서할 수 없다

평상에 앉아 맏형에게 술을 따르면서 말했다.

"비가 오려나?"

맏형이 술을 받은 다음에 하늘을 주시했다.

"…그냥 흐린 날이다."

한 시진 동안에 맏형과 내가 나눈 대화는 이게 전부였다. 식량과 술을 백응지에서 조달해 왔던 인부들마저 떠나자 자하객잔은 그야말로 한적했다. 우리를 보호하고 있는 것은 공사를 진행하기 위해 둘레에 세운 임시 벽과 공사가 멈춘 자하객잔, 인부들이 만들어 놓은 임시 숙소가 전부였다. 바깥도 마찬가지. 내가 불태웠던 막사의 잔해가 전쟁이 끝난 장소를 보는 것처럼 남아있었다. 대체로 사람이 살만한 곳은 아니었다.

하지만 마음은 어째서 이토록 평화로운 것인가? 맏형과 같은 강한 사내와 술을 마시고 있어서 그런 것 같다. 술을 마시다 보니까 떠오르는 생각조차 뜬금이 없었다. 맏형과 나는 무공이 사라지더라도 강한 사내들이라고 말이다. 왜냐하면, 우리는 불평불만을 늘어놓는 성격이 아니라는 점이 매우 흡사했다. 이곳이 안락한 집이든, 전쟁이지나간 폐허이든 간에 별다른 차이가 없었다. 우리는 술을 마시다가 목검을 깎고, 때때로 잠이 오면 그대로 평상에 누워서 눈을 붙였다.

하지만 휴식은 번갈아 가면서 취했다. 문득 어디선가 불어온 바람때문에 꽂아둔 깃발이 세차게 펄럭였다. 나는 무림맹과 제천맹의 깃발을 보나가 사하객잔의 공사 현장으로 들어오는 입구를 바라봤다. 처음에는 한 명이 도착했는데 이어서 서너 명, 추가로 합류한 놈들까지 총 여섯 명이 넓은 입구에 늘어섰다. 맏형과 나는 평상에 앉아서 손님을 바라봤다.

"…첫 손님이네."

저들이 정말 손님이면 맏형이 주인장 역할을 해야 하고, 새삼스럽게 내가 또 점소이 역할을 해야 한다.

"이런 제기랄."

불평불만이 없었다가 금세 불평불만을 늘어놓는 사내가 나다. 여섯 명 중에 누군가가 입을 열었다.

"…장사하나?"

사내의 말에 웃음소리가 터졌다. 물론 맏형처럼 전혀 웃지 않는 사내도 섞여있었다. 그제야 나는 여섯 명 중에서 한 사람은 여인이라는 것을 발견하자마자 이들이 누군지 알았다. 맏형이 내게 물었다.

"아는 자들이냐?"

물론 전생에 알고 있었던 놈들인데 굳이 인제 와서 모른 척을 할 이유는 없었다.

"싸잡아서 부르는 별호가 있는데 까먹었네. 고깃값을 버는 운남칠살雲南七殺인가 그래."

"운남칠살이로구나. 들어봤다."

나는 고개를 끄덕였다.

"만형도 들어봤다면 출세한 놈들이네. 이놈들은 임 맹주를 두려워해서 무림맹 세력권에서는 활동하지 않아. 마찬가지로 주 맹주를 두려워해서 제천맹 세력권에서도 활동하지 않지. 두 곳을 제외한 저기 사천, 운남, 귀주를 돌아다니면서 돈 받고 사람 죽이고, 때로는 아예 문파도 하나 몰살하는 놈들이야. 여기까지 나타나다니… 돈이 이렇게 무섭다니까."

나는 여섯 명을 손가락으로 가리켰다.

"저 병신들은 칠살의 우두머리가 돈을 얼마나 버는지도 모를 거야. 이제 저놈들보다 무공 수위가 조금 더 높은 돈 밝히는 늙은이 새끼가 잔뜩 분위기를 잡은 상태로 등장하겠지."

"…"

내 말이 끝나자마자 운남칠살의 우두머리인 만박마군萬博魔君이 등장했다. 머리가 듬성듬성 벗겨진 늙은이였다. 무림맹식 표현으로는 강호 백대고수에 속하는 강자이기 때문에 당연히 중소문파에서는 감당하기 힘든 고수였다. 만박마군은 내 허락을 구하지도 않은 채로 자하객잔의 영역에 들어왔다. 그러자 육살六殺도 뒤따랐다.

만형이 옆에 있는데 무슨 자신감인지 도통 이해할 수가 없었다. 만박마군은 우리가 있는 평상의 맞은편으로 가서 인부들이 종종 쉬고 있었던 평상에 앉더니 맏형과 나를 쳐다봤다. 나머지 육살은 만박마군 주변에 서서 우리를 쳐다봤다. 이렇게 보고 있으니 계급이 나뉜 놈들이라는 게 잘 보였다. 만박마군이 말했다.

"문주, 검마. 나는 운남에서 만박마군이라 불리고 있네. 할 말이 있어서 찾아왔는데 들어주겠나?"

"..."

맏형과 나는 굳이 대답하지 않았다. 만박마군의 말이 이어졌다.

"관심이 없어도 들어주게. 몇 년 전 아우들과 청송문靑松門이라는 작은 문파를 공격한 적이 있네. 그때는 몰랐는데 뜬금없이 근래 사람이 한 명 찾아오더니 청송문은 신교에 상납하던 외당 소속이라는 거야. 근래 외당의 총괄자가 새로 부임했는데 우리를 찾아내서 명령을 내리러 온 것이지. 광명검과 일살검, 한 자루만 찾아와도 지난 죄를 용서해 주고 큰 보상을 내리겠다고 하더군."

나는 늙은이가 너무 혼자 떠드는 것 같아서 대답을 해줬다.

"거절하면?"

"거절하면 운남칠살을 모조리 잡아다가 효수하겠다고 하더군. 선택할 수밖에 없었네. 운이 좋아서 한 자루의 검만 얻을 수 있다면 우리가 살고, 운이 나쁘면 신교와 싸울 수밖에 없는 운명인 셈이지. 어렵사리 그간 모았던 재물을 모두 전표로 뒤바꿔서 준비했네. 한 자루만이라도 거금을 받고 팔면 안 되겠나?"

나는 고개를 끄덕였다.

"그러니까 나랑 싸울지, 마교와 싸울지 선택하기 어려운데 일단 어떤 놈들인지 구경하러 온 셈인가?"

만박마군이 고개를 끄덕였다.

"솔직히 말하자면 그렇네."

나는 간단하게 답을 제시해 줬다.

"도망가면 되지 않나?"

만박마군이 고개를 갸웃했다.

"신교를 상대로 도망칠 수 있나? 누가 교도인지, 교도가 얼마나 많이 퍼져있는지도 사실 아무도 모르네. 대체 우리가 청송문이라는 이름을 내건 문파가 교에 상납하고 있었는지를 어떻게 알겠나?"

"그러게 왜 가만히 있는 문파를 공격해서 그 지랄이냐. 돈 때문에 벌어진 일을 찾아와서 상담하다니 너희 일곱 명이 각자 감당해라."

나는 애초에 이들을 곱게 돌려보낼 생각이 없었다. 하지만 아직 어떻게 괴롭힐 것인지는 결정하지 않은 상태. 만박마군이 나를 쳐다봤다.

"…문주, 자네야말로 이상하군. 신교는 자네 위치를 알고 있어. 도망가지도 않고, 겨우 두 명이 뭐 하는 짓인가? 아, 두 명은 아닌가?"

만박마군은 자하객잔 위에 펄럭이고 있는 깃발을 쳐다봤다.

"지원군이 있긴 한 모양이군."

맏형이 갑자기 평소와 다른 모습으로 하품을 하더니 평상에 비스듬히 누워서 눈을 감았다. 잠을 잔다기보다는 만박마군을 귀찮아하는 태도였다. 나는 용서해 줄 생각이 없었으나 맏형의 뜻을 존중했다. 그렇다면 일단 점소이가 쫓아낼 수밖에…

"뜬금없이 너희에게 검을 줄 순 없어. 나가. 신교가 두렵다는 것은 이해한다. 그러나 내 손에 죽는 것도 마찬가지야. 최대한 멀리 달아

나는 것이 너희가 오래 살 수 있는 유일한 방법이다. 맏형 주무시니까 조용히 나가도록."

만박마군의 옆에 있는 사내가 말했다.

"대형, 굳이 이래야 합니까?"

만박마군이 손을 살짝 들면서 대답했다.

"시끄럽다. 나가자."

팔짱을 낀 채로 비스듬하게 누워있던 맏형이 입을 열었다.

"…누가 보내준다더냐?"

"음."

단체로 이동하던 운남칠살이 동시에 멈췄다. 만박마군이 입을 열었다.

"사정을 설명하러 온 것이네. 문주의 말을 듣고 그냥 가려는데 문제 있나?"

맏형이 눈을 감은 채로 대답했다.

"…살의殺意를 품고 왔으니 용서할 수 없다. 셋째와 내가 약했다면 살기가 행동으로 옮겨졌을 테고, 눈으로 우리를 확인한 다음에는 행동으로 옮기지 않았을 뿐이야. 기회주의자는 용서할 수 없어."

육살이 동시에 병장기를 붙잡자, 만박마군이 미간을 좁히면서 손을 내밀더니 아우들의 행동을 자제시켰다. 만박마군이 맏형에게 물었다.

"그럼 어찌하면 좋겠나?"

맏형이 말했다.

"마당을 쓸고, 평상을 닦아라."

"그다음엔?"

"인부들이 남긴 자재가 그대로 있다. 내가 그만하라고 할 때까지 너희가 객잔 공사를 이어나가도록. 돌을 옮기고 담벼락을 세우고 탁자를 만들어서 배치하고 인부들이 해야 할 모든 일을 너희가 하도록."

만박마군의 아우 중에서 가장 불쾌한 표정을 짓고 있던 사내가 대답했다.

"거절하겠다면."

"죽일 수밖에. 살의가 너희에게만 있는 건 아니다."

나는 팔짱을 낀 채로 만형과 운남칠살을 바라봤다. 문득 이상한 생각이 들어서 만형에게 물어봤다.

"만형."

"왜."

"혹시 요리를 시키려고…"

만형은 눈을 감은 채로 대답하지 않았다. 나는 침묵을 통해서 만형의 뜻을 이해할 수 있었다. 나는 운남칠살을 보면서 눈을 껌뻑였다.

"음."

"…"

"하여간 만형 말대로 하도록."

만박마군이 내게 물었다.

"요리는 무슨 뜻인가?"

"닥쳐라."

갑자기 다시 작전 회의를 하듯이 운남칠살이 평상으로 돌아갔다.

우습게도 운남칠살이 속삭이는 말이 예전보다 아주 잘 들렸다. 여전히 일부는 그냥 싸우자는 말을 하고, 대형인 만박마군이 쌍욕을 퍼부으면서 아우를 갈구고 있었다. 이렇게 보니까 어디서 저렇게 못난 놈들이 작은 문파들을 괴롭히고 다녔는지 황당했다. 그래도 멍청한 놈들이 손님으로 와서 자하객잔이 객잔답게 변한 상태였다. 객잔은 본래 이런 곳이다. 어쨌든 나는 점소이 행세를 하고 있었기 때문에 맏형의 위세를 빌렸다.

"이봐, 개소리 회의 좀 그만해라."

"…"

"맏형은 내뱉은 말을 지키는 사람이다. 죽인다고 했으면, 죽게 된다. 청소부터 해."

회의가 끝나자 만박마군이 홀로 평상에 앉아있고. 나머지 육살이 죽겠다는 표정으로 두리번대다가 청소를 시작했다. 나는 중앙을 가로질러서 만박마군에게 다가갔다. 걸어가는 사이에 근처에 있는 육살이 화들짝 놀라더니 거리를 벌렸다. 나는 만박마군을 위아래로 쳐다본 다음에 옆에 앉았다. 여기서 바라보니 맏형은 등을 돌린 채로 누워있었다. 나는 턱을 좀 긁다가 만박마군에게 물었다.

"몇 살이야?"

만박마군이 대답했다.

"올해 쉰넷이네."

"쉰넷. 외모보단 어리네. 저기 근데…"

나는 말을 내뱉다가 만박마군과 눈을 마주쳤다.

"…넌 왜 쉬고 있어?"

만박마군이 나를 물끄러미 바라봤다. 귀가 안 좋은 것 같아서 다시 말했다.

"왜 쉬고 있냐고. 너부터 죽이면 육살을 부리기가 더 쉬워."

만박마군이 내 시선을 피하더니 자하객잔 내부를 둘러보면서 대답했다.

"…무슨 일을 할지 찾아보고 있었네."

나는 누워있는 맏형의 어깨가 살짝 떨리는 것을 놓치지 않았다. 암, 내 눈을 피할 수는 없지. 웃고 있는 모양이다. 하여간 맏형이 웃었으면 다행이다. 만박마군에게 물었다.

"찾았어?"

만박마군이 뒷짐을 진 채로 일어나더니 공사 중인 자하객잔을 쳐다봤다. 갑자기 솟구치더니 자하객잔 간판의 위치를 조절했다. 약간 기울어져 있는 상태였는데 그것을 제대로 맞춘 다음에 내려왔다. 경공 실력이 제법 좋았다. 또 다른 일이 없는지를 살펴보는 척하다가 고개를 돌리더니 나와 눈을 마주쳤다.

"…"

나는 고개를 끄덕였다.

"잘한다."

죽어도 청소는 하기 싫은 모양이었다. 이어서 만박마군은 손가락질을 해대면서 육살을 부렸다. 청소도 시키고, 자재 정리, 평상끼리 줄 맞추기, 막사 정돈이 금세 이뤄졌다. 한참을 일하던 도중에 만박마군이 아우들에게 말했다.

"…이제 잠시 휴식을 취하겠다."

육살이 평상으로 오더니 궁둥이를 붙인 채로 한숨을 쉬다가 옆에 떨어져 있는 평상에 홀로 앉아있는 만박마군을 노려봤다. 나는 만박마군에게 명령했다.

"객잔 뒤편에 식자재가 있다. 한 명은 식사 준비해라."

내 명령이 떨어지자 만박마군이 다시 턱짓으로 한 명에게 명령을 내렸다.

"준비해."

"예."

나는 맏형의 도움으로 자하객잔의 공사를 이어나갈 수 있었다. 식사 준비하러 가는 놈에게 당부했다.

"독 넣지 마라. 음식 가지고 장난하면 안 돼. 만들면 먼저 만박마군이 시식할 거야… 대답."

"알겠소."

순간, 속에 쌓여있던 체기가 내려가는 것처럼 가슴이 시원했다. 어쨌든, 일하지 않는 맏형이 주인장 역할을, 그 밑에 내가 총괄 점소이, 내 바로 아래는 만박마군 점소이가 있었다. 만박마군과 육살이 거듭된 허드렛일에 분노해서 반란을 일으킬 가능성이 있어서 목검을 뽑은 다음에 기강확립에 나섰다. 새삼스럽게 오랜만에 뽑는 목검이었다.

나는 자하객잔의 입구로 걸어가서 진검을 붙잡은 채로 검법을 수련했다. 형식에 대한 수련이 부족했기 때문에 일부러 천천히 동작을 펼쳤다. 주로 임소백의 움직임을 떠올리면서 검을 휘둘렀다. 그간 내가 펼쳤던 검법은 경로도 없고, 흩날리는 매화처럼 자유로웠기 때문에 수련할 때만큼은 단조로운 경로를 고집했다.

내려치기, 베기, 찌르기면 충분했다. 나는 이 세 가지의 움직임에 그간 내가 펼쳤던 난잡한 검법이 모여서 뭉치기를 바랐다. 쳐다보지 않아도 운남칠살이 나를 훔쳐보면서 무위를 가늠하려는 것을 알 수 있었다. 하지만 이 세 가지 동작은 아무나 봐도 된다. 속에 담긴 뜻은 나만 알기 때문이다. 대신에 기강확립을 위해서 동작을 더욱 천천히 펼치다가 어느 순간 칼날에 염계를 휘감았다. 목검의 칼날이 발현된 염계로 인해 새빨갛게 물들었다.

"..."

맏형은 여전히 누워있고. 운남칠살은 나를 쳐다보고. 나는 자하객잔의 수문장이 된 상태로 검법을 수련했다. 수련은 반복이다. 칼날에 휘감긴 불길이 붉은 꽃잎처럼 때때로 흩날렸다.

381.
어둠을 바라보면서 웃었다

나는 배가 고파질 때까지 검을 휘두르다가 정문에 가부좌를 틀고서
운남칠살을 계속 노려봤다. 내가 이들을 노려보는 이유는 하나다.
노려보는 것 이외에는 딱히 할 일이 없기 때문이다. 만형은 여전히
누워있었다. 잠시 후 누군가가 가장 큰 평상을 중앙으로 옮기더니
준비한 식사를 하나씩 배치했다. 나는 밥상을 쳐다보다가 말했다.

"…겸상하자는 거냐?"

운남칠살의 안색이 대번에 굳었다.

"…"

나는 운남칠살을 보면서 말했다.

"농담이다. 같이 먹어야지. 너희가 차렸는데."

누워있는 만형에게 말했다.

"만형, 밥 먹자."

자는 줄 알았는데, 바로 일어난 만형이 밥상으로 향했다. 만형이

음식을 둘러보다가 만박마군에게 말했다.

"시식해라."

만박마군이 대답했다.

"같이 먹을 생각인데 설마 독을 넣었겠소?"

맏형이 물끄러미 바라보자, 만박마군은 헛기침을 한 다음에 다가와서 젓가락을 뽑더니 음식을 조금씩 맛봤다. 하나하나 맛보면서 쓸데없는 평을 늘어놓았다.

"이건 좀 짜구나. 음, 이건 적당하고. 밍밍하고."

나도 밥상으로 향하면서 말했다.

"시끄러워. 맛만 봐."

시식이 끝나자 만박마군이 우리에게 말했다.

"독 없소."

맏형이 먼저 평상에 앉더니 내게 말했다.

"밥 먹자."

평상이 그렇게 큰 편은 아니라서 둘레에 앉든가 일부는 서서 먹어야만 했다. 물론 나는 맏형 옆에 앉아서 젓가락을 붙잡았다.

"운남칠살의 요리 맛 좀 볼까? 무슨 독이 들어갔을까. 무색, 무취, 무향, 절정의 삼무독三無毒이 들어갔을까? 만박마군이 해독제를 먼저 복용한 상태에서 취몽산이라도 들어갔으면 어쩌지? 그럼 어째?"

맏형이 대답했다.

"그때는 잠시 호흡과 운기를 멈춘 다음에 독의 진행을 멈추고, 강제로 먹은 것을 토해내는 방법이 있고. 사태가 좀 긴박하면 독이 체내로 더 퍼지기 전에 관련자들을 죽이고 해독제를 얻어야지. 그래도 해독제가 없으면 신속하게 혼자 은폐할 곳을 찾은 다음에 운기조식을 하는 수밖에 없다."

어쨌든 다 죽인다는 말이어서 공감이 갔다. 물론 나도 다 아는 대처방안이지만, 맏형은 어쩐지 마교에서 오래전에 배웠던 행동지침을 교본처럼 읊은 것 같았다. 맏형과 내가 밥을 먹기 시작하자, 운남칠살도 주변에서 밥을 함께 처먹었다. 독은 없는 모양이다. 나는 짭조름한 장우육醬牛肉을 맛본 다음에 살짝 감탄했다가 팔짱을 꼈다.

"…이야. 이거 누가 했어?"

얼굴이 상당히 넓적한 놈이 손을 살짝 들었다. 나는 놈에게 물었다.

"별호가?"

나한테 존댓말을 하기 싫었는지 딱딱한 어조로 대답했다.

"금단귀金團鬼."

딱 봐도 운남칠살의 요리 담당인 모양이었다. 사실 나는 관심 없는 놈들의 별호를 기억하지 못하는 병이 있는데 금단귀는 살짝 애매했다. 장우육에서 연상되는 별호는 아니었기 때문이다. 밥을 먹는 와중에도 희미하게 운남칠살의 살기가 느껴졌다. 서로 너무 가까이 있었기 때문에 어쩔 수 없는 살기였다. 그나마 맏형과 나의 무공 수위를 아우들보다 제대로 파악하고 있는 만박마군이 때때로 한숨을 쉬면서 아우들에게 자중하라는 눈빛을 보냈다. 맏형은 별다른 내색없이 밥을 먹고. 나는 밥을 먹는 와중에도 만박마군과 육살을 그때그때 관찰했다.

"식자재 근처에 술도 있다. 이따 가져와."

"…"

"밥, 술은 물론이고 가루 독, 뿌리는 독, 병장기에 있는 독, 독침 등을 이곳에서 사용하면 죄를 물어 일곱 명 전부 죽이겠다. 한 명이 도망치면 여섯을 죽인 다음에 쫓아가서 죽이겠다. 내가 이곳에 있는 놈을 죽이면, 맏형이 쫓을 테고. 맏형이 이곳을 맡으면 내가 쫓을 거야. 참고로 우리 둘은 경공 서열이 강호 오대고수 안에 들어간다."

대충 씨불여 봤다. 밥과 반찬을 먹으면서 계속 죽이겠다고 하자, 한 놈이 사레가 들렸는지 밥을 먹다 말고 캑캑거렸다. 그러거나 말거나 나는 오랜만에 먹는 제대로 된 밥에 흥이 나서 계속 떠들었다.

"병신 같은 놈들, 그렇게 왜 청송문을 쳐서 이 고생인가? 그러고 보니까 마교에 상납하는 작은 문파를 일일이 알 수가 없고. 하오문에 속하는 문파도 너희가 다 파악할 수 없다. 그러니까 웬만하면 괴롭히지 말도록 해. 만박마군, 이 절반만 대머리 새끼. 네가 강호 백대고수야?"

만박마군이 헛기침을 한 다음에 대답했다.

"세간에서 그런 평을 듣고 있소."

"좋았어. 무림맹 공손 군사의 말에 따르면 내가 사실 강호 서열 백한 번째라던데. 너 밥 먹고 보자. 이참에 나도 백대고수가 되어야겠다."

여태껏 인내심을 가진 채로 밥을 먹던 맏형이 안쓰러운 표정으로 나를 쳐다봤다.

"셋째야."

"왜."

"나도 체할 것 같다. 그만하자."

"알았어."

"그래. 마저 먹고 이어서 떠들어라."

"그게 좋지. 밥 먹을 땐 조용해야지."

어쨌든 맏형의 소화도 무척 중요한 사안이기 때문에 나는 입을 다물었다. 잠시 후에 육살이 중앙에 있는 평상을 싹 치운 다음에 비무할 공간을 확보했다. 어쩐지 한판 붙는다고 하자, 만박마군보다는 아우들이 더 적극적이었다.

* * *

반대편 평상에 운남칠살이 앉아있고. 이쪽에서는 맏형과 내가 잠시 소화를 시키면서 비무를 기다렸다. 새로 깎은 목검을 만지작대던 맏형이 만박마군에게 물었다.

"절반 대머리, 준비됐나?"

만박마군이 고개를 끄덕였다.

"준비됐소."

맏형은 비수로 깎은 목검을 만박마군을 향해 가볍게 던졌다. 속도는 그리 빠르지 않은데 신기하게 보일 정도로 목검은 수평으로 반듯하게 날아갔다. 만박마군이 날아오는 목검을 붙잡은 다음에 말했다.

"…굳이 목검을 써야겠소?"

맏형이 냉소를 머금은 채로 말했다.

"그나마 목검을 써야 네 머리통이 터지거나, 팔다리가 부러질 가능성이 작아지겠지. 비무에 개입하는 놈이 있으면 생사결로 간주하고 내가 합류하겠다."

나는 내가 깎은 목검을 붙잡은 다음에 중앙으로 걸어갔다. 과연 강호 백대고수의 실력은 어느 정도인가? 나도 정확하겐 모르겠다. 어쨌든 이 모든 것이 수련의 연장선이다. 싸우고, 생각하고, 밥 먹고, 대화하고, 갈구고, 의심하고, 술을 마시고, 대머리를 괴롭히고… 만박마군이 듬성듬성한 머리카락을 휘날리면서 걸어 나왔다. 이렇게 보니까 대나찰보단 훨씬 강한 사내가 분명할 텐데도 지금의 내겐 아무런 감흥이 없었다. 만박마군이 목검을 우하단으로 내린 채로 말했다.

"…소문의 하오문주와 겨루게 되어 영광이오."

"좋아. 내가 지면 운남팔살雲南八殺의 둘째로 들어가겠다."

"내가 지면?"

"네 남은 인생은 점소이야. 내가 보내줄 때까지."

나는 목검을 붙잡은 채로 만박마군과 대치하다가 내가 휘두를 일검에 너무 많은 것이 담겨있음을 깨달았다. 홀로 익히던 검법, 임소백에게 영향을 받은 검법, 내가 익힌 잡다한 무공은 물론이고 천악이 지도한 내공과 외공의 조합까지 뒤섞여 있었다. 의외로 만박마군은 미소를 짓고 있었다. 이놈이 여태 맏형을 무서워하고, 나는 두려워하지 않았단 말인가?

순간, 유난히 눈에 잘 보이던 만박마군의 머리카락이 움직였다. 이놈은 자신의 약점이 얼마 없는 머리카락이라는 것을 알까? 눈 깜짝할 사이에 만박마군이 휘두르는 목검이 내 전신을 뒤덮었다. 내려치기로 응수하기엔 모호한 궤적이었으나, 나는 굳이 내려치기로 응수했다. 끝부분에서 목검이 만날 것이라는 예상이 있었기 때문이다. 목검이 부딪치자마자 우리 둘은 뒤로 물러났다. 짧은 전초전, 찰나에 부딪힌 목검을 통해 외공과 내공을 가늠했다. 속도와 보법도 눈에 들어왔다. 일합一合이 끝났다.

나는 관전하고 있는 육살의 표정과 자세, 살기를 눈에 담았다. 적이라고 가정하면 승부를 길게 끄는 게 좋은 상황은 아니었다. 이합에 끝내기 위해서 옥수산장의 비무를 떠올렸다. 목검에 목계를 주입한 채로 내기하다가 만박마군의 머리카락을 바라봤다. 방어를 강제하고, 장력의 반격을 유도하기에 적절한 동작으로 달려들어서 목계와 외공을 조합한 채로 목검을 휘둘렀다. 만박마군이 그랬던 것처럼 검로劍路에 만박마군의 전신을 가뒀다.

퍽- 소리가 나더니 만박마군의 목검이 산산이 부서졌다. 하지만 자잘하게 부서진 목재가 흩날리기도 전에 만박마군의 좌장이 내 가슴으로 밀려들었다. 준비한 동작이 아니라 수련을 통해 본능적으로 내지르는 반격이었다. 이놈은 본능이겠지만, 나는 예상했던 반격이다. 만박마군이 독장毒掌을 펼칠 가능성도 있었기 때문에 나는 오랜만에 투계의 기를 끌어올린 장력으로 받아쳤다.

콰아아아아아아아앙!

내 얼굴에 장력의 충돌에 의한 바람이 크게 불었다. 내 머리카락이 한꺼번에 휘날리는 와중에 만박마군의 몸이 공중에서 수직으로 뻗어나가더니 임시로 세워놓은 공사 외벽을 뚫었다. 이어서 누운 상태가 된 만박마군의 입에서 핏물이 공중으로 솟구쳤다. 이내 만박마군이 바닥에 떼굴떼굴 굴러다니다가 죽은 사람처럼 미동도 하지 않앗다. 육살이 전부 만박마군에게 달려갔다.

"대형!"

이놈들이 도망칠 가능성이 있었기 때문에 나는 공중으로 솟구쳤다가 담벼락을 밟고 또 솟구쳐서 공중제비를 연신 돌다가 쓰러진 만박마군 근처에 내려섰다. 한 놈이 만박마군의 코 밑에 손을 대보고 있었다.

"기절입니다."

나는 육살을 둘러봤다.

"데리고 들어가. 나머지 둘은 담벼락 보수해라. 한 놈은 횃불을 더 밝히고."

육살 중에서 대답하는 놈이 없었다. 나는 이들이 대답 없이 움직이는 것을 보다가 불러 세웠다.

"…얘들아."

육살이 나를 쳐다봤다.

"…"

나는 덤덤한 표정으로 말했다.

"맏형과 나를 죽이러 왔는데 이렇게 대해주는 것도 한계가 있다. 어차피 너희가 두려워하고 있는 마교를 상대하겠다고 내가 이러는 중이야. 내 정신이 나름 멀쩡할 때 와서 너희가 살아있는 것 같은데 나도 한계다. 너희가 나보다 나이가 많든, 선배든, 나를 싫어하든 간에 상관없어. 물어보면 대답을 해라. 아니면 이 자리에서 지금 육 대 일로 싸우든가. 어때?"

한 사내가 재빨리 대답했다.

"알겠소. 대답은 꼬박꼬박 하리다."

여태 별말이 없었던 사내였는데 침착한 어조와 표정을 보아하니 이놈이 둘째였다.

"네 별호는?"

사내가 대답했다.

"비검귀飛劍鬼가 되겠소."

나는 손을 내저었다. 육살이 기절한 만박마군을 둘러업은 채로 다시 들어갔다. 조금 어두워진 하늘을 쳐다보다가 객잔 바깥을 주시했다. 제법 먼 곳에서 줄지어서 움직이는 횃불이 보였다.

"…"

딱 봐도 병력이었다. 횃불만 보고서는 아군인지 적인지 알 수 없었으나 등장하는 경로는 적이 오는 방향이었다. 나는 숨을 크게 들이마신 다음에 병력을 향해 내공 섞인 목소리로 물었다.

"…소속을 밝혀라."

소리가 이동하는 시간도 제법 걸리는 모양인지, 잠시 후에 병력에서 한 사람이 대답했다.

"중천이다."

내가 모르고, 중천상단과 겹치는 이름이었으니 적이었다. 종합하면 마교의 외당에 속하는 세력 같았다. 그러니까 불에 타지 않은 막사를 이용하려 했던 병력이 일부 도착하는 것 같았다. 나는 자하객잔의 담벼락에 올라가서 맏형을 쳐다봤다. 맏형은 평상에 앉아서 나를 쳐다보더니 고개만 가볍게 한 번 끄덕였다. 누가 오든 간에 맏형의 평상심은 여전했다. 맏형을 바라보다가, 우리 둘은 동시에 미소를 지었다. 일렁이는 횃불의 선봉이 어느새 근처까지 도착했다가 막사의 잔해에서 대열을 정돈했다. 이번에는 맏형이 적을 환영하듯이 내공 섞인 음색으로 말했다.

"…누가 왔는가?"

바깥에서 한 사내가 대답했다.

"일이 이렇게 되어서 유감이오. 금호대를 이끌고 왔소."

검마가 고개를 끄덕였다.

"금호대주, 어서 와라. 자네만 오진 않았을 것 같은데."

"날이 밝으면 위 좌사도 도착할 것 같소."

"그렇다면 오늘 밤은 쉬어라. 내일 후임 좌사와 만나겠다."

잠시 정적이 흘렀다가 금호대주가 대답했다.

"그럽시다."

나는 담벼락 위를 걷다가 가부좌를 틀고서 반딧불이 모이는 것처럼 늘어나는 마교의 횃불을 구경했다. 이렇게 보니까 또 장관이었다. 시커먼 바다에 떠다니는 불꽃들이 질서정연하게 자리를 잡았다. 간혹 가다가 불꽃 아래에서 스치는 교도들의 얼굴과 눈빛이 희미하게 보였다.

참 조용한 병력이었다. 놀랍게도 누군가가 명령을 내리자 거의 다 도착한 병력이 하나둘씩 횃불을 끄기 시작했다. 달빛에 의존해서 살펴보니 전부 대열을 갖춘 채로 바닥에 앉아있었다. 이어서 후발대까지 도착하자 마교가 들고 있던 불빛도 자취를 감췄다. 완전히 어둠 속에 파묻혀서 밤을 지새울 모양이었다.

나는 어둠에 묻혀있는 병력을 계속 주시했다. 마교를 어떻게 믿겠는가? 야습이 올 수도 있었기에 나는 맏형을 대신해서 보초를 섰다. 뜬눈으로 어둠을 주시하자, 이내 어둠에 익숙해졌다. 이제 오와 열을 갖춘 채로 앉아있는 마교의 병력이 희미하게나마 한눈에 들어왔다. 내가 가부좌를 튼 채로 계속 쳐다보고 있자… 병력의 중앙에서 누군가가 내게 물었다.

"…그대가 하오문주인가?"

나는 목소리의 주인을 쳐다봤다. 형체만 보였으나, 최대한 눈을 마주치려고 애를 쓴 다음에 고개를 끄덕였다.

"나다."

이후에는 자하객잔을 둘러싼 모든 것이 침묵에 휩싸였다. 마음을 비운 채로 밤하늘의 별 아래, 어둠 속에 숨어있는 교도들을 향해 중얼거렸다.

"자하객잔의 점소이를 잡겠다고 많이도 몰려왔네."

나는 어둠을 바라보면서 웃었다.

382.
피도 눈물도 없는 사내

이런 상황에서는 잘 수 없다. 만형도 평상에서 쉬고 있었지만 운남 칠살만 있을 때보다는 마음이 불편할 것이다. 어둠에 잠겨있는 병력을 계속 주시했다. 보초는 본래 이렇게 서는 것이기 때문이다. 등 뒤에서 만형의 목소리가 들렸다.

"졸릴 때 내려와라. 교대하자."

나는 고개만 끄덕였다. 언제 졸릴 것인지는 나도 모른다. 병력을 보자마자 잠이 달아난 상태라서 그렇다. 운남칠살이 속삭이는 소리가 들렸다.

"…저희는 두 시진씩 번갈아 가면서 잘까요."

"시끄러워. 잠이 오냐?"

"잠은 자야죠."

"한심한 놈."

정적이 이어지다가 구름이 잠시 자리를 비운 사이에 달빛이 병력을 비췄다. 놀랍게도 일부는 눈을 감고 있고, 일부는 눈을 뜬 채로 전부 나를 쳐다보고 있었다. 눈을 감는 것이 휴식인데, 이것을 번갈아 가면서 하는 모양이었다. 구름이 등장한 모양인지, 눈빛들이 다시 어둠에 잠겼다. 나는 병력을 향해 말했다.

"하룻밤이 남았다."

이곳에서 나랑 대화를 나눌 미친놈은 없을 터였다. 상관없다. 나는 하고 싶은 말을 하는 사내이기 때문이다.

"이곳에는 전 좌사, 검마라 불리는 사내와 나밖에 없으나 내일 전면전이 벌어지면 너희 대부분은 죽을 거야. 그 말은 지금이 인생의 마지막 밤이 될 수도 있다는 뜻이고. 물론 너희들의 교주가 오면 나도 오늘이 마지막 밤일 수도 있겠지. 혹시 내일 죽을 사람 손? 없어?"

"…"

"없겠지. 나도 죽을 마음이 없다. 그래도 인생의 마지막 밤일 수도 있다는 것은 서로 인정하자. 교주는 무서운 사내라서 나는 너희를 이해하는 편이야. 무패의 사나이, 적수가 없는 사나이. 여기서 자신이 원해서 교도가 된 사람? 없나? 잡혀 왔나. 끌려왔나. 아니면 본래 자자손손 교도로 있던 집안이었나. 돈 때문에 들어갔나. 혹은 가문이 몰살당하고 납치되었나. 무슨 사연이든 간에 죽음을 앞두게 되었다. 혹시 맏형을 평소에 존중하던 사람이 있나? 참고로 맏형이란 검마를 뜻한다. 없어? 아니면 대답을 못 하겠나?"

"…"

"대답하지 않아도 돼. 아마 있을 거야. 있어야지. 전 좌사는 편협

…

한 사내가 아니다. 예전에 우리에게 죽은 옛 총본산의 망령이 이런 말을 했다. 맏형에게 십삼 호라고 말이야. 십삼 호, 들어봤나? 십삼 호라니."

"…"

"일 호도 아니고, 이 호도 아니고, 육백팔십삼 호도 아니고. 십삼 호. 교에서 번호로 불린다는 것의 의미는 너희가 더 잘 알겠지. 너희보다 한참 앞서 교에서 구르던 노예 선배라는 뜻이다. 내가 너희를 이해하는 이유다. 맏형과 같은 사내도 십삼 호라 불리던 시절을 지나서, 살아남고, 살아남고, 또 살아남아서 좌사가 되었다가 어느 날 마음을 고쳐먹고 교를 나왔다. 대다수가 두려워하는 교주와 척을 질 생각을 하고선 말이야. 놀라운 선택이야. 내가 맏형이라 부르는 이유다. 너희 중에 누가 이런 선택을 할 수 있나? 없어. 쉽지 않은 일이다."

"…"

"십삼 호라 불리던 사내가 좌사가 된 것도 기적에 가까운 일인데. 좌사나 되는 사람이 교를 박차고 나오다니. 내일 신임 좌사가 이곳에 도착하나? 그는 어떤 사람이냐. 내가 맏형이라 부르는 사내만큼 강한 사람인가? 너희가 존경하는 사내냐?"

혼자 떠드니까 목이 말랐다. 나는 고개를 돌려서 운남칠살을 바라봤다.

"술 좀 가져와."

만박마군은 누워있었기 때문에 비검귀가 술을 가져와서 담벼락으로 올라왔다. 나는 술을 보다가 가져온 비검귀에게 말했다.

"마셔."

비검귀가 술을 한 모금 마시더니 내게 내밀었다. 나는 술을 건네받아서 목을 적셨다. 그제야 마교 측에서 누군가의 목소리가 흘러나왔다.

"운남칠살이로구나, 네놈들은 왜 아직 살아있지?"

비검귀가 어둠을 주시하다가 대꾸했다.

"숨이 붙어있으니까 살아있지. 그 무슨 개 같은 질문인가?"

비검귀가 말을 내뱉자마자 담벼락에서 내려갔다. 비검귀가 이렇게 중얼댔다.

"왜 안 죽었냐니?"

나는 이것들이 말다툼할 것 같아서 미리 중재했다.

"다 닥쳐라. 운남칠살이 살아있는 이유는 내가 설명하겠다. 맏형이 내 음식을 먹기 싫어해서 요리와 청소를 시키려다 보니 죽이지 않게 되었다. 그 말은 무슨 뜻이냐? 맏형의 입맛이 제법 고급이라는 뜻이지. 결단코 내가 음식을 못 만들어서가 아니다. 내가 점소이 출신인데 음식을 못 할 리가 없지. 둘이 먹다가 하나가 죽어도 모를 계두국수의 장인, 그것이 나다."

이렇게 수많은 사람이 아무런 반응이 없는 것은 나도 처음이다. 나는 운남칠살에게 명령했다.

"불을 더 환하게 밝혀라."

구시렁대던 놈들이 움직이자 자하객잔이 더욱 밝아졌다. 나는 병력을 향해 물었다.

"책임자가 누구냐."

"왜 그러나?"

아까 금호대주라고 밝힌 사내의 목소리였다. 나는 궁금한 것을 물었다.

"교주도 오나?"

"교주님이시다."

"그러니까 오냐고? 왜 대답이 없어. 금호대주, 너 같은 놈이 세월이 흘러서 깨달음을 얻은 다음에 교가 정상적인 곳이 아님을 느끼고 떠난 사람이 전 좌사다."

어둠 속에서 무언가가 번뜩이더니 눈앞에 비수 한 자루가 날아왔다. 나는 빙공을 주입한 손으로 붙잡은 다음에 병력을 바라봤다. 오른손을 치켜들었다가, 날아온 곳으로 정확하게 되돌려 줬다. 쐐앵- 소리와 함께 비수가 날아가자 동시에 검 뽑히는 소리가 들렸다. 반쯤 뽑힌 칼날이 비수를 튕겨내자, 푹- 소리와 함께 교도 한 명이 고꾸라졌다. 짤막한 비명도 없다는 것이 더 애처롭게 느껴졌다. 그런데도 병력은 동요가 없었다.

"내가 죽였는지, 금호대주가 죽인 것인지 살짝 애매하네."

"..."

"함께 죽인 것으로 하자. 이쯤 되면 이제 교주의 의도를 억지로라도 추측할 수밖에 없다. 어차피 교주가 직접 등장하지 않는 이상은 맏형과 나를 죽이거나 검을 뺏을 수 없다. 그냥 너희더러 다 죽으라는 뜻이야. 병력이 많은 것은 소용이 없어. 신임 좌사가 돈이 많아서 살수를 많이 고용해도 마찬가지야. 애초에 맏형이 너희보다 뛰어났으니 좌사가 되었겠지. 그나마 비슷한 무위를 갖추고 있었던 우사도 이제 교를 떠났다. 변수인 망령들은 우리가 대부분 때려죽였고. 너희는 절벽에 와있다. 날이 밝으면 뛰어내려서 자살하도록 해. 그게 너희 교주가 원하는 바다. 무공 익힌 자들을 모두 증오하는 모양이야. 적과 아군 모두 죽으라고 판을 깔아주고 있으니.”

금호대주가 입을 열었다.

“구 조, 기상.”

옷자락 스치는 소리가 들리더니 수십 명이 동시에 일어났다. 금호대주의 명령이 떨어졌다.

“문주의 입을 찢어놓아라.”

구 조가 움직이기 전에 서있는 자들의 목 위치를 예상하고 발검과 동시에 염계의 기를 주입했다. 불꽃을 터트리면서 뽑힌 목검의 칼날에서 뻗어나간 검기가 일직선으로 뻗어나갔다.

푹!

핏물이 터지는 소리와 함께 목이 떨어지는 둔탁한 소리가 겹쳤다. 어쨌든 간에 구 조의 대부분은 움직이지 않았다. 다만 검기의 좌우 폭이 닿지 않아서 살아있는 놈들도 있을 터였다. 마침 달빛이 조금 밝아지자, 목이 있는 자들만 뻣뻣하게 서있는 게 보였다. 나는 금호대주에게 말했다.

“이렇게 온 이상 수도 없이 죽을 것이라 예상은 했으나. 네 실력이 뛰어나다면 너부터 내게 도전하는 게 맞아. 그것이 마교든, 군대 병력이든, 동네 한심한 무리든 간에 대장의 도리가 아닌가. 설마 정말 네 수하가 내 입을 찢을 수 있으리라 보나? 금호대주, 네 기분 때문에 수하들을 죽이지 마라.”

"…"

"이것은 교주와 나, 맏형이 해결해야 할 일이다. 어쩌면 내일 오는 신임 좌사와도 어느 정도 논의할 수 있는 일이고. 얌전히 입 다물고 인생의 마지막 밤을 조용히 보내도록 해."

금호대주는 대답이 없었다. 나는 금호대주에게 제안했다.

"물론 너희가 물러날 일은 없겠으나, 만약 물러나더라도 내가 너희를 쫓을 일은 없다. 내 상대가 아님을 알기 때문이다. 혹시 여기서 내 절기에 대해 들어본 사람?"

또 나 혼자 손을 들었다.

"없지? 있어도 없나. 하여간. 조용히 하룻밤을 보내자는 제의를 한 번 더 거절하면 소문의 일월광천을 직접 보여주겠다."

나는 손가락 하나를 들었다.

"교주와 싸울 때 일월광천을 쓸 여유조차 없겠지만, 만약 이것을 사용하면 너희 교주도 일단은 피할 것이라고 내가 장담하마. 왜냐? 그것이 일월광천이라서 그렇다."

맏형이 끼어들었다.

"셋째야."

"왜."

"쉬어라."

나는 맏형을 쳐다봤다.

"어째서."

맏형이 내게 다가오면서 말했다.

"그렇게 혼자 떠들다가 일월광천을 쓸 것 같아서 말이다. 그게 터지면 나도 피해야 하니, 네가 쉬는 게 낫겠다."

"음."

맏형의 말이 옳다고 생각하자마자 나는 담벼락에서 솟구쳐서 단박에 평상에 내려섰다. 근무 교대를 하는 것처럼 공중으로 떠오른 맏형이 담벼락에 올라서더니 가부좌를 틀었다. 맏형이 담벼락에 등장하자, 희한하게도 일대가 더욱 고요해졌다. 전임 좌사가 옛 수하들을 쳐다보고 있었으니 말이다. 나는 평상에 비스듬히 누워서 운남 칠실을 감시하기도 하고, 가부좌를 틀고 있는 맏형의 등을 바라보기도 했다. 정적이 흐르던 와중에 맏형이 입을 열었다.

"금호대주."

"말씀하시오."

"팔꿈치는 다 나았나? 비수에 박혔다가 회복한 것으로 아는데."

"지금은 괜찮소."

"전보다는?"

"전보다는 불편할 수밖에 없지."

"위가 놈이 좌사가 되었나?"

"그렇소."

"왜 막지 않았나?"

"내가 함부로 끼어들 영역이 아니외다."

"교주가 왜 자꾸 병력을 내게 보내는지 이해하고 있나?"

"명을 수행할 뿐, 이해할 필요는 없는 일이오."

맏형이 다시 물었다.

"내가 교를 떠난 이유는 알고 있나?"

"알고 싶지도 않소."

"이것도 모르고, 저것도 모르고. 자네가 죽게 되는 이유는 알아야 하지 않겠나."

금호대주가 대답했다.

"그것이 교도 아니겠소? 그대가 예전에 그랬던 것처럼."

"그것이 교도지."

나는 일어나지 못하고 있는 만박마군을 바라보다가 육살에게 물었다.

"…만박마군, 죽었나?"

"아직 살아계시오."

"내가 봤을 땐 경계 근무 교대하기 싫어서 저대로 푹 자는 것 같아. 숨소리를 들어봐라. 기절이 아니고 잠자는 중이다."

육살이 만박마군을 바라봤다.

"설마…"

나는 고개를 저었다.

"절대 기절했을 때 나는 숨소리가 아니다."

만박마군이 눈살을 찌푸리면서 일어나더니 아우들에게 물었다.

"…무슨 일이냐?"

비검귀가 만박마군의 어깨를 붙잡더니 도로 눕혔다.

"그냥 주무시오."

"알았다."

만박마군이 한숨을 길게 내뱉더니 다시 눈을 감았다. 맏형이 금호대주에게 물었다.

"후임 우사도 정해졌나?"

"정해졌소."

"누구냐."

"내당의 도마刀魔와 외당 대표로 나선 철면수사鐵面修士가 붙었소."

"누가 죽었나?"

"도마가 죽었소."

"철면수사가 누구이기에?"

"신임 좌사가 신분을 보승한 고수이니, 명천위가의 식객이거나 그쪽 사람 같소."

맏형이 코웃음을 쳤다.

"식객이 우사 자리를…"

"하지만 철면수사도 팔 하나가 날아가는 중상을 입어서 우사 자리를 거절했소. 내당에서 다시 전마戰魔가 나서고, 외당에서 철면수사의 사형이라고 하는 탑왕塔王이 나왔소."

"그래서."

"탑왕이 우사 자리를 맡았소."

"전마도 죽었나?"

"좌우사자 자리에 도전했다가 패배하면 죽어야 하는 법. 숨은 붙어있었으나 스스로 천령개를 내려쳐서 목숨을 끊었소."

"결국에 명천위가가 좌우사자 자리를 모두 차지했다는 말이 아닌가."

"그렇소. 이보시오, 검마."

"왜 그러나."

금호대주가 황당하다는 어조로 말했다.

"아직 교에 미련이 남으셨소?"

꽤 공격적인 질문이었으나 맏형은 차분하게 대답했다.

"금호대주, 도마와 전마는 내가 알던 사내다. 내가 교에 있든 없든 간에 알던 자들이 별호나 소문도 듣지 못했던 고수에게 당한다면 씁쓸해하는 것이 당연하다."

"안타깝소? 대단한 변화로군."

"..."

"그대는 교에서도 피도 눈물도 없는 사내의 표본이었던 사내가 아닌가. 하오문주와 어울리더니 백도의 검객처럼 인정이라는 것을 가지게 된 모양이지. 결국에 사람 행세를 하고 싶었던 모양이로군. 검마劍魔라는 별호가 아깝게 되었소. 특히 먼저 죽은 도마와 전마가 한심해하겠군. 교주님이 오셔서 죽게 되면 저세상에서 두 사람에게 사과하시오. 못나게 굴다가 죽었다고."

나는 두 사람의 대화를 듣고 있었는데… 생각해 보니까 맏형에게 이렇게 막말을 퍼붓는 사내는 금호대주가 처음이었다. 나는 맏형을 바라봤다. 분노해서 침묵하는 것인지, 그냥 흘려들은 것인지 감이 오질 않았다. 맏형이 금호대주에게 말했다.

"안부 인사는 자네가 먼저 하도록 해. 나는 조금 나중에 갈 테니. 그리고 금호대주, 내가 교에서 피도 눈물도 없는 사내였나?"

금호대주가 대답했다.

"질문이라고 하시오? 누가 봐도 그런 사내였지. 우사가 어려워하던 사내는 당신밖에 없었소."

나는 맏형의 옆얼굴을 쳐다보고 있었는데, 맏형이 미소를 짓자 입매가 위로 올라갔다. 맏형이 마교의 병력을 주시하면서 잔잔한 어조로 말했다.

"실은 지금도 그렇다. 여전히 피도 눈물도 없는 사내, 그것이 나다."

"어이쿠…"

나는 나도 모르게 감탄사가 나왔다. 말투가 너무 근엄해서 느낌이 이상하긴 했지만, 생삭해 보니까 이것은 검마의 농담이었다. 그러니까 제법 듣기 어려운 맏형의 귀한 농담이기도 했다. 물론 딱히 웃기진 않아서, 웃어주진 않았다.

383.
가까이 둬야
죽이는 게 쉽다

마차에 올라탄 허 장로의 제자 용명이 교주에게 고개를 살짝 숙였다.

"교주님, 부르셨습니까."

교주는 용명을 바라보면서 고개를 끄덕였다.

"육포 있나?"

"예."

용명이 품에 손을 넣더니 얇은 종이에 싸둔 육포를 교주에게 내밀었다. 교주는 종이에 들어있는 육포를 꺼내 씹으면서 말했다.

"허 장로에게 독도 배웠나?"

"예."

"육포에 발라두지 않은 이유는?"

용명이 대답했다.

"교주님이 가끔 드시니까요."

교주가 육포를 씹으면서 대답했다.

"허 장로가 날 죽이라고 했을 텐데."

"그렇습니다. 하지만 독으로 암살했다고 하면 무척 실망하실 겁니다."

"살수가 그런 것도 따지나?"

"사부님은 따지십니다."

"자네도?"

"예. 그냥 오래전에 교육받으실 때 배우신 것이지. 사부님도 독으로 암살하신 석은 없는 모양입니다."

교주가 고개를 저었다.

"허 장로는 오랫동안 일살에 독을 바르고 다녔다."

"그건 몰랐습니다."

교주가 용명을 쳐다보면서 말했다.

"혈야궁이 보고도 하지 않고 성화궁으로 이름을 바꿨다던데 이제 죽여달라는 뜻이냐?"

용명은 놀란 눈빛으로 할 말을 골랐다.

"..."

생각해 보니까 마차는 동쪽으로 이동하고 있을 뿐이지, 교주는 행선지를 정하지 않았다. 용명은 자신의 대답에 따라서 마차의 행선지가 결정된다는 것을 알았다. 교주는 육포를 씹으면서 용명의 대답을 기다렸다.

"생각할 시간을 충분히 준 것 같은데."

용명은 양손을 무릎 위에 올려놓은 채로 생각을 거듭했다. 이제 교주가 혈야궁으로 가자는 명령을 내리면 그것이 혈야궁의 마지막이었다. 용명은 가까스로 입을 열었다.

"제가 알기로 소궁주의 제안으로 바꿨습니다. 멸천성화신공의 이름을 딴 것이므로 다른 생각은 품지 않았을 겁니다. 명령을 내려주시면 제가 가서 추궁하겠습니다."

"너는 허 장로의 제자일 뿐인데 궁주를 추궁할 자격이 있나?"

용명이 입술을 달싹이다가 대답했다.

"지금은 교주님의 위사衛士입니다."

교주가 용명의 눈을 지그시 바라봤다.

"죽이러 와서 위사를 하는 놈도 위사란 말이냐? 살수와 위사는 마음가짐이 다르다."

용명이 재빨리 대답했다.

"죄송합니다. 교주님, 실언했습니다. 상황을 모면하려고 내뱉은 변명입니다."

교주가 고개를 끄덕이자, 용명의 말이 이어졌다.

"실은 하오문주의 제안으로 이름을 바꾸었고, 성화궁은 실제로 교영 소궁주가 지었습니다."

"혈야궁과 성화궁. 무슨 차이가 있지? 외당에 속한 단체의 이름일 뿐인데."

용명이 대답했다.

"혈야는 전전대 궁주의 별호여서 단체의 이름으로는 적합하지 않습니다."

"왜?"

"폭군이었으니까요. 총법에 사마외도 무리가 세상에 군림하여 전횡을 일삼으면 그 세력의 강함이 어떻든 간에 교도들이 성화聖火로 정화한다 하였으니, 외당 단체의 이름으로는 성화궁이 더 적합합니다."

교주가 고개를 살짝 끄덕였다.

"잘도 갖다 붙이는구나. 총법을 떠들다니. 네 말대로 혈야가 전횡을 일삼던 폭군이긴 했다. 그러니 서생들의 합공을 받아서 죽었겠지."

"예."

용명을 바라보던 교주가 선택지를 줬다.

"외당이 보고도 없이 독자 행동을 펼친 것도 총법에 어긋나고. 교의 물건을 교도가 아닌 자가 들고 있는 것도 총법에 어긋난다. 혈야궁으로 가서 궁주를 문책하느냐, 허 장로의 제자인 네가 백응지로 가서 일살을 회수하느냐? 선택해라."

용명은 눈을 크게 뜬 채로 교주를 바라봤다.

"…"

교주가 짤막하게 말했다.

"내가 선택할까."

"문주로부터 일살을 회수하겠습니다."

교주가 용명을 바라봤다.

"회수할 수 있겠느냐?"

"음."

"내가 보기엔 문주도 허 장로의 가르침을 받았다. 시기로 따지면 용명, 네가 내 마지막 막내 사제일 것이다. 그렇게 따지면 문주는 허 장로가 마지막에 가르친 너의 사제라고 봐야겠지. 허 장로의 눈으로 세상을 보면 그렇다는 얘기야."

"예."

"아무리 생각해도 문주의 절기는 허 장로가 오랫동안 고민하던 무학을 자신의 방식대로 완성한 것 같다. 같은 사내에게서 배운 네가 터득하지 않았을 리가 없다. 허 장로의 안목이라면 애초에 멍청한 놈에겐 무공을 가르치지 않았을 테니 말이야. 상황이 여의치 않으면 네가 언젠가 교에서 사용할 것 같아 허락하지 않을 생각이었다. 이름은 붙였느냐?"

"예."

"무엇이지?"

용명이 대답했다.

"일월지세日月地勢입니다."

"부정확한 말 같은데 뜻은?"

"해와 달이 동시에 떨어진 땅의 형세를 뜻합니다."

"살수의 무공은 아니구나."

"예, 교주님을 상대하기 위해서 고민하신 무학이라고 하셨습니다. 본인이 아니더라도 말입니다."

"아군과 적이 함께 몰살할 수 있는 무학은 너도 문주도 자중할 필요가 있다. 그리고…"

"예."

교주가 턱을 쓰다듬으면서 용명에게 말했다.

"너무 느려. 고수들에게 쓰기엔. 더 정진하도록."

"알겠습니다."

정신을 차리고 나서야 용명은 자신이 하오문주를 상대하러 간다는 현실을 깨달았다. 예상했던 바가 전혀 아니었다. 허 장로가 교주를 지켜보다가 크게 어긋나면 암살하라고 했던 신신당부는 애초에 부질없는 헛된 꿈이었음을 깨닫는 순간이기도 했다. 교주가 마지막으로 남은 육포 조각을 들더니 용명에게 말했다.

"허 장로가 만들던 것과 같은 맛이구나. 신기한 일이야."

정작 신기한 것은 용명 자신의 마음이있다. 이렇게 해야만 혈아궁 전체가 살아남을 수 있었으니 말이다. 용명은 저도 모르게 짤막하게 한숨을 내쉬었다가 또 실수했다는 것을 깨닫자마자 입을 열었다.

"교주님, 광명검은 좌사끼리 다퉈서 주인을 다시 정하실 생각이십니까?"

교주가 고개를 끄덕였다.

"그래야지."

"누가 이길지 예상하고 계십니까?"

교주가 고개를 저었다.

"완성된 검마는 본래 무적이다. 옛 좌사는 평범한 검객이 되었기 때문에 승부를 예상하기 어렵다."

용명이 궁금하다는 것처럼 물었다.

"어째서 검마는 무적입니까? 사부님도 다짜고짜 비슷한 말씀을 하신 적이 있습니다."

교주가 말했다.

"광명검의 첫 주인이 아마 그랬을 테지. 마검혼전장魔劍魂戰場이라는 절기에 상대를 가둬서 죽이는 것이 옛 검마들의 방식인데 그곳에서 주화입마에 빠지면 정작 본인들이 마검혼전장을 빠져나오지 못해 죽는 경우가 많았다. 너무 오래된 무학이고, 그렇게 오래된 것은 마귀 취급을 받곤 한다."

"처음 듣습니다."

"좌사에겐 본래 총법을 어긴 자들을 죽일 권리가 있으니 좌사가 지닌 검은 집행검이다. 옛 좌사는 자신이 교를 떠난 줄 아는 모양인데 실제로는 그렇지 않다."

용명은 교주를 쳐다봤다. 교주가 웃으면서 말을 이어나갔다.

"실은 좌사 역할을 충실하게 수행하고 있다. 망령들을 수도 없이 처리했지 않느냐."

"그렇습니다."

"마귀가 되기 싫으면 광명검을 돌려주면 그만인데, 나도 검마의 속을 알 수가 없다."

"광명검을 오래 휘두르면 반드시 마귀가 되는 겁니까?"

"살인 집행관이 그럼 선한 사람이란 말이냐? 본래 가장 냉정한 사람이 맡는 자리다."

용명이 고개를 끄덕였다.

"그러고 보니까 위 좌사는 냉정한 사람입니다."

교주가 대답했다.

"그놈은 거기까지다. 그 이상을 바라면 네가 암살하도록 해. 눈앞에서는 무릎을 꿇지만, 돌아서면 왕처럼 행세하는 놈이다."

"그런 사내를 어찌 좌사에 임명하셨습니까."

"용명아."

"예."

"가까이 둬야 죽이는 게 쉽다."

그제야 용명은 실제로 교주가 자신의 대사형임을 깨달았다. 이런 논리는 허 장로가 가르친 살수의 무학과 일치했기 때문이다. 한편으로는 교주의 생각을 온전히 이해할 수가 없어서 당황스럽기도 했다. 그런 와중에 교주가 혹시 자신을 후계자로 점찍은 것은 아닐까 하는 생각이 들어서 사부를 대하는 것처럼 점점 마음이 이지러워지고 있었다. 물론 혈야궁의 안전 때문이기도 하다. 용명은 교주와 함께 마차를 타고 이동하면서 사부인 허 장로가 왜 교를 떠났는지를 얼추 이해하게 되었다. 그러니까 교주를 상대로 이길 수 있는 방법이 없었다.

* * *

검마는 새벽녘에 다시 담벼락으로 올라온 셋째와 함께 아침을 기다렸다. 해가 밝아지자 옛 수하들의 얼굴이 잘 보였다. 교를 떠난 지도 꽤 오래된 것 같은데 아는 얼굴과 모르는 얼굴이 적당하게 뒤섞여 있었다. 밤새 담벼락을 내려가서 금호대주를 비롯한 옛 수하를 몰살해야겠다는 상상을 수도 없이 하다가 참았다. 참은 이유는 간단했다. 어쩐지 교주의 계략에 휘말리는 것 같았기 때문이다.

자신이 마귀가 되면 교주는 기뻐하고, 셋째나 제자는 상심할 것 같다는 생각이 들어서 광명검도 오랫동안 쳐다봤다. 하지만 본래 예

…

전부터 한 번은 마귀가 될 생각을 품고 있었다. 그렇지 않으면 교주를 상대할 수 없을 테니까… 천하에서 교주의 수준을 가장 잘 아는 사내를 꼽으라면 검마 자신이었다. 광명검에 의존해서 일시적으로 마귀 상태가 되어도 승부를 가늠할 수 없겠다고 여긴 것이 이미 오래전 일이다. 옆에 셋째가 있다는 것도 까먹은 상태에서 셋째의 목소리가 들렸다.

"…맏형."

"응?"

"교대합시다."

검마는 교도들을 쳐다보면서 말했다.

"네가 일월광천을 쓸 것 같아서 쉴 수가 없다."

셋째가 교도들을 바라보면서 말했다.

"일월광천도 상대를 봐가면서 써야지."

"알았다."

* * *

내가 목검, 그러니까 일살을 꺼내서 칼날을 닦기 시작하자 금호대주가 물었다.

"일살은 교의 최고 살수가 지니는 검인데 어째서 그걸 문주가 가지고 있나?"

"그 최고 살수였던 사내가 선물했다."

"이유는?"

나는 금호대주를 바라보다가 할 말을 찾지 못했다. 무어라 대답하든 간에 내가 마교의 최고 살수가 된 것 같은 기분을 지울 수 없었기 때문이다. 금호대주도 내 망설임을 읽었는지 재차 말했다.

"교주님이 오시면 직접 반납하시오. 그대는 교도가 될 생각이 없을 테니."

"알아서 하마."

"아니면 그대가 교주님에게 직접 제일살수로 인정을 받든가."

금호대주가 옷음을 터트리자, 신분이 높은 녀석들만 함께 웃었다. 나는 일살의 칼날을 바라보면서 허 장로를 떠올렸고. 허 장로를 떠올리다가 그의 말을 오랜만에 곱씹었다.

'…음과 양이 만났을 때 가장 효율적인 순간을 태극이라 본다. 이를 상대하기 위해서 마도에서는 역태극을 오래 연구했고. 결국 최상 지점에 닿으려고 노력하면 같은 것을 고민하게 된다. 등봉조극이든 탈마든 간에 결국에는 완성으로 향하는 길목 근처에 붙은 푯말일 뿐이다.'

그렇다면 나는 아직 완성되지 않았다는 뜻이다. 얼마 전에 맏형과 허 장로가 말하는 탈마를 겪었기 때문이다. 새삼스럽게 깜박하고 있었는데, 일월광천은 허 장로의 무학에서 시작되었다. 그가 전달한 서책인 음과 양에 대한 고찰을 여러 차례 읽고 나서 창안한 절기였으니 말이다. 그러니까 허 장로의 출신을 생각하면 일월광천의 원류는 마도에 가깝다는 뜻이다.

하지만 내가 일월광천만 품은 사람은 아니다. 음과 양이 충돌하는 것을 외부로 분출하는 것이 일월광천. 음과 양을 동시에 체내로 받아들이는 것은 자하신공이기 때문이다. 그러니까 내 몸에서는 태극과 역천이 번갈아 가면서 일어나고 있다. 태극을 군이 도가의 무학이라고 주장한다면, 나는 도가 무학과 마도 무학을 동시에 사용하는 셈이다.

지금 내가 처한 환경도 그렇다. 자하객잔 바깥에는 마교가 도착해 있고 자하객잔 내부에는 운남칠살이 있었으나 나는 이들을 당장 때려죽이지 않은 채로 관망하는 중이다. 살아있는 것을 내버려 둔다는 점에서 도가적인 셈이랄까. 나는 상념에 빠진 채로 칼을 닦으면서 내 인생을 이런 식으로 고민했다.

내공과 외공. 음과 양. 광마와 탈마. 마도와 도가까지 겹쳤다. 조금 억지를 보태자면. 점소이와 하오문주의 정체성도 함께 지니고 있다. 문득 나 스스로가 대척점이라고 생각하는 교주가 떠올랐다. 교주의 나이를 정확하게 짐작할 수는 없으나 맏형보다 많을 것이다. 그렇다면 나보다 훨씬 앞서 음과 양을 두루 수련했다는 뜻이다. 삼재가 만나서 일차전을 언제 치렀는지는 모르겠다.

내 경지가 깊어지고 나서야 드는 생각인데… 신개 선배와 천악은 지금의 교주를 감당할 수 있을까. 교주도 일월을 수련했으면 무려 삼재라 불리는 인간들도 죽이지 못한 게 아니라 살려둔 게 아닐까 하는 의구심이 들었다. 문득 나는 평상에 누워있는 맏형을 바라보다가… 교주가 만약 이곳까지 등장하면 내게 닥칠 일은 패배나 도주, 혹은 죽음밖에 없겠다는 생각이 들었다. 살아남으려면 당연히 도주할 생각이다.

그런 후에 내공과 외공을 조합하고, 음과 양을 조화롭게 하고, 광마와 탈마의 다음 경지를 모색하고, 마도와 도가를 내 식대로 해석해야 한다. 그래야 점소이도 살고, 하오문주도 살 수 있을 터였다. 결국에 내 본질은 착한 놈이 아니기 때문에 죽일 놈은 죽이고, 살릴 놈은 살려서 마도와 도가를 모두 받아들이는 수밖에 없다. 인생이 이렇게 복잡하다. 병력을 바라보다가 교주를 상대로 도망쳐야겠다는 마음으로 고쳐먹게 된 원인은 역시 삼재였다.

개방 방주와 천악이 힘을 합쳐도 교주를 죽이지 못한다면, 임소백이나 맏형도 교주의 필 하나를 자르시 못한다는 뜻이다. 세상 사람들이 아무도 상대하지 못하는 절대 강자라면 내가 절대 강자가 되는 수밖에 없지 않을까. 일단은 교주의 실력을 한 번이라도 직접 목격해야 하지 않을까란 위험한 생각이 들었다. 지금은 구름에 가려져 있어서 어느 위치에 있는지 가늠이 되질 않았다. 문득 나는 좌측으로 시선을 보냈다. 병력이 또 밀려오고 있었는데 복장이 통일되어 있었다. 점점 해가 밝아지고 있어서 깃발에 적힌 글귀도 잘 보였다.

"…은룡銀龍."

금호와 짝을 이루는 이름이어서 마교임을 알았다. 아마도 외당 소속이라서 도착 시간이 제각각인 모양이었다. 은룡대주로 추정되는 사내가 걸어오면서 말했다.

"…전달한다. 교주님이 일양현을 방문하셨다. 그곳에서 옥화궁의 진전을 이어받은 어린 제자 장요란을 만나셨다. 추후 교도들은 지위 고하를 막론하고 일양현을 건드리지 말아야 할 것이다. 숙지하지 못한 자들에게 전달하도록."

자하객잔에 앞에 도착한 은룡대주가 나를 올려다봤다.

"…들었나? 하오문주."

내가 고개를 끄덕이자, 은룡대주가 웃으면서 말했다.

"교주님의 관용에 대한 반응이 그것뿐이냐?"

"은룡대주, 네가 교주냐?"

나는 은룡대주를 내려다봤다. 은룡대주가 당황해하더니 그제야
제자리로 돌아갔다. 세상에… 옥화궁의 진전을 이어받은 어린 제자
라니… 전생에 색마가 살아남아서 좌사가 되었던 이유도 아마 같은
이유였을 것이다. 교주가 도착하지도 않았는데 마음 한쪽이 무겁고
불편한 것을 보아하니. 부담감이라는 게 생긴 모양이다. 나는 무심
코 맏형을 바라봤다. 누워있었던 맏형도 놀란 모양인지 평상에 앉아
서 나를 쳐다보고 있었다. 우리는 딱히 할 말이 없었다.

384.
미친놈

교주가 일양현을 다녀갔다는 소식을 듣고 나름대로 충격을 받은 나는 턱을 괸 채로 교도들을 바라봤다. 교주는 무적인 모양이다. 교도를 잃어도 슬퍼하지 않고, 자식들이 어딘가에서 당해도 신경 쓰지 않는 마음가짐을 지녔으니 대체로 약점이 없는 사내다. 문득 이런 생각이 들었다. 교도나 자식에 관한 생각보다는 허 장로나 검마와 같은 옛 동료를 더 생각하지 않을까 하는 의구심.

그러니까 내가 목격했던 교주의 행보 중에서 가장 사람다웠던 것은 직접 허 장로를 보러 왔다는 점이 유일하다. 나머지는 관심이 없다는 뜻이다. 일양현을 그대로 내버려 뒀다는 뜻은 일양현 전체를 포로로 삼은 것과 마찬가지라서 한숨이 나왔다. 고민해 봐도 상대할 방법이 없는 것 같아서 잠시 마음을 비웠다. 눈앞의 교도들마저도 언제든지 명령이 떨어지면 망설임 없이 내게 달려들었다가 죽음을 맞이할 터였다.

'대단한 사람이야.'

전생에 나를 따라서 만장애를 뛰어내리는 교도들을 보면서 의아해했었는데 그 명확한 이유는 지금 알았다. 만장애보다 교주가 더 무서웠겠지. 마교는 허점도 많고, 부족한 것도 많은 종교 단체이지만. 교주에겐 딱히 부족함이 보이지 않았다. 이 사내는 내가 미워하든 말든 간에 대종사라는 것을 인정할 수밖에 없었다.

교주에게 아득바득 이겨야겠다는 마음을 버린 채로 교도들을 바라보고 있을 때, 어떤 명령이 떨어지자 교도들이 단체로 품에 손을 넣더니 종이 같은 것을 꺼냈다. 이내 종이에서 꺼낸 육포를 교도 전체가 씹기 시작했다. 설마 이것이 아침이란 말인가? 나는 교도들이 단체로 식사하는 모습을 구경했다. 금호대주와 같은 간부들도 예외는 없었다. 위아래가 전부 육포를 씹으면서 나를 쳐다봤다. 사람들이 밥을 먹는 모습에 놀라게 될 줄이야. 나는 턱을 괸 채로 교도들에게 물었다.

"…그거 가지고 아침이 되겠나?"

아무도 내 말에 대꾸하지 않았다. 고개를 돌려보니 안쪽에서도 운남칠살이 아침을 준비하고 있었다. 나는 눈을 마주친 비검귀에게 물었다.

"창고에 식량이 얼마나 있지?"

비검귀가 대답했다.

"대략 수십 명이 먹을 양으로 삼사십 일? 인부가 많았나 보군."

나는 고개를 끄덕인 다음에 금호대주를 바라봤다.

"금호대주."

"왜 그러나?"

"들어와서 식량을 가져가라."

금호대주가 육포를 씹다가 웃었다.

"하하하."

그게 뭔 개소리냐는 표정으로 나를 바라보다가 말했다.

"필요 없다."

"왜? 독이 있을 거 같아서?"

"네게 얻어먹을 이유가 없어. 육포를 씹는다고 불쌍해 보이나 본데, 그러지 말도록."

"그럼 돈을 줄 테니 백응지에서 식량을 조달해라."

이번에는 내 말에 교도들이 단체로 웃었다. 교도들이 웃자, 운남칠살 중 누군가가 내게 말했다.

"문주, 내버려 두시오. 그게 어디 통할 말이오?"

"밥 먹으라는 소리도 안 통한다는 말이냐?"

잠시 후에 비검귀가 젓가락을 찔러 넣은 밥그릇을 든 채로 다가와서 내밀었다.

"이거나 드시오."

밥이 산처럼 담겨있었는데 그 위에 적당하게 자른 고기가 몇 점 놓여있고, 양념이 조금 뿌려져 있었다. 나는 밥을 쳐다보다가 비검귀에게 물었다.

"독은?"

비검귀가 소리를 버럭 내질렀다.

"없어!"

"지랄이야."

비검귀는 밥을 건넨 다음에 돌아갔다. 나는 젓가락을 붙잡은 다음에 교도들을 바라보면서 밥을 먹었다. 여전히 육포를 씹고 있는 놈들을 보면서 한마디를 하지 않을 수가 없었다.

"이것이 밥이다. 멍청한 새끼들. 먹고 싶으냐?"

"…"

육포를 먹은 교도들이 가죽 주머니에 담긴 물을 마시면서 나를 쳐다보고 있었다. 나는 밥을 씹으면서 교도들에게 말했다.

"…너희 교주가 너무 대단해서 상대할 방법이 없다."

금호대주가 대답했다.

"문주, 참으로 늦게 알아차리는군."

나는 밥을 먹으면서 교도들에게 하오문에 대해서 설명했다.

"하지만 교주가 대단한 것이지. 너희가 대단한 것은 아니야. 그리고 내가 이끄는 하오문이 너희 교도보단 많아."

"그럴 리가."

"물론 너희보다 실력은 부족하다. 하지만 수는 더 많은 게 사실이다. 대부분 무공도 안 익혔다. 그래도 무림맹에도 있고, 흑도에도 있고, 서생 쪽에도 있을 거야. 하오문도가 되고 싶은 사람?"

나는 젓가락을 쥐고 있는 손을 들었다가, 없는 것 같아서 내렸다.

"하오문도가 될 방법을 알려주마."

금호대주가 대답했다.

"알려줄 필요 없다."

"그냥 마음속으로 하오문도가 되고 싶다고 생각하면 그게 끝이야.

가입 조건, 형식, 절차도 없다. 내가 문주이지만 내게 허락 맡을 필요도 없다. 길을 걷다가 수레를 끌고 가는 늙은이를 봤을 때 이유 없이 때리거나 죽이지 않고, 수레를 조금 밀어주면 된다. 그것이 하오문도의 자격이야. 그게 끝이다. 너희가 교주에게 충성을 포기하지 않아도 하오문도가 될 수 있다. 단순하고 쉬운 일이지."

뒤에서 운남칠살이 물었다.

"그게 정말 하오문인가?"

나는 고개를 끄덕였다.

"내가 문주인데 그럼 거짓말을 했을까?"

나는 밥을 싹싹 긁어먹은 다음에 밥그릇을 내려놓았다. 뒤에서 누군가가 무언가를 던지면서 나를 불렀다.

"문주."

날아오는 것을 붙잡아 보니 술이었다. 나는 던진 놈에게 물었다.

"독은?"

"좀 닥치고 그냥 처먹으면 안 되겠나?"

"내 주둥아리다."

"그대가 독을 먹으면 우리가 검마에게 죽는데 어찌 이런 상황에서 독을 타겠나?"

나는 교도들을 바라보다가 술병을 들었다.

"…마실 사람? 없겠지? 혼자 마셔야지."

술을 마시면서 생각해 보니까 만약 교주가 일살의 회수를 명한다면 어쩔 수 없이 내놓아야 한다는 생각이 들었다. 일양현과 요란이 때문에 많은 것이 바뀌었다. 나는 술을 마시다가 허 장로가 건넨 목검을 물끄러미 바라봤다. 애초에 내 것이 아니었다고 생각하면 내게 있으나 없으나 별 상관이 없다. 검 한 자루보다는 일양현 사람들이 더 중요하고, 내가 곧 검이기 때문이다. 일살에 대해서는 금세 미련을 버렸다. 금호대주에게 물었다.

"이 검은 허 장로가 내게 선물한 것인데 그는 정말 교의 최고 살수였나?"

금호대주가 고개를 끄덕였다.

"자타공인 제일살第一殺이셨지."

"그에게 직접 받은 것인데 너희가 회수해야 할 명분이 있나?"

"교주님이 회수를 명령하셨으면 회수하는 것이 마땅하다. 본래 허 장로께서 은퇴하셨으면 응당 반납했어야 하는 검이다. 너무 늦은 셈이지. 또한, 혈야궁은 제멋대로라서 조만간 문책당할 가능성이 크다. 그대가 일살을 내놓지 않으면 혈야궁이 더 곤란해지겠지."

나는 고개를 끄덕였다.

"그런 방식이군."

어쩐지 일양현을 붙잡아 두고 나를 압박하는 것과 비슷했다. 교주에겐 다 계획이 있었던 모양이다. 그렇다면 검마와 나를 여태 살려둔 것도 나름대로 의미가 있었다는 뜻일까? 그것까진 잘 모르겠다. 나는 금호대주에게 물었다.

"그렇다면 허 장로나 좌우사자들을 제외한 교의 최고 살수가 지녀야겠군."

금호대주가 고개를 끄덕였다.

"총법에 따르면 그러하네."

나는 교도들을 향해 일살을 내보였다.

"이왕이면 제일살이 가져갔으면 좋겠군. 적어도 나를 이겨야 제일살이라 불릴 자격이 있을 것 같은데 자꾸만 총법만 거론하면서 떼를 쓰는군. 금호대주, 와서 가져가라."

금호대주가 걸어 나오자, 여태 가만히 있었던 은룡대주가 입을 열었다.

"멈춰라. 금호대주."

금호대주가 은룡대수의 말을 무시하면서 내 쪽으로 다가왔다.

"내가 보관했다가 교주님에게 드리겠다. 문주, 내놓아라."

순간 무언가가 날아오더니 금호대주의 앞을 갈랐다. 검기였던 모양인지 금호대주가 이동하는 앞쪽의 땅이 길쭉하게 파였다. 은룡대주가 말했다.

"멈추라고 했다."

나는 담벼락에 비스듬히 누워서 오른팔로 머리를 지탱하는 자세로 교도들을 구경했다. 그래도 나는 금호대주와 말이 통하는 편이어서 은룡대주를 꾸짖었다.

"보관했다가 교주에게 바친다는데 네가 왜 간섭이냐? 그리고 왜 함부로 같은 서열의 대주를 향해 검을 뽑나? 무엄한 놈이네. 교도들은 함부로 다투지 말라. 이는 하오문주의 명령이다."

금호대주는 황당한 표정으로 은룡대주를 노려보다가 말했다.

"다시는 검을 뽑지 말도록."

은룡대주가 말했다.

"허 장로는 교의 총사이자 전성기 시절에는 좌우사자보다 무력이 뛰어난 이인자로 교주님을 제외하면 최강이었다. 일살은 최강이 지니고 있어야 해."

금호대주가 대답했다.

"좌우사자들마저 다 떠났는데 당장 이인자를 어떻게 가린다는 말이냐? 억지 부리지 말도록."

나는 교도들을 중재했다.

"이 어리석은 중생들아 다투지 말아라. 와서 가져가라고 한 것은 그냥 준다는 뜻이 아니다. 너희가 교도이건 하오문도이건 간에 염치라는 게 있으면 최소한 나보단 강해야 이것을 받을 자격이 있다. 허장로도 그렇게 생각할 거야. 그렇지 않으냐?"

"..."

"너희들 교리는 힘이 우선이야. 너희처럼 이상한 놈들은 세상에서 같은 예를 찾기 어려워. 좀 우직했으면 한다. 허 장로가 선택한 제일살은 지금 나다. 일살을 가져가고 싶으면 실력으로 가져가도록. 다만 내가 보기에 너희 대주 둘은 사천왕보다도 허약하다. 동시에 덤비는 것을 허락하마."

그제야 처음으로 금호대주가 평정심을 잃은 것처럼 안색이 변했다. 눈빛에 분노로 인한 불길이 담겨있는 것처럼 보였다. 나는 속으로 내심 놀랐다. 겨우 대주 한 명의 마음을 격동시키는 게 이렇게 어렵단 말인가? 어쩌면 수하들 앞에서 망신을 당한 게 더욱 부끄러웠던 모양이다. 금호대주보단 냉정해 보이는 은룡대주가 앞으로 걸어나오면서 말했다.

"...도저히 넘어갈 수 없는 발언을 하는구나. 하오문주."

나는 도발이 먹히자마자 담벼락에서 일어났다.

"수장들, 진작 이렇게 나왔어야지. 수하들부터 희생해서 갈아 넣는 방식은 내가 가장 증오하는 방식이다."

식사를 마친 맏형이 담벼락으로 날아오더니 개입하지 않겠다는 것처럼 가부좌를 틀었다. 나는 담벼락을 뛰어내리면서 이런 생각을 했다. 어리석은 중생이 결국에는 나다. 은룡대주와 금호대주는 검을 뽑자마자 동시에 달려왔다. 나는 두 대주를 맞이하러 기면서 일살을 뽑은 다음에 목세를 주입했다. 금세 도착한 대주들이 검을 휘두르자 검풍劍風이 뻗어나갔다.

왜 이렇게 화가 났나 했더니 허접한 실력이 아니라서 그랬던 모양이다. 외당에 속하고 있으나 본래 한 단체의 수장인 느낌이랄까? 그러니까 대주는 교에서의 직위인 모양이었다. 하지만 이들을 상대하는 내 움직임이 전보다 훨씬 더 여유로워진 것을 확인하면서 내 무위가 상승했다는 것을 직감했다. 가까이서 확인해 보니. 금호대주는 흔하고 일반적인 장검을, 은룡대주는 칼날이 물고기의 이빨처럼 되어있는 기형도奇形刀를 쓰고 있었다. 둘은 사이가 좋아 보이진 않는데도 합공을 펼치자 손발이 척척 잘 맞았다.

내가 기형도를 쳐낼 때마다. 은룡대주는 칼날을 비틀어서 검의 궤적을 바꾸려고 하고, 그때마다 금호대주가 내 빈틈을 노리고 기습했다. 하지만 내가 둘을 꺾는 데 목계 이상의 기를 사용할 필요는 없었다. 예전의 목계와 지금의 목계는 깊이가 다르기 때문이다. 나는 일살로 두 자루의 병기를 튕겨내면서 지법을 적중시킬 빈틈을 찾았다. 오랫동안 수련한 검객과 도객들이라서 그런지 당장 찾을 수는 없었다. 이십여 합을 맞붙다가 금호대주와 정직하게 장력을 겨루고, 은룡대주의 어깨에는 지법으로 빙공을 박아 넣었다.

탁!

은룡대주가 느려진 몸으로 기형도를 휘두르고. 장력에 밀려났던 금호대주는 기합을 내지르면서 다시 덤벼들었다. 나는 검의 궤적을 보다가 금호대주의 검을 쳐내면서 그의 가슴에 빙공을 주입했다.

탁!

이어서 한껏 느려진 은룡대주의 하반신을 발로 차서 균형을 무너뜨린 다음에 월영무정공의 냉기를 가슴에 재차 주입했다. 두 사람은 휘청거리는 와중에도 검과 도를 애처롭게 휘둘렀다. 나는 뒤로 물러나서 일살을 집어넣은 다음에 구경했다. 내가 뒷걸음을 치자⋯ 몸이 굳어가는 와중에도 두 사람이 나를 집요하게 따라왔다.

"와⋯"

표정이 볼만했다. 치욕과 분노가 잔뜩 뒤섞여 있었다. 순간 나는 두 대주가 눈빛을 교환하는 것을 확인했다. 무언가 불길함을 느꼈을 때 힘을 쥐어 짜내듯이 움직인 두 사람이 서로의 몸에 기형도와 장검을 휘둘렀다. 나는 발검으로 일살을 뽑자마자 검풍으로 두 자루의 병장기를 공중으로 날렸다. 파악- 소리와 함께 빙글빙글 도는 장검과 기형도가 이내 바닥에 꽂혔다. 내가 놀란 것은 다음이었다. 호흡을 동시에 들이마신 두 사람이 한 손을 들더니 자신의 천령개를 내려쳤다. 나는 검을 집어넣자마자 두 사람에게 암향표로 다가가서 동시에 빙공을 적중시켰다.

팍!

천령개를 내려치려던 동작에서 잠시 굳었던 두 대주가 제자리에 허물어지듯이 앉았다. 두 사람의 자결을 막긴 했으나 속으로는 한숨이 깊이 새어나왔다. 대체 마교는 무엇인가? 두 대주는 하얗게 질린 얼굴로 바들바들 떨면서 나를 바라봤다. 한기가 겹쳐서 체내를 돌아다니고 있을 터였다. 독한 놈들이라서 그렇지 한기를 몸으로 받아내면서도 운기조식을 하지 않고 있었다. 나는 육포로 아침을 해결한 두 놈에게 말했다.

"…이게 평소 실력이냐? 아니지?"

"…"

"밥을 똑바로 먹어야 제대로 싸우지 않겠나. 교주가 그렇게 무서우냐? 그렇게 무서우면, 교주가 죽으라고 할 때 죽어라. 지금 죽을 필요는 없다. 죽으란 말도 없었는데 너희가 자결하면 그것도 항명이야. 죽으려면 명예롭게 죽어야지. 이게 무슨 어린애들의 회피냐?"

"…"

"일살을 가질 자격이 있는지 확인하는 싸움이었다. 너희는 자격이 없어. 너희보단 내가 낫지. 안 그러냐? 못난 놈이 일살을 차지하면 허 장로가 실망할 거다. 허 장로는 백 년이나 교에 충성했어. 그런 사내가 일살을 내게 맡겼다면 너희도 존중을 해줘야지."

금호대주가 나를 쳐다봤다.

"죽여라."

나는 고개를 저었다.

"소속과 뜻이 달라도 용맹한 자를 보면서 감탄하는 것은 예로부터 종종 있던 일이다. 자꾸 내게 이래라저래라 하지 마."

　　　…

"…"

나는 뒤로 걸으면서 두 사람에게 말했다.

"내가 명령을 받기 싫어서 문주를 하는 사람이야."

담벼락으로 돌아와서 맏형과 나란히 앉은 다음에 눈을 감고 있는 두 대주를 바라봤다. 빙공이 체내에 퍼진 모양인지 희뿌연 냉기가 턱과 얼굴의 일부까지 차오른 상태였다. 강해졌다는 사실이 시각적으로도 실감이 났다. 대주들을 구경하던 맏형이 나를 쳐다봤다.

"셋째야."

"왜."

"탈마가 맞는 모양이다."

나는 고개를 끄덕인 다음에 맏형을 바라봤다.

"이랬다가 저랬다가 좀 하지 마. 나는 광마야."

맏형이 덤덤한 표정으로 나를 쳐다보더니, 처음으로 내게 욕을 선사했다.

"미친놈."

"…"

385.
장비가 술 처먹고
해장 못 한 얼굴

맏형이 금호대주와 은룡대주를 바라봤다.

"호 대주, 용 대주."

정식 이름은 금호와 은룡일 텐데, 맏형이 부르는 방식은 좌사가 옛 수하들을 부르는 것처럼 들렸다. 두 사람은 바들바들 떠는 와중에도 맏형의 말에 대답했다.

"말씀하시오."

"문주에게 패배했으면 금호대와 은룡대가 패배한 것이니 병력을 이끌고 물러나라."

두 대주가 서로를 바라봤다. 쉽게 받아들일 수 없는 제안일 것이다. 맏형의 말이 이어졌다.

"전면전에 나서도 문주에게 모두 죽는다. 명령받은 처지라 물러나기 싫겠지. 안다. 그러나 위 좌사가 도착하면 금호대와 은룡대는 의미 없는 칼받이가 된다. 이 싸움에는 명예랄 게 없다. 거절하면 내가 너희 둘의 목을 자를 수밖에 없다. 내가 내뱉은 말을 잘 지킨다는 것은 문주보다 오히려 너희 둘이 더 잘 알겠지."

나는 맏형을 바라봤다. 다친 놈들이 옛 수하든 아니든 간에 자신이 내뱉은 말을 우선으로 삼는 사람이 맏형이다. 어쨌든 비무 한판에 금호대와 은룡대를 한꺼번에 물러나게 하려는 맏형의 의도가 훌륭한 것 같아서 나도 거들었다.

"너희 둘이 죽으면 위 좌사가 병력을 부리기 더 쉽다. 기회 줄 때 물러나도록."

금호대주가 손을 들더니 수하 한 명을 불렀다.

"장 부주."

"예, 대주님."

"통솔해서 퇴각해라."

"대주님은…"

"남겠다. 내 책임이다."

"대주님."

"말다툼할 상황이 아니다. 물러나도록."

장 부주라는 사내가 한숨을 내뱉더니 겨우 대답했다.

"명을 받겠습니다."

이번에는 은룡대주가 입을 열었다.

"야율 부주, 함께 퇴각해."

당연하게도 야율 부주로 추정되는 사내가 대답했다.

"남겠습니다."

"위 좌사에게 이용당하는 꼴은 내가 못 보겠다. 퇴각해. 가지 않으면 다시 천령개를 내려치든 혀를 깨물든지 하겠다. 내가 책임지마. 퇴각하도록. 반드시 동남 방향으로 퇴각했다가 돌아서 복귀하도록. 도중에 마주치면 위 좌사와 칼부림을 해야 한다. 금호대도 마찬가지. 함께 퇴각해라."

"알겠습니다."

이어서 부주끼리 시선을 교환하더니 대기하던 자들을 이끌고 천천히 물러났다. 은룡대주의 말대로 방향은 동남쪽이었다. 예상했던 바는 아니지만 이쨌든 맏형의 선택이 맞는 것처럼 느껴졌다. 이런 병력이 아무리 덤벼봤자, 우리 둘에겐 의미가 없기 때문이다. 맏형이 두 대주에게 말했다.

"아무리 마도라고 불리긴 하나, 이런 식으로 죽을 필요는 없다."

금호대주가 맏형의 말을 존중한다는 것처럼 끄덕였다.

"사정 봐줘서 고맙소. 하지만 우리는 여기에 남겠소. 아시지 않소? 누군가는 항상 책임을 져야 한다는 것을."

맏형이 대답했다.

"이해한다."

금호대주와 은룡대주는 그제야 자세를 잡더니 호흡을 가다듬으면서 눈을 감았다. 맏형이 당장 알 수 없는 말을 꺼냈다.

"시간이 흐르고 뒤돌아보니."

"음."

"교주는 아직도 후계자 다툼 시절에 머물러 있는 것 같다."

"어떤 점이?"

"그게 마지막으로 즐거웠던 기억이 아닐까. 정상을 차지하고 나서, 말 한마디로 이런 병력을 부려봤자 큰 의미는 없었겠지. 결국에 적수가 남아있었던 시절이 그를 붙잡아 놓는 것 같구나."

너무 추상적인 이야기였지만 어느 정도 이해는 갔다. 추측하던 바를 맏형에게 물어봤다.

"그렇다면 맏형이나 내가 자신의 큰 적으로 등장하길 바라고 있었나? 그간의 행보를 돌아보면 말이야."

"세상을 제법 속속 이해하게 되더라도 정작 자신을 이해하지 못하는 경우가 있다. 내가 교주를 이해하지 못했던 게 아니라 교주가 자신을 이해하지 못한 게 아닐까 하는 생각이 드는군. 살아남기 위해서 발버둥을 치던 세월이 돌이켜보면 가장 좋았던 시기였다는 것은… 대체 무슨 말로 표현해야 할까? 이를 표현할 말조차 궁색하구나."

나는 맏형의 표정을 바라봤다.

'교주가 그렇게 감상적인 사람일까?'라고 물어보려다가 참았다. 왜냐하면, 교주가 허 장로를 찾아왔던 일이 떠올랐기 때문이다. 그 일 때문에 어쩌면 맏형의 추측이 맞을지도 모르겠다는 생각이 들었다. 한숨이 흘러나왔다.

"설마 적수가 없는 세상에서 살아가는 무료함 때문에 이 지랄 중이라고?"

내 속의 일부가 썩어들어 가는 심정을 맛봤다. 맏형이 운기조식하는 대주들을 보면서 말했다.

"…광명검을 회수해라. 일살을 회수해라. 검 몇 자루가 교주에게 무슨 의미가 있을까. 이미 본인은 검을 사용하지 않아도 되는 경지

일 테니 말이야. 총법에 적혀있다는 것은 아랫사람을 부릴 때 좋은 말이지. 애초에 총법을 잘 따랐다면 마교라 불리는 일도 없었겠지. 세상과 척을 지려 하지 않았을 테니 말이다. 백도에도 위선자가 있고, 마도에도 위선자는 있는 법. 내가 불편해하던 정체 모를, 이름 모를 불온함은 이런 교주의 위선 때문이었겠지. 왜냐하면…"

"…"

맏형이 대주들에게 전하듯이 말을 이어나갔다.

"너희들 목숨보다도 교주의 유희가 더 중요하기 때문이다. 너희 둘은 교주가 느끼고 있는 적막함, 공허함, 무료함, 따분한 일상, 따분한 적들 때문에 희생되고 있다. 이 희생을 목격했고, 정확하게 무엇이 잘못된 것인지조차 파악하기 어려웠던 내 어리석음 때문에 교를 나온 것이다. 이 모든 것을 객관적으로 볼 필요가 있었다."

운기조식을 하던 대주들이 조용히 눈을 뜨더니 맏형을 바라봤다. 나는 두 사람의 표정에서 이들이 맏형의 이야기를 듣고 있었다는 것을 알았다. 금호대주가 물었다.

"그게 교를 떠난 이유였소?"

맏형이 대답했다.

"이런 사소한 이유로 떠나는 것은 부족하다고 보는 것이냐?"

금호대주가 고개를 저었다.

"아니. 좌사답소."

나는 맏형과 옛 수하들의 대화를 듣다가 묘한 감정을 느꼈다. 마냥 좋은 기분은 아니었다. 그러니까 처음으로 교주의 약점을 알게 된 심정이랄까. 내가 생각하는 교주의 약점은… 내 옆에 있는 검마다. 검마가 더 교주에 적합한 인물이라서 그렇다. 내 생각만이 아니라 옛 수하들도 그렇게 느끼는 것 같아서 더욱 그렇다. 하지만 이것을 알아내자마자 기분이 좋지 않은 이유는 간단하다. 맏형이 만에 하나라도 교주가 되면, 내가 맏형을 잃기 때문이다.

문득 한숨이 나오는 이유는… 이미 똑똑한 교주도 예전부터 알고 있지 않았을까 하는 생각이 들었기 때문이다. 마치 광명검에 희생될 먹이를 던져주듯이. 마치 다음 교주가 되기 위한 시련을 던져주듯이. 마치 이 정도 고난과 역경은 견뎌내야 교주가 될 수 있다는 듯이. 우리가 겪은 싸움은 그럭저럭 버틸 만했다. 교주의 유희라는 함정에 빠진 맏형도 불쌍하고. 나도 불쌍하고. 교도들도 불쌍하다.

그래서 사람들은 항상 자신의 길을 찾아야 한다. 찾지 않으면 어둠 속을 걷는 것과 같기 때문이다. 어느 누가 이런 교주를 자세히 이해할 수 있겠는가? 어둠은 그저 어두울 뿐이라서 이해할 수 있는 영역이 아니다. 그렇기에 어쨌든 반격의 칼자루는 맏형이 쥐고 있었다. 맏형의 검이 광명光明인 것처럼 말이다.

다만, 여전히 문제는 교주의 무력이라서 가지고 놀던 게 없어지면 또 다른 유희를 찾아낼 게 뻔했다. 그러니까 이것은 굉장히 원초적이면서도 유치한 놀이의 원형이기도 하다. 저쪽 산에서 가장 강한 호랑이를 붙잡아 오고, 이쪽 산에서 가장 강한 곰을 붙잡아 온 다음에 누가 이길 것인지 구경하는 것에 지나지 않기 때문이다. 호랑이와 곰의 싸움을 강호로 확장한 셈이랄까.

만약 내 추리가 옳다면 교주는 광명우사도 살려놓았을 것이다. 실컷 정신적으로 괴롭히다가 하오문주라는 변수를 만나서 머리가 핵

돌면 광견狂犬이 되는 식이다. 그렇다고 죽일 필요는 없다. 광견도 개라서 그렇다. 나는 맏형과 함께 새롭게 등장하는 깃발을 쳐다봤다. 그렇다면 과연 저들은 어떤 개새끼들일까.

새로운 병력이 다가온다는 것을 알았는지 금호대주와 은룡대주는 다시 눈을 감았다. 말을 섞기 싫은 모양새였다. 어처구니없게도 병력은 금호대와 은룡대를 합친 것보다 많았다. 다만 복장이 통일되어 있지 못하고, 전면에 있는 고수들은 가지각색의 병장기와 복색을 갖추고 있어서 낭인 무리처럼 보였다. 더 가까이 오고 나서야 나는 이들이 낭인 무리가 아니고 식객들임을 알았다. 깃발에는 탑塔이라는 글자가 적혀있었다.

새롭게 광명우사가 됐다는 탑왕이 도착한 모양이다. 이들이 조금만 빨랐으면 금호대와 은룡대도 퇴각하지 못했을 터였다. 병력의 질서정연함은 퇴각한 병력보다 오히려 뒤떨어졌다. 다만 식객들의 분위기나 기도는 방금 떠난 교도들보다 더 강해 보였다. 확실히 여기저기서 굴러먹은 강호인들이 군데군데 끼어있는 모양새였다.

이 무리에서 한 사람이 움직이자, 사람들이 좌우로 길을 텄다. 군중들 사이에서 나무 한 그루가 걸어 나오는 것처럼 신장이 컸다. 풍채를 확인해 보니까 신장만 큰 것이 아니라 좌우의 폭도 기형적으로 넓은 장한壯漢이었다. 본인은 물론이고 조상들도 전부 장수들이 아니었을까 싶은 기골을 뽐내고 있었다. 이 사내가 입을 열자, 일반 사람들보다 울림이 큰 목소리가 흘러나왔다.

"…저들은 왜 살려뒀나? 검마."

맏형은 콧방귀를 뀌면서 대답하지 않았다. 그러자 탑왕으로 추정

　　　…

되는 사내가 대주들에게 물었다.

"병력은 다 어디로 보냈나? 죽은 것 같진 않은데. 대주들."

탑왕의 시선을 돌릴 필요가 있을 것 같아서 내가 주둥아리를 개방했다.

"…네가 새로운 우사냐?"

탑왕이 고개를 끄덕이더니 못난 표정으로 날 주시했다.

"네가 하오문주인가?"

나는 천천히 고개를 내저었다.

"나는 백응지의 색마다."

탑왕이 고개를 끄덕이면서 대답했다.

"몽 공자로구나. 문주는 어디 있느냐?"

"형님은 지금 바쁘시다."

맏형은 굳이 나를 말리지 않겠다는 것처럼 옆에서 물끄러미 쳐다봤다. 탑왕이 근엄한 목소리로 말을 이어나갔다.

"점소이 놈이 객잔을 비우고 어딜 갔지? 외상값을 받으러 갔다더냐?"

유난히 멍청해 보이는 탑왕이 능청스럽게 말하자, 그제야 식객들이 단체로 웃음을 터트렸다. 전부 내가 하오문주임을 이미 알고 있었다는 웃음이었다. 실은 나도 웃겨서 이들과 함께 웃었다.

"탑왕…"

"말하게."

"생긴 것과 다르게 똑똑하네. 내가 한 방 먹었다. 영민한 사내였군. 생긴 것과 다르게. 선입견이었어. 이래서 사람은 외모로 판단해

선 안 돼. 생긴 건 장비가 사흘 내내 술 처먹고 해장도 못 한 것처럼 생겼는데 내가 오판했다. 명성이 자자한 식객답구나. 네 밥값을 감당하지 못해서 위 좌사가 헐값에 넘겼다는 소문이 있던데 사실이냐?"

웃던 놈들이 웃음기를 지우고. 떠들던 놈들이 입을 다물었다. 탑왕도 굳은 표정으로 나를 주시하더니 콧바람을 내보냈다.

"내가 네 소문을 자주 들었다. 언젠가는 누군가에게 그 입이 찢어질 것이라 기대했는데 용케 버렸구나. 오늘 해가 지기 전까지는 네 입이 찢어질 것이라고 약조하마."

"지랄."

옆에 있는 맏형이 드디어 입을 열었다.

"탑왕."

탑왕이 대답했다.

"배교자, 할 말 있나?"

"자네가 전마戰魔를 죽였나?"

탑왕이 활짝 웃으면서 말했다.

"아… 혹시 예전 수하였나? 전마라니, 부끄러운 별호였다. 얼마나 부끄러웠으면 패하고 나서 자결했겠느냐?"

맏형이 점잖은 어조로 물었다.

"혹시 전마가 싸울 때 부끄러운 행동을 했거나 비겁함을 내보였나?"

탑왕이 대답했다.

"그렇진 않았네. 그저 별호에 비해서…"

맏형이 탑왕의 말을 도중에 끊었다.

"그런데 왜 전마의 죽음을 조롱하는 것이냐. 네가 더 강하다는 이유로?"

담벼락에 앉아있었던 맏형이 일어났다. 검마라 불리는 사내가 일어나자 주변이 어느새 고요해졌다. 병력이 많든 적든 간에 맏형의 선전포고가 이어졌다.

"…배교자가 교도의 복수를 할 이유는 없으나 네 조롱은 지나칠 수 없다. 앞으로 나와라."

탑왕이 무어라 하기 전에 내가 끼어들었다.

"수하들부터 보내는 게 네 마도魔道는 아니겠지. 수하를 보내면 전부 내가 상대할 테니, 너는 옛 좌사를 상대하도록. 주둥아리로 광명우사가 된 것은 아닐 것이라고 기대하마. 탑왕. 그러고 보니까 왕이 여기에도 있었네. 병신 같은 놈. 개나 소나 왕이래… 염병."

탑왕은 얼굴 면적이 넓어서 그런지 안색이 붉어지는 게 여기에서도 잘 보였다. 맏형이 담벼락에서 가볍게 뛰어내리더니 전방으로 걸어가다가 넓은 장소에서 멈췄다. 이렇게까지 하는데 나서지 못하는 놈은 마도도 아니고, 사내도 아니다. 그리고 전장의 분위기라는 게 있다. 물러나면 적은 물론이고 아군에게도 존중을 받지 못하는 것. 실은 그것이 강호다. 탑왕이 식객 무리를 보면서 말했다.

"가져와라."

식객 무리에서 비쩍 마른 두 사람이 자신의 몸통만큼이나 굵은 기형대도奇形大刀를 붙잡은 채로 다가왔다. 커다란 칼날을 여러 개 붙여서 만든 것처럼 기괴하고 육중해 보이는 병장기였다. 그것을 한 손으로 가볍게 붙잡은 탑왕이 대도를 어깨에 걸친 채로 걸어 나왔다. 탑왕은 정신이 나간 모양인지 맏형까지 조롱했다.

"···아무리 봐도 자네는 전마보다 한 수에서 두 수 정도 높은 것 같은데. 그렇게 자신이 있나?"

나는 맏형의 등을 쳐다보다가 어쩐지 평소보다 화가 많이 난 것처럼 보여서 주둥아리를 잠시 다물었다. 이때, 문득 나는 금호대주, 은룡대주와 눈을 마주쳤다.

"···"

두 사람은 애써 눈을 감고 있다가 싸움이 궁금해서 눈을 뜬 것처럼 보였다. 나는 두 사람을 향해 손가락을 내민 다음에 빙글빙글 돌렸다. 그러자 두 사람이 마른기침을 내뱉더니 앉은 자세에서 돌아섰다. 내상을 입었어도 싸움 구경은 참을 수 없었던 모양이다. 맏형은 아무런 말 없이 광명검을 뽑았다. 오늘따라 번뜩이는 칼날이 유난히 눈부셨다. 착각인가 싶었는데 하늘을 쳐다보니까 그냥 해가 쨍쨍한 맑은 날이었다.

"···이야, 구름이."

하얗네.

386.
마도에 어울리는 검법은

맏형과 탑왕이 대치하는 상황에서 나는 여러 가지를 눈에 담았다. 무엇보다 탑왕이 대동한 식객食客이 많았다. 식객은 꽤 오래된 말이다. 예를 들면 검객이나 자객도 본래는 식객에서 파생된 말이다. 하지만 이런 단어들도 시기에 따라 분위기와 뜻이 변하는 모양인지 지금은 검객이나 자객의 하위 신분에 식객이 있는 것처럼 느껴진다.

광명검을 휘두르기 시작한 맏형을 보고 나서는… 생각이 금세 또 바뀌었다. 검객이 객客의 정점인 것처럼 느껴졌다. 나도 검객이라서 그런 모양이다. 실제도 맏형은 자신의 별호인 검마보다도 검객을 더 위에 두고 있다. 그렇지 않다면 지금쯤 벌써 귀곡성이 터졌을 것이다. 맏형이 마공을 마음껏 사용하지 않는 검객이 되어서 그런 것일까.

의외로 탑왕은 내가 예상하던 것보다도 강해 보였다. 막상 저렇게 치열한 싸움을 보고 있으려니 속으로 못된 생각이 스멀스멀 올라왔다. 죽는 것보단 마공을 사용하는 게 낫지 않을까? 교주는 내내 맏형에게 진정한 검마가 되어보라고 유혹했는데, 이 순간에는 나도 비슷한 마음으로 맏형을 바라봤다. 어쨌든 마귀가 되어서라도 살아남아야 하기 때문이다. 후계자 다툼 시절의 교주처럼 말이다. 인생은 그럴 만한 가치가 있다.

다만 이후의 삶이 어떤 것인지가 더 중요하지 않을까? 후회라는 것을 할 수 있는 사람과 후회하지 않는 사람의 차이다. 교주와 우리들의 차이점이 그렇다. 교주는 여태 후회하지 않는다는 점에서 비인非人에 가깝고. 우리는 후회한다는 마음을 가진 채로 완성의 길을 바라고 있다. 물론 이러다가 교주에게 처맞게 되면 그때 또 처절하게 후회하겠지. 하지만 이것도 인생이다. 우리는 아직 미완성이라서 어느 길이 옳은지는 아직 모른다.

* * *

검마는 탑왕의 기형대도를 튕겨내면서 줄곧 전마를 생각했다. 나이는 자신보다 서너 살이 어렸지만, 우사 자리에 어울릴 만한 사내였다. 전마와는 사실 아무런 사이도 아니었다. 명령을 내리면, 묵묵하게 명령을 수행하는 사내가 전마였다. 교에서는 항상 그랬듯이 전마를 나름 사내로 인정하면서도 단 한 번도 살가운 말을 나눠본 적이 없었다. 술 한잔 나눠 마신 적도 없고, 불필요한 잡담을 나눠본 적도 없다.

그저 얼굴을 알고, 무공의 특징을 알고, 성격을 대충 파악해 놓은 것이 전부다. 수하 대부분이 그렇듯이 패배를 무척 싫어한다는 공통점이 있을 뿐이었다. 전마가 생사결을 치르다가 죽었다고 해도 사실 슬퍼할 이유가 없고, 자신이 어디선가 객사해도 전마는 딱히 슬퍼하지 않을 사내였다. 그런데 왜 이렇게 속이 불편한 것일까. 왜 이렇게 마음이 부글부글 끓는 것일까.

검마는 광명검을 휘두르면서도 자신이 어떤 상태인지 냉정하게 바라볼 수가 없었다. 자신이 조금 더 대종사와 같은 행보를 보였다면 교에 있는 자들을 더 빼낼 수 있지 않았을까. 실현 가능성이 없었던 허망한 생각을 하다가 조금 더 솔직해지기로 했다. 그러니까 화가 나는 점은…

오랜 세월 알고 지냈던 전마와 술 한잔도 나누지 못했다는 점이 역겨웠다. 수하들에게 크게 관심이 없었던 것은 교주나 자신이나 마찬가지였다는 것도 역겨웠다. 검마라는 인간은 교주와 크게 다를 바 없는 광명좌사였던 셈이다. 전마는 아부를 한마디도 못 하는 사내였는데… 그래도 가끔은 웃을 줄 아는 사내였다. 검마는 이상하게도 탑왕의 기형대도를 튕겨내는 와중에 전마의 표정이 떠올랐다.

'작별도 못 했구나.'

배교자가 교도의 복수를 할 이유는 없다. 이 싸움은 자신처럼 이름을 갖지 못한 채 번호로 불렸던 몇 살 어린 아우에 대한 복수였다. 교도면 어떻고 배교자면 어떤가. 돌진하듯이 달려드는 탑왕의 기형대도를 튕겨내다가 균형을 잃고, 탑왕의 후속타를 급하게 방어하는 도중에 몸이 공중으로 뜬 검마는 일직선으로 멀찍이 밀려났다. 검마는 공중에서 균형을 잡는 와중에 셋째의 목소리가 귀에 꽂혔다.

"…맏형, 정신 안 차려? 싸우면서 무슨 잡념이 그렇게 많아? 정신 안 차리냐고. 정신 더 못 차리게 해줘? 정신 차릴 거야, 안 차릴 거야. 오늘 저녁 내가 차려줘? 내 국수 맛 좀 봐야 정신을 차리려나."

검마는 셋째가 잔소리를 할 때마다 종종 귀에서 피가 나는 심정을 맛보곤 했는데 지금이 그랬다.

"저놈의 잔소리…"

탑왕이 여유로운 표정으로 다가오면서 말했다.

"옛 죄시, 소문대로군."

검마가 대답했다.

"무엇이?"

"스스로 마공을 경계한다는 소문 말이다. 임 맹주처럼 싸우고 싶어졌나? 이거 자자했던 소문보다 너무 약해서 흥이 빠지는데… 이렇게 싸우면 전마와 다를 바가 없지 않은가?"

검마는 숨을 들이마신 다음에 대답했다.

"마공을 쓰지 않은 것이 더 강하다면 마공을 쓸 이유도 없다."

"네가 지금 그렇단 말이냐?"

검마는 고개를 저었다.

"수련 중이니 부족한 게 보여도 양해하게, 탑왕. 실력으로 보면 충분히 왕이라는 별호에 어울리는데 왜 위가에 의탁하고 있는지 모르겠군. 어렸을 때부터 위가에서 먹고 자랐다면 이해하네."

무엇이 기분 나빴는지 탑왕이 재차 돌진했다. 검마는 상념을 지운 채로 독고중검에 돌입했다. 독고중검에 돌입했다는 것은 이제 수비의 비중을 줄인다는 뜻이다. 검마는 자신이 익혔던 검법에서 마음가짐을 달리하는 게 무척 힘들었다. 그러니까 독고중검은 공격 일변 도다.

기존에 익혔던 초식에서 방어는 물론이고 수비적인 초식도 버려야 했기에 적응하는 게 쉽진 않았다. 독고중검은 묘리를 복잡하게 더하는 무공이 아니라 묘리를 더욱 단순하게 쳐내서 펼쳐야 하는 무공인데, 그게 정말 어려웠다. 무언가 운율이 가미된 검법이라는 것을 깨달았으나, 그 운율에 목숨마저 걸어야 했기 때문에 적응하는 게 쉽지 않았다.

수비를 포기하기 위해서… 탑왕의 공격을 거의 같은 궤적의 공격으로 받아쳤다. 동시에 두 사람이 밀려났다가 재차 맞붙었을 때 검마는 최적의 경로를 찾아서 반 박자 빠르게 광명검을 탑왕의 목으로 내밀었다. 의미 있는 일검─劍이었다. 어쩔 수 없이 탑왕이 기형대도로 광명검을 쳐낸 순간… 그 순간부터 독고중검이 시작됐다.

선수를 붙잡은 검마는 수비를 잊은 사람처럼 공격 의도만 담긴 검을 내질렀다. 목을 찌르고, 옆구리를 찌르고, 물러나는 탑왕의 발을 노렸다가 검풍을 날린 다음에 추격했다. 속도를 높여서 검의 잔상을 늘린 다음에 공중에서 탑왕의 머리, 목, 가슴을 쓸어내리듯이 찔렀다가 공격의 운율을 찾았다. 이 운율은 미묘한 것이어서… 탑왕의 대처에 따라 변하는 운율이었다.

그러니까 여태 탑왕의 호흡, 움직임, 반격, 버릇, 내공, 외공이 모두 검마의 운율에 담겨있었다. 이것은 계산이나 분석, 연구로는 터득할 수 없는 검법이었다. 무엇보다 손에도 익어야 한다. 손에 익음과 동시에 생각은 탑왕의 대처를 미리 읽고 있어야 한다. 이 모든 것에 익숙해도 한 번만 실수하면 나락으로 떨어질 수 있다는 것도 알아야 한다. 그러니까 먼저 목숨을 걸지 않으면 절대로 펼칠 수 없는 생사검生死劍이 곧 독고중검이었다.

문득 검마는 자신이 목숨을 걸었다고 느낀 순간… 독고중검이 마공보다 더 위험한 무공이라는 것을 깨달았다. 마공이 오히려 보신保身적인 성향이 더 크기 때문이다. 그렇다면 무엇이 더 마도魔道에 어울리는 검법이란 말인가? 승부, 그리고 찰나의 선택에 시시각각 목숨을 걸었다는 점에서 독고중검보다 더 마도와 어울리는 검법은 천하에 없을 터였다. 이는 검마 정도 되는 사내가 목숨을 걸고 나서야 알게 된 사실이었다.

검마는 탑왕에게 한 번도 끊이지 않는 공격을 펼치면서 오랜만에 만족했다. 이 정도 검법이면 마도라 불리기에 부족함이 없겠다고. 자신이 죽였던 자들에게 부끄러워하지 않아도 되겠다고. 허망하게 죽었던 수하들에게도 부끄럽지 않겠다는 생각이 들었다. 이상하게도 독고중검은 확신을 가진 채로 운율에 더욱 힘을 실었을 때 위력 또한 점점 더 커졌다. 칼날 위에서 칼을 휘두르는 심정이랄까.

검마는 미친 사람처럼 칼춤을 추다가 독고중검에 심리적인 함정을 추가로 설치했다. 특정 순간에만 운율을 살짝 비틀어서 단 하나의 빈틈이 있는 것처럼 춤을 췄다. 그러니까 그 운율의 빈틈은 이미 마기가 스며들어서 도검불침 상태가 된 왼쪽 팔이었다. 빈틈을 내보이는 과정은 이미 군검왕을 상대로 실험을 해봤던 상태.

그러니까 검마는 싸우는 와중에도 백도의 비무가 얼마나 무서운 것인지를 새삼스럽게 깨달았다. 군검왕을 상대로 펼쳐봤었던 과정이었기에 지금 펼치는 독고중검에 무척 자연스럽게 적용할 수 있었다. 그러니까 탑왕을 죽이는 것은… 맞상대를 해줬던 군검왕과 함께 죽이는 셈이다.

검마는 완벽하게 검무를 펼치면서도 아주 희미하게 왼팔에만 약점을 노출했다. 말은 간단하지만, 이것은 평생의 수련을 통해서 만들어 낸 작은 틈새였다. 그 와중에도 운율에 뒤섞인 독고중검은 여전해서 탑왕을 계속 몰아붙였다. 검마는 자신이 만장애를 가기 전에 탑왕과 붙었다면 더 고전했으리라는 사실을 알게 되었다.

검마는 탑왕이 땀을 뻘뻘 흘리면서도 전혀 위축되지 않는 투기를 유지하는 것을 보고 슬쩍 웃었다. 그저 웃었을 뿐인데 왜 셋째의 표정이 생각나는 것일까. 생각해 보니까 싸우다가 웃은 적은 처음이라서 그렇다. 탑왕을 완벽하게 농락하듯이 공격을 퍼붓던 검마는 한껏 방심한 사내처럼 입을 열었다.

"이보게. 탑왕, 전마와…"

말이 끝나기도 전에 돌진한 탑왕의 기형대도가 수직으로 떨어지더니 검마의 어깨 윗부분을 정확하게 찍었다.

푹!

오히려 일보를 전진한 검마의 광명검은 기형대도를 들고 있는 탑왕의 팔을 관통한 상태. 어깨를 타격하는 순간도 허용하지 않은 상태에서 광명검을 두 손으로 붙잡은 검마는 탑왕의 팔을 두 갈래로 가르면서 동시에 목까지 순식간에 베었다.

푸악!

탑왕은 오른팔이 찢어지고, 좌장으로 반격하려던 움직임은 사람의 본능대로 이동해서 자신의 목을 붙잡았다. 팔과 목에서 피 분수가 터지는 상황이었다. 검마는 광명검에 묻은 피를 털어낸 다음에 엉덩방아를 찧은 탑왕을 바라봤다.

"…"

검마는 여태껏 싸우면서 이렇게 많은 속임수를 동시에 활용한 적이 없었다. 그런데 탑왕의 표정을 보고 있자니 왜 이렇게 속이 통쾌한 것일까? 검마가 말했다.

"배교자가 교도의 복수를 할 이유는 없지만. 이것은 명백하게 전마 아우에 대한 복수다, 탑왕."

식객들이 단체로 무어라 소리를 지르면서 달려들었다. 하지만 이들이 도착하기도 전에 검마는 다시 한번 검을 휘둘러서 탑왕의 목을 날렸다. 탑왕의 몸에서 핏물이 높이 솟구치는 사이에… 검마를 향해서 온갖 암기와 검풍, 검기 등이 밀려들면서 명천위가의 식객들이 강호의 도리를 무시한 채로 합공을 펼치기 시작했다.

검마는 좌장을 휘둘러서 총천연색의 암기와 기습을 단박에 날려버린 다음에 다시 검을 우하단으로 내렸다. 겨우 외당에 속한 가문의 식객들? 이런 자들의 죽음에 의미를 부여할 검마가 아니었다. 검마는 평소와 다른 표정으로 웃으면서 다가오는 식객들을 맞이했다.

"와라."

순간, 가장 전방에서 달려오던 자들이 새하얗게 얼어붙더니 공중에서 셋째가 떨어졌다. 빙공으로 식객 일부를 단박에 얼린 셋째가 고개를 돌리더니 검마를 바라봤다. 딱히 서로 할 말은 없었다. 셋째가 일살을 뽑으면서 말했다.

…

"이렇게 될 줄 알았어. 난장판이 될 줄 알았다니까. 항상 그렇지."

검마는 셋째의 나불대는 말에 무어라 대꾸를 하고 싶었는데 당장은 요령이 없어서 대답할 말을 떠올리지 못했다. 대신에 셋째의 옆으로 가서 어깨를 한 번 친 다음에 적이 있는 곳으로 걸었다.

"가자."

* * *

조금 떨어진 곳에서 금호대주와 은룡대주는 동시에 한숨을 내쉬었다.

"…"

한숨은 세 차례나 더 이어졌다. 이미 옛 좌사와 하오문주는 수가 더 많은 명천위가의 식객들을 상대로 검을 휘두르고 있었다. 금호대주와 은룡대주는 서로의 표정을 확인했다. 당연히 명천위가가 이겨야 하는데, 속내는 그렇지 못하다는 것을 서로의 표정을 통해 확인했다. 한숨이 계속 나오는 이유였다. 금호대주가 겨우 입을 열었다.

"어떻게 하겠나? 부상이 크지?"

은룡대주가 헛기침을 한 다음에 말했다.

"내상이 깊어서 좀 피해있어야 할 것 같은데. 함께 이동하겠나?"

금호대주가 고개를 끄덕였다.

"일단 수하들부터 따라잡자고."

두 사람은 일단 도주를 선택했다. 근처에서 운남칠살이 황당한 표정으로 바라보고 있었지만, 한때의 치욕이라 생각하고 그냥 도망을 선택했다. 서둘러서 이동하는 사이에 그나마 솔직한 금호대주가 한 마디를 더 보탰다.

"탑왕 놈 죽으니까 속이 다 시원하네."

은룡대주가 대답했다.

"그건 좀 논란이 될 수 있는 발언인데?"

"생사결인데 무슨 논란인가? 정당한 대결이었다."

금호대주는 경공을 펼치는 와중에 자신의 도주까지 정당화했다.

"…아무래도 옛 좌사와는 싸우기가 싫다. 무서워서 피하는 게 아니야."

"나도 마찬가지네."

대체 어떻게 싸우는 것인지는 모르겠으나 옛 좌사와 하오문주가 있는 곳에서 굉음이 터졌다. 비명이 많은 것으로 추정해 보니 옛 좌사 측이 당하는 구도는 아닌 모양이었다.

387.
그것이 교주냐?

닥치는 대로 죽였다. 평소라면 이들의 얼굴도 확인하고, 대화도 나누고, 도망칠 기회도 줬겠으나 이번에는 그럴 수가 없다. 단체로 기습했기 때문이다. 죽이다가 생각해 보니 애초에 내가 이 식객들을 좋아하지 않는다는 것을 알았다. 이 식객들은 평소에 일도 하지 않고, 세력가에 기생하면서 때를 기다리는 놈들이다. 놀고, 먹고, 좋은 대우까지 받는다.

그래서인지 실력도 제법 뛰어났다. 눈앞에 희뿌연 기에 휩싸인 쇠사슬이 지나다니고, 강철로 된 부채와 판관필을 사용하는 고수도 있었으며, 이름 모를 괴상한 병장기를 쓰는 자들도 내공이 제법 높았다. 예전이라면 제법 힘든 싸움을 벌였을 것 같은데 나는 이 식객들을 상대하다가 격의 차이가 난다는 것을 느꼈다. 물론 내 격이 더 높다.

적들의 실력이 나쁘지 않다는 것을 알면서도 싸움은 어렵지 않았다. 시시각각으로 어떻게 대처하고 어떤 공격을 펼쳐야 하는지 알았기 때문이다. 그 판단이 복잡할 때는 속도로 뭉갰다. 판단하기 전에 죽이고 이동하는 식이다. 이들보다 확연하게 격이 높은 사내는 한 명이 더 있다.

맏형의 움직임은 평소보다 더 자유로워 보였다. 죽이기 위한 절제된 동작만 깔끔하게 이어졌다. 맏형을 노리던 암기가 바람을 가르더니 다른 식객의 미간에 꽂히고, 날 노리던 비수 한 자루는 내 목 근처를 지나서 식객의 눈알에 박혔다. 우리 둘은 다수에게 포위당한 상태였지만, 달라붙은 포위망을 우리가 끌고 다니듯이 싸웠다. 우리를 옭아맸던 그물망이 딸려오는 형국인 셈이다.

어쨌거나 암기를 던졌다가 저희끼리 다치는 경우가 많아지자 이후로는 무언가를 던지는 공격이 점차 줄었다. 덕분에 싸움은 더 수월해졌다. 잠시 후 식객들은 거리를 약간 벌리더니 방진을 유지한 채로 호흡을 골랐다. 전략이 전혀 통하지 않는다고 느낀 모양새였다. 나는 포위망을 구축한 놈들을 노려보다가 주변에 누워있는 시체에 검을 한 번씩 찔러 넣었다.

푹! 푹! 푹! 푹!

죽은 척하는 놈이 기습할 수도 있었기 때문에 쓰러진 놈도 다시 봤다. 주변을 둘러보면서 탑왕이 죽은 다음에 수장 역할이 누구에게 주어졌는지를 찾았다. 하지만 다들 입을 굳게 다물고 있어서 쉬운 일은 아니었다. 어쩌면 수장이 없을지도 모르겠다는 생각이 들었다. 애초에 상하 관계가 분명한 조직이 아니라 돈 때문에 모인 식객들이라서 그럴 터였다. 등 뒤에서 맏형이 내게 물었다.

...

"…적당히 싸우는 이유는?"

"지치지 말아야지. 다 죽이고 나면 바로 다른 고수가 올 수도 있어."

"알았다."

맏형이 보기에 내가 적당히 싸운 것처럼 보이는 이유는 염계, 뇌기, 빙공을 아꼈기 때문이다. 하지만 이제 검만 휘둘러도 충분했다. 이놈들이 방진을 풀지 않았기 때문에 나는 재차 돌진했다. 진격 방향은 처음에 빙공으로 얼려뒀던 식객들이 굳어있는 곳. 빙공에 당했지만 숨은 붙어있었던 놈들인데, 나를 뒤쫓는 다른 식객들에 의해서 선 채로 죽었다. 그제야 일부 식객이 호통을 내질렀다.

"조심!"

사람이 많다 보니까 완벽하게 잔인무도한 놈들과 아군은 죽이지 않으려는 놈이 갈렸다. 이런 게 내부 분쟁의 시작이다. 나는 일부러 굳은 자들 틈새를 이리저리 누비면서 저희끼리 죽이게 만들었다. 애초에 명분이 부족한 놈들이기 때문에 나중에 이 죽음에 대해서도 서로 다툴 게 뻔했다. 나는 일살을 집어넣은 다음에 땅에 널브러져 있는 기형대도를 천옥흡성으로 끌어당겨서 붙잡았다.

탁!

일살은 거의 무게가 느껴지지 않는다는 장점이 있었는데. 기형대도는 내가 붙잡아도 묵직했다. 묵직할수록 다수를 때려죽일 때 더 편하다. 또한, 칼날의 면적이 넓어서 내공을 사용하지 않은 채로 방어하는 것도 수월했다. 더군다나 광명검의 칼날에도 굳건하게 버텼던 병장기라서 그런지 내공과 외공을 조합해서 휘두르자 공격을 잘 막아내던 놈들도 몸을 제대로 가누지 못했다.

근처에서는 나와 간격을 유지한 맏형이 광명검을 휘두르고. 나는 기형대도를 붙잡은 채로 중검重劍을 펼쳤다. 외공으로 휘두르고, 궤적이 어긋나서 조절해야 할 때는 내공을 더하고, 타격이 필요할 때는 외공과 내공을 일점一點에 때려 박았다. 때릴 때마다 손맛이 좋았다. 병장기와 신체를 한꺼번에 날렸기 때문이다.

파악— 소리가 터질 때마다 휘어진 병장기를 붙잡은 식객들이 선 채로 땅에 박혀서 죽거나, 수평으로 날아가서 동료들을 덮쳤다. 기형대도의 육중한 무게에 더해진 내공과 외공 때문에 일격을 막아내는 적도 많지 않았다. 나는 오랜만에 무자비한 살육전을 벌였다. 살육의 이유는 잊지 않고 있다.

마도든 백도든 간에 일대일을 마친 사람을 단체로 기습하는 짓은 내가 가장 경멸하는 강호인들이 하던 짓이다. 이런 놈들은 내가 버티고 있는 강호에서 필요 없다. 내가 광마여도 죽였고, 탈마인지 나발인지 하는 상태여도 죽이는 게 마땅하다. 물론 옛 점소이 시절이라면 못 죽였겠지만… 지금은 고금제일의 점소이가 되는 중이라서 어렵지 않게 다 때려죽였다. 물론 나만 잔인한 사내는 아니다. 맏형도 무시무시한 기세로 식객들을 하늘로 올려 보냈다.

맏형은 어떤 깨달음이 있었던 모양인지 독고중검의 연계가 이전보다 훨씬 부드러웠다. 힘으로 공격을 퍼붓는 게 아니라, 가장 적절한 공격만 연계해서 탑왕에게 방어를 강요하도록 만들었다. 검劍의 수준이 한 단계 올랐다는 뜻이다. 탑왕이 식객 무리의 대장이었으니 나머지가 맏형의 공격을 감당하는 것은 불가능한 일이었다.

순식간에 오륙십 명이 처참하게 죽고 나서야, 옛 좌사와 옛 점소이의 악명을 몸소 느낀 모양인지 도망치는 자들이 점점 늘었다. 사실 마도 병력이 도망치는 것은 쉽게 볼 수 있는 광경이 아니다. 하지만 이들의 정체성이 교도가 아닌 식객들이라면 이해 못 할 광경도 아니다. 돈 때문에 모였던 놈들이기 때문이다.

애초에 다른 가문에 목숨을 바칠 이유가 없는 쓰레기들이라는 뜻이다. 돈이 정말 무섭기도 하지만 끝까지 가면 이렇게 허망할 때가 있다. 맏형과 나는 돈 때문에 모인 자들을 때려죽이고, 일부는 끝내 쫓아냈다. 입에서 단내가 좀 난다고 느꼈을 때… 근처에서 멀쩡하게 서있는 사람은 맏형밖에 없었다. 어느새 금호대주와 은룡대주가 보이지 않아서 맏형에게 물었다.

"대주들이 도주할 때도 있나?"

맏형이 고개를 저었다.

"드물다."

맏형은 갑자기 운남칠살의 도주 여부를 확인했다. 본래 내가 만든 음식이 쓰레기임을 알고 있었으나 이런 와중에도 숙수들의 도주 여부를 확인하고 있는 맏형을 보고 있으려니 나도 황당했다. 그러나 담벼락 근처에 자리 잡은 칠살은 도망갈 생각이 없어 보였다. 만박 마군이 내상을 입은 터라 멀리 도주할 수 없다고 생각한 것일까. 나는 운남칠살의 표정을 보고 있다가 이들이 도망가지 못했다는 것을 알았다. 맏형과 나를 쳐다보지 않고 우리 뒤를 주시하고 있었다.

"…"

돌아보니 도주하던 식객의 일부가 흑의인에게 죽고 있었다. 식객을 죽이고 있었으나 아군인지 적인지는 당장 알 수가 없었다. 갑자기 볼거리가 늘어난 상황. 백응지 방향에서는 수레를 끌고 오는 사내가 보였다. 이 사내는 죽립을 눌러쓰고 있었기 때문에 적인지 아군인지 구분할 수 없었다.

서북 방향과 남서 방향에서는 흑의인이 점차 늘어나고 있었고. 이쪽으로 도주하던 식객들은 대다수 흑의인들에게 죽었다. 맏형과 나는 자하객잔의 입구로 돌아가서 꿋꿋하게 수레를 끌고 오는 사내를 맞이했다. 수레를 끌고 오던 사내가 입구에서 멈추더니 죽립을 위로 올렸다. 묵가의 등량이 수레에 담긴 술통을 두드리더니 우리에게 말했다.

"목 좀 축이십시오. 지나가는 길입니다."

맏형과 나는 등량에게 다가갔다. 어쩐지 맏형은 이전보다 사람을 대하는 태도가 훨씬 밝아져 있었다. 맏형이 먼저 입을 열었다.

"등 무인."

"예."

"어떻게 또 여기까지."

등량은 술통을 꺼내면서 대답했다.

"무공으로 도움을 드릴 만한 싸움은 아니라고 판단했습니다. 처음부터 상황을 살펴보다가 단사簞食나 배달할까 했는데, 위치가 너무 개활지여서 은밀하게 올 수는 없었습니다."

등량은 부지런히 수레에서 단사와 술통을 꺼냈다.

"저희는 주로 동향을 살피고 있는데 평소에 보기 힘든 마차 여러 대가 이동하는 것을 곳곳에서 종종 목격했다고 합니다."

　　　…

나는 수레에서 볏짚으로 무언가를 가려놓은 걸 발견했다. 내가 만지려고 하자, 등량이 손을 내밀었다.

"아, 만지지 마십시오."

"이건 뭐요."

등량이 나를 바라봤다.

"불붙으면 터집니다."

"음."

"다수에게 포위되면 어쩔 수 없지요."

등량이 웃으면서 맏형과 내 얼굴을 한 번씩 바라봤다.

"여하튼 맛있게 드십시오. 저는 다시 일하러 가보겠습니다."

등량이 운남칠살을 바라보더니 술통을 가리켰다.

"양이 많으니까 운남칠살도 함께 드셔도 됩니다. 가져가시지요."

"조심히 가시오."

등량이 빈 수레를 붙잡더니 다시 동남 방향으로 이동했다. 말이 빈 수레지 불이 붙으면 사방팔방으로 터지는 화염 수레였다. 뭔가 우습기도 하고, 무섭기도 한 사내여서 보는 맛이 있었다. 그 와중에 흑의인들은 지평선에 자리를 잡은 상태로 길쭉하게 늘어나 있었다. 당연히 맏형에게 물었다.

"저것들 누구야?"

맏형이 대답했다.

"흑림黑林 척후조. 잘 움직이지 않는 내당의 인원들이다."

"교주가 왔나?"

"어딘가에 있겠지."

"식객들을 다짜고짜 왜 죽였지?"

"척후조장이 죽이라고 했으면 별 이유 없이 죽였을 것이다. 도주라 판단하면 아군이나 외당이라도 죽이는 놈들이니."

나는 고개를 끄덕였다.

"내당이 더 마교답네."

눈앞에 술과 단사가 있는데 굳이 다시 검을 뽑아서 척후조를 향해 돌격할 내가 아니다. 일단 운남칠살에게 술과 단사를 옮기라고 한 다음에 맏형과 객잔으로 들어갔다. 맏형과 내가 한바탕 날뛰어서 그런지 이번에는 운남칠살이 우리와 눈을 마주치지 않았다.

당장 밥 생각은 없어서 길쭉한 대에 달린 주걱으로 술을 퍼냈다. 맏형이 한 모금을 마시더니 소탈하게 웃었다. 예상보다 시원했던 모양인지 황당하다는 웃음이었다. 나도 주걱으로 퍼내서 한 모금을 마셨다. 술이 계곡에서 퍼온 것처럼 시원했다. 맏형과 내가 술을 나눠 마시자, 평상에서 쉬고 있던 만박마군이 입을 열었다.

"거, 남이 주는 술을 어찌 그렇게 덥석 드시는 건가. 독이 있는지부터 살피지 않고. 강호인이 조심성이 있어야지."

나는 고개를 끄덕인 다음에 만박마군에게 말했다.

"넌 먹지 마. 나머지 육살은 와서 한잔해라. 그렇게 조심성이 많은 놈이 나한테 왜 처맞은 거야."

육살이 다가오더니 술을 퍼내서 마셨다. 맏형이 평상으로 걸어가서 앉더니 육살에게 명령했다.

"그거 마시고 탁자 좀 배치해 놔라. 손님이 곧 올 것 같은데 평상에서 맞이할 수는 없으니."

한 놈이 내게 물었다.

"탁자를 어떻게 배치하란 말이오?"

"뭘 어떻게 배치해. 객잔이니까 객잔처럼 배치해야지."

"음, 알겠소."

나는 죽엽 단사 두 개를 챙겨서 맏형과 함께 평상에서 먹었다. 맏형은 단사를 먹다 말고 갑자기 헛웃음을 지었다. 왜 웃냐고 물어봐도 대답이 없었다. 어쨌거나 야전을 치르고 돌아온 장수처럼 보였다. 단사를 깔끔하게 해치운 다음에 술을 마시려는데 자하객잔의 입구에 낯익은 사내가 등장해서 우리를 쳐다봤다. 너무 어리둥절한 재회여서 나는 잠시 할 말을 잊었다. 허 장로의 제자가 먼저 고개를 숙였다.

"문주님, 그리고 선배님. 오랜만에 뵙습니다. 용명입니다."

혈야궁에서 봤을 때와는 복장이 달라진 상태. 용명이 입구에서 내게 허락을 구했다.

"들어가도 되겠습니까?"

나는 고개를 끄덕였다.

"들어오게."

내 기억으로는 교주가 허 장로에게 용명을 데리고 있겠다는 말을 했었다. 그게 실현이 되었다면 교주의 사자로 온 셈이고 그것이 그저 말로 끝났다면 허 장로에 관한 소식을 들고 왔을 터였다. 용명에 대한 미움은 전혀 없으나. 무엇이 됐든 간에 좋지 않은 소식일 게 뻔해서 마음이 불편했다. 용명이 겨우 두 걸음을 옮겼을 때, 맏형이 입을 열었다.

"용명아."

용명이 걸음을 멈춘 다음에 대답했다.

"예, 선배님."

맏형이 용명을 쳐다보면서 잔잔한 어조로 말했다.

"살기가 너무 짙다."

"그렇습니까?"

용명이 도로 두 걸음을 물러나더니 본래 있던 자리에서 멈췄다.
맏형이 물었다.

"용건부터 말하고 들어오도록."

용명이 착잡한 표정으로 대답했다.

"교주님이 일살을 회수하라 하셔서 제가 왔습니다."

이번에는 사람들이 전부 나를 바라봤다. 나는 고개를 갸웃했다가
대답했다.

"일살을 어떻게 회수하려고?"

용명이 대답했다.

"모르겠습니다. 명령을 받았으니 수행할 수밖에요."

나는 잠시 용명의 표정과 눈빛을 쳐다봤다. 교주에게 협박을 받았
나, 하는 생각이 들었다. 왜냐하면, 전생에는 혈야궁이 마교에게 멸
문당했을 테니 말이다. 맏형을 쳐다보니, 맏형의 시선은 용명에게
고정되어 있었다. 용명이 움직이면 맏형도 검을 뽑을 기세였다. 나
는 생각을 거듭하다가 용명에게 말했다.

"일살을 되돌려주면 되나?"

용명은 아주 잠깐 눈을 감은 채로 얼굴을 살짝 찌푸렸다가 다시

눈을 떴다.

"문주님."

"응."

"…그렇게 쉽게 돌려받으면 교주님이 다시 갖다주라고 할 겁니다."

"하…"

나도 무척 황당했다.

"대체 뭘 요구하는 건가? 교주가 뭐라고 했기에."

용명이 말했다.

"혈야궁을 문책하러 갈 것인가, 일살을 회수할 것인가 양자택일을 강요받았습니다. 그 회수의 방식이 그저 건네받으라는 건 아니겠지요. 교주님을 모욕할 수 없는 처지입니다."

"너와 나. 둘 중 하나는 죽으라는 뜻이야?"

용명이 대답했다.

"누가 허 장로의 진전을 제대로 이어받은 것인지 보고 싶으신 모양입니다. 일살은 애초에 최고 살수가 지니는 검입니다. 사부님이 그랬던 것처럼 말입니다."

나는 용명에게 내 뜻을 전했다.

"당대의 최고 살수는 나다."

이번에는 용명이 바로 대답했다.

"그래서 도전하러 왔습니다. 제가 허술하게 싸우면 혈야궁이 모조리 죽습니다."

"그것이 교주냐?"

"예."

나는 순간 화가 난 채로 맏형을 쳐다봤다. 맏형이 한숨을 내쉬더니 용명에게 말했다.

"강호에 있는 벗이 가져온 술이다. 독은 없다. 마시겠느냐?"

용명이 간략하게 대답했다.

"예."

맏형이 술통을 가리키자, 용명이 다가와서 주걱으로 술을 퍼내더니 얼굴을 반쯤 적시듯이 술을 부었다. 나는 술을 마신 용명에게 물었다.

"우리는 언제쯤 교주의 노리개 생활을 벗어날 수 있을까?"

용명이 입을 닦으면서 대답했다.

"문주님은 교주의 노리개가 아닙니다."

"어째서."

용명이 나를 쳐다봤다.

"내내 맞서 싸우고 계시니까요."

388.
골목에서 많이 맞았어

용명은 혈야궁의 안위 때문에 초조해 보였다. 사실 다른 놈도 아니고 용명이라면 일살을 그냥 줄 수도 있다. 용명은 제대로 싸워야 한다고 주장하고 싶은 모양인데, 나는 당장 진위를 가려낼 근거가 부족했다. 그냥 팔씨름 한판으로 결정하면 어떨까? 이 말은 용명의 표정 때문에 꺼내지 못했다. 나는 잠시 평상에 앉아서 생각을 정리했다. 교주는 왜 자꾸 이런 시련을 주변 사람에게 주는 것일까. 맏형을 바라봤다가 다시 용명을 훑었다.

이놈을 죽이지 않은 채로 멀쩡하게 이길 수 있을까? 허 장로의 무공을 배운 사내라서 굳이 예상하자면 일격필살을 추구하는 무공을 지녔을 터였다. 정확하게 말하자면 용명의 공격을 받아쳤을 때 내가 용명을 죽이지 않는 것은 무척 어려운 일이다. 용명의 분위기와 기도만 파악해도 그렇게 느껴졌다.

강호인과 살수는 비슷하면서도 다르기 때문이다. 살수들은 무림맹 같은 단체가 조사하는 서열록 같은 곳에 쉽게 등장하지 않는다. 비무 같은 것을 하지 않기 때문이다. 어쩐지 내 손으로 용명을 죽이면 교주가 웃을 것 같아서 그렇게 해줄 수도 없었다. 나는 비무의 양상을 여러 차례 검토한 다음에 일어섰다.

"일단 나가자."

"예."

나는 일부러 기형대도를 붙잡았다. 용명이 기형대도를 바라보면서 물었다.

"굳이 그걸 사용하셔야겠습니까?"

"살수들에겐 이게 더 유리해. 너는 살수잖아."

"예."

어쨌든 간에 이번 비무는 교도들이 지켜봐야 해서 바깥으로 나갔다. 맏형이 말한 흑림 척후조는 멀찍이 떨어져서 대기하고 있었다. 내가 먼저 멈추자 용명이 거리를 더 벌렸다. 일반 비무와는 다르게 제법 먼 거리를 이동했다가 돌아선 용명이 나를 쳐다봤다.

"준비되셨습니까?"

"너는?"

"준비됐습니다."

"나는 아직이야."

"예."

용명의 시선은 내게 고정되어 있었지만, 나는 시선을 움직여서 맑은 하늘을 바라봤다.

"나는 아직 죽을 준비가 안 됐어. 하늘도 맑고, 공기는 깨끗하고,

구름이 하얀데 죽일 생각이 없는 허 장로의 제자와 생사결을 치르다니 이것은 옳지 않다."

용명이 대답했다.

"그래도 최선을 다하십시오. 제 무공은 비무에 어울리지 않습니다."

"그러냐?"

"예."

나는 용명의 대답에서 겨우 해답을 찾았다. 용명은 생사결밖에 모르는 멍청한 놈이지만 나는 그렇지 않다. 나는 생사결도 잘하고, 비무도 잘하는 사내라서 그렇다. 누군가를 죽이지 않으려면 나도 목숨을 걸어야 한다는 것이 인생의 오묘함이다. 허 장로의 제자라면 그 정도 위험은 감내할 가치가 있었다. 용명이 왼손으로 붙잡고 있는 검을 앞으로 슬쩍 내밀면서 말했다.

"갑니다."

용명에게선 딱히 허술함이나 빈틈이 보이지 않았다. 물론 가만히 있어서 그런 것도 있으나 분위기 자체가 오랫동안 수련한 살수의 집중력이 엿보였다. 용명은 서너 걸음을 짧은 보폭으로 움직이다가 어느 순간 빠른 경공을 펼치면서 거리를 좁혔다. 공중에 떠서 검을 뽑을 모양새였는데… 후속타도 준비된 일검처럼 느껴졌다. 면적이 넓은 기형대도를 붙잡은 게 다행이었다. 대도의 칼날로 용명의 찌르기를 막았다.

퍽- 소리가 터졌을 때 용명이 휘두르는 검이 기형대도를 우회하듯이 등장하더니 내 옷자락을 잘랐다. 나는 근접 거리에서 암향표를 펼치면서 기형대도를 휘둘렀다. 용명이 휘두르는 검도 제법 빨랐다. 나는 커다란 대도를 방향만 조금씩 바꿔서 용명의 검을 막아냈다. 나도 일살을 뽑았으면 용명만큼 빠르게 휘두를 수 있었으나, 지금은 딱 병장기의 무게 차이 정도만 내가 더 느린 상황. 하지만 선수를 붙잡지 못할 정도의 격차였지, 신체가 베일 만한 격차는 아니어서 꾸준하게 대도로 검을 쳐냈다.

용명은 허 장로에게서만 무공을 배운 게 아니라 교주의 사매인 혈야궁주에게서도 무공을 배운 것 같은 움직임을 펼쳤다. 치고 빠지는 동작이 능숙하고, 예상치 못한 궤적에서도 검이 자꾸만 날아왔다. 나는 경험과 속도, 본능과 바람 소리, 어깨의 움직임과 팔의 위치만 확인하자마자 검을 쳐낼 때도 제법 많았다. 선수를 붙잡은 용명은 내게 반격할 기회를 주지 않았다. 첫 공격이 실패한 이후로, 용명이 선택한 방법은 쾌검이었다. 이렇게 막기만 하다간 몸이 몇 군데 뚫릴 것 같아서…

기형대도에 천옥흡성의 묘리를 더해서 용명의 검을 붙잡으려고 해봤으나, 용명도 바로 눈치를 챈 모양인지 끊어치는 듯한 운영으로 자신의 검을 수월하게 빼냈다. 덕분에 나도 바쁘게 움직였다. 가끔 진각을 밟아서 땅을 뒤흔들고, 때로는 푹 꺼지게 만들어서 변수를 줬으나, 용명은 외줄에서도 균형을 잘 잡는 사내처럼 별다른 동요 없이 쾌검을 유지했다.

기형대도는 칼날을 여러 개 겹친 터라 강도는 뛰어났으나 표면이 울퉁불퉁해서 결이 나있거나, 움푹 들어간 곳도 존재했다. 여러 차례 용명과 병장기를 부딪치다가 균형을 잃고 몸을 반쯤 회전하는 순간, 수직으로 세운 기형대도를 비틀어 쥐듯이 돌려서 용명의 찌르기를 막았다.

탕!

검의 끝부분이 대도의 칼날과 칼날 사이에 박히는 순간에 내공과 외공을 조합해서 꺾었다. 칼날이 휘는 순간에 용명은 내 어깨를 향해 일장을 내질렀다. 어깨를 젖혀서 흘려냈다가 천옥흡성을 발동해서 용명의 검을 붙잡은 채로 끌어당겨서 균형을 무너뜨린 다음에 공방전을 이어나갔다.

용명이 재차 일장을 내질렀다. 나는 좌장으로 받아치려다가 용명의 손바닥에서 반짝이는 무언가를 보자마자, 손목을 돌려서 용명의 팔목을 아래에서 위로 붙잡았다. 순간, 용명이 장력을 발산하자 자그마한 은침이 얼굴로 날아왔다. 이때는, 몸이 먼저 반응했다.

나는 눈앞까지 도착했던 은침을 중지탄지공으로 쳐서 날리고… 가장 편한 상태로 대기하고 있던 왼발을 들어서 용명의 옆구리를 쳤다. 용명은 오른발을 들어서 발차기를 막았다가 결국에는 검을 놓친 채로 휘청거렸다. 나는 달라붙어 있는 병장기를 뒤쪽으로 팽개친 다음에 맨손으로 용명을 공격했다. 병장기가 없어야 비무를 마무리할 때 더 편하기 때문이다. 용명은 내 기준으로 봐도 제법 강했지만, 배운 대로만 움직이는 사내였다. 의외로 실전이 부족해 보였다.

무공은 허 장로에게 배웠지만 싸우는 꼴은 명문세가의 자제가 살수의 무공을 익힌 것처럼 음험한 면이 부족했다. 장법과 금나수법을 섞어서 공격하다가 좌장에서 쏟아낸 냉기로 용명의 시야를 가리자, 불쑥 쌍장이 튀어나왔다. 빙공이 흩어진 곳에서 등장한 쌍장을 곧장 맞받아쳐서 붙잡았다. 예기치 않게 한쪽 손에서 극양의 기가, 다른 쪽에서는 한랭한 장력이 밀려들었다. 나는 용명을 쳐다보면서 한랭한 것은 염계대수인으로 녹이고, 극양의 장력은 월영무정공으로 상쇄했다.

'일월을 골고루 익혔었네.'

용명의 발이 꿈틀대는 순간에 먼저 내가 발을 뻗어서 발등을 밟았다.

픽!

뜻하지 않은 참교육이었으나 어쩔 수 없었다. 용명의 의도가 훤히 보였다. 순간, 외공을 더해서 무릎을 꿇게 하자… 용명은 힘을 쥐어 짜듯이 발악하더니 양손을 중앙으로 모으려고 애를 썼다. 이건 대체 무슨 의도일까? 음과 양에 대한 고찰을 연구해서 나름의 일월광천을 수련했다는 뜻일까? 그나마 외공 수련은 나보다 더 오래 했던 모양인지, 두 손이 중앙에 모이는 걸 막는 것이 이번 비무에서 가장 힘들었다.

결국에 용명을 굴복시키기 위해서 백전십단공의 뇌기를 양팔에 휘감았다. 총 세 가지의 기를 동시에 발현하자, 용명은 일장을 얻어 맞은 것처럼 안색이 창백해졌다. 이해가 안 되는 영역이라서 그런지 충격을 크게 받은 표정이었다. 하지만 당장은 봐줄 생각이 없었다. 백전십단공의 뇌기를 끌어올리자, 잘 참고 있는 용명의 입에서 애써 참았던 비명이 바들바들 떨린 채로 흘러나왔다.

하지만 나는 용명의 비명을 교도들에게 들려주고 싶었다. 끝내 백전십단공의 뇌기를 폭발하듯이 쏟아내자 용명은 바람이 빠지는 듯한 비명을 길쭉하게 내뱉다가 그대로 혼절했다. 무릎을 꿇은 채로 버티고 있었던 용명이 짚단처럼 허물어진 채로 바닥에 쓰러지자, 새삼 주변이 고요했다.

'일 승, 추가요.'

나는 자하객잔과 지켜보고 있는 교도들을 한 차례 둘러봤다. 애초에 용명은 내 상대가 아니다. 그렇다고 죽일 마음은 더더욱 없었다. 나는 기절한 용명의 머리맡에 조용히 앉아서 교도들을 주시했다. 어디선가 목소리가 들렸다.

"…문주, 끝장내지 않고 뭘 하시오?"

나는 단조로운 어조로 대답했다.

"용명의 사부가 나를 가르친 적이 있어서 사사롭게는 용명이 내 사형이다. 닥치도록."

다른 놈이 또 질문을 던졌다.

"일살을 두고 살수들이 붙은 것이니 그따위 인정은 필요 없소."

"그따위 인정이라도 나는 필요해. 너도 닥쳐라. 또 입을 열면 도전으로 간주하겠다. 내 앞에 와서 떠들어라."

이것들이 겁도 없이 내게 말싸움을 걸었다. 죄다 시커먼 복면을 쓰고 있어서 누가 말을 하는 것인지도 알 수가 없었다. 또 다른 목소리가 이렇게 떠들었다.

"싸움에 인정이 섞였거나, 약조한 것처럼 비무를 했거나, 기만하는 의도가 있다면 혈야궁이 위험해질 수도 있소. 하오문주."

"어떤 놈이냐? 누구야? 지금 떠든 놈이 설마 교주냐? 네가 교주란 말이냐? 목소리가 심히 경박한 것을 보면 아닌 것 같은데 선 넘지 마라."

나는 목소리가 흘러나오는 방향을 쳐다봤는데, 목소리의 주인은 다시 입을 열지 않았다. 나는 교도들을 둘러보면서 말했다.

"혈야궁이 왜 죽음을 두려워하겠나? 맞서 싸우다가 죽으면 그만이다. 너희가 혈야궁을 치면 내가 백도와 연계해서 혈야궁 바깥에 포위망을 구축하겠다. 그때, 제대로 붙어보자고. 할 말 또 있나? 그쪽에는 연로한 허겸 장로가 있다. 검 한 자루 얻지 못해서 늙은 공신을 죽이러 가겠다고? 개 같은 소리도 정도껏 해야지. 반박하기도 귀찮아. 다음."

"…"

잠시 대답하는 놈들이 없어서 용명을 바라봤더니 호흡이 불안정해 보였다. 호흡이 불안정할 때는 특효약이 딱히 없어서 손등으로 용명의 뺨따귀를 후려쳤다. 찰싹- 소리와 함께 고개가 돌아가더니 이내 용명이 정신을 차렸다. 이어서 짧은 경련과 함께 무척 떨리는 날숨이 흘러나왔다. 용명은 자신이 죽은 줄 알았던 모양인지 놀란 눈빛으로 나를 쳐다봤다.

"문주님?"

"왜."

"마저 마무리하십시오. 제가 죽어야…"

나는 용명을 쳐다봤다.

"죽을 생각이야? 정신을 좀 더 차려야 할 것 같은데. 저쪽 뺨도 좀 내밀어 봐라. 처맞아야 정신을 차리지."

"…"

"용명아, 죽을 생각이면 이 길로 혈야궁에 가서 그쪽 사람들과 함께 일전을 준비해야지. 내 손에 죽으면 그게 무슨 의미가 있나?"

"교주님과 약조한 게 있어서."

"그것은 네 약조지. 내 약조가 아니다. 나는 교주의 부하가 아니야."

용명은 어둠에 휩싸인 것 같은 표정으로 말했다.

"알고 있습니다. 하지만."

"하지만 뭐."

"아시는지 모르겠습니다만 교주님이 일양현에도 다녀가셨습니다. 명을 거스르는 게 말처럼 쉬운 일이 아닙니다."

나는 고개를 끄덕였다.

"교주가 일양현 사람들을 만나고 그들을 해치지 않았다면 나도 앞으로 교도들을 함부로 죽이지 않으면 된다."

"이미 많이 죽이셨지 않습니까."

"교주도 교도들을 많이 죽였다. 저기 내당 놈들도 조금 전에 외당 놈들을 죽였고. 지나간 일은 어쩔 수 없다. 앞으로 나도 고려해 보겠다는 뜻이야. 교도라고 해서 무조건 다 죽이지도 않았다. 삼 공자도 날 죽이려고 했지만 살려뒀으니 어딘가에 숨어있겠지."

어디선가 조금 익숙한 목소리가 들렸다.

"삼 공자가 살아있나?"

나는 병력 너머에 모습을 감추고 있는 사내에게 대답했다.

"양 대공, 오랜만이네. 몇 차례 만나니까 목소리도 반갑구나. 미친 혈교주 놈에게 당했을 수도 있다고 생각했는데 용케 살아있군. 차남도 왔나? 부상이 커서 못 왔지? 양 대공, 어디 있나? 작아서 안 보이는데. 기왕이면 까치발을 들고 말해라. 대답 좀 해라."

"…"

나는 용명을 바라봤다.

"나 누구랑 얘기하냐. 예의 없는 놈들."

용명이 몸을 일으키더니 내 말에 대답했다.

"문주님, 저 이제 어떻게 해야 합니까. 자결은 하지 않겠습니다."

나는 고개를 끄덕였다.

"좋아. 이미 한 번 죽었다고 생각하면 마음이 조금 편해질 거야.
그렇지 않으냐?"

"그렇습니다."

나는 용명에게 선택지를 줬다. 무엇을 선택할지는 나도 모르는 상
태에서 일단 주둥아리를 열었다.

"자하객잔에 남아서 나랑 함께 싸워도 좋고. 이대로 교주에게 돌
아가서 솔직하게 보고해도 좋다. 최선을 다해서 덤볐는데 패했다고.
당장 죽이지 않을 생각이라면 하오문주를 꺾을 수 있는 무공 좀 가
르쳐 달라고 해."

"예?"

나는 용명을 쳐다봤다.

"너는 나한테 왜 패했는지 이유를 명확하게 알고 있어? 미리 말하
자면 이유는 여러 가지다. 내가 널 가르칠 입장은 아니야. 나보다 강
한 사람에게 배우는 게 낫지."

"세 번째 방법도 있습니까?"

"이대로 혈야궁으로 돌아가서 일전을 준비해도 좋고. 그 무엇을

선택하든 간에 함부로 죽겠다는 생각만 하지 않으면 된다. 교주가 무서워서 정신이 나갔다냐? 교주가 패배하면 너한테 자결하라고 하더냐? 아니야. 그랬을 리가 없지. 세세하게 지시 안 하는 성격일 것이다. 다만 네 반응이나 결정이 주관을 가진 채로 뚜렷하면 된다. 무슨 일이 벌어지든 간에 쉽게 포기하거나 죽을 생각만 하지 않으면 돼."

용명은 자하객잔을 한번 쳐다보더니, 돌아서서 교도들을 바라봤다. 이 자리에서 적과 아군을 뒤바꾸거나 그것도 싫으면 혈야궁으로 복귀하는 방법도 있었다. 나는 용명에게 말했다.

"용명아."

"예."

"몇 번 실패했다고 죽을 생각부터 하는 놈에겐 아무런 일도 맡길 수 없어. 실패나 패배의 경험은 내가 너보다 더 많아."

용명이 대답했다.

"아직 무패이신 걸로 알고 있습니다."

나는 진지한 어조로 대답했다.

"아니야. 어렸을 때 골목에서 많이 맞았어."

"…"

"눈빛이 마음에 안 든다고 하면서, 맞았을 때가 가장 황당했지. 내 눈빛을 봐라. 그때도 점소이의 눈빛은 아니었던 모양이지?"

여태 귀신에 썰린 놈처럼 굴던 놈이 그제야 표정을 조금 풀었다. 교도들이 있든 말든 간에 나는 용명과 눈을 마주쳤다가 동시에 씨익 웃었다.

389.
개가 되거나
혹은 신이 되거나

용명과 나란히 앉아서 교도들을 구경하다가 속삭였다.

"교주가 이런 식으로 나오면."

"예."

"처음에는 일살을 가져오라는 명령이… 그다음엔 문파 하나를 몰살하고 오라는 명령으로 변하고. 다음에는 배신자를 죽이라고 하고. 계속 다른 명령으로 이어지면서 반복되겠지. 그때마다 혈야궁이 걱정되어서 명령을 따른다면 너는 그냥 교주의 개가 되는 거야. 일살 회수가 네 임무의 끝일 리는 없어."

"그렇습니다."

"결정했나?"

용명이 나를 쳐다봤다.

"저는 당장 혈야궁으로 복귀하겠습니다."

나는 어떤 결정을 내리든지 존중할 생각이었다.

"잘 생각했다. 허 장로와 궁주에게 안부 전해주고. 누구도 혈야궁을 건드릴 수 없도록 힘을 기르자고 해라. 처음에는 도망치는 것도 답이고. 길게 싸워야 해. 포위망이 있을 수도 있는데 뚫을 수 있겠어?"

용명이 주변을 둘러봤다.

"…문주님, 제가 이것도 못 뚫겠습니까."

"좋아. 호흡만 정상으로 돌아오면 바로 떠나라."

"예."

살수라면 당연히 도주에 관한 것도 배웠을 터였다. 용명은 문득 기형대도에 달라붙어 있는 자신의 검을 바라봤다. 끝이 휘어진 채로 꽂혀있어서 검이 멀쩡하지 않았다. 나는 용명의 검을 같이 바라보다가 품에 있는 섬광비수를 꺼내서 용명에게 전달했다.

"이거 써라."

"예?"

"살수는 비수를 써야지. 나는 한 자루 더 있다."

용명은 섬광비수를 건네받았다. 나는 용명에게 간단한 심리전도 알려줬다.

"뛰지 말아라. 임무가 있는 것처럼 당당하게 걷다가 추격이 달라붙으면 그때 경공을 펼치든가 유동적으로 대처해."

"문주님, 먼저 갑니다."

우리는 서로 한 번 쳐다보는 것으로 작별을 고했다. 용명은 내 말대로 천천히 일어나더니 자하객잔으로 향했다. 마치 맏형에게 인사를 하고 난 다음에 떠나겠다는 태도처럼 보였다. 나는 가부좌를 튼 채로 잠시 흑림 척후조를 노려봤다. 일부가 빠져서 용명을 좇는 것 같으면 이대로 혼자서 흑림 척후조를 향해 돌진할 생각이었다. 일단 궁금한 것부터 물었다.

"신임 좌사나 그 윗사람은 어디 있나? 양 대공, 네가 책임자냐?"

그제야 흑의인들이 조금씩 거리를 벌린 곳에서 양 대공이 등장했다. 머리카락도 하얗고 얼굴도 하얀 편이었는데 오랜만에 보는 양 대공은 눈 밑이 제법 시커멓게 변한 상태였다. 나는 양 대공의 안색을 보면서 물었다.

"양 대공, 심원곡에서 유유자적할 때가 좋았지? 얼굴이 많이 상한 것 같군."

양 대공이 고개를 끄덕였다.

"전 우사가 심원곡까지 왔었다. 피곤했던 게 사실이야."

"곤란했겠군. 제정신처럼 보이지 않았다."

양 대공이 내 쪽으로 걸어오면서 대답했다.

"맞다. 근래 우사처럼 미친 사내는 본 적이 없었다."

"어떻게 됐는지 궁금하군."

양 대공이 조금 떨어진 곳에 나를 마주 보고 앉으면서 말했다.

"내부 사정이라 자세히 말해줄 수는 없네. 새로운 명령을 받고 임무를 수행하기 위해서 떠났지."

"우사가 명령을 받았다고? 그럴 리가 없는데."

양 대공이 미소를 지었다.

"외당은 종종 그런 식으로 생긴다. 부르면 개처럼 달려와야 하지. 예외는 없다."

나는 양 대공을 보고 나서야, 용명이 오랫동안 교주 밑에서 살아남으면 양 대공처럼 된다는 것을 알았다. 심원곡이나 혈야궁이나 결국에는 같다는 뜻이다. 양 대공이 앉아있는 곳의 거리가 살짝 애매했다. 양 대공의 실력이라면 단박에 기습을 펼칠 수 있는 거리여서 한가롭게 문답만 할 수는 없었다. 양 대공의 기습을 유념한 상태에서 질문을 던졌다.

"교주가 우사와 만났나?"

양 대공은 웃는 것으로 대답을 대신했다. 내가 양 대공을 쳐다보는 사이에 뒤쪽에서 맏형의 목소리가 들렸다.

"양 대공."

"말하게."

"그대도 허 장로에 못지않은 공신인데 이만 독립하는 게 어떻겠나? 이미 대공인데 새삼 권력에 욕심이 있을 것 같지도 않고. 굳이 이렇게 나서야 하나?"

"교도가 무슨 독립인가."

나는 양 대공의 표정이 무척 인상적이었다. 무표정에 가까웠으나 평온해 보이지는 않았다. 일부러 용명에 대한 것을 물어봤다.

"용명은 혈야궁으로 복귀하기로 했네. 무사히 보내주겠나?"

양 대공이 고개를 끄덕였다.

"애초에 용명은 스스로 거취를 정할 것이라 들었다. 그것에 따라 혈야궁의 운명도 변하는 것이고."

"네 운명은?"

양 대공이 나를 쳐다보면서 읊조렸다.

"내 운명이라…"

무심코 내가 눈을 한 번 껌벅였을 때 양 대공의 장력이 보였다. 모든 사물이 사라진 상태에서 등장한 거대한 손바닥을 우장으로 맞받아쳤다. 귀청을 때리는 굉음이 터지면서 앉은 자세 그대로 밀려났다가 충돌의 여파를 제운종으로 받아들여서 가볍게 일어났을 때 양 대공의 후속 공격이 이어졌다. 장력 충돌의 여파로 피어오른 먼지가 많아서 그런지 시야가 좋지 않았다. 먼지 틈에서 양 대공의 공격이 불쑥 튀어나왔다. 강맹한 장법 위주의 공격이어서 받아치는 건 어렵지 않았으나, 곳곳에서 먼지바람이 뒤섞였다.

'일부러 이러는 건가?'

시작하자마자 양 대공이 전력을 쏟아냈기 때문에 검을 뽑을 틈이 없었다. 용명과 비교할 수 없을 정도로 내공이 심후했고, 실전 경험이 많아 보였다. 웬만한 고수는 장력 한 방에 뭉개서 압살할 정도로 강했다. 일반적인 상황이라면 척후조를 주시하면서 내공을 아꼈겠으나 장력을 부딪쳐 보고 나서는 생각을 바꿨다.

양 대공은 적과 아군으로부터 몸을 숨긴 채로 장법을 구사했다. 보법과 움직임, 장법의 운용 자체가 계속 돌풍을 일으켰기 때문이다. 시야가 좋지 않은 곳에서 적을 찾아내는 수법에도 능숙해 보였다. 일살을 뽑기 위해 허리춤에 손을 뻗었다가 고개를 급히 숙였다. 뒷걸음질을 치는데 흩날리는 내 머리카락이 보였다. 어느새 공중에 뜬 손바닥이 아래로 내리꽂히듯이 등장해서 투계를 담은 우장으로 받아치고, 좌장도 이내 장력을 부딪쳤다.

그제야 양 대공의 얼굴이 보였다. 곤란해하던 표정은 온데간데없

　　　…

고 제대로 싸우게 되어서 기쁘다는 표정이 가득했다. 나는 쌍장으로 받아치는 동안에 뒤로 약간 밀려났다가… 어느새 균형을 잡은 채로 양 대공과 내공을 겨뤘다. 그제야 양 대공의 의도를 조금 알 것 같았다. 이것은 완전히 목숨을 건 내공 대결이었다. 회오리에 섞인 먼지바람이 가라앉을 무렵에야 주변의 모습이 눈에 들어왔다. 여전히 흑림 척후조는 대기 중이고, 내 뒤에서도 맏형이 지켜보고 있다는 느낌이 들었다.

양 대공의 내공은 단계별로 상승하더니 이내 호신공을 펼치듯이 기파까지 쏟아냈다. 이어서 우리가 서있는 장소의 땅이 움푹 꺼졌다. 상황이 제법 위험하게 흘러가는 터라… 나는 양 대공을 쳐다보다가 자하신공을 준비했다. 단전에서 무언가가 꿀렁거린다는 느낌을 받았을 때 나는 우측에서 누군가의 기습을 감지하자마자 자하기가 담긴 장력을 순간적으로 쏟아내고, 외공까지 조합해서 양 대공을 밀어냈다.

'기습이다.'

본능적으로 일살을 붙잡은 다음에 발검을 준비했다. 우측에서 기습을 펼친 고수는 이미 공중에 뜬 상태였는데 전신이 불길에 휩싸인 것처럼 새빨갰다.

'어?'

자하기가 섞인 장력에 튕겨서 몸을 추스르던 양 대공이 상공을 쳐다보면서 장력을 쏟아냈다. 장력이 손바닥에서 튀어나가기 직전에 기습한 사내의 손끝이 장심에 박혔다.

푹!

붉은 빛살이 화살처럼 날아와서 꽂히는 것처럼 보였다. 그 와중에 양 대공의 좌장이 사내의 가슴에 적중했다.

콰아아아아아아앙!

붉은 장삼을 입은 사내가 뒤로 밀려나자… 양 대공의 오른손에서도 핏물이 터져 나왔다. 놀랍게도 붉은 장삼을 입은 사내는 밀려나던 순간에 장력 때문에 튀어나온 한 움큼의 핏물을 분사 형태로 양 대공에 눈에 뿌리면서 재차 달려들었다. 붉은 장삼을 입은 사내의 전신에서 새빨간 거미 다리처럼 보이는 혈기血氣 예닐곱 개가 동시에 칼날처럼 튀어나오더니… 핏물을 눈에 뒤집어쓴 양 대공에게 이내 돌진했다.

완벽하게 양패구상처럼 보이는 초식이었으나 내뱉은 핏물마저도 태우는 성질이 있는 모양인지 눈을 찌푸리고 있는 양 대공이 훨씬 불리해 보였다. 너무 갑작스럽게 일어난 일이라 내가 끼어들 수도 없었다. 이내 예닐곱 개의 혈기가 양 대공의 몸을 뚫었다가 빠져나오는 것을 반복하고. 그 와중에도 양 대공은 쌍장을 휘둘렀다. 하지만 이내 붉은 장삼의 사내가 양 대공의 팔을 동시에 붙잡더니 좌우로 뜯어냈다.

푸악!

이어지는 광경은 더 참혹했다. 핏물과 살점이 공중에서 난장판이 된 채로 터지다가 어느새 양 대공은 말 그대로 해체되었다. 나도 어이가 없어서 뒤로 살짝 물러났다.

'아, 미친 새끼.'

양 대공의 살점과 핏물을 뒤집어쓴 광명우사가 웃으면서 나를 쳐다봤다가, 마교의 병력도 주시했다. 양 대공의 장력에 맞아서 우사의 입에서도 핏물이 흘러나오고 있었는데 그야말로 혈신血神을 눈앞에서 보는 것처럼 기괴하면서도 강렬했다. 주변을 한 차례 둘러본 광명우사가 내게 말했다.

"하오문주, 오랜만이군."

나는 고개를 끄덕이다가 옛 친구를 대하듯이 대답했다.

"오랜만이네. 잘 있었나? 밥은 먹고 다니지?"

광명우사가 나를 노려봤다.

"…"

"양 대공과 원한이 이렇게 깊은 줄은 나도 몰랐네."

광명우사가 조금 전까지 양 대공이었던 핏물과 살점 뭉텅이를 바라보면서 말했다.

"이놈만 죽이면 됐는데 내내 약조를 어기고 도망 다녔다."

사실 내가 자하기를 사용하지 않았더라면 양 대공이 훨씬 빠르게 회복해서 광명우사를 상대했을 터인데, 광명우사의 기습이 누구를 향하는 것인지 판단할 수 없었기 때문에 아쉽게 되었다. 갑자기 나타나서 양 대공을 도륙한 광명우사는 이전에 봤을 때보다 상태가 더 안 좋아 보였다. 그러니까 이제는 사람과 말도 안 통하는 것처럼 보였다. 광명우사가 내 쪽으로 다가오고 있어서 나는 옆으로 살짝 피했다. 미친놈은 피하는 게 답이다. 나도 예외는 아니다. 광명우사가 나를 한 번 쳐다보더니 몇 걸음을 더 움직여서 바닥에 있는 기형대도를 붙잡았다.

"문주야."

"왜?"

"이것이 탑왕의 병장기냐?"

"맞다."

"여기에 꽂혀있는 것은?"

"내게 패한 살수 용명의 병장기."

"음…"

광명우사가 나를 쳐다봤다.

"탑왕은?"

"옛 좌사가 죽였지."

광명우사가 흡족하다는 것처럼 미소를 짓더니 내게 허락을 구하는 것처럼 물었다.

"이것은 내가 써도 되겠나?"

"대도를?"

나는 미친놈에게 일단 잘 보이고 싶어서 허락해 줬다.

"내가 챙기려고 했는데 선물로 줄게."

"좋아."

광명우사가 용명의 장검을 떼어 내더니 혈신기를 주입해서 칼날을 불그스름하게 만들었다. 그러더니 붉게 달아오른 장검의 칼날을 기형대도에 갖다 대자 치이익- 하는 소리가 나면서 들러붙었다. 광명우사가 기형대도를 들고 있는 모습은 그야말로 살벌했다. 처음부터 혈교주의 병장기였던 것처럼 잘 어울리는 병장기이기도 했다. 기형대도를 손에 쥔 광명우사가 내게 물었다.

"아직 교주와 다투는 중인가?"

"그렇지."

광명우사가 멋쩍은 표정으로 웃더니 내게 실토하듯이 말했다.

"나는 이미 한 번 패했다. 자네도 이기긴 어려울 거야. 살아남으면 또 보세."

나는 고개를 끄덕인 다음에 어쨌든 광명우사를 한 명의 미친 마도 대종사로 대우했다.

"살펴 가게. 혈교주."

이 미친 사내는 갑자기 기형대도를 붙잡은 채로 대기하고 있는 흑림의 척후조를 향해 걸어가다가 경공을 펼치면서 달려들었다. 혈교주의 읊조리는 말이 내공에 담겨서 섬뜩하게 흘러나왔다.

"…비켜라."

이어서 광명우사였던 혈교주는 흑림의 척후조 일부를 도륙하면서 길을 뚫더니 그대로 뻗어나가면서 사라졌다. 나는 옆에 온 맏형과 함께 광명우사의 미친 행각을 바라보다가 탄식을 내뱉었다.

"와, 미친… 원래 저런 사람이야?"

맏형이 고개를 내저었다.

"아니다."

"근데 왜 저래?"

"모르겠다. 저렇게 미쳤는데도 네게 예의를 갖추는 게 더 신기하구나."

맏형은 양 대공이 죽은 자리에 가서 무언가를 찾더니 자그마한 금색 장신구 하나를 주워서 교도들에게 던졌다. 지극히 작게 반짝이는 장신구가 날아가자, 교도 한 명이 붙잡았다. 맏형이 교도들에게 말했다.

"양 대공의 유해는 남은 게 그것뿐이다. 챙겨서 돌려줘라."

장신구를 받은 교도가 별생각 없이 맏형의 말에 대답했다.

"…알겠습니다."

교도가 지극히 공손한 어조로 대답하자, 옆에 있는 흑의인들이 일제히 대답한 교도를 쳐다봤다. 분위기가 꽤 묘했다.

390.
서로 웃지 않았다

혈교주가 급하게 떠나는 모습을 떠올리다가 기분이 살짝 묘했다. 이미 새로운 우사였던 탑왕이 죽었고, 용명도 혈야궁으로 떠났다. 세상일이 내 뜻대로만 되지 않는다는 것을 유념하면 이제 좋지 않은 일도 벌어질 것 같은 예감이 들었다. 물론 이런 예감에 대한 근거는 있다. 옛 우사가 교도들을 죽이면서 도주했는데도 흑림 척후조를 비롯한 교도들은 전혀 동요가 없었기 때문이다. 정적은 때에 따라서 의미가 다양하다.

이번에 자하객잔 일대에 내려앉은 정적에는 긴장감과 고요함이 뒤섞여 있었는데, 굳이 따지자면 긴장감의 비중이 훨씬 높아 보였다. 일종의 전군全軍 대기 상태랄까. 나는 이 정적을 나름대로 분석하다가 곧 교주가 온다는 것을 알았다. 위 좌사라는 인물이 홀로 만들어 낼 수 있는 정적은 아니라는 생각이 들었다. 맏형과 함께 자하객잔으로 돌아가서 운남칠살에게 말했다.

"탁자를 배치하고, 술과 마실 물도 준비해. 안주는 필요 없고. 먼지가 나지 않게. 일단 눈에 보이는 것은 다 정리해라."

운남칠살은 내 말을 듣자마자 조용히 움직였다. 이들도 눈치가 있어서 내 분위기가 조금 달라졌다는 것을 알아차렸을 터였다. 맏형이 평상으로 가더니 위에 있던 목검을 한쪽으로 치운 다음에 헝겊을 든 채로 광명검의 칼날을 닦았다. 나는 펄럭이는 깃발을 쳐다봤다.

"…"

깃발을 꽂은 것부터 실수한 것일까? 시간이 꽤 흘렀는데도 교주가 직접 등장하지 않은 것을 보면, 교도들과 일부 세력이 맞붙은 게 아닐까 하는 의구심이 들었다. 일양현까지 직접 움직인 사람이 어딘들 가지 못하겠는가. 시간이 조금 흐른 뒤. 마차 한 대가 다가오는 것 같아서 바깥에 나가보니, 흑림 척후조 주변에 처음 보는 마차가 도착해 있었다.

새로 뽑힌 좌사일까 아니면 교주일까. 마차는 바퀴까지 온통 검게 칠해져 있었는데, 마차를 이끄는 것도 흑마黑馬였고 안장마저 시커먼 색이었다. 하여간 온통 검은색이었다. 그곳에서 나온 사내가 등을 내보인 채로 교도들을 한 차례 둘러보자, 시선을 따라서 주변에 있던 교도들이 전부 무릎을 꿇었다. 딱히 구호 같은 것은 없었다. 이어서 시커먼 군마가 추가로 도착하더니 그곳에서도 흑의인들이 가볍게 뛰어내려서 말고삐를 잡았다.

재갈을 물려놓은 것인지 훈련을 시킨 것인지는 알 수 없었으나 군마軍馬까지 입을 닫치는 재주가 있었다. 새로 등장한 흑의인들은 앞서 도착했던 흑림 척후조와 복장이 약간 달라서 친위대 혹은 호위대처럼 보였다. 멀리서 보는데도 친위대의 덩치가 일반 교도들보다는 훨씬 크다는 것을 알 수 있었다. 친위대는 다른 교도들처럼 무릎을 꿇지 않은 채로 편하게 움직이더니 주변으로 살짝 흩어져서 자리를 잡았다.

마차에서 등장했던 사내가 그제야 몸을 돌리더니 자하객잔으로 걸어왔다. 거리가 제법 떨어진 곳이었는데… 교주는 이곳으로 혼자 걸어오고 있었다. 나는 갑자기 교주를 보자마자 살짝 한숨이 흘러나왔다. 자꾸만 이상한 생각이 들었다. 차라리 병력을 대동하고 이쪽으로 달려오는 게 낫지 않을까? 전군 돌격 명령을 내리고 자하객잔을 치는 게 낫지 않을까? 아니면, 잔뜩 분노한 상태로 경공을 펼쳐서 달려오는 게 낫지 않을까?

내가 바라던 생각은 전부 어긋났다. 교주는 수하도 대동하지 않은 채로 혼자 걸어왔다. 내가 가장 싫어하는 분위기, 싫어하는 모습으로 거리를 좁히고 있었다. 이래서 교주는 내 뜻대로 움직이는 사내가 아니다. 저렇게 당당하면 내가 대처할 방법이 없기 때문이다. 교주의 얼굴을 오랜만에 보는 것이지만… 전혀 반갑지가 않았다.

살다 보면 뜻이 맞는 자들의 얼굴을 보면서 술을 마실 기회도 자주 없는데 굳이 저런 사내를 봐야 할까 하는 회의감이 들었다. 교주는 교도들이 대기하는 곳에서 내가 있는 곳으로 어둠처럼 다가왔다. 어둠은 파도처럼 빠르게 덮치는 게 아니라, 천천히 걸어서 도착하는 것임을 알게 되었다. 이런 어둠은 피할 도리가 없다. 자하객잔의 입구에서 두 번째 한숨을 내쉬었을 때 가까이 다가온 교주가 평범한 어조로 말을 걸었다.

"문주."

나는 어쩔 수 없이 안쪽으로 손을 내밀었다.

"먼 길 오셨소. 들어갑시다."

어쨌든 손님이라서 객잔으로 안내했다. 어쩔 수 없이 교주에게 등을 내보였다. 교주에게 등을 내보이다니? 이래서 손님은 왕이다. 등을 기습할 이유가 없는 사내라는 것을 알면서도 등골이 제법 서늘했다. 평상에 앉아있는 맏형도 교주를 맞이했다.

"오셨소."

운남칠살은 여기저기서 넋이 나간 표정을 지은 채로 흩어져 있었는데 교주를 보자마자 무릎을 꿇었다.

"…교주님을 뵙습니다."

나는 탁자에 도착해서 돌아섰다. 맏형은 광명검을 닦던 헝겊을 내려놓은 다음에 칼날을 집어넣었다. 교주는 주변을 둘러보다가 급하게 준비해 놨던 자리에 앉았다. 그제야 운남칠살이 조용히 일어나더니 물 주전자와 술을 가져와서 탁자에 내려놓은 다음에 물러났다. 맏형은 평상에서 팔짱을 낀 채로 앉아있었는데 탁자로 올 마음이 없어 보였다. 결국에 내가 교주의 맞은편에 앉았다. 교주는 그사이에 직접 물을 따라 마셨다. 만독불침이라도 되는 것일까? 자신의 침상 옆에 있던 물을 마시듯이 삼킨 교주가 맏형을 쳐다봤다.

"…교를 나가니까 어떠하더냐?"

맏형이 대답했다.

"평범하군. 일상도 평범하고 먹고, 자고. 아무 생각이 없을 때조차 평범해."

말투에는 신경도 안 쓰는 것 같은 교주가 고개를 끄덕이더니 다른 것을 물었다.

"우사는 어쩌다가 저렇게 정신이 나갔나?"

"정확하게는 모르겠소. 사람이 변하는 것은 한 가지 이유만이 아니겠지. 당신에게 쌓인 것도 있고. 무공이 막혔을 수도 있고. 문주에게 수하를 잔뜩 잃은 것도 원인이고. 더 강해지는 방법을 찾다가 돌았든가. 어쨌든 온전한 정신으로 살기는 힘든 모양이오."

교주가 다시 물었다.

"그중에 한 가지를 꼽으라면?"

맏형이 고개를 내저었다.

"한 가지는 없소. 두 가지를 꼽자면 교주와 문주 때문이겠지. 두 사람."

교주가 나를 쳐다보는 와중에 나는 술을 따라 마셨다. 나는 사내의 시선이 이렇게 불편한 적이 없었다. 하지만 이런 기회가 아니라면 천하제일이나 다름이 없는 사내를 오래 노려볼 수 없을 것 같아서 최대한 시선을 피하지 않았다. 교주가 말했다.

"문주."

"말씀하시오."

"제자가 똑똑해 보이더군. 어디서 만났나?"

"흑향이라는 경매장인데 요란이와 같은 어린아이도 거래하는 곳이라서 다 죽이고 데려왔소."

"똑똑한 것을 알아서 제자로 삼은 것이냐?"

나는 고개를 저었다.

"똑똑하든, 멍청하든 제자가 됐을 거요. 요란이가 먼저 무공을 배우고 싶다고 했거든. 마음에 드셨소?"

교주가 고개를 끄덕였다.

"마음에 들었다."

"이미 사부가 많으니까 욕심내지 마시오."

"내가 가르칠 생각은 없다."

"다행이네. 제자를 교도로 뺏길 수는 없지."

"일살은 반납해라."

"이유는?"

"네게 어울리는 검이 아니다. 네 무공, 네 성향, 검이 만들어진 목적과도 맞지 않아. 너는 애초에 살수가 아니다."

딱히 할 말이 없었다.

"…"

나는 허리춤에서 일살을 끌러낸 다음에 탁자 위에 올려놓았다. 요란이 이야기 다음에 일살을 거론하면 나도 어쩔 수 없다. 교주가 일살을 붙잡더니 반쯤 뽑아서 칼날을 구경했다.

"…"

교주는 한마디도 하지 않은 채로 다시 검을 넣더니 검마를 쳐다봤다.

"네 사부의 바람대로 무적이 될 생각이면 광명검을 가지고. 그게 아니라면 반납해라. 네가 바라는 게 검객이라면 광명검은 도움이 되지 않아. 아직도 고민이 끝나지 않았단 말이냐?"

나는 교주와 함께 맏형을 바라봤다. 교주의 말이 틀리지 않아서 나도 딱히 거들 수 있는 말이 없었다. 선택은 맏형의 몫이었지만 딱히 빠져나갈 방법이 없어 보였다. 교주가 검마에게 물었다.

"…결속 상태는 어떠하냐?"

맏형이 대답했다.

"온전하진 않소."

"그렇다면 반납해도 목숨에는 지장이 없을 것이다."

맏형은 교주를 쳐다보다가 덤덤한 어조로 거절했다.

"죽이고 가져가시오."

"이유는?"

"내가 이것을 지니고 있어야 그대가 조금이나마 더 불편해질 테니까. 내가 죽으면 교에 반납하라고 주변에 이르겠소."

교주가 입을 열었다.

"그렇게 하자. 위 좌사."

멀리 떨어진 곳에서 위 좌사가 대답했다.

"예, 교주님."

"가져가라."

호흡을 서너 차례 했을 때 자하객잔 입구에 위 좌사가 등장하더니 아무런 말 없이 들어와서 일살을 챙긴 다음에 돌아섰다. 들어올 때와 멀어질 때까지도 발소리가 거의 들리지 않았다. 교주가 말했다.

"문주는 새로운 병장기를 구하려면 얼마나 걸리겠나?"

"잘 모르겠소. 명검에 집착하는 편은 아니라서. 빨리 구해보고 없으면 이빨 나간 장검이라도 써야지."

교주가 고개를 끄덕였다.

"그렇게 해라."

교주는 주고받는 게 확실한 사내라서, 이것이 반납의 대가인 것처럼 들렸다. 나는 술을 바라보다가 교주에게 물었다.

"한잔하시겠소?"

교주가 물을 마셨던 잔을 내밀었다. 나는 처음으로 교주에게 술을 따라준 다음에 맏형을 바라봤다.

"맏형."

맏형이 다가오더니 탁자에 있는 빈 잔을 붙잡았다. 나는 맏형에게도 술을 따라준 다음에 내 잔에도 술을 채웠다. 우리는 별다른 말 없이 술을 마셨으나, 이것은 서로 약속을 지키겠다는 맹약의 술이기도 했다. 술잔을 내려놓은 교주가 먼저 말했다.

"장소를 정해라."

어디서 죽고 싶냐는 물음처럼 들렸다. 죽을 마음은 없으나 장소는 일단 고민해 봤다. 어디서 결전을 치러야 후회가 없을까? 눈을 마주친 맏형이 내게 말했다.

"네가 정해라."

나는 곰곰이 생각하다가 교주에게 말했다.

"그럼, 화산에서 봅시다."

"일시는?"

"죽이고 싶을 때 오시오. 먼저 가서 수련하고 있을 테니."

교주가 맏형을 바라봤다.

"자네는?"

"갈 데가 있겠소? 그때 봅시다."

교주는 제안을 수락하듯이 말했다.

"화산에서."

뜻밖에도 교주가 다시 술잔을 내밀었다. 내가 점소이처럼 술을 채워주는 사이에 교주가 말했다.

"문주야, 좋은 전략은 아니었다."

"어째서 그렇소."

교주가 펄럭이는 깃발을 슬쩍 가리켰다.

"…본진 위치는 나쁘지 않다만 전령과 척후도 없이 어찌 전쟁을 치른단 말이냐? 깃발 때문에 지원 세력이 각 처에서 온다는 것을 알았고 척후의 보고를 받아서 길목마다 대처할 병력을 미리 보냈다. 나도 마차에 탄 채로 오랜만에 세상 구경을 하면서 돌아다녔지."

"음."

교주가 나를 쳐다봤다.

"옛 책도 보고 병법서도 조금 읽었다만 너처럼 감정적인 전략을 세운 장수는 기록에도 없다. 지원을 오던 군검왕은 위 좌사와 한차례 싸우고, 남궁검제는 운이 없어서 나를 만났다. 판단이 빠른 사내여서 전면전을 하지 않고 내게 일대일을 바라더군."

"어찌 되었소?"

"오른팔이 잘려서 이제 검제라는 별호는 쓰지 못하게 되었다. 몰살당하지 않는 조건으로 일백 년 봉문을 약조하더구나. 스스로 네전략에 낚여서 각개격파를 당한 셈이지. 물론 모든 전선에서 이긴 것은 아니다. 권왕 쪽은 수가 적었는데 우리 쪽 피해가 다른 곳보다 더 컸다. 하지만 그쪽도 수가 부족해서 결국에는 독무를 들이마시고 어디론가 도주했지."

나는 딱히 할 말이 없었다. 교주가 말했다.

"아직 보고 받지 못한 내용도 많으나 다른 길목에서 벌어진 일도 비슷할 테지."

그러니까 내가 내걸었던 깃발 때문에 각개격파를 당한 셈이다. 자하객잔을 결전 장소로 삼았더니, 교주는 자하객잔을 최대한 고립시킨 채로 주변부터 쳐낸 다음에 등장했다는 뜻이다. 이런 교주를 보면서 이상한 생각이 들었다. 사마의 같은 군사가 이런 분위기를 지녔을까?

대체로 교주는 무력이나 전략적인 측면에서 맞상대해 줄 사람이 없는 외로운 인간처럼 보였다. 한마디로 시대를 잘못 태어난 사내다. 아니면 엉뚱한 곳에서 태어나 이런 짓을 벌이고 있거나⋯ 정작 나는 패하지 않았는데, 나를 도우려던 자들은 호되게 당하거나 이미 교주에게 패한 상태였다. 나도 그냥 솔직하게 패배를 인정했다.

"잘 간파하셨소. 내가 어리석고 감정적이라서 당했군. 천하를 객잔으로 이해했던 모양이야. 부끄럽군. 또 보고 받은 건 없으시오?"

교주가 말했다.

"세가는 대체로 고여있는 썩은 물이라서 대처하는 게 쉽다. 가주나 병력이 대거 이동했을 때 살수 몇 명만 본가로 보내서 휘저으면 재산 때문에 대체로 퇴각을 결정하지. 서문세가도 그렇게 복귀했다. 남을 돕는 것보다는 재산과 집이 더 중요한 법이지. 백도의 한계다."

"임 맹주는?"

나는 탁자에서 교주와 돌이 없는 바둑을 두듯이 이야기를 나눴다.

⋯

"그나마 임소백이 척후와 전령을 쓸 줄 아는 사내여서 동분서주했다고 들었다. 수하들도 임소백의 위치를 제대로 파악하지 못했으나 결국에는 첫째 놈의 병력과 무림맹 근처에서 부딪쳐서 서로 사상자가 많았다. 임소백도 복귀할 수밖에 없었을 테지. 죽이는 것보다 살리는 게 우선인 사내라서 그렇다."

첫째 놈이라면 교주의 첫째인 대공자를 뜻하는 것처럼 들렸다. 그러니까 대공자가 무림맹의 진격을 방해했거나 한바탕해서 교착 상태로 만든 모양이었다. 교주의 말이 이어졌다.

"너나 나나 모든 게 계획대로 되는 것은 아니다."

"그건 맞소."

"이미 네가 죽인 교도의 목숨 값은 너 혼자 죽어서 끝날 일이 아니어서 여러 강호인이 대신 갚았다. 이제는 얼추 비슷해졌을 테지. 애초에 네 성향상, 네가 내게 도전했으면 끝날 일을 네가 이렇게 키운 셈이야. 그렇게 겁이 나더냐?"

나는 고개를 내저었다.

"겁이 났다기보다는 답답했지."

"화산에서 볼 때는 적어도 다른 삼재와 비슷해졌길 바란다. 가능하겠느냐?"

"그것도 모를 일이오."

"내가 굳이 화산까지 가서 네가 자결하는 꼴을 구경하는 건 허망한 일이야. 검마, 그렇지 않겠나?"

맏형은 교주를 내려다보면서 대답했다.

"설마 문주가 자결을 택하겠소? 화산과 함께 사라질 수도 있으니 너무 자만하지 마시오.”

교주가 고개를 끄덕였다.

“화산에 오를 인원은 제한하마. 천악, 신개, 문주, 검마, 백의서생. 많아야 열 명 내외로 제한하마. 하지만 임소백은 보고 싶지 않다.”

“임 맹주를 왜 그렇게 싫어하시오?”

교주가 나를 한심하다는 표정으로 바라봤다.

“어떤 교주가 맹주를 좋아한단 말이냐?”

교주와 대화하다가 웃음을 참을 줄은 몰랐는데 시금이 그렇다. 분위기가 심각했기 때문에 일단 웃지는 않았다. 혀로 뺨을 좀 밀어냈다. 이런 와중에 웃음이 나오려고 하다니… 나도 내가 미친놈이라는 건 알지만 이건 선을 넘었다.

“임 맹주는 그럼 일단 넘어가고. 인원은 그 정도로 합시다. 거지 선배는 늙어서 안 올 수도 있소. 은퇴하실 나이지. 끼니나 제대로 챙겨 먹고 있으려나.”

살짝 씨불여 봤는데, 교주는 웃지 않았다.

...

391.
죽었어도
이상하지 않은 날

술이 아직 남았는데 교주가 일어섰다. 나는 밤새 떠들면서 술을 마실 수 있었으나 교주는 내게 떠들 기회를 주지 않았다. 나는 뒤따라 일어나서 입구를 향해 손을 내밀었다. 교주가 원하지 않아도 배웅할 생각이었다. 교주는 자하객잔을 둘러본 다음에 돌아섰다. 단순히 교주가 강하다는 이유 때문이 아니라, 일양현까지 둘러본 다음에 등장했기 때문에 나조차도 함부로 대할 수가 없었다.

나는 교주의 발걸음에 맞춰서 교주의 우측에 나란히 섰다. 경험으로 비춰 봤을 때 교주의 우측에 미친놈이 서는 게 맞다. 그러니까 나는 광명우사의 자리를 차지한 채로 교주와 잠시 걸었다. 입구에서 교주가 귀찮은 파리처럼 쳐다보기에 어쩔 수 없이 입을 열었다.

"내가 또 언제 교주와 걸어보겠소? 갑시다."

꺼지라는 말을 하고 싶었겠지만, 교주는 자신이 지키는 선이 있어서 함부로 떠들지 않았다. 교주는 걸음이 느렸다. 나는 옆에서 자하객잔을 뒤덮었던 어둠을 몰아내듯이 함께 걸었다. 막형도 불러내서 함께 걷고 싶었으나 싫다는 사람을 억지로 끄집어낼 수는 없었다. 나는 걷다가 교주에게 물었다.

"교에서도 열 명 내외를 데리고 오실 거요?"

"그보단 적을 것이다."

"그나저나 다른 삼재는 언제 넘으셨소?"

"싸울 때 이미 알았다."

나는 고개를 끄덕인 다음에 추측하던 것을 말해보았다.

"천악 선배는 대충 눈치를 챈 것 같던데 맞소?"

"각자 생각이 다르니 알 수 없다."

이제야 나는 천하의 서열이 교주, 천악, 신개였음을 알게 되었다. 다른 삼재가 틀어박혀서 수련하는 이유는 이처럼 명확했다. 내 예상으로는 세 사람이 서로에게 동귀어진 수법까진 쓰지 않은 것 같다. 아니면, 여전히 비장의 한 수를 감춰뒀거나… 그러니까 예전에는 확실히 한 사람이 월등한 우위를 차지하진 않았던 것 같다. 미세하게 우위를 점했던 정도? 시간이 흐르면 교주와 격차가 더 벌어질 수 있다는 것을 신개 선배와 천악이 깨달아서 수련에 매진했을 터였다.

교주가 우위에 있던 것은 확실하지만 천악과 신개가 동시에 동귀어진을 다짐한다면 교주도 살아남지 못하는 것이 현실이었을 터였다. 지금은 또 모를 일이다. 옆에서 걷는데도 교주의 기도를 파악할 수 없고, 수준을 가늠할 수 없으며, 빈틈 같은 것을 찾을 수도 없었다. 그저 함께 걷고 있는 것만으로도 내 손발이 약간 허우적대는 느낌을 받았다. 긴장했기 때문이다.

…   광마회귀 7

하지만 싸울 때 느끼는 것보다 미리 매를 맞는 게 전략상 좋은 판단이어서 함께 걸은 것은 내가 이곳에 와서 가장 잘한 행동이었다. 내가 교주와 함께 등장했음에도 교도들은 입을 굳게 다물고 있었다. 다만 시선은 한 몸에 모였다. 나 같은 관심종자가 또 어디에 있겠는가? 교도들도 신기한 동물을 바라보는 것처럼 나를 구경했다. 나는 대기하고 있는 시커먼 교도들에게 말했다.

"…교도들은 들어라. 우사 자리가 다시 공석이 되었으니 내가 임시로 맡겠다."

"…!"

근처에 있는 위 좌사가 고개를 홱 돌리면서 미간을 좁히더니 나를 노려본 다음에 이어서 교주를 바라봤다. 뜻밖의 개소리에 교주가 나를 물끄러미 바라봤다.

"…"

나는 이때다 싶어서 잠시 교주와 눈싸움을 시작했다. 교주가 말했다.

"문주야, 뭔 개소리냐?"

나는 교주의 말을 무시한 다음에 교도들을 쳐다봤다.

"새롭게 광명우사가 된 놈은 옛 좌사에게 패해서 죽었고. 그 전 광명우사는 정신 건강이 위태로워서 스스로 떠났다. 공석이란 뜻이지. 기간은 내가 너희 교주님과 화산에서 재회할 때까지. 그때 죽으면 자리도 내놓겠다. 그 전에 우사 자리가 탐나더라도 노리지 말도록. 너희는 아직 준비가 안 됐어."

위 좌사가 입을 열었다.

"교주님, 문주의 농이 심히…"

교주가 대답했다.

"농담이니 넘어가."

"예."

위 좌사가 내게 말을 걸었다.

"문주, 농담도 자리를 가려가면서 하게."

나는 위 좌사를 노려봤다. 이놈이 나를 모르는 모양이다. 이런 농담을 할 수 있다면 목숨을 걸 수도 있는 사람이 나다.

"위 좌사."

"말하게."

"이 얼굴에 욕심 그득한 돈벌레 같은 놈."

"뭐?"

"돈이나 밝히고, 음흉한 속내에 아부 실력은 네가 천하제일이겠지. 네가 진짜 좌사가 되고 싶으면 지금 저기 또 망한 객잔에 있는 옛 좌사와 승부를 가린 다음에 좌사라 주장하는 게 옳다. 광명검도 옛 좌사가 지니고 있는데 네가 어째서 좌사란 말이냐? 염치가 있어야지."

위 좌사가 공격을 할 것처럼 손가락 하나로 나를 가리켰다. 나는 그 손가락을 쳐다보면서 말했다.

"…듣자 하니 너는 교도의 목숨을 가지고 네 가문 재산 늘리는 데 이용한다고 들었다."

위 좌사의 눈이 대번에 커졌다. 나는 말을 이어나갔다.

"곱게 죽지 못할 놈이야. 너도 화산에는 빠지지 말고 올라오도록 해. 내가 죽이든 천악 선배가 죽이든 간에 누구한테 처맞는 꼴 좀 보고 싶으니까. 알았어? 오늘은 살려주겠다."

위 좌사의 얼굴이 염계대수인을 정통으로 맞은 것처럼 새빨갛게 돌변했다. 교주가 옆에서 침묵하고 있었기 때문에 이러지도 저러지도 못하는 것처럼 보였다. 하지만 나는 혼자 웃었다. 교주가 내게 말했다.

"문주야."

"말씀하시오."

"정말 네 주둥아리는 강호 일절이구나."

나는 교주에게 대충 포권을 취했다.

"과찬, 과찬이오."

이래도 안 웃어? 나는 눈앞에서 웃음 참기 천하제일고수를 목격했다.

'대단한 사람이네. 수양이 깊다.'

교주가 이간질을 발동했다.

"위 좌사."

"예."

"마음에 안 들면 이 자리에서 생사결을 해라. 문주와 겨루든지, 문주 말대로 안에 있는 옛 좌사와 겨루든지. 어떻게 하겠나?"

위 좌사는 잔머리가 제법 빠르게 돌아가는 모양인지 바로 대답했다.

"…교주님, 저도 화산에 오르겠습니다."

교주가 냉소를 머금더니 위 좌사에게 한마디를 툭 던졌다.

"자네도 평정심이 대단한 줄 알았더니 문주의 농에는 참지를 못하는구나."

위 좌사는 그제야 정신을 차린 표정으로 고개를 숙였다.

"예, 순간… 유념하겠습니다."

나는 교주에게 물었다.

"삼 공자는 복귀했소? 못 본 지 오래됐는데."

"외가를 수습한다고 들었다."

"그 밑에 삼복이라는 수하가 있는데 눈치도 빠르고 공도 많이 세웠소."

교주가 대답했다.

"어쩌란 말이냐?"

"이것이 청탁이란 거요. 충성심이 뛰어난 수하는 적이든 아군이든 칭찬하는 게 맞소. 돈을 잘 벌어준다고 해서 무조건 충신은 아니니까."

나는 끝까지 위 좌사를 공격했다. 교주가 희미하게 웃으면서 고개를 끄덕였다.

"맞는 말이다."

나는 저 미세한 표정에서 교주도 본래 위 좌사를 그리 좋아하지 않고 있음을 알아차리게 되었다. 교주라면 충분히 수하들을 파악하고 이용할 수 있는 사람일 터였다. 분위기가 제법 어색했기 때문에 여기까지 따라온 이유를 교주에게 진지한 어조로 전했다.

"…우리가 적으로 만났으나 내 어린 제자를 살려줘서 고맙소. 장득수, 홍신 사매, 그 밖에도 평범한 일양현 사람들을 살려준 것도. 이유가 어찌 되었든 간에 오늘은 검마 선배와 내가 죽었어도 이상하지 않은 날이었소."

나는 교주를 쳐다보다가 덤덤하게 예의를 갖췄다.

"살펴 가시오. 화산에서 봅시다."

교주에게 예의를 갖추는 것은 나도 무척 어려운 일이었지만 요란이나 득수 형 내외를 생각하면 얼마든지 더한 예의도 갖출 수 있었다. 교주가 나를 보면서 고개를 살짝 끄덕이더니 마차에 올랐다.

"가자."

교도들은 마차의 방향을 따라서 일제히 돌아섰다. 아무도 내게 예의를 갖추지 않았지만 서로 죽고 죽이는 관계여서 상관없었다. 나는 출발하는 마차를 쳐다보다가, 교주를 따라서 이동하는 병력을 한참 동안 바라봤다. 싸우진 않았으나 호흡을 할 때마다 교주를 제외한 교도들을 몰살하는 생각을 여러 차례 하고, 그때마다 잘 참았다. 결국에 더하고 싶은 말이 있었는데 분위기 때문에 꺼내지 못했다.

'더 떠들어야 했는데…'

어쩐지 교주는 내 말을 오랫동안 듣기 싫어서 일부러 떠나는 것처럼 보였다. 대체로 대화가 잘 안 되는 사내였다. 일단, 전면전이 벌어지면 교주의 무력이 어찌하든 간에 여기 있는 교도들은 맏형과 내 손에 전부 죽었을 것이라는 말을 전하지 못했다. 화산에서 재회하는 날… 일생에 단 한 번만이라도 흡족하게 싸워서 출중한 고수들을 모조리 때려눕히고, 행복이라는 걸 좀 느껴보라는 말도 전달하지 못했다. 강호인이 강호인을 상대하는 것에 대해서는 아무런 거부감이 없기 때문이다.

저렇게 어두운 사람은 행복이라는 것을 느껴봐야 변하는 법인데… 자신이 만든 심리적인 만년한철 벽에 단단히 둘러싸인 사내였다. 아무도 나를 돌아보지 않았지만 나는 교도들이 모두 사라질 때까지 저 이상한 종교를 배웅했다. 광명우사가 되겠다는 것은 농담이지만 요란이를 비롯한 약자들을 살려준 것에 대한 마음은 거짓이 아니다. 이것이 내 정신세계에서 가장 중요한 부분이니, 말로 전달하는 것은 당연한 일이었다. 나는 돌아서서 개업도 하지 못한 채로 망한 자하객잔을 쳐다봤다.

'또 망했네.'

물론 자하객잔만 망한 것은 아니다. 내가 망할 수도 있었기 때문에 남은 시간을 알차게 보내야 할 필요가 있었다. 나는 자하객잔 입구에 서서 운남칠살을 바라봤다. 다소 잔망스러웠던 만박마군마저 아무런 말이 없었다. 태풍이 지나간 자리에 우두커니 남은 난민처럼 보였다. 돌려보낼까 하다가 맏형의 식사 때문에 그대로 뒀다.

"…밥이나 먹자."

운남칠살의 밥 담당이 조용한 어조로 대답했다.

"예, 문주님."

내가 복귀하자 맏형은 그제야 탁자에 앉으면서 말했다.

"하고 싶은 말은 다 했나?"

나도 맞은편에 앉으면서 대답했다.

"못 했어. 어려운 사람이야. 듣기 싫은 모양이지."

맏형이 코웃음을 내뱉은 다음에 대답했다.

"그러냐. 네 말을 오래 듣고 있으면 휘말린다고 생각해서 떠났을 것이다."

"그렇게 눈치가 빠른가?"

맏형이 고개를 끄덕였다.

"교주 앞에서 너처럼 잘 떠드는 사내도 본 적이 없다. 어쨌든 열 명 내외라 한 것은 다른 자들의 비무도 구경하고 싶다는 뜻이다. 어렸을 때부터 취미라고는 직접 싸우거나 남이 싸우는 것을 구경하는 게 전부였을 테니. 실은 다른 교도들도 크게 다르진 않다."

나는 고개를 갸웃했다.

"그건 좀 이상하군. 어차피 교주가 아니면 천악 선배를 상대할 고수도 없을 것 같은데."

"위 좌사 같은 인물이 나나 천악에게 도전하고 힘이 조금 빠진 고수를 단체로 상대할 수도 있겠지. 그것이 어느 정도 균형에 맞는 일이라 생각할 테고."

"비무 한 차례, 생사결 한 차례. 총 두 번이겠군. 그건 그때 상황보고 대처하자고."

정확한 것은 가봐야 알 터였다. 입으로 가져가던 술잔을 멈춘 맏형이 입구를 쳐다봤다.

"…"

돌아보니 개방의 지부장이 된 것 같은 색마가 숨을 몰아쉬면서 들어오고 있었다. 옷은 군데군데 찢어지고, 얼굴과 의복에는 누군가의 핏물이 잔뜩 묻어있었다. 색마가 탁자 옆으로 오더니 맏형에게 말했다.

"사부님, 저 왔습니다."

맏형이 제자를 위아래로 살피면서 대답했다.

"다친 곳은?"

누가 봐도 전쟁터 몇 곳을 조자룡처럼 돌파해서 도착한 것처럼 보였는데 똥싸개는 당당한 어조로 대답했다.

"아무 일 없었습니다."

"고생했다."

색마가 내 우측 자리를 차지하자, 맏형이 직접 술을 따라줬다. 색마는 물을 마시듯이 삼킨 다음에 숨을 길게 내뱉었다. 동시에 색마의 정수리에서 하얀 김이 모락모락 피어오르고 있었다. 색마가 나를 쳐다봤다.

"여기는 별일 없었나?"

나는 고개를 끄덕였다.

"교주가 다녀갔다."

"그랬군… 뭐?"

"일단 일살을 빼앗겼고 화산에서 재회한 다음에 붙기로 했다."

색마가 고개를 끄덕이더니 맏형에게 보고했다.

"사부님, 권왕과 이군악이 각각 다쳤습니다. 외상이 크지는 않은데 독무를 들이마셔서 당분간은 쉽게 못 움직일 겁니다."

교주의 말에 의하면 권왕 쪽이 가장 피해가 크다고 했는데 색마가 끼어있어서 그랬던 모양이다. 나는 두 사람에게 술을 따라줬다. 술을 마시던 색마가 문득 고개를 돌렸다가 밥을 짓고 있는 운남칠살을 바라봤다.

"너희는 뭐냐? 사파 놈들 같은데."

내가 대신 대답해 줬다.

"사파 아니야."

색마가 나를 쳐다봤다.

"그럼?"

나는 만박마군을 바라보면서 말했다.

"점소이와 숙수들."

색마는 이내 운남칠살에게 관심을 끈 다음에 품에 손을 넣더니 꼬깃꼬깃한 헝겊을 하나 꺼냈다. 그 헝겊을 탁자에 내려놓은 다음에 손으로 주름을 없애면서 말했다.

"…권왕 선배가 깃발 같은 건 없다고 하셔서 오기 전에 급하게 만들었었다. 어쨌든 전달해 달라고 부탁하더군."

나는 맏형과 함께 권왕이 전달한 꼬깃꼬깃한 깃발을 바라봤다. 힘찬 필체로… 권拳이라는 글자 하나가 적혀있었다. 문득 맏형과 눈을 마주쳤다가 동시에 웃었다. 전략은 교주에게 간파당해서 실패한 것이나 다름이 없으나 선물을 하나 받은 느낌이 들었다. 나는 깃발을 손으로 들어서 예술 작품을 보듯이 감상했다.

"귀한 선물이네."

이것은 오로지 내 마음에만 스며드는 선물이었다.

392.
출사표

선배, 나 이자하요.

만나서 말로 전하면 편한데 서찰이라 불편하군. 내용이 불편하고, 문장이 엉망이어도 이해하시라. 서찰 적어본 적이 드물어서 그렇소. 서찰은 여인에게 적어야 하는 법이라서 나도 기분이 좋진 않소. 이 거 읽으실 때쯤, 난 화산으로 가는 중일 거요. 결론부터 말하자면, 화산에는 오지 마시라. 오지 말라면 오지 마시라. 오지 말라고 해도 꼭 오는 사람이 있어서 거듭 강조하오.

교주가 선배를 보고 싶지 않다는군. 죽이고 싶었으면 오라고 했을 텐데, 생각이 바뀐 모양이오. 오지 말라는 것은 선배를 죽이기 싫다는 뜻이겠지. 이유를 짐작하자면 맹주가 무림맹에 있는 강호가 더 낫다고 보는 것 같소. 내 생각도 같소. 화산에는 나, 검마, 몽연, 육합선생이 함께하고. 백의서생이나 천악 정도만 오면 좋겠소. 다른 제왕이 몇 명 추가되어도 큰 의미는 없소.

그러니 연락은 선배가 좀 취해주시오. 그곳에서 교주와 싸울 작정인데 결과가 어떻게 될지는 모르겠소. 선배도 알다시피 우리가 애써 하는 일들의 결과는 크게 중요하지 않소. 그보다는 그저 애써 임하는 것이 더 중요할 거요. 다만, 우리 일행이 모두 죽는다면 교주도 살아서 화산을 내려갈 수 없을 것이라 약조하오. 내가 그렇게 마음을 먹었소. 최악의 상황에 치달으면 화산에서 전부 죽으리다.

그러나 교주가 옛 고수들의 비무처럼 선을 지킨다면. 어쩌면 화산에서의 싸움은 아무도 죽지 않은 채로 끝이 날 수도 있소. 사람의 앞일을 어찌 예측하겠소? 모를 일이오. 최악의 상황이 닥치면 선배도 교주의 팔을 잘라서 동귀어진할 생각이었겠지만 교주를 지켜본 바로는 그것도 쉽지 않겠소. 그러니 무림맹에서 잘 버텨주시오.

교주는 가장 강한 수하들을 대동하고 화산에 오를 것인데, 내려갈 때는 혼자 내려가든가 아니면 나와 함께 전부 화산에 묻힐 거요. 그런 와중에 선배가 무림맹에서 버티고 있으면 당대의 강호는 별문제 없소. 교주가 이를 알면서도 선배를 보고 싶지 않다고 한 것은. 그저 우리가 이해하기 어려운 그 사람만의 성격일 거요. 한편으로는 이해하는 바요. 패배를 생각해 본 적이 없을 테니.

교주와 내 싸움을 이렇다 저렇다 정의하거나 예측하는 게 어렵소. 교주가 나보다 강한 것은 사실이지만, 사실 싸움의 승패는 내게 달렸소. 주어진 시간 안에 단 한 번만 더 경지를 끌어올릴 수 있다면 누구에게도 패배하지 않을 자신감이 있소. 다만 걱정인 것은 얼마 전에 경지가 상승한 터라, 짧은 기간 내에 큰 깨달음이 오지 않을 가능성이 있다는 거요. 그래서 사실은 지금 아등바등 급하게 수련하지 않고 있소. 주어진 시간이 매우 제한적이라 그렇소.

맹주 선배, 당대의 천하제일은 교주였소. 여기서 아무 일 없이 내게 시간이 주어지면 다음 천하제일은 내가 될 거요. 만약 내가 화산에서 쓰러지고 운이 좋아 몽연이 살아남는다면, 아마 십팔 년 후쯤에는 색마 놈이 천하제일인이 될 거요. 그 시기 이후에도 아무런 일없이 평화가 이어진다면 이후 천하제일은 내 제자가 될 거요.

제자는 일양현의 장요란. 화산에서 내가 교주와 싸웠다는 소식이 들리고 나서. 내가 화산에서 내려오지 못하면. 맹주께서 일양현에 사람을 보내 장득수, 홍신, 요란이를 무림맹으로 불러주시오. 득수 형 내외는 숙수로 거둬주시고. 요란이에겐 육전대검을 알려주시오. 그저 부탁이니, 선배의 마음에 달렸소. 다만 강호에서 육전대검을 배울 수 있는 제자는 요란이가 유일할 거요.

물론 우리 사대 멍청이들이 살아있으면 요란이도 육전대검을 배울 수 있는 마음가짐이 아닐 테니, 그때는 가르치지 않아도 좋소. 이해하지 못해서 아마 못 배울 거요. 내가 보기에 맹주의 무공은 그런 무공이요. 술이라도 한 잔 나누면서 말을 전했으면 맹주가 내게 이렇게 물었을 거요. 이길 자신은 있는가? 싸움을 피하면 안 되는가. 합공으로 죽이는 것은 어떤가 등등.

차례대로 답을 주자면. 당장은 이길 자신감이 없고, 싸움은 절대 피하면 안 되는 상황이며, 합공으로 죽이는 것도 불가하오. 교주와 화산에서 맞붙기로 한 것은 강호인의 약조인데. 우리는 맹약의 술을 나눠 마셨소. 이는 교주가 백도의 방식으로 싸우는 것을 허락한 거요. 일차전을 치러보니 계략이나 전략에도 밝은 사내여서 웬만한 방법으로는 꺾을 수가 없소.

화산에서 붙자는 것은… 인간 같지 않은 사내, 강호인 같지 않은 사내가 강호인의 방식을 취한 것이니, 이때를 이용해 마도나 흑도처럼 대응한다면 모든 게 물거품이오. 이기면 이기는 것이고. 패배해도 올바르게 패배해야만. 교주를 인간으로 붙잡아 둘 수 있소. 나는 교주 자신을 위해서도 그가 인간으로 남길 바라오. 그는 아주 오래전부터 인간 같지 않은 자들을 상대했던 사람이라서 더욱 그렇소.

교주가 인간으로 남아야 그를 따르는 수하들이 선을 넘지 않을 테고. 그래야 저 알 수 없는 종교에 의한 피해도 결국에는 점차 줄어들 거요. 그렇게 되면, 또 다른 승부는 결국에 우리가 이긴 게 아닐는지? 나는 패배했을 때도 이기는 것을 생각하고 있소. 맹주께서도 이를 잘 헤아려 주시오. 내가 알기로 강호에서 가장 훌륭한 무인을 꼽으라면 맹주와 나밖에 없소.

장가는 언제 가실 거요? 선배, 그놈의 맹주 노릇은 앞으로 한 십팔 년만 더 하시고. 미련 없이 은퇴하시오. 장가를 못 가면 은퇴하기 어려운 팔자이니, 괜찮은 처자를 물색한 다음에 은퇴하는 것을 권하오. 젊은 자들에게 큰 짐을 지게 해야, 맹주처럼 강해질 수 있기 때문이오. 그렇게 버티고 있으면 본인은 점점 강해지겠지만 아랫세대와의 격차는 줄일 수가 없소.

사람은 반드시 행복하게 살아야 하는데. 무림맹에 속해있으면 행복할 겨를이 없소. 맹주는 행복을 찾으시오. 헛소리하지 말라고 중얼대는 맹주의 목소리가 귓가에 맴도는데. 이것은 헛소리가 아니라 잔소리요. 교주와 화산에서 붙는 것을 결정했을 때. 무섭다기보다는 마음이 편해졌소. 나는 이런 싸움을 원했소. 강호에 나서기 전에는 고작 점소이였는데, 어느새 교주와 싸우게 되었으니 점소이의 강호행은 성공적이라 할 수 있소.

늘 그렇듯이 교주의 무공이 두려운 게 아니고. 내가 내 한계를 극복하지 못할까, 그것이 더 두렵소. 대장부로 태어났는데 이것 외에 무엇이 두렵겠소. 화산은 그 이름과 달리 꽃이 드물다고 하는데. 이 아우가 먼저 가서 확인해 보리다.

일양현에서. 못난 아우가, 무림맹주에게.

* * *

붓을 내려놓자, 요란이가 다가와서 말했다.

"사부님, 다 쓰셨어요?"

"응."

"누구한테 쓰는 서찰이에요?"

나는 요란이를 보면서 말했다.

"무림맹주."

"우와."

"사부가 이런 사람이야."

"사부님, 대단하십니다."

"놀리냐?"

"아니에요. 그런데 뭐라고 적으셨어요?"

"빨리 장가 좀 가라고 적었지. 노총각이야."

"노총각이 뭐예요?"

나는 요란이를 부른 다음에 귀에 속삭였다.

"첫째 사부랑 비슷하다고. 나이는 좀 있는데."

"아."

"이해했어?"

"예."

요란이도 속삭였다.

"그럼 노총각 반대말이 색마예요?"

"그건 좀 논란이 있겠는데? 둘 다 안 좋은 말이야."

"알겠습니다."

나는 본래의 목소리로 물었다.

"그나저나 오늘 저녁은 뭐냐? 읊어라."

요란이도 헛기침을 한 다음에 대답했다.

"돼지통뼈입니다."

"좋아."

"사부님들이 바쁘시니까 맛보게 할 기회가 적다고 이번에는 매일 준비해서 대접하신대요."

"교주도 못 참은 돼지통뼈, 일양현의 별미, 강호를 구원한 진미, 그것이 돼지통뼈다."

요란이가 놀란 눈으로 대답했다.

"돼지통뼈가 강호를 구원했어요?"

나는 진지한 표정으로 고개를 끄덕였다.

"그래. 우리 장 숙수가 강호를 살렸지. 맛있는 음식이 이렇게 위대하다."

"교주님이 정말 맛없는 것만 먹고 자랐나 봐요."

"어떻게 알았어?"

"정말이에요?"

"정말이지. 교주는 어렸을 때부터 주변에 교주를 암살하려는 사람이 많았어. 끼니마다 독이 들어있지는 않은지 노심초사하면서 물도 마음 놓고 마시지 못했을 거다. 어쩌면 독이 들어있는 음식도 먹어본 적이 있을 거야. 어렸을 때부터 그렇게 되면 사람이 어떻게 될까?"

"표정이 정말 무뚝뚝했어요."

"맞아. 오래전부터 그랬을 것이다."

"근데 왜 암살하는데요?"

"그때는 교주가 아니었거든. 교주 자리를 노리는 경쟁자들이 많았다."

"교주가 되면 뭐가 좋은데요?"

나는 요란이를 보면서 미소를 지었다.

"딱히 좋은 것도 없어."

"그런데 왜 교주가 되려고 했을까요?"

"살아남으려고 그랬겠지."

여기서부터는 조금 내용이 어려웠는지 요란이가 잠시 생각에 잠겼다가 대답했다.

"…이상한 종교네요."

"내 말이. 들어가자."

"예, 사부님."

나는 요란이와 이 층에 오르면서 물었다.

"그런데 네가 보기에 어떤 게 이상하더냐?"

"그러니까 나 교주 하기 싫다. 그런 선택을 못 했나 봐요. 무조건, 해야 한다는 게 이상한 거죠. 하기 싫은데, 안 하면 죽게 되고. 그런 거니까 많이 이상한 거죠."

"맞다."

내 제자가 이렇게 똑똑하다. 맏형과 똥싸개는 이미 탁자에 앉아있었다. 나는 요란이와 나란히 앉은 다음에 물부터 마셨다. 똥싸개가 나를 쳐다봤다가 요란이에게 물었다.

"셋째 사부가 또 내 욕했어?"

"아니요?"

"색마라는 말이 들리던데?"

"그건 넷째 사부님 별호 아니에요?"

물을 마시던 맏형이 물을 조금 내뱉었다. 나는 맏형을 보면서 혀를 찼다.

"물도 제대로 못 넘기네. 아직 젊으신 분이…"

밥을 기다리면서 요란이가 우리에게 물었다.

"그런데 둘째 사부님은 언제 오세요?"

나는 맏형과 똥싸개를 바라봤다가 대답했다.

"…둘째 사부는 우리 넷 중에 가장 약하거든. 지금도 맹렬하게 수련 중이다. 우리 셋을 따라잡겠다고 말이야. 그래도 따라잡는 게 어렵겠다만 노력하는 자세는 존중해 줘야지."

"어디서 수련 중이신데요?"

"교주 다음으로 강한 사내가 있어. 별호는 나중에 알려주마."

요란이가 나를 보면서 대답했다.

"천악요?"

"거기까지 알고 있어? 도대체 모르는 게 뭐야? 역시 일양현의 장 요란이다."

이제 요란이는 웃음도 참을 줄 알아서 표정 관리도 하고 있었다. 요란이가 애써 웃음을 참는 표정으로 내게 고개를 살짝 숙였다.

"과찬이십니다."

"눈치가 빠르구나. 과찬이었다."

이번에는 요란이의 콧구멍이 커진 상태였다. 이어서 득수 형이 돼지통뼈가 잔뜩 담긴 그릇을 탁자에 내려놓았다. 가장 큰 탁자여서 득수 형과 홍 사매도 자리에 앉아서 젓가락을 나눈 다음에 다들 맏형을 바라봤다. 맏형이 슬쩍 웃더니 짤막하게 말했다.

"먹자."

득수 형도 웃으면서 말했다.

"많이 드십시오. 이것은 교주마저도 감탄했다던 전설의 돼지통뼈입니다."

요란이가 나를 보더니 젓가락 하나를 슬쩍 내밀었다.

"사부님?"

"응?"

요란이가 나무젓가락을 쥐더니 돼지통뼈 위에 찔러 넣으면서 말했다.

"교주님이 이렇게 했는데 나무젓가락이 뼈 안으로 쑥 들어갔어요. 아주 부드럽게. 할 수 있으세요?"

나는 요란이를 보면서 고개를 끄덕였다.

"그건 사부들도 다 하는 거다."

"정말이에요? 차 총관 아저씨도 해요?"

"그놈은 어림없지. 못해."

"예."

나는 젓가락을 하나 쥔 다음에 맏형과 색마를 바라봤다.

"보여줘야 믿을 눈치로군."

내가 먼저 젓가락에 목계의 기를 주입한 다음에 돼지통뼈에 찔러 넣었다. 당연하게도 젓가락이 뼈에 박혔다. 이어서 맏형이 아무렇지도 않게 젓가락을 찔러 넣고, 똥싸개도 젓가락 하나를 돼지통뼈 중앙에 푹 찔러 넣은 다음에 요란이에게 건넸다.

"이거 먹어라."

요란이가 두 손으로 받은 다음에 말했다.

"감사합니다."

나는 돼지통뼈를 뜯어 먹다가 이미 요란이가 앞으로 벌어질 일을 대부분 눈치채고 있다는 것을 알게 되었다. 아직은 어린 나이라서 표정을 다 숨길 수는 없었기 때문이다. 돼지통뼈를 먹던 요란이가 물었다.

"어떻게 하면 교주님에게 이길 수 있어요?"

어린 제자의 질문에 대답하기 어려울 때가 있는데 지금이 그렇다. 맏형과 똥싸개도 대답을 못 하고. 득수 형과 홍 사매도 입을 열지 못했다. 나까지 침묵하면 요란이의 걱정이 커질 것 같았는데. 나도 당장은 할 말을 찾지 못했다. 어린 제자라고, 거짓말을 할 수는 없기 때문이다. 고민하다가 겨우 할 말을 골라서 요란이에게 말했다.

"사부들은 오래전부터 교주와 겨뤘다."

"예."

"그게 꼭 무공만을 말하는 거 아니야. 각자의 삶으로도 겨루고, 생각도 겨뤘지. 마음가짐으로도 자주 겨뤘다. 교주도 마음의 변화가 있었기 때문에 이곳에 와서 돼지통뼈를 먹었겠지. 큰 걱정할 필요 없다."

요란이가 대답했다.

"알겠습니다. 그런데 셋째 사부님."

"응."

"마음가짐으로는 어떻게 이기는 거예요?"

나는 고개를 몇 번 끄덕였다가 대답해 줬다.

"교주보다 자주 웃으면 돼. 이렇게 쉬운 일을 교주는 정말 어려워한다."

요란이가 꽤 놀랄만한 대답을 했다.

"…사부님들도 자주 안 웃으시는데요?"

나는 맏형과 똥싸개를 바라봤다가 대답했다.

"우리는 전부 속으로 자주 웃는다. 맏형, 맞지?"

맏형이 고개를 끄덕였다.

"맞다."

요란이가 똥싸개의 마음을 확인하겠다는 것처럼 물었다.

"넷째 사부님, 맞아요? 속으로 웃으세요?"

넷째가 고개를 끄덕였다.

"맞다. 속으로 웃고 있어."

요란이가 돼지통뼈를 손에 든 채로 선언했다.

"저도 앞으로 속으로 웃겠습니다."

나는 요란이의 표정을 보다가 지적했다.

"요란아, 그건 비웃는 표정이고."

"예."

"하지만 나쁘지 않았다. 나중에 골려주고 싶은 맞수를 만나면 항상 그 표정을 유지하도록. 연습해 둬라."

득수 형이 한숨을 내쉬더니 나를 쳐다봤다.

"참, 좋은 거 가르쳐 준다."

그제야 나도 웃고 함께 밥을 먹는 사람들도 다 같이 웃었다.

393.
세상 사람들에겐
비밀이거든

일양현에서 며칠 휴식을 취한 우리는 화산으로 출발하기에 앞서 요란이와 작별을 나눌 것이냐 말 것이냐에 대해 이야기를 나눴다. 만형도 똥싸개도 어찌할 바를 모르겠다고 해서 내게 결정권이 넘어온 상황. 사실은 나도 어찌할 바를 몰라서 우리는 자하객잔 바깥으로 나와 해가 지는 모습을 물끄러미 바라봤다.

대충 거짓말이 통하는 아이라면 작별의 말을 나눴을 것이나. 거짓말이 대체로 안 통하는 제자라는 것은 우리 셋 다 알고 있었다. 사부들은 이제 화산에 다녀오마, 짤막하게 말하면 되는 것인데. 이것도 요란이에게 상처가 되지 않을까 해서 생각할 시간이 필요했다. 만형은 시시각각 색이 변하는 하늘을 바라보고 있고, 똥싸개도 별말이 없었다. 잠시 후 똥싸개가 내게 물었다.

"새벽에 조용히 떠날까?"

"아니."

"그럼 뭐라고 말하게."

"우리가 평소에 하기 힘든 이야기, 들어줄 사람도 사실 요란이밖에 없어. 그냥 하고 싶은 이야기 다 하자. 작별의 말이 상처로 남더라도 어쩔 수 없다."

누구나 상처는 있다. 이런 사연이 요란이를 더 강하게 만든다면 굳이 아이처럼 대하지 않을 생각이었다. 요란이는 제자이기 때문에 제자로 대하는 것이 맞다. 한참을 별말이 없던 와중에. 부르지도 않은 요란이가 바깥에 나와서 우리와 나란히 의자를 놓은 다음에 앉았다. 맏형이 먼저 말했다.

"요란아."

"예, 대사부님."

"며칠 잘 쉬었으니 사부들은 화산으로 가서 일전에 일양현을 방문했었던 교주를 상대하고 오마."

"알겠습니다."

맏형은 그냥 정확하게 말했다. 맏형의 말이 끝나자마자 똥싸개가 입을 열었다.

"아침, 저녁으로 반드시 구결을 외워라. 알겠지?"

"예, 지금도 그렇게 하고 있어요."

"운기조식은?"

"첫 삼 년은 정오에 한 번. 더 하고 싶어도 참겠습니다."

똥싸개가 고개를 끄덕였다.

"빙공은 익힐 때 내상을 입지 않는 게 가장 중요하다. 신체가 적응할 때까지 천천히 익혀야 해. 사부도 그렇게 조심하면서 익혔는데 가끔 불쑥 찾아오는 한기寒氣에 시달린다."

"명심하겠습니다."

요란이가 내게 물었다.

"셋째 사부님, 작전은 다 짜셨어요?"

나는 옆에 있는 요란이를 보면서 말했다.

"작전?"

"예."

요란이가 보기에 내가 작전 담당인 모양이다.

"…교주도 신변을 정리하고 오느라 시간이 걸릴 거다. 교의 정확한 명칭은 천마신교야. 옛날에는 교의 총본산이 중원 바깥에 있었지. 옛 총본산이라 한다. 그곳에서 만약 고수를 부른다면 합류하는데 시간이 걸리겠지."

"아, 교주님도 혼자 가는 게 아니군요?"

"당연하지. 우리를 홀로 감당하긴 어렵다. 천하에서 우리 넷을 동시에 감당할 수 있는 고수는 없어. 그러니까 교주도 아군을 데려와야지."

"이해했습니다."

"사부들은 화산에 올라 수련을 시작할 것인데, 각자 지금의 경지를 뛰어넘을 생각이다. 그러니 복귀가 조금 오래 걸릴 수도 있어."

"예."

요란이가 나를 쳐다봤다.

"사부님, 그런데 사부님들 네 분이 동시에 교주를 상대하면 안 되나요?"

　　　…

"그것은 생각해 보마."

"제가 봤을 때는 불공평해요."

"무엇이?"

"그 수하들이 교주님을 신처럼 대했어요. 제가 보기에도 교도들의 도움을 받아서 강해진 것처럼 보였어요. 사부님들 넷이서 한 사람을 합공하는 건 언뜻 치사하게 보일 수도 있지만, 사부님들 넷이서 신교 전체를 상대하는 것과 같지 않아요?"

나는 감탄이 절로 나왔다.

"제자가 너무 똑똑하네. 맏형은 어떻게 생각해?"

맏형도 고개를 끄덕였다.

"틀린 말은 아니다."

나는 머리를 잘 굴린 다음에 요란이의 말에 대답했다.

"어쨌든 이 사부가 머리를 잘 굴려서 죽는 사람이 없게끔 하마. 넷이 아니라 내가 자하신공만 완성해도 교주는 내 적수가 아니다."

"자하신공이요? 무공에 사부님 이름을 붙였어요?"

"지금은 나밖에 쓸 수 없는 무공이라서 일부러 이름을 붙였다. 천하에 똑같은 무공을 펼치는 사람은 없어. 네가 넷째 사부의 빙공을 이어받아도 넷째가 펼치는 빙공과는 다른 무공이 될 거야. 물론 완성하고 나서 더 발전했을 때의 이야기다. 어느 날 네가 넷째 사부의 빙공을 뛰어넘었다고 느꼈을 때 새로운 이름을 붙여줘라."

"넷째 사부님이 섭섭해할 텐데요?"

"그렇지 않아."

똥싸개가 말을 보탰다.

"자랑스럽겠지."

요란이가 맏형에게 말했다.

"돌아오시면 검을 가르쳐 주세요."

맏형이 고개를 끄덕였다.

"알았다."

똥싸개가 일어나더니 요란이에게 고갯짓을 했다.

"요란아, 산책 다녀오자."

"예."

똥싸개가 뒷짐을 지더니 요란이와 함께 천천히 걷기 시작했다. 나는 맏형과 남아서 숨만 내쉬었다. 잠시 후 전방에서 반가운 얼굴이 보였다. 복귀했다는 소식을 듣고 찾아온 용두철방의 금철용 아저씨였다.

"금 아저씨."

금 아저씨는 맏형에게 먼저 예의를 갖췄다.

"대사부님, 오랜만에 뵙습니다."

이어서 금 아저씨가 내게 말했다.

"문주, 돌아오기만을 기다렸네."

"음, 외상값이 있었나."

금 아저씨가 뒤를 돌아보더니 고갯짓을 했다. 금 아저씨를 뒤따라온 용개 부방주가 길쭉한 목함을 탁자에 올려놓았다.

"문주, 오랜만이군. 큰형님과 내가 선물을 준비했네."

용개 부방주가 목함을 열자, 새하얀 장검 한 자루가 누워있었다. 검집에는 백룡이 그려져 있고, 손잡이는 당연히 용머리였다. 나는 검을 바라보면서 말했다.

"드디어 완성하셨소?"

금 아저씨가 고개를 끄덕였다.

"간간이 소식을 들을 때마다 문주의 활약이 엄청나더군. 누가 만들어 줬는지는 굳이 말할 필요도 없네."

나는 장검을 붙잡은 다음에 뽑았다. 검의 면만 봐도 허접한 검인지 명검인지 구분할 수가 있었는데, 이것은 누가 봐도 잘 만든 검이었다. 대충 만든 검이면 이내 집어넣었을 테지만, 끝까지 뽑아서 볼 수밖에 없었다. 좌우의 균형이 완벽할 정도로 조화롭고. 검신劍身의 굵기도 적당하고, 양쪽 날이 가진 경사도 이상적이었다. 검봉劍峯의 마무리 또한 흠잡을 곳이 없었다. 금 아저씨와 용개 부방주가 그간 얼마나 노력했는지가 이 검 한 자루에 고스란히 들어있었다. 이제 용두철방은 무슨 일을 맡든 간에 굶어 죽을 일은 없을 터였다. 금 아저씨에게 물었다.

"검명劍名이 뭡니까?"

"그건 문주가 정해야지. 당연히 지금은 이름이 없네. 뭐 내 입으로 말하긴 좀 그렇지만 기왕 객잔 이름도 이런 식이니까. 자하신검紫霞神劍?"

"신검이라…"

객잔에서 득수 형이 나오더니 금 아저씨에게 인사했다.

"오셨습니까. 어? 이게 그 말로만 들었던 자하신검입니까? 보자."

득수 형이 눈을 크게 뜬 채로 칼날을 구경했다.

"이야, 대단하십니다. 어쩌면 이렇게 딱 맞게 가져오셨습니까. 문주에게 들어보니 일전에 교주에게 검을 빼앗겼다고 합니다."

금철용이 고개를 끄덕였다.

"그랬나? 이제는 아쉬워할 필요 없네."

맏형이 옆에서 말했다.

"줘봐라."

맏형이 일명 자하신검을 건네받아서 뽑더니 칼날을 한참 동안 구경했다. 그러다 잠시 나와 눈빛을 교환했다가 입을 열었다.

"금 방주, 실력이 더 늘었군. 쉽게 만들 수 없는 장검이네."

금 아저씨가 밝은 표정으로 대답했다.

"감사합니다."

맏형의 말이 이어졌다.

"교주가 검을 사용할 것인지는 잘 모르겠지만 공식적으로는 천마검天魔劍을 소유하고 있네. 웬만한 병장기는 버티기 어렵지. 그러니 우리는 천마검에 더해진 내공까지 감당할 수 있는 병장기를 사용해야만 하네."

금 아저씨도 동의한다는 것처럼 고개를 끄덕였다.

"지당한 말씀입니다."

맏형의 말이 이어졌다.

"실은 문주와 우리가 얼마 후에 교주를 직접 상대할 것 같네만."

"예?"

"금 방주의 선물은 고맙지만 싸우다가 부러지는 검을 가지고 화산에 오를 수는 없어. 다행히 내가 가진 검이 천마검에 비해서도 뒤처지지 않는 강도를 지니고 있으니 먼저 시험해 보겠네. 이는 큰 싸움

...

을 앞두고 있으니 당연한 일이야.”

맏형의 말대로 당연한 일이다. 금 아저씨도 동의했다.

“맞습니다.”

맏형은 왼손으로 광명검을 뽑더니 별다른 말 없이 자하신검 위에
내려쳤다. 맏형의 성격상 양손에 같은 힘을 줬을 것이다. 금속음이
들리면서 아무 일도 일어나지 않았다. 맏형이 강도를 가늠해 봤다는
것처럼 고개를 끄덕이더니 재차 부딪쳤다. 어쩐지 맑게 느껴지는 금
속성과 함께 자하신검의 칼날이 시원하게 부러졌다. 나는 부러진 자
하신검을 보고, 맏형의 표정도 보고, 금 아저씨의 표정도 구경했다.
일전에는 당장 혼절할 것처럼 놀라던 금 아저씨가 이번에는 미간을
좁힌 채로 부러진 장심을 주시했다.

“…”

맏형이 말했다.

“금 방주.”

“예.”

“부러지긴 했으나 완성도가 낮은 검은 아니었네. 아마 철방 내에
서는 이 검을 부러뜨릴 수 있는 사람이 없었을 것이야. 내공이 깊은
고수가 없었기 때문이지. 그러니까 이것은 금 방주가 만들 수 있는
최선이었을 것이네.”

“그렇습니다.”

“무공도 그렇지만 검을 제작하는 것도 천하제일이 되는 게 이렇게
어렵다. 한편으로는 당연한 일이지. 대대로 이어진 철방 가문에서도
쉽게 만들지 못하는 것이 천하제일에 가까운 명검들일 테니. 천마검

과 광명검은 마도에서 오랫동안 부러지지 않은 채로 살아남은 검이네. 그 강도가 얼마나 대단한지는 짐작할 수 있겠지?"

"예."

맏형이 잔잔한 미소와 함께 금 아저씨를 바라봤다.

"내가 보기에 금 방주도 이제 한 단계 정도 남았네. 여기서 더 단단해지면 그때는 천하에서 논할만한 장인이 되는 것이겠지. 부러진 검도 그대가 만든 자식일 테니 돌려주겠네."

맏형이 부러진 자하신검을 내밀자, 금 아저씨기 받았다. 맏형이 손가락 하나를 들더니 금 아저씨에게 당부하듯이 친절한 어조로 말했다.

"한 단계 남았네. 쉽지 않은 일이야. 여기까지 온 것도 대단하지만 여기까지 오면서 겪었던 오차와 실수, 이 정도면 되겠지 하는 마음을 버리고 나서 처음부터 끝까지 과정을 다시 살펴봐야 하네. 부러진 건 자하검紫霞劍 정도로 불러야지. 신검神劍은 오만한 표현이야."

금 아저씨가 고개를 끄덕였다.

"알겠습니다."

"실컷 아는 척하면서 떠들었네만 나야말로 금 방주처럼 이토록 빠르게 성장했는지는 의문이로군. 오랜만에 봐서 반가웠네."

금 아저씨가 용개 부방주와 시선을 나누더니 한결 편해진 어조로 대답했다.

"대사부님, 말씀 감사합니다."

맏형이 말했다.

"돌아가면 평범한 장검부터 만들게. 좋은 장검으로 돈을 벌고, 그

……

돈으로 명검에 집중할 수 있는 시간과 부를 축적하는 것이지."

금 아저씨가 이렇게 대답했다.

"예. 기본부터 다시 시작해서 수련이 충분히 반복되었을 때. 다시 자하검에 도전해 보겠습니다."

득수 형이 말했다.

"식사라도 하고 가시지요."

금 아저씨가 고개를 내저었다.

"오늘은 됐네. 다음에 오겠네. 그럼 대사부님, 문주. 먼저 가겠습니다."

"살펴 가세요."

나는 다시 철방으로 돌아가는 금 아저씨와 부방주를 바라보다가 말했다.

"다음에는 정말 명검이 나올 것 같은데?"

맏형도 동의한다는 것처럼 고개를 끄덕였다.

"내 생각도 그렇다. 나쁘지 않은 검이었어. 완성이란 말에는 조금 부족했을 뿐이다. 우리처럼."

나도 고개를 끄덕였다.

"우리처럼."

맏형의 말을 한 차례 곱씹다가 웃음이 절로 나왔다. 검이 부러져도 검을 만드는 자의 마음이 부러지지 않으면 그것이 곧 부러지지 않는 신념이다. 나도 마찬가지다. 마음에 이미 부러질 리 없는 자하 신검을 품었다.

* * *

색마는 요란이와 일양현을 크게 한 바퀴 둘러본 다음에 자하객잔 근처로 돌아왔다. 산책하면서 옥화빙공을 익힐 때 주의해야 할 점을 세세하게 알려준 상태. 어려운 부분은 일단 외우라고 시킨 다음에 반복해서 요란이의 입을 통해서 들어봤다. 워낙 총명한 제자라서 일단 암기하는 것에는 큰 문제가 없었다. 익히면서 터득하는 부분도 있는 터라, 먼저 외우는 게 무엇보다 중요하다는 말도 전달한 상태. 알려줄 게 너무 많았기 때문에 산책이 무척 짧게 느껴졌다. 색마는 요란이와 잠시 멈춰서 자하객잔의 불빛을 바라봤다.

"요란아."

"예, 사부님."

색마가 요란이를 보면서 말했다.

"이 넷째 사부가 누구에게도 말한 적이 없었던 비밀을 알려주마."

"예."

"너도 알다시피 대사부와 나는 무공의 궤가 다르다."

"예, 알아요."

"남들이 어떻게 생각하는지는 모르겠다만 나는 한 번도 내 무공을 과신한 적이 없다."

"그게 무슨 뜻이에요. 사부님?"

색마는 앉아서 요란이와 눈높이를 마주쳤다.

"천마신교는 마교라 불리고 있어."

"알고 있어요."

...

"오래전에 옥화빙공을 익힌 자들을 죽여가면서까지 옥화빙공의 구결을 알아내려고 했었지. 하지만 옥화빙공을 이어받은 자들은 죽는 한이 있더라도 발설하지 않았다. 아무도 발설하지 않았지. 저 지독한 마교도 포기할 정도로 고집이 셌다. 지금은 네가 믿을 수 없겠지만, 사부의 말을 믿어라. 옥화빙공은 신공神功이야. 대성하면 적수가 없다. 교의 최강자든 무림맹의 최고수든 간에 옥화빙공을 대성한 사람의 적수가 될 수 없다. 그리고 나는 대성할 때까지 무공을 과신하지 않으려 했지. 과정에 놓여있었기 때문에 극한까지 내보인 적이 없었다는 뜻이야."

"예."

"이번에 화산에 오르면 사부가 옥화빙공의 끝을 교주에게 보여줄 셈이야."

"예."

"이 넷째 사부가 아무도 죽지 않게 할 생각이다. 그러니 일양현에서 너무 걱정에 사로잡힐 필요가 없다."

요란이의 눈에서 떨어지는 눈물을 손가락으로 받아내자마자 얼어붙은 눈물로 만든 색마가 말했다.

"끝까지 갔을 때 누가 진정한 최강인지 이 넷째 사부가 화산에서 보여주마. 요란아."

"예, 사부님."

"앞으로는 떨어지는 눈물도 모조리 얼려라. 무엇이 최강이라고?"

"옥화빙공이요."

색마가 고개를 끄덕였다.

"우리 둘이 있을 때는 옥화신공이라 부르자. 세상 사람들에겐 비밀이거든."

요란이도 고개를 끄덕였다.

"알겠습니다."

이제 색마는 옥화빙공에 대한 비밀을 요란이에게 다 알려줬다. 옥화빙공은 옥화신공이고, 대성하면 적수가 없다. 어린 제자를 안심시키려고 지어낸 말이 아니라, 이것이 진실이었다.

394.
도망치듯이 출발했다

요란이와 돌아오는 색마의 표정이 자못 심각했다. 더군다나 요란이
는 눈물까지 흘린 것 같아서 황당했다. 생각해 보니까 색마의 제자
이기도 한 데다가, 색마의 심각한 표정을 보아하니 잔소리가 안 통
할 것 같아서 그냥 내버려 뒀다. 사실 어떤 분위기였을지는 알고 있
다. 요란이는 맏형과 나를 보더니 그 와중에 웃었다. 어쩔 수 없이
나도 함께 웃었다.

"왜 웃어?"

"그냥요."

"요란아, 옆에 앉아라."

"예."

"사부들은 새벽에 떠날 생각이다."

"벌써요?"

"험난한 산에서 싸울 때는 미리 산과 친해져야해. 이기려면 수단

과 방법을 가리지 않아야 하는데 지형과 공기, 바람과 시야, 환경을 살피는 것도 포함이야."

"기억하겠습니다. 근데 화산은 여기서 멀어요?"

"꽤 멀지만 사부들한테는 그렇게 멀지 않다."

"경공 때문에요?"

나는 웃으면서 요란이에게 물었다.

"그래. 사부들 중에서 가장 경공이 빠른 사람은?"

"셋째 사부님이요."

"나다. 굳이 가장 중요한 무공을 꼽으라면?"

"경공이요."

"경공이 빨라지려면?"

"매일 걷고, 매일 걷는 곳을 달리고, 달리던 곳을 몸을 무겁게 한다음에 또 달려야 합니다. 내공이 깊어질 때마다 힘에 적응해야 하기 때문에 계속 반복해야 빨라집니다."

내가 알려줬던 것을 그대로 읊는 요란이를 보면서 고개를 끄덕였다.

"…적을 만났는데 승산이 없을 때는?"

"경공을 펼치면서 반격을 계획한다. 그 반격은 당장이 아니어도 좋다."

"너보다 내공이 깊은 상대를 만났을 때는?"

"내공 싸움을 피해야 하며, 그러기 위해서는 병장기 수련을 게을리하지 않아야 한다."

사실 더 깊이 들어가는 말은 지금 해줄 필요가 없었다. 병장기로도 내공의 격차를 메꾸지 못할 때도 있는데 지금 가르칠 내용은 아니었다. 어쨌든 요란이는 내가 한 말을 전부 기억하고 있었다. 새삼스럽게 똑똑한 제자랄까? 오히려 내가 무슨 얘기를 해줬었는지가 가물가물했다. 요란이보다 멍청한 사부인 셈이다. 그래서 요란이에게 물었다.

"사부가 가장 중요한 것은 뭐라고 했지?"

요란이가 대답했다.

"살아남는 게 승패보다 더 중요하다고 하셨습니다."

"맞다."

나는 하릴없이 또 고개만 끄덕였다. 다 가르쳤네, 하는 생각이 들기도 하고 내가 가르친 말이 나한테 돌아오는 것 같은 기분도 들었다. 살아남는 게 승패보다 대부분 중요하다. 하지만 어떤 경우에는 목숨보다 더 중요한 승부가 있다. 우리의 화산행이 그렇다. 나는 요란이를 옆에 둔 채로 끊임없이 사고를 확장하면서 교주와의 대결을 대비했다.

내 본능이 말하길⋯ 이번 싸움은 마음가짐에서 결판이 난다. 구체적인 이유는 나도 잘 모르겠다. 그저 본래 내가 평소에도 원인과 결과가 모두 마음가짐에서 비롯된다는 생각을 했기 때문이다. 이럴 때 무공은 오히려 보조적인 것이다. 나는 일양현에서 머무는 동안에 교주를 마음가짐에서부터 이기기 위해서 내 마음을 자주 들여다봤다. 색마는 전방을 주시하고 있고, 맏형도 오늘따라 말이 없었다. 이상하게도 오늘따라 일양현의 풍경이 만족스러울 정도로 아름다웠다.

"요란아."

"예."

"사부들은 작전 회의 좀 할 테니 먼저 들어가라. 작별은 이것으로 대신하자."

요란이가 의자에서 일어나더니 우리 앞에 서서 만형, 나, 색마를 쳐다봤다. 작은 눈이 우리를 기억하려는 것 같아서 신기했다. 세상에는 어려운 일이 많은데 어린 제자 앞에서 의연하고 아무렇지도 않은 표정을 유지하는 것도 꽤 어려운 일이었다. 하지만 똑똑한 제자를 보고 있으려니 웃음도 나왔다. 요란이는 반듯하게 서서 말했다.

"대사부님, 셋째 사부님, 넷째 사부님. 무사히 다녀오세요."

"알았다."

"무사히 다녀오마."

"일찍 자라. 자시子時에서 묘시卯時까지 자야 수련하는 사람의 회복이 가장 빠르다."

요란이가 들어가자, 색마가 중얼거렸다.

"…어린 제자한테 회복이라니 헛소리를 하고 말았네. 그래서 작전이 뭐야?"

나는 전방을 주시하면서 말했다.

"없어. 무슨 작전이냐?"

"나는 네가 항상 계획이 있는 사내라고 생각했는데."

"계획은 있지. 수련."

색마가 만형에게 물었다.

"사부님, 이게 맞습니까?"

"맞다. 화산에 올라서 수련하자꾸나."

색마가 나를 보면서 불만이라는 것처럼 중얼거렸다.

"…근래 운기조식도 하지 않고. 그렇다고 검을 수련하는 것도 아니고. 대체 왜 그러는 거야?"

나도 색마를 쳐다봤다.

"오로지 강해지는 것에만 집착하면 교주와 다를 바 없어. 이미 격차는 확인했다. 같은 방법으로 강해지려면 앞으로 몇 년이 더 걸릴지 몰라. 일양현에서는 그냥 사람답게 지내자. 화산에 오를 때부터 수련하는 원숭이라고 생각하면 돼. 그전까진 평범한 사람처럼 살자. 그게 교주와 다른 점이야."

말을 마치고 나니까 전방에서 마차 두 대가 천천히 다가오고 있었다.

"…"

하필이면 일전에 봤었던 흑색 마차였다. 교주가 다시 올 리는 없다. 대체 무슨 일인가 싶어서 계속 노려보니 자하객잔 앞에 도착한 두 대의 마차가 멈춰서더니 겨우 한 사람이 마차에서 내리자마자 우리를 향해 고개를 숙였다. 사내가 고개를 들었을 때. 뜻밖의 인물이어서 놀랄 수밖에 없었다.

"삼복아."

삼 공자의 호위였던 삼복이었다.

"오랜만에 뵙습니다."

"네가 웬일이냐?"

"화산까지 모실 마차 두 대를 준비했습니다. 화산이 넓어 어느 장소를 정하실지 저희는 모릅니다. 제가 장소를 확인한 다음에 복귀하면 이어서 적당한 날에 교주님도 출발하시겠다고 합니다."

나는 고개를 끄덕였다.

"철저하네."

그렇다면 백면공자, 유화곡주, 철섬부인, 우향곡주가 있을 연화봉으로는 갈 수가 없었다. 이번 화산행에서 재회하려고 했는데 마교 사람들과 같이 가면 위치만 노출될 뿐이다.

"삼 공자는 잘 있나?"

삼복이 나를 물끄러미 바라봤다.

"살아 계십니다."

"음?"

"일전에 문주님에게 맞은 이후로…"

"내가 때렸었나?"

"예."

도살자와 싸운 것은 기억이 나는데 삼 공자를 때린 기억은 희미했다. 다행히 삼복이 내 기억 회복을 도왔다.

"이빨이 많이 나가서 먹는 게 좀 불편하시고. 이후에 패배에 대한 상실감 등으로 주화입마를 겪으시다가 지금은 천천히 회복하고 계십니다."

"너는 어쩌다 안내를 맡았나?"

"연락을 받았는데 문주님이 저를 칭찬하셨다고… 어쩌다 보니 임무를 맡았습니다."

삼복이 우리를 둘러보면서 말했다.

"출발은 언제 하시겠습니까? 급하게 갈 필요는 없습니다."

"내일 새벽에 가자."

　　　…

"알겠습니다."

못 본 사이에 삼복은 십 년 정도가 늙은 것처럼 보여서 나도 신기했다.

"이리 와서 쉬어라."

"예."

삼복이 마부들에게 말했다.

"너희도 쉬어라."

다가온 삼복이 먼저 맏형에게 다시 고개를 숙였다.

"…평안하셨습니까?"

맏형이 고개를 끄덕이더니 내가 궁금했던 것을 물었다.

"고생 좀 했느냐? 분위기가 달라졌는데."

"예."

"들어보자."

"저희는 이번에 가주님도 실종되셔서 내부도 혼란했습니다."

가주라는 말에 나는 실종의 원인을 말해줬다.

"가주가 혹시 환귀자라면 나를 습격하다가 죽었다."

"실은 알고 있습니다. 보고는 그렇게 할 수 없어서 실종으로 했습니다. 다음 가주는 병석에 있으신 삼 공자가 맡으셨고. 공식적으로 교에 보고하여 후계자 다툼에서 물러남과 동시에 세력 전체가 외당에 속하겠다는 협상을 해서 허락을 받았습니다. 요약하면 이렇습니다."

삼 공자의 외가가 외당에 속한 것이면 좌천에 가깝다. 그제야 나는 삼복이 수척해진 이유를 알았다.

"혹시 네가 나서서 정리한 것이냐? 교에 보고하고, 오가고 그런 것도."

"예, 빨리 엎드려야 살아남을 수 있을 것 같아서 제가 분주히 움직였습니다. 이번에 공식적인 임무를 처음 받았기 때문에 가문에서는 이제야 안도하는 분위기입니다. 삼 공자께서도 잘됐다고 하셨습니다."

굉장히 덤덤한 이야기였으나 내심 놀라는 중이었다. 그러니까 삼복은 혼자 동분서주해서 가문 전체를 살린 모양이다. 맏형도 돌아가는 상황을 파악하자마자 삼복에게 말했다.

"고생이 많았다."

"예."

삼복이 잠시 머뭇거리다가 내게 물었다.

"문주님."

"응?"

"그런데 어쩌다가 교주님에게 도전을 하시게 되었습니까?"

"도전하면 안 되는 사람이냐?"

"예."

"내 생각은 다르다. 도전하는 사람이 없어서 그간 심심했을 테지."

"음. 화산으로 가면서 어떻게 하면 살아남을 수 있을지 계속 고민해 보십시오. 멀리 도망가는 것도 방법이고요."

"네가 왜 내 걱정을 해."

"문주님의 말을 듣고 제가 생각을 고쳤고. 생각을 고쳤더니 삼 공자와 가문도 살았습니다. 걱정할 만하지요."

"걱정할 필요 없다. 그나저나 교에서는 누가 화산에 오르는지 대충 아나?"

삼복이 고개를 끄덕였다.

"어쩌다 보니 대충 알게 되었습니다."

"읊어라."

"일단 실종된 가주님도 화산으로 가야 했던 상황입니다. 사망 혹은 실종이라고 말씀드렸습니다. 그렇다는 것은 대공자의 외가 측 고수도 참전한다는 뜻입니다. 양 대공은 전 우사에게 죽었다고 들었습니다. 위 좌사도 참전합니다. 공통점이 뭔지 아십니까?"

"몰라."

"교주님은 아마 죽어도 크게 신경 쓰이지 않는 자들을 불러 모아서 오르실 겁니다. 차도지계借刀之計랄까요. 은둔자 행세를 하거나, 방관했거나, 기회를 엿봤거나… 하던 자들이 끌려갈 겁니다."

이렇게 황당할 수가… 교주가 우리에게 내부 청소를 맡긴 셈이다. 그렇다고 청소부가 죽어도 눈 하나 깜짝하지 않을 사내라서 더욱 황당했다. 나는 맏형을 쳐다봤다.

"맏형은 예상했어?"

"너무 당연한 일이라 예상할 것도 없다. 교주는 우리를 약자라고 생각하지 않아. 현재는 어차피 데려갈 고수도 부족할 테니 은둔자나 방관자를 지목하는 것은 당연한 수순이다. 그렇다면 교주를 제외한 최고수는 정해진 셈이다."

"누군데?"

삼복이 대답했다.

"일마조一魔祖라 불리며 과거 서열 첫 번째인 일대공이었습니다. 대공자의 외숙입니다. 권력이나 자리를 탐하지 않아서 더 인정을 받았었는데 지금은 오히려 그것이 더 불충이 되어 눈 밖에 난 모양입니다."

코웃음이 절로 나왔다.

"도전을 받아준 줄 알았더니 청소를 맡겨버리네. 알았다. 싹 다 치워주마. 새벽에 보자."

"예."

나는 먼저 일어나서 객잔으로 들어갔다. 오늘이 아니면 이제 마차에서 자거나 화산에 도착할 때까지 야영을 해야 한다. 잠자리가 편한 것은 오늘 밤밖에 없어서 잡념을 지운 채로 잠을 자는 게 가장 올바른 대처였다.

* * *

새벽에 우리는 도망치듯이 일양현에서 출발했다 딱히 죄 지은 것은 없지만 어린 제자에게 사부의 부재는 죄라서 그랬던 모양이다. 말없이 새벽길을 마차로 뚫었다. 내가 탄 마차에는 삼복이 함께 앉아있고, 다른 마차에는 맏형과 색마가 탔다. 일양현을 이제 떠난다는 것 자체가 묘한 감흥을 주고 있어서 입을 열고 싶지 않았다. 마차에 머리를 기댄 채로 눈을 감았다. 모용백과 차성태도 만나지 못했으나 어쩔 수 없었다. 어떻게든 접점을 만들어 놓으면 마교가 이용하기 때문이다. 그래서 안 보는 게 두 사람에겐 더 좋은 일이었다.

눈을 감고 있는데 삼복의 목소리가 들렸다.

"…식사는 야영하면서 먹을까요. 아니면 평범한 객잔으로 가시겠습니까."

"나는 객잔이 좋아."

잠시 침묵이 감돌았다가 삼복이 질문했다.

"왜요?"

"음식 맛도 제각각이고, 사람도 구경하고. 먹어보지 못한 것도 먹어보고. 화산으로 가는 동안에 무조건 객잔에 들러라. 가면서 점점 음식의 분위기도 바뀌겠지. 식도락 여행이라 생각하고. 마부들 밥값까지 전부 내가 치를 테니 걱정하지 말고."

삼복이 대답하지 않았기 때문에 나도 입을 열지 않았다. 살짝 졸렸는데 삼복이 배신할 수도 있었기 때문에 잠에 빠져들 수는 없었다. 한참을 말없이 이동하다가… 삼복의 목소리가 들렸다.

"…문주님, 주무십니까?"

"…"

"멀리 도망치시겠다면 이대로 제가 모시겠습니다. 서장도 좋고, 대막도 나쁘지 않습니다. 어차피 교주님의 명령이 있어서 일양현을 건드리는 교도는 없을 겁니다."

나는 눈을 뜬 다음에 삼복의 표정을 구경했다.

"진심이냐?"

"예."

"삼 공자는 어쩌고."

"거긴 특별한 사고를 치지 않는 이상, 이제 다 살았습니다."

"내 성격을 대충 알 텐데 왜 이런 허무맹랑한 제안을 하지?"

삼복이 말했다.

"교주님을 상대로 승산이 없어서 그렇습니다. 차라리 척박한 곳에서 더 수련한 다음에 도전해도 늦지 않습니다."

"너는 교도가 아니냐?"

"교도지요."

"교도가 왜 우리 걱정을 해."

"그러게 말입니다. 일전에 살려주셨으니 교도가 아닌 사람으로서의 보답입니다."

나는 고개를 끄덕였다.

"마음만 받겠다. 화산으로 가자."

삼복이 마차 바깥을 쳐다보다가 착잡한 표정으로 대답했다.

"알겠습니다."

…

395.
화산행

마차 바깥을 오래 쳐다봤다. 마차를 타본 경험이 그리 많지는 않다. 풍경이 계속 바뀌는 것을 지켜보는 재미가 있었다. 사실 이렇게 마차를 타고 가면 화산까지 며칠이 걸릴지 알 수 없다. 그러나 서두를 필요가 없어서 평화로운 풍경을 눈에 가득 담았다. 교주는 마차를 타고 다니면서 무슨 생각을 했을까. 아무리 바깥을 쳐다보고 있어도 적수를 찾기 어려웠을 것이다. 무공이 특출나게 강하다는 것은 내가 예상하는 대로 외로운 일이려나? 어쩌면 무공 이외의 삶을 모르기 때문에 외로운 게 아닐까 하는 생각이 들었다.

교주는 아는 게 별로 없는 놈이다. 죽고 죽이는 삶 이외에는 살아 본 적이 없기 때문이다. 나는 음식 만드는 솜씨가 부족한 사람인데 교주는 음식 만들어 본 적이 없는 인간이다. 사람이 어찌 음식을 만들어 본 적이 없을 수가 있을까. 물론 나도 마교에서의 삶이 대충 어떤 것인지는 안다. 꺾기 힘들었던 상대를 끝내 넘어섰을 때의 성취감과 본능에서 기인한 희열에 대해서도 잘 알고 있다. 하지만 그게 전부여선 안 될 것이다.

그런 의미에서 여태 맏형이나 나를 살려둔 행보를 보면… 교주의 가장 큰 적은 교주 자신이라는 뜻이다. 내가 전생에 천옥을 훔치지 않았더라면… 천옥은 누가 먹었을까. 내 예상대로 교주가 먹었을까? 어쩌면 만장애를 급하게 따라왔었던 색마가 먹었을 수도 있겠다. 아니면 교주의 폐관수련을 틈타서 대공자가 먹었을 수도 있겠다. 색마나 대공자가 천옥을 취했다고 가정하더라도. 어차피 교주에게 죽었을 것이다.

따분함에 진절머리가 나서 직접 대적자를 만들려는 게 아니었을까. 만약 그렇다면 교주에게 보기 드문 유희가 됐을 것이다. 그러다가 본인이 당해도, 원통할 이유도 없다. 어차피 좌사였던 색마나 대공자에게 교를 넘기는 것이었을 테니까. 생각해 보니까 색마가 천옥을 취했더라면 그것도 나름 강호인들에겐 지옥이었을 것이다. 역사에 전무후무한 아방궁을 건설했다가 이른 나이에 뒈졌을 것이다.

어쨌거나 마차에 탄 채로 상념을 거듭하자, 생각의 흐름이 이상한 곳에 자주 닿았다. 화산에서의 싸움은 또다시 교의 후계자 다툼이 아닐까. 말 안 듣는 수하들도 싸잡아서 죽이고. 외부의 후계자 후보도 죽이고. 교주로서는 나쁠 게 없다. 나를 다시 과거로 돌려보낸 존재도 결국엔 벌어지지 않은 일에 대해서는 알 수가 없다. 물론 나도 알 수가 없었다. 오랫동안 창밖을 바라보고 있을 때 삼복의 목소리가 들렸다.

"문주님."

"왜."

삼복이 다짜고짜 물었다.

"문주님은 지는 싸움을 안 하시지 않습니까."

"그런 편이지."

"교주님과 어느 정도의 격차가 있는 겁니까?"

"세월의 차이, 내공의 높고 낮음."

"그것뿐입니까?"

"나머지는 직접 붙어봐야 알지. 내가 아는 것을 교주가 모두 알 수 없고. 교주가 아는 수법을 내가 모두 알긴 어렵다."

"다른 고민도 있으십니까?"

"다른 고민? 예를 들면."

"예를 들면 수단과 방법을 가리지 않아서 결국 교주님을 쓰러트리게 되었을 때… 어떻게 할 것인지에 대한 고민요."

"그것은 내가 고민하지 않아도 돼."

"그럼 누가 합니까?"

"맏형이 해야지."

삼복이 고개를 끄덕이더니 나름 중요한 것을 내게 질문했다.

"문주님, 어차피 복귀한 다음에 보고는 제가 하게 되었습니다. 화산에서 수련할 시간을 충분히 드리고 싶습니다. 일 년까진 무리겠지만 제가 최대한 늦게 보고하면…"

"삼복아."

"예."

"잔머리로 충성하지 마라. 교에 있을 때는 교에 충실해. 교의 뜻과 다르다고 생각하면 그때는 미련 없이 떠나는 거야. 이것도 아니고, 저것도 아닌 사람처럼 행동하면 교주에게 십중팔구 죽는다."

"음."

"어차피 교주도 시간이 필요하다. 우리 손에 죽을 자들을 긁어모아서 올 시간이 필요해. 누군가를 부르면 도착할 시간도 필요하겠지. 그 정도면 나도 충분하다."

"알겠습니다."

"싸움이 늦춰지면 내 말을 더럽게 안 듣는 자들이 화산에 하나둘씩 모일 수도 있다. 그렇게 되면 정마대전이나 다름이 없어. 그것을 하지 않으려고 하는 싸움인데… 그럴 수는 없지."

나는 창밖을 쳐다보면서 말했다.

"객잔이 보이면 멈추라고 해라. 밥이나 먹자."

"알겠습니다."

"그리고 밥 먹으면서 마부들에게 전해. 되도록 산적이나 마적들이 자주 출몰하는 이동 경로로 움직이자고. 크고, 작은 흑도가 지배하는 지역, 탁발부 놈들이나 대나라 잔당이 있는 곳도 상관없다. 다 박살 내면서 이동해야겠다."

문득 삼복을 쳐다보니, 이놈이 웃고 있었다.

"왜 웃어?"

삼복이 뒷머리를 긁으면서 대답했다.

"아니요. 조금 신이 나서. 그렇게 하겠습니다."

생각해 보니까 삼복이가 삼 공자를 대하던 모습이 꽤 눈치가 없었다는 게 떠올랐다. 그러니까 애는 착한데 좀 눈치가 없는 유형이랄

...

까. 나는 삼복이에게 조용한 어조로 물었다.

"신나냐?"

삼복이가 살짝 움찔하더니 바로 대답했다.

"죄송합니다."

"마적 떼는 보통 일백 명이 넘어."

"그렇죠."

"신나게 싸우다가 하늘나라 가지 말고."

"예."

"어쨌든 마차 두 대라서 좋은 먹잇감이라고 생각하겠지. 배도 든
든하게 채워놔. 갈 길이 멀다. 그리고 마차가 너무 시커멓다. 이따가
봐서 들꽃이라도 좀 꽂아놔라. 병신처럼 보이게."

삼복이 이번에도 히죽 웃었다.

"알겠습니다."

* * *

모용백은 환자가 복귀했다는 소식을 듣고 기다리다가 직접 왕진
에 나섰다. 대체 이 환자 놈은 뭐가 그렇게 바쁜 것일까? 보통 복귀
했다가 하루 이틀이면 의가에 어슬렁어슬렁 나타나서 헛소리를 떠
들곤 했는데, 오늘은 좀 이상하다는 생각이 들었다. 돼지통뼈나 오
랜만에 먹을 생각으로 서둘러서 자하객잔 앞에 도착해 보니 평소와
다를 바가 없었다. 마침 자하객잔 앞에 요란이가 아무것도 하지 않
은 채로 앉아있다가 모용백과 눈을 마주쳤다.

"선생님."

"요란아, 사부님은?"

"어제 이른 새벽에 떠나셨어요."

모용백은 의자 앞에 가서 요란이와 눈을 마주쳤다.

"떠나셨다고? 벌써? 네 분 모두?"

"아니요. 둘째 사부님은 안 오셨었고 세 분이 떠나셨어요. 시커먼 마차 두 대에 나눠 타고요."

"그렇구나. 어디로 가신다더냐?"

"화산이요."

모용백이 깜짝 놀라면서 말했다.

"화산? 화산에? 적이 그곳에 있다고?"

"아니요. 교주님과 그곳에서 붙기로 하셨대요."

오늘따라 모용백은 자꾸만 자신이 내뱉은 말을 한 번씩 반복했다.

"교주? 마교 교주?"

"예."

객잔에서 앞치마를 두른 장득수가 걸어 나오면서 말했다.

"모용 선생."

"예."

"요란이 말 그대로야. 교주님과 붙기로 했어. 화산에서."

"아니, 벌써…"

왜 말리지 않았냐는 말을 하려다가 삼켰다. 대체로 환자를 막을 수 있는 사람이 아무도 없었기 때문이다. 이해가 되지 않는 부분이 많아서 장득수에게 물어볼 수밖에 없었다.

"화산에서 마교와 하오문이 붙는답니까?"

"그건 아닌 것 같아. 몇 명이 모여서 겨루는 것 같던데."

"아니, 무공을 몇 해 익혔다고 벌써 교주에게 도전한답니까. 정신이 나갔나?"

"정신이야 예전에 좀 나갔지."

장득수가 갑자기 미간을 좁히더니 요란이 쪽을 향해 눈빛을 보냈다. 제자 앞에서 말조심하라는 것 같아서 모용백은 그제야 실수를 깨달았다.

"아, 하여간 알겠습니다."

모용백이 돌아서자, 장득수가 물었다.

"설마 화산에 갈 생각은 아니겠지? 아마 당대의 최고수들이 전부 모일 거야. 자중해. 자네에게 알리지 않은 것은 오지 말란 뜻이야."

모용백이 돌아서더니 장득수를 물끄러미 바라봤다.

"당대의 최고수들이 싸우면."

"…"

"환자도 많이 생기겠네요. 알겠습니다."

"이봐, 선생."

모용백은 서둘러서 의가로 복귀했다. 모용백을 바라보던 장득수가 한숨을 내쉬었다.

"저놈도 더럽게 말을 안 들어. 저거 가겠다는 이야기 아니야?"

요란이가 말했다.

"저도 가고 싶어요."

장득수가 고개를 내저었다.

"안 돼. 불가능해. 어림없다. 못 보내. 만에 하나라도 모용 선생 따라갈 생각은 하지 마라. 들어가자. 네 사부만이 아니라 교주님도 화를 낼 거다. 실력자만 모이라는 뜻이야."

"선생님도 실력자는 아니잖아요."

"그렇긴 하지만 올 때마다 분위기가 바뀌어서 선생도 평범한 사람은 아니다."

"어떻게 그렇게 잘 아세요?"

장득수는 요란이와 눈을 마주치면서 말했다.

"객잔 하다 보면 손님들 수준이 훤히 보여. 별거 아니야."

"저는 어때요?"

장득수가 웃었다.

"천하제일이지. 물론 지금은 아니다."

장득수는 벌써 말을 안 듣는 조짐이 훤히 보이는 요란이를 번쩍 안았다.

"요란아, 제발 셋째 사부는 안 닮았으면 좋겠다."

"왜요?"

"말을 너무 안 들어."

"누구 말을요?"

"전부."

장득수는 요란이의 표정을 보다가 불길함을 느낀 채로 물었다.

"왜 웃어?"

요란이가 대답했다.

"속으로 웃었는데요?"

...   광마회귀7

"전혀 그렇지 않은데?"

"더 연습할게요."

장득수의 한숨이 이어졌다. 사부에게 무공만 배우는 게 아니었음을 장득수는 이제야 깨달았다. 장득수는 사부가 없었기 때문에 미리 알아차릴 수 없는 일이었다.

* * *

모용백은 의가에 돌아와서 약재와 독을 챙긴 다음에 봇짐에 쑤셔 넣었다. 어차피 말을 구해서 쫓아야 했기 때문에 돈도 두둑하게 챙겼다. 자신이 없어도 의가가 돌아가게끔 준비했었기 때문에 별다른 걱정은 되지 않았다. 오히려 모용백 자신이 걱정이었다. 쫓아가는 게 맞나?

그것도 결정하지 못한 상태에서 무작정 떠날 준비를 마친 다음에 의녀들을 불러 모았다. 모용백은 의녀들이 전부 모이는 사이에 서랍에서 하얀 띠를 꺼내서 이마에 둘렀다. 머리카락을 정리하는 와중에도 호흡이 불안정했다. 결국에 의녀들이 전부 모이자, 궁금하게 여긴 백소아가 물었다.

"선생님, 어디 가세요?"

모용백이 고개를 끄덕인 다음에 의녀들을 둘러봤다.

"왕진, 다녀오마."

"멀리 가세요?"

"화산이라서 조금 멀다."

흑소령이 놀란 표정으로 대답했다.

"거기까지 왕진을 하러 가세요?"

모용백이 숨을 크게 들이마신 다음에 말했다.

"오랫동안 내가 돌아오지 않으면 흑백소소는 의녀들을 데리고 무림맹에 한 번 방문해라. 너희처럼 일 잘하는 의녀도 강호에서 드물 거야. 거긴 의녀가 무척 부족하겠지. 하오문주 소개로 왔다고 말씀 드린 다음에 일자리를 달라고 하면 외면하지 않을 것이다."

의녀들은 단체로 눈이 동그랗게 커진 채로 모용백을 바라봤다. 백소아가 당황한 표정으로 물었다.

"…죽으러 가세요?"

황당한 물음에 실소가 터진 모용백이 웃으면서 대답했다.

"거, 무슨 황당한 질문이냐? 왕진하러 간다니까."

"그런데 표정이 너무 불안해 보이세요."

모용백이 고개를 끄덕인 다음에 조금 더 상세히 설명했다.

"문주와 교주가 맞붙는다는구나. 강호에 대해 조금 아는 흑백소소는 교주가 어떤 사람인지 들어봤겠지?"

"예."

"싸우러 가는 게 아니다. 화산에 가서 적과 아군을 가리지 않고 치료할 생각이다. 최대한 살려보겠다. 이런 날을 위해서 의술을 익혔는데, 동네에 편히 드러누워 있으면 밤에 잠도 안 올 것이야."

다른 의녀가 물었다.

"아군을 치료하는 것은 당연한데 적까지 치료하신다고요?"

모용백이 고개를 끄덕이면서 일어났다.

"환자 놈들인데 적과 아군이 어디 있어. 일단 치료해야지. 그리고 적도 살려놓아야 눈치를 봐서 아군도 살릴 수 있다. 설명하자면 길어. 바로 떠나마. 문주 놈 때문에 화산에 가게 생겼네. 이런 제기랄… 나오지 마라."

나오지 말라는데도 의녀들이 전부 따라 나와서 모용백을 배웅했다. 모용백이 뒤도 안 돌아보고 걷는데, 뒤에서 의녀들의 응원이 이어졌다.

"선생님, 무사히 돌아오세요!"

모용백은 손을 한 번 흔드는 것으로 대답을 대신했다.

* * *

임소백은 공손월이 가져온 하오문주의 서찰을 읽은 다음에 공손월을 쳐다봤다. 공손월이 조심스러운 어조로 물었다.

"저도 읽어봐도 될까요?"

공손월도 서찰을 읽은 다음에 말없이 맹주를 바라봤다. 두 사람은 아무런 말도 하지 못한 채로 침묵에 잠겼다. 임소백이 다시 손을 내밀었다.

"줘봐라."

임소백은 서찰의 내용이 바뀔 리 없건만 또 읽었다. 세 번째 반복해서 읽다가 서찰을 책상에 내려놓은 다음에 군사에게 질문했다.

"공손 군사, 내가 어떻게 해야 하나?"

공손월은 대답할 말이 궁색해서 책상 위에 있는 서찰을 붙잡는 다음에 또 읽었다. 공손월이 말했다.

"일단은…"

"일단은 뭐."

"저도 잘 모르겠습니다. 문주님, 검마, 육합선생, 몽 공자까지 힘을 합치면 교주 한 명을 상대로 어렵겠습니까?"

"밀리진 않을 것 같은데, 문제는 교주가 혼자 움직일 리가 없다. 이걸 알면서도 왜 내 화산행을 극구 반대하는 것인가?"

물론 공손월이 반대하는 게 아니라, 서찰에 적힌 내용에 대한 반문이었다. 공손월이 말했다.

"꽤 전략적인 분이신데 이유가 있지 않을까요?"

"문주가 화산에서 동귀어진해서 강호가 평화를 얻으면 그게 의미가 있단 말이냐?"

"그렇진 않습니다."

임소백이 순간 열이 올라서 돌변한 표정으로 말했다.

"공손 군사."

"예, 맹주님."

"간부들 빠짐없이 불러 모아라."

"전면전입니까?"

"아니다. 지긋지긋해서 이제 맹주 노릇 그만해야겠다. 토론하든, 저희끼리 처 싸워서 정하든 간에 후임 맹주를 임명할 테니 그리 알고 모이라고 해. 바깥에 있는 자들도 불러 모으고."

공손월도 열 받은 표정으로 대답했다.

"화산에 가시려고 맹주 자리를 하루아침에 내놓는 맹주가 어디에

…

있습니까? 맹주님, 냉정해지세요."

"싸움은 저희끼리 할 테니 맹은 전력 보존하라는 뜻을 내가 어떻게 받아들인단 말이냐."

공손월이 최대한 침착한 어조로 말했다.

"이해합니다. 생각해 보니까 전력 외 고수가 한 분 있었네요. 제가 연락하겠습니다."

"누구?"

"전 총군사요. 가실지 안 가실지 저도 모릅니다. 문주님이 강조한 대로 맹주님은 맹을 지키시고. 전 총군사가 가시면 분명 도움이 될 겁니다."

"은퇴한 사람을?"

"예. 거절하면 그때 맹주님이 뜻대로 하십시오."

임소백은 속이 답답해서 다시 서찰을 붙잡았다. 성질이 뻗치는 와중에 의식의 흐름대로 튀어나오는 말을 입에 담았다.

"…화산에 꽃이 드무냐?"

"저도 안 가봐서 모르겠습니다."

임소백은 서찰을 거듭해서 읽었다.

396.
당신이
화산제일검인가?

화산 아래에 도착해서 느낀 감정은 일단 경외감이었다. 예상보다 험하고, 생각했던 것보다 훨씬 높은 산이었다. 구름에 가려진 곳이 있고, 바위가 수많은 검처럼 솟아있는 장소도 있었다. 삐뚤어진 내 눈에는 딱 봐도 성격이 난폭한 산처럼 보였다. 물론 나만 그렇게 쳐다보는 것은 아니었다. 다들 놀란 표정을 숨기지 못했기 때문에 화산 앞에서는 전부 촌뜨기였다.

"…"

하지만 무엇보다 놀란 것은 내 예상과 다르게 화산은 싸우기에도 적합한 산이 아니라는 점이다. 둘러보는 곳마다 절벽과 암석인데 저곳에서 어떻게 멀쩡하게 싸운단 말인가. 공격하는 처지로 봤을 때 화산은 난공불락의 험지이자 요새 그 자체였다. 화산을 잘 아는 고수 십여 명이 버티면서 난전을 펼치면 수많은 병력을 몰살할 수 있을 것 같았다.

대신에 수련하기엔 매우 적합한 산이었다. 한 번 오르면 며칠은 내려가는 게 싫을 정도랄까. 저 화산을 오르기만 해도 살심殺心이 깊어질 것 같다는 생각이 들었다. 화산을 아무렇지도 않게 오르내리면서도 마음에 살심이 깃들지 않는다면 그것 자체가 도사일 터였다. 하지만 지금은 가만히 숨만 쉬고 있어도 이미 살심이 깊은 자들이 만나 겨뤄야 하는 상황이다. 마교 교주가 등산하다가 성질이 뻗칠 것 같은 산이라서 나도 생각을 바꿀 필요가 있었다.

"이건 좀…"

나는 고개를 갸웃했다가 눈을 마주친 맏형에게 말했다.

"맏형, 화산 아래서 싸우자."

"음?"

"올라가다가 성격이 나빠질 것 같아."

맏형이 나를 지그시 바라봤다.

"이미 나쁜데 무슨 상관이냐?"

"아니, 나 말고. 교주 성격도 더 나빠질 것 같아. 아무튼, 이건 아니야. 어차피 삼복이가 장소를 전달하면 되니까. 좋은 장소를 물색해 보자. 내 예상과 다른 곳이군."

삼복이 물었다.

"문주님, 좋은 장소라는 게 어떤 의미인지요?"

다들 나를 쳐다봐서 떠오르는 대로 설명했다.

"일단 넓어야지."

"…"

"한적하면 더 좋고. 쉴 때 물을 마실 수 있으면 좋고. 바람이 불어서 때때로 시원하고, 가끔 심심할 때 구경할 꽃나무가 있으면 좋다. 밤이 깊어지면 불을 밝히는 것도 수월하고. 여기저기 앉아서 달구경 하기도 좋고, 배고프면 밥도 먹으면서 싸워야지."

삼복이 이마를 긁으면서 대답했다.

"놀러 오셨어요?"

나는 삼복을 손가락으로 가리켰다.

"잘 지적했다. 놀러 온 것 같은 장소. 그게 정답이야."

"이유를 알 수 있을까요?"

"절벽을 끼거나 척박한 장소에서 싸우면 마음이 거칠어진다. 수법 이나 전략도 고민해야 할 게 더 많아. 되도록 무학에만 집중할 수 있 는 장소. 절이 가장 적합한데 그래도 한 종파의 대종사가 등장하는 것이니까 종교적인 색채는 없는 곳으로 정하자."

삼복이 고개를 끄덕였다.

"그렇다면 화산 아래를 넓게 살피면서 적합한 장원을 찾는 게 낫 겠습니다."

색마가 황당하다는 표정으로 말했다.

"뭐야. 진심이었어? 헛소리가 아니라?"

나는 험준한 화산을 바라보면서 고개를 끄덕였다.

"진심이야. 내 예상보다 협소한 장소와 성질 더러운 바위가 맞물 린 산이다. 장력 한 방에 튕겨 나갔다간 절벽으로 떨어질 거야. 문제 는 장력 한 방에 죽을 우리가 아니다. 다시 산에 올라서 싸워야 하는 데 서로 피곤해."

이것은 내가 잘 안다. 만장애로 떨어져 봤기 때문이다.

"이동, 이동, 이동하자고. 다시 탑시다. 전진, 전진, 출발하자."

나는 일행을 이끌고 다시 흑마차黑馬車에 올라타서 이동했다. 마차에 올라탄 삼복이 내게 말했다.

"문주님의 생각을 쉽게 예상하거나 읽을 수가 없습니다."

"네가 이해할 필요는 없어."

삼복이 진지한 표정으로 말을 덧붙였다.

"제 말은, 저도 문주님의 생각을 이해하고 싶다는 뜻입니다."

"왜 이해하고 싶은데."

삼복이 나를 쳐다봤다.

"장소가 평평하고, 평온하고, 변수가 없을수록 교주님이 유리하기 때문에 그렇습니다."

나는 고개를 끄덕였다.

"그래? 그렇다면 장소도 선물로 생각하자."

"음."

"마음껏 싸울 수 있도록. 원 없이 싸울 수 있도록. 변수를 차단하고 오로지 무공으로. 싸우다가 즐거워서 웃음이 절로 나올 정도로. 하오문주가 천마신교 교주에게 주는 선물이야."

"미워하고 증오하지 않으셨습니까?"

"그것과 상관없다. 화산비무는 누군가에겐 마지막 싸움이야. 후계자 다툼이 어땠는지는 알 수 없다만 온갖 더러운 수 싸움이 있었겠지. 독, 암기, 함정, 배신, 동귀어진, 매복, 각종 마공도 상대해 봤을 테지. 무공과 겨룬 게 아니라 인간이 내보일 수 있는 온갖 추잡함을 두 눈으로 봐가면서 싸웠을 것이다. 실은 그것이 교주의 인격을 만들었을지도 몰라. 백도와 너무 다르다. 계략과 음모는 충분히 겪은 사람이야. 나랑 싸우면서까지 그럴 필요는 없다."

삼복이 고개를 끄덕였다.

"그렇다면 좋은 장소를 물색해 보겠습니다. 힘으로 빼앗거나 강압적으로 장소를 빌리지 않을 테니 걱정하지 마십시오. 문주님의 의도를 이제 이해했습니다."

"너도 참, 말이 통해서 다행이다."

"예."

삼복이 마부에게 말을 전했다.

"근처에 쉴 수 있는 객잔이 보이면 멈추게. 문주님, 무작정 찾아다니는 것보다 물어보는 게 빠를 겁니다."

"그래."

* * *

간판도 없는 객잔에서 밥을 먹고 있을 때. 주변을 조금 돌아다니고 온 삼복이 탁자에 앉으면서 우리에게 말했다.

"의외로 다들 언급하는 명사名士가 공통적인데요?"

나는 물을 마신 다음에 물었다.

"누군데?"

"근처에 매화장주梅花莊主라는 사내가 있는데 돈도 많고, 땅도 많고, 남의 부탁도 잘 들어주는 부호랍니다."

"매화?"

"예. 그냥 장원 이름 같습니다. 주인의 또 다른 별호가 화산제일검
華山第一劍이랍니다."

맏형, 색마, 내가 동시에 대답했다.

"화산제일검?"

나는 맏형을 쳐다봤다.

"맏형, 들어봤어?"

"금시초문이다."

"살다 살다 이렇게 또 시건방진 별호는 처음 듣네. 일단 별호부터
뺏으러 가자. 감히 화산제일검이라니."

색마가 웃었다.

"큰 산마다 있는 흔한 별호인데 뭐가 시건방지다는 것이냐?"

"화산을 봐라."

우리는 밥을 먹다 말고 하얀 머리띠처럼 보이는 구름 위에 솟아있
는 화산을 바라봤다. 새삼스럽게 화산의 광경을 쳐다보던 색마가 고
개를 끄덕였다.

"…시건방진 별호네. 일단 별호는 뺏자. 너랑 나랑은 지금 검이 없
으니까 일단 사부님이… 사부님?"

검마가 술을 한 모금 마신 다음에 대답했다.

"화산에 왔으니, 내가 뺏으마."

"예."

이렇게 맏형은 일단 화산제일검이 되었다. 쓸모 있는 별호인지 아
닌지는 내 알 바 아니다. 일단 뺏는 것이 중요하기 때문이다. 맏형이
삼복에게 물었다.

"위치는?"

"마부와 함께 들어서 안내할 수 있습니다."

"가자."

우리는 밥을 다 먹지도 않은 상태에서 벌떡 일어났다. 내가 계산을 한 다음에 나오면서 일행들에게 말했다.

"가자고. 화산제이검, 화산제삼검, 너는 화산제사검 해라."

삼복이 대답했다.

"문주님, 재미없는데요?"

"미안. 가자."

우리는 흑마차에 올라타서 화산제일마부와 함께 매화장으로 출발했다. 나는 마차 안에서 삼복에게 물었다.

"삼복아, 근데 별호가 은근히 좀 멋지지 않냐?"

"화산제일검이라… 괜찮네요."

"종남제일검이나 숭산제일검은 어때?"

"어쩐지 화산제일검보다는 약해 보이는데요? 화산을 봐서 그런가."

"내 말이. 등산만 해도 경공 수련이 될 것 같은 산은 또 처음이네."

그래서 수련하기 좋은 산이기도 했다. 화산을 뒷산처럼 가볍게 오르내릴 수 있는 경지에 다다르면 평지에서는 날아다닐 수 있을 것 같았다. 워낙 산세가 험한 터라 사람의 발길이 닿지 않는 장소가 많을 테고, 그래서 본연의 산 기운이 살아있을 터였다. 괜히 영산이 아닌 셈이다.

화산제일검에 대해서는 들은 바 없다. 내 예상은 이렇다. 세상을

오만한 눈빛으로 내려다볼 수 있는 은거 고수이거나 아니면 세상 물
정을 모르는 동네 하수일 터였다. 화산은 이처럼 극단적인 장소여
서 어느 쪽이 맞을지는 나도 모르겠다. 잠시 후에 마차에서 내린 우
리는 매화장을 바라봤다. 나는 주변의 분위기도 살폈다. 장원이라서
그런지 한적하고 넓은 장소에 있었다. 문을 걸어 잠그지도 않았기
때문에 마부들만 남긴 다음에 장원으로 들어가면서 물었다.

"…주인장, 계시오?"

나는 무어라 더 떠들려다가 장원 내부를 구경하는 순간 입을 다물
었다. 화산제일검이 뛰어난 검객인지는 확인할 수 없었지만, 뛰어난
장주라는 것은 충분히 확인할 수 있었다. 장원의 이름처럼 매화나무
를 곳곳에 심어뒀는데… 배치도 절묘하고, 무공을 수련하는 장소도
넓었다. 경사를 줘서 만든 연못이 있는 모양인지 어디선가 졸졸 흐
르는 물소리도 났다. 차를 마실 수 있는 탁자도 보이고, 무엇보다 넓
게 두르고 있는 담벼락에도 넝쿨이 가득해 바깥에서 본 것보다 훨씬
아늑하면서도 넓은 장원이었다.

'장소가 좋다.'

다만 고수들이 싸우면 금세 난장판이 될 것 같은 장소이기도 했
다. 색마가 무어라 떠드는 동안에 장원에서 한 사내가 뒷짐을 진 채
로 걸어 나왔는데 학사처럼 보이기도 하고 관직에 있는 사람처럼 보
이기도 했다. 나이는 서른 중반처럼 보였는데 장원 관리자인지 주인
장인지는 알 수 없었다. 멀쩡하고 말끔하게 생기긴 했는데 엄청난
고수로는 보이지 않아서 살짝 당황스러웠다. 놀란 표정으로 우리를
쳐다보던 사내가 입을 열었다.

"무슨 일로 오셨소?"

삼복이 먼저 대답했다.

"매화장주에게 볼일이 있어서 왔습니다."

사내가 어리둥절한 표정으로 우리를 한 번 훑은 다음에 대답했다.

"내가 매화장주이오만."

삼복이 나를 먼저 가리켰다.

"이쪽은 하오문주이십니다. 그 옆은 풍운몽가의 몽 공자, 옆에 계신 분은 몽 공자의 사부님이십니다."

나는 얼떨떨한 기분으로 먼저 매화장주에게 예의를 갖췄다.

"하오문주 이자하요."

들어봤나? 매화장주가 고개를 갸웃하면서 말했다.

"아, 그러시구려. 강호에 나간 적이 드물어서… 일단 앉으시지요."

매화장주가 야외에 놓여있는 탁자를 가리켰다. 우리는 함께 이동해서 기다란 탁자에 둘러앉았다. 나뿐만은 아닐 것이다. 나는 이동하면서 매화장주의 보법과 호흡을 살폈는데 아무런 감흥이 없었다.

'너무 평범한데?'

매화장주가 우리를 둘러보면서 말했다.

"…방문하신 이유가?"

내가 대답했다.

"비무 장소를 물색하는 도중에 매화장주의 명성을 들었소. 듣자하니 화산제일검이라는 별호도 가지고 계시다고."

"음, 그렇소."

"우리 중 한 명이 도전할 테니 패배하면 비무 장소 좀 내어주시오."

다짜고짜 결론부터 말한 다음에 매화장주의 표정을 구경했다. 매화장주가 눈을 껌벅이다가 나를 쳐다봤다.

"내게 도전하시겠다고?"

"그렇소."

"비무 장소를 빌려드리는 건 어렵지 않소이다. 그런데 내가 이기면 무엇을 얻소이까?"

"거기까진 미처 생각을 못 했군. 원하는 게 있으시면 말씀해 보시오. 돈이든 뭐든 사례를 하고 깔끔하게 물러나리다."

그제야 매화장주가 허탈하다는 것처럼 웃었다.

"아, 그렇다면 패배를 전혀 생각하지 않고 방문하셨다 이 말이오?"

"일단은 그렇소."

매화장주가 웃음을 터트리자, 맏형도 보기 드물게 당황한 표정을 지었다. 나도 맏형의 표정에 공감할 수밖에 없었다. 아무리 봐도 매화장주가 고수처럼 보이진 않았기 때문이다.

'이게 대체 무슨 분위기지?'

이것이 혹시 천외천天外天이라는 것인가? 나는 냉정한 마음으로 재차 매화장주의 기도를 살폈다.

'음…'

매화장주가 우리에게 물었다.

"제가 어느 분과 겨루면 되겠습니까?"

나는 마음속으로 내린 결론을 매화장주에게 말해줬다.

"아무나 고르시오."

"예?"

매화장주가 불쾌하다는 표정을 짓더니 이렇게 말했다.

"그럼 이렇게 합시다. 원하는 것은 딱히 없소. 대신에 내게 패하면 다음 분이 도전하시고. 결국에 네 분 모두의 도전을 받겠소."

네 사람이라 하면 물론 만형, 나, 색마, 삼복이까지 포함이다.

"…"

나는 황당해서 잠시 말이 안 나왔다. 매화장주의 말이 이어졌다.

"내가 지면 비무 장소를 내어드리겠소."

나는 조심스럽게 제안했다.

"혹시 패배하면 화산제일검이라는 별호도 내놓으실 거요?"

"패배하면 어찌 그런 별호를 내 것이라 주장하겠소? 농이 지나치시군. 검을 가져오리다."

매화장주가 벌떡 일어나더니 안으로 향했다. 당연히 우리 네 사람은 매화장주가 걷는 모습을 유심히 바라봤다. 매화장주가 사라질 때쯤, 드디어 만형이 한숨을 내쉬었다.

"혹시 세상에 숨어있는 절대고수인가 싶었는데 아무리 봐도 정중지와井中之蛙다."

삼복이 물었다.

"무슨 뜻입니까?"

색마가 대답해 줬다.

"우물 안 개구리라고."

"예."

맏형이 우리를 쳐다봤다.

"누가 나서겠느냐?"

어쩔 수 없는 상황이어서 나는 삼복을 바라봤다.

"삼복아."

"예, 문주님."

"화산제일검, 너 해라."

삼복이가 급히 우리의 표정을 살피면서 대답했다.

"이거 차도지계입니까? 저 바보 아닙니다. 저 당하는 거 보고 수법을 파악한 다음에 복수하시려고 그러는 거죠?"

"싫어?"

"예."

"안타깝네. 저 사람은 너를 이기지 못해. 칼이나 빌려줘라."

삼복이 허리춤에 있는 시커먼 직도를 끌러내서 내게 내밀었다. 사람의 운명은 이렇게 시시각각 변하는 걸까? 매화장주를 기다리는 동안에 나는 화산제일검이 되었다. 색마가 말했다.

"사람이 점잖으니까 고수의 풍모가 있긴 하네. 분위기 고수랄까."

맏형도 조언했다.

"나쁜 사람 같지는 않으니 다치게 하지는 말고."

"그래야지."

그제야 사태를 제대로 깨달은 삼복이 뒤늦게 끼어들었다.

"아, 그냥 제가 겨룰까요?"

나는 삼복을 쳐다봤다.

"넌 닥치고 있어. 이미 화산제일검은 물 건너갔다."

화산에서 수련해도 세상을 경험하지 않으면 우물 안 개구리가 된다. 나처럼 세상을 구경하고 나서, 화산에 오르는 게 옳다는 생각이 들었다. 산에만 틀어박혀 있는 자가 어찌 고수가 되겠는가?

화산제일검

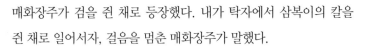

매화장주가 검을 쥔 채로 등장했다. 내가 탁자에서 삼복이의 칼을 쥔 채로 일어서자, 걸음을 멈춘 매화장주가 말했다.

"문주."

"말씀하시오."

매화장주가 나를 위아래로 살핀 다음에 말했다.

"그 직도는 옆에 계신 분에게 빌리셨소?"

"그렇소만."

"실례지만 직도를 주력 병장기로 쓰시오?"

"실은 검을 더 오래 익혔소. 얼마 전에 **빼앗긴** 터라."

매화장주가 나를 쳐다봤다.

"문주께서 나를 낮춰 보는 건 괜찮소. 하지만 평소에 익히지 않았던 병장기로 나를 상대하는 게 맞소?"

이것이 비무의 예의냐고 내게 묻고 있었다. 나는 매화장주의 진지한 표정을 바라보다가 말했다.

"사과하리다. 혹시 비무에 사용할 검을 빌릴 수 있겠소?"

매화장주가 고개를 끄덕인 다음에 대답했다.

"가져오겠소."

매화장주는 하인도 부리지 않는 것일까. 직접 내게 빌려줄 장검을 가지러 갔다. 나는 어리둥절한 표정으로 맏형을 바라봤다.

"올바른 지적이라서 할 말이 없네. 깐깐한 사람이야."

맏형도 고개를 끄덕였다. 비무 장소를 빌려달라고 다짜고짜 찾아와서 비무를 청했는데, 상대를 깔보고 병장기도 대충 골라서 나섰으니 내가 오만했다. 하지만 매화장주가 고수일 거란 생각은 들지 않았다. 다만, 색마의 말대로 분위기는 정말 일세의 고수였다. 금세 다시 등장한 매화장주가 가까이 다가오더니 들고 온 장검을 내밀었다.

"항마검降魔劍이오."

"무시무시하군."

나는 마귀를 항복시킨 검을 뽑아서 날을 확인했다. 딱히 부족한 게 보이지 않는 검이었다. 길이, 무게, 손잡이도 적절했다. 하지만 요새 만들어진 검은 아닌 것 같고, 꽤 나이를 먹은 고검古劍이었다. 매화장주가 넓은 장소를 손으로 가리켰다.

"갑시다."

나는 속으로 적잖이 감탄했다.

'신기한 사람이네.'

조금 거리를 벌린 다음에 매화장주와 마주 섰다. 매화장주가 검을 든 채로 예를 취하면서 말했다.

…

"한 수 배우겠소."

매화장주가 검을 뽑더니 자세를 잡았다. 나는 애초에 준비 자세가 없었기 때문에 검을 왼손에 쥔 채로 이리저리 거닐었다. 매화장주가 물었다.

"혹시 준비되셨소?"

"걸어올 때부터 준비됐소."

"선공이 익숙하지 않으면 내가 먼저 가리다."

"그럽시다."

매화장주의 자세가 두 번 정도 변했다. 검을 수직으로 세웠다가, 하단으로 내리면서 다가왔다.

"…"

실력이 없는 것 같은데 너무 진지해서 비무의 향방을 나도 예상하지 못하는 상태. 내 표정에서 당혹감을 읽은 모양인지 매화장주가 말했다.

"…최선을 다하시오."

나는 갑자기 등장한 매화장주의 찌르기를 발검으로 쳐냈다. 검의 궤적을 원래대로 복구한 매화장주가 내게 연달아서 공격을 펼쳤다. 나는 왼손은 봉인한 채로 항마검을 휘둘러서 매화장주의 검만 쳐냈다. 목계의 기를 주입한 채로 휘둘렀는데, 금세 매화장주의 얼굴이 새빨갛게 물들었다. 내 검을 쳐낼 때마다 턱 아래쪽이 툭 튀어나올 정도로 이를 악문 상태.

그런데도 검법은 차분하고 일관적이었다. 제법 오래, 깊이 수련한 자세가 온몸에 배어있었다. 검법도 인상적이었다. 나름의 속임수도 있고, 변초도 있으며, 빨라졌다가 느려지기도 했다. 잡다한 속임수가 눈에 보일 때마다 힘으로 짓누르거나 쳐냈다. 이렇게 하면 초식도 쓸모가 없다. 보법은 검법에 맞춰서 안정적이고, 틈이 날 때마다 호흡을 유지하는 것도 잘해냈다. 다만 내가 검을 후려칠 때마다 손아귀가 찢어질 것 같은 모양인지 무척 고통스러워했다. 나는 매화장주의 검을 쳐내면서 말했다.

"내공은 내가 더 깊소. 비무를 이어나가고 싶은데 내공 줄이는 것을 기분 나빠하지 마시고."

매화장주가 고개를 끄덕였다.

"알겠소."

목소리도 쥐어 짜내듯이 흘러나왔다. 결국에 나는 힘을 줄인 다음에 매화장주가 펼치는 검법을 자세히 구경했다. 초식이 반복되고 있어서 눈에 익은 것도 꽤 많았다. 내가 아예 내공을 거둔 채로 검을 휘두르자, 싸움이 그제야 좀 치열해졌다. 외공 수련도 열심히 했다는 것을 알 수 있었다. 그제야 숨통이 트인 매화장주는 점점 안색에 혈기가 돌아오더니 평소에 열심히 수련했던 초식을 내게 마음껏 퍼부었다.

나보다 나이는 많은 사내다. 이런 말은 예의가 아니지만, 나는 매화장주가 제법 기특했다. 내공이 아예 없는 것도 아니다. 격차가 너무 커서 그렇다. 그런데도 평소에 뼈를 깎는 것처럼 수련한 흔적이 곳곳에 드러났다. 검법 자체는 나쁘지 않았기 때문에 나는 네 차례나 반복되는 매화장주의 검법을 온전하게 받아냈다. 어느 순간 찌르기를 펼쳤다가 검을 회수해서 수직으로 세운 매화장주가 차분한 동작으로 검을 회수하면서 말했다.

"한 수 잘 배웠소. 내가 졌소."

예상했던 바라 놀랍진 않았다. 나도 항마검을 집어넣은 다음에 먼저 매화장주에게 예의를 갖췄다.

"장주, 인상 깊은 검법이었소."

매화장주가 턱을 만진 다음에 대답했다.

"정말이시오?"

"그렇소."

"실례지만 어느 부분이 인상적인지… 아, 탁자로 가서 이야기를."

매화장주는 패한 와중에도 주인장의 역할을 잊지 않았다는 것처럼 손을 내밀었다. 나는 고개를 끄덕였다.

"갑시다."

매화장주는 연신 손으로 이마의 땀을 닦으면서 이동하다가 탁자에 앉았다. 본인도 목이 마를 것인데 직접 탁자에 있는 주전자를 들더니 덜덜 떨리는 손으로 물을 따라서 내게 내밀었다. 손아귀가 빨갛게 부어있었다.

'와…'

나는 받지 않은 채로 말했다.

"먼저 드시오."

매화장주는 내밀었던 손을 무척 어색해하더니 결국에는 본인이 마셨다. 손으로 입을 닦은 매화장주가 이렇게 말했다.

"죄송하오. 먼저 독이 있는지 살피는 것이 예의인데."

이 말에는 나도 좀 놀란 마음으로 대답했다.

"그런 의미는 아니었소."

사실 나는 목이 마르지 않은 상태. 땀도 안 났기 때문이다. 매화장주는 우리의 시선을 한 몸에 받은 상태로 거친 호흡을 골랐다. 이렇게 인상적인 비무는 나도 드물었다. 매화장주가 맏형을 비롯한 내 일행에게 고개를 살짝 숙였다.

"기대 많이 하셨을 텐데 부끄럽소. 하지만 최선을 다했소."

맏형이 대답했다.

"나쁘지 않은 검법이었네."

매화장주가 나를 쳐다봤다.

"아, 죄송하지만 아까 인상적이었다고 하던 말씀이."

"설명하리다."

"예."

"장주가 펼친 초식은 열한 개. 추가하자면 두 개 더. 총 십삼 수. 맞소?"

"맞소."

"후반부 초식 두 개는 아예 완성을 못 하셨더군. 펼칠 때마다 의도가 달랐고 공격 부위도 불명확했지. 큰 문제는 아니오. 문제는 중반부에 있는 초식들인데 본인도 답답하지 않으시오?"

매화장주가 고개를 끄덕였다.

"그러지 않아도 오랫동안 답답했던 초식들이라."

"문제가 되는 초식을 앞뒤의 초식과 강제적으로 연결하고 계신데, 사실 싸울 때는 그렇게 순서대로, 혹은 억지로 할 필요가 없소. 서책을 통해서 익혔다면 당연히 그럴 수 있지. 다만 문제는 내공이 부족해서 연계 자체가 어렵다는 것에 있소."

매화장주가 내게 물었다.

"혹시 시범을 좀 보여주실 수 있겠습니까?"

나는 고개를 내저었다.

"하지 않으리다. 이것은 장주의 검법이오. 오래 안고 있던 문제가 겨우 내공 부족이라서 좀 허탈할 수도 있으나 실제로 내공을 조금 더 보완해서 수련하면 충분히 십삼 수를 완성할 수 있소. 그 이유를 알고 있소?"

"말씀해 주시지요."

"장주가 고되게 수련해서 그렇소."

"음."

"혹시 서책 초입에 무슨 말이 적혀있는지 기억나시나?"

매화장주가 생각을 더듬다가 말했다.

"현현심법玄玄心法 삼성에 도달해야 검법이 빛을 발한다고 적혀있소."

"몇 단계요?"

"그것도 뒷부분이 유실되어서 일성밖에 익히지 못했소."

"다른 내공 심법은?"

"현현심법을 익히라고 했기 때문에 다른 것은 익히지 않았소."

나는 제법 놀란 마음으로 되물었다.

"일성과 외공만으로? 대단하군."

"예."

세상에 어떻게 이렇게 고지식한 사람이 있을까. 기도가 느껴지지 않은 이유는 내공이 실제로 얕아서였다.

"그런데 어떻게 화산제일검이 되셨소?"

내 질문에 매화장주가 대답했다.

"실은 비무를 여태 스무 차례 했는데 한 번도 패하지 않았소. 믿기지 않으시겠으나 온갖 무인과 겨뤘소. 멀리서 찾아온 무인도 있었고. 상대해 보지 않은 병장기가 없을 정도로…"

나는 팔짱을 낀 채로 생각에 잠겼다.

'운이 이렇게 좋을 수도 있구나.'

삼복이는 물론이고 백면공자나 철섬부인에게도 상대가 안 되는 사내였다. 그러니까 차성태한테도 이길 수 없는 사내였다. 나는 맏형에게 도움을 청했다.

"맏형."

"왜?"

"조언을 좀 해줬으면 하는데."

맏형이 매화장주를 바라봤다.

"장주."

"예."

"우물 안의 개구리요."

매화장주는 맏형에게 존댓말로 대답했다.

"알고 있습니다."

"다른 내공심법을 얻는다거나 아니면 바깥을 돌아다니면서 무학을 교류한다거나 하는 선택은 왜 하지 않았는가?"

매화장주가 말했다.

"그저 수련하는 게 좋아서 바깥에 나가지 않았습니다. 사교성이 좋지도 않은 데다가. 강호에 나가면 은원에 엮인다기에 경계하는 것도 있었지요."

맏형이 내게 물었다.

"일성에서 이성으로 두 배, 이성에서 삼성은 내공이 세 배 정도 더 깊어진다고 가정했을 때. 장주가 검법을 지금보다 완벽하게 다듬으면 주변 무인과 비교했을 때 어느 수준이냐?"

"그래도 딱히 강한 수준이라고는."

맏형의 말이 이어졌다.

"그 내공을 보유한 채로 방금 펼쳤던 검법을 십 년 정도 깊이 수련한다면? 내공 수련도 병행해야겠지."

이건 좀 다르다. 그래봤자 고작 사십 초중반일 테니까. 더군다나 외공만으로 연계하기 어려운 검법을 다듬을 수 있는 의지가 있는 사내라서 그렇다. 나는 매화장주를 바라봤다.

"…그때는 화산에서 적수가 없을 거요."

점점 강해질 수 있는 조건을 갖춘 사내였다. 맏형이 고개를 끄덕이더니 매화장주를 보면서 말했다.

"내 생각도 같네. 도움이 된 비무였나 모르겠군."

매화장주가 포권을 취하더니 우리를 둘러봤다.

"한 수를 배운 게 아니라 여러 가지를 느꼈소."

나는 항마검을 매화장주에게 돌려줬다. 매화장주가 항마검을 탁자 위에 내려놓은 다음에 물었다.

"그런데 네 분 모두 보기 드문 고수이신데 어떤 분과 겨루시는지?"

"천마신교 교주와 겨루게 되었소."

매화장주가 잔뜩 놀란 표정으로 나를 바라봤다. 하오문주에 대한 소문은 못 들어봤어도 천마신교는 아는 눈치였다.

"소문은 들어봤소. 믿기질 않소이다. 천하에서 가장 강한 세 사람 중의 한 명이라는데."

"맞소."

"그럼 대체 얼마나 강한 거요? 어리석은 질문이지만 보기 힘든 분들을 만났으니 여쭙겠소."

"장주와 비교해서 말해도 되겠소?"

"예."

나는 매화장주를 보다가 현실적으로 말해줬다.

"화산에서 가장 강한 사마귀가 있다고 칩시다. 무패의 사마귀요."

"예."

"통산 전적은 백 승쯤이라 합시다. 이런 사마귀도 동네 고양이 앞발에 한 대 맞으면 죽소. 이것이 격의 차이요. 이해했소?"

"예."

"그것이 사실은 무패의 고양이였다고 합시다. 근방에서 이기지 못한 고양이가 없었지. 하지만 이런 고양이도 뒷산에서 어슬렁대는 범을 만나면 앞발 후려치기에 한 대 맞고 죽소."

"그렇겠지요."

"그 범쯤 되는 자들이 우리 셋. 이건 자랑이 아니요. 비유하자면 그렇소."

"음, 그렇다면 교주는…"

나는 교주를 이렇게 표현했다.

"그는 홀로 용龍 같은 사람이오. 분명 범보단 강한 것 같긴 한데, 결국에 범을 죽이려면 그도 내려와서 입을 벌린 다음에 물어뜯어야 하오. 재수 없으면 범에게 물릴 수도 있고. 여기서 내가 말한 격의 차이는 결국에 강호인들이 말하는 내공의 수준과도 엇비슷하지. 그러니 장주는 심법 수련을 지금보다 더 열심히 할 필요 있소. 사마귀가 고양이를 죽이진 못하기 때문에 그렇소. 이해하셨나?"

매화장주가 고개를 끄덕였다.

"이해했소. 명심하리다."

"지금은 아직 꽃을 피우지 못했으나 장주도 범이 될 사내요. 내가 비무를 통해 그것을 확인했으니 화산제일검 별호는 받지 않으리다."

매화장주가 놀란 표정으로 나를 쳐다봤다. 나는 이상하게도 이 사내가 화산제일검이라는 별호에 제법 어울리는 사내라고 느꼈다. 그러니까 내가 느낀 바대로 풀어보자면… 화산에서 가장 수련을 열심히 하는 사내였다. 그렇다면 별호를 가질 자격도 있었다. 맏형의 의견도 물어봤다.

"맏형은 어떻게 생각해?"

맏형이 매화장주를 바라보면서 말했다.

"어울리는 별호일세."

색마는 이해 못 하겠다는 것처럼 눈을 껌벅였으나 굳이 입을 열진 않았다. 삼복이는 아예 이해하기를 체념한 것처럼 고개만 끄덕였다. 매화장주가 무언가 후련하다는 표정을 지으면서 장원을 둘러보다가 우리에게 말했다.

"비무 장소를 내어드리겠소. 그때까지 편히 머무르시오."

나는 매화장주에게 충분히 예의를 갖췄다.

"고맙소, 장주."

"비무는 언제요?"

"정확하진 않소. 반년이 될지 혹은 일백 일 정도가 될지."

매화장주는 우리를 보다가 시선을 내리더니 자신의 엄지손톱을
살짝 물어뜯었다.

"음…"

버릇인 모양인데 저렇게 씹다간 손톱이 남아나질 않을 것 같았다.
나쁜 버릇이어서 바로 잔소리를 했다.

"검객이 그렇게 손톱을 물어뜯는 건 좋지 않은 습관이오. 버리시
오."

"아."

나는 색마를 바라봤다.

"아까 밥을 먹다 말아서 슬슬 출출하긴 한데."

"그러게."

매화장주가 말했다.

"아, 식사를 준비해 드리지요."

나는 차분하게 고개를 끄덕였다.

"고맙소, 장주."

"예."

"궁금하거나 물어보고 싶은 거 있으면 언제든지. 부담 가지지 말

고.”

“예.”

“비무도 종종 해주겠소.”

매화장주가 어쩐지 단답형으로 대꾸했다.

“고맙죠, 그럼.”

나는 매화장주를 쳐다보다가 엄지를 치켜들었다.

“…화산제일검.”

매화장주는 대답하지 않았다. 색마와 삼복이도 매화장주를 향해 엄지를 치켜들었다. 나는 맏형을 바라봤는데, 바로 고개를 돌린 맏형은 장원을 둘러보면서 중얼거렸다.

“경치가 좋구나.”

화산제일검을 만나 비무 장소를 해결했더니 내 눈에도 경치가 참 좋아 보였다. 그럼 됐다.

398.
그는 이제
홀로 용이 아니다

화산제일검이 화산제일장원에서 화산제일식사를 준비해 줬다. 비무 한 번 이겨서 밥도 얻어먹고, 차도 마시고, 비무 장소도 빌리고. 돈이 있어도 무전취식하는 사내, 그것이 사대악인이다. 어쨌거나, 이래서 강한 게 최고다. 차를 마시는 와중에 삼복의 표정이 제법 어두웠다. 내가 계속 바라보자 삼복이 입을 열었다.

"문주님."

"왜."

"그럼 저는 이따 복귀해서 보고하겠습니다."

"그래."

"아, 저도 며칠 머무르다가 갈까요? 경치도 좋고."

"아니."

"예. 바로 갑니까?"

"그래야지. 교주 밑에 있는 놈들 성격이면 네 마차의 속도와 화산까지의 거리를 계산해서 일각 단위로 왕복 시간을 계산하고 있을지도 몰라. 왜 이렇게 늦었는지를 따지다 보면 어느새 죄인이 되어있을 거다."

"그건 맞습니다."

삼복이 한숨을 내쉬었다가 매화장주를 바라봤다.

"장주께 할 말이 있소."

"말씀하시오."

"어쨌든 약조하셨으니 이곳에서 비무를 하기로 했다고 보고할 거요. 혹시나 해서 하는 말인데 헛걸음을 하시게 된다면 아마 나는 살아나기 힘들 거요. 교주님이 언제 도착하실지는 모르겠으나 약조는 약조이니 나중에 재회합시다."

매화장주가 고개를 끄덕이더니 우리를 둘러보면서 말했다.

"약조이니 지키겠소. 다만 여러분들에게 여쭐 것이 있는데…"

매화장주의 말이 이어졌다.

"내가 관전할 수 있겠소? 일단 여러분이 허락하고 교주님도 허락한다면 지켜보고 싶소. 그렇게 된다면 손님들께서 이곳에서 십 년을 머무르든 간에 아무런 상관이 없소. 삼재라 불리는 고수들의 싸움을 직접 보는 것이니 어찌 욕심이 나지 않겠소."

맏형이 대답했다.

"우리는 괜찮으나 교주 생각을 알 수 없네. 삼복이 보고해야 알겠지."

삼복이 말했다.

"장주 의견은 말씀드려 보겠소. 그나저나 장주께서도 담이 크시오. 웬만하면 자리를 비우려고 할 텐데. 두렵지 않으신가?"

매화장주가 턱을 쓰다듬었다.

"내가 교주님에게 지은 죄가 없고. 강호에 자주 나가지 않아 원한을 산 일도 없는데 문제가 있을까 싶소. 비무를 보더라도 떠들고 다니지 않을 작정이라서."

맏형이 무서운 말을 꺼냈다.

"지켜볼 수는 있겠지만 이런저런 공격에 휘말려서 죽을 수도 있네."

맏형의 경고에 매화장주가 읊조리듯이 대답했다.

"그래도 봐야겠습니다. 언제 이런 기회가 오겠습니까?"

나는 괜히 웃음이 나왔다. 사실 내가 장주라도 비무를 관전하고 싶다고 말했을 것이다. 이것은 강호인의 고질병이다. 싸움 구경은 참는 게 어려워서 그렇다. 삼복이 일어섰다.

"그럼… 가기 전에 한 가지만 더 여쭙니다. 어떻게 수련하고 계실 계획인지요. 그냥 궁금해서 여쭤봅니다."

나는 삼복에게 내 계획을 말해줬다.

"종종 화산에 올라 운기조식하고. 내려와서 수련한 다음에 나머지는 자유시간이지. 특별한 게 있을까. 특별한 거 없다. 수련은 똑같아. 그냥 반복이야. 그나저나 화산에 폭포가 있으면 좋을 텐데."

"폭포는 왜요?"

"정수리로 맞으면 머리가 시원해져. 주화입마를 극복할 때 좋다."

삼복이 웃으면서 대답했다.

"하나 배우고 갑니다. 그럼 저는 먼저 갑니다."

"가라."

삼복이는 겨우 밥 한 끼 얻어먹은 다음에 매화장을 빠져나갔다. 이것이 작별이었다. 나는 함께 차를 마신 사람들에게 말했다.

"나도 일어나서 화산에 다녀올게."

색마가 대답했다.

"갑자기?"

"산에 인사도 좀 하고. 공기도 주고받고. 아는 게 없는 상태로 올라가야지."

맏형이 물었다.

"오늘 내려올 생각이냐?"

"마음에 들면 산에서 하루 자고 내려와야지."

수련은 각자 알아서 하는 것이라서 맏형과 색마가 어떻게 수련할 것인지에 대해서는 묻지 않았다. 나처럼 화산에 올라가서 수련할 수도 있었고, 그냥 매화장에 남을 수도 있었다. 이런 때는 홀로 있는 시간이 중요하기 때문에 나도 떠난 삼복이를 뒤따르듯이 일어나서 화산으로 향했다.

뒷짐을 진 채로 화산에 올랐다. 경공을 펼칠 마음이 없어서 최대한 산을 자세히 구경하면서 걸었다. 처음에는 평평했으나, 길의 경사가 점점 가파르게 오르더니 금세 오가는 사람도 보이지 않았다. 산을 오르는 방법은 간단하다. 높은 곳으로 가면 된다. 더군다나 나는 무공을 익혔기 때문에 절벽이 나타나도 상관없었다. 가끔 산의 정상이 어디인지 살펴보고, 더 높은 곳을 눈여겨 봐뒀다가 그쪽으로 이동했다.

화산에서도 가장 높은 곳을 오를 생각이었다. 만장애를 길쭉하게 잘라서 군데군데 붙여놓은 것처럼 험하고 높은 절벽이 곳곳에 있었는데 이럴 때마다 제운종을 쓸 수밖에 없었다. 만장애와 비교할 수는 없으나 꽤 어려운 산이었다. 처음 올랐던 봉우리가 가장 높은가 싶었는데, 높이 올라와서 주변을 바라보면 다른 봉우리가 보였다. 그때마다 다시 내려가서 더 높은 봉우리를 다시 정복했다.

특정 경지에 올라야 다른 경지가 보이는 것 같은 구조였다. 이처럼 등반은 무공을 익히는 과정과 비슷해서. 더 높은 곳에 도착하려면 무조건 오르기만 할 게 아니라, 내려가고 올라가기를 반복해야 하는 게 아닐까 하는 생각이 들었다. 굴곡을 받아들여야, 진정한 정상에 설 수 있다는 뜻이다. 정상에 오르는 게 힘든 이유는 어디가 정상인지 단박에 파악할 수 없어서다. 나는 정상에 가까운 봉우리에 올랐다가, 다시 내려가기를 반복해서 유난히 높이 솟아있는 봉우리를 제운종으로 올라갔다.

어느새 달빛에 의존한 채로 오르다가 정상에 도착했을 때, 이 봉우리보다 높은 곳이 없다는 것을 알게 되었다. 화산은 굴곡 때문에 변화가 많고, 절벽이 많아 단호했다. 화산에서 검법을 깨우치는 게 아니라, 화산 자체가 검객처럼 느껴졌다. 그 검객을 상대하다 보면 실력이 늘 수밖에 없을 터였다. 쏟아질 것 같은 별과의 거리가 가장 가까운 장소에서 가부좌를 틀었다. 구름에서 벗어난 달빛이 등장할 때마다 산의 일면이 보였는데, 사실 특별한 것은 없었다.

다만 공기가 무척 차가웠고, 바람이 많이 불어서 고요한 장소는 아니었다. 요약하면 춥고, 외로운 장소였다. 정상에 오르면 여지없이 이렇게 된다. 무언가를 잘하려면 그것을 위해 혼자 있는 시간이 늘어나야 한다. 어쩔 수가 없다. 장문인이나 단체의 수장들이 종종 폐관 수련을 하는 이유다. 거느리는 자들이 많으면 사고 치는 놈도 많다. 하인 중에 칠복이라는 놈이 있는데, 이놈이 노인장을 때렸다 거나. 여홍이라는 시녀와 제자가 정분이 나서 야반도주했다거나. 종종 벌어지는 이런 세상사에 일일이 마음을 빼앗기다 보면 수련할 시간이 남아나질 않는다.

그래서 폐관 수련하는 것이다. 전생의 교주가 그랬던 것처럼 말이다. 강해지려면 외로운 상황에 직접 뛰어들어야 하고, 거기서 미치지 않은 채로 살아남아야 무사히 멀쩡한 정신 상태로 복귀할 수 있다. 나는 어두운 화산을 쏟아지는 별들과 함께 구경하다가 이내 눈을 감고 운기조식에 돌입했다.

일부러 월영무정공부터 수련했다. 가만히 있어도 추운 화산의 정상에서 월영무정공을 수련하자, 이곳이 화산인지 설산인지 구분되지 않았다. 밤이 깊어지면 더 추워지므로 어쩔 수가 없었다. 아랫배가 점점 차가워져서 매화장에서 먹은 밥이 설사로 나올 때쯤에서야 운기조식이 끝났다.

한껏 분위기를 도사처럼 잡은 채로 진지하게 운기조식을 하고 있는데 무엄하게 화산의 정상에서 설사를 내지를 수는 없었기 때문에 금구소요공의 운기조식을 시작했다. 새삼스럽게 느꼈다. 설사의 기운이 물러나자 마음도 포근해졌다. 사람은 배가 따뜻해야 한다. 무공을 익히다가 알아낸 것인데, 특정 유형의 설사는 심마가 원인이다. 이를 심마형 설사라 부른다.

정신 상태에 따른 초조함과 긴장감 때문에 지릴 수 있다는 뜻이다. 심마형 설사를 겪는 사람보다, 겪지 않는 사람의 마음이 더 단단하다는 뜻이다. 마음이 단단해야 변도 굳건해진다는 것을 깨달았을 때 문득 나는 주화입마 상태가 아닌가 하는 걱정이 들었다. 운기조식을 하는 것인지 설사를 연구하는 것인지 모를 시간이 흐르고. 금구소요공의 운기조식을 마친 다음에 잠시 눈을 떴다. 주변이 온통 캄캄했기 때문에 눈을 뜬 것인지 감은 것인지 꿈을 꾸는 것인지 모를 지경이었다.

왜 이렇게 어두운가 싶었더니, 어느새 몰려온 먹구름에서 비가 쏟아졌다. 그렇다면, 지렸어도 빗물에 씻겨나갔을 것이다. 사람의 걱정이라는 게 이렇게 쓸데없다. 설사는 아무것도 아니다. 기왕 몸이 젖은 김에 폭우나 쏟아지라고 기도했더니 정말 폭우가 왕창 쏟아졌다. 덕분에 흠뻑 젖었다. 비를 맞으면서 백전십단공을 수련하면 벼락이 떨어져서 죽지는 않을까? 강호인의 걱정은 끝이 없고, 매번 강해지려는 욕심을 반복한다. 나는 실제로 벼락이 치는 산의 정상에서 백전십단공의 운기조식을 이어나갔다.

이 벼락 새끼… 네가 이기나 내가 이기나 해보자. 벼락이 내 몸에 꽂히는 순간에 단전으로 받아들일 준비까지 마쳤으나 그런 일은 벌어지지 않았다. 우르르 쾅쾅 할 때마다 조금 놀란 것은 사실이지만 나는 두려움이 없는 사내다. 놀란 것과 두려움은 엄연히 다르기 때문이다. 다시 눈을 떴을 때는 어느새 동이 튼 상태. 밤과 낮이 오늘도 변함없이 근무 교대를 하는 광경을 두 눈으로 감시했다.

"…오늘도 수고가 많습니다."

근무 교대를 축하해 줬다. 이제 자하신공을 수련해야 할 시간인데, 어쩐지 눈을 감는 것이 싫었다. 눈을 감으면 이 아름다운 광경을 보지 못하기 때문이다. 하늘의 색이 시시각각 변하는 광경은 얼마나 아름다운가? 놀랍게도 멈춰있는 순간이 없었다. 어두운 밤을 내려다보던 별들은 어디로 사라지는가. 저 변함없이 부지런한 빛은 언제부터 삼라만상森羅萬象의 아침을 밝혔는가.

나는 아름다운 광경에 넋을 빼앗겨서 잠시 수련을 잊었다. 내공을 쌓는 대신에 잠을 깨고 있는 삼라만상과 함께 호흡했다. 숨을 뱉을 때마다 체내의 탁한 기운을 내보내고, 화산이 뿜어내는 숨을 고스란히 들이마셨다. 깊이 들이마시고, 그것보다 더 길게 내뱉었다. 강해지기 위해서 호흡하는 것이 아니라 천지의 변화를 놓칠 수 없었기 때문에 눈을 뜬 채로 호흡했다. 어쩌면 이것을 볼 수 있는 날이 많지 않을 수도 있기 때문이다.

두 눈에 담아두고, 가슴에 채워두고, 공기의 냄새와 분위기도 잊지 않았다. 크게 기쁘지도, 크게 슬프지도 않았으나 마음은 더할 나위 없이 편했다. 화산에 오기 전이나 지금이나 이상하게도 두려움은 없었다. 애초에 자하신공은 다른 심법과 달리 스스로 길을 찾아낸 무공이다. 내 신체에 각인된 길을 따라서 천옥의 물줄기를 받아내면 그것이 곧 자하신공 수련이다.

나는 천하를 지켜보면서 뜬눈으로 자하신공을 수련했다. 일성이라 여긴 지점에서 이성으로 성장해야 하는 법인데 그러한 구분도 없이 단전에 빛이 비집고 들어오는 기분을 느꼈다. 그 빛을 편안하게 받아들였다. 어떠한 내공은 탑을 쌓는 것처럼, 처음에는 쉽지만 높이 올라갈수록 작은 돌을 올려야 하는 것처럼 어려워진다.

하지만 자하신공은 딱히 탑이라고 할 수 없는 유형의 내공이었다. 호흡을 거듭할 때마다 체내를 순회하고 돌아온 운기조식의 빛이 단전을 뚜렷하게 밝혔다. 문득 대해大海를 떠올리다가… 오묘하고 이해하기 어려운 자하신공을 개념으로 다시 재정립해 봤다. 일전에 받아들인 물줄기 형태의 힘은 대해와 같은 그릇에 담아 단전의 하단에 위치하게끔 정리하고. 단전의 상단에는 자하紫霞를 바라보면서 호흡했던 기운을 배치했다. 호흡하면서 정리하고, 정리하면서 호흡했다. 나는 이것을 천하가 훤하게 밝아질 때까지 반복했다.

이렇게 하니까 자하신공을 수련하는 방식도 어느 정도 익숙해졌다. 일반적인 운기조식으로 쌓은 기운은 단전의 하단에, 호흡으로 쌓는 기운은 단전의 상단에 배치하게끔 애를 써봤다. 본래 물은 아래로 흐르고, 호흡의 축기는 아래로 향하려는 성질이 없다. 이것이 위아래에 자리 잡아서 나름의 태극太極을 형성했다. 혼탁하고, 혼돈에 가까웠던 천옥을 하늘과 바다로 된 태극으로 전환한 셈이다. 시간과 연습이 필요할 테지만, 이것이 순리임을 알았다. 일월광천의 역천과는 다른 힘이 나올 터였다.

저번에도 성장했으나, 이번에도 성장했음을 알았다. 마음의 변화 때문인지 크게 기쁘지도 않았다. 그저 몰랐던 것을 알아내고, 어려웠던 부분을 이해하면서 점차 무학에 대한 이해가 깊어지는 게 즐겁다는 생각이 들었다. 오히려 내 고민은 인간적이고 감정적인 것이었다. 교주는 나를 살려줄까? 이것이 첫 번째 고민이다. 두 번째 고민은 첫 번째와 연결되었는데 이것도 결정하기가 어려웠다.

나는 과연 교주를 살려줄 수 있을까. 이런 고민에 관한 결정이 무공 수련보다 더 어렵다는 것을 알았다. 이 고민을 하고 나서야 교주도 그동안에 나와 비슷한 생각을 하고 있었다는 점을 새삼스럽게 깨달았다. 같은 고민을 했기에 당장 나를 죽이지 않은 것이리라. 그렇다면 내 결론은 이렇다. 애초에 교주는 다른 용을 기다렸던 모양이다. 또한, 마도에서 태어난 용이 잡다한 것에 마음을 빼앗기지 않은 채로 세상을 바라보고 있었음을 알게 되었다. 이제 교주는 홀로 용같은 사내가 아니다. 수많은 시행착오 끝에 천옥을 태극으로 전환하면서. 나 또한 교주와 같은 용이었음을 알게 되었다.

8권에서 계속됩니다.

광마회귀 7

초판 1쇄 발행 2024년 8월   9일
초판 2쇄 발행 2024년 8월 20일

지은이 | 유진성
발행인 | 강봉자, 김은경

펴낸곳 | (주)문학수첩
주소 | 경기도 파주시 회동길 503-1(문발동633-4) 출판문화단지
전화 | 031-955-9088(대표번호), 9530(편집부)
팩스 | 031-955-9066
등록 | 1991년 11월 27일 제16-482호

ISBN 979-11-93790-30-4 04810
(세트) 979-11-93790-32-8